SCIENCE FICTION

Herausgegeben
von Wolfgang Jeschke

Ein Verzeichnis aller STAR-TREK®-Romane
finden Sie am Schluß des Bandes.

**DIANE CAREY
DR. JAMES I. KIRKLAND**

STAR TREK
CLASSIC

KEINE SPUR VON MENSCHEN

Roman

**Star Trek®
Classic-Serie
Band 87**

Deutsche Erstausgabe

WILHELM HEYNE VERLAG
MÜNCHEN

HEYNE SCIENCE FICTION & FANTASY
Band 06/5687

Titel der amerikanischen Originalausgabe
FIRST FRONTIER
Deutsche Übersetzung von HARALD PUSCH

> *Umwelthinweis:*
> Dieses Buch wurde auf chlor- und
> säurefreiem Papier gedruckt.

Redaktion: Rainer-Michael Rahn
Copyright © 1995 by Paramount Pictures
All Rights Reserved
STAR TREK is a Registered Trademark of Paramount Pictures
Erstausgabe by Pocket Books/Simon & Schuster Inc., New York
Copyright © 1999 der deutschen Ausgabe und der Übersetzung
by Wilhelm Heyne Verlag GmbH & Co. KG, München
http://www.heyne.de
Printed in Germany 1999
Umschlagbild: Pocket Books/Simon & Schuster Inc., New York
Umschlaggestaltung: Atelier Ingrid Schütz, München
Technische Betreuung: M. Spinola
Satz: Schaber Satz- und Datentechnik, Wels
Druck und Bindung: Ebner Ulm

ISBN 3-453-14872-X

VORWORT

von Dr. J. Kirkland

STAR TREK und Dinosaurier – was für eine Kombination! Jedes für sich weckt Gedanken an Abenteuer und phantastische Welten – das eine die Vision einer vielversprechenden Zukunft, das andere von den Nebeln der Zeit überschattete Bilder.

Doch wo ist die Verbindung? STAR TREK ist Science Fiction: Geschichten einer grenzenlosen Zukunft mit unendlichen Möglichkeiten. Dinosaurier sind Science Fact, Tatsachen, eine ausgestorbene Gruppe diverser Tiere, die diesen Planeten für 160 Millionen Jahren dominiert haben. Beides ist ein Blick in eine unerreichbare Welt.

Als Kind besaß ich jedes Dinosaurier-Spielzeug, das es auf dem Markt gab, der allerdings Mitte der Sechziger nur eine sehr begrenzte Auswahl bot. Mein Kopf war voll von Bildern riesiger Bestien, die in vulkanübersäten Landschaften miteinander kämpften. Bei einem meiner Besuche in der Leihbücherei, wo ich nach Werken eines der großen Dinosaurierjäger wie Edwin H. Colbert oder Roy Chapman Andrews suchte, stolperte ich in die Science Fiction hinein.

Schon bald las ich jedes SF-Buch, das ich finden konnte. Ich begann, die fremde Welt des irdischen Mesozoikums mit einer fremden Welt im tiefen All gleichzusetzen, denn beide ließen sich nur durch meine Vorstellungskraft erreichen.

Als STAR TREK 1966 in den Äther ausgestrahlt wurde, hing ich sofort am Haken. Es galt, die Sterne zu erforschen, und jede Woche eröffnete sich uns ein neuer Anblick. STAR TREK wurde wegen des Zusammenspiels echter Charaktere in diesem großartigen, unerforschten Panorama zu einem dauerhaften Erfolg. Wie in den besten Werken der Science Fiction erforschte STAR TREK die Menschheit, während die Menschheit das Universum erforschte.

Als ich mich einer wissenschaftlichen Laufbahn zuwandte, wurde meine Vorstellung von den Dinosauriern erwachsener. Ich begann, sehr viel mehr wahrzunehmen als nur eine Horde riesiger Reptilien. Die Zeit des Mesozoikums war nicht nur eine Welt, sondern eine immense Aufeinanderfolge von Welten mit sich ständig ändernden atmosphärischen, ozeanographischen und klimatischen Bedingungen, die denen einer völlig fremden Welt gleichkamen. Das Leben war so vielfältig wie heute, aber fremdartig und einzig. Wenn wir eine Milliarde Jahre in die Vergangenheit reisten, könnten wir nicht einmal die Atmosphäre der Erde atmen.

Ich begriff, daß Dinosaurier nicht mehr mit Reptilien gemein haben als Vögel oder Säugetiere. Sie waren die erfolgreichsten Geschöpfe der Geschichte, doch nicht etwa einfach nur, weil es sie gab. Sie dominierten, weil sie allen anderen überlegen waren, die Säugetiere eingeschlossen. Und genau genommen sind sie noch immer nicht ausgestorben. Sie überleben heute in Form ihrer Nachfahren, der Vögel.

Dinosaurier waren zu erfolgreich, um aufgrund eines rein irdischen Vorgangs auszusterben. Sie wurden durch ein außergewöhnliches Ereignis ausgelöscht – den Aufprall eines Asteroiden mit einem Durchmesser von zehn oder mehr Meilen. Während der letzten Dekade haben Forschungen zur Entdeckung des ›Einschußloches‹ geführt, einem Krater von 185 Meilen Durchmesser und einer Tiefe von mehr als

12 Meilen, gelegen an der Nordseite von Yukatan und bekannt als der Chixulub-Krater.

Diese veränderte Sichtweise der mesozoischen Welt hat eine Revolution in der Dinosaurier-Paläontologie ausgelöst. Ich hatte das Glück, Zeuge dieser Revolution zu werden und nun selbst eine Rolle darin zu spielen. Soweit es die Dinosaurier-Paläontologie betrifft, sind dies jetzt die ›guten alten Zeiten‹.

So, wie meine Vorstellung von der Vergangenheit erwachsener wurde, wurde auch das STAR TREK-Universum erwachsener – durch Bücher, Filme und neue TV-Serien. Ich verfolgte all diese Verwandlungen. In so mancher Nacht am Lagerfeuer wandte sich das Gespräch von der vergangenen Welt den über uns lockenden Sternen zu, und wir begannen, über STAR TREK zu reden.

Nachdem ich die Universität abgeschlossen hatte, wurde ich zu einem herumstromernden Studenten, der auf einen festen Job hoffte. In einem Fach wie Paläontologie gab es immer nur sehr wenige Stellen, so daß ich mich wirklich glücklich schätzen konnte, als ich einen Job erwischte, der tatsächlich etwas mit Paläontologie zu tun hatte.

Die Dinamation International Society (DIS) war das geistige Kind von Chris Mays, dem Präsidenten der Dinamation International Corporation (DIC). Die DIC ist weltweit bekannt für ihre Wanderausstellungen robotischer Schaustücke, von denen die Dinosaurier die berühmtesten sind. Chris hat eine gemeinnützige Organisation gegründet, die sich der Vermittlung von biologischem und physikalischem Wissen widmet, dabei insbesondere der vermutlich interdisziplinärsten aller Wissenschaften, der Dinosaurier-Paläontologie. Ich wurde von Executive Director Mike Perry als erster Angestellter der DIS angeheuert, um ein von den Teilnehmern finanziertes Dinosaurier-Suchprogramm zu leiten. Dinamation's Dinosaur Discovery Expedition Programm stellt Arbeitskräfte und finanzielle Unterstützung für Dinosaurier-Forschungen zur Verfügung und gibt interessierten Amateuren die Chance, selbst nach Dinos zu graben. Wir haben mit befreundeten Institutionen in Colorado, Utah, Wyoming, Arizona, Mexico und Argentinien zusammengearbeitet und planen entsprechende Programme in England, Indonesien und Marokko. Mittlerweile sind wir die größte Organisation, die Dinosaurier-Ausgrabungen durchführt. Heute unterrichte ich Menschen aus allen Gesellschaftsschichten, die sich für Dinosaurier und deren Erforschung interessieren. Und nichts macht mehr Freude, als jemandem dabei zuzusehen, wie er eine für die Menschheit neue Entdeckung macht.

Doch noch schöner als die Arbeit mit einer so begeisterten Zuhörerschaft ist die Tatsache, daß wir tatsächlich eine Reihe bedeutender Entdeckungen gemacht haben. Es war die Ausgrabung eines neuen Dinosauriers, entdeckt von dem Amateur-Fossilienjäger Rob Gaston, der mich, Don Burge und meine übrigen Kollegen vom College of Eastern Utah Prehistoric Museum zur Entdeckung des Utahraptor führte.

Genau so sieht die Art von Dinosaurier aus, die Sie entdecken sollten, wenn Sie wirklich die Aufmerksamkeit der Öffentlichkeit erregen möchten! Der Dromaeosaurier – oder ›Raptor‹ –, war ein furchteinflößender Dinosaurier. Mit etwa zwanzig Fuß Länge und einem Gewicht von 1000 Pfund war der Utahraptor der größte je gefundene Raptor. Wir veröffentlichten die Geschichte und genossen das weltweite Aufsehen, als ich einen Anruf von Diane Carey erhielt.

Diane hatte im Magazin *Discover* einen Artikel über den Utahraptor gelesen und wollte hören, wieso, zum Teufel, ich wissen konnte, daß diese Tiere in Rudeln jagten. Nun, mir wurde klar, daß ich hier jemanden vor mir hatte, der hinter die Dinge blicken wollte. Nicht viele Leute rufen den Herausgeber eines Magazins an und gehen ihm so lange auf die Nerven, bis er die Telefonnummer einer Quelle herausrückt. Tatsächlich ist Diane die einzige Person, die mich jemals speziell aufgrund eines Artikels angerufen hat.

Ich erklärte ihr, daß Raptoren sich schnell und koordiniert bewegt haben, so wie das für ein Wesen unerläßlich ist, das mit ›Messern‹ an seinen Füßen tötet, und daß Deinonychus, der bestbekannte Raptor, an einer Ausgrabungsstätte entdeckt worden war, an der fünf von ihnen zusammen mit einem erheblich größeren Beutetier gelegen hatten. Mit Sicherheit waren sie Spezialisten im Töten von deutlich größeren Tieren.

Wenn Sie den lebensgroßen robotischen Utahraptor in all seiner Pracht sehen möchten, dann besuchen Sie uns im Devil's Canyon Science and Learning Center in Fruita, Colorado. Nehmen Sie die Abfahrt 19 von der I-70, gleich neben der Zufahrt zum Colorado National Monument.

Im Gespräch mit Diane kamen wir irgendwann auch auf ihre Arbeit, und für mich war diese Gelegenheit einfach zu schön, um sie ungenutzt verstreichen zu lassen. Ich erzählte ihr von der Idee zu einer Geschichte, die ich während einer jener langen Nächte am Lagerfeuer ausgebrütet hatte. Die Geschichte ging zurück auf ein Gedankenspiel von Dr. Dale Russell, die einmal bemerkt hatte, die intelligenteste Dinosaurierart, die Troodonten, hätten möglicherweise das Potential besessen, sich zu einer technisch orientierten Spezies zu entwickeln, wären sie nicht vorzeitig durch ihre Ausrottung von der Erde verschwunden.

Ich gab meine Idee an Diane weiter, die vorschlug, wir sollten zusammenarbeiten. Sie, ihr Ehemann, der Storyentwickler Greg Brodeur, und ich überarbeiteten die Originalidee und gelangten schließlich zu der Geschichte, die Sie jetzt in Händen halten.

Ein Prozentsatz des Honorars für *First Frontier* geht an Dinamation International, als Unterstützung für die Weiterführung unserer Forschungen.

Wir haben das STAR TREK-Universum mit der Vergangenheit der Erde verschmolzen und auf unsere eigene Art meine alte Überzeugung auszudrücken versucht, daß sich, wenn man nur genau genug hinschaut, die Tiefen der Zeit gar nicht so sehr von den Tiefen des Raums unterscheiden.

Wir sehen uns in der Zukunft, und in der Vergangenheit...

James I. Kirkland, Ph.D.
Dinamation International Society

DIE ERSTE GRENZE

PROLOG

Der Geruch von Feinden jenseits des Hügelkamms. Geräusche. Gerüche. Vibrationen in den Harnisch-Sensoren.

Noch bevor ihre Instrumente es verraten konnten, meldeten es ihre Instinkte. Lebende Dinge jenseits des Hügelkamms.

Nicht viele, aber genug. Ein wissenschaftlicher Vorposten würde nicht von sehr vielen bemannt sein.

Die wirkliche Frage lautete nicht, wie viele, sondern wie viele *was*. Und wie stark, wie entschlossen, wie bewaffnet.

Mythologie erhitzte die Luft. Geflüsterte Gerüchte, Legenden über eine Möglichkeit, so ungeheuerlich, daß sie selbst untereinander während der langen Reise in diese Region des Alls kaum darüber gesprochen hatten.

Es gab keinen Platz für Versagen. Selbst nach dem Verlust von nahezu der Hälfte ihrer Mannschaft trieb sie sie an, suchte sie nach einer Technologie, die älter war als jeder bekannte bewohnte Planet, einem Ort, so weit ab vom Weg, daß niemand ihn haben wollte.

Wenn es noch existierte.

Ich bestehe darauf, daß es noch da ist.

»Oya ... bleib nicht zurück!«

Die Technikerin neigte den Kopf als Bestätigung auf den Anpfiff der Direktorin. Eine stumme Antwort, um ihre stummen Zweifel auszudrücken.

Bis jetzt war das Gelände schwammig gewesen,

durchsetzt von Felsen. Immer, wenn Oyas Füße im Moos einsanken, stieß sie auf einen Stein, der sie aus dem Gleichgewicht brachte, zumal dann meist auch noch ihr verkrüppeltes Bein nachgab. Aber auch die anderen hatten ihre liebe Not, so daß zweiundzwanzig dicke Schwänze in wilden Kreisen durch die Luft schwangen.

Nun wurde der Grund fester, doch ihre Füße waren wund und die Schenkel schmerzten. Dieser ganze Planet war öde, häßlich und grau.

Wenigstens hatten sie ihre glänzenden Trachten im Schiff zurückgelassen. Sie hatte sie überzeugen können, daß diese polierten Harnische, Raketenwerfer-Handschuhe, Schutzhelme und Granatengürtel das letzte waren, was sie tragen durften. Sie befanden sich auf einer Geheimmission – ganz gegen ihre Natur. Spiker mochten es nicht, still zu sein. Sie waren zu jung und so ungeduldig, daß es bei ihnen zur Gewohnheit geworden war, nur zwei Farben auf das Gesicht aufzutragen, und mit der Zeit war das zweifarbige Gesicht zu ihrem Unterscheidungsmerkmal geworden.

Oya gefiel es nicht, hinter den anderen zurückzubleiben, doch so lief es eben immer. Stets hinter denen, die zuerst kämpften, zuerst aßen und zuerst schliefen. Der Instinkt drängte sie dazu, vorwärts zu stürmen, sich den Weg nach oben zu schlitzen und zu treten, selbst zum Führer zu werden. Sie betrachtete die hellgelben, roten und bronzefarbenen Nacken der Direktorinnen vor ihr und spürte, wie der Neid an ihr nagte.

Die Männchen waren hungrig. Vor einem Einsatz gab es niemals etwas zu essen, doch daran hatte sich noch kein Männchen je gewöhnen können. Frustriert ließen sie die Köpfe hängen. Ihre Nacken krümmten sich und schwankten hin und her. Sie ließen die Augen unruhig umherschweifen, stets bereit, nach irgendeinem Nagetier zu schnappen, oder was immer sie sonst sehen mochten. Der Hunger beherrschte ihren Verstand.

»Rusa.« Sie wartete, erhielt jedoch keine Antwort. Noch einmal sagte sie. »Rusa.«

Die ihr nächste Direktorin schaute sich um. Selbst in den langen Schatten der Ruinen war sie rasch an den drei farbigen Streifen auf ihrem Gesicht zu erkennen.

»Behalte sie unter Kontrolle«, zischte Oya.

Rusa krümmte ihren Nacken. »Sag mir nicht, wie ich meine Arbeit zu tun habe.«

Der Geruch von Beute kitzelte Oyas Nüstern, und sie bemerkte vereinzelte Bewegungen jenseits der Felsen... keine Nagetiere. Feinde befanden sich dort, echte Feinde, sehr nahe, die sich hin und her bewegten, sprachen, arbeiteten.

»Sie dürfen nicht essen«, sagte sie und unterstrich jedes Wort am Ende mit einem Grollen. »Diese Gelegenheit kommt nie wieder. Du mußt sie unter Kontrolle halten.«

Rusa wandte sich um; in ihren Augen schimmerte Abneigung. »Du bist eine Technikerin. *Mehr nicht.*«

»Dies hier ist meine Mission.«

»Das ist mir gleich. Dieser Ort sieht nicht so aus, wie die Legenden erzählen. Wir sind wieder einmal am falschen Platz. Aber wenn wir hier frische Nahrung bekommen können, soll es mir recht sein.«

Oya machte einen großen Schritt vorwärts und senkte die Schulter, um den Spiker vor ihr aus dem Weg zu stoßen. »Das hier ist der richtige Ort! Du weißt doch, wie schwierig es war, den Orbit zu halten!«

»Na und?«

»Du kennst die Theorie! Der Durchgang befindet sich auf einem trockenen Planeten mit...«

»Theorie, Legende, ist doch alles das gleiche.«

»Es ist nicht das gleiche.« Oya zwang sich, die

Stimme zu senken, obwohl sie am liebsten losgebrüllt hätte. Man hätte sie hören können. »Dies ist der Ort! Du *mußt* sie unter Kontr...«

Ihr verkrüppeltes Bein gab nach, und sie stolperte, kam aber wieder auf die Beine, ohne zu stürzen. Zwei Spiker und eine der anderen Führerinnen schauten zu ihr hinüber, doch niemand gab einen Laut von sich. Sie scherten sich genauso wenig um sie wie Rusa. Sie haßten ihre Autorität, mit der sie ihnen vorschrieb, ob sie sich zurückziehen oder weitersuchen sollten, von einer abgelegenen Welt zur nächsten reisen, immer weiter, bis sie entweder die richtige fanden oder ihnen die Vorräte ausgingen und sie im All starben.

Oder bis sie gefangen und von der zivilisierten Galaxis noch mehr gedemütigt wurden, als das jetzt schon der Fall war.

Ein Stück weiter vorn in der stummen, schwankenden Reihe aus braunen Körpern und hellen Nakken verdrehte Rusa ihren langen Hals und gab mit Schwanz und Händen Zeichen, um den Spikern ihren Positionen zuzuweisen. Die Reihe löste sich auf. Die Spiker verteilten sich und verschwanden einer nach dem anderen in der Deckung zwischen den Felsen.

Oya senkte den Kopf und ließ den Schwanz hängen. Ihre Beine falteten sich unter ihr zusammen und der Körper kam darauf zur Ruhe. Kühler Fels umgab ihre Schenkel. Der Geruch der Ziele drang in ihre Nüstern, strich durch die Nebenhöhlen und hinab zu den Rändern ihrer Zunge, und nun konnte sie sie auch schmecken. Süß. Mit einer Spur Salz.

Der Geschmack weckte in ihr den Drang, vorwärts zu stürzen, anzugreifen, zu reißen, zu schlucken. Wie mußte er erst auf die jungen Männchen wirken?

Sie zitterten und bewegten sich unruhig, weitaus heftiger, als auf einer Geheimmission angebracht war.

Vorsichtig hob sie den Kopf weit genug, um auf die Datenanzeige der an ihrem Harnisch angebrachten Sensoren hinabblicken zu können. Eine Handvoll Lebewesen, die sich nach einem zufälligen Muster bewegten... um eine große, ellipsoide Felsformation verstreute Behelfsunterkünfte... mächtige, ausgedehnte Ruinen, sehr alt... ein paar Konzentrationen von Metall und synthetischen Stoffen – wahrscheinlich wissenschaftliche Ausrüstung.

Aufrecht gehende Wesen, zweibeinig, ungefähr von der Größe der Spiker, einen Kopf kleiner als die Weibchen ihres Teams. Keine Schwänze.

Geduckt bewegte sich Rusa zu Oya hinüber und fragte leise: »Was sind sie?«

Oya antwortete ebenso leise. »Säuger. Könnten Vulkanier sein... oder Klingonen... Terraner... Romulaner. Kannst du ihre Köpfe sehen?«

»Wir werden ihre Köpfe zerschmettern«, zischte Rusa. Ihre Augen funkelten vor Kampfeslust. »Leichtes Töten.«

»Sie haben keine Vorkehrungen gegen einen Angriff getroffen«, bestätigte Oya. »Laß einen für mich leben.«

Rusas gelbe Kehle bewegte sich heftig. Trotz der dicken Knochenwülste, die ihre Augen überschatteten, war die Begeisterung darin zu erkennen.

»Ich hebe einen Kopf auf.« Sie schloß die klauenbewehrte Hand und winkte Oya zurück.

Oya reckte ihren Hals, bis sich ihre Augen höher als die Rusas befanden. »Das ist meine Mission. Auch ich habe Autorität. Es steht mir zu, einen Angriff zu führen.«

»Du besitzt keine Übung mehr als Führer von Spikern«, zischte Rusa aufgebracht. »Du zehrst von Zeiten, die sechs oder acht Generationen zurückliegen, aber das zählt heute kaum noch. Diese Bande von Frischlingen hat keinen Respekt vor dir. Für sie bist du nur eine Technikerin. Sie würden dir nicht folgen. Und ich würde dir auch nicht folgen.«

»Dann müssen sie eben genau so handeln, wie du es ihnen vorschreibst. Du mußt sie unter Kontrolle behalten!«

»Das werde ich!«

»Genau das hast du letztesmal auch gesagt!«

Haß brodelte in Rusas Miene. »Und ich sage es wieder. Geh weg, Denker.«

»Bring sie dazu, die Waffen zu benutzen«, beharrte Oya. »Und nehmt Gefangene.« Sie wandte den Kopf und kehrte zu den Felsen zurück, wobei sie davon ausging, daß Rusa es nicht wagen würde, der Technikerin ihres Teams den Kopf abzuschlagen und das Ganze dann als Unfall hinzustellen.

Die zusammengekauerten Spiker zitterten vor Erregung. Hunger brannte in ihren jungen Augen und ließ sie die Mäuler halb öffnen. Die Lippen zogen sich zurück und ließen die scharfen Spitzen elfenbeinfarbiger Zähne erkennen. Hinter den Felsen bewegte sich die Beute.

Die Spiker krümmten die Schultern und gruben die Klauen in den trockenen Staub. Rusa hob den großen Kopf und hielt den Körper starr, um sie zurückzuhalten.

Oya beobachtete die Szene mit wachsendem Neid. Sie erinnerte sich daran, wie es gewesen war, die Spiker zu führen, bevor der Unfall ihr Bein verkrüppelt hatte. Jetzt konnte sie nur noch Wissenschaftlerin sein, Tag für Tag herumsitzen und denken.

Und sie hatte sich diese Mission ausgedacht und sie einer Führerschaft vorgetragen, die verzweifelt genug war, ihr zuzuhören. Und hier war sie nun.

Sie preßte sich an den Felsen und suhlte sich in ihren Ängsten. Wenn diese Mission scheiterte, würde ihr Volk wieder auf die Stufe von Raubtieren im Urwald zurückfallen – wie schon so oft, Zyklus um Zyklus über Millionen von Jahren. Die häßliche Vorstellung verdunkelte ihren Geist. Zumindest war sie als Technikerin ein wertvolles Übel, eine moderne Notwendigkeit – eine von jenen, die saßen und dachten. Eine Stufe höher als die, die nur saßen.

Sie würde jede Erniedrigung hinnehmen, wenn sie es sein durfte, die den abermaligen Rückfall verhinderte.

»Angriff«, murmelte sie. »Angriff!«

Rusa und die anderen Führerinnen verdrehten ihre langen Hälse, um sie anzustarren, doch es war schon zu spät. Die Spiker explodierten rings um sie und kümmerten sich nicht darum, wer den Befehl gegeben hatte. Sie waren jung, ihr Blut war heiß, und von Heimlichkeit verstanden sie ohnehin nicht viel. Zischend und schnappend strömten die Männchen über die Felsen, als ihre Instinkte die Steuerung übernahmen, und sprangen in die Arena rings um die große Felsformation hinab.

»Nur die Waffen!« brüllte Oya.

Sobald sie die Felsen hinter sich gelassen hatte, erblickte sie die Ziele und den Forschungsposten, den sie errichtet hatten. Ein Dutzend oder mehr Säuger, die kleinen Augen vor Schreck aufgerissen, manche in der Bewegung erstarrt, andere auf der Suche nach Deckung.

Die Säuger verteilten sich. Die Spiker verschossen Brandpfeile aus ihren Stulpenwerfern, so wie man es ihnen mühselig eingeschärft hatte. Flammen leckten über die Zelte und die Kleidung einiger der Säuger, die sich zu Boden warfen.

Mit gesträubten Kämmen, wippenden Schwänzen und vorgereckten Klauen polterten die schwerbeinigen Spiker ins Lager. Von ihrem Platz bei den Felsen, wo Oya wie befohlen zurückgeblieben war, konnte sie nur zwei der Spiker sehen, doch sie hörte die anderen und auch die panischen Schreie der Opfer.

Die Säuger waren sehr bewegliche Wesen und begriffen rasch, was ihnen widerfuhr. Und sie waren gute Kämpfer. Oya hielt sie alle für männlich, war sich dessen aber nicht sicher. Ihre schlanke, aufrechte Gestalt war in der besiedelten Galaxis durchaus üblich, und sie mochten hundert Spezies, tausend Rassen angehören.

Kann es so viele von der Art der Eroberer geben, und nur so wenige von uns?

Die Spiker bewegten sich in genau berechneten Halbkreisen und hielten perfekt das Gleichgewicht auf ihren zweizehigen Füßen, wenn sie innehielten, um zu feuern.

Die Säuger waren gut darin, Deckung zu finden, und schnell mit ihren eigenen Waffen – Phasern. Eindeutig erkennbar. Sehr effektiv. Nadelscharf und gnadenlos. *Phaser ... ganz recht.*

Bahnen glühender Energie stachen aus dem Nebel hervor. Oya behielt den Kopf unten und versuchte, weitere Hinweise zu entdecken, aber das Durcheinander und die raschen Bewegungen machten das nahezu unmöglich. Sie hielt die Luft an und ging noch einmal das wenige durch, was sie bisher herausgefunden hatte.

Bis jetzt setzten die Spiker nur Schnelligkeit und Risikobereitschaft ein. Sie stürmten sprunghaft vorwärts und gingen damit weitaus tollkühner vor als die weiblichen Direktoren mit ihrer Stehenbleiben-und-schießen-Methode.

Körper bedeckten den Boden, betäubt und schwer atmend. *Nur die Waffen, nur die Waffen.*

Sie intonierte den Befehl in Gedanken immer wieder und dachte, es könnte funktionieren, bis einer der Säuger – ein kräftiger, muskulöser mit dunklen Augen und einer fast schwarzen Mähne – mit einem Messer in der Hand aus einem Versteck hervorstürzte. Die Klinge war kurz, aber scharf.

»Schlag ihn nieder!« rief Oya dem Spiker zu, auf den er zulief. »Dreh dich um!«

Der Klang ihrer Stimme erschreckte den Säuger, und er wich vor ihr zurück, hielt aber nicht in seinem Angriff inne. Er hob die gekrümmte Klinge und schwang sie in hohem Bogen.

Doch der Spiker hatte sie ebenfalls gehört, und für ihn bedeuteten ihre Worte mehr als nur das zischende Brüllen, das der Alien vernommen hatte. Er fuhr herum und hob aus einem Reflex heraus den Schwanz, der durch die Luft peitschte, bevor er dem angreifenden Gegner Brust und Kehle zuwandte. Der Schwanz geriet in Kontakt mit der Klinge.

Der Säuger erkannte, daß er jetzt keine Chance mehr hatte, die Wirbelsäule seines Ziels zu treffen. Doch obwohl der peitschende Schwanz die Klinge traf, schaffte er es, dem Angriff eine andere Richtung zu geben. Mit einem hohlen Pfeifen fuhr das Messer durch die Luft. Der Spiker ließ sich einen Schritt zurückfallen, und nur das rettete ihm das Leben. Die Klinge schnitt in seine Schulter, streifte die Kehle und glitt schließlich von dem schweren Harnisch ab, der seine Brust bedeckte.

Rotes Blut spritzte dem Säuger ins Gesicht. Die Wucht seines eigenen Angriffs ließ ihn fast zu Boden stürzen. Sein Knie berührte den Grund, und ihm blieb keine Zeit, die Klinge abermals zu heben. Der Spiker bellte auf, dankbar für den Angriff, der ihn von seinem ursprünglichen Befehl befreite. Der Schmerz kam ihm zu Hilfe und ließ ihn noch schneller angreifen.

Dicht vor dem Fremden brüllte er auf und griff nach ihm.

»Zurück! Kein Metzeln!« schrie Oya ihn an. Als er

sie ignorierte, fuhr sie herum. »Rusa! Kontrollier sie! Kontrollier sie!«

Doch der Spiker stürzte sich vorwärts, spreizte die Hände, fuhr die Krallen aus und packte das Gesicht des Säugers. Dann schlitzte er sein Opfer mit der großen Klaue an seinem Fuß von der Kehle bis zum Schritt auf.

Zerrissener Stoff teilte sich, und Eingeweide quollen aus der Öffnung. Die weißen Augen des Wesens weiteten sich.

Oya stürmte vorwärts. Sie mußte die beiden trennen.

Der Spiker wischte sie mit einem Schlag beiseite. Bevor sie sich von dem Schlag erholen und ihre größere Masse gegen ihn einsetzen konnte, stieß er seine Schnauze in die Gedärme und zerrte mit ruckartigen Bewegungen daran. Sein Grollen wurde vom Gebrüll anderer Spiker beantwortet, die jetzt auch ihre Opfer aufzuschlitzen begannen. Die ansteckende Wildheit vernebelte ihren Verstand.

Die Anführer unternahmen keinen Versuch, sie aufzuhalten. Blut war vergossen worden, und auch die Weibchen waren hungrig. Als das Gemetzel ihre Gedanken verdunkelte, scherten sie sich nicht mehr darum, welche Auswirkungen das Schlachtfest auf sie haben würde oder weshalb sie überhaupt hier waren.

Der Geruch lockte Oya und weckte in ihr den Wunsch, sich den jungen Kämpfern anzuschließen, sich ebenfalls ihren Weg zu diesen saftigen Genüssen zu treten und zu schlitzen, genau wie die Spiker und ihre Führerinnen.

Sie hob das verkrüppelte Bein, senkte den Kopf und nahm den verkrüppelten Fuß zwischen die Zähne. Der Geschmack von Haut und Schmutz ... der Geruch fließenden Blutes ... Wenn sie sich den eigenen Fuß abbeißen könnte, würde sie schmecken, was die Spiker schmeckten, und sich selbst in das Gemetzel stürzen. Nach wenigen Sekunden würde der Wundschock einsetzen, und es würde sie nicht mehr kümmern, ob es das Glied eines Opfers oder ihr eigenes war.

Plötzlich war überall Blut. Die Männchen stürmten brüllend vorwärts, getrieben gleichermaßen vom Schmerz der eigenen Verwundungen wie von den Verletzungen der dünnhäutigen Gegner. Noch immer strichen Phaserschüsse über den harten Boden, beantwortet von Geschossen aus den Beinwerfern der Spiker-Führerinnen, doch mittlerweile dominierten die Spiker die Szenerie.

Oya mühte sich, ihren Verstand wieder unter Kontrolle zu bekommen. Sie benutzte die Zunge, um den Fuß aus ihrem Maul zu stoßen, und biß die Zähne fest zusammen. Der Geruch von Blut und zerfetztem Fleisch verwirrte ihre Gedanken, doch sie klammerte sich an ihre Aufgabe. Sie mußte sich bewegen, handeln, oder ihre Instinkte würden sie vergessen lassen, weshalb sie hier war.

Blut spritzte und rann die Felsen hinab. Erstickte Schreie tönten über die Lichtung. Gliedmaßen der niedergemetzelten Säuger lagen auf dem Boden verstreut. Die Zelte standen in Flammen, so daß den Säugern nur noch die Felsen als Deckung blieben, und sie waren nicht schnell genug, um den Spikern davonzulaufen.

Zwei der Spiker benutzen ihre Schlitzerklauen, um auf ein kleines Gebilde einzuhacken, bei dem es sich vermutlich um einen Vorratsbehälter handelte, und Oya begriff, daß sich einer der Säuger darin eingeschlossen hatte. Ein Hoffnungsschimmer durchzuckte ihr von Instinkten benebeltes Gehirn. Sie stürzte vorwärts und entging nur knapp dem Klauenhieb eines Spikers, der nicht mehr in der Lage war, zwischen Freund und Feind zu unterscheiden. Er hackte mit der

Fußklaue nach ihr, doch sie schlug sein Bein mit ihrer großen Hand beiseite.

Er begriff die Botschaft und zog sich von ihr zurück. Ohne auf die Phaserschüsse zu achten, die noch immer über die Lichtung zuckten, stieß er seine Schnauze in einen der niedergemetzelten Gegner und begann zu schlingen.

Oya trat über den Spiker und seine Beute hinweg, duckte sich unter dem pulsierenden Kreuzfeuer und marschierte in Richtung des Versorgungsbehälters. Die beiden Spiker zerrten mit ihren Klauen daran oder hämmerten mit leergeschossenen Werfermagazinen dagegen. Sie würde die beiden vertreiben müssen, wenn sie den Säuger in dem Behälter retten wollte, um ihn zu befragen.

Hatten sie noch genug Zeit gehabt, um ein Notsignal auszusenden? Weshalb befand sich diese Außenposten hier? Welchem Zweck dienten die alten Felsformationen? Hatten die Legenden recht?

Die Fragen brachten sie zum Sabbern. Sie klappte das Maul zu und verdrängte den schweren Geruch von Blut und Eingeweiden. Sie hatte ihr Ziel fast erreicht. Die Schreie waren mittlerweile weniger geworden. Fast alle Opfer waren tot. Die Stille löste die immer nach einem Gemetzel auftretenden Hungergefühle aus, und auch die mußte sie niederkämpfen.

Sie richtete ihren Blick auf die buntgefärbten Schwänze der beiden Spiker. Das Kreischen von Metall trieb sie vorwärts, und sie sprang. Erinnerungen an ihre frühere Spikerausbildung wurden wieder wach, und selbst ihr verkrüppeltes Bein reagierte. Schmerz durchzuckte ihre Hüften, doch sie drängte sich brutal zwischen die beiden Spiker.

Ein gelbschwarzer Schwanz schlug quer über ihr Gesicht und zwang sie zu Boden. Ihr Knie stieß gegen die untere Kante des Versorgungsbehälters, doch noch während sie stürzte, hieb sie nach einem der Spiker. Er stürzte zur Seite, sie selbst fiel nach vorn und prallte mit dem Harnisch gegen den Metallbehälter.

Der von ihr niedergeschlagene Spiker lag auf der Seite, strampelte mit den Beinen und wußte nicht recht, ob er noch stand oder nicht. Oya stemmte den Ellbogen in seinen Oberschenkel, richtete sich auf, bis sie auf einem Fuß stand und trat mit dem anderen dem zweiten Spiker in die Rippen. Er stolperte rückwärts und starrte sie dabei aus rotgeränderten Augen an.

Oya erhob sich und langte ins Innere der aufgerissenen Versorgungskiste. Das Wesen darin schlug nach ihr, doch ihr Arm war so lang, daß es mit seinen Schlägen weder ihr Gesicht noch den Hals treffen konnte. Sie würde den Alien herausziehen, ihn retten, um...

Sie wurde von hinten getroffen, ein Schlag quer über den Nacken. Einer der Spiker drängte sich an ihr vorbei, dann der andere. Beide zischten und schnappten in Richtung der Öffnung des Behälters und kämpften gleichzeitig um den Gefangenen im Innern.

Einer von ihnen stemmte den Fuß auf Oyas Nacken und drückte sie in den Schmutz. Energiezellen bedeckten den Boden neben ihren Beinen, und sie erkannte, daß andere Opfer noch immer kämpften. Ihre Schreie verrieten ihr, daß die Spiker reiche Ernte machten.

Nicht viele Waffen hier, kein stark befestigter Außenposten. Kann dies der richtige Ort sein? Zweifel nagten an ihr. Der Platz, den sie suchten – jeder mit Verstand würde ihn bis zum äußersten verteidigen. Denn sonst könnte jemand kommen und das versuchen, was sie selbst vorhatten. Doch konnte solch ein ausgetrockneter, toter Ort die Tür zum Paradies sein?

Ein verrückter Plan, doch ihre Leute waren selbst halb verrückt und bereit, sogar nach der geringsten

Chance zu schnappen. Und sie würde ihnen diese Chance geben, wenn sie konnte.

Wenn sie an diesen beiden Bälgern vorbeikommen konnte.

Das Wesen im Innern des Behälters hatte eine Art Waffe, einen Spaten oder ein Metallstück, mit dem es kämpfte. Die Spiker zuckten zurück, als ihre Arme und Gesichter jedesmal getroffen wurden, wenn sie ins Innere langten, doch sie setzten ihre Bemühungen fort. Plötzlich wurde einer der Spiker von einem spitzen Metallstück am Auge getroffen. Er taumelte rückwärts, das halbe Gesicht aufgerissen. Blut strömte aus der Augenhöhle. Oya stieß ihn aus dem Weg. Trotz der Verletzung beherrschten ihn seine Instinkte weiterhin, und er versuchte, sich wieder vorzudrängen, doch Oya trieb ihn wütend zurück.

Sie packte die Schulter des anderen Spikers und zog. Er krümmte Hals und Rücken und behielt den Kopf im Innern des Loches. Seine Schultern spannten sich, als er sich noch tiefer hineindrängte, und aus dem Innern des Behälters waren das Keuchen und die Abwehrschläge des Säugers zu hören.

»Nein!« brüllte Oya. Sie startete einen neuen Versuch, diesmal an den Beinen des Spikers. Er spürte ihren Griff an seinem Unterschenkel und trat nach ihr.

Völlig außer sich vor Kampfeswut prügelte der Spiker mit drei Gliedmaßen und dem Schwanz auf sie ein, während sein Arm noch immer tief in dem Behälter steckte und nach dem Gefangenen schlug.

Oya verlor alle Hoffnung, als die Schreie aus dem Innern in ein Gurgeln übergingen und dann ganz verstummten.

Sie kippte nach hinten. Der Spiker trat wild nach ihr und wandte sich dann wieder seiner ursprünglichen Absicht zu. Er zerriß den Behälter vollends und zog mit beiden Händen seinen Gewinn heraus.

Der Gefangene war jetzt ein Beutestück. Der Körper war fast in zwei Hälften zerrissen, der Kopf von diversen Schnitten zerfetzt und kaum noch erkennbar. Einer der Arme fehlte. Der Spiker zerrte weiter an dem Körper und kaute schon auf den Rippen herum, noch bevor er ihn ganz aus dem Gehäuse befreit hatte.

Blut bespritzte Oya, als der Spiker an seiner Beute zerrte und sich ganz dem Fressen hingab. Ein ihre Kultur treffend beschreibendes Sprichwort kam ihr bei dem Geruch von Blut und Eingeweiden in den Sinn. Voller Bauch, leerer Verstand.

Sie wußte noch immer nicht, welcher Spezies die Fremden angehörten. Und sie wußte auch nicht, ob sie den richtigen Außenposten überfallen hatten.

Die Umgebung paßte jedenfalls nicht zu den Legenden, die von üppigen Landschaften, hoch aufragenden Bergen, angenehmer Temperatur und reicher Beute erzählten. Hier gab es nur Felsen unter einem leeren Himmel und so wenig Gewächse, daß die Luft schal schmeckte.

Rings um sie beugten sich die Spiker und deren weibliche Führer schmatzend über die Beute und feierten den Sieg mit einer Freßorgie. Es würde Stunden dauern, bis sie wieder einen halbwegs klaren Kopf bekamen. Falls ein Notsignal gesendet worden war und eine weitere Gruppe der Feinde eintraf, würden sie verwirrt und hilflos sein.

Oya klappte ihr Maul zu. Der Geruch von Blut und Eingeweiden drohte ihren Verstand zu überwältigen, doch sie zwang sich, ihre Freßlust niederzukämpfen.

Die anderen würden erst Stunden, nachdem sie sich so überfressen hatten, wieder zu Verstand kommen. Genau das hatte sie befürchtet, seit sie ihren Platz im Raumschiff verlassen hatte. Die Sitze waren nicht so komfortabel wie normale Möbel, die auch Nacken und Schwanz unterstützten, aber um Komfort ging es dabei auch nicht. Raumfahrt war kein Luxus, sondern diente einem Zweck, und sie war die am weitesten fortgeschrittene ihrer Wissenschaften – sie befähigte sie, ihren Planeten zu verlassen und in den Raum vorzudringen, um möglicherweise einen Nutzen aus der verrückten Idee einer Technikerin zu ziehen und die Chance wahrzunehmen, die grandiose Bestimmung zu erfüllen, die die Natur ihrer Rasse versprochen hatte.

Und nach den Monaten, die sie sich von tiefgefrorenen Fleischstücken und Nährstofftabletten ernährt hatten, konnte sie es da schaffen, sie von frischem, salzigem, saftigem Fleisch fortzutreiben?

Nun, sie konnte es versuchen, sofern sie einmal einen Blick auf ihre eigenen Eingeweide werfen wollte.

Vorsichtig bewegte sie sich über die stinkende Lichtung, ständig darum kämpfend, selbst bei Verstand zu bleiben, um die große Felsformation im Zentrum des Vorpostens in Augenschein zu nehmen. Frustriert und voller Zweifel schüttelte sie den Kopf und wandte sich wieder ab. Dann ging sie zu Rusa hinüber.

Die große Führerin steckte fast mit dem ganzen Kopf in der zerfetzten, von oben bis unten aufgeschlitzten Leiche eines Säugers und versuchte mit ruckartigen Bewegungen, die Innereien herauszureißen. Oya hielt sich außer Reichweite des Schwanzes, als sie um Rusa herumging, bis sie in deren Blickfeld gelangte. Rusas Augen wirkten glasig, als stünde sie unter Drogen, ihr Gesicht war blutverschmiert. Der große Kopf schwang leicht zu Oya herum, und sie blinzelte. Der glasige Blick schien tatsächlich etwas wahrzunehmen. Oya machte eine Handbewegung – nicht zu offensichtlich, aber doch ausreichend, wie sie hoffte.

Rusa schien sich wieder ihrer Mahlzeit widmen zu

wollen, doch dann stieß sie so lange gegen den Kopf ihres Opfers, bis er vom Körper abriß, und schob ihn zu Oya hinüber.

Oya nahm ihn auf und entfernte sich dann eilig aus Rusas Reichweite. Der Geruch erfüllte ihre Nüstern. Nur einmal lecken...

Sie strich das blutverkrustete Haar vom Ohr fort. Kein Vulkanier... auch kein Romulaner.

Speichel tropfte aus ihren Mundwinkeln. Sie drückte die Zunge hart gegen den Gaumen und erzitterte. Dann strich sie das Haar aus der Stirn des Opfers. Kein Klingone.

Die offenen Augen waren blau. Kein Rigelianer.

Sie roch das Fleisch. Der Geruch rollte durch ihren Kopf und verwandelte sich in Geschmack.

Terranisch. Wahrscheinlich terranisch. *Menschlich.* Sie hob den Kopf, um die Nüstern mit dem Duft zu füllen. Und da erblickte sie die sich vor dem Himmel abzeichnende, kreisförmige Steinformation, die die Rettung ihrer Rasse sein würde.

»Dies ist der Ort«, sagte sie unter konvulsivischem Zittern. »Dies ist der Ort...«

Sie schaute noch einmal genauer auf die runde Formation und bemühte sich, wie ein Wissenschaftler zu denken, die Fallen der Legenden zu meiden und sich auf die Fakten zu konzentrieren.

»Rusa«, sagte sie, »dies ist der Ort. Verabschiede dich von allem, was du je gekannt hast. Keine weitere Schande mehr über uns. Heute wird sich alles ändern.«

Die Spiker-Führerin drehte sich zu ihr um und schaute sie an, kaute aber weiter an den Rippen ihrer kopflosen Beute. Ihre Augen waren glasig.

Oya spürte all die primitiven Instinkte, die ihre Kultur eingeengt hatten, und empfand Bitterkeit über ihre langsame Entwicklung.

Doch das war vorüber. Sie würden dominieren, wie die Natur es beabsichtigt hatte.

Sie schaute nach unten und drehte den Kopf in ihren Händen, bis er sie nicht mehr ansah. Die Instinkte überrollten sie. Ihre Gedanken verschwammen und wurden nebelhaft.

Von den kommenden Stunden träumend, gab sie nach und stieß ihre Schnauze in das aufgerissene Fleisch.

TEIL I

HOHER WARP

Limitless power mad with endless rage
Withering a soul; a minute seemed an age.
He clutched and hacked at ropes, at rags of sail
Thinking that comfort was a fairy-tale...

John Masefield

Grenzenloser Machthunger und endlose Wut
Verzehren die Seele; eine Minute ein ganzes Zeitalter.
Er zerrte und riß an Leinen und Segeltauen
Und hielt Zufriedenheit für eine Sage...

1

»Kampfstationen. Alle Mann bereit für eintreffenden Feuerschlag.«

Erwartungsvolle Spannung erfüllte die Brücke. Irgend etwas war an diesen uralten Kommandos. Es funktionierte jedesmal.

Der Captain hörte, wie seine Stimme durch das gute Dutzend Decks des Primärrumpfes und das Dutzend weiterer Decks des Triebwerksegments dröhnte, doch er fühlte sich von dem Klang losgelöst.

Die Kommunikationsoffizierin hätte diese Durchsage nur zu gern übernommen – schließlich gehörte das zu ihrem Job –, doch bei Gelegenheiten wie dieser erledigte der Captain das lieber selbst, so daß die Crew seine Stimme hören konnte, bevor er sie in ein Abenteuer verwickelte. Es kam fast einer Entschuldigung gleich und bezeugte zudem, daß er sich hier befand, auf der Brücke, und als erster die Hände ins Feuer hielt.

Keine Emotionen durchschimmern zu lassen und dennoch nicht gefühllos zu erscheinen war eine fast nicht zu bewältigende Aufgabe. Kampfstationen. Okay, Leute, alles in Bereitschaft. Kühl, aber nicht hartherzig. Kontrolliert, ohne seelenlos zu wirken.

Für so etwas sollte es einen eigenen Kurs an der Akademie geben.

Fast hätte er mit dem Finger im Ohr gebohrt, um ein Jucken zu vertreiben, dachte aber noch rechtzeitig daran, wie das aussehen würde. »Die Schilde hoch«, fügte er hinzu. Er tippte auf den Kommunikator in der

Armlehne seines Sessels. »Maschinenraum, bestätigen Sie die Kontrolle über die Schilde.«

Die Stimme eines etwas vorwitzig wirkenden Assistenten antwortete: »Bestätigt, Schilde werden über die Warptriebwerke geleitet, Sir.«

»Bleiben Sie in Bereitschaft.«

Er hatte nie üben müssen, ein Leitbild in Notfällen zu sein – er war das von Natur aus. Seine natürliche Fähigkeit, eine Crew zu leiten, hatte ihm gleichermaßen Ehrfurcht wie Verachtung eingetragen. Doch diesmal war es anders. Diesmal lud er die Zerstörung ein, herüberzukommen und kräftig zuzuschlagen.

Gelbe Alarmleuchten erhellten den oberen Brückenbereich und warfen bernsteinfarbene Blitze auf das halbe Dutzend sehr vertrauter Gesichter der Tagschicht und die drei oder vier anderen, die von ihren Abteilungsleitern zu den Subsystem-Stationen beordert worden waren.

Der Captain sog tief die Luft in seinen kompakten, muskulösen Körper und spürte, wie sie fast im gleichen Moment wieder ausgestoßen wurde. Er brauchte eine weitere Dosis der Medizin und hätte sich fast zum Schiffsarzt umgedreht, der hinter dem Kommandosessel stand, doch sein Verstand befaßte sich weiter mit dem bevorstehenden Feuerschlag, und er entschied, daß es auch so bleiben sollte.

»Hier spricht Captain Kirk vom Raumschiff *Enterprise*. Ich gebe den Angriff frei. Feuern Sie, wenn Sie bereit sind, Gridleys.«

»Gridley Eins hier. Raumschiff *Exeter* bereitet sich auf Feuerschlag vor, Jim. Gridley Zwei, gehen Sie in Position und bestätigen Sie.«

»Gridley Zwei, Captain Phillips, *U.S.S. Farragut*, bestätige.«

»Captain Phillips«, sagte Kirk, »meinen Glückwunsch zu Ihrem ersten Feldeinsatz.«

»Vielen Dank, Captain. Ich bin bereit, wenn Sie beide soweit sind.«

»Ich glaube, wir haben gerade gesagt, daß wir bereit sind«, murmelte Kirk fast unhörbar. »Alles in Bereitschaft bleiben.«

Er stützte sich auf den rechten Ellbogen und starrte unruhig auf den Schirm. Das schwarze Rechteck zeigte den Raum vor ihnen, wo zwei Raumschiffe in Angriffsposition schwebten.

Es war beunruhigend, die anderen Schiffe zu betrachten, perfekte – wenn auch etwas jüngere – Ebenbilder der *Enterprise*, mit diskusförmigen Primärhüllen, auf deren weißen Platten sich das Sternenlicht spiegelte, und den wie Kreidestrichen wirkenden Warpgondeln über dem Triebwerksegment.

Sie hatten schon früher an Kriegsmanövern teilgenommen. Die *Enterprise* hatte sich stets als harter Gegner erwiesen, der mehr einstecken konnte, als die Konstruktion eigentlich vorsah. Als eines von nur zwölf Schiffen seiner Art in einer riesigen Galaxis, die erste ihrer Art, älter und sturmerprobter als alle anderen, war das Sternenschiff ihr Leben. Jemanden auf sie schießen zu lassen, ging jedem einzelnen Besatzungsmitglied erheblich gegen den Strich.

Bringen wir es endlich hinter uns. Bereitmachen, zielen, feuern. Was dauert denn so lange?

»Lieutenant Uhura«, sagte Kirk und sah zu der Frau an der Kommunikationskonsole hinüber, »unterbrechen Sie die Verbindung. Ich will nicht wissen, wann sie den Feuerbefehl geben. Das entwertet doch nur den Test.«

»Ja, Sir«, bestätigte die Frau und hatte die Verbindung unterbrochen, noch bevor ihre Worte verklungen waren.

»Genaugenommen trifft das nicht zu, Captain«, sagte eine ruhige Stimme vom oberen Decksbereich auf seiner rechten Seite. »Die Reaktion der neuen Schildtechnologie auf eintreffendes Feuer steht nicht mit einem Überraschungseffekt in Verbindung.«

Kirk blickte hoch. »Aber meine Reaktion steht damit in Verbindung. Danke, Mr. Spock.«

Der vulkanische Erste Offizier betrachtete ihn ungerührt mit dunklen Augen. Sein Gesicht wirkte ernst, jedoch nicht unfreundlich. Sowohl durch sein Aussehen wie auch durch das blaue Uniformhemd der Wissenschaftsabteilung unterschied er sich von allen anderen auf der Brücke. Die übrigen trugen das Kommando-Gold oder das helle Rot des Maschinenraums...

Nein, das stimmte nicht.

Kirk drehte sich nach links und schaute Leonard McCoy an. Der Doktor war ebenfalls in Blau gekleidet, trug jedoch ein kurzärmeliges, glänzendes Medizinerhemd.

McCoy erwiderte seinen Blick. »Brauchst du eine weitere Dosis, Jim?« fragte er leise – schließlich wollte er nicht alle Anwesenden lautstark darüber informieren, daß der Captain nicht ganz auf der Höhe war.

Obwohl niemand etwas sagte oder auch nur forschend zu ihm hinüberschaute, war Kirk klar, daß jeder seine geröteten Augen registriert hatte, genau wie den Fieberglanz auf den Wangen, das schweißnasse Haar und das angeschwollene Bein, das er mit dem anderen so gut wie möglich zu verbergen suchte. Das kam davon, wenn man als erster einen unwirtlichen Planeten betrat, statt einen stämmigen Fähnrich vorzuschicken.

»Nicht jetzt«, sagte er.

»Du kannst damit nicht allein fertig werden«, beharrte McCoy. »Das ist nicht gerade ein Kater, woran du leidest. Das war der Biß eines Nervenkiller-Skorpions. Was meinst du, weshalb dieses Tier so einen Namen trägt? Weißt du, was das bedeutet?«

»Daß es weh tut.«

»Vor allem bedeutet es, der Biß ist siebzehnmal giftiger als der einer Königskobra und ungefähr vierzigmal schwerer zu behandeln, daher sollte das Opfer besser mit seinem freundlichen Schiffsarzt kooperieren. Was du im Moment spürst, ist die Entzündung der Nervenenden. Du solltest im Bett liegen.«

»Mir gefällt nicht einmal der Klang dieses Wortes, Doktor. So krank bin ich gar nicht.«

McCoy deutete mit einem Schreibstift auf ihn. »Aber nur, weil du heutzutage lebst. Dieser Skorpion glaubt, er hätte dich umgebracht. Und damit hätte er auch recht, wäre ich nicht in der Nähe gewesen.«

»Der Test geht vor.« Kirks Unterarme zitterten. Er zog sie näher an den Oberkörper heran und bemühte sich, eine scheinbar lässige Haltung einzunehmen.

»Na, und worauf warten sie?« knurrte der Doktor.

Kirk drehte sich wieder in Richtung des Schirms. »Gute Frage. Schiff-zu-Schiff-Verbindung.«

»Verbindung steht, Sir«, meldete Uhura.

»Kirk an *Exeter*. Gibt es eine Verzögerung?«

»Newman hier. Keine Verzögerung – wir koordinieren nur gerade unsere Feuersequenzen.«

Kirk warf einen raschen Blick auf Spock und suchte nach der stillschweigenden Zustimmung, die er dort immer finden konnte. Oder zumindest fast immer.

»Ich verstehe ... aber ich möchte zu bedenken geben, meine Herren, daß feindliches Feuer wohl kaum koordiniert erfolgt.«

»Völlig richtig, aber wir wollen Ihnen nicht gleich zuviel aufbrennen.«

»Das sollten Sie aber.« Kirk warf einen raschen Blick auf den Doktor, als ihm das Krächzen in seiner Stimme bewußt wurde. Das verletzte Bein pochte. »Ein Test dieser durch Warpenergie verstärkten Schilde unter Einsatzbedingungen wäre reine Zeitverschwendung, wenn wir sie nicht mit allem belasten, was wir aufbieten können. Und das gilt insbesondere, wenn wir an den nächsten Schritt denken.«

»Da Sie derjenige sind, der den nächsten Schritt tun wird«, erwiderte Douglas Newman, »werden wir es so machen, wie Sie wünschen. Bereiten Sie sich auf Zufallsfeuer vor.«

»Bestätigt. Kirk Ende. Also schön, Leute, jetzt geht's los. Und daß sich niemand hinreißen läßt, das Feuer zu erwidern.«

Ein leises Geräusch schräg hinter ihm erregte seine Aufmerksamkeit, doch als er den Kopf in diese Richtung drehen wollte, verspürte er plötzlich Schmerzen im Hals, die eine Minute zuvor noch nicht dagewesen waren.

»Captain«, sagte Spock, der mit hinter dem Rücken verschränkten Armen neben im auftauchte, »darf ich respektvoll vorschlagen, Sie für die Dauer des Tests der Warpschilde abzulösen?«

Seine Miene wirkte sanft, aber vielleicht entdeckte auch nur Kirk die Sanftheit unter den ernsten Zügen des Vulkaniers. »Danke, Mr. Spock, aber entweder befinde ich mich mit einem lädierten Bein und Fieber auf der Brücke und denke an die Tests, oder ich liege mit einem lädierten Bein und Fieber in meinem Quartier und denke auch an die Tests. Da ich dieser Angelegenheit so oder so nicht entkommen werde, kann ich auch...«

Das Fieber packte ihn und ließ den Schirm vor seinen Augen verschwimmen. Fieber? Er mußte sich mit einer Hand abstützen, um nicht aus dem Sitz kippen.

Es war ein Phasertreffer. McCoy fing seinen drohenden Sturz auf.

Als Kirk wieder sicher im Kommandosessel saß, stellte er dankbar fest, daß der Doktor genug Feingefühl besaß, um nicht laut zu fragen, wie es ihm ging.

»Freundliches Feuer«, knurrte er, als er den Blick wieder auf den großen Schirm richtete.

»Verzeihung, Sir?« Steuermann Sulu neigte sich in seine Richtung, ohne sich direkt umzudrehen.

Kirk preßte den Rücken gegen das warme, schwarze Leder des Sessels. »Nichts, Lieutenant. Aktivieren Sie alle Schilde in zufälliger Reihenfolge. Wenn es in dieser Technologie irgendwelche Schwachstellen gibt, dann will ich sie jetzt herausfinden.«

»Aye, Sir. Befehl wird ausgeführt.«

Spock beugte sich über seine Anzeigen und warnte: »Zweite Salve kommt.«

»Festhalten«, rief Kirk und klammerte sich diesmal an seinen Sessel.

Die phosphoreszierend blauen Blitze von zwei, drei mit voller Stärke abgefeuerten Phasern brachen aus der Hülle der *Exeter* hervor, schossen in gerader Linie auf die *Enterprise* zu, schlugen in die neuen Schilde ein und verteilten sich flackernd um das Schiff.

Das Schiff legte sich unter der Gewalt des Treffers zur Seite und kämpfte gegen die künstliche Schwerkraft, die das Leben in ihm erhielt. Doch fast augenblicklich richtete es sich mit heulenden Kompensatoren wieder auf.

Kirk wischte sich über die Stirn. »Gute Schilde.«

Die beiden anderen Schiffe verließen ihre bisherige Position auf unterschiedlichen Kursen, eines bewegte sich zur Seite, das andere relativ zur *Enterprise* nach unten. Plötzlich beneidete Kirk sie um ihre Bewegungsfreiheit, ihre aktive Teilnahme an dem Spiel. Seine Aufgabe war es, reglos dazuhocken und die Treffer einzustecken.

»Sulu, hart nach Backbord, halbe Impulskraft.«

Die Schultern des Steuermanns spannten sich für einen Moment, dann setzte sich die *Enterprise* in Bewegung.

»Was hast du vor, Jim?« fragte McCoy leise.

»Wir können ebensogut eine richtige Übung veranstalten. Sollen die anderen ruhig auf ein bewegliches Ziel schießen.«

Die beiden Schiffe funkten sie nicht an, sondern reagierten lediglich entsprechend. Es schien fast so, als würden die Phaser jetzt mit etwas mehr Vergnügen in die Abschirmung der *Enterprise* krachen.

»Mr. Nourredine, Zustand der Schilde?«

Ein schmächtiger, orientalisch wirkender Fähnrich, der an der Konsole der Maschinenraum-Subsysteme saß, antwortete: »Mr. Scott meldet, bisher keine Anzeichen von Energieverlust oder Überladung der Warpverbindung. Das Raumzeit-Element scheint entsprechend der Warp-Theorie zu funktionieren, wonach ...«

»Danke. Uhura, unterrichten Sie die *Exeter* und *Farragut*, daß wir in den Warptransit gehen. Ich will sehen, wie die Verbindung funktioniert, wenn die Warptriebwerke unter Hyperlicht laufen.«

Spock richtete sich auf und drehte sich um. »Das gehört nicht zum Testprogramm, Sir.«

Kirk blickte ihn an.

Der Vulkanier neigte den Kopf. »Ist aber durchaus logisch.«

»Gehen Sie auf Warp eins.«

»Warp eins, Sir«, bestätigte Sulu.

Das Raumschiff wurde von einem Summen erfüllt, das eher fühlbar denn hörbar war, und tauchte in den freien Raum ein. Salven der beiden anderen Schiffe trafen aus unterschiedlichen Winkeln auf die neuartigen Schilde, die die Aufschlagenergie der Phaser abfingen und verstreuten. Starfleet-Phaser, auf diese Entfernung abgefeuert, waren schreckliche Waffen, und Kirk spürte die Ängste seiner Besatzung. Niemand wußte besser als Starfleet-Angehörige, wie zerstörerisch ihre eigenen Waffen sein konnten. Bei feindlichem Feuer konnte man sich immer einreden, die gegnerischen Waffen seien unzureichend oder veraltet, doch heute hatte man ihnen befohlen, sich den Feuerschlägen ihrer eigenen Technologie auszusetzen, und das machte einen Unterschied. Einen großen Unterschied.

Kirk ließ seinen Blick schweifen, um die Mienen der Brückenmannschaft abzuschätzen. Die zwölf Raumschiffe galten als die besten und stärksten Einheiten in der bekannten Galaxis, und entsprechend zählte man auch die Besatzungsmitglieder zu den Besten auf ihrem jeweiligen Gebiet. Doch der Ruf, sei er unterstellt oder verdient, bot in Augenblicken wie diesem nur wenig Schutz. Kirk bemerkte, wie sie ihre Ängste hinter ausdruckslosen Mienen zu verbergen suchten. Tatsächlich zeigte Spocks Gesicht in diesem Moment mehr Ausdruck als das aller anderen.

Kirk erhob sich und humpelte zu ihm hinüber. »Bericht, Mr. Spock.«

Diesmal drehte sich der Vulkanier nicht um, sondern verlagerte nur sein Gewicht, während er weiterhin auf seine Datenschirme blickte.

»Warpverbindung ist stabil, Bugschilde arbeiten einwandfrei... Seiten- und Heckdeflektoren zeigen Fluktuationen im Bereich von einem tausendstel Prozent, stabilisieren sich jetzt.« Er bewegte sich zu einem anderen Teil der Computeranlage, deutete mit der Hand auf die Anzeigen und sagte: »Hyperlicht-Kompensatoren zeigen normale Belastung.«

Kirk drehte sich um und lehnte sich gegen das rote Brückengeländer. »Maschinenraum?«

»Mr. Scott meldet, die Belastung ist unwesentlich, Sir«, antwortete Nourredine. »Er kann Ihnen binnen fünf Minuten genaue Daten liefern.«

»Hat keine Eile. Steuermann, gehen Sie wieder auf Unterlicht. Weisen Sie die *Exeter* und *Farragut* an, das

Feuer einzustellen und wieder in Formation zu gehen. Alle Abteilungen melden etwaige Veränderungen dem Ersten Offizier. Meine Damen und Herren, bereiten Sie sich auf Stufe Zwei vor. In fünfzehn Minuten werden wir genau wissen, was diese Schilde aushalten. Vorausgesetzt, wir überleben.«

»Eine Sonne der fünften Größenordnung, eine der stärksten natürlichen Kraftquellen in der Galaxis. Die Gravitation ist stark genug, um zwanzig Planeten von der Größe des Jupiter festzuhalten. Megatonnen von Raummaterie bewegen sich mit extremer Geschwindigkeit, während sie hineingezogen werden. Wenn wir nahe an diesem Blauen Riesen vorbeifliegen, werden die Schilde diese enorme Schwerkraft absorbieren, sämtliche festen Objekte abwehren und außerdem noch die heftige Röntgenstrahlung abweisen müssen. Das Problem bei konventionellen Deflektoren besteht darin, daß sie sich überladen können. Die neuen Schilde hingegen, die über die Warptriebwerke versorgt werden, können Energie durch die Raumzeit ableiten. Extreme Gravitation neigt dazu, die physikalischen Gesetzmäßigkeiten der Raumzeit zu verändern, oder anders ausgedrückt, die Ungenauigkeiten in sämtlichen Gleichungen zu vergrößern. Das heißt, die physikalischen Gegebenheiten werden nicht mehr auf Gewißheiten, sondern auf Wahrscheinlichkeiten beruhen. Dies wird die letzte Stufe des Tests sein, die Kulmination von jahrelanger Laborerprobung und von Testreihen, die mit Drohnen und modifizierten Frachtschiffen durchgeführt wurden. Wir werden näher an einen Blauen Riesen herangehen, als dies jemals jemand zuvor getan hat. Wenn die Warp-Schilde das aushalten, können wir sie als erfolgreiche Neuentwicklung betrachten. Und nur ein großes Raumschiff ist überhaupt in der Lage, sich einer derartigen Belastung auszusetzen und dabei die Chance zu haben, die Angelegenheit zu überstehen.«

»Danke, Mr. Spock. Alles klar, meine Herren?«

»Völlig klar, Captain Kirk.«

»Soweit jedenfalls, wie das ein Major, der kein Physiker ist, begreifen kann, Jim. Ich bin froh, Spock an Ihrer Seite zu wissen, wenn Sie an diesem Monster vorbeifliegen.«

»Ich weiß das auch zu schätzen, Doug. Und es ist auch gut zu wissen, daß Sie und die *Farragut* dort draußen sind für den Fall, daß etwas schiefgeht.«

»Ich hoffe, wir kommen nicht zum Einsatz, denn ansonsten werden wir wohl nur Ihre Vernichtung aufzeichnen können. Und dieser Gedanke gefällt mir nicht besonders.«

Kirk unterdrückte ein Stöhnen und wünschte, sein geschwollener Fuß wurde aufhören zu schmerzen. Was das Stöhnen anging, war er erfolgreich, doch der Fuß ignorierte seinen Wunsch. Immerhin gelang es Kirk, den Schmerz nicht auf seinem Gesicht sichtbar werden zu lassen.

Newman, der auf einem der Monitore von Spocks Station zu sehen war, wirkte älter als bei ihrer letzten Begegnung – vor allem rings um die Augen. Doch das war verständlich. Die *U.S.S. Exeter* hatte achtzehn Monate lang praktisch im Alleingang die klingonische Neutrale Zone überwacht, und das war ein ausgesprochen anstrengender Dienst. Nicht direkt Krieg, aber ein ziemlich angespannter Frieden.

Auf dem anderen Schirm drückte die Miene des neuen Captains der *Farragut* ein gewisses Schuldgefühl darüber aus, daß er sich nicht auf dem Schiff befand, das sich dem Feuerball aussetzen würde.

Kirk kannte diese Art von Schuldgefühl, und es war ihm zuwider. Sein Leben lang hatte er sich freiwillig für gefährliche Missionen gemeldet, nur um eben diesem Gefühl zu entgehen, dieser Empfindung, er hätte anstelle eines anderen antreten sollen... eines anderen, der gestorben war, weil er nicht angetreten war.

McCoy beobachtete ihn. Kirk drehte den Sessel von den forschenden, eisblauen Augen weg. »Wir gehen nicht von unserer Vernichtung aus«, sagte er, »also warten Sie ruhig noch etwas damit, Ihre Schiffslogbücher einzuschalten.«

Beide Captains lächelten von ihren Monitoren herab. »Werden wir«, meinte Newman. »Es war auch nicht so gemeint, wie es sich angehört hat.«

»Macht keinen Unterschied«, erklärte Kirk. »Meine Ohren sind so oder so verstopft.«

»Captain Kirk«, sagte Phillips, »unsere Einsatzplanung läßt uns genug Spielraum, daß Sie sich von der Verletzung erholen können, wenn Sie das möchten.«

»Damit Sie dann dem Hauptquartier melden, ein zehn Zentimeter großer Skorpion hätte mich außer Gefecht gesetzt? Kommt gar nicht in Frage.«

»Es waren vierzehn Zentimeter«, murmelte McCoy.

»Captain«, unterbrach Sulu, »wir kommen jetzt in Reichweite des Blauen Riesen.«

»Maschinen stop.«

»Maschinen gestoppt, Sir.«

»Visuelle Darstellung auf den Hauptschirm. Alarmstufe Gelb. Bleiben Sie in Bereitschaft, Captains.«

Ohne eine Antwort abzuwarten, bedeutete er Uhura, die Verbindung zu trennen. Er wollte nicht, daß sie seinen neuerlichen Schweißausbruch miterlebten.

Die beiden Schirme erloschen. Ein dritter Monitor zeigte die *Exeter* und *Farragut*, die auf der Steuerbordseite der *Enterprise* in Position gingen.

Sulu prüfte noch einmal, ob sämtliche Kompensatoren ordnungsgemäß arbeiteten. Schließlich wollte er die beste Brückencrew von Starfleet nicht blenden. Dann schaltete er den Hauptschirm ein.

»Das ist er also«, stieß der Captain hervor. »Izell.«

»Einer der hellsten Sterne im All«, ergänzte Spock. »Einundfünfzigtausendfünfhundertmal so stark wie die irdische Sonne. Der Durchmesser beträgt rund zehn Millionen Kilometer.«

Vor ihnen glühte ein Ball aus greller, weißblauer Energie mit unglaublicher, zielloser Macht, unfähig, seine eigene Schönheit zu begreifen.

Vielleicht ist das ein Zeichen der Natur, dachte Kirk. *Die Linie, die den Menschen von allem anderen trennt – weil wir uns unserer selbst bewußt sind.*

Mit seinem strontiumweißen Kern und dem elektrischblauen Rand wirkte der Stern so, als befände sich noch eine weitere Sonne in seinem Inneren. Es schien, als könnte man seine ungeheure Energie regelrecht knistern hören. Ein konstanter Strom von Staub und anderer Materie floß auf ihn zu und verschwand in den blauen Flammen.

Für einen Moment waren der Captain und die Besatzung wie gebannt von der wilden, ungezügelten Gewalt. Niemand sagte ein Wort. Alle standen auf ihren Posten und starrten in die Flammen.

Seit Jahrhunderten hatten Künstler versucht, die betäubende Präsenz eines Blauen Riesen auf Leinwand, Glas oder Kristall zu übertragen. Niemandem war es gelungen. Noch immer brachten Reisebüros Shuttles voller zahlungskräftiger Touristen hierher, weil es nichts gab, was der Wirklichkeit gleichkam.

Kirk räusperte sich. »Umschalten auf ultraviolettes Spektrum.«

Spock bewegte kaum wahrnehmbar die Hand, und das Bild auf dem Schirm wechselte. Ultraviolette Wogen strömten aus der gewaltigen Masse hervor, unterbrochen von etwas, das wie dunkelroter Pulsschlag wirkte.

»Röntgenstrahlen.«

Wieder änderte sich das Bild. Die Pulsschläge wechselten zwischen Grün und Silber.

»Man könnte glauben, der Stern lacht uns aus«, murmelte McCoy. »Wenn wir während des Tests explodieren, würde er das nicht mal bemerken. Er hat genug Macht, um eine Nachbarsonne in Fetzen zu reißen.«

»Hat er wahrscheinlich auch gemacht«, antwortete Kirk leise. »Daher stammen all die Trümmer, die auf ihn herabstürzen und verbrennen.«

McCoy lehnte sich gegen den Kommandosessel. »Er ist sogar größer als Rigel.«

»Ja«, bestätigte Spock, als wäre das eine Frage gewesen. »Doch im Gegensatz zu Rigel, der über vierzehn Planeten verfügt, von denen zehn bewohnbar sind, weist Izell lediglich acht auf, und davon hat keiner Leben hervorgebracht oder ist kolonisiert worden.«

»Wir wollen ja auch nicht am Sonnenlicht anderer Leute herumpfuschen«, meinte Kirk und drehte sich zu McCoy um. »Pille, wenn du mich behandeln willst, wäre jetzt der richtige Zeitpunkt.«

»Du solltest besser mit zur Krankenstation kommen«, sagte McCoy. »Du weißt ja, die Behandlung dauert dreizehn Minuten.«

»Sie dauert nur deshalb dreizehn Minuten, weil du alle vier Minuten eine Pause einlegst, um mir deine Meinung über unsere Mission zu erklären. Bring mich einfach über die nächsten zehn Minuten, dann haben wir alles hinter uns.«

McCoy legte seinen Stift auf der Armlehne des Kommandosessels ab und kramte in seiner Medizintasche nach dem Injektor. Offensichtlich hatte er nicht damit gerechnet, diesen Disput zu gewinnen.

»Halt still«, sagte er und preßte den Injektor gegen Kirks Armbeuge.

Der Captain hielt den Atem an. Injektionen schmerzten normalerweise nicht, doch diese brannte schon von der ersten Sekunde an und arbeitete sich weiter brennend den Arm bis zum Nacken hoch. Immerhin lenkte sie ihn von dem pochenden Fuß und dem schmerzenden Knöchel ab.

»Dies hier wird das Fieber und die Infektion für etwa vierzig Minuten eindämmen«, sagte der Doktor. »Zeit genug für dich, um uns in echte Schwierigkeiten zu bringen.« Er deutete auf das schweißbedeckte Gesicht des Captains und dann zur Tür des Turbolifts. »Du kommst in die Krankenstation. Sobald der Test vorbei ist.«

Kirk spürte, wie sich sein Mund zu einem Grinsen verzog. »Verstanden. Und jetzt zum schwierigen Teil.« Er drehte sich halb in seinem Sessel und schaute zu der Gestalt auf dem oberen Teil des Decks hoch. »Mr. Spock.«

»Captain?«

»Kommen Sie bitte hier herunter.«

Spock begab sich zum Captain, blieb aber einen Schritt weiter als üblich neben ihm stehen. Seine blassen Züge wirkten angespannt.

Ohne auf McCoys stumme Neugier zu achten oder darauf, wie seine Gegenwart auf Spock wirken mochte, fragte der Captain mit leiser Stimme. »Also schön ... was ist los?«

Der Vulkanier zögerte, warf einen Blick auf McCoy und zog dann die Augenbrauen zusammen. »Verzeihung, Sir?«

»Das, was Sie stört ... was immer es ist.«

Spock setzte eine verständnislose Miene auf. »Sir ...«

»Sie haben seit sechs Tagen nicht mehr geschlafen«, sagte Kirk. »Sie haben sich alle verfügbaren Informationen über diesen Test beschafft und die Daten in Ihrem Quartier wieder und wieder durchgesehen. Ja, ich weiß, sie arbeiten gründlich, aber es kommt mir trotzdem so vor, als wären Sie sich Ihrer Sache nicht ganz sicher. Ich nehme an, Sie haben bisher keinen Fehler gefunden, denn Sie haben den Test nicht abgebrochen. Als Wissenschaftsoffizier wären Sie dazu berechtigt, aber Sie haben es nicht getan. Trotzdem hat alles, was sie sagen, einen Unterton von... nennen wir es Argwohn. Also muß es irgendwo ein Problem geben.«

Spocks Züge zeigten seinen Widerstand. Er verlagerte sein Gewicht auf das andere Bein und verschränkte die Hände hinter dem Rücken. Als er sprach, klang seine Stimme leise, und die Worte waren wohlabgewogen.

»Es gibt in der Wissenschaft, und insbesondere in der Physik, immer einen Grenzbereich, der sich nur aufgrund von Erfahrung erschließen läßt. Und sehr oft entspricht diese Erfahrung nicht der Theorie. Bedingungen, unter denen extreme Gravitation und hohe Energie herrschen, beeinflussen unsere Gleichungen, indem sie die Raumzeit rings um uns verändern. Je mehr Elemente hinzukommen, desto mehr Unbekannte spielen mit, und um so stärker verändert sich die Gleichung.«

»Lehnen Sie den Test ab?« Mit dieser Frage bot Kirk ihm die Möglichkeit, das ganze Vorhaben abzublasen, ungefähr so, wie McCoy den Captain aus medizinischen Gründen ablösen lassen konnte – womit man seiner Miene nach ohnehin jede Minute rechnen mußte.

Spock hielt inne, schien den Abbruch des Tests tatsächlich in Erwägung zu ziehen, und traf schließlich eine Entscheidung, mit der er selbst nicht glücklich war. »Es gibt keine Fakten, von denen aus ich für einen Abbruch plädieren könnte. Es gibt bestimmte Annahmen, die sich mit Wahrscheinlichkeits-Matrices befassen, aber obwohl eine Vermutung hin und wieder zu richtigen Ergebnissen führen mag, ist doch in der Regel das Gegenteil der Fall. Ich ziehe fundiertes Wissen vor.«

»Anders ausgedrückt«, ergänzte Kirk, »Sie denken, daß wir auf lange Sicht mit Fakten besser fahren?«

McCoy beugte sich vor. »Sie würden nicht einfach zugeben, daß Ihnen die ganze Sache unheimlich ist, oder, Spock?«

Spock musterte ihn, als hätte er eine ernsthafte Frage gestellt. »Ich kann den Test nicht aufgrund von Unbehagen absetzen«, sagte er. Dann schaute er auf Kirk hinab, und in seinen Augen schimmerte Mitgefühl auf. »Es sei denn, natürlich, *Sie* fühlen sich nicht wohl, Captain.«

»Vielen Dank«, meinte Kirk, »aber ich habe bereits beschlossen, die Sache durchzustehen. Wenn dies hier alles vorüber ist, kann ich wenigstens die Beine hochlegen und in Ruhe ein gutes Buch lesen.«

»In der Regel, Mr. Spock«, stichelte McCoy, »ist es ja Ihre hybride Physiologie, die so unwiderstehlich auf exotische Käfer wirkt.«

Er wartete auf die geistreiche, schneidende Replik – üblicherweise das Beste, was einem auf diesem Schiff geboten wurde –, doch eine Sekunde nach der anderen vertickte ...

»Ja«, sagte Spock. »Entschuldigen Sie mich bitte, meine Herren.«

Die beiden schauten ihm nach. Er blickte nicht zurück, sondern ging geradenwegs zu seiner Konsole, legte beide Hände auf die Eingabekontrollen und konzentrierte sich ganz auf die Daten der Monitore.

McCoy wandte den Blick nicht von Spock, während der Erste Offizier seine Instrumente abstimmte. »Tja«, seufzte er, »ich nehme an, jeder hat das Recht, hin und wieder unter Vorahnungen zu leiden.«

»Auf meine Ahnungen würde er sich verlassen«, meinte Kirk, »aber nicht auf seine eigenen.«

Der Doktor neigte sich etwas näher zu ihm. »Sollen wir die Sache mit dem Blauen Riesen verschieben?«

Obwohl der Doktor leise sprach, und obwohl der riesige Stern noch immer seine erschreckende und zugleich faszinierende Schönheit vorführte wie eine Tänzerin, die ihre Petticoats aufblitzen ließ, trugen seine Worte irgendwie über die ganze Brücke. Kirk spürte die Aufmerksamkeit der Besatzung, obwohl niemand zu ihm hinüberschaute. Das mußten sie auch nicht.

Aber sie lauschten.

»Das hier ist unsere Aufgabe«, sagte er ruhig. »Wir sind Forscher, und das bezieht sich nicht nur auf den Weltraum selbst. Wir sind auch ein Werkzeug, mit dem die Föderationswissenschaft ihre haarsträubendsten Ideen umsetzt. Es ist unsere Aufgabe, diese Herausforderung anzunehmen, vorsätzlich eine Katastrophe zu riskieren.«

»Gut, dann sind wir also schneidig«, knurrte McCoy, »jederzeit bereit, unser rotes Blut zu vergießen... Oh, Verzeihung, Spock. Rotes und grünes Blut.«

»Ich sollte das mitschreiben«, meinte Uhura amüsiert.

McCoy warf ihr einen Blick zu. »Auf diese Weise ist Zephram Cochrane über den Warpantrieb gestolpert. Während er nach etwas völlig anderem suchte.«

»Was er nie gefunden hat«, ergänzte Sulu.

»Und was er wohl auch kaum vermißt hat.« Kirk stemmte sich aus dem Sessel hoch. Der Tonfall seiner Stimme erinnerte die anderen wieder an die bevorstehende Aufgabe. »Mr. Chekov, Mr. Sulu, berechnen Sie einen Kurs, der uns über die Äquatorregion führt. Verbinden Sie die Triebwerkskontrolle direkt mit dem Navigationscomputer. Berechnen Sie außerdem drei alternative elliptische Kurse sowie zwei weitere Kurse, die in dreißig Grad Winkeln direkt vom Blauen Riesen wegführen.«

»Aye, Captain«, sagte Chekov im gleichen Moment, in dem Sulu mit »Aye, Sir« antwortete.

Kirk berührte den Kommunikator an seinem Sessel. »Brücke an Maschinenraum.«

Ein paar Sekunden verstrichen. Dieser Umstand verriet ihm, daß man dort unten beschäftigt war und daß zudem die Ingenieure und Assistenten die Anweisungen erhalten hatten, Anrufe von der Brücke nicht selbst zu beantworten, sondern dies dem Chefingenieur zu überlassen.

»Scott hier, Sir.« Eine kräftige, feste Stimme, deren Unterton ein Ich-weiß-was-ich-tue ausdrückte.

»Mr. Scott, wir schalten hier auf der Brücke soviel wie möglich auf Automatik, und ich möchte, daß Sie das ebenfalls tun.«

»In Ordnung, Sir.«

»Wir berechnen überdies zwei Kurse, die uns für den Fall, daß es Schwierigkeiten gibt, in einem spitzen Winkel von dem Stern fortführen. Koordinieren Sie Ihre Maschinen so, daß sie im Bedarfsfall genug Schub zur Verfügung stellen, um aus dem Gravitationsfeld auszubrechen.«

»Klingt vernünftig, Sir. Ich gebe die entsprechenden Daten innerhalb der nächsten zwei Minuten an die Brücke durch.«

»Verstanden. Sulu, stellen Sie sicher, daß der Schirm abgedunkelt wird, wenn das Licht zu intensiv wird, um dabei noch vernünftig arbeiten zu können. Wir werden dem Stern ... ziemlich nahe kommen.«

Er setzte sich mit dem gesunden Bein auf die Kante des Sessels, vermied es aber, sich richtig darauf niederzulassen. Nach einem kurzen, wortlosen Austausch mit Spock, der sich wieder an seiner Station befand, richtete er den Blick auf den Schirm. »Also dann hinein ins Vergnügen. Warpfaktor zwei.«

Als sich das Schiff auf Izell ausrichtete, um den gefahrvollen Kurs einzuschlagen, kamen Kirk seine eigenen Worte wieder in den Sinn. Dies hier gehörte zu ihren Aufgaben. Sich unerschrocken zu zeigen, und das nicht nur im Angesicht eines Feindes. Notfalls zu sterben, auch bei einem Test. Befehle zu befolgen, damit andere sie mutig nennen konnten.

War das Tapferkeit?

Nein, das traf es nicht ganz.

Der Schirm dunkelte sich weiter ab, doch der Blaue Riese brannte trotzdem in fast reinem Weiß, während sie ihm näher kamen. Der elliptische Kurs entlang der Äquatorregion führte sie Kilometer um Kilometer dichter an den Stern heran.

Energie und Gravitation zerrten an ihnen und versuchten sie gleichzeitig wegzustoßen. Das Schiff erzitterte, als die neuen Schilde all diese Energien durch den Warpeffekt leiteten und dann in der Raumzeit verstreuten wie das Flackern von Kerzen in einer unendlichen Spiegelung. Die Datenanzeigen wechselten jetzt so schnell, daß die Besatzung sie nicht mehr ablesen konnte.

Ein Gefühl der Betäubung durchflutete Kirks Körper und vernebelte seinen Geist. Vielleicht hätte er sich doch dieser Behandlung unterziehen sollen.

Doch dann schaute er hoch und sah, wie McCoy schwankte, und an der Station hinter ihm hatte Nourredine die Augen geschlossen und schüttelte den Kopf. McCoys Schreibstift rutschte von der Lehne des Kommandosessels. Kirk sah auf ihn hinunter, und sein Blick verharrte dort. Plötzlich konnte er den Hals nicht mehr bewegen und nicht wieder aufsehen.

Er spreizte die Finger, beugte sich vor und griff nach dem Stift.

Weshalb versuchte er mitten in dieser Situation, ein Schreibgerät aufzuheben? Sollte das Ding doch auf dem Boden liegenbleiben...

Zwei Vorstellungen kollidierten in seinem Kopf. Die eine besagte, alles sei in Ordnung und sie hätten den Test noch gar nicht begonnen. Die andere griff weiter voraus – sie hatten den Test gestartet und jagten jetzt über den endlosen blauen Äquator.

Aber das war doch die Realität. Oder nicht?

Er richtete sich auf und versuchte den Hals zu drehen, damit er auf den Schirm blicken konnte. Doch der Stift hielt seine Aufmerksamkeit gefangen. Er wollte zum Schirm schauen, doch sein Hals bewegte sich nicht. Hatte der Stich des Skorpions den Sieg davongetragen? McCoy hatte irgend etwas von gelähmten Nervenverbindungen gesagt...

Kirk schluckte ein paarmal, nur um festzustellen, ob er noch die Kontrolle über seine Muskeln besaß. Er preßte ein Stöhnen hervor, um seine Stimme zu hören. Bis zu einem gewissen Grad funktionierte noch alles, trotzdem konnte er nur auf den Stift schauen, der dort auf der Lehne des Kommandosessels lag.

Er rutschte über die Kante der Lehne und fiel wieder.

Wieder... und *wieder*.

Kirk versuchte den Kopf zu drehen, doch er hätte ebensogut eine aus Granit geformte Statue sein können. Allein das Kinn zu bewegen war schon so schwer wie Eisen zu verbiegen.

»Spock! Zeit... Warp!«

2

Der Abschuß muß von einem möglichst hohen Punkt aus erfolgen. Wir müssen sie antreiben.«

»Du kümmerst dich um deine Wissenschaft. Ich sorge dafür, daß sie in Bewegung bleiben.«

Die Spiker hatten gefressen, daher waren sie noch immer träge. Der Trick bestand darin, sie an die Arbeit zu bringen, wenn sie langsam wieder hungrig wurden, aber deswegen noch nicht den Verstand verloren.

Rusa hatte schon dreimal gesagt, sie würde dafür sorgen, daß sie in Bewegung blieben.

Trotzdem wurde Oya von Zweifeln geplagt und war innerlich angespannt. Dieser Ort... hier konnten sie alle den Verstand verlieren. Er unterschied sich so sehr von dem Ort, von dem aus sie gestartet waren, und doch befand er sich irgendwie nur einen Schritt davon entfernt.

Mittelgroße Berge, vielfältiges Leben, zumindest zwei durch einen Meeresarm voneinander getrennte, große Kontinente. Tiere, wohin man sah. Sehr warme Luft. Tropen voller Feuchtigkeit und Leben. An den Ufern warmes, salziges Wasser, das weniger Sauerstoff enthielt als kaltes Wasser; tiefe, stille und sauerstoffarme Ozeanbecken.

Wenn sie doch nur Zeit hätten, um alles zu studieren!

Doch diese Zeit würde kommen. Sie würde kommen. Es war ein Paradies für Spiker. Schon in ein paar

Tagen würden sie in der Lage sein, sich über das Land auszubreiten und hier ohne große Anstrengung zu leben. Ein Paradies. Nie wieder Felsen, nie wieder Ruinen. Sie waren durch das Tor gegangen, und nun würde die Galaxis ihnen gehören.

Sie mußten nur dafür sorgen, daß die Spiker nicht schon vorher den Verstand verloren. Rusa mußte sie unter Kontrolle halten.

Oya bahnte sich einen Weg durch die üppige Vegetation und hielt sich selbst dazu an, das meiste von dem, was sie um sich herum sah, zu ignorieren und lediglich von Zeit zu Zeit einen Blick auf die Sensoren an ihrem Harnisch zu werfen. Sie würde noch genug Zeit haben. Ihr ganzes Leben lang.

Der Geruch starker tierischer Ausdünstung umhüllte das Team, das die mit Ausrüstungsgegenständen überladenen Wagen zog. Sie hatten alles mitgenommen, als sie hindurchgegangen waren – Raketenwerfer, Ersatzwerfer, Sequenzer, Computer und Sensoren, Kartographiergeräte, Lebensmittelrationen, um die Spiker von der Jagd abzuhalten, Antennengitter, Strahler, Plastikbehälter, Partikelbeschleuniger, Intermix-Kammern...

»Technikerin! *Denkst* du schon wieder oder gehst du? Du fällst zurück.«

Abrupt unterbrach Oya den Versuch, die Ausrüstungsliste zum zehntenmal durchzugehen. Spiker und Führerinnen konnten dieses Tempo ohne Anstrengung durchhalten, doch sie mußte sich konzentrieren, wenn sie mit ihnen Schritt halten wollte.

»Ja«, murmelte sie unhörbar, »ich gehe ja schon.«

Schwere, feuchte Luft. Der Geruch von Lebewesen wurde von einer schwachen Brise herangetragen. Mit jedem Schritt wurden die Spiker hungriger. Die Männchen schnappten bereits nach Insekten, und hin und wieder erwischten sie sogar eines. Alle paar Minuten zuckte ein gewölbter Schädel zur Seite, schnappten scharfe Fangzähne, während gleichzeitig der Schwanz in die andere Richtung schwang, um die Bewegung zu kompensieren. Am liebsten hätten sie angehalten, die Ausrüstung an Ort und Stelle aufgebaut und die Sache sofort hinter sich gebracht. Jedesmal, wenn sie grollend eine Pause einlegten, mußte Oya sie regelrecht zwingen, weiter in Richtung der höher gelegenen, weniger waldreichen Gebiete vorzurücken.

Direkt vor Oya trampelten Rusa und ein paar der übrigen Führerinnen durch das Gebüsch. Vor ihnen mühten sich die Spiker mit den Frachtschlitten ab, und an der Spitze gingen wieder zwei der Weibchen. Ihre Köpfe bewegten sich bei jedem Schritt vor und zurück, die Arme hatten sie dicht an die Brust gepreßt, die Hände befanden sich in Ruhestellung. Heute erledigten ihre Beine die ganze Arbeit.

Hier in dieser unzivilisierten Gegend gab es genug Platz, um auszuschreiten und sich frei zu bewegen, eine Erleichterung im Vergleich zu den Strapazen der Reise. Wegen des großen Platzbedarfs, den ihre Körper bei einer Drehung benötigten, stellten Raumreisen immer eine unerquickliche Angelegenheit dar. Ein paar der wenigen Raumfahrer, über die ihre Rasse verfügte, hatten sich deswegen die Schwänze amputieren lassen, doch der Preis dafür bestand im unvermeidlichen Verlust der Balance.

Dies hier war keine üble Gegend. Heiß, feucht, dichtbewachsen, vulkanisch. Überall wimmelte es von Fröschen, Echsen und Salamandern. Auch davon schnappten sich die Spiker hin und wieder einzelne Exemplare.

Nach der Mission würden sie hier reichlich Nahrung finden. Sie konnten von Landtieren, Fischen, Schalentieren oder Insekten leben – von allem eben, was diese Umgebung einem gesunden Raubtier bieten mochte. Es gab eine Menge warmblütiger Lebewesen. Der Geruch ihrer Körper war überall wahrzunehmen. Pflanzen konnten Gewürze liefern und das Aroma verbessern, doch richtige Nahrung sollte frisch getötet und noch warm sein.

Etwas stieß aus dem Himmel herab, flatterte über die Reihe der Spiker hinweg, die zischten und danach schnappten, doch das Wesen schraubte sich schon wieder in die Luft empor, noch bevor Oya einen richtigen Blick darauf werfen konnte. Klein, schnell und offensichtlich neugierig. Wenn es noch einmal versuchen sollte, sie so tief zu überfliegen, würde seine Neugier es in eine Mahlzeit verwandeln. Wenn sie Glück hatten, erwischte es nur einer der Spiker. Sollten zwei es gleichzeitig packen, würde es einen Kampf geben.

Und das würde Zeit kosten. Oya seufzte verärgert und gestand sich ein, daß sie sich ihrer Berechnungen selbst nicht ganz sicher war. Wieviel Zeit würden sie wirklich brauchen, um die Abschußvorrichtung aufzubauen? Würde der automatische Zielsucher funktionieren? Ihr blieben entweder wenige Minuten oder eine Million Jahre, und nur ihr Verstand, ihre wilden Berechnungen, die keine Maschine überprüfen konnte, ließen sie auf einen Erfolg und die Wunder der Zukunft hoffen.

Plötzlich brachen zwei der Spiker seitlich aus und schnappten nach etwas im Gebüsch. Blätter raschelten, und noch bevor Oya erkennen konnte, was dort geschah, wirbelte ein formloser Fleischfetzen durch die Luft und landete auf ihrem rechten Auge. Hatten sich die beiden gegenseitig angegriffen?

»Was ist passiert? Was ist los?« rief sie. Der Geruch von rohem Fleisch und rotem Blut füllte ihre Nüstern, als sie sich das Stück Muskelfleisch aus dem Gesicht wischte.

Rusa stürmte auf die Stelle zu, stieß die jungen

Männchen aus dem Weg und zwang sie, sich wieder in die Linie einzureihen.

»Was ist da los?« fragte Oya wieder.

Rusa beugte sich vor und untersuchte, was sich neben der Wurzel einer stacheligen Pflanze befand, die eine einzelne Blüte hervorgebracht hatte. »Aas«, sagte sie.

Verzweifelt hob Oya den Kopf. »Laß sie nicht fressen!«

Doch es war zu spät. Drei der Spiker nagten bereits an dem Aas neben Rusas stämmigen Beinen. Ihre Augen verschleierten sich, als sie leckten und schluckten und ihre eigentliche Aufgabe vergaßen.

»Der Kadaver ist noch frisch«, erklärte Rusa und hob den Kopf, um in das Tal hinabzusehen. »Was immer dieses Tier getötet hat, es befindet sich noch in der Nähe.«

»Jagen wir es«, schlug eines der anderen Weibchen vor.

»Keine Zeit!« protestierte Oya.

Rusa fuhr zu ihr herum. »Das weißt du nicht. Wir könnten auch tausend Jahre Zeit haben.«

Oya schüttelte den Kopf. »Genau auf diese Weise verlieren wir alle unsere Chancen.«

»Nein«, widersprach Rusa, »auf diese Weise erhalte ich die Loyalität. Es schadet nichts, sie jagen zu lassen. Aber wenn sie sich in ihrem Blutdurst gegen mich wenden, dann gibt es keinen Anführer mehr, der sie vorwärts treibt, und damit wäre dann auch deine Mission beendet. Dann geben sie nämlich auf und beschränken sich nur noch aufs Fressen und Schlafen. Und wo bleibst du dann?«

»In ein paar Tagen wird das sowieso alles sein, was sie noch tun können«, knurrte Oya. »Warum können die Männchen nicht weiter denken, als ihr Instinkt reicht?«

»Sie sind gut in dem, was sie tun. Kümmere du dich lieber um deine eigenen Angelegenheiten.«

Trotz der Verachtung, die ihre Spezies so oft den Technikern, Denkern und Entwicklern entgegenbrachte, war sich Oya der Tatsache bewußt, daß man ihr ein komplettes Team zur Verfügung gestellt hatte, um ihre Theorie zu testen, und daß Rusa und die anderen ihr Leben diesem Zweck opferten. Selbst wenn sie ihr mit Geringschätzung begegneten und ihre Versuche, ihnen ihr Vorhaben zu erklären, regelmäßig abwürgten, so hatten sie doch alles dafür aufgegeben. Den Rest ihres Lebens würden sie hier verbringen.

Die göttliche Überlegenheit würde dem Clan gehören, so wie es jene, die sie einst auf ihrem Planeten ansiedelten, stets beabsichtigt hatten. Bisher hatten sie bei dem Versuch, ihre Bestimmung zu erlangen, versagt. Bis heute hatte es für sie nichts als stark eingeschränktes Wachstum gegeben, denn sie waren von den Niederen eingeschlossen. Doch heute, endlich, besaßen sie eine Zukunft.

In der Ferne brüllte ein großes Tier, ein Klang, als wenn Metall über Kies schabt. Plötzliches Begreifen durchfuhr Oya. Den Rest ihres Lebens, hier ... Irgendwann würden ihnen die Lebensmittel ausgehen, die Ausrüstung würde nicht mehr funktionieren, und dann würden sie sich von dem Überfluß an Leben ernähren müssen, sofern dieser Überfluß nicht beschloß, selbst Jagd auf sie zu machen.

Sie erschauerte von Kopf bis Fuß. Von vielen in der besiedelten Galaxis war der Clan als primitiv bezeichnet worden, als unterentwickelt, ja sogar als Fehlentwicklung der Natur. Sie selbst und die anderen ihrer Art wußten, daß das nicht stimmte. Ungeachtet der Ähnlichkeit zwischen dem Clan und Wesen aus der fernen Vergangenheit, ungeachtet auch dessen, was die anderen dachten, die Klingonen, Romulaner und Föderationsmitglieder – der Clan wußte, was er war.

Und jetzt würden es auch die anderen erfahren.

Oh, sie träumte. Sie ließ ihre Gedanken vom Geruch des Blutes davontragen. Sie träumte davon zu wissen, was geschehen würde, all die wunderbaren Ereignisse zu sehen, die kommen würden, die glorreichen Eroberungen, die Überlegenheit, die dem Clan von heute an zuteil sein würde. Welch eine Zukunft! Endlich, endlich.

»Seht!« Einer der Spiker hob die Hand und deutete auf etwas. »Dort sind sie!«

In dem flachen Tal zu ihrer Linken raschelte es in den niedrigen, großblättrigen Büschen, und ganz plötzlich erblickten sie ein halbes Dutzend schmaler Gesichter. Für einen Moment glaubte Oya, sie hätten einen Schwarm Vögel vor sich, doch die Gesichter waren ledrig und grünlich braun, mit spitzen Zähnen und nach vorne gerichteten Augen.

»Was sind das für Wesen?« fragte eines der anderen Weibchen. Sie hieß Aur und redete normalerweise nicht sehr viel. Ihre Stimme zitterte leicht.

»Ich weiß, was sie sind«, erwiderte Oya.

Rusa fuhr zu ihr herum. »Und, was sind sie?«

»Als Gruppe arbeitende Jäger. Ich habe Fossilien von ihnen in Büchern gesehen.«

»Greifen wir sie an!« stieß einer der Spiker hervor. In seinen Augen leuchtete Gier. »Wir können sie dazu bringen, gegen uns zu kämpfen.«

Die anderen nickten und gröhlten Beifall.

Oya trat einen Schritt vor. »Rusa, Aur, ich bitte euch.«

»Spiker brauchen den Sport genauso wie Nahrung.«

Ohne die Diskussion der Weibchen abzuwarten, streiften die Spiker ihre Harnische ab. Vor wenigen Augenblicken waren sie noch müde und erschöpft gewesen, doch jetzt entdeckten sie plötzlich eine Energiereserve. Dafür hatte der Geruch von Blut und Fleisch gesorgt.

»Die Hälfte von euch geht«, bestimmte Rusa. »Der vordere Teil der Reihe bleibt hier.«

Die Spiker an der Spitze heulten auf und erhoben Einspruch. Rusa wischte ihre Einwände mit einer Handbewegung beiseite, und so fügten sie sich, auch wenn sie vor Enttäuschung knurrten. Immerhin war Rusa nicht nur groß, sondern auch für ihr Durchsetzungsvermögen bekannt.

Innerhalb von Sekunden hatten sich die Spiker bis auf die Haut ausgezogen und sammelten sich am Rand der Senke.

»Nein, Rusa, das ist falsch!« Oya unterstrich ihren Ausruf mit einer heftigen Handbewegung. »Das dort unten sind hochentwickelte Jäger. Für sie ist das kein Spiel! Kannst du nicht erkennen, was sie sind?«

»Tiere.« Rusa schüttelte den mächtigen Schädel. »Kümmere du dich um deine Wissenschaft. Ihr anderen, zieht los und bringt Fleisch mit, dann müssen wir nicht mehr anhalten, bis wir einen Platz gefunden haben, um den Werfer aufzubauen!«

Die Hälfte der jungen Männchen stürmte über den Rand der Senke und stolperte ins Tal hinab. Sie hatten monatelang an diesem Projekt gearbeitet, waren wochenlang durch das All gereist, hatten bereitwillig ihren Platz in der Gesellschaft aufgegeben und ihre Zukunft dieser Aufgabe geopfert, und jetzt wollten sie nur noch spielen.

Zehn Spiker tobten den Hang hinab und sonnten sich im Neid jener, die sie zurückließen. Die anderen hockten sich in Ruhestellung nieder und beobachteten das Geschehen.

Die Reaktion auf den Ansturm der Spiker bestand aus einem Wirbel von Fersen und Schwänzen im Gebüsch unten im Tal, begleitet von Pfiffen und aufgeregtem Quietschen. Die Spiker prasselten durch das Unterholz, schnappten und stampften und brachen mindestens ebensoviele Äste ab, wie sie übersprangen, um mit diesem Lärm die schnellen, kleinen Jäger anzulocken. Als sie den Talgrund erreichten, wandten sie sich abrupt nach rechts, um offenes Gelände zu erreichen.

Die kleinen Jäger nahmen die Verfolgung auf, als glaubten auch sie, jetzt wäre die Zeit zum Spielen gekommen. Ihrem Spiel haftete jedoch eine besondere Wildheit an. Ihre Köpfe waren weit vorgereckt, die Lippen zurückgezogen und die Zähne gebleckt. Sie hatten die Augen unter den schützenden Knochenwülsten aufgerissen und die langen Krallen ihrer Pfoten durchschnitten die Luft. Auch sie besaßen halbmondförmige Klauen an den Füßen, doch ihre waren, gemessen am Körpergewicht, weitaus länger als die der Spiker. Als Oya diese über die Felsen scharrenden Klauen erblickte, dachte sie an ihr lahmes Bein und erschauerte unwillkürlich. Die Jäger hätten sie schon längst eingeholt und in Stücke gerissen.

»Rusa«, sagte sie angespannt, »ruf die Spiker zurück.«

»Es ist nur ein Spiel, Oya.«

»Nein, das ist es nicht.«

Die rennenden Spiker teilten sich in zwei Gruppen und zwangen die sie verfolgenden Jäger auf diese Weise, sich ebenfalls aufzuspalten. Doch der Versuch, die kleineren Echsen auf diese Weise zu verwirren, mißlang. Ein paar der Clan-Männchen schauten zurück, um zu überprüfen, wieviel Vorsprung sie gewonnen hatten, doch die kleinen Jäger ließen den Abstand nicht kleiner werden. Sie trennten sich in fast perfekter Symmetrie und teilten sich wie ein Blatt, das vom Wind zerrissen wird.

Die Spiker grunzten und liefen schneller, um die Verfolger ins offene Gelände zu locken.

»Macht wenigstens eure Waffen schußbereit«, drängte Oya.

»Wegen ein paar Echsen?« knurrte Rusa verächtlich. »Lächerlich.«

Oya drängte sich an den beobachtenden Spikern vorbei, die vor lauter Gier mit den Gebissen klapperten, ging zu Rusa hinüber und deutete ins Tal hinunter.

»Das sind keine Echsen! Es sind Warmblüter! Und intelligent. Schau dir die Position ihrer Augen an und achte darauf, wo das Gehirn sitzt. Rusa, laß die Waffen schußbereit machen!«

»Es ist nur ein Spiel. Und das da sind Tiere. Es ist die gottgegebene Natur des Clans zu siegen. Also setz dich, entspann dich und schau zu.«

Es war die Natur des Clans, den Sieg zu feiern und Zeit damit zu verschwenden, die Besiegten zu fressen. Das gehörte zu den übermächtigen Instinkten, die seine wissenschaftliche Entwicklung gebremst und so anderen die Chance gegeben hatten, die Galaxis zu beherrschen. Die Clanangehörigen waren gute Jäger und standen an der Spitze der Nahrungspyramide ihres Planeten – und sie mußten sich geradezu zwingen, ihren Verstand zu benutzen. Sobald sie ihre Bäuche vollgeschlagen hatten, interessierten sie sich für gar nichts mehr.

Oya war eine Denkerin, und mit diesem Stigma hatte sie den größten Teil ihres Lebens zubringen müssen. Der Clan hätte erfolgreicher sein können als Terraner, Romulaner, Orioner oder sonst jemand, doch ihr Volk war stets von seinen Instinkten überwältigt worden. Der größte Teil ihres wissenschaftlichen Wissens stammte von anderen Völkern und wurde von Leuten wie ihr am Leben erhalten, von der niederen Kaste, dem notwendigen Übel. Bewundert wurden nur diejenigen mit der besten Witterung für Blut. Die besten Fresser.

Da Oya nie in der Lage gewesen war, physisch mit ihnen gleichzuziehen, hatte sie ihren Verstand ausgebildet. Sie hatte Gesellschaften studiert, die sich schneller entwickelten, und dabei herausgefunden, daß nicht jedes andere Lebewesen einfach nur Futter darstellte. Die Götter hatten ihr Volk an die Spitze der Nahrungskette ihres Planeten gesetzt, und so waren sie nie selbst gefressen worden.

Sie hatten niemals ein genetisches Bindeglied zwischen ihnen selbst und ihrem Planeten entdecken können. Man hatte sie ohne Vorfahren auf ihren Planeten gebracht. Sie waren Kinder, die einem höheren Zweck dienten.

Doch als sie zum erstenmal in die Galaxis hinauszogen, um auch dort zu erobern und zu herrschen, waren sie zurückgetrieben worden. Man hatte sie daran gehindert, ihr Ziel zu erreichen, und ihre Bestimmung als auserwähltes Volk blieb unerfüllt.

Generation um Generation waren sie von der Föderation zurückgedrängt worden. Von den Menschen. Menschen... die genauso schmeckten wie die flinken kleinen Tiere auf der Welt des Clans.

Das Gefühl von Demütigung durchzuckte Oya. Genau diese Empfindung hatte sie auch dazu gebracht, ihren Plan zu entwickeln und vor die Führer zu treten, um ihn zu erklären und nochmals zu erklären, das nächste Essen abzuwarten und ihn dann abermals zu erklären.

Diese jungen Spiker waren genau richtig für diese Aufgabe. Vor fünf Jahren waren sie aus den jungen Nestlingen ausgewählt und auf ihre Aufgabe vorbereitet worden. Kräftige Beine, schmaler Körperbau, nicht zu groß – also genau passend für den Raumflug und die anschließenden langen Märsche durch Dschungel und Urwälder.

Oya selbst paßte nicht in dieses Muster, das war ihr klar. Aber sie war diejenige, die sich den Plan ausgedacht hatte.

Und trotzdem empfand sie, während sie zuschaute, wie die Spiker durch das Buschwerk brachen, den Wunsch, auch zu den Jägern zu gehören, eine von jenen zu sein, die immer genug zu essen hatten.

Die neun verbliebenen Spiker neben ihr hatten Schaum vor dem Maul und schnatterten vor Aufregung. Ob Rusa es schaffte, sie zurückzuhalten? Sie lechzten danach, auch an die Reihe zu kommen.

Oya schloß die Augen. Sie selbst würde nie eine Chance erhalten, sondern für immer von den Resten leben, die ihr die anderen zuwarfen.

Der Kadaver machte sie wild! Sie schaute zu Rusa hinüber, die noch immer vor dem Beutestück Wache stand.

Oya hockte sich nieder und beugte sich vor, bis ihre Brust beinahe den Boden berührte. Gier durchflutete ihren Körper und ließ sie spasmisch zucken.

Die Jäger strebten danach, offenes Gelände zu erreichen. Die Spiker wiederum ließen sich gerne vorwärts treiben und pfiffen vor Begeisterung über das Spiel. Nur noch ein Augenblick, dann würden sie sich gegen die Verfolger wenden und selbst angreifen.

Die Büsche fielen hinter ihnen zurück und die Spiker schossen in die Talsenke hinaus, ein Gebiet mit spärlichem Bewuchs und sandigem Boden, der unter den hämmernden Füßen aufstob.

»Rusa!« rief Oya und sprang auf. »Sie werden gefressen! Unternimm etwas!«

Selbst während der frühen Stammeskriege, lange bevor sich der Planet mit der restlichen Galaxis anlegte, hatten sie sich niemals gegenseitig gefressen.

Selbst die Leichen ihrer Gegner hatten sie verbrannt. *Keiner soll verschlungen werden.*
»Rusa!«
Rusa starrte wie gebannt auf die Fontäne aus Blut und Fleischfetzen, die sich aus der Staubwolke erhob.
»Die Waffen raus!« brüllte sie. »Geht nach unten! Die Waffen raus!«
Die schockierten Männchen oben auf dem Hang blickten sich gegenseitig an, dann auf Rusa und schließlich ins Tal hinab – und begriffen nichts. Dort unten verteilte sich der Staub und sank teilweise wieder zu Boden, so daß die Köpfe und die um sich schlagenden Schwänze der Spiker sichtbar wurden.
Blutige Köpfe, zerfetzte Schwänze. An einem Dutzend Stellen öffneten sich die Staubwolken wie Blüten und gaben den Blick auf den Talgrund frei, doch was jetzt sichtbar wurde, war erschreckend. Von vorn und von den Seiten waren die Spiker von mehr als zwanzig Jägern eingekesselt worden – zwanzig *zusätzlichen* Jägern. Erschöpft von einer Jagd, die sie, wie sie geglaubt hatten, selbst anführten, waren die jungen Männchen jetzt in einem Wirbel koordinierter Angriffe gefangen. Alle paar Sekunden entkam hier und dort einer der Spiker für einen Augenblick der Staubwolke, und dann wurden aufgerissene und punktierte Haut und zerfetzte Kehlen sichtbar, bevor das Männchen wieder in den Wirbel zurückgezogen wurde.
Paralysiert von dem Anblick schnappte Oya mit offenem Maul nach Luft. Rusa feuerte wild ins Tal hinunter, doch ihre in das Gemetzel einschlagenden Energiestrahlen wirbelten nur einige der Jäger durcheinander. In Sekundenschnelle erkannten sie, daß sie nicht verletzt worden waren, und stürzten sich wieder auf die von Panik ergriffenen Spiker. Der Angriff war brutal, schnell und gut koordiniert. Teamwork – und dafür war Intelligenz erforderlich.

Die Spiker gingen in die Knie, ein jeder von fünf oder sechs der kleinen Jäger bedeckt, deren halbmondförmige Klauen sich zwischen die Rippen der Männchen bohrten und die Lungen zerfetzten. Die Spiker brachen zusammen wie Marionetten, deren Fäden man durchschnitten hatte.

»Los! Los!« brüllte Rusa und schlug mit den Fäusten auf die Rücken der Spiker um sie herum ein. Bei jedem Schlag kam eines der jungen Männchen wieder zu Sinnen, schwang seine Waffen und stürzte sich hinab in das Getümmel.

Als fünf unterwegs waren, hielt Rusa die übrigen zurück. »Benutzt eure Waffen!« rief sie. »Feuert! Feuert!«

Zwei der Männchen reagierten auf die Anweisung. Energiespiralen bohrten sich in das Gemetzel und schleuderten die kleinen Jäger von ihrer Beute weg, doch insgesamt bewirkten sie zuwenig.

»Seht!« rief Oya. »Da kommen noch mehr!«

Zwanzig, fünfundzwanzig weitere Jäger drangen aus den Büschen hervor und warfen sich den jetzt in den Kampf eingreifenden Spikern entgegen. Ein paar wurden fast augenblicklich von Energiestrahlen zerfetzt. Doch selbst die frischen Männchen konnten sich nicht schnell genug bewegen, um so vieler organisiert angreifender Gegner Herr zu werden. Die Energiewaffen feuerten heulend. Fleisch wurde weggerissen, zerschmetterte Knochen flogen durch die Luft und bohrten Furchen in den Sand. Wieder verdichtete sich die Staubwolke. Leergeschossene Waffen landeten auf dem Boden. Andere feuerten mit wilder Entschlossenheit weiter.

Nach und nach gaben die Jäger auf und suchten Deckung im dichten Unterholz, bis die Spiker schließlich das Schlachtfeld beherrschten.

»Kommt zurück! Beeilung!« Rusa schwenkte ihre

Waffe über dem Kopf, um die geschockten Spiker aus ihrer Trance aufzuschrecken. »Zieht euch zurück und kommt schnell her!«

Die verwirrten, angsterfüllten Spiker kletterten den Hang empor und drängten sich verstört hinter Rusa zusammen.

Wenige Sekunden später raschelte es wieder im Gebüsch. Die Jäger streckten ihre Nasen aus dem Unterholz, spähten zur Hügelkuppe empor und nahmen dann wieder Kurs auf das Schlachtfeld.

Und dort begannen sie damit, die zerfetzten, sterbenden Männchen aufzufressen.

Vor Wut zitternd drängte sich Oya rücksichtslos zwischen zwei Spikern durch, wobei sie ihnen beinahe selbst die Haut zerfetzt hätte, und riß Rusas Waffe aus dem Holster.

»Wir dürfen das nicht zulassen!«

Ein heftiger Schlag traf ihr Gesicht. Der Hieb schleuderte ihren Kopf nach hinten und ließ sie taumeln.

»Es ist vorbei«, dröhnte Rusa wütend. »Wenn wir versuchen, sie zu retten, verlieren wir nur noch mehr. Spiker, ausrichten... *Ausrichten!* Harnische anlegen! Verdoppelt die Lasten und sortiert die Lagerausrüstung aus. Nehmt nur die wissenschaftlichen Geräte mit... Und hört auf, ins Tal zu schauen! An die Arbeit! Aur! Du übernimmst die Führung. Oya, schau nicht dort hinunter. Wir gehen jetzt zu deinem hochgelegenen Platz.«

Die verängstigten und von dem Anblick schockierten Spiker sammelten langsam ihre Harnische auf und verdoppelten die Tragelasten, schlüpften in die Zuggeschirre und übernahmen die Pflichten derer, die sich hatten vergnügen wollen und jetzt in Stücke gerissen im Tal lagen. Rusa, Aur und die anderen Weibchen drängten sie vorwärts, ängstlich darauf bedacht, von hier zu verschwinden, bevor die schnellen Teufel auf die Idee kamen, den Hang hinaufzuklettern.

An so etwas waren sie nicht gewöhnt. Niemand konnte sich an eine Zeit erinnern, in der der Clan von Jägern überwältigt worden wäre. Sie selbst waren stets die stärksten und wildesten auf ihrem Planeten gewesen. Und was war jetzt geschehen? Trotz ihrer Waffen? Und wie lange würden die Waffen funktionieren? Dort unten im Tal hatte sich alles für sie geändert.

Das hier war nicht das Paradies. Zum erstenmal in ihrer Geschichte waren Mitglieder des Clans gefressen worden.

Mit zitternden Knien und heftig pochendem Herzen ließ sich Oya nach vorn sinken und stützte sich mit den Händen auf dem Boden auf, erfüllt von Wut und Haß auf das, was sie zu tun gezwungen waren. Sie selbst hätte auch noch den letzten Spiker dort hinuntergejagt, und auch die Führerinnen, bis sie alle von den cleveren Killern dort unten zerfetzt worden wären.

Sie wären alle tot. Die Mission gescheitert. Die Zukunft verloren. Rusa hatte recht.

Oya nahm ihren Platz am Ende der Reihe ein und warf noch einen Blick ins Tal. Vor ihr erklang wieder das vertraute Scharren der Lastschlitten, so als wäre nichts geschehen.

Humpelnd stolperte sie über zurückgelassene Ausrüstung, die ihr geschrumpftes Team nicht mehr transportieren konnte. Dann packte sie eines der Zuggeschirre und streifte es über ihren Kopf.

Als sie zu ziehen begann, war ihr Kopf gesenkt, und ihre Füße bewegten sich im Takt zu den reißenden Geräuschen unten im Tal.

3

»Warp... Zeit... Warp... Warp...« Jim Kirk konnte hören, wie die Notfallschaltungen des Schiffes versuchten, von den neuen Schilden auf die alten zu wechseln, doch die Umschaltung wurde nicht vollständig durchgeführt. Er versuchte, die Schalter zu erreichen, um das Notprogramm zu bestätigen, doch diese Bewegung wiederholte sich wieder und wieder. Dennoch war er sich dessen, was er tat, bewußt. Die einzelnen Bewegungen waren nicht *vollständig* neu. Er spürte, wie sie geschahen, und dann abermals geschahen.

Wieder schwebte seine Hand über dem Stift dort unten auf dem Boden neben McCoys schwarzem Stiefel.

McCoy versuchte sich zu bewegen. Kirk spürte den Versuch, konnte aber nicht hochschauen. Die Hand des Doktors tauchte in seinem Blickfeld auf und für einen Moment spürte er etwas wie eine Berührung an seinem Arm, doch dann änderten sich die Dinge abermals.

Die Lichter der aufgespaltenen Spektralbänder wanderten über den Teppichboden, McCoys Bein und das, was Kirk von seiner eigenen Nase erkennen konnte, während er nach unten schaute. Die Reflexionen seiner eigenen Wangenknochen blendeten ihn beinahe. Für einen Augenblick sah er den Hauptschirm so, als würde er noch aufrecht stehen – es waren die ersten Sekunden ihres Vorbeiflugs an dem Blauen Riesen.

Dann schaute er wieder nach unten, doch diese beiden Wahrnehmungen waren nicht durch ein Gefühl der Bewegung miteinander verbunden.

Der Stift kippte und fiel abermals.

Übelkeit stieg in ihm auf, als er begriff, was geschah. Ein paar Teilstücke der Zeit waren eingefangen worden wie Wasserwirbel am Ufer eines felsigen Flusses, doch andere bewegten sich weiter vorwärts, und dabei stießen sie gegen die eingefangenen Teile.

Jetzt wußte er, *was* geschah. Aber *warum* geschah es?

Als menschliche Wesen konnten sie Hoffnungslosigkeit nicht einfach akzeptieren, die Vorstellung, ihr Leben und ihr Schiff wären unrettbar verloren. Sie hatten dem Tod so oft ein Schnippchen geschlagen, daß sie vielleicht gar nicht mehr daran glauben konnten, daß auch sie sterben könnten. Vielleicht kämpften sie nicht hart genug gegen die Konfusion und die ständige Wiederholung einzelner Momente. Er mußte mit der Besatzung über diesen Punkt sprechen.

Kirk schloß die Augen. Diese Gedankengänge paßten nicht recht zusammen. Jetzt war nicht der richtige Zeitpunkt zum Philosophieren. Sie mußten hier wegkommen, hinaus in den freien Raum...

Die Maschinen heulten jetzt lauter, kämpften um das Leben des Schiffs, schlossen System um System, um die Energie abzuzweigen und zu verhindern, daß sie alle über jenen Punkt hinausgezogen wurden, von dem aus es keine Rückkehr mehr gab. Das Schiff verschlang praktisch die eigenen Eingeweide, um das zu vermeiden. Kirk setzte all seine Hoffnungen auf diese eine Chance – das Schiff. Es besaß keine Wahrnehmung, die sich hätte verwirren lassen, kein Seh- oder Hörvermögen, das sich verzerren ließ, und es störte sich auch nicht daran, wie oft sich ein bestimmtes Ereignis wiederholte. Es würde die stetig abrollende Ereigniskette wieder und wieder bekämpfen, bis es entweder entkam oder zerstört wurde.

Auch darüber würde er mit der Besatzung sprechen müssen. Auch darüber.

Der Stift fiel abermals. Diesmal stolperte McCoy und landete auf dem Stift. Kirk streckte den Arm aus, um ihn aufzufangen, berührte aber kaum den Arm des Doktors, als sich die Dinge schon wieder änderten.

Mit der Besatzung sprechen...

Das Schiff dröhnte so laut, daß er glaubte, ihm würden die Trommelfelle platzen. Wieder schaute er hoch – und diesmal machte sein Hals die Bewegung mit. Für einen Moment sah er nur dunkelrote Schleier vor seinen Augen tanzen. Dann erblickte er Spock, der zu den Stabilisationsmonitoren hinübereilte. Doch Kirk wußte, daß er trotz seiner Eile kaum etwas würde ausrichten können. Alles hing jetzt vom Schiff ab und von dessen Fähigkeit, auf jede heranbrandende Woge der Zeit innerhalb von Mikrosekunden zu reagieren. Das war die einzige Möglichkeit, Boden zu gewinnen. Im Moment waren sie gezwungen, ihre Fortbewegung in Zentimetern zu messen, und nur das Schiff war in der Lage, diese winzigen Schritte zu berechnen. Was ihm als Wiederholung erschien, mochte für das Schiff ein Vorwärtskommen bedeuten.

Dieses gottverdammte ›Mochte‹ und ›Vielleicht‹ – wie sehr er das haßte. Wie oft würde er sich noch daran klammern müssen?

Er mußte mit der Mannschaft darüber sprechen.

Plötzlich stürzte er halb auf McCoy und klammerte sich dabei mit einer Hand am Geländer fest. Das Heulen des Schiffes veränderte sich. Die Maschinen brüllten zuversichtlich auf, und das Schiff ruckte nach Steuerbord, hart genug, um jeden zur Seite zu schleudern.

Das Jaulen der Alarmsirenen mischte sich mit dem

Knirschen der überlasteten Hülle und dem Dröhnen der Triebwerke. Die Töne schienen in seinem Kopf zu pulsieren.

»Captain!«

Spocks Stimme.

Kirk wandte sich um. Wandte sich wieder um. Und noch einmal. Schließlich erblickte er Spock am Rand seines Gesichtsfeldes und schaffte es, ihn nicht wieder aus den Augen zu verlieren.

»Akkretionsscheibe!« rief Spock, wobei er jede Silbe mühsam herauspreßte. »Akkretions... scheibe!«

Spocks Tonfall verriet Kirk, daß der erste Offizier die Worte absichtlich wiederholt hatte, um ihre Wichtigkeit zu unterstreichen. Mühsam zwang Kirk seinen Körper zu einer Drehung, wobei es ihm so vorkam, als würde er die Muskeln auf ihre doppelte Länge ausdehnen, und schaute auf den Schirm.

Der Anblick von Izell hatte sich verändert. Ein Blauer Riese mit einem Durchmesser von zehn Millionen Kilometern hatte sich verändert!

Breite, feurig schimmernde Arme gingen von dem Stern aus und leckten an etwas, das wie eine im All wirbelnde Scheibe aussah. Die Scheibe riß Materie und Energie in gigantischen Mengen aus dem Stern heraus, doch dieser Vorgang hatte nichts von der natürlichen Schönheit eines Nebels oder einer kreisenden Gaswolke. Das hier war reine Gewalt. Der Stern wurde vor ihren Augen auseinandergerissen – von etwas, das vor ein paar Sekunden noch nicht dort gewesen war.

Nourredine tastete sich am Brückengeländer vorwärts und keuchte: »Unmöglich!«

»Der Ursprung, Spock!« rief Kirk. Seine Zunge fühlte sich wie ein mit Kleister verklebtes Stück Holz an. »Ein Schwarzes Loch?«

Spock schaffte es, einmal den Kopf zu schütteln. »Keine kollabierte Masse...«

»Was ist es dann?« Doch was Kirk wirklich meinte, war: Wie können wir es bekämpfen?

Und Spock wußte das.

Was immer es sein mochte, diese Kraft benahm sich jedenfalls wie ein Schwarzes Loch – abgesehen von dem Umstand, daß es hier kein Schwarzes Loch gab. Doch wie konnte es ohne ein Schwarzes Loch genug Gravitationsenergie zur Bildung einer Akkretionsscheibe geben?

»Unmöglich... unmöglich... unmöglich!«

Der junge Ingenieur zog sich noch zweimal, dreimal vorwärts, erkannte dann erschrocken, was mit ihm geschah, und schob sich schockiert von den Wiederholungen zurück an seinen Platz.

»Captain!« Wundersamerweise hatte Spock es geschafft, von seiner Station bis zu den Treppenstufen zu gehen, die vom unteren zum oberen Decksbereich führten, und stützte sich jetzt dort auf das Geländer. »Lichtgeschwindigkeit... Gravitation...«

Kirk zog sich in seine Richtung. »Wiederholen Sie das, Spock!«

»Gravitation breitet sich mit Lichtgeschwindigkeit aus«, keuchte der Vulkanier. »Wenn wir mit hoher Warpgeschwindigkeit hineinfliegen...«

Kirk drehte sich um. »Sulu, Ausführung!« befahl er und sprach schnell weiter, fest entschlossen, der Zeit keine Chance zu geben, sich zu wiederholen, bevor er sein Schiff gerettet hatte. »Kurs mitten hinein, Notbeschleunigung mit Warpfaktor neun!«

Der Befehl ergab keinen Sinn: *auf* die Akkretionsscheibe zusteuern, statt von ihr fort? Kurs darauf zu nehmen, genau wie die Ströme blauen Feuers?

Würde Sulu ihm glauben? Oder würde er alles für eine weitere Verzerrung halten und das tun, wozu er ausgebildet worden war?

Mit aller Willenskraft spannte Kirk einen Muskel

nach dem anderen, legte eine Hand auf Sulus Sessel und zog sich in Richtung Steuerung. Er durchlief diesen Bewegungsvorgang zweimal, kam aber schließlich an.

Sulus eierschalenfarbene Haut hatte sich kreideweiß verfärbt. Seine Hände bewegten sich über die Kontrollen, während er versuchte, das Schiff weiter nach Steuerbord zu lenken. Er wußte, was Kirk wollte, doch seine Hände wiederholten die ursprüngliche Bewegung. »Schalte Automatik... gehe in hohen Warp...«

Die Akkretionsscheibe vor ihnen auf dem Schirm riß Protuberanzen von der Größe ganzer Sonnensysteme aus dem Stern, schnitt tief in Izells Oberfläche und schälte Streifen stählernen Feuers ab, als wäre es ein Kinderspiel.

»Machen Sie weiter«, keuchte Kirk. »Machen Sie weiter... noch einmal...«

»Aye, Sir«, ächzte Sulu. »Aye, Sir, Sir, Sir, ayssir...«

»Geschwindigkeit... erhöhen.«

»Warp sieben, Sir... Warp acht... neun...«

Kirk zog sich zu Chekov hinüber. Die Augen des jungen Navigators waren auf den Schirm fixiert, während er die Kontrollen nach Gefühl bediente und dabei den drängenden Wunsch unterdrückte, einen der vorprogrammierten Fluchtwinkel zu benutzen. Sein Kommandant hatte von ihm verlangt, etwas Unsinniges zu tun, und genau diesen Befehl befolgte er jetzt. Sein Gesicht verzog sich zu einer Grimasse.

An diesem Punkt basiert die Physik nicht mehr auf Gewißheiten, sondern auf Wahrscheinlichkeiten.

»Bemühen Sie sich«, sagte Kirk mit bewußt gedämpfter Stimme, damit sie nicht zu ihm aufsahen, was fatale Folgen haben mochte. Vielleicht brachten sie ihre letzten Momente damit zu, wieder und wieder zu ihm herzuschauen, statt das Schiff aus diesem Chaos herauszuführen.

Die *Enterprise* machte ihrem Ruf Ehre. Stark und trotzig und durchaus fähig, die ihr zugefügten Schläge leidenschaftslos hinzunehmen, schoß sie auf die Akkretionsscheibe zu, die das grandiose Inferno des Riesensterns gnadenlos in Stücke riß.

Ein Manöver wie dieses konnte die Hülle abschälen und die Strukturträger schmelzen. Das Schiff heulte, als die Kompensatoren immer mehr Energie verbrauchten. Jetzt, da sie ihre Befehle erhalten hatte, sammelte die *Enterprise* all ihre Kräfte und stürzte sich mit unermeßlicher Geschwindigkeit in das gewaltige Gravitationsfeld.

»Du schaffst es«, murmelte Kirk. »Du schaffst es.«

Urplötzlich rastete die Zeit ein.

Jim Kirk hätte schwören mögen, daß er das Knirschen gehört hätte. Auf einmal lag der Stern hinter ihnen und sie stürmten ins freie All hinaus.

Ein scharfes, mechanisches Heulen schwoll aus Richtung der Maschinenraumstation an der Backbordseite an und brach dann abrupt ab. Gleichzeitig verschwand der Druck, der sie alle auf dem Boden hielt.

Kirk stolperte, als sich sein Gewicht plötzlich um neun Zehntel verringerte. Er hielt sich am Kommandosessel fest und rief: »Kompensatorenausfall! Sicherheitsdistanz, Sulu!«

Der Steuermann nickte nur, aber es war die Art von Nicken, die zeigte, daß er begriffen hatte, und so wandte Kirk beruhigt dem Steuerpult den Rücken zu.

An der Ingenieursstation zog sich Nourredine in Richtung der Kontrollen. Etliche Decks tiefer würde Chefingenieur Scott schon mit der Reparatur beschäftigt sein.

»Minimale Sicherheitsdistanz, Captain!« keuchte Chekov.

»Alle Maschinen stop! Stabilisieren!«

Zehn Sekunden später erinnerte nur noch das Heulen der Alarmstufe Rot an den Lärm, der eben noch geherrscht hatte.

Wie ein alter Mann keuchend humpelte Kirk zu den Maschinenraum-Subsystemen auf dem oberen Deck und half dem Lieutenant bei der Arbeit an seinem Pult.

Nach und nach begannen die Dinge auf dem Schiff wieder in geregelten Bahnen zu verlaufen, obwohl noch immer mehr als doppelt soviele Lichter an den Pulten leuchteten, was auf eine ganze Reihe kleinerer Schäden hinwies.

Die Besatzungsmitglieder erholten sich ächzend und stöhnend von den Ereignissen. Glücklicherweise hatte Sulu das Schiff mit Impulskraft ein Stück über die minimale Sicherheitslinie hinaustreiben lassen und in ein Gebiet größerer Stabilität gebracht, während Chekov sie davor bewahrt hatte, mit einem der riesigen Gesteinsbrocken zu kollidieren, die sich auf dem Weg zu dem blauen Monster hinter ihnen befanden.

»Gute Arbeit, ihr beiden«, meinte Kirk, als er sich zu McCoy hinabbeugte. »Pille?«

»Gut, alles in Ordnung«, hustete der Doktor. »Nur ein leichter Genickbruch...«

»Schadenskontrolle.«

Uhura nickte unsicher. »Aye, Sir... Schadenskontrollgruppen, hier spricht die Brücke...«

Kirk stolperte an McCoy vorbei und stützte sich, um seinen kranken Fuß zu schonen, mit beiden Händen auf das Geländer, als er zum oberen Decksbereich und seinem Wissenschaftsoffizier hinaufhumpelte.

»Spock? Alles in Ordnung?« fragte er.

»Die Lage auf dem Schiff scheint im Moment stabil zu sein, Sir.«

Kirk hielt einen Moment inne. »Schön, aber meine Frage bezog sich eigentlich auf Sie.«

Der Vulkanier erwiderte seinen Blick zurückhaltend. »Mir geht es recht gut, danke ...«

»Was ist mit uns passiert? Und wieso konnte es dort eine Akkretionsscheibe ohne kollabierende Masse als Ursprung geben? Wissen Sie das?«

Die Tatsache, daß er gefragt wurde, schien Spock neue Sicherheit zu verleihen. Er deutete auf die Anzeige eines Monitors. »Die Ursache der Akkretionsscheibe muß ich noch herausfiltern, doch als wir jenen Punkt erreichten, an dem unseren normalen Schilde kollabiert wären, sprengte die Gewalt der Gravitation und der Raum-Zeit-Verzerrungen alle Meßskalen. Unsere konventionellen Schilde wären in diesem Moment zusammengebrochen, doch die Warpschilde gestatteten uns, den Scheitelpunkt über der Äquatorregion des Sterns zu erreichen. Dann sank die Leistung des Warpantriebs, und die Schilde begannen zu versagen. Die Maschinen wurden von Röntgenstrahlen bombardiert und konnten die Schilde deshalb nicht länger mit Energie versorgen. Als die Schilde zusammenbrachen, gerieten wir in einen Bereich annähernder Nichtrealität. Irgendwie haben wir durch unsere Aktionen die Raumzeit verzerrt.«

»Es ist dieses ›Irgendwie‹, das mir Sorgen macht«, meinte Kirk. »Manchmal wirkte sogar die Hülle transparent. Und ich habe ständig erlebt, daß ich dasselbe tat wie fünf Sekunden zuvor.«

Spock nickte. »Als die Schilde zu versagen begannen, hörten sie nicht nur auf, als Schilde zu arbeiten, sondern reagierten wie eine Linse, die Energie auf das Schiff fokussierte, statt sie zu zerstreuen, und hielten sie gleichzeitig im Innern der Schildsphäre gefangen. Das Schiff wäre dabei beinahe regelrecht eingeäschert worden. Nur dadurch, daß wir innerhalb von vier Sekunden in dieses ... ›Objekt‹ eingetaucht sind, konnten wir uns retten. Da wir uns schneller bewegten als die

Schwerkraft, die sich nur mit Lichtgeschwindigkeit ausbreitet, sind wir hindurchgestoßen, bevor sie eine Chance hatte, uns zu zermalmen.«

»Nicht schlecht für eine Zehn-Sekunden-Analyse.«

Erschöpft und zugleich erleichtert neigte Spock den Kopf. »Danke, Captain.«

Kirk unterdrückte ein Schaudern und holte tief Luft. »Soviel also zu den Warpschilden. Hohe Schwerkraft scheint alle unsere Wahrscheinlichkeitsberechnungen über den Haufen zu werfen.«

»Offensichtlich gibt es unvorhergesehene Schwankungen«, sagte Spock ruhig. »Eine unbedeutende Wahrscheinlichkeit wurde beinahe zur Gewißheit, und die Technologie brach zusammen. Es wird Jahre dauern, um genau zu analysieren, was mit den Schilden passiert ist.«

»Aber diese Jahre wird jemand anderer opfern, Spock, wir nicht.« Der Captain schaute zu seinen Besatzungsmitgliedern hinüber, die jetzt damit beschäftigt waren, auf die verschiedenen Instrumentenanzeigen zu reagieren. »Nun, dafür sind Tests da.« Er drehte sich zu Uhura um. »Gehen Sie auf Alarmstufe Gelb. Lassen Sie alle größeren Schäden melden.«

»Alarmstufe Gelb, Sir«, wiederholte Uhura. Sie strich sich eine Haarlocke aus dem Gesicht, die sich gelöst hatte, und nahm Haltung an. »Alarmstufe Rot beendet... Ich wiederhole: Alarmstufe Rot beendet. Gehen Sie auf Alarmstufe Gelb. Melden Sie geringfügige Schäden den Abteilungsleitern, alle größeren Schäden dem Ersten Offizier.«

Kirk lauschte dem Klang ihrer Stimme und den vertrauten Anweisungen, die die letzten Reste der überstandenen Ängste aus seinem Verstand vertrieben. »Spock, versuchen Sie mal herauszufinden, was genau passiert ist.«

»Das werde ich, Sir.«

Es war erstaunlich, wie rasch eine derartige Krisensituation überwunden werden konnte. Noch während Kirk und Spock nebeneinander standen und auf die Schadensmeldungen warteten, bewegten sich die übrigen Brückenmitglieder wieder zielstrebiger und gefaßter und beruhigten ihre vibrierenden Nerven, indem sie ihre gewohnte Arbeit wieder aufnahmen. Die Krise hatte zugeschlagen, sie hatten sich ihr gestellt, sie überwunden, und jetzt gab es nichts weiter zu tun als aufzuräumen. Sie hatten überlebt. Wieder einmal hatten sie sich in letzter Sekunden herausgewunden, und in dieser Tatsache fanden sie Trost.

Und der verdammte Stift blieb endlich auf dem Boden liegen.

»Captain!«

Irritiert blickte Kirk auf Chekov hinunter. »Fähnrich?«

»Die *Exeter* und *Farragut*... Captain, sie sind verschwunden! Sie sind beide verschwunden!«

4

„Erklären Sie das genauer.«
»Es befindet sich kein einziges Schiff in Sensorreichweite, Sir«, bestätigte Sulu, der die Auswertung des Navigators überprüfte. »Auch die Fernbereichssensoren melden nichts.«
Kirk stieß sich von der Konsole ab, auf die er sich gestützt hatte. »Spock, verifizieren Sie diese Auswertung. Sind die Sensoren ausgefallen?«
Spock beugte sich über seine Datenschirme. »Die Sensorsysteme sind etwas angesengt, funktionieren aber einwandfrei. Keinerlei Schiffe festzustellen, Sir.«
Kirk holte scharf Luft. »Alarmstufe Rot.«
Uhura blickte ihn einen Moment lang schweigend an, wandte sich dann ihrem Pult zu und gab die Meldung weiter: »Alarmstufe Rot... Achtung, Alarmstufe Rot...«
Die bernsteinfarbenen Lichter an den Wänden, die eben noch angedeutet hatten, daß die Krise nahezu beigelegt war, flammten rot auf.
Mißtrauisch musterte Kirk den Hauptschirm. Der Blaue Riese befand sich noch immer dort und verströmte munter seine Gasmassen, demnach war die *Enterprise* also nicht von irgendeiner unbekannten Kraft lichtjahreweit fortgeschleudert worden.
Was also war mit den anderen Schiffen geschehen?
»Sie können nicht so schnell außer Sensorreichweite gekommen sein, nicht einmal mit Höchstgeschwindigkeit. Alle Stationen, Standardsuche durchführen. Das

gesamte Gebiet mit Extremreichweiten-Sensoren scannen.« Er hielt inne, während seine Instinkte vibrierten, und fügte dann entschlossen hinzu: »Suchen Sie auch nach Alarmbojen und Wrackteilen.«

McCoy beobachtete ihn mit blassem Gesicht und weit aufgerissenen Augen. Alle anderen auf der Brücke waren damit beschäftigt, mit tausend Fühlern den Raum zu durchsuchen. Die große schwarze Leere um sie herum machte ihnen bewußt, wie zerbrechlich ihr Leben hier draußen war ohne die schützenden Inseln, die ihre Schiffe darstellten.

»Lieutenant Uhura«, sagte Kirk leise, »führen Sie einen Subraum-Scan durch. Vielleicht hören Sie etwas.«

»Aye, Sir.« Sie beugte sich über ihr Pult, justierte die Schaltungen, lauschte, justierte erneut, runzelte die Stirn, berührte unwillkürlich den Empfänger in ihrem Ohr, justierte nochmals nach und wirkte trotzdem keineswegs zufrieden mit dem, was ihre Instrumente ihr anboten. »Captain, das hier...« Sie unterbrach sich und justierte abermals nach. »Das hier ergibt keinen Sinn.« Sie drehte sich um und blickte ihn an. »Ich empfange auf den üblichen Kanälen überhaupt keine Subraumgeräusche.«

Kirk wandte sich in ihre Richtung. »Störungen?«

»Nein, Sir, keine Störungen. Einfach... gar nichts. Leerer Raum. Ich kann es mir nicht erklären. Ich empfange nicht einmal Bruchstücke auf den Starfleet- oder Föderationskanälen. Überhaupt *nichts*.«

Sie wandte sich kurz von Kirk ab, um ein Schnelldiagnose-Programm durchlaufen zu lassen, damit sie sicher sein konnte, daß ihre Geräte funktionierten. Für einen Kommunikationsoffizier gab es nichts Schlimmeres, als gar nichts zu hören. »Das kann einfach nicht sein. Subraumsignale driften manchmal noch jahrelang durchs All.«

»Suchen Sie weiter, Lieutenant«, sagte Kirk, doch seine Ruhe war nur gespielt. »Bereiten Sie eine Nachricht mit Dringlichkeitscode vor: schnellstmögliches Rendezvous bei unseren gegenwärtigen Koordinaten.«

»Aye, Sir.«

»Captain«, sagte Spock und trat neben ihn, »keine Alarmbojen, keinerlei Wrackteile irgendwelcher Art und auch keine Rettungskapseln.«

»Dann sind sie also nicht miteinander kollidiert.«

»Das wäre auch höchst unwahrscheinlich«, stimmte Spock zu.

»Jim!« McCoy stützte sich auf die Lehne des Kommandosessels. »Könnte es etwas mit uns zu tun haben?«

Kirk warf Spock einen fragenden Blick zu. »Zeitwarp? Haben wir uns in der Zeit vorwärts oder rückwärts bewegt?«

Spock wirkte etwas verlegen, weil er nicht selbst an diese Möglichkeit gedacht hatte. Er eilte zu seiner Station, tippte etwas auf dem Paneel ein und beugte sich dann über den Schirm.

»Die Vermessung der relativen Sternpositionen ergibt eine unbedeutende Veränderung. Die Zeitverschiebung beträgt lediglich... vier Minuten und einundzwanzig Sekunden. Ein Ortswechsel hat ebenfalls nicht stattgefunden, da sich Izell noch immer in Sensorreichweite befindet.«

»Das waren nur vier Minuten?« stöhnte Kirk.

»Vier Minuten, soweit es unsere Begegnung mit dem Blauen Riesen betrifft.«

»Und wo sind die anderen? Selbst wenn das ein schlechter Scherz von Doug Newman sein sollte, möchte ich wissen, wo er sich versteckt.«

Spock, der noch immer über seine Station gebeugt stand und ein Programm nach den anderen durchlaufen ließ, antwortete mit der ihm eigenen, subtilen Ungeduld: »Ich bezweifle, daß selbst Captain Newman zwei Sternenschiffe vollständig verschwinden lassen könnte. Selbst eine Tarnvorrichtung verursacht einen Brechungseffekt.«

»Könnten sie sich hinter dem Blauen Riesen verbergen?«

Spock runzelte angesichts dieser Vorstellung die Stirn. »Mit Sicherheit nicht innerhalb von vier Minuten, ohne eine Spur ihres Warpantriebs zu hinterlassen.«

»Ich weiß. Ich wollte es nur noch einmal von Ihnen hören.«

»Sir, die Fernbereichsensoren reagieren«, meldete Sulu und betrachtete stirnrunzelnd seinen Datenschirm. »Ein großes Schiff nähert sich.«

»Wurde auch Zeit. Identifizieren.«

Ihre aufflammenden Hoffnungen erloschen, als Spock sagte: »Unbekannte Konfiguration...« Abrupt blickte er auf. »Romulanisches Muster.«

Kirk stützte sich auf das Geländer, um das verletzte Bein zu schonen, als er auf das Kommandodeck zurückkehrte.

Seine Kinnmuskulatur straffte sich. »Kampfstationen besetzten.«

5

»Die Schilde hoch.« Sulu drehte sich um. »Warpschilde, Sir?«

»Negativ. Konventionelle Schilde. Ich will kein Risiko eingehen, solange wir nicht wissen, was mit uns passiert ist. Machen Sie alle Waffensysteme scharf, die wir haben.«

»Phaser schußbereit... Photonentorpedos schußbereit... Alle Systeme einsatzbereit, Sir.«

Diagnostische Sensoren nahmen ihre Arbeit auf und untersuchten das näher kommende Schiff, dessen Schilde jedoch ebenfalls hochgefahren waren, so daß jede noch so kleine Information bereits als Gewinn betrachtet werden mußte.

»Captain, sie versuchen uns zu scannen«, meldete Spock.

»Blockieren Sie ihre Sensoren. Ich möchte wissen, wer das ist.« Kirk wischte sich mit einer feuchten Hand über die Stirn und blinzelte den Schweiß aus den Augen. Es war viel zu heiß auf der Brücke. »Bestätigen Sie das Kennmuster, Spock«, sagte er. »Ich will ganz sicher sein.«

»Standard-Warpantrieb... etwas stärker als üblich... das Schiff besitzt eine doppelte Hülle, doppelte Schilde, schwere Bewaffnung...« Noch immer über seine Konsole gebeugt, drehte sich Spock zur Seite und schaute zu Kirk hinüber. »Kein Zweifel, Captain.«

Mit zusammengebissenen Zähnen knurrte Kirk:

»Also schön, maximale Vergrößerung. Schauen wir uns den Burschen mal an.«

Die Sterne auf dem Hauptschirm verschwanden und wurden durch den Anblick eines mächtigen Schiffes ersetzt. Trotz der Entfernung wirkte es doppelt so groß, wie es bei dieser Vergrößerung hätte erscheinen dürfen. Das hieß, es war fast doppelt so groß wie die *Enterprise.*

Kirk preßte den Rücken gegen das Leder des Kommandosessels. Das Schiff war geformt wie eine sprungbereit kauernde Katze, wobei die gewölbten Waffenpforten die Muskeln bildeten und zwei Sichtluken die Augen. Die Hülle war dunkelblau gefärbt und trug gelbe Markierungen, die wie Lampen wirkten, so daß man genau hinsehen mußte, um die echten Lichter auszumachen. Große, stilisierte Flügel waren auf die Außenhülle gemalt und bildeten einen starken Kontrast zur Form des Schiffes. Es waren die Flügel eines Warbirds.

Das zumindest wirkte vertraut, doch alle anderen scheinbaren Ähnlichkeiten waren nichts als Täuschung.

Der übrige Anstrich, die nichtdekorativen Farben also, dienten dazu, das Schiff schlanker erscheinen zu lassen und das Auge bei einer optischen Zielerfassung zu täuschen, ihm Winkel oder Schatten zu suggerieren, wo es weder Winkel noch Schatten gab. Wirklich eindeutig waren nur die beiden düster glühenden Sichtlucken zu erkennen, die in der Dunkelheit wie Adleraugen wirkten.

Ein ziemlich eindrucksvoller Effekt. »Romulaner in so einem Schiff?« platzte McCoy heraus. »Seit wann denn das?«

»Es könnten Renegaten sein«, meinte Nourredine.

Gespannt beugte sich Kirk vor. »Setzen Sie alle üblichen Starfleet-Signale und dazu auch noch die Zeichen für geringfügige Schäden, damit sie uns nicht als feindlich einstufen. Erbitten Sie Antwortsignale und Identifizierung des Heimatsystems.«

»Aye, Sir.« Genau wie Nourredine zuvor bemühte sich Uhura, ihre Stimme ruhig klingen zu lassen. Allerdings gelang ihr das erheblich besser als dem Ingenieur.

»Öffnen Sie die Grußfrequenzen, nur Audio.«

»Grußfrequenzen offen, Sir.«

Kirk räusperte sich. »Hier spricht Captain James T. Kirk, Kommandant der *U.S.S. Enterprise*. Sie befinden sich im Geltungsbereich der Föderationsgesetze. Sichern Sie Ihre Waffen und identifizieren Sie sich.«

Er hielt inne und wartete. Das war immer der unangenehmste Teil.

Uhura richtete sich plötzlich auf. »Empfange Antwort... Scheint sich um eine Art Warnung oder Herausforderung zu handeln... Die Sprache ist eindeutig Romulanisch, Sir.« Sie berührte ihren Ohrhörer und runzelte die Stirn. »Aber ich glaube nicht, daß sie verstanden haben, was wir sagen.«

McCoy beugte sich zu Kirk vor. »Wenn sie Romulaner sind, sollten sie zumindest passabel Standard sprechen. Weshalb reden sie dann nicht mit uns?«

Die Schmerzen in Kirks Bein meldeten sich wieder. »Uhura, Universal-Translator.«

»Eingeschaltet, Sir. Sie können sprechen.«

»Hier spricht Captain James Kirk von der Vereinten Föderation der Planeten. Sie verletzten das...«

»Hier spricht die Imperiale Wache. Sie befinden sich im Kriegsgebiet. Identifizieren Sie sich und erklären Sie Ihre Absichten.«

Die fremde Stimme erfüllte die Brücke mit ihrem Dröhnen.

»Das habe ich doch gerade getan«, murmelte Kirk. »Hier spricht James Kirk, Kommandant des Föderationsschiffes *Enterprise*. Sie befinden sich im Gebiet der Föderation. Nennen Sie den Grund Ihrer Anwesenheit.«

»Wir haben Ihre Sprache noch nie gehört. Von welcher Heimatwelt stammen Sie?«

Kirk und McCoy tauschten einen Blick aus, dann schaute der Captain, nur um ganz sicher zu gehen, zu Spock hinüber. Der Vulkanier erwiderte den Blick, als würde er am liebsten die Achseln zucken.

Kirk wandte sich wieder dem Schirm zu und sagte lässiger, als er eigentlich beabsichtigt hatte: »Erde.«

Spock hingegen schien besorgter zu sein. Er beugte sich über seine Instrumente, um noch einmal zu überprüfen, was er bereits wußte – und so etwas kam bei ihm praktisch nie vor.

»Es gibt keine ›Erde‹. Welches ist ihre wirkliche Heimatwelt?«

Kirk strich sich nachdenklich über die Unterlippe und gab dann Uhura das Zeichen, die Tonverbindung zu unterbrechen. »Teufel, auch«, murmelte er.

Warum schien es nur so lange her zu sein, seit ein Captain ihm die Sorgen und das Nachdenken abgenommen und die Entscheidungen für ihn getroffen hatte? Er war heute so müde... Er versuchte seine Gedanken zu ordnen. Ein großes, schwerbewaffnetes Schiff, offenbar romulanischen Ursprungs, hatte noch nie von der Erde gehört...

»Chekov«, sagte er, »übernehmen Sie die Verteidigungs-Subsysteme.«

Der russische Navigator sprang mit einem »Aye, Sir« von seinem Platz auf und eilte zu der Station auf der Steuerbordseite hinüber, gleich hinter Spocks Pult.

Kirk starrte das fremde Schiff an und holte tief Luft. Jetzt schmerzte auch noch seine Brust. »Uhura, übernehmen Sie die Navigation.«

Ihr Sessel quietschte leise, als sie sich umwandte,

nach unten ging und an der Steuerkonsole in den Sitz des Navigators glitt.

»Spock, wie lautet Ihre Meinung?« fragte Kirk. »Lügen sie? Wollen sie uns aus irgendeinem Grund prüfen?«

Der Erste Offizier blieb in Reichweite seiner Instrumente stehen, beobachtete des fremde Schiff jedoch mit einer gewissen Faszination. »Ich könnte mir keinen Grund dafür vorstellen. Das Föderationsgebiet ist seit Jahrzehnten wohlbekannt und markiert.«

»Was können sie dabei gewinnen?« überlegte McCoy. »Vielleicht versuchen sie einen Streit vom Zaun zu brechen.«

»Hier gibt es keinen Streit, Doktor«, sagte Kirk. »Sie befinden sich eindeutig innerhalb unseres Territoriums. Die Frage ist jetzt, ob sie tatsächlich das Romulanische Imperium vertreten, wie sie behaupten, oder nicht. Ich habe noch nie von etwas gehört, das sich ›Imperiale Wache‹ nennt, ob bei den Romulanern oder bei anderen. Also schön, spielen wir es auf die harte Tour. Warnsignale auf allen Frequenzen. Ihnen soll völlig klar sein, daß sie sich in einem Sperrgebiet befinden. Entfernung?«

»Fünfhunderttausend Kilometer, Sir«, meldete Uhura.

»Sir!« rief Sulu. »Sie eröffnen das Feuer! Quadramegatonnen-Salven!«

»Ausweichmanöver. Warp fünf.« Kirk wollte aufspringen, doch in diesem Moment durchzuckte ihn ein stechender Schmerz von seinem Fuß bis zur Hüfte hinauf und zwang ihn, sitzen zu bleiben.

Große weiße Blitze lösten sich von dem romulanischen Schiff und jagten auf die *Enterprise* zu, doch das Sternenschiff wartete den Einschlag nicht ab. Sulu lenkte das Schiff in eine enge Kurve und erhöhte die Geschwindigkeit.

»Photonentorpedos«, befahl Kirk. »Enge Streuung.«

»Ziel erfaßt, Sir«, meldete Chekov.

»Torpedos eins und zwei abfeuern.«

Zwei Erschütterungen durchliefen das Schiff, als es mitten in einer engen Kurve feuerte.

Zwei der romulanischen Raketen folgten der *Enterprise* beharrlich, ganz gleich, welche Haken das Schiff auch schlug. Eine brannte schließlich aus, doch die andere schlug in ihr Ziel ein. Die Hülle wurde erschüttert, und die Strukturträger summten. Das Schiff kippte zur Seite, und die Besatzung wurde gegen die Konsolen geschleudert. Kirk hielt sich in seinem Sitz und schaffte es auch noch, McCoy festzuhalten, bevor der Doktor gegen die Steuerungskonsole stolperte.

»Ingenieursabteilung!« keuchte Nourredine. »Möglicher Strukturriß...«

»Noch eine Rakete, Sir!« unterbrach ihn Sulu.

Einen Herzschlag später erhielten sie den zweiten Treffer. Das Schiff neigte sich leicht zur Seite, nahm dann aber weiter Fahrt auf.

»Streifschuß an der Backbord-Triebwerksgondel, Sir«, meldete der Erste Offizier über den Lärm. »Lage stabilisiert sich wieder.«

»Was ist mit unseren Schüssen?«

Spock sah zu Kirk hinüber. »Beides direkte Treffer. Sie haben nicht den geringsten Versuch unternommen, unserem Feuer auszuweichen. Mögliche Schäden sind nicht abzuschätzen.«

»Hat ihre Geschwindigkeit zugenommen?«

»Negativ. Warp sieben scheint ihre Höchstgeschwindigkeit zu sein.«

»Wollen wir es hoffen. Mr. Sulu, Warpfaktor...«

»Captain, noch ein Kontakt!« unterbrach Uhura. »Direkt voraus!«

Auf dem Schirm erschien das Bild eines Schiffes, bei dem es sich durchaus um ihren Verfolger hätte handeln können, hätte es nicht genau vor ihnen geschwebt. Kirk sprang auf.

»Der gleiche Typ wie das Schiff hinter uns, Sir«, bestätigte Sulu.

»Und auf Kollisionskurs.«

»Sie blockieren unseren Weg«, stimmte Sulu zu.

Kirk biß die Zähne zusammen. »Wir rammen Sie.«

Der Steuermann wagte es nicht, in dieser prekären Situation von seinen Instrumenten hochzublicken. »Wiederholen Sie bitte...«

»Rammen!«

»Aye, aye, Sir!« keuchte Sulu und erhob dann seine Stimme über das Heulen der Alarmsirenen: »Vorbereiten auf Kollision!«

Jeder auf der Brücke suchte nach einem Halt und bemühte sich zugleich, die Vorstellung von einem Zusammenstoß, den selbst ein Raumschiff nicht überstehen konnte, zu verdrängen.

Kirk hielt die Luft an und vertraute darauf, daß Sulu zu klug war, um den Gegner frontal zu rammen, und daher eine Möglichkeit finden würde, dieses Monster nur zu streifen.

Geht mir aus dem Weg. Er umklammerte die Lehne des Sessels und wartete.

6

Die Hülle bäumte sich auf, und der Boden schien sich gegen seinen schmerzenden Fuß zu pressen. Das riesige Schiff auf dem Hauptschirm verschob sich in einem bizarren Winkel. In Kirks Magen stieg plötzliche Übelkeit hoch. Er klammerte sich mit beiden Händen an den Sessel und verfluchte die Lichter, die vor seinen Augen aufblitzten. Der Aufschlag erschütterte ihn bis in die Knochen.

Wo hatten sich die beiden Schiffe berührt? Der Primärrumpf konnte eine Menge aushalten, aber die Triebwerksgondeln – wenn sie auch nur um einen Zentimeter aus ihrer Justierung verschoben wurden...

Er beugte sich vor und legte einen Arm um die Rückenlehne des Sessels, als würde er einen alten Freund umarmen. Der Hauptschirm war von Sternen übersät. Freier Raum!

»Status!« keuchte er.

»Wir sind freigekommen, Sir!« meldete Sulu.

»Hecksicht!«

Der Schirm flimmerte kurz und zeigte dann das zweite Feindschiff, das sich infolge des Aufpralls um die eigene Achse drehte. Einer seiner großen Waffenträger war aufgerissen und enthüllte funkelnde Energiezungen, die sich ins All ergossen.

»Schadensbericht«, verlangte Kirk.

»Wir haben uns die Unterseite des Primärrumpfes aufgeschrammt, Sir«, sagte Uhura. »Betroffen ist das vordere Viertel an Backbord.«

Spock richtete sich an seinem Pult auf. »Keine Beeinträchtigungen bei Manövrierfähigkeit oder Beschleunigungsvermögen, Captain.«

»Mr. Sulu, bringen Sie uns hier raus«, sagte Kirk mit einem unterdrückten Stöhnen. »Warp acht.«

Sulu schluckte schwer. »Warp acht, Sir.«

Eine scharfe Wende nach Steuerbord schleuderte alle zur Seite, doch die Crewmitglieder hatten den Befehl gehört und hielten sich irgendwo fest. Die schweren Warptriebwerke des Schiffes ließen die Hülle vibrieren, als die Geschwindigkeit weiter und weiter anstieg.

»Wir lassen sie hinter uns zurück, Captain.« Spocks Feststellung bedeutete für alle eine große Erleichterung.

»Wenigstens wissen wir jetzt, daß wir ihnen davonlaufen können«, meinte Kirk und erschauerte unwillkürlich.

Lieutenant Nourredine starrte schwer atmend auf den leeren Schirm. »Wir laufen davon...«

Kirk schaute zu ihm hinüber und registrierte zum erstenmal, wie jung der Offizier noch war. Das war ihm bisher noch gar nicht aufgefallen. Er hatte auch noch nie die Entscheidung Ingenieur Scotts hinterfragt, wen er für welchen Posten einteilte, und ebensowenig die Gewohnheit altgedienter Abteilungsleiter, sehr junge Ingenieure auf die Brücke zu schicken, damit sie dort Erfahrungen aus erster Hand sammelten.

Doch manchmal gerieten sie dabei in eine Zwickmühle. So wie jetzt.

»Natürlich laufen wir weg«, sagte er.

Der Ingenieur blinzelte. »Es... es war keine Respektlosigkeit beabsichtigt, Sir. Ich dachte nur...«

»Sie dachten, die guten Jungs würden nie fliehen. Nun, nach meiner Erfahrung sind es gerade die guten

Jungs, die wissen, *wann* sie abhauen müssen.« Kirk setzte sich wieder in seinen Sessel und hielt sich die schmerzende Schulter. »In der ganzen Geschichte finden sich Beispiele für kluge Rückzüge.«

»Das ... das wußte ich nicht, Sir.«

»Ich erzähle Ihnen diese Geschichten mal bei Gelegenheit.«

»Danke, Sir.«

»Irgendwelche Schadensmeldungen?«

»Oh ...« Nourredine riß sich zusammen und erinnerte sich wieder an seine Aufgaben. »Kleinere Schäden praktisch überall an der Backbordseite der Antriebssektion. Bisher wurden keine größeren Schäden an der Hüllenstruktur festgestellt, aber die Sensoren haben etwas abbekommen. Die Leistung der Fernbereichsensoren ist um zweiundzwanzig Prozent reduziert, aber wie es aussieht, sind die Nahbereichsensoren komplett ausgefallen.«

»Kümmern Sie sich vordringlich um die Stabilität der Hülle.«

»Ja, Sir.«

»Captain«, unterbrach ihn Spock leise, »wenn Sie bitte heraufkommen würden.«

Kirk schaute hoch und betrachtete forschend das Gesicht des Ersten Offiziers. Offenbar hatte Spock ein paar Antworten gefunden. Besorgniserregende vielleicht, aber immerhin Antworten.

Kirk erhob sich und beugte sich über Uhuras Sessel.

»Lieutenant, gehen Sie wieder zu Ihrer Station und versuchen Sie, Starfleet Command über eine verschlüsselte Frequenz zu erreichen. Ich will wissen, was hier vorgeht. Und wenn sie es nicht wissen, dann erzähle ich es ihnen eben.«

»Ja, Sir. Ich werde es versuchen«, murmelte Uhura und begab sich zur Kommunikationsstation.

Spock wartete, bis der Captain zu den Stufen gehumpelt war, und beugte sich dann vor, um ihm hinaufzuhelfen.

»Wir hatten großes Glück, daß wir eben keinen direkten Treffer einstecken mußten«, sagte der Vulkanier leise. »Die Gewalt einer Quadramegatonnenladung reicht aus, um mit einem einzigen Schlag unsere Schilde zu durchbrechen und erhebliche Schäden anzurichten. Ich kann absolut nicht erklären, wie die Romulaner Zugriff auf derartige Waffen erhalten haben. Es gibt auch keinerlei Berichte des Starfleet-Geheimdienstes darüber.«

»Ich bin mir dessen bewußt. Was gibt es noch?«

»Ich glaube, ich weiß, was mit uns passiert ist.«

Mit einem ungläubigen Grinsen fragte Kirk: »Sie haben analysiert, was passiert ist, während wir unter Beschuß standen?«

Spock setzte eine verblüffte Miene auf. »Ich hatte mit der Analyse *begonnen*, als das andere Schiff...«

»Ist schon in Ordnung. Lassen Sie hören.«

»Wenn Sie einen Blick auf Monitor drei werfen würden... Das automatische Aufzeichnungssystem des Schiffes hat diese Serie von Ereignissen festgehalten. Die Bilder weisen allerdings nicht die übliche Qualität auf. Die Energie wurde von diesem System abgezogen, um die Hülle zu stabilisieren, als die Warpschilde zusammenbrachen.«

»Ja, das hat uns das Leben gerettet.« Er betrachtete die Bilder, die die Akkretionsscheibe ebenso zeigten wie die Protuberanzen und die Materie, die aus dem Riesenstern herausgerissen wurde.

Doch jetzt war da ein zusätzliches Element zu sehen, etwas, das der Hauptschirm nicht registriert hatte.

Jetzt ging dort ein Schnitt durch das Bild, als wäre ein Skalpell von oben nach unten genau durch das Zentrum der Akkretionsscheibe gezogen worden.

Kirk beugte sich vor. »Was ist das da?«

»Die Computeranalyse hat diese zentrale Haspel enthüllt«, erklärte Spock. »Als wir das enorme Gravitationsfeld des Blauen Riesen mit Warpgeschwindigkeit durchflogen und dabei die neuen Schilde einsetzten, verursachten wie eine Veränderung der Gravitationskräfte und fingen an, selbst Materie und Energie anzuziehen. Wir selbst schufen die Akkretionsscheibe, die uns dann wiederum anzog. Genau genommen haben wir einen *Schwingungsknoten* geschaffen.«

Er hielt inne, als wolle er seine Worte einsinken lassen.

»Soll ich jetzt eine Frage stellen?« erkundigte sich Kirk spöttisch.

»Nein, Sir. Ein Schwingungsknoten ist – zumindest der Theorie nach – ein Punkt, an dem sich ein kosmischer String stabilisieren kann.«

Unwillkürlich wich Kirk einen Schritt zurück. Selbst die Erwähnung eines derart gewaltigen Phänomens machte ihn schon nervös.

Spock beobachtete ihn ruhig. »Wie Sie wissen, existieren kosmische Strings zwischen Schichtungen der Raum-Zeit. Unsere neuen Warpschilde funktionieren, indem sie Energie durch die Raum-Zeit verteilen.«

»Und wir haben als Katalysator...«

»Genau.«

Kirk drehte sich zum Zentrum der Brücke um. »Pille, komm mal her. Ich möchte, daß du dir das auch anhörst.«

McCoys Blick war bereits auf den kleinen Monitor gerichtet. Er kam zu ihnen herauf, wobei er sich ständig an irgend etwas abstützte – einem Sessel, dem Geländer und schließlich Kirks Ellbogen. »Ich wette, du willst mir erzählen, wie viele gebrochene Knochen in der Krankenstation auf mich warten«, brummte er, aber es klang nicht so, als wollte er einen Scherz machen.

»Hast du gehört, was Spock gerade erklärt hat?« fragte Kirk.

Der Doktor nickte leicht. »Irgend etwas über... kosmisches Garn.«

Spock unterdrückte ein Seufzen und verschränkte die Hände hinter dem Rücken. »Kosmischer String. Primordiale Materie von sehr hoher Dichte, die sich dadurch manifestiert, daß sich ihre ungeheure Gravitation durch die Ebenen der Raum-Zeit schneidet, ungefähr so, wie ein Messer ein Blatt Papier durchdringt. Diese Materie ist so dicht, daß sie Raum und Zeit krümmt. In der Nachbarschaft eines kosmischen Strings verhält sich nichts mehr so, wie wir es gewohnt sind. Obwohl er Tausende von Billiarden Tonnen pro Zentimeter enthält, die sich mit annähernder Lichtgeschwindigkeit bewegen, ist er unbeschreiblich dünn...«

McCoy warf ihm einen raschen Blick zu. »Versuchen Sie es.«

Diese Herausforderung ließ Spocks dunkle Augen aufblitzen. »Er könnte durch einen Planeten hindurchgehen und dabei trotzdem nicht mit einem einzigen Molekül kollidieren.«

»Na und? Was ist schon ein Molekül mehr oder weniger unter Freunden?« Der Doktor zuckte die Achseln. »Dann geht er eben hindurch.«

»Bei seinem Durchgang«, fuhr Spock mit gespielter Nachsicht fort, »würde er den Planeten zur Größe einer Walnuß zusammenpressen. Die Pole würden mit mehr als zehntausend Kilometern pro Stunde aufeinander zurasen. Wenn ein Atom die Größe eines Sternennebels hätte, würde ein kosmischer String trotzdem nur den Durchmesser eines Bakteriums besitzen...«

»Das reicht.« Der Doktor machte ein Gesicht, als hätte er gerade eine Ohrfeige erhalten. »Ich habe es jetzt begriffen...«

»Aber es ergibt keinen Sinn«, unterbrach ihn Kirk. »In diesem Sonnensystem gibt es keinen kosmischen String. Sonst hätten wir doch die durch ihn ausgelösten Ablenkungen von Röntgen- und Gammastrahlen festgestellt – oder wenigstens seine gravitationellen Auswirkungen auf die anderen Sterne in diesem Bereich bemerkt. Selbst wenn er nur nahe an einem Planeten vorbeikäme, würde er doch die Atmosphäre und einen Großteil der Oberflächenmaterie mit sich reißen.«

»Das ist exakt das, was er getan hat, Sir«, sagte Spock, »bei Izell nämlich. Er hat sich annähernd ein Viertel der Sternenmasse einverleibt.«

»Ja, aber der Weltraum ist ein ziemlich leerer Ort, Spock. Das haben Sie selbst gesagt. Er ist hauptsächlich mit gar nichts gefüllt. Die Chance, daß ein String hier auftaucht, zu dieser Zeit, an diesem Ort, diese Chance beträgt Trillionen zu eins.«

Unbeeindruckt meinte der Vulkanier: »Und diese Eins sind wir.«

Hin und wieder, wenn sie sich in der richtigen Stimmung befanden, pflegte auch Spock gelegentlich einen Scherz zu machen, doch als Kirk und McCoy ihn anstarrten, erkannten sie sehr schnell, daß diesmal von einem Scherz nicht die Rede sein konnte.

»Tatsächlich haben wir den String erst in diese Raum-Zeit gezogen, indem wir den Schwingungsknoten schufen. Während er durch die Dimensionen reiste, wurde er plötzlich eingefangen ... hier.«

»Für mich klingt das so, als wäre ein String mehr oder weniger das gleiche wie ein Schwarzes Loch«, meinte McCoy. Sein Gesicht zeigte langsam wieder etwas Farbe.

Der Vulkanier nickte. »Das ist richtig. Doch im Gegensatz zu einem Schwarzen Loch besitzt er keine Dimensionen.«

»Aber wie haben wir überlebt, obwohl wir uns so dicht bei ihm befanden?«

»Indem wir uns mit Hyperlichtgeschwindigkeit bewegten«, sagte Kirk. »Gravitation bewegt sich mit Lichtgeschwindigkeit. Wir waren weniger als eine Million Kilometer von dem String entfernt. Bei Warp neun haben wir diese Entfernung praktisch augenblicklich zurückgelegt. Die Gravitationswellen versuchten mit Lichtgeschwindigkeit auf das Schiff einzuwirken, doch indem wir Kurs auf den String nahmen, wurden wir in ihn hineingezogen und passierten ihn schneller, als die Gravitationswellen uns vernichten konnten.«

McCoy schüttelte den Kopf. »Phänomenal... ich kann mir das gar nicht vorstellen.«

»Ich auch nicht«, gab Kirk offen zu, »doch so haben wir uns gerettet, und daher akzeptiere ich es.« Er spürte ein plötzliches Würgen in der Kehle. »Spock, könnte dieser kosmische String die *Exeter* und die *Farragut* vernichtet haben?«

Dieser entsetzliche Gedanke traf sie wie ein Peitschenhieb. Plötzlich bekamen all ihre Spekulationen einen faden Beigeschmack.

Die Augen der gesamten Brückenmannschaft ruhten auf Spock, als dieser sich schließlich dem Captain zuwandte. »Ich kann lediglich vermuten, welchen Gesetzen die Physik unter derartigen Umständen folgt«, gab er besorgt zu. »Und das reicht nicht, um eine begründete Meinung zu äußern.«

Kirk nickte, um auszudrücken, daß er sich mit dieser Antwort vorerst zufrieden gab. Irgend etwas auf der Brücke begann zu heulen, und das Bild auf dem großen Schirm verschwand.

»Captain«, sagte Uhura, und Kirk registrierte erst jetzt, daß sie die Gruppe schon eine ganze Weile beobachtete und auf einen geeigneten Zeitpunkt wartete, um das Gespräch zu unterbrechen.

»Berichten Sie, Lieutenant.«

»Sir...«

»Nun reden Sie schon.«

»Sir, ich kann Starfleet auf keinem Kanal empfangen. Tatsächlich kann ich überhaupt niemanden auf irgendeinem Föderationskanal empfangen.«

»Sie meinen, es herrscht völlige Stille?«

»O nein, Sir, ich fange Bruchstücke von Signalen auf anderen Frequenzen auf, aber sie scheinen alle verschlüsselt zu sein. Mein Translator erkennt nicht einen einzigen Code. Aber... ich werde es weiter versuchen.«

Kirk bemerkte die Angst hinter ihrer Verwirrung, aber auch die Entschlossenheit, in den Raum hinauszugreifen und *irgend etwas* zu finden.

Und er sah auch den Ausdruck in den Gesichtern der Mannschaft, die Furcht, verbunden mit dem Wunsch, er möge für sie sorgen, die fehlende Lösung finden – eine Last, die ihm heute schwer wie Blei erschien.

»Wir spielen mit der Raum-Zeit herum, mit den Dimensionen«, murmelte er. »Wir könnten alles mögliche verursacht haben... Sind die beiden Alien-Schiffe durch einen Dimensionsriß geschlüpft, als der String hier auftauchte? Haben wir sie auf unsere Galaxis losgelassen, ohne...«

»Aber es waren Romulaner!« warf Chekov ein.

»Genau, Sir«, unterstützte ihn Sulu. »Auch wenn wir den Schiffstyp nicht kannten, so kamen sie doch nicht aus einer anderen Dimension. Wir wissen, wer sie waren.«

»Ja«, murmelte der Captain. »Romulaner.«

Das Heulen wurde lauter. Es blockierte sein Denken.

»Wie gehen wir vor, Sir?« fragte Spock.

Kirk konnte ihn kaum noch hören. Er zwang sich

zum Nachdenken. »Vorgehen... wir werden streng nach Vorschrift handeln. Starfleet Katastrophenrichtlinien, Sektion A: Wenn alle Kommunikationsverbindungen zwischen Starfleet-Schiffen und Föderationsniederlassungen versagen, muß augenblicklich...«

»...versucht werden, Starfleet Command zu erreichen«, vollendete Spock den Satz.

»Genau. Uhura, öffnen Sie alle Frequenzen... Suchen Sie weiterhin nach irgendeinem Kontakt zur Föderation. Sulu...«

»Jim!« McCoy packte Kirks Arm, Spock den anderen. Kirk merkte überrascht, daß ihn seine Beine nicht mehr trugen.

»Du mußt jetzt zulassen, daß ich dich behandle«, erklärte McCoy, »oder du wirst gar nicht mehr in der Lage sein, noch irgend etwas anzuordnen.«

Die Stimme des Doktors war ernst geworden, er sprach jetzt mit medizinischer Autorität, die keinen Widerspruch duldete.

»Schon gut«, seufzte Kirk, »in Ordnung. Spock, übernehmen Sie.«

Spock, der immer noch seinen Arm stützte, wandte sich dem Steuerpult zu. »Mr. Sulu, nehmen Sie direkten Kurs auf die Erde, Warpfaktor acht.«

Kirk versuchte zu nicken, obwohl der Boden anfing, sich vor ihm zu drehen. »Gut... und halten Sie uns aus Schwierigkeiten heraus...«

Das letzte, was Kirk bewußt wahrnahm, als man ihn von der Brücke trug, war die beruhigende Stimme, an deren Worte er sich in den immer näher rückenden Alpträumen klammern würde.

»Das werde ich, Captain.«

7

»Nähern uns dem Solsystem, Mr. Spock.« »Danke, Mr. Sulu. Noch immer keine Antwort von Starfleet, Lieutenant?«

Der Erste Offizier drehte sich nicht zu Uhura um. Er wußte, daß sie noch nicht bereit war, eine Antwort zu geben. Das Klicken und Summen ihres Computers verriet ihm, daß sie noch immer nach Botschaften, Codes, Symbolen oder wenigstens irgend etwas Vertrautem suchte.

Trotzdem hatte er gefragt. Noch während die Worte seine Lippen verließen, empfand er ihre Unlogik. Eine ineffiziente Gewohnheit, die er nach fast zwei Jahrzehnten Dienst in der Gesellschaft von Menschen übernommen hatte. Sie hätte es ihm natürlich sofort gemeldet, wenn sich irgendeine Veränderung ergeben hätte. Während des gesamten Fluges, der sie an von der Föderation kolonisierten Planeten, an Außenposten und Raumbasen vorbeiführte, hatte überall Schweigen geherrscht. Kein Funkruf war beantwortet worden. Die Katastrophenrichtlinien von Starfleet verlangten, daß sie sich nicht mit Untersuchungen und Nachforschungen aufhalten, sondern geradenwegs zur Erde fliegen sollten, um sich dort mit jedem zu treffen, der sich vielleicht ebenfalls allein in der Stille wiedergefunden hatte.

»Nichts, Sir«, sagte Uhuras besorgte Stimme. »In der näheren Umgebung keinerlei Subraum-Kommunikation, weder von Starfleet noch von anderen. Dabei sollte es hier von Funksprüchen nur so wimmeln. Ich verstehe das nicht, Sir.«

»Das Verständnis wird mit der Zeit kommen, Lieutenant«, sagte Spock steif. »Im Augenblick kümmern wir uns nur um die Fakten.«

Er beugte sich vor und schaute mit gerunzelter Stirn zu, wie die Planeten des Sonnensystems an ihnen vorbeiglitten – ohne das geringste Lebenszeichen. Kein Licht, kein Signal, nicht ein einziger Satellit. Er sprach von Fakten, doch seine Hände waren verkrampft, und die Ellbogen drückten hart gegen die Sessellehnen. Er empfand eine innerliche Leere, und er verfügte nicht über die nötigen Antworten, um diese Leere auszufüllen.

»Gegenwärtiger Status der taktischen Sensoren, Mr. Nourredine?«

»Arbeiten erst mit dreißig Prozent. Mr. Scott benötigt noch sechs Stunden.«

»Sir, wir nähern uns der Erde«, meldete Sulu.

Alle hielten in ihrer Arbeit inne und schauten hoch. Planet um Planet des vertrauten Systems tauchte vor ihnen auf, und dahinter die warme, gelbe Sonne.

Und dann die Erde, auf die eine oder andere Weise für jeden von ihnen die Heimat, das Herz von Starfleet, der Kern der Föderation, ein blauer Ball, überzogen von Wolken und gesprenkelt mit braunen Kontinenten…

»Mr. Spock«, sagte Chekov zögernd, »wo sind die Raumdocks?«

»Und die Orbitalstationen?« schlug Nourredine in die gleiche Kerbe. »Ich kann auch keine der lunaren Einrichtungen entdecken…«

»Nehmen Sie Kurs auf die dunkle Seite des Planeten, Mr. Sulu«, unterbrach ihn Spock.

Normalerweise wäre das ein wunderbare Anblick

gewesen. Ein Flug aus der von der Sonne gebadeten Seite hinüber in den behaglichen Schatten, wo glitzernde Städte ihren Wohlstand verkündeten.

Keine Städte...

Sulu drehte sich mit bleichem Gesicht um. »Könnten sie alle irgendwie zerstört worden sein, Sir?«

Spock reagierte nicht sofort. Diese Möglichkeit war zu komplex für ein einfaches Ja oder Nein. Erst mußten wissenschaftliche Daten vorliegen, mit deren Hilfe sich das Problem eingrenzen ließ.

»Taktische Sensoren«, befahl er. »Dreißig Prozent müssen eben reichen. Mr. Chekov, wenn Sie sich darum kümmern würden.«

Chekov glitt aus seinem Sessel und eilte zu den wissenschaftlichen Monitoren hinüber.

»Keine Trümmer... Keine industriellen Überbleibsel... Keinerlei Abgasspuren, auch keine landwirtschaftlich genutzten Flächen.« Er drehte sich langsam und voller Unbehagen um. »Überhaupt kein Anzeichen von Leben, Sir.«

Spock lehnte sich in seinem Sessel zurück.

»Ich vermute, Sie meinen, es gibt keine Anzeichen zeitgenössischen industriellen Lebens, Fähnrich.«

Chekov fühlte sich durch die Ermahnung zu mehr Genauigkeit ein wenig gekränkt, andererseits schien sie ihm jedoch zugleich zusätzliche Kraft zu verleihen. »Jawohl, Sir.«

Spock suchte vergeblich tief in seinem Innern nach der Gelassenheit, die ihm normalerweise die Erfüllung seiner Aufgaben erleichterte. Niemand, nicht einmal ein Vulkanier, konnte diese Leere betrachten, die einmal von intelligentem Leben gebrodelt, die einen Teil seines Erbes und seiner Kultur dargestellt hatte, und dabei passiv bleiben. Er wünschte sich auch gar nicht, passiv zu sein.

Doch die Menschen, die ihn beobachteten, erwarteten von ihm Logik. Er bemühte sich darum und wünschte sich zugleich, der Captain wäre hier.

»Pille...«
»Ich bin hier, Jim. In einer Minute geht es dir wieder besser.«

Kirk kniff die Augen zusammen und konzentrierte sich dann darauf, sie zu öffnen. Alles, was er sah, war ein blaßgrauer Schleier. Oder vielleicht blau. Oder weiß.

Die Wände der Krankenstation.

Mechanisches Piepsen und Sirren – die diagnostischen Anzeigen. Sein Puls ging zu schnell.

Er versuchte, den schmerzenden Kopf zu heben, doch es reichte nur für einen kurzen Blick auf seinen eigenen Körper, der völlig nutzlos auf dem schwarzen Bezug der Liege ruhte.

Das senffarbene Uniformhemd und die schwarze Hose; auch seine Stiefel hatte er noch an. Es war also noch nicht lange her, seit er zusammengebrochen war.

Er ließ den Kopf wieder zurücksinken und zuckte bei der Erinnerung an seinen Kollaps auf der Brücke zusammen. Ein Captain sollte nicht einfach vor seinen Untergebenen zusammenbrechen.

Wie lange war das her? Eine Stunde? Zwei? Was konnte in dieser Zeit alles schiefgehen?

»Wo bist du?« krächzte er.

Von irgendwoher tauchte ein verschwommener blauer Pfeiler auf.

»Ich muß wieder nach oben.«

»Guter Witz«, gab der Doktor so rasch zurück, als hätte er die Antwort zum sofortigen Gebrauch bereit in der Tasche gehabt. Der blaue Pfeiler nahm Konturen an und verwandelte sich in McCoy, der ihn prüfend betrachtete. »Captain, während der letzten neun Stunden warst du sehr krank. Und über den Berg bist du auch jetzt noch nicht.«

Kirk stützte sich auf den Ellbogen und glaubte ein paar Sekunden lang, der Arm würde unter der Belastung zerbrechen. »War ich tot?«

Der Doktor blinzelte. »Nun, zählt dicht dran auch?«

»Wenn es so ist, dann will ich auf die Brücke. Und du bringst mich hin.«

»Lagebericht.«

»Orbit um die Erde, Captain. Nahbereichsensoren sind noch immer zu siebzig Prozent blind.«

Spocks Stimme vermittelte eine unterschwellige Botschaft. Die beiden Männer verstanden sich sofort. Probleme. Bisher noch keine Lösung. Was Kirk vor seinem Zusammenbruch erlebt hatte, war keine Illusion gewesen. Das Schiff befand sich noch immer inmitten einer undurchschaubaren Situation.

Kirk löste sich aus McCoys unterstützendem Griff und ging aus eigener Kraft vom Turbolift bis zum Geländer, wo ihm Spock entgegenkam. Der Captain erkannte die Frage im Gesicht seines Ersten Offiziers und sagte: »Mir geht es gut. Erzählen Sie mir, was wir herausgefunden haben.«

Spock warf einen Blick auf den Hauptschirm. »Wir haben keinerlei sichtbare Anzeichen für eine hochentwickelte Zivilisation entdeckt. Keine Raumdocks, Städte oder Verkehrsmittel, und auch keinerlei Energieemissionen irgendeiner Art. Keine Straßenbeleuchtung oder andere künstliche Lichtquellen...«

»Energieerzeuger?«

»Nichts. Dieses Sonnensystem erscheint völlig unbewohnt. Es gibt keinerlei Kommunikation, und auch sämtliche Einrichtungen außerhalb der Erde sind verschwunden.«

»Was ist mit Lebensformen?«

»Die taktischen Sensoren sind noch zu schwach, um die Atmosphäre zu durchdringen.«

»Dann werden wir eben selbst hinuntergehen und nachsehen.«

»Darf ich vorschlagen, Sir«, sagte Spock, »daß ich mit einer wissenschaftlichen Landegruppe hinuntergehe und eine gründliche Analyse durchführe?«

Kirk verspürte nagende Angst, als er die unter den weißen Wolken dahingleitenden blauen Ozeane und rotbraunen Kontinente betrachtete. Ja, die Atmosphäre war noch dort. Vielleicht war es ja ein gutes Zeichen, daß sie nicht fortgerissen worden war. Das mochte ein schwacher Trost sein, aber es war immerhin etwas.

»Organisieren Sie Ihre Landegruppe, Mr. Spock«, meinte er, »und sagen Sie Scotty, er soll heraufkommen und das Kommando übernehmen. Ich will mir die Geschichte selbst ansehen.«

»Spock, befinden wir uns am richtigen Ort?«

Kirk blinzelte und schirmte die Augen ab.

Ein Ast warf einen scharf abgegrenzten Schatten auf die blaue Uniformjacke des Vulkaniers, als sich Spock von der tiefstehenden Sonne abwandte und den Tricorder zurate zog. »Ich fürchte, Längen- und Breitengrad stimmen exakt, Captain.«

Vor ihnen erstreckten sich bewachsene Hügel und vereinzelte grasbewachsene Flecken über acht Kilometer hinweg bis zum graublauen Wasser der Bucht. Die von grünen Hängen gesäumten Täler waren von unzähligen, im Licht der untergehenden Sonne leuchtenden gelben Blumen bedeckt.

McCoy trat neben ihn. »Der Transporter-Offizier muß einen Fehler gemacht haben.«

Vorsichtig, um seinen schmerzenden Fuß nicht zu sehr zu belasten, bewegte sich Jim Kirk bis zum Rand der Klippe. Seine Stimme klang rauh. »Du erkennst doch die Form der Landschaft, oder nicht? Wir befinden uns genau dort, wo wir hinwollten.«

McCoy starrte ihn an, hob dann die Hand und deutete auf die Bucht. »Wenn es so ist... wo zum Teufel ist dann San Francisco?«

Die große westliche Bucht schimmerte im Licht der untergehenden Sonne. Keine Golden Gate Bridge. Keine sich am Ufer dahinziehenden Straßen. Keine Gebäude, deren Fenster das warme Sonnenlicht einfingen und reflektierten.

Statt dessen nur das Schreien der Möwen und das Rascheln von Tieren im dunklen Unterholz – ein endloses, pastorales Fegefeuer.

»Wenigstens sind die Hügel noch da«, knurrte McCoy.

»Es sieht genauso aus, wie es sein sollte«, sagte Kirk. »Die richtigen Bäume, das Gras, der blaue Himmel, die Bucht... nur keine Gebäude. Keine Menschen.«

»Kommt mir ziemlich leer vor.«

»Mir auch. Niemand ist hier, der es bewundern könnte.«

»Jim, glaubst du...«

McCoy unterbrach sich, als er die sich nähernden Schritte Spocks vernahm.

Spock stellte sich vor die beiden Männer, obwohl er dabei so dicht an den Rand des Abhangs geriet, daß seine Stiefel ein paar Steine lösten, die über die Klippe hinabprasselten. Sein Blick suchte den des Captains.

»Meine Herren, wie stehen genau dort, wo sich die Eingangshalle von Starfleet Command befinden sollte. Dort wäre Admiral Landalls Büro, dort drüben die der Admiräle Oliver und Nogura, und dahinter der VIP-Raum. Auf jener Hügelspitze dort sollte der Zentralbau des Hospitals stehen, und im Tal zu ihrer Linken das Trainingsareal der Starfleet Akademie und der Rosengarten Thomas Jeffersons.«

In Gedanken setzten sie die Aufzählung fort und ergänzten sie um Plätze und Monumente, Bäume und Brücken, die alle dort sein sollten. Sie betrachteten den ungebändigten Wildwuchs, der sich dort erstreckte, wo sich ihrer Vorstellung nach ein wohlgepflegter Rosenpark befinden sollte, dessen Setzlinge durch Kriege geschmuggelt worden waren, verborgen in Särgen oder Damenhandschuhen, bis sie in dem strahlend neuen Jahrhundert zur Blüte gebracht wurden.

Jetzt befand sich dort nichts als Gras und Wildblumen, Bäume, deren Äste sich in der leichten Brise bewegten, und unzählige gelbe Blüten, die sich wie eine gelbe Decke über das Land legten, während sie die letzten Strahlen der Sonne auffingen. Ganz hübsch, aber keine Rosen.

»Also schön«, meinte Kirk, »dann fangen wir ganz von vorne an und arbeiten uns langsam weiter. Mr. Spock, zählen Sie bitte die zur Verfügung stehenden Spezialisten auf.«

Spock deutete auf die Gruppe Uniformierter, die sich bereits, von morbider Neugier getrieben, an die Arbeit gemacht hatten. Jeder von ihnen trug einen Tricorder an einem dünnen schwarzen Riemen über der Schulter, abgesehen von den vier Sicherheitsleuten natürlich, die mit Phasern und der üblichen Notfallausrüstung ausgestattet waren. Sie wirkten kompetent und beruhigend, zugleich aber auch sonderbar fehl am Platz in dieser Welt, die eigentlich das Herzstück einer modernen, technologischen Zivilisation sein sollte.

»Lieutenant Mark Rice, Geologie und Geophysik«, begann Spock, »Lieutenant Louise LaCerra, Paläontologie und Zoologie, Lieutenant Elizabeth Ling, Botanik und Zoologie, Lieutenant Dale Bannon, Anthropologie, seine Assistentin, Fähnrich Erica Smith, und schließlich Chefchemiker Gaston Barnes. Die Sicherheitsgruppe besteht aus den Fähnrichs Williams und

MacGuinness sowie den Crew-Mitgliedern Rhula und Hardy.«

»Sie haben ja eine ganze Universität mitgebracht«, meinte Kirk. Abgesehen von der erst vor kurzem überstellten Botanikerin und einem der Sicherheitsleute waren ihm alle Namen bekannt gewesen, doch die Vorstellung half ihm, sie den jeweiligen Abteilungen zuzuordnen. »Schwärmen Sie in Zweiergruppen aus. Sie kennen das Problem. Sehen wir zu, daß wir ein paar Antworten entdecken.«

Die gemurmelten Befehlsbestätigungen klangen wenig enthusiastisch. Sie hatten San Francisco verloren und waren sich ziemlich sicher, daß sie es heute auch nicht mehr wiederfinden würden. Und jetzt hatte Kirk sie praktisch aufgefordert, zu bestätigen, daß sie nicht nur ihre Familien, sondern auch ihr gesamtes kulturelles Erbe verloren hatten.

Selbst die normalerweise eher dreisten Sicherheitsleute wanderten ziellos hinter den Wissenschaftlern her und dachten gar nicht daran, die Führung zu übernehmen. Kurze Zeit später standen Kirk und seine beiden Freunde allein an dem Ort, der eigentlich ihre Heimat sein sollte.

»Die Stadt ist nicht zerstört worden«, sagte er ruhig. Mit einiger Mühe bückte er sich und rupfte eine Handvoll Gras aus. »Nicht ein einziger Halm ist geknickt worden. Keinerlei Anzeichen von Vernichtung, und die Atmosphäre ist ebenfalls intakt. Der ganze Planet ist völlig in Ordnung, nur San Francisco fehlt eben.«

»Es gibt auch keine anderen Städte, Captain«, bemerkte Spock. »Trotz der nur eingeschränkt arbeitenden Sensoren konnten wir eindeutig feststellen, daß sich an den Koordinaten von Los Angeles, New York, Boston, London und Bangkok nur leeres Land befindet. Nirgendwo gibt es stadtähnliche Anlagen.«

»Das Klima hat sich nicht geändert«, sagte Kirk. »Auch die Geographie ist gleich geblieben... also wo, zum Teufel, sind die Leute?«

»Irgendwie habe ich das Gefühl, ich wäre lieber bei ihnen als hier, wo ich jetzt bin«, murmelte McCoy nachdenklich. Er pflückte eine der strahlend gelben Blumen und drehte den Stengel zwischen den Fingern, während er ins Tal hinabschaute. »Ich habe gerne dort drüben in einer Laube gesessen und zum Haus meiner Tochter hinübergesehen...«

Seine Worte trieben mit der Brise davon.

Kirk wandte sich ab. »Spock, wie müssen uns einen möglichst umfangreichen und detaillierten Überblick verschaffen. Können wir die Schäden an den taktischen Sensoren irgendwie ausgleichen?«

»Ich werde es versuchen, Sir.« Er zog den Kommunikator heraus und klappte ihn auf. »Landegruppe an *Enterprise*.«

»Lieutenant Uhura, Sir.«

»Verbinden Sie mein Tricordersignal direkt mit dem Bibliothekscomputer, Lieutenant.«

»Aye, Sir, einen Augenblick.«

»Ich bleibe in Bereitschaft.« Spock wollte noch etwas sagen, als es hinter ihm im Gebüsch plötzlich laut raschelte, ein roter Blitz hervorschoß und gegen die Beine des Vulkaniers prallte.

Spock wurde von einem wildgewordenen Ball, der aus roten Federn, einem langen Hals und langen Beinen zu bestehen schien, zu Boden gerissen. Das Wesen quakte verängstigt, prallte vom Abhang zurück und verschwand ein paar Meter weiter zwischen einigen dichtbelaubten Büschen.

Bevor McCoy reagieren konnte, war Kirk schon an Spocks Seite und half ihm auf die Beine. »Sind Sie verletzt?«

»Nein, keineswegs, vielen Dank.« Spock bürstete

ein paar Zweige von seiner Uniform und schaute argwöhnisch zu den raschelnden Büschen hinüber. Einen Moment später standen die Gewächse wieder ruhig da, als wäre nichts geschehen.

Als Kirk zu ihnen eilte, deutete Kirk auf die Büsche und fragte: »Hast du das gesehen, Pille?«

»Sah es aus wie ein zu kurz geratener Strauß?«

»Ja!«

»Dann habe ich es gesehen.«

»Aber das ergibt keinen Sinn«, knurrte Kirk. »So etwas gibt es in Nordamerika nicht. Spock, haben Sie es auch gesehen?«

»Nur aus den Augenwinkeln, Captain. Können Sie es beschreiben?«

McCoy drängte sich zwischen die beiden. »Es sah aus wie ein Strauß, nur von der Größe einer Gans und mit knallroten Federn.«

Spocks Kommunikator piepste, und der Vulkanier drückte auf den Kontrollknopf. »Könnte es ein wildlebender Truthahn gewesen sein? Entschuldigung... Spock hier.«

»Hätte es sein können«, brummte McCoy, »war es aber nicht.«

»Uhura hier, Mr. Spock. Sie sind jetzt mit dem Hauptcomputersystem und allen Speicherbänken verbunden. Der Tricorder wird nicht sehr viel speichern können, aber solange dieser Kanal geöffnet ist, haben Sie vollen Zugriff.«

»Habe ich auch Zugriff auf die Sensoren?«

»Ja, Sir. Mr. Scott hat diese Verbindung ebenfalls hergestellt. Die Nahbereichssensoren arbeiten jetzt mit dreiundsechzig Prozent, und die Leistung steigt stetig.«

»Vielen Dank. Spock Ende.« Er justierte den Tricorder und nutzte dabei die ungeheure, im Computersystem gespeicherte Datenmenge zusammen mit den halbblinden Schiffssensoren, die versuchten, den Planeten vom Orbit aus zu scannen. »Die Informationen sind noch bruchstückhaft, Captain, aber wenigstens kommen sie herein.«

Kirk spürte eine neue Hitzewelle in sich aufsteigen und lehnte sich in halb sitzender Stellung gegen einen Felsen. »Machen Sie weiter, Spock.«

Spock schirmte den Tricorder mit der Hand gegen die Sonne ab, ging ein paar Schritte, während er den winzigen Schirm im Auge behielt, und kam dann wieder zurück. »Die Kontinentalauswertung zeigt flache Sumpfgebiete und wechselnde Vegetation im Osten und Südosten, Prärie und Grasland im Westen... nördlich davon Berge. Allerdings keine domestizierten Nutzpflanzen. Weiter im Norden erstrecken sich Tundren bis zur Arktis. Das Meer wimmelt von Lebensformen... an Land ebenfalls beträchtliches Tierleben... Vögel, Reptilien, Wirbellose...«

»Was Sie da beschreiben, ist genau das Nordamerika, das wir alle kennen.«

Spocks Augen zogen sich zusammen. Eine Spur von Trauer klang in seiner Stimme mit, als er schlicht antwortete: »Ja.«

Von unterhalb des Hügels rief eine Stimme: »Captain!«

Ihre Paläontologin kletterte ein Stück links von ihnen den Hügel hoch. Ihre Arme waren bis zu den Ellbogen schmutzverschmiert, und an den Knien ihrer Hose klebte Schlamm.

Kirk streckte die Hand aus, um ihr über den Klippenrand zu helfen. Er schaute zu Spock hinüber, doch der Vulkanier ging bereits zu der anderen Frau des Teams, die ihm zu verstehen gab, daß sie ebenfalls etwas entdeckt hatte.

So schaute er also in ein paar heller, besorgt blickender Augen und sagte: »Berichten Sie, Lieutenant.«

»Sir«, keuchte die zartgliedrige Frau, »die Vegetation entspricht weitgehend unseren Erwartungen – beispielsweise die Koniferenwälder nördlich von hier – aber es gibt keine Kulturpflanzen, nichts, das angepflanzt worden wäre. Und noch etwas beunruhigt mich, Sir... Ich kann die Redwoods nicht finden.«

Stirnrunzelnd beugte sich Kirk vor. »Erklären Sie das genauer.«

Die Frau verzog ihr hübsches Gesicht. »Ich kann einfach keinerlei Spuren der großen, alten Sequoienwälder in den westlichen Küstenregionen entdecken. Ich habe mich mit dem Schiff in Verbindung gesetzt, aber auch von dort aus hat man nicht einen einzigen großen Redwoodbaum gefunden. Mr. Scott meinte, es könnte vielleicht etwas mit dem partiellen Ausfall der Sensoren zu tun haben, aber... aber ich finde auch keine Spuren der Redwoods in den jüngeren geologischen Schichten.«

»Da können Sie auch nichts finden«, sagte McCoy. »Im Bay-Gebiet gibt es keine Fossilien.«

»Das weiß ich, Sir, aber ich habe einen Teichboden analysiert und konnte dort keinerlei alte Redwood-Pollen finden. Zumindest keine, die während der letzten zehntausend Jahre dort gelandet wären. Ich *sollte* etwas finden können, aber ich kann es nicht.« Sie schaute Kirk an. »Sir, wieso hat es hier keine Redwoods gegeben?«

Kirk richtete sich beunruhigt auf. »Und wenn es welche gegeben hat, was ist dann damit geschehen?«

Die Frau nickte. »Es gibt zwar ein vielfältiges Insektenleben, aber von den Wildtieren, die eigentlich hier leben müßten, läßt sich nichts entdecken – keine Biber oder Bären, nicht einmal Eichhörnchen. Die Geräte haben ein paar große, weidende Tiere registriert, aber die habe ich bis jetzt noch nicht zu Gesicht bekommen.

Doch vor einer Minute hätte ich geschworen, einen kleinen Primaten gesehen zu haben.«

»Einen Primaten? Hier?«

»Es ergibt einfach keinen Sinn, Sir. Der Tricorder vermittelt mir zwar die metabolischen Daten, doch ich ziehe es vor, die Dinge selbst in Augenschein zu nehmen.«

»Kluges Mädchen«, bemerkte McCoy.

»Also gut«, murmelte Kirk. »Machen Sie weiter, Ling. Versuchen Sie, diese großen Grasfresser ausfindig zu machen, dann schauen wir sie uns mal an.«

»Aye, Sir.«

Sie schien erleichtert zu sein, mit offizieller Erlaubnis den großen Wesen nachjagen zu dürfen, und machte sich wieder auf den Weg den Abhang hinunter.

McCoy stieß mit der Fußspitze gegen eine der gelben Wildblumen am Rand der Klippe. Dann blinzelte er, beugte sich vor und betrachtete die großen Blüten genauer. »Weißt du, das hier sieht aus wie eine kalifornische Mohnblume.«

Der Captain reckte seinen schmerzenden Rücken. »Und? Soll mir das irgend etwas sagen?«

»Ich weiß nicht recht. Nur sollte Mohn hellrot sein. Diese Blumen hier sind aber bananengelb.«

»Mmm.«

»Oh... da ist eine Biene.« McCoy zog seine Hand von einer der Blüten zurück, schaute dann noch einmal genauer hin und pflückte die Blume schließlich vorsichtig ab. »Jim... sieh dir das mal an.«

Mitten im schwarzen Zentrum der Blüte saß eine Biene, die eifrig nach Nektar suchte und den beiden Männern nicht die geringste Aufmerksamkeit schenkte.

»Es ist eine Biene«, stellte Kirk unbeeindruckt fest.

»Sieh mal genauer hin. Achte auf die Farben.«

Die Biene war eine Biene, perfekt ausgestattet für

ihren Lebenszweck – und hellgelb gefärbt, unterbrochen von weißen und grünen Streifen.

Kirk versuchte sich zu konzentrieren, registrierte, was er sah, hatte aber Mühe, den Gedanken festzuhalten. »Eine grüne Biene. Vielleicht ist sie aus Mexiko hergekommen.«

McCoy schaute ihn an, vergaß die Biene und ließ die Blüte fallen. »Geht es dir gut, Jim? Du siehst aus, als hättest du Fieber.«

»Habe ich auch. Warum wirkt die Medizin nicht?«

»Sie wirkt. Wenn du im Bett lägst, in der Krankenstation, wo du hingehörst, ginge es dir prächtig. Aber solange du dich ständig überanstrengst, verzögerst du nur den Heilungsprozeß.« Seine Miene wurde etwas sanfter, und er fügte hinzu: »Ich kann es nicht leiden, wenn mir die Patienten die Arbeit erschweren.« Er packte Kirks Arm. »Warum setzt du dich nicht?«

»Wenn ich mich setze, höre ich auf zu denken.«

»Ja, aber vielleicht geht dann dein Fieber zurück.«

»Nicht jetzt... da hinten kommt Spock.«

Die schlanke Gestalt des Wissenschaftsoffiziers näherte sich ihnen, in der einen Hand den Tricorder, in der anderen feuchten Schlamm und tropfende Algen.

»Die Geologin LaCerra hat eine Entdeckung gemacht«, sagte er, als er näher kam. Er mußte etwas lauter sprechen, um das Zirpen der Zikaden zu übertönen, die jetzt, da die Dunkelheit hereinbrach, mit ihrem abendlichen Konzert begannen.

»Was haben Sie denn da, Spock?«

Spock zögerte – nicht gerade sein übliche Verhalten, wenn er die Antwort buchstäblich in der Hand hielt. Er trat unruhig von einem Fuß auf den anderen und sah Kirk direkt in die Augen.

»Ammoniten, Captain.«

Kirk blinzelte verdutzt. »Was?«

»Ammoniten waren Cephalopoden, Kopffüßer. Meereslebewesen mit einem Gehäuse ähnlich den kammerförmigen Schalen der Nautilus. Sie waren während der Kreidezeit, also vor rund siebzig Millionen Jahren, in allen Meeren weit verbreitet. Die Strände waren von den Gehäusen regelrecht übersät, und es gab Tausende verschiedener Unterarten.«

»Und?«

»Zusammen mit der Ausrottung der Dinosaurier und mehrerer anderer Tierarten verschwanden auch sie von der Erde. Es gibt Milliarden fossiler Abdrücke dieser Wesen unterhalb der K-T-Schicht, doch nicht einen einzigen darüber.«

»Was ist eine K-T-Schicht?«

»Verzeihung... die Kreide-Tertiär-Schicht ist der Punkt, an dem sich zwei geologische Zeitalter treffen. Es gibt Milliarden von Ammonitenabdrücken unterhalb diese Schicht...«

»Aber keine darüber. Also sind sie ausgestorben. Spock, jetzt sagen Sie endlich *offen*, wo das Problem liegt?«

»Captain, dieser Ammonit ist lebendig.«

Kirk trat einen Schritt näher. »Lebendig? Sind Sie sicher, daß das, was Sie da gefunden haben, ein Ammonit ist?« Er tippte das Wesen in Spocks Hand an.

»Jim«, unterbrach ihn McCoy, »riechst du nichts?« Er spähte zu dem mittlerweile im Zwielicht liegenden Unterholz und ging langsam auf das Buschwerk zu. »Aas...!«

Ein Anflug von Furcht überlief den Captain. Er verbannte das kleine Schalentier aus seinen Gedanken und eilte hinter McCoy her. »Phaser. Auf Betäubung.«

»Captain«, fragte Spock, »sollen wir die Lampen benutzen?«

»Nein«, erwiderte Kirk. »Wir wollen die natürlichen Abläufe nicht stören. Wenn wir Licht machen, werden sich die meisten Wildtiere verstecken.«

Spock nickte andeutungsweise. »Klingt logisch.«

Das Unterholz bremste Kirks Vorwärtskommen und zwang ihn, sich jeden Schritt zu erkämpfen. Sein Arm zitterte, als er den Phaser über die Blätter hielt. Der strenge Aasgeruch wurde stärker. Die Grillen hatten ihr Zirpen eingestellt. Stille senkte sich über den Hügel.

»Captain«, sagte Spock und neigte den Kopf zur Seite, »ich höre etwas. Atemgeräusche... sie werden jetzt lauter.«

McCoy erstarrte. »Ich dachte, es wäre der Wind.«

Kirk drehte sich in die Richtung, in die Spocks Gesicht zeigte, und hob den Phaser. »Hier weht kein Wind. Spock, gehen Sie zurück... langsam.« Sobald Spock sich ein paar Schritte durch das Buschwerk zurückgezogen hatte, flüsterte Kirk: »Tricorder.«

Die schlanke Gestalt des Ersten Offiziers reagierte mit vorsichtigen, fast verstohlenen Bewegungen. Er senkte den Phaser und hob den Tricorder. Ein paar Sekunden verstrichen, dann schaltete Spock das Gerät ein.

Und dieses winzige Klicken reichte schon aus. Die Nacht wurde von einem Kreischen zerrissen. Vor ihnen teilte sich das Buschwerk.

Etwas wie ein großer, dunkler Hügel erhob sich vor ihnen bis auf Augenhöhe, hielt kurz inne, brach dann wie eine Eruption aus den Büschen und überragte sie in Sekundenbruchteilen. Das Kreischen verwandelte sich in ein gurgelndes, lautes Brüllen.

McCoy stolperte rückwärts und stürzte, ohne das Kirk erkennen konnte, was ihn umgeworfen hatte. Er hörte das Heulen von Spocks Phaser und hob die eigene Waffe, wurde aber in diesem Moment an der linken Schulter getroffen – wie konnte sich etwas derart Großes so schnell bewegen!

Ehe es ihm richtig bewußt wurde, lag er schon auf

dem Boden, den Arm tief im Unterholz vergraben und das gesunde Bein unter seinem Körper eingeklemmt. Über ihm erhob sich in einer Wolke aus Fliegen ein mächtiger Kopf mit einem fünf Fuß breiten Knochenkamm und einem riesigen gebogenen Horn.

Wieder heulte Spocks Phaser durch die Dunkelheit.

Der Klang verlieh Kirk neue Kraft. Er drehte den Oberkörper, befreite seinen Arm – irgendwie hatte er es geschafft, den Phaser in der Hand zu behalten – und legte die Finger auf den Auslöser.

Ein orangeroter Strahl flammte auf und traf die gewaltige dunkle Gestalt vor ihm, die sich herumwarf und erneut brüllte.

Der Klang erschütterte ihn bis ins Mark. Obwohl er in den Wäldern und Farmen des ländlichen Iowa aufgewachsen war, hatte er nie etwas Vergleichbares gehört – eine Kreuzung zwischen dem langgezogenen Ruf eines Elches und dem Schrei eines... nun, einem höllischen Schrei eben.

Das Tier griff wieder an, doch nicht ihn – sondern Spock.

Kirk spürte, wie die mächtigen Füße den Boden erzittern ließen. Er kämpfte sich hoch, bis er über das Gras hinwegsehen konnte, packte den Phaser mit beiden Händen und zielte auf die Stelle, wo er die Wirbelsäule vermutete.

Ich bin der Captain. Wenn du fressen willst, versuch es bei mir.

Und dann feuerte er.

8

Das mächtige Gebrüll des Tieres wurde vom Heulen der Phaser beantwortet.

Warum brach es nicht endlich zusammen? Doch dann erzitterte die riesige Masse, neigte sich zur Seite und krachte schließlich mit gewaltigem Getöse zu Boden. Die Zweige des Buschwerks bewegten sich, als andere, im Dunkeln nicht erkennbare Tiere das Weite suchten.

Das mächtige Wesen hatte den Kampf aufgegeben und lag jetzt schwer atmend inmitten einer kleinen Lichtung, die es mit seinem Sturz selbst geschaffen hatte. Doch jeder seiner Atemzüge verkündete die Botschaft, daß es nicht freiwillig zu Boden gegangen war.

Kirk packte ein paar Äste und zog sich auf die Füße. Immer noch heftig atmend drängte er sich durch das Gebüsch zu der Stelle, wo er McCoy zuletzt gesehen hatte.

»Pille! Spock! Wo steckt ihr?«

Etwa zehn Schritte von ihm entfernt erhob sich Spock aus dem Unterholz und half McCoy auf die Beine.

Kirk bahnte sich mühsam einen Weg zu ihnen. »Alles in Ordnung?«

»Ja, Sir«, antwortete Spock und wirkte dabei ein wenig überrascht.

»Pille?«

Statt einer Antwort stolperte McCoy zu dem betäubten Wesen hinüber und umkreiste es, wobei er respektvollen Abstand zu den immer noch zuckenden Hufen hielt. »Captain, schau dir das mal an!«

Das wuchtige Tier besaß in etwa die Statur eines Bisons. Tatsächlich glichen Fell und Behaarung dem eines Büffels, während die vierzehigen Hufe eher an ein Rhinozeros denken ließen. Zudem ragte aber auch noch ein breites, geschwungenes Horn – mit dem es Spock beinahe aufgespießt hätte – aus dem Kopf, und außerdem besaß es einen Nackenkamm von gut fünf Fuß Durchmesser. Die kleinen Augen des Tiers rollten, eines der Beine zucke, doch ansonsten lag es ruhig da und atmete schwer.

McCoy griff nach dem Nackenkamm und versuchte ihn zu schütteln, ohne damit viel Erfolg zu haben. Allein Kopf und Hals hatten schon die Größe einer Starfleet-Frachtkiste. Er betastete das Haar des Tieres.

»Schaut euch das an – sieht aus wie Haar, ist aber keins. Es scheint der Isolierung zu dienen... möglicherweise als Reaktion auf eine Eiszeit entwickelt.«

»In der Regel sind derartige Isolierungen aus Schuppen hervorgegangen«, bemerkte Spock. »Einige säugerähnliche Reptilien haben echtes Haar entwickelt, ein paar fliegende Reptilien ein haarähnliches Material, und gewisse kleine, fleischfressende prähistorische Tiere haben möglicherweise...«

»Hören Sie, ich *weiß*, daß es etwas Derartiges niemals auf der Erde gegeben hat!« knurrte McCoy. »Weder zu prähistorischen Zeiten noch sonst irgendwann!«

Kirk sah keinen Nutzen darin, seine Zeit mit einer Teilnahme an diesem Streit zu verschwenden. Während er den Kommunikator aufklappte, fragte er: »Spock, wer ist der Zoologe?«

»Lieutenant LaCerra ist Senior-Zoologin und Paläontologin, Sir. Sie wurde gerade erst vom Wissenschaftsschiff *John Rockland* überstellt. Lieutenant Ling ist...«

»Kirk an LaCerra.«

Der Kommunikator knisterte leise. Als keine Antwort kam, wechselte er die Frequenz. »Kirk an *Enterprise*.«

»Lieutenant Dewey hier, Sir.«

»Wo ist Uhura?«

»Hat Freiwache, Sir, aber sie ist unten im Maschinenraum und versucht herauszufinden, weshalb die Kommunikationsanlagen nicht funktionieren.«

Kirk holte tief Luft. Es war beruhigend zu wissen, daß die militärische Struktur noch intakt war, Wachzeiten eingehalten wurden und all die traditionellen, von der Zeit geheiligten Ordnungssysteme noch funktionierten, die eine Besatzung davor bewahren sollten, unter Belastung zusammenzubrechen.

»Dewey, nehmen Sie Kontakt zu Chief Barnes auf und schaffen Sie mir Lieutenant LaCerra her. Lassen Sie sie direkt hierherbeamen. Ich habe hier ein Tier, das sie sich mal ansehen soll.«

»Aye, Sir, einen Moment bitte.«

Kirk ließ den Kommunikator geöffnet und änderte die Einstellung des Phasers, den er noch in der anderen Hand hielt. Der Geruch des vor ihnen liegenden, keuchenden Tieres hätte ein Pferd umwerfen können. »Stellt die Phaser auf Töten. Offensichtlich dürfen wir hier nicht das gewohnte nordamerikanische Tierleben erwarten. Hat einer von euch eine Theorie über dieses Wesen?«

»Es scheint sich um ein Weidetier, einen Grasfresser, zu handeln«, sagte Spock, »vermutlich mit dem Wollmammut verwandt...«

»Oder mit dem Rhinozeros«, ergänzte McCoy. »Oder dem Stegosaurus! Schaut euch diesen Schwanz an!« Er bückte sich, und als er sich wieder erhob, hatte er beide Arme um eine erschreckende Zusatzwaffe gelegt: einen Schwanz, so dick wie der Oberkörper eines Menschen und besetzt mit einer Reihe roter Stacheln von der Größe eines Schwertes.

»Unglaublich!« Kirk ging ein paar Schritte durch das Gras und berührte einen der Stachel.

»Ich würde dieses Wesen als ceratopsoid einstufen«, sagte Spock und führte seinen Tricorder über die stinkende, fliegenbedeckte Masse. »Große Knochenplatte zum Schutz von Hals und Schultern... nach vorn gerichtetes Horn... schwerer, tiefhängender Kopf, jedoch ein stumpfes, breites, zum Grasen geeignetes Maul, wohingegen die meisten Ceratopsoiden papageienartige Schnäbel hatten.«

Er wedelte die Fliegen beiseite und kniete neben dem gewaltigen Schädel des Tieres nieder. »Meines Wissens hat es in den großen nördlichen Ebenen niemals ein derartiges Tier gegeben, auch nicht in prähistorischen Zeiten. Geweihtragende Tiere schon, aber keine mit solchen Hörnern.«

»Oder zumindest *sollte* es keine gegeben haben. Spock, denken Sie noch mal nach. Haben wir uns in der Zeit rückwärts bewegt?«

Spock blickte ihn an und sagte mit fester Stimme: »Auf gar keinen Fall, Captain.«

»Na schön... warum hat es so lange gedauert, bis es unter den Phaserstrahlen zusammengebrochen ist.«

»Die Dicke der Haut«, meinte McCoy. »Außerdem kann es gut sein, daß wir das Horn oder den Nackenschutz getroffen haben. Ich nehme an, beides könnte als Dämpfer wirken.«

Kirk leckte sich über die trockenen Lippen. »Wir haben es also mit einer Erde zu tun, deren Wetter und Geographie stimmen, ansonsten aber nichts. Spock, denken Sie das gleiche wie ich?«

»Ich glaube schon.« Spock richtete sich auf.

Kirk ging ein paar Schritte bis zum Klippenrand, schaute über die Hügel und die leere Bucht und lauschte den fernen Rufen von Vögeln, die er nicht kannte.

Leise murmelte er: »Alternative Evolution...«

»Louise, geh von ihm weg – ganz langsam.«

»Schau dir die Augen an. Es kann räumlich sehen! Ich gehe ein bißchen näher heran, damit mein Tricorder die Retinastruktur aufzeichnen kann. Ich kann gar nicht glauben, was ich sehe. Alle typischen Anzeichen für ein Säugetier, aber grüne und gelbe Schuppen anstelle einer Haut – das ist kein Säuger.«

»Ich halte meinen Phaser darauf gerichtet.«

»Das Streifenmuster dient als Tarnung in hohem Gras oder im Unterholz... Ein paar Großkatzen haben ähnliche Muster entwickelt, Tiger, Leoparden...«

»Louise, ich bin mir nicht sicher, wie gut ich in der Dunkelheit zielen kann. Wir sollten es wenigstens betäuben.«

»Ist das zu glauben? Es geht auf mich zu. Genau wie ein Säugetier... Komm her, Baby, komm her...«

»Hör auf damit. Du bringst es noch dazu, daß es dir nachläuft. Mir reicht es jetzt. Ich rufe Chief Barnes.«

»Pst. Lenk es nicht ab. Hast du die Körpertemperatur? Dale, leg den verdammten Kommunikator weg und mach ein paar Aufzeichnungen! Dein Tricorder ist für Mikrobiologie ausgerüstet, meiner nicht.«

»Hör mal, ich... ich glaube nicht... Also schön, aber bleib bloß von ihm weg.«

»Es kommt mir schon nicht zu nah. Mach jetzt die Aufzeichnungen. Vielleicht kriegen wir keine weitere Chance. Komm schon, Baby... beweg diese hübschen gelben Beine für Lou...«

»Du bewegst dich auf hohes Gras zu. Geh nicht dorthin.«

»Sei still, Dale. Sieh dir diese Augen an ... ich kann's gar nicht erwarten, sie zu sezieren ...«
»Louise, es greift an! Lauf, Lou!«
»Mach die Aufzeichnungen. Mach die ...«
»Lou, geh nicht in das Gras! Komm da raus! O Gott! Lauf, Louise. Lauf! Lauf! O mein Gott! Louise!«

Leonard McCoy blinzelte, als er begriff, worauf er schaute. »Gelber Mohn ...«
Die drei Männer starrten auf den schwefelgelben Vorhang, der sich meilenweit über die vom Mondlicht erhellten Hügel zog.
McCoys Flüstern klang erschreckend laut.
Strauße und Primaten, wo keine sein sollten, lebende Schalentiere, die ausgestorben sein sollten, große Landtiere, die überhaupt nicht existieren sollten ...
Jetzt war es ausgesprochen worden. Geplagt von dem Anblick McCoys, der dorthin schaute, wo das Haus seiner Tochter gestanden hatte, das jetzt nur noch in der Erinnerung existierte, dachte Kirk an die Farm seiner Mutter und fragte sich, wie Iowa unter diesen Bedingungen wohl aussehen mußte. Er dachte an den künstlichen Teich hinter der Scheune, in den sein Vater Forellen und Barsche gesetzt hatte, damit seine Söhne sie angeln konnten.
Nichts als dürres Gras. Vielleicht etwas Schlamm am Fuß des Hügels.
Komisch ... der Hügel selbst existierte vermutlich noch.
Ein kahler Hügel, kein Farmhaus, keine Straße, die zu der alten Siedlung am Riverside führte. Keine Mutter mit blondem Haar, die noch immer um einen jähzornigen Mann vom Starfleet-Sicherheitsdienst trauerte, der in den feindlichen Raum hinausgezogen und nie zurückgekehrt war.

Ein Junge ohne Forellen, ein Hügel ohne Farm. Eine wilde, einsame Welt.

Jim Kirk gab sich für einen Moment dem Schmerz hin. Dann kämpfte er ihn nieder und blickte auf.

Spock und McCoy schauten ihn beide an.

Er begann, auf und ab zu gehen, obwohl sein verletztes Bein bei jedem Schritt schmerzte. »Ob es uns nun gefällt oder nicht, wir werden akzeptieren müssen, daß wir von einer Art Warpeffekt betroffen worden sind. So was ist schon früher passiert.«

Die Miene des Vulkaniers verriet nichts von seinen rasend schnell ablaufenden Gedankengängen. »Diese Einschätzung könnte voreilig sein, Sir.«

»Sie meinen, zu offensichtlich?«

Spock warf ihm einen scharfen Blick zu. »Ja, Sir.«

Kirk humpelte zu dem keuchenden Tier hinüber. »Was haben wir getan?«

»Jim«, rief McCoy, »woher willst du wissen, ob wir überhaupt etwas getan haben?«

Kirk drehte sich zum Doktor um. »Weil wir hier sind.«

Spock äußerte sich nicht zu dieser Feststellung, doch der Captain konnte erkennen, daß sein Erster Offizier keine Einwände gegen diese Schlußfolgerung hatte. Kirk spürte, wie sich seine Kehle bei der Vorstellung verengte, daß er es mit einem einzigen fehlgeschlagenen Experiment geschafft hatte, daß Universum zu verdrehen. Jeder Mensch fragt sich irgendwann in seinem Leben, ob die Dinge nicht ohne ihn besser laufen würden. Als Captain eines Raumschiffes hatten seine Erfolge und ganz besonders auch seine Fehlschläge zweifellos weitaus größere Auswirkungen. Aber dies hier – er war kaum in der Lage, das gesamte Ausmaß zu erfassen.

»Wenn wir zurückgingen, um Adam und Eva zu erschießen, würden wir damit nicht annähernd so viele

Veränderungen auslösen«, sagte er mit angespannter Stimme. »Diese bizarren Tiere können nicht nur das Ergebnis der Abwesenheit von Menschen sein. Und der Himmel ist voller Vögel, so wie es immer war.«

»Offensichtlich waren sie auch hier erfolgreicher als die fliegenden Reptilien«, bemerkte Spock.

»Wir wissen nicht genau, was diese neuartige Technologie bewirkt, mit der wir herumgespielt haben. Irgendwie haben wir es geschafft, in ein Paralleluniversum einzudringen, oder wir haben unser Universum dazu gebracht, sich zu verändern.« Ein kalter Schauder lief über seinen Rücken, als er zwischen seine beiden Offiziere trat und über die unberührte Landschaft blickte. »Was ist, wenn nicht wir verloren sind... sondern die Menschheit. Es ist eine Sache zu akzeptieren, daß wir zwischen den Dimensionen gestrandet sind, doch wenn wir die gesamte Zivilisation zerstört haben... ich würde mich jedenfalls äußerst verpflichtet fühlen, die Sache wieder in Ordnung zu bringen.«

Er wollte noch etwas hinzufügen, überlegte es sich jedoch anders und klappte statt dessen den Kommunikator auf. Das Gerät piepste. »Kirk hier«, knurrte er unwirsch, noch bevor das Gerät den Piepston beendet hatte. »Gibt es irgendein Problem mit dem Beamen?« Die Frustration, die er empfand, weckte neue Kräfte in ihm. Er war entschlossen, das Gift in seinem Körper zu besiegen, und wenn er dafür Blutegel suchen und sie sich selbst ansetzen mußte – sofern es überhaupt noch Blutegel gab. Und ebenso würde er eine Entscheidung treffen – ganz gleich, wie bitter sie auch ausfallen mochte –, falls es ihnen gelang, einen brauchbare Theorie zusammenzustückeln. Irgend etwas mußten sie jetzt unternehmen, selbst wenn es dafür nötig sein sollte, Spock zu wilden Mutmaßungen zu zwingen.

»Barnes hier, Sir...«

»Barnes, was ist mit der Zoologin los?«

»Bannon ist gerade vom Talboden hochgekommen, Sir. Wäre es möglich, daß Sie herbeamen?«

»Warum?« fragte Kirk.

»Captain«, Barnes Stimme klang plötzlich brüchig, »Lieutenant LaCerra ist getötet worden.«

»Wir haben etwa die Hälfte von ihnen getötet, Sir. Aber sie haben LaCerra erwischt, bevor wir sie verjagen konnten. Ein paar von ihnen sind dort entlang... Sir, wenn Sie bitte mitkommen würden.«

Die Uniform des Chefchemikers Barnes war an mehreren Stellen zerfetzt worden. Stoffteile und lose Fäden hingen von seiner Brust herab und von dem, was einmal seine Hosenbeine gewesen waren. McCoy musterte die blutigen Striemen auf Armen und Brust des Mannes, unternahm aber keinen Versuch, sich zwischen Barnes und den Captain zu drängen.

»Wurde sonst noch jemand verletzt?« fragte Kirk.

»Bannon ist völlig mit den Nerven fertig, der arme Junge. Hier entlang, Sir.«

Barnes ging schnell, zugleich aber auf eine Weise, die fatalistisch wirkte, so als wisse er, daß durch Eile auch nichts mehr gerettet werden konnte. Vor allem schien es ihm darum zu gehen, die Verantwortung möglichst schnell jemand anderem überlassen zu können.

»Eins dieser Tiere fing an, LaCerra zu jagen«, sagte er heftig schnaufend. »Sie versuchte ihm zu entkommen, erkannte aber nicht, daß es sie zielstrebig auf eine ganze Gruppe zutrieb, die sich im hohen Gras verbarg. Es müssen acht oder zehn gewesen sein.«

An einer Stelle, an der das Gras niedergedrückt war, lag Lieutenant Louise LaCerra. Ihr Gesicht wirkte im Mondlicht so friedvoll, als wäre sie am Ufer eines Teichs eingeschlummert. Ihr Körper war von der Achselhöhle bis zur Hüfte aufgerissen, und eine zweite klaffende Wunde erstreckte sich von einer Brust bis zum Schambein. Die Uniform war aufgeschlitzt und zur Seite gerollt worden, um die Wunden freizulegen, und zwar auf eine Weise, die jeden Zufall ausschloß.

McCoy machte sich nicht die Mühe, neben der Leiche niederzuknien. Er konnte ohnehin nichts mehr für sie tun.

Außerdem wollte er dem Ding, das neben ihr lag, nicht zu nahe kommen.

Wie in einer zärtlichen Umarmung hielt das Wesen die Leiche der Frau umfangen, einen klauenbewehrten Fuß tief in ihre Eingeweide gebohrt, während die Vorderpfoten ihre Schulter gepackt hielten. Das Tier hatte die Haut einer Schlange und den Kopf einer Echse, doch die weit aufgerissenen Augen wirkten wie die einer Katze. Es war fast genauso groß wie seine Beute, und sein geöffnetes Maul enthüllte spitze, im Mondlicht leuchtende Zähne. Die getigerte Haut und der bleiche Bauch glichen denen eines Reptils, doch mit Sicherheit gab es keine bekannte Echse auf der Erde, die eine derartige Färbung getragen hätte.

Und die Augen waren absolut nicht die einer Echse.

»Von diesen Biestern liegen noch sechs weiter hier herum«, erklärte Barnes, der sich sichtlich bemühte, seine Emotionen unter Kontrolle zu halten. »Ich meine, falls Sie sie sehen wollen.« Er schlurfte ins tiefere Gras und stieß ein anderes, von Phaserschüssen getötetes Tier auf die freie Fläche hinaus. Es landete wie ein mit Sand gefüllter Sack vor den Füßen des Captains. »Dasjenige, das direkt neben ihr liegt, hat sie den anderen zugetrieben, und die fielen dann wie Feuerameisen über sie her. Sie hatte überhaupt keine Chance.«

Kirk wich einen Schritt von dem Tier zurück. Er mußte daran denken, daß dieses Mädchen, das mutig und voller Tatendrang ins All hinausgezogen war, bereit, ihr Leben weit, weit entfernt von der Erde aufs Spiel zu setzen, genau hier gestorben war, nur ein paar Minuten von dem Ort entfernt, an dem sie ausgebildet worden war.

Es kam ihm wie Betrug vor. Er sah zu Spock hinüber.

»Ein präziser und koordinierter Angriff«, erklärte der Vulkanier. »Ein Fleischfresser muß klüger, schneller und besser bewaffnet sein als das, was er frißt. Diese Tiere sind möglicherweise die unter den gegenwärtigen Bedingungen höchstentwickelten des Planeten. Sie könnten durchaus so intelligent sein wie Leoparden, vielleicht sogar wie Schimpansen. Beute in einen Hinterhalt zu treiben, ist teilweise ein Instinkt, zum Teil aber auch eindeutig eine erlernte Jagdtechnik.«

»Es ist ein Sprinter«, ergänzte McCoy. »Sieh dir diese langen, kräftigen Hinterbeine an. Und die scharfen Klauen und die Zähne... und was es mit dem armen Mädchen gemacht hat. Diese Biester wissen, wie sie ihre Opfer ausschalten...«

»Und zugleich, wie sie die Gefahr einer eigenen Verletzung gering halten«, unterbrach ihn Spock.

»Aber es ist kein Säugetier«, sagte Kirk. Er hatte den Eindruck, Spock zeige etwas zuviel Faszination und nicht genug Erschütterung. »Ich sehe überhaupt keine Säuger.«

»Es mag durchaus welche geben«, meinte Spock, »nur werden sie vermutlich von Wesen wie diesen in Schach gehalten.« Er nickte zu den toten Echsen hinüber. »Es wäre interessant, das Amazonasgebiet zu untersuchen. Baumbewohnende Primaten könnten unter diesen Bedingungen durchaus erfolgreich sein.«

»Das hier ist keine Forschungsreise.« Kirk wandte sich zu den anderen Besatzungsmitgliedern um. »Hat jemand von Ihnen irgend etwas, das ein wenig Licht auf die Angelegenheit werfen könnte?«

»Ja, Sir. Ich, Sir«, sagte der rothaarige Bannon mit den Kaninchenzähnen. Er zitterte leicht.

»Berichten Sie, Bannon.«

»Ich habe hier ein paar Daten, die ich gerne Mr. Spock zeigen würde.«

»Warum? Erzählen Sie mir einfach, was Sie gefunden haben.«

»Nun... ich glaube, ich habe Hinweise auf eine weltweite Katastrophe entdeckt.« Er zuckte angesichts seiner eigenen Worte zusammen.

Bannon hatte zwar gesagt, »ich glaube«, aber er war sich seiner Sache sehr sicher, wußte zugleich aber auch, daß er sich wie ein Verrückter anhören mußte, wenn er davon erzählte.

»Sie meinen, es hat hier eine Zivilisation gegeben?«

»Das ist richtig, Sir.« Bannon hob seinen Tricorder. »Ich war eine halbe Stunde lang mit dem Schiff verbunden, und alle Meßergebnisse weisen auf eine organisierte prähistorische Zivilisation hin. Doch dann sind sie alle... einfach ausgestorben. Oder sie haben sich gegenseitig umgebracht.«

Kirk machte eine ungeduldige Handbewegung. »Erzählen Sie mir, warum Sie das glauben. Spock, hören Sie sich das an.«

»Das Schiffslabor hat mehrere Schichten einer Entwicklung festgestellt, die immer bis zu einem gewissen Punkt geht, einen bestimmten Zivilisationsgrad erreicht und dann abbricht. Darauf folgt ein Vorrücken der Natur, dann ein weiteres, graduelles Auftauchen der Zivilisation mit all den Schritten, die wir erwarten können, und dann wieder die Vernichtung. All diese Spuren finden sich im Zentrum der Kontinente, hauptsächlich in Amerika und Afrika, und es gibt immer mehrere Schichten übereinander. Wir konnten die einzelnen Schichten einigermaßen analysieren. Offenbar wurde immer zunächst Holz als hauptsächlicher Werkstoff benutzt, später folgen dann Ansätze zu einer ausgefeilten Metallurgie. Und darüber schließlich Spuren von weitreichenden Kriegshandlungen.«

Kirk hatte Mühe, Ruhe zu bewahren. »Krieg? Sind Sie sicher?«

»Ja, Sir, richtig große Kriege. Es ist immer der gleiche Kreislauf, wieder und wieder.« Der Anthropologe runzelte die Stirn. »Aber das ergibt überhaupt keinen Sinn! Vor so langer Zeit gab es überhaupt keine Industrie auf der Erde. Es gab nicht einmal rudimentäres Stammesleben, ganz zu schweigen von ausgefeilten und hochentwickelten Kriegstechnologien. Seismologische Untersuchungen ergeben Beweise für tief in den Untergrund reichende Auswirkungen von Zerstörungen großen Umfangs... vermutlich von Nuklearwaffen!«

»Nun«, meinte McCoy, »jetzt wissen wir, was mit den Redwoods passiert ist.«

Kirk preßte die Lippen zusammen. »Wie alt sind diese Hinweise auf Zerstörungen?«

Bannon schaffte es, einigermaßen ruhig zu antworten. »Zwischen zehn und zwanzig Millionen Jahre.«

McCoy drängte sich zwischen die beiden. »Das ist lächerlich!«

»Sehr viel früher als das erste Auftreten von in Stämmen lebenden Hominiden«, bemerkte Spock.

»Dann war es also kein von Menschen geführter Krieg«, sagte Kirk scharf. »Könnte jemand den Planeten besiedelt und dann all diese Kriege geführt haben?« Er drehte sich um. »Chief Barnes, was können Sie uns über die Zusammensetzung der Atmosphäre berichten?«

»Nicht viel, Sir«, sagte der ältere Mann. »Die Werte entsprechen der Erdatmosphäre, wie sie unter diesen... Bedingungen aussehen sollte. Keine Verschmutzung durch Verbrennung fossiler Treibstoffe, zumindest nicht an der Oberfläche, und auch keine künstlichen Veränderungen der Landmassen.«

»Keine Hinweise auf Raumfahrt?«

Barnes gerötete Augen weiteten sich. »Nein, Sir, nichts in der Richtung.«

»Das heißt noch nicht, daß es so etwas nicht gegeben hat«, meinte Kirk. »Nach zehn Millionen Jahren könnte sich die Atmosphäre selbst gereinigt haben.«

Spock betrachtete die Anzeigen von Bannons Tricorder. »Erste Sensorprüfungen bestätigen radioaktive Anomalien an verschiedenen Orten und in verschiedenen Schichten überall auf der Erde. Die Ökologie hat sich in allen Fällen wieder erholt, obwohl es zumindest vier Perioden kontinentweiter Vernichtung gegeben hat. Wenn man ihr genug Zeit läßt, breitet sich die Natur immer wieder aus. Zwar mit neuen Lebensformen, aber sie erholt sich. Viele der Tiere hier könnten das Ergebnis radioaktiver Strahlung sein.«

Irgendwo in der Ferne heulte ein Tier – eines, das nie zuvor auf diesem Planeten gelebt hatte – den Mond an. Fremde Insekten zirpten wie brutzelnder Speck.

Der Captain klappte seinen Kommunikator auf. »Kirk an *Enterprise*.«

»Dewey, Sir.«

»Schießen Sie eine Leuchtrakete ab, fünf Kilometer Radius. Ich will den Talboden sehen.«

»Aye, Sir, eine Minute.«

Die Laute in dieser Gegend klangen unangenehm vertraut. Das Quaken der Frösche, das Zirpen der Grashüpfer, das leise Rauschen der Brise über den langen Grashalmen, die ihn an das Gras seiner Kindheit erinnerten.

Jimmy, leg die Angel weg und mäh den Rasen. Es ist so-

wieso die einzige Arbeit, die du tun sollst, also warum hast es nicht schon längst erledigt?

Und der Geruch von allem – der Bucht, der Luft, des Grases. Er schien ihm Streiche zu spielen, als Kirk darum kämpfte, die Realität dessen anzuerkennen, was ihnen die Wissenschaft verriet. Es kam ihm so vor, als würde er etwas zurücklassen, was er niemals wiedererlangen konnte. Dieses Gefühl hatte er schon, seit die *Exeter* und die *Farragut* verschwunden waren, und er hatte es auch in den Mienen seiner Besatzung erkannt. Die zusammengekniffenen Augen, die gespannten Lippen, die verborgene Angst, es könnte etwas geschehen sein, das sich nicht wieder rückgängig machen ließ, daß das Herumspielen mit dem wissenschaftlichen Fortschritt letztlich einen zu hohen Preis gefordert hatte.

Die Menschheit war dieses Risiko lange Zeit eingegangen. Hatten sie sich jetzt einen Schritt zu weit vorgewagt? Hatte er einen Befehl zuviel gegeben?

»Da ist sie, Sir!« rief Barnes und deutete auf eine Stelle fast direkt über ihnen.

Am schiefergrauen Himmel wurde ein winziger Punkt sichtbar, kleiner noch als die Sterne. Sie beobachteten, wie er sich auf einem schwankenden Kurs näherte, immer wieder zur einen oder anderen Seite abtrieb, je nachdem, in welche Richtung ihn die aufsteigenden Thermalströme drängten.

Dann löste der Höhenmesser den Zünder aus – sie konnten den scharfen Knacklaut beinahe hören –, und der Punkt verwandelte sich in eine grelle Lichtflut, die den gesamten Talboden im Umkreis von fast acht Kilometern erleuchtete.

Erschrocken hoben sich Köpfe über das Gras, mächtige Schädel mit langen Hörnern, Nackenkämmen und winzigen Augen.

Ein Stück dahinter kauten zwei langhälsige Relikte

der Vergangenheit seelenruhig an Zweigen, die sie aus einem Baum gerissen hatten. Man hätte sie für Giraffen halten können, wären ihre Köpfe nicht glatt und langgestreckt gewesen. Die langen Hälse krümmten sich, und dicke Schwänze, die als Gegengewicht dienten, schwangen langsam von einer Seite zur anderen, während sich die dürren Beine wie angewurzelt in die Erde bohrten. Die Tiere schienen weder an der plötzlichen Helligkeit noch an den merkwürdigen Beobachtern sonderlich interessiert zu sein. Sie glotzten zwar, unterbrachen ihr Kauen aber nicht.

Ein Stück links von ihnen hatte das Licht eine Gruppe jener Räuber aufgeschreckt, denen LaCerra zum Opfer gefallen war. Sie hatten ein faultierähnliches Wesen mit ledrigem Gesicht und einem spitzen Kiefer, der offenbar anstelle von Hauern als Waffe diente, in die Enge getrieben. Jetzt, wo das Tier sehen konnte, wer ihn angriff, stieß es wieder und wieder nach seinen Gegner, doch den unermüdlichen Räubern war es nicht gewachsen. Ein paar von ihnen lenkten es ab, und andere nutzen die Gelegenheit, sprangen es an und schlitzten seinen Rücken auf. Plötzlich mußte Kirk wieder an das Mädchen denken, das er nicht hatte schützen können.

Ein Teil der Räuber hackte mit den Klauen auf die Beute ein, ohne sich um das grelle Licht zu kümmern, während die andere Hälfte erschreckt darauf reagierte. Kirk beobachtete, wie sie innehielten, zum Licht hinaufsahen, dann die Beute anschauten und wieder zum Licht blickten, während sie offensichtlich versuchten, sich zwischen Hunger und Angst zu entscheiden.

Ein Drittel dieser Tiere rannte weg. Die übrigen entschlossen sich, das Licht zu ignorieren und sich lieber um die Beute zu kümmern, die sie so eifrig gejagt hatten.

Das war der Beweis. Diese Wesen agierten zwar instinktgesteuert, waren aber durchaus klug genug, um eine bewußte Entscheidung zu treffen. Sie waren praktisch auf dem Weg, denken zu lernen.

Kreaturen mit der Haut von Schlangen und dem Bewußtsein von Leoparden.

Normalerweise hätte die Leuchtkugel noch für weitere sechs bis acht Minuten gebrannt, doch ein plötzlicher Windstoß trieb sie über das Wasser hinaus, wo der Mangel an thermischen Strömungen sie abstürzen ließ. Das Zischen, mit dem sie in der Bucht versank, war deutlich zu hören. Nur eine Rauchwolke blieb von ihr, die ganz langsam zum Mond hochstieg. Dann herrschte wieder Dunkelheit.

Irgend jemand stieß ein schweres Seufzen aus. Ein anderer schloß sich an, doch niemand sagte etwas.

James Kirk und seine Leute lauschten auf das Krachen der Knochen und die Laute, mit denen sich die Jäger um ihre Beute stritten. Sie hätten ebensogut auf einem Planeten stehen können, der eine Million Lichtjahre von hier entfernt war.

»Befehl an alle«, sagte Kirk, »sammeln Sie an Proben und Informationen, was Ihnen sinnvoll erscheint. Wir reisen ab. Sie haben zehn Minuten. Und bleiben Sie zusammen.«

Die Crew quittierte den Befehl mit leisen, düster klingenden Stimmen.

Der Captain trat an die Abbruchkante, schaute über die Bucht hinaus und lauschte den Geräuschen, die seine Leute beim Sammeln der Proben machten.

»Das hier ist wie ein Traum inmitten eines Alptraums«, seufzte McCoy. »Ein hübscher Ort, angenehmes Wetter ... auf einem vergessenen Planeten.«

»Wir haben ihn nicht vergessen«, sagte Kirk scharf. »Etwas stimmt hier nicht, und ich werde das in Ordnung bringen, wenn ich herausfinde, was ich tun muß.«

Er humpelte zu einer kleinen Anhöhe hinüber und schaute durch die Bäume auf die Bucht von San Francisco hinüber.

»Die Erde«, murmelte er. »Der Eckstein der Föderation... völlig ohne intelligentes Leben.«

»Das war jahrhundertelang der Wunsch zahlloser Menschen«, sagte McCoy. »Eine jungfräuliche Erde, unberührt von Menschenhand, auf der alles nach seinen eigenen Gesetzen wachsen und leben kann...«

»Das war nur der Wunsch von jenen, die Intelligenz als eine Art Krankheit betrachten«, widersprach Kirk. »Dazu gehöre ich nicht. Dies hier ist schön, das stimmt, aber unsere Erde ist auch schön. Auch dort gibt es Bäume und Millionen von Tieren. Dies hier unterscheidet sich gar nicht so sehr von der Erde, die wir kennen. Die gleichen Bäume, das gleiche Gras, die gleichen Wüsten, und das alles auch ungefähr in der gleichen Zahl. Die Menschheit ist keine Krankheit, die die Erde befallen hat, genausowenig wie die Föderation eine Plage des Weltraums ist. Gerade wir sollten doch anerkennen können, daß wir dort draußen viel Gutes geleistet haben. Die Menschheit ist ein Teil der Natur. Ohne Menschen ist das hier ein leerer, wilder Ort, den niemand zu schätzen weiß.«

Für einen Moment herrschte Stille.

»Ich stimme dem zu«, sagte Spock.

McCoy blickte ihn an. »Tatsächlich?«

»Natürlich.«

»Das hätte ich nicht von Ihnen erwartet, Spock. Sie sind doch sonst immer so schnell, wenn es darum geht, auf die Fehlentscheidungen der Menschheit hinzuweisen – und jedesmal, wenn jemand erwähnt, daß Sie zur Hälfte menschlich sind, fühlen Sie sich verpflichtet, sich zu schämen.«

»Pille«, sagte Kirk, »laß ihn in Ruhe.«

Obwohl man es ihm vielleicht nicht so deutlich

ansah, wirkte Spock niedergeschlagen und verstört, und das in weit höherem Maße, als seine Begleiter erwartet hätten. Er war dafür bekannt, selbst auf die ungewöhnlichsten Ereignisse mit Gelassenheit zu reagieren, den Unwägbarkeiten der Raumfahrt mit festen Regeln zu begegnen und die Dinge der Reihe nach abzuarbeiten – oder, genauer gesagt, fünfzig gleichzeitig, aber in logischer Ordnung.

Doch heute verhielt er sich anders und legte sogar einen Teil seiner gewohnten Zurückhaltung ab. »Eine Welt ohne Intelligenz ist ein primitiver Ort, Doktor, kein verzaubertes Land. Intelligenz gehört zum Vorwärtsschreiten der Evolution. Ohne sie erreicht die Natur sehr rasch einen bestimmten Level und kommt über das reine Überleben nicht mehr hinaus. Die tatsächliche Fülle ihrer Möglichkeiten kommt nicht zur Entfaltung. Und das... ist dann wirklich eine Schande.«

Von der im Mondlicht daliegenden Landschaft stieg Feuchtigkeit auf und sammelte sich in einzelnen Nebelbänken. Kirk blickte in die Dunkelheit und sagte: »Ich fühle mich, als würde ich auf ein Unglück starren, bei dem jemand umgekommen ist. Bin ich noch benebelt von dem Gift? Liege ich etwa noch immer im Koma?«

»Wenn es so ist, Jim«, sagte McCoy, »dann stecken wir auch mit darin.«

9

»Wir verlassen das Sonnensystem, Mr. Sulu. Geschwindigkeit ein Drittel Unterlicht.«

»Ein Drittel Unterlicht, aye, Sir. Welches Ziel?«

»Vorerst noch keins. Also gut, Doktor, mach dich an die Arbeit. Aber beeil dich.«

»Ja, Captain. Halt einfach still und atme nicht zu tief.«

»Lieutenant, ich möchte, daß bis auf weiteres Alarmstufe Gelb gilt.«

»Alarmstufe Gelb, Sir. Achtung an alle, gehen Sie auf Alarmstufe Gelb... ich wiederhole, Alarmstufe Gelb.«

»Berichten Sie, Mr. Spock. Wir sind alle sehr gespannt.«

Die Brücke wirkte wie ein sicherer Hafen, hell und beruhigend nach der unberührten Welt, die sie gerade verlassen hatten. Dies hier war jetzt ihre Heimat, ihre einzige Heimat.

Es war etwas enger als sonst, da Barnes, Bannon, Ling und die anderen Wissenschaftler des Landetrupps sich ebenfalls hier aufhielten. Normalerweise hätte diese Zusammenkunft im Besprechungsraum stattgefunden, doch Jim Kirk war nicht bereit, die Brücke zu verlassen, solange sich das Schiff in einem möglicherweise feindlichen Gebiet aufhielt.

Während McCoy ihm eine Injektion nach der anderen verabreichte und ihm gleichzeitig mehrere kleine

Becher mit Medizin zu trinken gab, saß Jim Kirk in seinem Kommandosessel und spürte, wie sich seine Augen röteten. Eigentlich hätte er während der Behandlung liegen sollen, aber er weigerte sich, eine Liege auf die Brücke schaffen zu lassen. Im Moment stand seine Gesundheit ganz unten auf der Liste wichtiger Dinge.

»Legen Sie los, Spock«, drängte er, mehr um das Schiff als um die Behandlung besorgt.

Spock stand an seiner Station im oberen Decksbereich, die Schultern leicht vorgebeugt.

»Die Positionen der Kontinente sind unverändert. Die südamerikanischen Nadelwälder existieren weiterhin, doch es gibt kaum Regenwald. Neunzig Prozent weniger als zu unserer Zeit, um genau zu sein. In Afrika sind die Grassavannen, Wüsten und Dschungel relativ unverändert. Hier haben wir eine Auswahl des Tierlebens. Westäthiopien...«

Eine Reihe von Bildern erschien auf drei Monitoren der Wissenschaftsstation, Luftaufnahmen, die vergrößert wurden, sobald die taktischen Sensoren des Schiffes Lebensformen aufspürten.

»Eine relativ große Population ziemlich kleiner Primaten, die etwas an Eichhörnchen erinnern und in Stämmen organisiert sind. Keine Nagetiere, obwohl es Tiere mit Höckergebissen und Greifschwänzen gibt. Milliarden von Insekten mit beträchtlichen evolutionären Veränderungen. Lieutenant Sing hat im Orient Zwergformen von Sauropoden, Theropoden und Ornithopoden festgestellt. Große Jäger haben wir bis jetzt noch nicht entdecken können. Es gibt zwar Pflanzenfresser von beachtlicher Größe, doch unter den Fleischfressern dominieren kleine, in Rudeln jagende Wesen.«

»Keine Tyrannosaurus«, murmelte Kirk, »aber es gibt Wölfe.«

Spock schaute zu ihm hinunter. »Sofern Sie das im übertragenen Sinn meinen, ist das korrekt.« Der Schirm zeigte jetzt Bilder von flußpferdgroßen Tieren mit langen Hälsen und schweren Schwänzen. »Offensichtlich Sauropoden-Abkömmlinge. Nicht genauso groß, aber eindeutig verwandt.«

»Aber keine großen Primaten, Sir?« fragte Lieutenant Ling. In ihren Augen standen Tränen, was ihr niemand zum Vorwurf machen konnte. »Nichts Hochentwickeltes?«

Spock verlagerte sein Gewicht. »Was ›hochentwickelt‹ ist, hängt von Ihrem Standpunkt ab, Lieutenant. Die eichhörnchenähnlichen frühen Primaten sind die höchstentwickelten Lebewesen, die wir bisher entdeckt haben. Und was die Ozeane betrifft...«

Er berührte die Kontrollen, und alle drei Schirme zeigten jetzt Tiere, die im tiefen Wasser oder in den Küstenregionen lebten.

»Das begreife ich nicht!« rief Bannon mit brüchiger Stimme. »Das dort ist ein zwanzig Meter langer Pliosaurier! Wie kann dieses Ding überhaupt dort sein? Wie ist das möglich, Sir?«

Er wandte sich mit gerötetem Gesicht und tränenverschleierten Augen an Kirk.

Der Captain warf ihm einen scharfen Blick zu, der ihn davor warnte, hier auf der Brücke die Kontrolle zu verlieren. »Reißen Sie sich zusammen, Lieutenant.«

Wie ein Kind, das gerade eine Ohrfeige erhalten hat und begreift, wo seine Grenzen sind, murmelte Bannon: »Ja, Sir.«

Spock wartete ein paar Sekunden und fuhr dann fort: »Wir haben große Planktonfresser gefunden, Monosaurier oder, genauer gesagt, deren Abkömmlinge, eine Reihe von Oberflächenschwimmern ähnlich den Elasmosauriern, unzählige Arten von Muscheln und Ammoniten, übrigens auch im Süßwasser. Hier sehen sie treibende Kugeln mit einem Durchmesser zwischen vier und acht Metern. Es handelt sich um kolonienbildende Nesseltierchen, vermutlich ähnlich der portugiesischen Galeerenqualle, deren Nesselfäden rund fünfzig Meter lang werden. Natürlich gibt es auch Haie, die ja zu den ältesten Jägern überhaupt zählen. Viele der Meereslebewesen sind weiterentwickelte Versionen von...«

»Das ist ein sehr hübscher Zoo, Mr. Spock«, unterbrach ihn Kirk, »aber es ist nicht unserer. Können Sie mir eine Schlußfolgerung geben? Etwas, womit ich arbeiten kann?«

Spock schaltete die Schirme ab. »Diese Tiere sind unbekannt, aber vertraut. Sie lassen sich praktisch bis zum irdischen Mesozoikum zurückführen, aber sie haben ganz eindeutig niemals in ihrer jetzigen Form auf der Erde existiert, auch nicht in prähistorischen Zeiten. Und mit Ausnahme einiger Meerestiere sind fast alle dieser Wesen kleiner als ihre mesozoischen Vorfahren. Unsere bislang wahrscheinlichste Theorie besagt, daß sie einem alternativen Universum entstammen... einem, in dem die Dinosaurier nie ausgestorben sind.«

Das beruhigende Klicken und Zirpen der Geräte erfüllte die Brücke, nachdem er geendet hatte. Niemand sagte ein Wort. Aber was sollte man dazu auch sagen?

Spock war barmherzig gewesen, als er den Begriff *Theorie* benutzte; dadurch milderte er den Schock der Erkenntnis, daß das, was sie gesehen hatten, real war, daß es keinen Platz gab, wohin sie hätten gehen, keine Föderation, an die sie sich hätten wenden können. Hätte er von *Fakten* oder *Schlußfolgerungen* gesprochen, hätte er allen unverblümt zu verstehen gegeben, daß ihre Heime und ihre Familien, ihre Nationen, ihre Geschichte und ihre Welt nicht mehr existierten.

»Captain«, meldete Sulu mit belegter Stimme, »wir verlassen das Sonnensystem.«

»Fliegen Sie mit Standardgeschwindigkeit weiter«, sagte Kirk.

»Standard voraus, aye, Sir.«

Spock machte ein paar Schritte in Richtung des Captains. »Sir, nachdem die Evolution der Tiere keine Antwort auf unsere Fragen bereithält, habe ich mich der Analyse des logischerweise nächstliegenden Bereichs zugewandt – der Geologie. Der Erde selbst.«

Kirk bemerkte den Unterton in der Stimme des Ersten Offiziers, das Funkeln in seinen Augen, und beugte sich etwas vor. »Sie haben etwas entdeckt, stimmt's?«

Spock zog eine Augenbraue hoch. »Ich habe die Daten, die wir von der ›neuen‹ Erde besitzen, vom Computer mit den physikalischen Bedingungen der Erde, so wie wir sie kennen, vergleichen lassen. Unsere Erde zeigt geologische Spuren von kosmischem Staub, geschmolzene Tektitkugeln und eine dünne Lage Iridium in der K-T-Schicht. Die Erde unter uns weist keines dieser Details auf.

»O Gott«, murmelte Bannon. Er und die anderen wissenschaftlichen Spezialisten blickten sich an.

»Was bedeutet das für uns?« fragte Kirk stirnrunzelnd. »Was ist passiert?«

»Was ist *nicht* passiert, Sir«, korrigierte Spock mit einem Anflug von Selbstzufriedenheit. »Iridium ist auf der Erde sehr selten, in Asteroiden jedoch durchaus üblich.«

»Und was soll das bedeuten?« Kirk schaute sich um. Spock und die anderen schienen darauf zu warten, daß er die Bedeutung erkannte.

Schließlich verlagerte Spock das Gewicht von einem Bein auf das andere. »Sir, es ist allgemein bekannt, wodurch während der Kreidezeit die großen Tiere und auch ein erheblicher Teil der Meerestiere ausgerottet wurden.«

»Nun, dann geben Sie es auch mir bekannt.«

Die anderen wirkten verlegen, doch das störte ihn nicht. Und was war das für ein Blick, mit dem McCoy ihn bedachte? Waren ihm Hörner gewachsen? Was bedeutete schon ein Asteroid mehr oder weniger für den Captain eines Raumschiffes?

Er hob protestierend die Hände. »Stehe ich hier vor Gericht, oder was?«

McCoy schaute zu dem Vulkanier hinüber. »Kommen Sie, Spock, wir sprechen hier über *Millionen* von Jahren! Eine Million in dieser oder jener Richtung, zehntausend, ein Jahrhundert... Wie stehen die Chancen? Ein Asteroid...«

»Meine Herren!« sagte Kirk scharf.

Sie schauten ihn an. Spock nickte schwer. »Vor ungefähr sechzig bis fünfundsechzig Millionen Jahren schlug ein Asteroid mit einem Durchmesser von fünfzehn bis zwanzig Kilometern auf der Erde ein. Das Zentrum des Einschlags liegt heute unter Wasser, es befindet sich vor der Nordküste der Yukatan-Halbinsel in Mexiko. Der Krater, bekannt als der Chixilub-Krater, hat einen Durchmesser von etwa 250 Kilometern und wird seit vielen Millennien vom Wasser des Golfs verborgen. Der Aufprall verteilte geschmolzene Tektitkugeln, wie man sie auch nach einer Atomexplosion findet, und eine beträchtliche Menge Iridium in der Atmosphäre. Beides lagerte sich später in der entsprechenden tektonischen Schicht ab. Und als sich dieser Staub schließlich gelegt hatte, war auch das Zeitalter der Dinosaurier beendet. Doch hier, auf dieser Erde, finden wir weder Iridium noch Tektitkugeln... und auch keinen Krater vor Yukatan.«

Kirk runzelte die Stirn und überlegte, ob Spock sich irren konnte. Eine Veränderung im Zeitablauf, die *Mil-*

lionen von Jahren in der Vergangenheit lag? Wie sollte das möglich sein?

»Jim!« McCoy wirbelte zu ihm herum. »Wenn das stimmt, dann wurde die gesamte Evolution verändert! Die Säugetiere hatten niemals eines Chance, sich auf diesem Planeten zu entwickeln! Die Menschheit hatte niemals eine Chance!«

10

James Kirk begriff diese Vorstellung mit all ihren Konsequenzen in einem einzigen, schmerzhaften Augenblick. Er stieß sich aus dem Sessel und betrachtete das Bild der unbeschädigten neuen Erde, derjenigen ohne diesen Krater unter dem glitzernden blauen Wasser.

»Was ist passiert, Spock? Was ist einem 20 Kilometer dicken Felsblock zugestoßen? Wo ist er?«

»Unbekannt, Sir«, sagte der Vulkanier. In der Art, wie er diese einfachen Worte aussprach, klangen sie furchterregend.

Irritiert begann Kirk, auf und ab zu gehen. »Wir wissen, daß ein Asteroid eingeschlagen ist und die meisten Dinosaurier deshalb ausgerottet wurden«, überlegte er laut. »Könnten wir seinen Einschlag verhindert haben? Könnten wir während des Experimentes mit den Warpschilden den Zeitfluß irgendwie unterbrochen haben? Durch einen Riß gerutscht sein, vielleicht nur für einen Augenblick?«

Spock hielt kurz inne und überdachte diese neuen Fragen. Als er schließlich sprach, klang seine Stimme rauh. »Ich habe keine Antworten auf diese Fragen, Sir.«

Wie konnte die Evolution selbst verändert werden? Das war weitaus umfassender als etwa der Tod einer Schlüsselfigur, sehr viel größer und verblüffender in seinen Auswirkungen als die Manipulation einer Person oder selbst einer Nation. »Was ist mit den Zivilisationen, die auf dieser Erde aufstiegen und wieder untergingen?« fragte Kirk. »Haben Sie bestätigen können, was Sie dort unten entdeckt haben, meine Herren? Stammten sie von diesem Planeten? Oder hat eine fremde Rasse die Erde kolonisiert und bis zu ihrem Untergang hier gelebt?«

Bannon runzelte die Stirn. »Wenn eine raumfahrende Rasse den Planeten kolonisiert hat, wieso gab es dann diese langen Perioden vorindustrieller Zivilisation?«

»Lieutenant«, sagte Spock warnend. Als Bannon einen Schritt zurücktrat, ließ ihn der Vulkanier vom Haken, indem er selbst die Antwort gab. »Diese Zivilisationen entwickelten sich bis zum Industriezeitalter, lösten einen Krieg aus, der ihre Errungenschaften auslöschte, worauf sie in die Barbarei zurückfielen.«

»Und schließlich waren sie ganz verschwunden«, sagte Kirk. »Zu dem Zeitpunkt, an dem man weit genug entwickelt ist, um andere Planeten zu kolonisieren, hat man entweder aufgehört, sich gegenseitig zu bekriegen, oder man vernichtet sich selbst. Diese Kultur scheint letzteres getan zu haben... auf einer Erde, auf der sich die Menschheit nie entwickelt hat.«

Er wandte sich von McCoy ab und studierte den Teppichboden. Langsam fühlte er sich wieder kräftiger. Die Hitzewellen ließen nach. Seine Uniform war noch verschwitzt, und die Schultern schmerzten, aber es fiel ihm jetzt schon wesentlich leichter, den Kopf oben zu halten, als noch vor zwanzig Minuten.

»Wir haben immer mit der Vorstellung gespielt, wie die Galaxis ohne die Menschen aussehen würde... wie die Erde sein würde. Jetzt wissen wir es.«

Er wandte sich wieder Spock zu, ohne auf die angespannten Blicke der anderen zu achten. Diese Besatzungsmitglieder waren von Starfleet ausgebildet worden und wußten, wie weitreichend eine einzige Handlung sein konnte, wie viele Ringe von einem einzigen Regentropfen ausgehen konnten, der in einen Teich fiel.

Die gesamte Menschheit befand sich auf der *Enterprise*. Anderswo gab es keine Menschen mehr.

»Alle Mann wieder auf ihre Posten«, sagte er.

Die Mitglieder der Landegruppe schauten sich gegenseitig an, dann sagte Chief Barnes: »Aye, Sir«, als spräche er für alle, und die gesamte Gruppe setzte sich in Richtung Turbolift in Bewegung. Wenige Augenblicke später befand sich nur noch das diensthabende Personal auf der Brücke, die Kirk plötzlich so leer vorkam wie die grasbewachsene Bucht ohne die Stadt.

McCoy packte seine medizinischen Gerätschaften ein und tat so, als würde er nicht auf ihn achten.

Spock stand mit verschränkten Armen auf dem Oberdeck. Er sagte ebenfalls nichts – zumindest nicht mit Worten.

Jim Kirk ließ den Blick über die Brücke und seine Leute streichen, die das plötzliche Vakuum zu füllen suchten, indem sie ihre Arbeit taten und ein Universum durchkreuzten, das nicht mehr das ihre war.

»Wenn ich bisher noch nicht sicher war«, sagte Kirk, »jetzt bin ich es. Und wenn dieses Schiff durch seinen kleinen Ausflug zu einem großen Stern so ein Unheil ausgelöst hat, dann ist es meine Pflicht, die Dinge wieder geradezubiegen.«

»Jim, das weißt du doch gar nicht!« McCoy stürmte um den Kommandosessel herum, wobei er sorgfältig darauf achtete, den Stuhl nicht zu berühren, während er den Mann herausforderte, dessen besonderes Privileg es war, dort zu sitzen. »Du könntest mit etwas herumspielen, das uns gar nicht betrifft! Es könnte Millionen – Milliarden – von Lebensformen geben, vielleicht ganze Zivilisationen, deren Geschichte du mit einem Schlag auslöschst, wenn wir uns einmischen!«

»Unsere ist ausgelöscht worden. Ich bin dafür verantwortlich und für die *Zivilisationen*, die hier sein sollten.«

»Und was ist mit der Ersten Direktive, soweit sie sich auf primitive Rassen bezieht? Oder auch fortgeschrittene Rassen? Macht dir das keine Sorgen?«

»Es macht mir eine Menge Sorgen, Doktor«, sagte Kirk heiser. »Du mußt mir das nicht noch einmal sagen. Aber genau wegen dieser Direktive schicken wir Menschen ins All und keine Regelbücher.«

Auf der Brücke seines eigenen Schiffes glaubte Kirk wie jeder Captain, das Recht zu haben, seinen Ärger deutlich zu zeigen.

McCoy hatte Verstand genug, um nachzugeben – zumindest, was seine Lautstärke anging. »Jim, jeder hat seine Grenzen.«

»Ich glaube nicht an Grenzen. Davon abgesehen bin ich nun mal hier. Und ich werde mich einmischen. Was immer den Lauf der Zeit verändert haben mag, wir sind verfügbar, um die Dinge zurechtzurücken. Mr. Spock, nehmen wir an, Sie haben recht mit diesem Asteroiden, der es irgendwie nicht geschafft hat einzuschlagen... können wir mit dem Schiff in der Zeit zurückgehen und dafür sorgen, daß er die Erde trifft?«

Besorgnis zeichnete sich auf Spocks Gesicht ab. Er schaute kurz zu Boden und sah dann wieder hoch. »Captain, diese Hypothese beunruhigt mich. Ein Naturereignis – eines, von dem wir wissen, daß es passiert ist – kann es nicht einfach ›versäumen‹ einzutreten.«

»Dann hat eben jemand dafür gesorgt«, beharrte Kirk. »Ich kenne auch nicht alle Antworten, aber wir *wissen*, daß die Dinosaurier sterben müssen, Mr. Spock. Und wenn wir hinfliegen und sie selbst umbringen müssen.«

Spock ging nach unten und trat dicht neben Kirk,

während die beiden auf den Schirm blickten, der die langsam hinter ihnen zurückbleibende unbekannte Erde zeigte.

»Captain, etwas anderes. Dieser Vorschlag setzt voraus, daß wir uns nicht in einem alternativen Universum befinden, sondern unser Universum sich um uns herum verändert hat. Um einen Himmelskörper dieser Größe am Einschlag auf sein vorbestimmtes Ziel zu hindern, sind eine hochentwickelte Ausrüstung, eine sehr große Energiemenge und die technischen Möglichkeiten zur Raumfahrt erforderlich. Wenn wir uns nicht durch die Zeit bewegt haben, und ich weiß, daß das nicht geschehen ist, dann kann die *Enterprise* nicht der Grund für die Veränderung sein.«

»Und was hat uns dann davor bewahrt, zusammen mit allem anderen verändert zu werden?« wandte McCoy ein. »Wieso sind wir noch hier?«

Kirk gab die Frage an Spock weiter: »Die Akkretionsscheibe?«

»Möglich«, sagte der Vulkanier. »Wahrscheinlicher aber der kosmische String. Er könnte den Raum rings um uns so verzerrt haben, daß die Zeit zu einem bedeutungslosen Konzept wurde. Vielleicht sind wir durch unser eigenes Experiment vor der Veränderung abgeschirmt worden.«

Um seinen Blutkreislauf in Bewegung zu setzen, ging Kirk ein paar Schritte. »Sie meinen, wir wurden nicht durch einen Dimensionsriß geschleudert, sondern sind statt dessen diejenigen, die in unserem Universum blieben, während alles andere verändert wurde?«

»Das wäre ja eine gigantische Koinzidenz«, brummte McCoy.

»Exakt«, stimmte Spock zu.

Kirk hob eine Hand. »Hat sich Izell dann in der

früheren Zeitlinie verändert? War der kosmische String jemals dort?«

McCoy schüttelte den Kopf. »Du kannst nicht alle Antworten haben wollen, Jim.«

»Doch, das kann ich. Ich bin noch nicht ganz von der Idee losgekommen, daß wir das alles verursacht haben. Wir wissen, wie man in die Vergangenheit zurückkehrt. Wir wissen auch, wie gefährlich Zeitreisen sind. Berühre den falschen Gegenstand, überquere die falsche Straße, sorge dafür, daß die falsche Person zum falschen Zeitpunkt lebt oder stirbt, und die gesamte Geschichte ändert sich. Wir können den Katapulteffekt um eine Sonne benutzen, um mit dem Schiff zurückzureisen und dann mit unseren Photonentorpedos den Aufschlag eines Asteroiden simulieren, oder wir finden heraus, was den Asteroiden abgelenkt hat, und beseitigen diesen Grund, was immer es sein mag. Das müßte im Raum geschehen, also würden wir das Schiff brauchen.«

McCoy schüttelte den Kopf. »Der Katapulteffekt ist gut und schön, wenn wir es mit einem oder zwei Jahrhunderten zu tun haben, aber was ist, wenn es um Millionen von Jahren geht? Du weißt nicht, was für Auswirkungen das auf uns hat.«

»Wir wissen, daß uns der Katapulteffekt ungefähr um Hundert Jahre pro Minute in die Vergangenheit führt. Spock, überschlagen Sie das mal für uns. Fünfundsechzig Millionen Jahre, sechhundertfünfzigtausend Jahrhunderte...«

»Für sechshundertfünfzigtausend Jahrhunderte würden wir zehntausendachthundertdreiunddreißig Komma drei Stunden brauchen«, sagte Spock. »Das wären dann... vierhunderteinundfünfzig Komma drei acht acht Tage.«

Kirks Schultern sanken herab, als er seine Hoffnungen zerstört sah. »Anderthalb Jahre in der Traumstasis der Zeitreise... Die Besatzung würde verhungern.«

»Wir würden nicht lange genug leben, um zu verhungern«, erklärte McCoy. »Die Dehydration würde uns schon nach wenigen Tagen umbringen. Füge das der Tatsache hinzu, daß wir nicht einmal genau wissen, wann der Asteroid eingeschlagen ist – es könnten zweiundsechzig Millionen und zwanzig Jahre oder achtundsechzig Millionen und vier Jahre sein. Wenn wir innerhalb des richtigen Jahrtausends auftauchten, wäre das schon phantastisch genau.«

Spock bedachte McCoy mit einem anerkennenden Blick. »Und die geringste Abweichung im Anflugwinkel«, ergänzte er, »selbst an der fünften Stelle hinter dem Komma, könnte uns um Jahrhunderte vom geplanten Zielzeitpunkt entfernen.«

Besorgt blickte Kirk die beiden Männer an. »Und wenn wir eine Schätzung wagen, die Dinosaurier ausrotten und der Asteroid dann doch die Erde trifft? Was würden zwei derartige Einschläge bewirken? Welche Auswirkungen hätte das auf die Evolution?«

McCoy runzelte die Stirn. »Mir gefällt nicht, wohin diese Überlegungen führen, Jim.«

»Es gibt wesentlich einfachere Faktoren, meine Herren«, sagte Spock. »Wenn das Schiff vierhundertfünfzig Komma drei acht Tage lang der Belastung durch Gravitation und Zeitverzerrung ausgesetzt wird, in seinem gegenwärtigen Zustand, dann...«

»Dann müssen wir eben eine andere Möglichkeit finden«, erklärte Kirk und ließ sich mit demonstrativer Entschlossenheit in seinen Sessel sinken. Dann richtete er den Blick auf die Steuerung. »Welchen Kurs haben wir, Mr. Sulu?«

»Gegenwärtig drei sieben Punkt eins, Sir. Direkt in Richtung des dichtbesiedeltsten Gebietes der... nun, *unserer* Galaxis.«

»Behalten Sie den Kurs bei.«

»Aye, Sir.«

»Bildschirm in Flugrichtung.«

»Flugrichtung, aye.«

Auf dem Schirm verschwand das vertraute Bild des Sonnensystems und wurde ersetzt durch den Anblick der Galaxis, die vor ihnen lag. Kirk schaute schweigend zu Spock hinüber. Niemand arbeitete mehr an Analysen der Erde, die hinter ihnen lag. Selbst Spock hatte offenbar genug davon.

Neben Kirks Schulter erklang ein elektronisches Zirpen – McCoys medizinischer Scanner.

»Captain«, begann McCoy, »deine Temperatur ist wieder normal, im Augenblick jedenfalls. Es wäre ganz gut, wenn du während der nächsten drei Stunden so weit wie möglich sitzen bleiben würdest. Und obwohl ich weiß, daß ich genausogut gegen die Wand reden könnte, würde ich es begrüßen, wenn du mal etwas schlafen würdest.«

»Du träumst wohl. Ich...«

»Captain!« meldete Sulu. »Wir werden von Fernbereichsensoren erfaßt. Sie müssen uns irgendwie aufgespürt haben.«

Mit einem düsteren Blick auf den Schirm, auf dem der Feind jetzt noch nicht zu sehen war, befahl Kirk: »Die Schilde hoch.«

»Schilde sind oben.«

»Noch nie ist ein Romulaner der Erde so nahe gekommen«, knurrte Chekov.

McCoy klemmte sich die Medikamententasche unter einen Arm und stützte sich mit dem anderen auf den Kommandosessel. »Sag ihnen, wir hätten in einer nichtromulanischen Zone geparkt.«

»Laß den Blödsinn«, sagte Kirk scharf. »Alarm auslösen!«

Die Sirenen heulten durch das Schiff, rote Alarmlichter leuchteten auf, und Uhuras Stimme verkündete die drohende Gefahr mit entschlossener Ruhe. Das gesamte Schiff schien plötzlich vor Aktivität zu vibrieren.

»Wo sind Sie, Mr. Sulu?«

»Zehn Grad Steuerbord, Sir ... Kurs drei-eins ... Entfernung vier Punkt eins Parsec, näher kommend. Keine Tarnvorrichtung. Nähern sich mit hoher Geschwindigkeit.«

»Auf den Schirm, maximale Vergrößerung.«

Das Bild auf dem Schirm wechselte. Kaum eine Sekunde später wurde eines der neo-romulanischen Schiffe, denen sie kürzlich entkommen waren, auf dem Schirm sichtbar.

»Sensoren auf volle Leistung. Phaser scharfmachen.«

»Phaser sind scharf.«

»Zielerfassungssystem für Photonentorpedos bereitmachen.«

»Torpedos feuerbereit, Sir.«

TEIL II

SCHADENS-KONTROLLE

»Warum ich? Ich schaue mich auf dieser Brücke
um ... sehe die Männer, die darauf warten,
daß ich den nächsten Zug mache, und, Pille ...
was ist, wenn ich mich irre?«

James Kirk
›Spock unter Verdacht‹

11

»Abfangkurs!« rief Chekov. »Ausweichen. Ich will nicht kämpfen, solange ich nicht dazu gezwungen werde. Wir kennen die politische Situation nicht und wissen nicht, wer im Recht ist und wer nicht.«

Hinter ihm murmelte McCoy: »Wenn das mal so einfach ist.«

»Ausweichmanöver, aye«, bestätigte Sulu, und das Schiff änderte den Kurs. »Sie folgen uns, Sir.«

Kirk wandte den Blick nicht vom Schirm, spürte aber, daß Spock ihn beobachtete. Er beugte sich etwas vor und berührte den Kommunikator in der Armlehne. »Kirk an Scott.«

»Maschinenraum, Scott hier, Sir.«

»Mr. Scott, wir haben es hier oben mit einem Gegner zu tun, dem wir schon einmal davongelaufen sind. Genau das habe ich auch jetzt vor. Machen Sie alles für hohe Warpgeschwindigkeit bereit.«

»Kein Problem, Sir, Energie steht zur Verfügung.«

»Sehr schön. Kirk Ende.«

»Ihre Waffen sind scharfgemacht, Sir«, meldete Spock von seiner Station. »Sie bereiten sich auf einen Feuerschlag vor.«

»Mr. Sulu, Warpfaktor sechs.«

»Aye, aye, Sir ... Warp zwei ... drei ... vier ... Captain!«

»Drei weitere Schiffe, Sir!« rief Chekov. »Genau voraus.«

»Auf den Schirm!« befahl Kirk und war sich bewußt, daß die Besatzung ihn beobachtete. Zweifellos war es wichtig, wie der Gegner ihn einschätzte, doch von noch unmittelbarerer Bedeutung war, wie die Brückenmannschaft ihn wahrnahm. »Ausweichmanöver fortsetzen.« Ohne den Blick vom Schirm zu nehmen, drehte er den Kopf in Spocks Richtung. »Genau wie diese Tiere. Sie haben uns zum Rudel getrieben.«

»Manche Dinge bleiben auch über Äonen hinweg effizient«, sagte Spock leise.

Sulu war gezwungen, das Schiff gleichzeitig nach unten und nach Backbord zu steuern, um zweien der Schiffe auszuweichen, doch während er dieses Manöver noch durchführte, schoben sich die beiden anderen bereits in ihren neuen Kurs.

»Tun Sie, was Sie können, Sulu«, sagte Kirk.

»Sie kreisen uns ein, Sir«, bemerkte Spock in einem Ton, der deutlich machte, daß Sulu seiner Meinung nach keine Chance hatte, den großen Schiffen allein durch Ausweichmanöver zu entkommen.

»Wir haben die nötige Geschwindigkeit, aber sie hindern uns daran, sie auch einzusetzen.« Kirk umklammerte die Armlehnen. »Also schön, wenn es nicht anders geht. Kurs Steuerbord.«

»Steuerbord liegt an.«

»Sie feuern!« unterbrach Chekov. Auf den Hilfsmonitoren waren die feindlichen Schiffe zu sehen, die komplizierte Manöver vollführten. »Geschosse kommen näher!« Seine Augen blieben auf die Bildschirme fixiert, als die von zwei Schiffen koordiniert abgefeuerten Salven auf sie zurasten.

Das Schiff bäumte sich mit heulenden Absorbern unter dem Einschlag auf, fing sich wieder und schaffte es, der zweiten Salve auszuweichen.

»Unglaublich enge Manöver für so große Schiffe,

Sir«, keuchte Sulu, während er die *Enterprise* in eine scharfe Wende zwang.

»Jetzt verstehe ich, weshalb sie nicht so schnell fliegen können wie wir«, sagte Kirk, während er sich, genau wie McCoy, am Kommandosessel festhielt. »Sie haben die Geschwindigkeit der Manövrierfähigkeit geopfert. Stören Sie ihre Sensoren, Mr. Spock. Mr. Chekov, sie übernehmen die Waffenkontrolle. Feuern nach Belieben.«

»Aye, Sir!«

Der junge Offizier begab sich zur Waffenkontrolle und machte sich sofort an die Arbeit. Innerhalb weniger Sekunden hatte er dafür gesorgt, daß kein Schiff näher als achttausend Kilometer an sie herankam, ohne einen hohen Preis dafür zu zahlen. Er schaffte es sogar, ein paar der heranjagenden Raketen zur Explosion zu bringen, was der *Enterprise* genügend Zeit verschaffte, das Feuer zu erwidern, bevor sie erneut ausweichen mußte.

Trotzdem gelang es dem Raumschiff nicht, sich von den Gegnern abzusetzen. Die vier Schiffe hatten derartige Manöver schon früher durchgeführt und wußten genau, was zu tun war. Kirk beobachtete abwechselnd den Hauptschirm und die Zusatzmonitore. Er hatte noch nie erlebt, daß Romulaner überhaupt koordiniert angriffen, ganz zu schweigen von einem derart präzisen Gruppenmanöver.

»Photonentorpedos, automatische Zielerfassung, Mr. Chekov. Breite Streuung. Feuer!«

Angespannte Stille herrschte, als Chekov viermal feuerte.

»Zwei direkte Treffer«, verkündete Spock, den Kopf tief über die Sensoranzeigen gebeugt, »ein Streifschuß, ein glatter Fehlschuß. Schäden ungewiß...«

Ein plötzlicher Ruck ging durch das Schiff, als wäre es gegen ein Hindernis geprallt. Die Aggregate heulten auf, als das Schiff gegen den Widerstand ankämpfte.

»Traktorstrahlen, Captain!« rief Spock.

»Kappen Sie die Strahlen«, sagte Kirk. »Probieren Sie es mit einer Feedback-Schleife.«

»Ich versuche es.« Der Vulkanier eilte zur Maschinenraumstation und schob Nourredine beiseite. Sekunden später heulten die Triebwerke abermals auf, das Schiff ruckte an, konnte sich aber nicht ganz von dem Zug befreien. »Die Traktorleistung ist auf vierzig Prozent gesunken, die Wirkung auf uns hält aber weiterhin an. Vielleicht kommen wir mit weiteren Manövern frei.«

»Sie haben es gehört, Sulu«, sagte Kirk.

»Ich versuche es, Sir«, keuchte Sulu, obwohl er genausogut hätte versuchen können, das Schiff mit bloßen Händen anzuschieben.

Immer wieder schlug gegnerisches Feuer in die Schilde ein, die mit jedem Treffer schwächer wurden.

»Doppelte Torpedoladung. Feuern.«

Chekov beugte sich über die Kontrollen und verzog das Gesicht. »Der Doppelfeuer-Mechanismus ist ausgefallen, Sir!«

»Dann Einzelfeuer in schneller Folge. Suchen Sie sich Ziele auf der Hülle und feuern Sie immer wieder auf dieselbe Stelle.«

»Aye, Sir.«

»Aber lassen Sie den Abschußmechanismus nicht durchbrennen, Fähnrich. Kann sein, daß wir ihn später noch brauchen.«

»Oh ... ja, Sir.«

Die Brücke wurde zu einem Durcheinander von Befehlen, Bestätigungen und Meldungen, als die vier schwerbewaffneten Schiffe einen Treffer nach dem anderen landeten. Kirk spürte, wie sich sein Magen immer mehr verkrampfte. Das Schiff und die Mannschaft konnten die Angreifer für geraume Zeit abwehren, aber nicht für immer. Und genau darin bestand die Taktik des Gegners – angreifen und zurückziehen, zuschlagen und wegtauchen, bis die Beute langsam verblutete. Nicht mehr lange, und das Energieniveau der *Enterprise* würde sinken, die Schilde zusammenbrechen, und dann konnten sie nur noch hoffen, wenigstens einen oder zwei der Feinde mit in den Untergang zu reißen.

Hier gab es niemanden, der ihnen zur Hilfe kommen würde, keine Möglichkeit, Verstärkung anzufordern. Und inzwischen schlugen schon die ersten Schüsse bis zur Primärhülle durch.

»Sir!« rief Nourredine. »Mr. Scott meldet, die Magnatomik wird durch die Feuerkammern überladen!«

»Sagen Sie ihm, er hat die Erlaubnis, die entsprechenden Kammern abzuschalten, denn ansonsten würde von uns so oder so nicht viel übrig bleiben«, meinte Kirk, der sich bewußt war, daß Scott kaum eine andere Wahl hatte, als die Waffensysteme solange abzuschalten, bis die Reparatur durchgeführt war. Doch selbst wenn das nur dreißig Sekunden dauerte, konnten sie es sich kaum leisten, das Feuer so lange einzustellen. Eine Mischung aus Verzweiflung und Wut überkam ihn.

»Mr. Sulu, verstärken Sie die vorderen Schirme. Suchen Sie sich eines der Schiffe aus und feuern Sie mit allem darauf, was wir haben. Wenn wir einen von ihnen lahmlegen, können wir vielleicht durchschlüpfen – sofern sie uns dabei nicht das Heck wegschießen.«

»Neuer Kontakt, Captain!« meldete Spock über den Lärm hinweg. »Kommt aus Richtung der Sonne.«

»Warten Sie noch, Sulu.« Kirk erhob sich und ging zum Geländer hinüber. »Spock?«

»Unbekannte Konstruktion. Definitiv kein Schiff der Imperialen Wache... sehr viel kleiner, hochgerüstet – rund fünfzehntausend Tonnen, alles Waffen und Schilde... Konfiguration scheint keinem speziellen Muster zu folgen, im wesentlichen zylindrisch mit einer schwergepanzerten Frontsektion... wahrscheinlich ein Ein-Mann-Schiff.« Er richtete sich auf und blickte zum Frontschirm hinüber. »Kommt im unkontrollierten Warp näher.«

»Sind die Waffen aktiviert?«

»Den Anzeigen zufolge nicht«, sagte Spock.

»Sir, die Romulaner drehen ab!« rief Chekov. »Sie ziehen sich mit hoher Geschwindigkeit zurück!«

»Aber wieso?« Kirk starrte den Schirm an, der zeigte, wie sich die Romulaner sammelten und dann das Weite suchten.

»Captain, das neue Schiff nimmt Kurs auf uns«, sagte Chekov. »Soll ich feuern?«

»Nicht feuern«, befahl Kirk. »Steuerung, zehn Grad Backbord. Wir gehen ihm aus dem Weg.«

Das Schiff schwenkte nach Backbord und leicht nach oben, um dem Unbekannten den Weg freizumachen. Plötzlich tauchte am unteren Rand des Bildschirms ein kleiner Lichtblitz auf, der den romulanischen Schiffen nachjagte, ohne sich um die *Enterprise* zu kümmern. Ganz offensichtlich war das kleine Schiff in der Lage, die Romulaner einzuholen. Doch was konnte es gegen die vier Giganten ausrichten?

»Sie feuern darauf, Captain«, meldete Spock, den Blick auf seine Sensoranzeigen gerichtet. »Es verliert etwas Atmosphäre... die Triebwerke zeigen Anzeichen von Überhitzung.«

Die schweren Schiffe schossen wild um sich in dem Versuch, das winzige Schiff zu treffen, das auf sie zuraste. Seine Größe und Geschwindigkeit machten gezieltes Feuern aussichtslos. Zwei der Romulaner versuchten ihr Glück mit breitgefächerten Schüssen, doch es war schon zu spät.

Furchtlos stürzte sich das kleine Schiff auf die Gegner und wählte in letzter Sekunde einen davon als Ziel aus. Es änderte den Kurs und bohrte sich direkt in das Hecktriebwerk.

Der Schirm wurde grellweiß. Elektrische Entladungen zuckten auf die *Enterprise* zu und zwangen die Besatzung, die Augen zu schützen.

»Ein romulanisches Schiff zerstört«, bemerkte Spock trocken. Dann beugte er sich stirnrunzelnd tiefer über seinen Monitor. »Die anderen setzen ihre Flucht mit hoher Geschwindigkeit fort. Die Sensoren registrieren Trümmerstücke und – eine Rettungskapsel, Captain!«

Seine Stimme verriet die Überraschung darüber, das irgend etwas diese Explosion in einem Stück überstanden haben konnte.

»Machen Sie keine Witze«, murmelte Kirk.

»Wahrscheinlich wurde sie direkt vor dem Aufprall ausgestoßen.«

»Dann bereiten Sie die Rettung vor. Beamen Sie alle Überlebenden an Bord. Ein Sicherheitsteam zum Transporterraum. Mr. Sulu, wo befinden sich die drei anderen Schiffe jetzt?«

»Außer Reichweite, Sir. Keinerlei Anzeigen mehr auf unseren Monitoren.«

»Ein einziges, kleines Schiff, und sie rennen wie die Hasen«, murmelte Kirk. »Ich frage mich, wen wir da entdeckt haben.« Er bemerkte, daß seine Hand zitterte, als er den Kommunikator seines Sessels betätigte. »Kirk an Transporterraum. Wie stehen die Dinge?«

»Transporterraum hier, Sir. Er kommt jetzt herein.«

»Alle Maschinen stop.«

»Maschinen stop«, seufzte Sulu.

»Schadenskontrolle auf allen Decks. Besser wir erledigen das jetzt, solange wir Zeit dafür haben.«

Uhura nickte und gab den Befehl weiter.

»Mr. Spock, informieren Sie alle Abteilungsleiter und Wachhabenden über die aktuellen Umstände.«

»Ja, Sir.«

»Transporterraum hier, Sir. Wir haben zwei Überlebende geborgen. Beide sind bewußtlos, einer ist schwer verletzt. Beide haben oberflächliche Verbrennungen erlitten, außerdem Verletzungen der Arme und...«

»Lassen Sie sie in die Krankenstation bringen.«

»Ich bitte um Verzeihung, Sir, aber ich würde sie lieber in den Arrestzellen behandeln lassen. Es sind Klingonen.«

»Wiederholen Sie das.«

»Die Überlebenden sind beide Klingonen, Sir.«

Kirk schaute zu Spock hinüber. »Verstanden. Lassen Sie die beiden Gefangenen unter schwerer Bewachung in die Arrestzellen bringen. Kirk Ende. Dr. McCoy, bitte in den Arrestbereich.«

McCoy wirkte zwar verblüfft, schien aber andererseits ganz froh, etwas zu tun zu haben. »Bin schon unterwegs, Captain.«

»Waffenstationen sichern. Auf Alarmstufe Gelb gehen. Meine Herren, wir sollten von hier verschwinden. Falls sie zurückkommen, möchte ich nicht mehr in dieser Gegend sein.«

Spock stieß sich von seiner Konsole ab, begab sich zum unteren Decksbereich, verschränkte die Arme und beugte sich zu Kirk. »Wohin fliegen wir, Sir?«

Als Kirk ihn anblickte, entdeckte er in Spocks scheinbar unbewegten Zügen kaum erkennbare Emotionen.

»Erste Regel«, murmelte er, »wir kümmern uns um uns selbst. Wir können nichts in Ordnung bringen, solange wir nicht genau wissen, was eigentlich falsch lief. Wo wäre der logische Startpunkt für unser Unternehmen? Die Föderation existiert hier nicht... Wem können wir trauen?«

Spock betrachtete ihn mit aufrichtiger Sympathie. »Wir wissen, daß Klingonen und Romulaner noch immer existieren.«

»Ja, das ist richtig«, stimmte Kirk zu. »Und wenn sie noch hier sind, müßten auch die Vulkanier noch existieren.« Er sah Spock fragend an. »Wird man Sie dort anhören?«

Spock sagte nichts, sondern schien darauf zu warten, daß der Captain selbst seine Frage beantwortete.

Jahrzehntelang waren die Vulkanier die zuverlässigsten Verbündeten der Erde und ihrer vorwärtsstürmenden Bewohner. Es war eine ungleiche Koalition, genau wie die Freundschaft zwischen Kirk und Spock auch. Nichts, was irgend jemand erwartet oder worauf er gar gewettet hätte. Viel eher hätte man damit rechnen müssen, daß die Beziehung zwischen den beiden Rassen sich in beständiger gegenseitiger Mißbilligung erschöpfte, doch genau das war nicht geschehen. Die Menschheit hatte sich über die Galaxis ausgebreitet und viele andere Zivilisationen dazu gebracht, sich zu einem gemeinsamen Bündnis für Handel und Verteidigung zusammenzuschließen, und das hatte tatsächlich funktioniert. Ein Gemeinschaftsgefühl war erwachsen, das die kleinlichen Zwistigkeiten überwog, und wer sich nicht einfügen konnte, der war zurückgedrängt worden.

Und hier stand Spock, der erste Vulkanier, der sich Starfleet angeschlossen hatte, neben ihm auf der Brücke und stellte den lebenden Beweis dar. Die Vulkanier hatten sich als konstante Bündnispartner erwiesen, und von allen Starfleetangehörigen hatte Kirk am meisten von dieser Partnerschaft profitiert.

Spock. Das Beste aus zwei Welten. Der Captain musterte seinen engsten Vertrauten und konnte ein leises

Grinsen nicht unterdrücken, als er an jene große Lüge dachte, wonach Vulkanier keine Emotionen besäßen.

Und wie sie die hatten!

»Wir wissen, daß die Menschheit hier nicht existiert«, erklärte Kirk. »Wir wissen ebenfalls, daß Romulaner und Klingonen sehr wohl existieren und sich feindlich gegenüberstehen. Die Chancen stehen gut, daß die Vulkanier ebenfalls existieren und wahrscheinlich auch die Lehren von Surak befolgen. Wenn dem so ist, *sollten* die Vulkanier bereit sein, einen Beweis zu akzeptieren, den sie direkt vor Augen haben – einen vulkanisch-menschlichen Hybriden.« Er hielt inne, sah Spock an und fragte: »Wie habe ich das gemacht?«

Spocks zog amüsiert die Augenbrauen hoch. »Eine logisch aufgebaute Argumentationskette. Vielleicht sollte ich mich zur Krankenstation begeben und das medizinische Personal unterstützen.«

Das war so, als hätte ein anderer laut: »Hervorragend!« gerufen.

»Vielen Dank«, meinte Kirk.

»Gern geschehen. Die Entwicklung der vulkanischen Kultur sollte relativ unbeeinflußt verlaufen sein, abgesehen natürlich von der Tatsache, daß es keine Föderation gibt, der man sich hätte anschließen können. Die Chancen, daß sowohl die Erde wie auch Vulkan drastisch...«

»Rechnen Sie es bitte nicht aus.«

»Nun, wie dem auch sei«, fuhr Spock nach eine kurzen Pause, die irgendwie unheilverkündend wirkte, fort, »wenn sich die Veränderung auf die Erde beschränkt und die Vulkanier noch immer den Lehren Suraks folgen, ist es unwahrscheinlich, daß sie mit den Klingonen oder Romulanern kooperieren. Aber sie könnten unterworfen worden sein... oder vernichtet.«

Kirks Hoffnungen wurden mit realistischen Theorien konfrontiert. In der Tat war es nur schwer vorstellbar, daß die nüchternen, nachdenklichen Vulkanier die Romulaner oder die Klingonen oder sogar alle beide erfolgreich abwehren konnten.

Vermutlich waren sie in dieser Galaxis genauso allein wie die Besatzung der *Enterprise.*

»Nun gut«, seufzte Kirk, »wir werden uns eben mit dem befassen, was wir vorfinden. Das wird so ähnlich sein, als wollte man mit Schneeschuhen auf Zehenspitzen gehen, aber wir werden es schon schaffen. Alle Mann...«

»Captain«, unterbrach ihn Spock, »ich bin verpflichtet, Sie darauf hinzuweisen, daß es ein ethisches Problem darstellen könnte, einen Planeten über eine alternative Existenz zu informieren. Möglicherweise tritt hier die Erste Direktive in Kraft.«

»Die Erste Direktive bezieht sich auf primitive Kulturen. Außerdem ist jetzt nicht die richtige Zeit, um einem Universum Referenz zu erweisen, das sich gar nicht entwickelt hat.«

»Die Vorschriften könnten das trotzdem voraussetzen.«

»So eng sollte die Erste Direktive nie ausgelegt werden«, erklärte der Captain. »Wir können uns jetzt nicht auf irgendeine übergeordnete Instanz berufen. Alle Mann, Schiff bereitmachen für Schleichfahrt. Schließlich wollen wir uns nicht aufspüren lassen.«

Uhura blickte ihn an und schaltete sich dann in das Kommunikationssystem des Schiffes ein. »Hier ist die Brücke. Alle Mann bereitmachen für Schleichfahrt.«

»Schilde in Bereitschaft. Alle nicht lebensnotwendigen Geräte abschalten. Nur Fernbereichssensoren. Welchen Kurs nehmen wir von hier, Spock?«

»Wird berechnet... vier-neun-acht Punkt zwei, Sir.«

»Mr. Chekov, das ist Ihr Kurs. Mr. Sulu, Warpfaktor sechs. Auf nach Vulkan.«

Kirk starrte auf den Schirm, versuchte sich seelisch auf das vorzubereiten, was auf sie zukommen mochte, und bemühte sich zugleich, nicht ständig an ihre unlösbar erscheinende Situation zu denken.

12

Keine Kerzen, die in der Dunkelheit schimmerten. Keine Gesänge. Aber es gab Lichter.

Und es gab Schmerz, dröhnend in seinem Kopf, bohrend in Teilen seines Körpers. Vielleicht war dies ja ein Todestraum. Die letzten paar Sekunden nach der Detonation.

Die Lichter wirkten verzerrt, ins Blaue verschoben. Er öffnete die Lippen und spürte, daß sie trocken und spröde waren. Eine winzige Feuchtigkeitsblase bildete sich zwischen der Seite seiner Zunge und den Zähnen des Oberkiefers. Spielerisch schob er die Blase mit der Zunge hin und her, und als sie zerplatzte, begriff er plötzlich, daß er nicht träumte. Er versuchte, die Augen zu öffnen. Sie widersetzen sich ihm. Sie brannten. Säure von der Explosion?

War sein Speer explodiert? Hatte er das Ziel zerstört?

Wo war Zalt? Tot? Wahrscheinlich.

Der lange Tunnel der Triebwerksöffnung tauchte in seinen Gedanken auf, gefolgt von einem Gefühl des Sieges.

Sein Rücken war der einzige Teil seines Körpers, der sich vollständig anfühlte.

Rückgrat und Hüften ruhten auf einem Polster, und unter seinem Kopf befand sich ein kleines Kissen. Wer besaß solche Dinge?

Er konzentrierte sich auf eine Hand und führte sie

dann über Hüften, Bauch und Rippen. Ein Teil seiner Rüstung fehlte, darunter auch der Abwurfharnisch, der seine Brust schützen sollte. Statt dessen befanden sich dort Binden... Seine Wunden waren behandelt worden... Arme und Beine waren nicht bandagiert... Man hatte ihn versorgt.

Erleichterung erfüllte ihn. Er war von einem der eigenen Schiffe aufgenommen worden! Eine Chance von eins zu tausend, und ihm war das widerfahren. Das schwache Signal seiner Kapsel war von seinen eigenen Leuten aufgefangen worden, und sie waren gekommen, um ihn zu suchen. Wenn er wieder gesund war, würde er ihnen von dem großen Erfolg, von der völligen Zerstörung eines feindlichen Schiffes erzählen. Er hatte die Gegner bis zu ihrer Heimatwelt zurückgescheucht!

Und er hatte überlebt... überlebt!

Trotz der schmerzenden Augen wurde ihm plötzlich bewußt, daß die Farbe der Wände falsch war. Sie waren bleich. Kein Schiff seines Volkes sah so aus. Nichts in seiner Umgebung war klingonisch.

Seine Freude verging und wurde durch einen beklemmenden Verdacht ersetzt. Die Feinde hatten ihn erwischt!

Er hörte ein energetisches Summen. Eine Sicherheitsbarriere. Als er den Kopf drehte, konnte er trotz seines durch die Verletzung beeinträchtigten Sehvermögens die Projektionsleisten erkennen. Jenseits des Feldes waren Schulter und Ellbogen eines Wachtpostens zu sehen.

Nur ein Wächter? Fehlte es auch den Feinden an Soldaten?

Furcht und Verzweiflung stiegen in ihm hoch. Warum versorgten sie seine Wunden? Wieso war sein Harnisch-Detonator nicht durch den Transporter des Feindschiffes aktiviert worden? Er verfluchte den Mechanismus für sein Versagen. Klingonische Wissenschaftler hatten sich eine Dekade lang bemüht, dieses Muster zu isolieren, es einem einzigen Materieteilchen – und nur diesem – zu ermöglichen, von dem gegnerischen Transporterstrahl ausgelöst zu werden. Auf diese Weise hätte er zwei Schiffe mit sich nehmen können statt nur eines. Jeder überlebende Speer hoffte, so zu enden, statt durchs All zu treiben und dort zu sterben.

Er bewegte erst ein Bein, dann das andere. Das linke schien in Ordnung zu sein. Beim rechten war das Knie verletzt, aber es ließ sich beugen. Seine Rippen schmerzten, als er die Beine bewegte, und nur mit Mühe konnte er ein Stöhnen unterdrücken. Und sein Kopf dröhnte, sobald er ihn hob.

Was war das für ein Raum? Er ähnelte keiner Gefängniszelle, die er je gesehen hatte. Eine medizinische Einrichtung? Warum sollten sie seine Wunden behandeln?

Wurde er gesundgepflegt, damit man ihn verhören konnte? Aber es gab nichts, was er ihnen hätte sagen können. Er war nie von besonderer Bedeutung gewesen – diese eine Tat war sein einziger nennenswerter Beitrag gewesen. Wenn sie ihn folterten, dann wegen Informationen, die er gar nicht besaß.

Er war bereit zu sterben, aber er wollte nicht gefoltert werden. Er wußte, was sie mit ihm machen würden. Sein Volk und die Feinde waren wie zwei Schneiden derselben Klinge. Und das Blut gefror ihm in den Adern, wenn er an die unaussprechlichen Methoden dachte, die seine eigenen Leute anwendeten.

Hatten sie ihm die Verletzungen an den Augen zugefügt, um ihn am Entkommen zu hindern? Von derartigen Praktiken hatte er noch nie gehört. Die Feinde wußten alles, was es über die klingonischen Krieger, ihre Maschinen und ihre Schiffe zu wissen gab, daher hatten sie nichts zu gewinnen, wenn sie Gefangene machten. Es gab keine Taktiken mehr, die noch zu enthüllen gewesen wären.

Abgesehen von den Speeren. Sie würden ihn foltern, um herauszufinden, woher die Speere kamen.

Also würden sie ihn foltern, bis er starb, denn er wußte nicht, woher die Speere kamen, und er war ein miserabler Lügner.

Er hob den Kopf und weigerte sich trotz der Schmerzen in Hals und Schultern, ihn wieder zurücksinken zu lassen. Seine Zähne knirschten. Fast hätte er sich selbst geschlagen, doch er wußte, daß er damit nur die Wache aufmerksam gemacht hätte. So hob er die Fäuste in einer Geste der Verzweiflung und schlug in die leere Luft. Denk nach!

Er war bereit zu sterben, doch selbst das hatten sie ihm verwehrt.

Zalt war bereits tot. Die Chancen, daß zwei Speere den Aufprall überlebten, war mikroskopisch klein. Mühsam drehte er sich zur Seite und lag dann schwer atmend da.

Nein. Sie würden ihm die Chance zu sterben nicht nehmen, schwor er sich. Doch zuerst mußte er diese Energiebarriere durchbrechen und an der Wache vorbeikommen.

Er holte ein paarmal tief Luft, öffnete dann die Lippen und gab ein herzerweichendes Stöhnen von sich.

»Krankenstation. McCoy hier.«
»Doktor, hier ist Unteroffizier Chapman, Sicherheitsdienst. Ihr Patient klingt so, als hätte er starke Schmerzen. Offenbar kommt er langsam zu sich, aber er hört sich wirklich nicht sehr gut an.«

McCoy schaute zu den Patienten hinüber, die bereits warteten – ein Fall von Blinddarmentzündung und ein bei einem Sturz im Maschinenraum gebrochenes Handgelenk.

»Wahrscheinlich schmerzen seine Augenverletzungen«, sagte er. »Ich komme herunter und kümmere mich darum, sobald ich hier einen Bruch gerichtet habe. Geben Sie mir fünfzehn Minuten.«

»Aye, Sir. Ich sorge dafür, daß er dann entsprechend vorbereitet ist.«

»In Ordnung, aber seien Sie vorsichtig mit den Fesseln, Chapman. Verletzen Sie ihn nicht noch mehr.«

»Oh, aye, Sir. Sicherheit Ende.«

Eine Möglichkeit, sich selbst rasch zu töten. Das war ein gutes Ziel.

Verzweiflung trieb ihn durch die hellen Korridore, von denen zahlreiche Räume abgingen. Räume mit weichgepolsterten Sitzen, in denen man ausruhen konnte. Was für ein Ort war das?

Sie hatten sich nicht in der Nähe eines Planeten befunden, also mußte dies ein Schiff sein. Jenes Schiff, an dem er auf seinem Weg in den Tod vorbeigekommen war. So viel freier Raum im Innern, solche Materialverschwendung... offene Korridore, keine Wachen, keine Geschützstände, keine Rettungskapseln, gute Beleuchtung, frische Luft, Wärme...

Er hatte ein paar verstümmelte Berichte über ein Schiff aufgefangen, das sich mit einer Geschwindigkeit von Warp acht Komma fünf aus dem Feindgebiet entfernte – befand er sich jetzt an Bord jenes Schiffes? Hatten die Feinde ein Schiff gebaut, das selbst die Speere an Geschwindigkeit übertreffen konnte?

Wenn das stimmte, würde sich das Kriegsglück genauso schnell wieder von seinem Volk abwenden, wie es sich ihm in jüngster Zeit zugewandt hatte. Würden sie jetzt den winzigen Vorsprung verlieren, den sie gerade erst errungen hatten?

Diese Fragen lasteten schwer auf ihm, als er den Korridor entlanghumpelte, mit der einen Hand seine Augen abschirmte und mit der anderen die schmerzenden Rippen hielt. Die frische Luft machte ihn schwindelig.

Er besaß die Waffe, die er dem Wachtposten abgenommen hatte, nachdem er ihn so lange gewürgt hatte, bis der Mann zusammengebrochen war, aber er wußte nicht, wie man sie bediente. Bei dem kurzen Kampf hatte er kaum etwas sehen können, aber er wußte, wo sich bei einem Körper die Kehle befand, und das hatte gereicht.

Die Waffe war ihm fremd, aber sie paßte in seine Hand, und mehr verlangte er im Moment auch nicht.

Er konnte sie gegen sich richten, wenn er herausfand, welche Einstellung tödlich war. Schließlich lag ihm nicht daran, sich nur zu betäuben, um auf diese Weise wieder gefangengenommen zu werden.

Doch nein – zuerst mußte er dieses Schiff beschädigen. Mochten die Chancen auch noch so schlecht stehen, so bestand doch eine geringe Möglichkeit, einen zweiten Schlag zu landen.

Jemand kam näher. Auf diesem Schiff waren oft Schritte zu hören, und er lernte schnell herauszufinden, woher die Geräusche kamen und wann er sich verbergen mußte.

Er lauschte aufmerksam und versuchte die Lautstärke der Schritte abzuschätzen. Seine Augen mühten sich, etwas zu erkennen, und zugleich hoffte er, der Schatten, in den er sich geduckt hatte, würde tief genug sein. Er stemmte einen Fuß gegen die Wand hinter sich und hielt den Atem an.

Dann konnte er Bewegung erkennen – die Schritte bogen um die Ecke, und vor ihm tauchte eine verschwommene Gestalt auf.

Mit einem angestrengten Grunzen stieß er sich von der Wand ab und griff an.

Das Raumschiff glitt schnell und lautlos durch die schwarze See des Alls.

Während er in seinem Kommandosessel saß, empfand James Kirk für einen verwirrenden Moment so etwas wie Ärger über die Schönheit des Weltraums. Menschen hatten ihn mit einem Wagenlenker verglichen, der die Zügel fest in der Hand hielt, und manchmal fühlte er tatsächlich ganz ähnlich. Dennoch wurde diese Vorstellung von einer ganz bestimmten Tatsache getrübt. Er hatte dieses Schiff weder erbaut noch an seiner Konstruktion mitgewirkt. Es gehörte jenen, die es sich Dekaden zuvor ausgedacht hatten. Ganz gleich, wie souverän er mitunter zugunsten der Mannschaft oder auch um seiner selbst willen agieren mochte, es gab immer einen Vorbehalt, einen Punkt, an dem er eher wie ein leitender Angestellter handelte, und nicht wie der Besitzer selbst.

Er warf einen Blick zu Spock hinüber, gleichsam um sich Rückendeckung zu verschaffen. Ein wenig half es.

Spock war bereits auf der Brücke gewesen, als Kirk seinen Dienst antrat, obwohl der Begriff ›dienstfrei‹ unter den gegenwärtigen Bedingungen kaum eine Bedeutung besaß. Außerdem blieb Kirk auch unter normalen Umständen kaum jemals in seiner Kabine. Er schlief dort, das ja, aber warum sollte er sich länger dort aufhalten? Er und Spock hatten ein Wachschema entwickelt, das sich von allem unterschied, was bei Starfleet üblich war.

Der Vulkanier schlief nur sehr wenig und gönnte sich kaum Freizeit. Er nahm seine doppelten Pflichten als Erster und als Wissenschaftsoffizier ernst und erledigte fast jeden Tag die Arbeit von zwei Männern.

Heute sogar ganz bestimmt.

Kirk wußte, was Spock beschäftigte. Er analysierte die Geschehnisse um den kosmischen String, der sie hierhergebracht hatte, und versuchte einen Weg zurück zu finden. Kirk wäre am liebsten zu Spock hinübergegangen, um mit ihm zu reden, doch das war ein zu menschlicher Impuls, zumal die Störung dem Vulkanier nicht gerade bei seiner Arbeit helfen würde.

»Captain!« rief Uhura plötzlich, »der Sicherheitsdienst meldet, daß der Gefangene aus seiner Zelle ausgebrochen ist.«

Kirk fuhr aus seinem Sessel hoch und hätte beinahe den Fehler begangen, sein verletztes Bein zu belasten. »Einzelheiten«, sagte er knapp.

»Sicherheitsoffizier Chapman wurde angegriffen, als er die Zelle betrat, um den Zustand des Gefangenen zu überprüfen. Dr. McCoy befand sich auf dem Weg nach unten, um den Klingonen zu behandeln.«

Spock drehte sich um. »Ich werde versuchen, ihn aufgrund seiner physiologischen Besonderheiten aufzuspüren, Sir.«

Ohne ihm zu antworten, sah Kirk Uhura an. »Geben Sie internen Alarm. Lebt Chapman noch?«

»Ja, Sir. Er wird wegen eines zerquetschten Kehlkopfes behandelt. Achtung, Sicherheitsalarm für alle Decks... Eindringling an Bord... Ich wiederhole, Eindringling an Bord.«

Kirk packte das Geländer und fragte mit zusammengekniffenen Augen: »Was ist mit McCoy?«

Der Klingone hatte seinen Arm fest um die Kehle des Gegners gelegt und zog seinen Gefangenen in den Schatten. Der Gefangene keuchte und zerrte an dem Arm um seinen Hals, wehrte sich aber nicht übermäßig.

Ein Schlag gegen den Kopf schickte den Gefangenen zu Boden, und die auf ihn gerichtete Waffe bewog ihn, dort liegenzubleiben. Er sagte etwas, doch die Worte ergaben keinen Sinn.

Es war eine völlig unbekannte Sprache. Eine neue Sprache!

Der Klingone starrte ihn an. Was für eine Sprache konnte das sein, wenn er noch nie von ihr gehört hatte? So viele Sprachen gab es nicht unter den raumfahrenden Völkern.

Er beugte sich vor, packte den Kragen des Gefangenen, zog ihn hoch und kniff gleichzeitig die Augen zusammen, um besser erkennen zu können, wen er da erwischt hatte. Blasse Wangen, braune Haare, ein breites Gesicht und weit aufgerissene, helle Augen.

Plötzlich wandte sich der Klingone ab. Sein Gefangener fiel keuchend gegen die Wand und starrte ihn an.

Das war kein Wesen, das er kannte. Das... war *nicht* sein Feind.

Er stolperte heftig blinzelnd zurück und wünschte sich, seine Augen würden besser arbeiten.

McCoys Hals und Schultern schmerzten von dem Würgegriff und dem Aufprall gegen die Wand. Er starrte den Klingonen an, der ihn überfallen hatte und jetzt vermutlich als Geisel benutzen wollte, konnte jedoch den Ausdruck, der plötzlich auf dessen Gesicht aufgetaucht war, nicht deuten.

Der Klingone hatte vorgehabt, ihn umzubringen oder zumindest bewußtlos zu schlagen, war dann aber plötzlich zurückgewichen. Weshalb?

Mühsam erhob er sich auf ein Knie und stützte sich gleichzeitig an der Wand ab.

»Sprechen Sie Englisch?« fragte er.

Der Klingone schaute in völlig verwirrt an.

»Hätte mich auch gewundert«, meinte McCoy. »Ihre Augen schmerzen, nicht wahr?« Er deutete auf seine Augen und dann mit einer übertrieben deutlichen Geste auf die des Klingonen. »Augen«, wiederholte er. »Verletzt?« Er krümmte seine Finger zu einer Klaue und machte eine kratzende Bewegung über seinen eigenen Augen.

Sein Medikit lag ein Stück weiter auf dem Boden. Er zeigte darauf. Die Klingone schaute in diese Richtung, doch seine brennenden Augen konnten nicht so weit sehen.

»Lassen Sie mich Ihnen helfen«, sagte McCoy und legte seine Hand sanft über die eigenen Augen. »Helfen, verstehen Sie? Helfen?« Er ließ beide Hände sehr langsam sinken und deutete wieder auf das Medikit. »Sie werden uns ziemlich schnell aufspüren«, erklärte er, um sich ein wenig sicherer zu fühlen. »Ein klingonischer Metabolismus ...«

»Klingonisch!« stieß der Gefangene plötzlich hervor.

McCoy blieb stehen. Zumindest kannten sie ein gemeinsames Wort.

Er tippte sich mit dem Finger auf die Brust. »McCoy«, sagte er überdeutlich.

Der Klingone bewegte sich unruhig – offensichtlich hatte er Schmerzen – und atmete vorsichtig und leicht stöhnend ein.

Dann tippte er sich auf die eigene Brust. »Roth!«

McCoy richtete sich ein wenig auf. »Sie heißen Roth? Nun, das ist schon mal ein Fortschritt.« Er deutete auf den Klingonen, dann auf seine eigenen Augen und schließlich auf das Medikit. »Roths Augen ... helfen?« Er berührte die Haut direkt unter seinen Augen. »Ja?«

Der Klingone schnaufte, wischte sich die Nase mit dem Handrücken und trat dann zur Seite, fort von dem Medikit. Irgend etwas in seinen verschleierten Augen verriet dem Doktor die Antwort auf seine Frage.

»Es wird Ihnen gleich besser gehen«, meinte McCoy und hoffte dabei, sein aufmunternder Tonfall würde Wirkung zeigen. Jahrzehnte der Arbeit als Arzt hatten ihn diesen besonderen Ton gelehrt. Er ging zum dem Medikit und hob es auf, ohne Roth aus den Augen zu lassen. »Sie befinden sich jetzt in besten Händen...«

Der Klingone schien hin und her gerissen zwischen dem Wunsch, ihm zu vertrauen, und der Absicht, ihn niederzuschießen.

McCoy machte sich klar, daß der Klingone gar kein Standard verstehen konnte, es nie gehört hatte. Wenn er zum Wandkommunikator gelangen konnte, könnte er die Brücke über ihre gegenwärtige Position informieren – Deck neun, drei Korridore backbord von den Arrestzellen. Doch Roth war verletzt und verwirrt und würde ihm wohl kaum gestatten, den Kommunikator zu benutzen. Also verwarf er den Plan und überließ es der Brücke, sie mit Hilfe der Bioscanner aufzuspüren. Er konnte nur hoffen, so lange zu überleben.

»*Mev! HlghoS!*« knurrte Roth, als McCoy das Medikit nahm. Seine verletzten Augen tränten, und er blinzelte jetzt alle paar Sekunden. Er streckte den Phaser drohend vor.

McCoy wußte, daß die Waffe bei der leisesten Berührung losgehen konnte. Er kniete sich auf den Boden, machte mit einer Hand beruhigende Gesten, holte mit der anderen eine Medizinflasche aus dem Koffer und hielt sie hoch, um zu zeigen, daß es sich nicht um eine Waffe handelte.

Wieder deutete er auf Roths Augen und dann auf die Flasche, während er sehr langsam auf den Klingonen zuging. Doch jetzt hörte er auch das Geräusch von einem halben Dutzend Leuten, die durch den Korridor näherkamen.

»Oh, tolles Timing«, stöhnte er. Dann streckte er Roth die Hand entgegen und sagte: »Sitz, Fido.«

Doch der Klingone hatte die Sicherheitsleute ebenfalls gehört. Er packte McCoys Arm, zog ihn näher zu sich heran, drückte den Phaser gegen den Wangenknochen des Doktors und wartete.

Wut und Angst um McCoy vermischten sich in Kirks Brust zu massiven Selbstvorwürfen, als er zusammen mit vier Sicherheitsposten durch die Korridore von Deck neun rannte. Er hatte es nicht geschafft, die Sicherheit auf seinem Schiff zu gewährleisten.

Nirgendwo in diesem Universum gab es einen Ort, der absolut sicher gewesen wäre, und direkt außerhalb der schützenden Wände lauerte die feindselige Kälte des Alls. Um so wichtiger war es, wenigstens im Innern des Schiffes die Sicherheit zu garantieren. Und bei dieser Aufgabe hatte er versagt.

Und nun befand sich ausgerechnet McCoy in den Händen eines Verrückten, dessen Motivation niemand erraten konnte. Wenn er etwas über die Klingonen in diesem Universum wüßte, könnte er sich einen Plan ausdenken, ein halbes Dutzend mögliche Aktionen vorbereiten. Doch genau das war hier unmöglich, so sehr er sich auch die nötige Hellsichtigkeit wünschen mochte.

Zwei der Wachen bogen vor ihm um die Ecke, doch sobald er McCoy erblickte, festgehalten von dem Klingonen und mit einem gegen seine Wange gedrückten Phaser, rief er: »Stehenbleiben! Nicht schießen!«

Zum Glück besaßen die Sicherheitsleute genug Verstand, um zu begreifen, daß er sie meinte und nicht den Klingonen. Sie blieben stehen, richteten ihre Waffen auf den Gegner und warteten ab.

»Nein, Jim!« rief McCoy halb erstickt. »Er hatte die Gelegenheit, mich zu töten, aber er hat es nicht getan!«

Kirk senkte seinen Phaser und ging langsam weiter. Sein Gesicht war vom Laufen, von der Anspannung, der Wut und auch der Furcht gerötet.

»Er heißt...« Der Griff des Klingonen festigte sich.

McCoy keuchte und vollendete den Satz mühsam. »...Roth.«

»Roth...« Kirk schob das Kinn vor und zog die Brauen zusammen. »Geben Sie mir meinen Doktor zurück.«

Der Klingone knurrte etwas in seiner Sprache und verstärkte seine Drohgebärde gegenüber McCoy.

Kirk wandte sich an die Sicherheitsleute. »Einer von Ihnen ruft die Brücke. Lieutenant Uhura soll herkommen und ihm einen Universal-Translator geben. Solange wir nicht mit ihm sprechen können, kommen wir keinen Schritt weiter.«

»Aye, Sir«, sagte einer der Wachleute und verschwand im Hauptkorridor.

»Die anderen gehen ein Stück zurück«, befahl Kirk.

Den Wächtern gefiel diese Anweisung nicht. Kirk spürte ihr Zögern, wiederholte seine Worte aber nicht. Sie hatten ihre Befehle und sollten gefälligst gehorchen.

Er wandte sich dem Klingonen zu und legte alles, was er je über dieses Volk gedacht hatte, in seinen Blick. Er brauchte keine Worte, um seine Gefühle gegenüber dieser Rasse auszudrücken.

Kirk wußte, daß der Klingone seine Feindseligkeit erkennen und fürchten würde. Und er würde gut daran tun, sie zu fürchten. Im Moment war Kirk durchaus in der Stimmung, ihn ohne weitere Umschweife aufhängen zu lassen.

Der Klingone starrte ihn blinzelnd an. Seine Miene drückte verschiedene Gefühle aus, ohne sich jedoch auf eine eindeutige Reaktion festzulegen. Und in erster Linie wirkte er eindeutig verwirrt.

Ein Klingone, der nicht wußte, ob er die Terraner hassen sollte oder nicht!

Kirk bemühte sich um einen neutralen Gesichtsausdruck und versuchte, alle jene Gefühle zurückzudrängen, die er in einem lebenslangen Umgang mit den Klingonen entwickelt hatte.

Er wechselte den Phaser in die linke Hand und richtete ihn auf den Boden, schußbereit zwar, aber nach unten zielend. Dann streckte er die rechte Hand aus und machte eine Geste, als wolle er den Klingonen auffordern, den Doktor freizugeben.

Roth blinzelte heftig, als versuche er, sich aus allem einen Reim zu machen. Sein Griff um McCoys Hals lockerte sich.

Kirk warf einen kurzen Blick auf die Sicherheitsleute. »Die Phaser runter.«

»Captain«, protestierte einer von ihnen.

»Sofort!« Langsam legte er seinen eigenen Phaser auf den Boden.

Mit einem plötzlichen Schrei stieß Roth McCoy heftig vorwärts und griff an.

13

McCoy stieß gegen Kirks Schulter, wurde herumgewirbelt und prallte mit Kopf und Schlüsselbein gegen die Wand.

Der Captain stürzte vor, packte den Arm des Klingonen, der den Phaser hielt, am Handgelenk und traf ihn gleichzeitig mit einer harten Rechten an den Rippen.

Der verletzte Klingone keuchte und ging zu Boden, noch immer den Phaser fest umklammernd, den einzusetzen er nicht gewagt hatte.

»Schaffen Sie ihn unter strenger Bewachung zur Krankenstation«, wandte sich Kirk an die Sicherheitsleute. »Und sorgen Sie dafür, daß Lieutenant Uhura den Translator dorthin bringt.«

»Aye, Sir«, bestätigte der älteste Wächter. »Schafft ihn fort.«

Als die Sicherheitsleute den Gefangenen entwaffneten und in Gewahrsam nahmen, eilte Kirk zu McCoy und half ihm auf die Beine. »Hat er dich verletzt, Pille?«

McCoy rieb sich das geprellte Schlüsselbein. »Sieht nicht so aus, Jim. Ich glaube, er hatte mehr Angst als sonst etwas. Du und dein rechter Haken – wußtest du nicht, daß er ein paar gebrochene Rippen hat?«

Mit einem Blick auf die Wachen, die den stöhnenden Gefangenen fortschleppten, meinte Kirk: »Ich entschuldige mich, wenn ich ihn ernsthaft verletzt habe. Komm mal mit.« Er packte McCoy am Arm und führte ihn in die entgegengesetzte Richtung. Verzweifelte Gefangene hatten es schon mehr als einmal geschafft, ihre Wachen zu überwältigen. »Wie beurteilst du seinen Zustand?«

»Seine Augen erholen sich langsam«, sagte McCoy, »aber sie müssen behandelt werden. Er spricht kein Standard, aber er achtet sehr genau auf das, was man durch seine Haltung ausdrückt. Er ist wachsam, skrupellos und bereit, sich jederzeit auf eine neue Situation einzustellen.«

»Nicht schlecht beobachtet für eine Geisel.«

Der Doktor rieb sich die Schulter und zuckte zusammen. »Gehört zum Beruf, Captain.«

»Sonst noch etwas?«

»Nur daß sein Name oder vielleicht auch sein Rang ›Roth‹ lautet.«

»Roth ... Ist dir seine Kleidung aufgefallen? Diese gepanzerte Kleidung – fast genauso wie wir sie kennen.«

»Bis auf die Farben.«

»Stimmt, aber alles andere schon. Die klingonische Kultur muß bis auf die letzten hundert Jahre unbeeinflußt geblieben sein.«

»Als die Erdenmenschen Kontakt zu ihnen aufgenommen hätten.«

»Ja.« Kirk hob das Medikit auf, wog es kurz in der Hand und reichte es McCoy.

»Das legt den Verdacht nahe, daß nur die Evolution der Menschheit von der Veränderung beeinflußt wurde.«

Kirk seufzte. »Und das Fehlen der Menschheit hat alles andere beeinflußt.«

McCoy betrachtete nachdenklich das Medikit in seinen Händen. »Das beantwortet zumindest die Frage, ob man uns vermissen würde.«

»Oder ob wir das Richtige getan haben, als wir in den Raum hinauszogen«, sagte der Captain.

Der Doktor schaute hoch. »Das ist jetzt aber nicht der richtige Moment für Selbstbeweihräucherung, Jim.«

»Darauf will ich auch nicht hinaus. Aber es gibt eine klare Trennung zwischen Richtig und Falsch, zwischen Gut und Böse. Wenn das Gute fehlt, gedeiht das Böse – und zerstört die Grundlagen der Zivilisation. Wenn die Polizisten fort sind, übernehmen die Kriminellen die Macht.«

»Woher willst du wissen, daß *sie* hier nicht die Polizisten sind?« widersprach McCoy.

»Weil die Klingonen gar nicht genug Zeit hatten, um sich dermaßen zu ändern. Sie sind noch immer Klingonen, und wir sind noch immer die Föderation der Vereinten Planeten. Und ich bin stolz auf das, was die Föderation geleistet hat, sonst wäre ich nicht hier und würde daran mitarbeiten.«

McCoy nickte. »Tut mir leid, Captain. Ich verstehe, was du empfindest.«

»Gut«, sagte Kirk knapp.

Er drehte sich um und ging zu dem Phaser hinüber, den er vorhin abgelegt hatte. Als er ihn aufhob, tauchte Spock vor ihm auf.

»Sicherheits-Fähnrich Beremuk hat mich unterrichtet, wo Sie zu finden sind, Captain«, sagte der Vulkanier. »Ich habe etwas über die Fragmente des klingonischen Schiffes herausgefunden... Doktor, ist mit Ihnen alles in Ordnung?«

»Mir geht es gut«, versicherte McCoy, »von der einen oder anderen Blessur mal abgesehen. Aber vielen Dank für die Nachfrage.«

Kirk machte ein Gesicht, als hätte er die beiden am liebsten zusammengestaucht. »Was gibt es denn nun zu berichten, Spock?«

»Die Überreste des kleinen Schiffes bestehen aus einem extrem energieresistenten Material, etwas, woran die klingonischen Wissenschaftler mit großem Aufwand gearbeitet haben müssen.«

»Verteidigung. Dürfte sehr weit oben auf ihrer Prioritätsliste stehen.«

»Ja. Trotzdem ist das Material instabil. Es degeneriert schon jetzt und wird binnen weniger Tage völlig zerfallen. Ich vermute daher, diese Schiffe werden erst wenige Stunden vor ihrem tatsächlichen Einsatz gebaut und sollen auch nur einmal benutzt werden.«

»Kamikazes«, sagte Kirk.

»Offensichtlich.«

»Menschen und Material für die Vernichtung eines einzigen feindlichen Stützpunktes oder Schiffes zu opfern... Das ist eine Taktik der Verzweiflung. Romulaner und Klingonen führen also Krieg gegeneinander, wobei sie eine relativ gleichwertige Technik einsetzen. Es gibt keine Einmischung von außen, niemand ist stark genug, es mit ihnen aufzunehmen. Beide Kulturen werden von einem ziemlich engstirnigen Ehrbegriff beherrscht, kennen aber keine Achtung der Persönlichkeitsrechte... Wie lange könnte so ein Krieg andauern, bis Menschen und Material knapp werden und eine Seite gezwungen ist, buchstäblich alle Reste zusammenzukratzen?«

»Glaubst du, das ist es, was passiert, Jim?« fragte McCoy. »Die Klingonen verlieren?«

Kirk hätte beinahe ›ja‹ gesagt, doch etwas ließ ihn zögern. Es war noch zu früh, Schlußfolgerungen zu ziehen, selbst wenn sie auf der Hand zu liegen schienen – gerade dann konnte es sich auch um Wunschdenken handeln, und genau das konnte er sich jetzt nicht leisten.

»Wir werden uns die Antworten bei dem Klingonen holen«, erklärte er.

»Captain«, setzte Spock an, »beabsichtigen Sie, dem

Gefangenen die Situation, so wie wir sie kennen, zu erklären? Das könnte sich als unklug erweisen.«

»Es ist alles an Klugheit, was ich im Moment zu bieten habe.«

Der Doktor legte den Kopf schief. »Schick doch Spock zu ihm und laß ihn erklären, wie wir von einem Faden eingewickelt worden sind.«

»Einem String, um genau zu sein«, bemerkte Spock.

»Kein Grund für übergroße Genauigkeit, Mr. Spock«, gab McCoy zurück. »Hier gibt es niemand, der Sie deswegen zur Rechenschaft ziehen würde. Möglicherweise existiert die überaus logische Kultur, der Sie sich geweiht haben, in dieser Zeitlinie nicht einmal.«

Spock verschränkte die Hände hinter dem Rücken. »Dessen können wir nicht sicher sein, Doktor. Und im übrigen habe ich mich der vulkanischen Kultur keineswegs ›geweiht‹«, fügte er hinzu, »denn sonst würde ich mich *auf* Vulkan befinden.«

McCoy zog ein Gesicht, als hätte er eine Zitrone verschluckt.

Jim Kirk trat zwischen die beiden. In der gegenwärtigen Situation brachte er wenig Verständnis für derartige Auseinandersetzungen auf.

»Wenn die Herren soweit sind«, sagte er, »dann gehen wir jetzt und reden mit dem Klingonen.«

»Ich habe ihn so eingestellt, daß er vom Klingonischen in Standard über den Lautsprecher übersetzt und von Standard in Klingonisch über den Ohrhörer. Aber er will nicht, daß ich es ihm anstecke, Sir. Er hat Angst davor.«

Uhura stand direkt vor dem Krankenzimmer und stellte eine frustrierte Miene zur Schau.

Kirk runzelte die Stirn und warf einen Blick in das Zimmer, wo der Klingone mit gefesselten Händen auf einem Stuhl saß, flankiert von je einem Wächter, während direkt hinter ihm noch ein dritter stand. Alle hatten die Phaser gezogen, und das Verhalten des Gefangenen, der die Arme gegen die Rippen gepreßt hielt, machte deutlich, daß er diese Botschaft sehr wohl verstanden hatte.

»Sicherheitsabstand halten«, mahnte Kirk und führte die anderen herein.

Der Klingone hatte sie gehört, denn seine Augen waren auf den Eingang gerichtet, als die vier hereinkamen.

Plötzlich spannte sich sein Körper, und die geröteten Augen weiteten sich. Er sprang auf und griff an.

»*romuluSngan!*« Er spie das Wort geradezu aus und wiederholte es noch einmal mit gefletschten Zähnen: »*romuluSngan!*«

Reflexartig stolperte McCoy rückwärts gegen Uhura, Spock bewegte sich vorwärts, um sie zu schützen, und Kirk sprang vor, um den Angriff abzuwehren. Die beiden Wachen rechts und links packten Roths Arme und zerrten ihn zurück. Der dritte Wachtposten eilte um ihn herum und zielte mit dem Phaser auf ihn.

»Nein, nicht betäuben!« befahl der Captain.

Roth wehrte sich gegen den Griff der Wachen und schoß wütende Blicke auf Spock ab.

Als er den Haß im Gesicht des Klingonen sah, trat Kirk rasch zwischen ihn und Spock. »Was bedeutet *romuluSngan*?«

Spock sagte mit bewußt ruhiger Stimme: »Ich vermute, das ist sein Wort für Romulaner.«

Als er die Stimme vernahm, änderte sich der Ausdruck in Roths Gesicht. Er schaute Spock genauer an, schätzte sein Verhalten ein und fragte schließlich verblüfft: »Vulkan?«

Spock nickte bestätigend.

Der Klingone hörte auf, sich gegen die Wachen zu wehren und preßte die Zähne zusammen. »Vulkan!«

Diesmal klang es wie eine Beleidigung.

»Lieutenant Uhura«, sagte Kirk frustriert.

Uhura trat vor, doch Roth zuckte so heftig zurück, daß er beinahe die beiden Wachen mitgerissen hätte.

»Geben Sie mir den Translator«, sagte Kirk, der langsam die Nase voll hatte. Er befestigte ihn an seinem eigenen Kragen und bedeutete Roth, daß das Gerät weder vergiftet noch sonstwie gefährlich war. Dann befahl er den Wachen, den Klingonen gut festzuhalten.

Die beiden Männer lehnten sich mit ihrem ganzen Gewicht auf Roth, und Kirk befestigte den Translator an dessen Kragen, wobei er froh war, daß man dem Gefangenen den schweren Harnisch abgenommen hatte. Dann schob er den zugehörigen Ohrhörer in Roths rechtes Ohr.

»Wie schaltet man es ein?« fragte er.

»Berühren Sie einfach den Ohrhörer, Sir«, antwortete Uhura.

Der Klingone drehte den Kopf weg, wehrte sich aber nicht.

»Warte, Jim.« McCoy holte die kleine Flasche hervor, die er bereits im Korridor hatte benutzen wollen. »Haltet ihn fest.«

Alle drei Wachen packten Roth abermals, und der Doktor trat vor, schob ihm die Augenlider hoch und träufelte etwas von der Medizin in seine Augen.

»So«, meinte er, als wieder zurücktrat, »wenn das kein Friedensangebot ist, weiß ich nicht, was es sonst sein könnte.«

Roth blinzelte und blickte überrascht drein. Allerdings bezog sich seine Miene weniger auf die Behandlung als auf das, was er gehört hatte.

Kirk sah ihn an. »Verstehen Sie mich?«

Er wartete einen Moment auf eine Reaktion, bedeutete dann den Wachen, noch weiter zurückzugehen und trat selbst einen Schritt vor. »Verstehen Sie, was ich sage? Sie können auf die gleiche Weise antworten.«

Der Klingone blinzelte mechanisch, schien aber jetzt besser sehen zu können – und war offensichtlich schockiert über die Laute, die aus seinem Ohrhörer drangen.

»Wer sind Sie?« Er zuckte zusammen, als fast gleichzeitig mit seinen klingonischen Worten die Übersetzung aus dem Gerät drang.

Kirk verspürte einen Anflug von Hoffnung. Zum erstenmal in diesem Universum traten sie mit jemand in Verbindung, bei dem es sich nicht um einen gelben Riesenvogel oder eine unbekannte Bestie handelte. Dies war ein Moment, in dem er mit einem falschen Zug alles ruinieren konnte.

»Wir sind Menschen«, sagte er entschlossen. »Ich bin Captain Kirk. Dieses Schiff ist die *Enterprise*, Vereinte Föderation der Planeten.«

»Kirrk? Ist das ein klingonischer Name?«

»Nein, es ist ein menschlicher Name. Wir kommen vom Planeten Erde.«

»Es gibt keine Erde«, erwiderte der Klingone, der dem Translator noch immer nicht so ganz zu trauen schien. »Wo ist Zalt? Mein Commander?«

»Niemand antwortet darauf«, befahl Kirk scharf. Er richtete sich auf und trat einen Schritt zurück. »Warum haben Sie meinen medizinischen Offizier angegriffen?«

»Ich dachte, ich wäre Gefangener auf einem Schiff der *romuluSngan*.«

»Weshalb haben Sie ihn dann nicht getötet?«

Roth hielt inne und sah zu McCoy hinüber. »Er ist nicht mein Feind.«

»Ist einer von uns Ihr Feind?« Kirk deutete auf

Uhura und die Wachen und ging dann zu Spock hinüber. »Ist dies Ihr Feind?«

Roth war sich der auf ihn gerichteten Phaser bewußt und zügelte mühsam seinen Drang, sich auf den Vulkanier zu stürzen. Statt dessen starrte er Spock finster an und knurrte: »Vulkanier, weshalb sind Sie hier, Feigling? Tier! Lügner! Sind Sie geflohen?«

Spock zögerte, doch als der Captain ihm einen drängenden Blick zuwarf, sagte er: »Mein Name ist Commander Spock. Ich bin der Erste Offizier dieses Schiffes.«

»Unmöglich! Wie sind Sie entkommen?« beharrte Roth.

»Sagen Sie, von wo er entkommen sein soll«, forderte Kirk.

»Von den Grenzkanälen!«

»Und weshalb sind wir nicht Ihre Feinde?«

»Weil ich Sie nicht kenne! Und außerdem haben die *romuluSpu'* auf Sie geschossen.«

»Der Feind Ihres Feindes... ist Ihr Freund? Ist es das, was Sie glauben?«

Der Klingone wich schweigend ein Stück zurück.

»Wenn wir Ihnen unsere Situation erklären«, drängte Kirk, »werden Sie uns dann von Ihnen und Ihren Feinden berichten?«

Roth musterte Kirk aufmerksam und suchte nach irgendwelchen Hinweisen, die auf Verrat hindeuteten. Schließlich nickte er einmal knapp.

»Schön«, meinte Kirk, »dann gehen alle anderen jetzt hinaus.«

»Captain...« Spock ging zu Kirk hinüber, wandte dem Klingonen den Rücken zu und sprach sehr leise. »Bei allem Respekt, Sir, möchte ich davon abraten, mit ihm allein zu bleiben. Er ist trotz allem ein Klingone.«

Kirk hätte beinahe gelächelt. »Vorurteile, Spock?«

Spock zog eine Augenbraue hoch. »Falls nötig, Sir.«

Der Captain war angenehm berührt durch dieses Eingeständnis, das Spock ihm zuliebe gemacht hatte. Er nickte und sagte: »Einverstanden. Eine der Wachen bleibt hier.«

Die übrigen verließen den Raum, nur McCoy ging zum Captain hinüber. »Was hast du vor, Jim?«

Kirks Augen verengten sich. »Ich werde ihm alles erklären.«

14

Roth. Einst stolz, dann beschämt, jetzt argwöhnisch. Das waren die cleversten Lügen, die er je gehört hatte. So detailliert. Sogar auf dem Schirm hatten sie Graphiken generiert von etwas, das der Captain eine gequetschte Scheibe nannte. Gewaltige Kräfte tanzten vor ihm auf dem Monitor. Dies, so sagten sie, war ihnen widerfahren.

Doch was ihn wirklich erschütterte, waren die Bilder... die Aufzeichnungen... einer unvorstellbaren Zivilisation. Ja, es gab Kriege, doch diese Kriege waren Störungen in ihrer Art zu leben, nicht ihr Leben selbst. Was waren das für Leute, die sich vorstellen konnten, so zu leben?

Bilder von Klingonen, die mit diesen Aliens, die noch nie jemand gesehen hatte, verhandelten, und ähnliche Bilder auch von *romuluSngan* und Vulkaniern.

Der Captain hatte erklärt, was ihnen, wie sie glaubten, widerfahren war, und dann – ›Raumfahrer unter sich‹ – den Computer eingeschaltet, um der Maschine die weitere Beweisführung zu überlassen.

Aber warum verschwendeten sie ihr komplexes Lügengebilde an einen Gefangenen? Sollten sie nicht eher versuchen, einen Hohen Rat zu finden, dem sie es vorführen konnten?

Auch wenn er nur zu gerne glauben wollte, was er sah, so befand sich doch dieser Vulkanier an Bord, der behauptete, zur Besatzung zu gehören. Ein Vulkanier! Wer sollte jetzt noch irgendeine Geschichte glauben?

Gab es dort Vulkanier, wo diese Leute, wie sie behaupteten, herkamen? Waren sie auch dort Lügner und Feiglinge?

Seine tausend Fragen verschwammen zu einem heftigen Kopfschmerz. Bilder konnten gefälscht werden.

Der Captain beobachtete ihn. Jamestee Kirk.

Ein goldener Mann. Goldenes Haar, goldenes Hemd, ein goldschwarzes Abzeichen auf seiner Brust. Goldene Augen. Harte Augen. Er haßte diese Augen.

Raumfahrer unter sich, ja. Aber dieser hier mochte Klingonen nicht.

Roth störte es nicht, gehaßt zu werden. Tatsächlich ließ es sogar Rückschlüsse auf diesen Mann zu, der behauptete, er und seine Leute kämen gar nicht aus diesem Universum, und sie suchten nur Unterstützung.

»Sie«, begann er, »haben sich verirrt?«

Der Captain nickte. »So kann man es ausdrücken.«

»Ich glaube Ihnen nicht.«

»Das weiß ich. Aber ich möchte, daß Sie über all das nachdenken. Irgendwie möchte ich Sie in den nächsten Stunden überzeugen.«

»Das wird Ihnen nicht gelingen.«

»Wir werden sehen. Bis dahin müssen Sie sich gar nicht äußern. Ich werde reden, und Sie sagen mir, wenn ich mich irre. Sie sind der Pilot einer Art Selbstmordschiff. Sie, und vermutlich andere wie Sie, jagen mit hoher Geschwindigkeit heran und stürzen sich auf die Triebwerksöffnungen dieser romu... dieser *romuluSngan*-Kreuzer. Bei diesen Kreuzern handelt es sich um verbrauchsaufwendige Schiffe. Es dauert lange, sie zu bauen, und man benötigt große Mannschaften, um sie zu führen. Eines davon zu vernichten, wird als großer Sieg betrachtet. Auf der anderen Seite kostet es nur ein paar Wochen, um eines Ihrer kleinen Angriffsschiffe zu bauen, die praktisch nur aus dem Triebwerk bestehen und gar nicht dafür gedacht sind, jemals zurückzukehren.«

Roth spürte, wie sich seine Kiefermuskeln von Satz zu Satz mehr spannten. Er mußte sich zurückhalten, diesen völlig Fremden lauthals des Verrats zu beschuldigen. Aber wie konnte dieser Mann von all dem wissen?

»Die meisten Piloten solcher Schiffe rechnen damit, bei der Explosion umzukommen«, fuhr der Captain fort. »Sie jedoch nicht. Aus irgendeinem Grund installieren Ihre Leute Rettungskapseln in den Selbstmordschiffen. Wieso?«

Der Captain beugte sich vor und sah ihm direkt in die Augen. »Dem Imperium mangelt es an Menschen, nicht wahr? Sie müssen sich die Leute überall zusammensuchen. Sie verlieren den Krieg, richtig?«

Roth räusperte sich, um seine Anspannung zu lösen. Der Captain versuchte ihn offensichtlich zu provozieren.

»Ihre beiden Reiche bestehen aus nichts anderem als Feindseligkeit, die auf Feindseligkeit trifft«, fuhr der goldene Mann fort. »Sie haben hier eine bösartige Galaxis geschaffen, in der beide so gnadenlos und unaufhörlich aufeinander einschlagen, daß nach einem Sieg niemand auch nur die Zeit findet, sich an dem zu freuen, was er gewonnen hat. Sie streben nach Fortschritten, die Sie verschwenden, weil Sie sie nur für den Krieg nutzen. Alles, was Sie nach Jahren des Kampfes vorweisen können, ist eine offene Wunde dort, wo die klingonische Zivilisation sein könnte. Und jetzt erzählen *Sie* mir, daß ich mich irre.«

Lastende Stille senkte sich über die beiden Männer, nur unterbrochen vom Zirpen der Geräte im Labor nebenan.

Der Captain unterbrach sein Auf- und Abgehen und

sah den Klingonen an. »Wann hat dieser Krieg begonnen?«

Roth leckte sich über die Lippen. »Immer.«

»Immer«, wiederholte Kirk, als besäße das Wort einen üblen Geschmack. »Wollen Sie, daß der Krieg endet?«

Roth entdeckte Entschlossenheit in den Augen des Captains, ja sogar eine Vertrautheit mit dem Krieg, doch es war etwas Besonders an der Art, wie er das Wort ›endet‹ ausgesprochen hatte – so als hätte er schon erlebt oder gar selbst dafür gesorgt, daß ein Krieg endete, und als überlege er bereits, wie er das wieder erreichen könnte.

Enden?

»Der Krieg endet nicht«, erklärte Roth schließlich. »Man kämpft gegen die Feinde, gewinnt, und kämpft dann gegen die Freunde. Oder man verliert.«

»Finden Sie das richtig?«

»Richtig? Was ist ›richtig‹? Es ist so, wie es ist.«

Kirk schien an dieser Feststellung etwas merkwürdig zu finden. »Dies hier ist ein Schiff der Vereinten Föderation der Planeten«, sagte er, während seine bernsteinfarbenen Augen ärgerlich blitzten. »Wir wissen, weshalb die Föderation geschaffen wurde. Krieg entsteht immer aus bestimmten Gründen. Aber wir haben kein Interesse an dem, was zwischen Ihnen und Ihren Feinden vorgeht. Ich habe ein Schiff und eine Besatzung, um die ich mich kümmern muß. Und meine erste Sorge gilt der Möglichkeit, einen Weg zurück zu finden. Ich möchte, daß Sie mir dabei helfen.«

Roth stützte sich auf die Armlehnen und verlagerte sein Gewicht. »Es gibt für Sie keinen Weg zurück. Wenn Ihre Geschichte wahr ist, werden Sie jetzt hier leben müssen.«

Die Worte trafen den Captain wie eine Ohrfeige. Die

ihm eigene Dynamik hatte ihn bisher davor bewahrt, wirklich zu begreifen, was er eben erzählt hatte. Und auch Roth begann jetzt zum erstenmal an diese Geschichte zu glauben. Das, was er jetzt im Gesicht des Captains sah, war für ihn ein größerer Beweis als all die Computeraufzeichnungen und wissenschaftlichen Erklärungen. Er erblickte einen Mann, der sich niemals vorgestellt hatte, sein Leben in einem anderen als seinem eigenen Universum zu verbringen, dort, wo er seine Wurzeln hatte und sich auskannte.

Bis jetzt hatte Jamestee Kirk offenbar noch nie an die Möglichkeit gedacht, niemals zurückkehren zu können.

»Wenn Sie nicht mein Feind sein wollen«, begann Roth, »wessen Feind werden Sie dann sein?«

Kirk richtete sich auf. »Wir werden vorerst neutral bleiben.«

»Es gibt keine Neutralität.«

»Für uns schon.«

»Nicht hier, Captain«, sagte Roth. »Um Ihrer eigenen Leben willen müssen Sie sich uns anschließen.«

Das Schiff befand sich hier, das ließ sich nicht bestreiten, und es war technisch ausgefeilt und hatte mit Sicherheit weder in der klingonischen noch der *romuluSnganischen* Einflußsphäre gebaut werden können, ohne daß nicht zumindest eine der beiden Seiten davon etwas bemerkt hätte. Und niemand konnte einfach nur *eines* dieser Schiffe bauen, nicht ohne zuvor eine ganze Reihe ähnlicher entwickelt zu haben.

Sie mußten von sehr weit hergekommen sein. Und doch waren sie allein gekommen. Wieso?

War ihr Volk vernichtet worden? Aber würden sie dann ausgerechnet hierher kommen, mitten in diesen ewigen Krieg? Und dann war da noch der Vulkanier. Dieser Vulkanier.

Zweifel schlichen sich in Roths Verstand. »Sie müssen Teil unserer Flotte werden«, sagte er offen.

»Wir werden uns Ihnen nicht anschließen. Wir wollen nicht, daß unser Schiff für die Feldzüge eines anderen Volkes benutzt wird.«

»Sie haben keine Wahl. Die Klingonen werden die Sieger sein.«

Der Captain wirbelte herum. »Sieger, die Verzweiflungstaktiken benutzen?«

»Die Speere haben das Kriegsglück gewendet. Wir waren am verlieren, doch jetzt laufen die *romuluSnganpu'* vor uns davon. Sie haben es selbst gesehen!«

»Ja, ich habe es gesehen. Und wir werden uns nicht an Ihrem Feldzug beteiligen – weder auf Ihrer Seite noch auf der der Romu... *romuluSnganpu'*.«

»Sie haben kein hartes Leben geführt«, bohrte Roth nach. »Ihre Kleidung ist neu. Sie verfügen über Ressourcen, die das gewährleisten. Auf Ihrem Schiff gibt es frische Luft und Gelächter – Gelächter! Doch all das wird enden, wenn Sie nicht der Wahrheit ins Gesicht blicken. Wie lange können Sie allein mitten im All überleben? Sie müssen jetzt hier leben und sich der einen oder anderen Seite anschließen. Und ich möchte Sie auf meiner Seite haben.«

Der Captain schaute ihn wütend an. »Keine Chance.«

»Und auch keine Chance, diese interdimensionale Verzerrung noch einmal hervorzurufen. Sie werden niemals zurückkehren. Das hier ist jetzt Ihr Leben.«

»Dessen sind wir noch gar nicht so sicher. Es gibt ein paar Punkte, die wir noch nicht kennen. Und auf keinen Fall nehmen wir an Ihrem Krieg teil. Wir sind absolut neutral.«

»Ich verstehe Sie nicht«, erklärte Roth. »Es gibt *keine* Neutralität. So etwas ist hier nicht möglich. Wasser mag neutral sein, aber sonst nichts. Ich verstehe Ihre Denkweise nicht.«

»Wir lassen uns nicht in einen Eroberungskrieg hineinziehen. Wir werden uns verteidigen, aber das ist auch schon *absolut* alles.«

»Ihnen wird keine Wahl bleiben. Die Kunde über Ihre Anwesenheit verbreitet sich schon jetzt. Ohne Zweifel wird man Sie suchen. Aber Sie dürfen nicht von den *romuluSngan* aufgebracht werden. Wenn sie auch in Ihrer eigenen Welt existieren, werden Sie wissen, weshalb. Wenn Sie sich meinem Volk anschließen, werden Sie in unsere Kultur aufgenommen und können sich dort Vertrauen schaffen. Ihr Schiff wird in unsere Flotte eingegliedert, und man mag Ihnen erlauben, weiter darauf Dienst zu tun. Wenn die *romuluSngan* Sie erwischen, wird Ihre Besatzung bis auf den letzten Mann bei lebendigem Leib verbrannt. Sie werden der letzte sein... und Ihr Schiff werden sie trotzdem haben.«

Roth erkannte am Blick des Captains, daß Kirk wußte, daß er nicht belogen wurde. »In der Natur gibt es zwei Arten von Lebewesen. Die einen jagen und die anderen sind Beute. Sie sind Beute.«

Die Vorstellung, Kirk könnte sein Schiff tatsächlich aus einem Konflikt heraushalten, den es entscheiden mochte, feuerte den Klingonen zusätzlich an. »Jeder kämpft irgendwann mit jedem, Captain. Niemand kann der Versuchung widerstehen, sich das zu nehmen, was der andere hat. Manchmal geschieht das ohne Waffen, allein durch die Macht der Autorität, aber geschehen wird es immer. Und Sie können sich nicht gegen beide Seiten behaupten. Irgendwann werden Sie besiegt, entweder im Kampf oder wenn Ihre Vorräte zur Neige gehen. Schließen Sie sich uns an, solange Sie stark sind und handeln können, oder kämpfen Sie gleichzeitig gegen uns und die *romuluSngan* und sterben Sie. Und hinterlassen Sie uns Ihr Schiff.«

Die Miene des Captains wirkte, als hätten sich seine

Gesichtsmuskeln in Stein verwandelt. Er schaute an Roth vorbei zu dem Wachtposten, der stocksteif dastand und sich bemühte, unbeeindruckt zu wirken, obwohl sein Gesicht angesichts des gerade Gehörten bleich geworden war.

»Wir werden uns Ihnen nicht anschließen«, wiederholte der Captain.

»Aber Sie müssen!« Roth sprang auf und geriet ins Stolpern, als seine Beine unter ihm nachgaben. Zu seiner Überraschung streckte der Captain den Arm aus und half ihm, auf den Beinen zu bleiben.

Der Posten stürzte vor, um sich zwischen seinen Kommandanten und den Klingonen zu werfen, doch der Captain stieß ihn zurück. »An Ihren Platz, Fähnrich.«

Roth trat einen Schritt zurück und zwang sich weiterzusprechen. »Die *romuluSngan* sind ein bösartiges Volk. Sie werden Ihre Mannschaft genauso behandeln wie alle anderen, die sie unterworfen haben.« Er legte eine Hand auf seine Brust. »Wir würden das nicht tun. Wir wissen, daß die Schöpfer eines derartigen Schiffes es Wert sind, am Leben zu bleiben. Und bis jetzt sind Sie noch nicht unser Feind!«

»Ich habe auch nicht vor, Ihr Feind zu werden, solange Sie mich nicht dazu zwingen«, sagte Kirk. »Und das gilt auch für die *romuluSngan*.«

»Ihr Schiff starrt vor Waffen. Wo ist denn der Frieden in Ihrer Kultur?«

»Wir bewahren den Frieden, indem wir die Gewalt zurückdrängen. Wir bewahren ihn durch Moral, Individualität und Gesetz. Tausende von Planeten leben in Wohlstand und Sicherheit. Selbst das Klingonische Imperium beginnt trotz seiner Isolationspolitik aufzublühen. Sie haben die Aufzeichnungen ja selbst gesehen.«

»Ich habe sie gesehen. Wenn das wahr wäre, wäre es

das Paradies. Keiner von uns hat jemals...« Abrupt schloß er den Mund. Er redete zuviel. Es war leicht, diesen Fehler angesichts dieses Mannes mit seinen bohrenden Augen zu begehen. Er gehörte zu jenen Männern, die man nur sehr schwer belügen konnte.

Aber er war auch weich und freundlich. Das Schiff wurde mit viel zu wenig Disziplin geführt. Es war demütigend, ein Gefangener dieser Weichlinge zu sein. Sie und ihr fabelhaftes Schiff würden nicht lange überleben, wenn sie sich erst einmal zwischen den Fronten befanden.

»Es gibt Dinge, die Sie mir nicht erzählen«, erklärte Roth. »Wenn ich sie herausfinde, werde ich entscheiden, was ich von Ihren Geschichten glaube. Entweder Sie gehen dorthin zurück, woher Sie gekommen sind – und das können Sie nicht –, oder Sie verbünden sich mit meinem Volk gegen die Bedrohung, die wir bekämpfen.«

Kirk trat unruhig ein paar Schritte zurück. »Wir werden gegen niemanden Krieg führen.«

»Doch, Sie werden.« Diesmal blinzelte Roth nicht.

Der Captain runzelte die Stirn und ballte die Fäuste. »Als Sie noch nichts sagen wollten, haben Sie mir besser gefallen.«

»Sich gegen den Kampf zu wehren, funktioniert hier nicht«, sagte Roth. »Und hier werden Sie von heute an leben, mit mir und meinem Volk und meinen Feinden. Lassen Sie es jetzt zu, daß ich Sie zu meinem Flottenhauptquartier führe, Captain Kork?«

Ein kaltes Lächeln zeigte sich auf dem Gesicht des Captains.

»Der Name lautet Kirk«, sagte er, »und die Antwort nein.«

Sie starrten sich gegenseitig an.

Selbst als der Wachtposten die Energiebarriere vor dem Eingang abschaltete, weil sich ein anderer Offizier näherte, wandte Roth seinen Blick nicht von Kirk ab. Er wußte, daß dieser Mann jedes Nachgeben und Zurückweichen, und sei es noch so unmerklich, registrieren würde.

»Dürfte ich Sie stören, Captain?« fragte eine ruhige Stimme.

Kirk hielt den Blick des Klingonen noch für zwei Sekunden fest und wandte sich dann um. »Ich bin bereits ziemlich verstört, Mr. Spock. Was gibt es?«

Trotz seiner tränenden Augen erkannte Roth die Gestalt neben dem Captain.

Er spannte die Muskeln, streckte die Arme vor und stürmte los.

»Feiger Vulkanier!«

15

Der Wachtposten rammte ihn mit der Schulter und schaffte es, einen zwar winzigen, aber doch vorhandenen Abstand zwischen Roth und dem Vulkanier, den der Klingone angreifen wollte, zu bewahren. Der Captain schob seinen Offizier zurück und stellte sich ebenfalls dazwischen.

»Vulkanier!« knurrte Roth mit zusammengebissenen Zähnen. »Sagen Sie mir die Wahrheit! Ich habe Sie immer fair behandelt!«

»Zurück!« brüllte der Posten in sein Ohr. »Ihre letzte Chance!«

Aus den Augenwinkeln sah Roth, wie der Wächter seine Waffe hob. Zuerst wollte er ihn ignorieren, doch dann entschied er sich anders. Wenn er bewußtlos am Boden lag oder gar tot war, konnte er gar nichts erreichen.

Er gab seinen Angriff auf und blieb ruhig im Griff der Wache stehen.

Der Captain und sein Offizier entspannten sich ebenfalls, und Kirk kam zu ihm herüber. »Wir haben Ihnen die Wahrheit gesagt.«

»Wo ein Vulkanier ist, gibt es keine Wahrheit! Dieses ganze Gerede über Neutralität – das stammt von *denen*.« Roth starrte den Vulkanier an. »Sie haben den Vertrag gebrochen. Wollen Sie jetzt dieses Schiff benutzen, um gegen die Klingonen zu ziehen?«

Langsam schüttelte der Vulkanier den Kopf. »Ich

befinde mich nicht im Kampf gegen die Klingonen, noch habe ich derartige Pläne.«

Roth hatte gute Lust, auf den Boden zu spucken. Doch der Arm des Wächters lag noch immer fest um seinen Hals, und die Waffe deutete weiterhin auf sein Ohr.

Der Captain kam noch einen Schritt näher. »Sie erwarten von ihm, daß er Sie kennt. Wieso? Würden andere Vulkanier Sie ebenfalls erkennen? Könnten Sie in unserem Auftrag mit ihnen reden? Es geht ebenso um Ihr Leben wie um unseres.«

»Auf Vulkan werden wir alle unser Leben verlieren«, knurrte Roth. »Sie haben nichts mit denen gemein. Sie sind einer von uns. In Ihnen steckt ein Klingone, Captain... *Kirk.*«

Auf einmal kämpften zwei Möglichkeiten um seine Aufmerksamkeit. Hinter dem, was unverkennbar als Beleidigung gedacht war, lauerte eine Chance, die sich auch nicht so einfach ignorieren ließ.

Kirk starrte den Klingonen an, und Roth gab keinen Millimeter nach.

»Captain«, sagte Spock schließlich und nickte zum Korridor hinüber.

»Sie haben nicht das Recht, hier zu sprechen, Feigling!« brüllte Roth. »Kirk, die Vulkanier werden ihnen erzählen, Sie könnten neutral bleiben – doch das können Sie nicht. Sie sagen, es gäbe immer Alternativen. Doch es gibt keine. Sie behaupten, der Verstand würde das Universum regieren... doch das kann er nicht. Und sie sagen, wir könnten alle über unsere Unterschiede hinwegsehen.« Er stemmte sich noch einmal gegen den Griff des Wachtpostens. »Doch das ist nur ein Traum.«

Der Captain trat ein paar Schritte zurück und stellte sich neben den Vulkanier. »Mr. Spock und ich sehen jeden Tag über unsere Unterschiede hinweg. Wir sind

Schiffskameraden. Und wir sind Freunde. Und Sie haben unrecht.«

Kirk kehrte dem Klingonen den Rücken zu und erwartete eine scharfe Reaktion. Jedenfalls rechnete er kaum damit, das letzte Wort zu behalten.

Auf dem Korridor drehte er sich zu Spock um und fragte: »Also schön, was haben Sie zu berichten?«

»Mr. Scott meldet, die klingonische Rettungskapsel besteht aus konventionellem Material. Allerdings wurde sie aus einem Sammelsurium gebrauchter Teile unterschiedlichen Alters und Abnutzungsgrades zusammengebaut. Manche Teile sind einfach nur alt, andere wurden stärker in Mitleidenschaft gezogen und waren früher einmal harter Strahlung oder schwerem Beschuß ausgesetzt.«

»Demnach hatte ich also recht. Und nachdem ich diesen Burschen jetzt habe, was mache ich da mit ihm? Ihn behalten?«

»Es gibt keinen Artikel des Kriegsrechts, nach dem wir ihn festhalten könnten«, meinte Spock.

»Was ist mit anderen Kulturen? Regierungen, die... in unserer Zeit Alliierte der Föderation waren?«

»Wie bei den Vulkaniern können wir auch dort voraussetzen, daß sich deren Geschichte erst in jüngster Zeit verändert hat. Sie hatten einfach keine Föderation, der sie sich anschließen konnten. Und da sie niemand ermutigt hat, sich zusammenzuschließen, stehen sie allein gegen die beiden aggressivsten Mächte in der besiedelten Galaxis. Von daher haben sie sehr wahrscheinlich harte Kompromisse schließen müssen.«

»Kompromiß heißt üblicherweise, daß eine Seite sehr viel aufgeben muß«, brachte Kirk es auf den Punkt.

Spock nickte leicht. »Ein Krieg dieser Größenordnung dürfte in den fünfzig bis hundert Jahren, in denen die Föderation bei uns die feindlichen Lager auseinandergehalten hat, Tausende von Planeten in Mitleidenschaft gezogen haben.«

»Demnach muß ich annehmen, daß die friedfertigen Rassen unterworfen wurden?«

»Ja«, sagte Spock.

Diese simple Antwort war erschreckend. Spock gab keine Schätzungen in Prozentzahlen ab und verzichtete auch darauf, seine Aussage mit theoretischen Erläuterungen zu verbrämen. Er sagte einfach nur ja.

»Wir wissen, daß die Vulkanier existieren«, sagte Kirk, als das Schweigen unerträglich zu werden drohte. »Roth ist mit ihnen vertraut, auch wenn er sie ablehnt. Können wir uns über ihn an sie wenden?«

»Das wäre ein gangbarer Weg, sofern wir nicht seine Kenntnisse über das Schiff und unsere Situation als Risiko einschätzen.«

Spock hatte den Satz kaum beendet, als der Wandkommunikator summte. »Brücke an Captain Kirk.«

»Der Schaden ist nun mal angerichtet«, meinte Kirk. »Daran können wir nichts mehr ändern. Und ich will ihn auch nicht hier festhalten. Wir werden ihn den Vulkaniern übergeben.« Er ging zur Wand hinüber. »Kirk hier.«

»Mr. Scott würde gern mit Ihnen sprechen, Sir.«

»Stellen Sie ihn durch.«

»Er sagt, die Mitteilung könnte als vertraulich eingestuft werden.«

»Wir haben keine Geheimnisse mehr, Lieutenant.«

Eine kurze Pause, dann meldete sich der Chefingenieur. »Scott hier, Sir. Wir haben einen neuen Kontakt. Unbekannte Bauweise, Größe etwa hundertfünfzigtausend Tonnen. Sie identifizieren sich selbst als vulkanisches Handelsschiff, die Fracht soll aus pharmazeutischen Erzeugnissen bestehen. Sie würden gerne in Transporterreichweite kommen und mit Ihnen reden.«

»Verstanden. Alle Maschinen stop. Sagen Sie ihnen, sie sollen sich bereithalten.«

»Aye, Sir.«

»Spock, übernehmen Sie die Brücke. Erklären Sie den Vulkaniern unser Problem, wenn Sie der Ansicht sind, sie sollten Bescheid wissen.«

»Ja, Sir... Captain, was haben Sie vor?«

»Ich werde einen Informationsaustausch arrangieren«, sagte Kirk. »Ich stecke Roth in die gleiche Zelle wie den anderen Klingonen... sollen sie sich mal gegenseitig bearbeiten. Vielleicht muß ich jetzt in deren Universum leben, aber sie genauso in meinem.«

Zehn Minuten später stürmte Kirk aus dem Turbolift und eilte die Stufen zum Kommandodeck hinunter.

Zu seiner Verblüffung hielt ein Dutzend sonderbar gekleideter Fremder seine Brückenmannschaft mit Waffen in Schach. Die Fremden, allesamt Männer, waren glatthaarig, robust gebaut, mit vertrauten, dreieckigen Zügen und spitzen Ohren.

Vulkanier, andernorts Verbündete, was hier jedoch nicht unbedingt zutreffen mußte.

Jeder dieser Vulkanier hielt mindestens einem Besatzungsmitglied seine Waffe unter die Nase. Und an der Steuerbordseite stand ein Vulkanier mit gepolsterter, olivgrüner Jacke, schwarzer Hose und Piratenstiefeln, der Spock in die Ecke gedrängt hatte und die gespreizte Hand gegen die linke Gesichtshälfte des Ersten Offiziers drückte.

Kirk wußte, daß sich die telepathischen Talente der Vulkanier auch aggressiv einsetzen ließen. Bewußtseinsverschmelzung...

Eisige Kälte überlief ihn, als er die bewaffneten, kampfbereiten Vulkanier erblickte und begriff, was an diesem letzten Ort geschah, der ihm in einem fremden Universum noch geblieben war.

Sein Erster Offizier wurde angegriffen. Und man hatte seine Brücke erobert.

16

Zwischen dem Captain und seinem Ersten Offizier stand ein Vulkanier, der seine Waffe auf Lieutenant Uhura gerichtet hatte. Da der Mann nur zwei Schritte entfernt war, taugte er hervorragend als erstes Angriffsziel.

Gesegnet mit der kompakten Figur eines Ringers und ein paar kräftigen Muskeln, auf die er stolz war, machte sich Kirk daran, sein Schiff zurückzuerobern.

Er täuschte eine Wendung nach links vor und rammte dann dem Vulkanier den rechten Ellbogen in den Leib. Uhura reagierte sofort und wich zurück, um Kirk mehr Platz zu schaffen. Die Wucht des Angriffs ließ den Vulkanier taumeln. Kirk setzte mit einem linken Haken nach, der den Mann zu Boden schickte.

Trotzdem hatte er es hier mit Vulkaniern zu tun, und dieser erste Erfolg war nur dem Überraschungsmoment zu verdanken.

Hinter ihm war Lärm zu hören. Kirk hoffte, daß jemand aus seiner Mannschaft die Gelegenheit wahrgenommen hatte und jetzt ebenfalls angriff. Kirk stürmte weiter und traf den zweiten Vulkanier so hart, daß er von Spock weggerissen wurde. Der Captain setzte nach und hämmerte dem Fremden die Faust gegen das Kinn.

Noch halb betäubt von der abrupt unterbrochenen telepathischen Verbindung stolperte der Fremde zurück und stieß gegen das Geländer. Spock wankte ebenfalls rückwärts und landete halb auf seinem Pult.

Doch dann straffte sich sein Oberkörper, die Hände fanden den nötigen Halt an der Konsole, und der Erste Offizier gewann das Gleichgewicht wieder.

Kirk umklammerte das Geländer und warf einen raschen Blick in die Runde, um die Situation abschätzen zu können. Scott war nicht mehr hier – vermutlich hatte er sich sofort in den Maschinenraum zurückgezogen, als Spock das Kommando wieder übernommen hatte –, doch Nourredine und ein Assistent waren da. Dieser Assistent hatte es dank seiner enormen Größe geschafft, einen der überraschten Vulkanier niederzuschlagen, und Nourredine und Chekov rangen gemeinsam mit einem weiteren der Eindringlinge. Drei Vulkanier am Boden. Wieviele waren noch übrig?

Kirk nahm einen davon ins Visier und wollte losstürmen.

»Captain!« keuchte Spock. »Nicht.«

Kirk blieb wie angewurzelt stehen. Ohne einen guten Grund hätte Spock ihn bestimmt nicht aufgehalten – hoffentlich war der Grund wirklich gut.

Der Fremde in der olivfarbenen Jacke, dessen Lippe mittlerweile anschwoll, richtete in vulkanischer Sprache einen scharfen Befehl an seine eigenen Leute.

Trotz der Tatsache, daß sie der Brückenmannschaft zahlenmäßig überlegen waren, senkten sie die Waffen.

Mit einer Miene, wie sie ein Bär haben mochte, der gerade einer Falle entkommen ist, richtete sich Kirk hoch auf. Die Brücke war wieder sein.

Mit einem Blick zu Uhura sagte er: »Sicherheitsteam.«

Uhura berührte ihr Pult. »Sicherheitsteam auf die Brücke – Notfall.«

Auf dem Hauptschirm war ein Schiff von völlig unbekannter Bauart zu sehen, schmucklos und nur auf Nützlichkeit ausgerichtet. Kirk betrachtete die wuchtigen Frachtbehälter und die schweren Triebwerke und hoffte, daß der Raumer genau das war, was er zu sein schien.

Er schaute sich auf der Brücke um. Die Vulkanier waren alle kräftig und gut genährt und trugen dicke, wärmende Kleidung, die durch schwere Stiefel vervollständigt wurde. Offenbar war es auf ihrem Schiff recht kühl.

Spock erholte sich langsam von seinem Schwindelgefühl. »Captain, darf ich Ihnen Captain Sova vom Frachtschiff *T'Lom*, Angehöriger des Vulkanischen Handelskonsortiums, vorstellen.«

»Mir ist egal, wer er ist. Niemand übernimmt meine Brücke.« Ohne den Blick von dem vulkanischen Captain zu nehmen, nickte er Uhura zu. »Rufen Sie McCoy auf die Brücke. Und stellen Sie den Universal-Translator so ein, daß die gesamte Brücke erfaßt wird.«

»Aye, Sir ... ist aktiviert.«

Eine Sekunde später öffnete sich der Turbolift zischend und sechs schwerbewaffnete Sicherheitsleute stürmten heraus. Sie verteilten sich sofort über die Brücke und nahmen die Vulkanier ins Visier.

Der Lieutenant der Truppe warf einen Blick in die Runde, um sich zu vergewissern, das alles gesichert war, und nickte dann Kirk zu.

Zufrieden erwiderte Kirk das Nicken. Jetzt konnte er wieder nach Belieben schalten und walten.

Er wandte sich an Sova. »Sie sind ohne Einladung auf mein Schiff gekommen. Können Sie sich dazu äußern?«

Der Vulkanier deutete eine Verbeugung an. »Wir leben in der Defensive und sind gezwungen, nach schnellen Lösungen zu suchen. Es ist uns gelungen, eine Methode zu entwickeln, mit der man auf kurze Entfernung Materie durch Deflektoren transportieren kann. Dazu ist sehr viel Energie erforderlich, doch ich habe auf diese Weise schon mehrfach meine Fracht vor Piraten geschützt.«

»Und dies hier sieht Ihrer Meinung nach wie ein Piratenschiff aus?«

Der Vulkanier wirkte verlegen – oder war er amüsiert?

»Nein«, gab er zu. »Und jetzt, da ich Bescheid weiß, biete ich Ihnen meine Grüße, Captain... von meinem Universum zu Ihrem.«

»Ich halte nicht viel von der Art, wie Sie Ihre Grüße vorbringen«, erwiderte Kirk schroff. Er wandte sich Spock zu. »Ist alles in Ordnung.«

»Ja«, sagte Spock und trat neben den Captain. Der Schleier des telepathischen Übergriffs verschwand langsam aus seinem Blick, trotzdem wirkte er noch so wie jemand, der gerade einen Tiefschlag erhalten hat.

»Sind Sie attackiert worden?«

»›Befragt‹ wäre vermutlich zutreffender. Unhöflich, aber effizient.«

Kirk brauchte einen Moment, bis er begriff, daß Spock ihm mit diesen Worten eine wesentliche Information übermitteln wollte – daß diese Vulkanier anders waren. In ihrem eigenen Universum betrachteten Vulkanier ein derart tiefes Eindringen in die Privatsphäre als schändliches Verhalten. Spock gab ihm zu verstehen, daß diese Leute aus irgend einem Grund ihre Haltung in Bezug auf den mentalen Umgang geändert hatten. Und damit stand Kirk plötzlich einem Fremden gegenüber, der sehr viel über ihn und seine Mannschaft wußte.

Wieder öffnete sich der Turbolift. McCoy trat heraus, blieb aber sofort verblüfft stehen. »Was ist denn hier los?«

»Ich hoffe, das finden wir jetzt heraus«, sagte Kirk. »Captain Sova, Sie wissen, was uns widerfahren ist?«

Sova trat einen Schritt näher. »Mr. Spock selbst ist ein Beweis für Ihre mißliche Lage, Sir. Kein eingeborener Vulkanier...«

»Sie haben demnach erfahren, was Sie wissen wollten?« stellte Kirk herausfordernd fest. »Sie wissen, was wir erlebt haben?«

»Ich weiß, was Sie glauben, erlebt zu haben, und dieses Schiff ist ein Beweis dafür, daß Sie keinen Phantasievorstellungen anhängen.«

»Captain!« unterbrach Chekov das Gespräch. »Die Fernbereichsensoren haben zwei, möglicherweise drei schwere Kreuzer aufgespürt. Kurs eins-vier-neun, extreme Entfernung.«

Kirk drehte sich um. »Näher kommend?«

»Nein, Sir, sie ziehen hinter uns vorbei.«

»Wir haben Sie mit unserem Abschirmfeld eingehüllt«, sagte Sova, »aber das ist nur für kurze Zeit möglich. Sie sollten Ihre Schilde hochfahren.«

»Die Schilde hoch«, befahl Kirk und wandte sich wieder an Sova. »Können Sie uns helfen?«

Der vulkanische Captain schüttelte den Kopf. »Das kann ich nicht entscheiden. Aber ich sorge dafür, daß Sie mit jemandem sprechen, der es kann.«

»Zalt! Sie leben!«

»Ja, ich lebe. Und wie ich sehe, Sie auch. Zu schade für Sie.«

»Ich... habe mich nicht besonders bemüht zu überleben. Sie wissen ja, daß ich in derselben Rettungskapsel war wie Sie!«

»Trotzdem... zu schade. Ich spreche Ihnen mein Mitgefühl aus.«

Zalt konnte nur einen Arm benutzen, der andere steckte in einer Art Streckverband, und über einem seiner Augen hatte er eine häßliche Narbe davongetragen, doch seine Miene zeigte die übliche Geringschätzung, obwohl sie immerhin ein komplettes Kriegsschiff vernichtet hatten.

Und sie hatten beide überlebt! Kein Mittel der Klingonen oder der *romuluSngan* konnte *zwei* Speere nach einer Detonation retten.

Der Commander trug seine eigenen Hosen und dazu ein blaues Hemd aus der Krankenstation. Demnach war McCoy auch hier gewesen. Und der Captain offenbar ebenfalls, denn auch Zalt war mit einem Translator ausgerüstet.

Die beiden warteten in angespanntem Schweigen, bis der Wachtposten vor dem Eingang das Kraftfeld wieder eingeschaltet hatte, dessen Summen ihre Stimmen wenigstens bis zu einem gewissen Grad überdeckte.

»Sind Sie die ganze Zeit über hier gewesen?« fragte Roth. »In der Arrestzelle?«

»Ja.« Zalt warf einen Blick auf die gepolsterten Liegen und die Decken. »Weich.«

»Sie sind weich«, stimmte Roth zu. »Sie haben mich befragt, aber ohne Folter. Sie haben sie nicht einmal erwähnt.«

»Und was haben Sie ihnen ohne Folter erzählt?«

»Nichts. Ich schwöre.«

»Welchen Kurs haben sie gesetzt?«

»Ich glaube, Sie fliegen nach Vulkan.«

»Dann haben Sie also doch geredet!« explodierte Zalt.

»Nein!« keuchte Roth. »ich habe ihnen nichts über mich erzählt.«

»Und wenn die Vulkanier Sie sehen, was werden Sie dann den Fremden sagen! Sie Narr!«

»Ich konnte es nicht verhindern...« Roth bewegte die Hände in einer hilflosen Geste.

Zalt fuhr zu ihm herum. »Sind sie für uns oder gegen uns?«

»Die ... Vulkanier?«

»Nein! Diese Menschen!«

»Sie sagen, weder – noch.«

»Das ist unmöglich.«

»Das habe ich ihnen auch gesagt.«

»Ich weiß, Roth, Sie reden zuviel. Sie haben immer nur geredet und geredet. Sie haben Millionen von Klingonen in den Tod geredet.«

Zalt wanderte in der Zelle auf und ab, senkte aber jetzt seine Stimme und beobachtete den Posten draußen vor dem Eingang.

»Wir müssen dieses Schiff lahmlegen, solange es sich noch in unserem Gebiet aufhält«, erklärte er, »oder es vernichten.«

Roth blickte auf. »Commander, wir haben keine Möglichkeit, ihre Geschichte zu überprüfen. Wir sollten sie nicht vernichten, solange wir die Wahrheit nicht kennen.«

»Sie *reden* zuviel«, unterbrach ihn Zalt knurrend. »Sie zeigen dem Feind gegenüber Schwäche und Kampfmüdigkeit. Ich mußte Sie als Co-Piloten tolerieren, aber das ist nun vorbei. Sie werden meine Anweisungen nicht in Frage stellen. Die Stimme eines entehrten Klingonen zählt nichts.«

In Roths Gesicht zeichnete sich Verzweiflung ab. »Aber ich bin ein Speer gewesen! Ich war ein wandelnder Toter! Ich habe niemandem etwas gesagt! Ich habe meine Ehre gerettet!«

»Sie haben die Ehre Ihrer *Familie* gerettet. Ihre Angehörigen können jetzt weiterleben, ohne sich an Ihren Namen erinnern zu müssen. Doch Sie selbst werden niemals Ehre gewinnen. Manche Dinge lassen sich nicht aus der Welt schaffen. Und mein Befehl lautet, daß wir den wilden Geschichten dieser Leute keine Beachtung schenken und dieses Schiff lahmlegen. Wenn sie nicht für uns sind, dann sind sie gegen uns.«

Roth zog sich bis an die Wand zurück. »Ja, Commander...«

Es wurde still in der Zelle. Roths Gedanken wirbelten durcheinander. All seine Hoffnungen waren zerstört. Er fühlte sich schmutzig.

Zalt blickte ihn nicht an. Es war eine Schande, ihn anzusehen.

Als die Barriere abgeschaltet wurde, registrierte er es kaum. Erst als der Posten zusammen mit vier weiteren Wachen hereinkam, schaute Roth auf.

»Also schön, ihr beiden«, sagte der Posten. »Keine Tricks, oder wir schießen euch nieder. Macht euch darüber bloß keine Illusionen. Und jetzt vorwärts.«

Zalt zögerte zwei Sekunden, während sich der Translator bemühte, mit der schnellen Sprechweise des Menschen Schritt zu halten. »Wohin bringen Sie uns? Wollen Sie uns foltern?«

»Na klar, wir werden euch jetzt foltern. Wie wäre es, wenn ihr euch gegenseitig die Finger abnagt? Und jetzt vorwärts.«

Zwei der anderen Wachen grinsten. Der erste Wächter schwenkte seine Waffe und deutete zum Korridor.

Zalt ging als erster und blieb stehen, als man ihm die Fesseln anlegte. »Haben wir Vulkan erreicht?« fragte er, während die Handschellen einrasteten.

»Keine Ahnung«, knurrte der Wächter und gab Roth einen Stoß in den Rücken. »Bewegung, habe ich gesagt. Der Captain will euch sehen.«

Während der Transporter zwischen den beiden Schiffen arbeitete, nickte Kirk Spock zu. »Kommen Sie mit.«

Gemeinsam gingen sie zum Kommandodeck, dem Mittelpunkt der Brücke. Kirk wollte einen ganz bestimmten Eindruck hervorrufen.

Der Schirm zeigte das vulkanische Schiff. Es wirkte

grobschlächtig, alt und zusammengeflickt. Es gab keine Anzeichen von Wohlstand, nichts, was einfach um seiner selbst willen hinzugefügt worden wäre. Die Kleidung des Landetrupps entsprach den vertrauten Schnitten, doch Juwelen, Schmucksteine oder sonstiger Zierrat fehlten auffälligerweise.

Spock stand neben Kirk, als ein weiterer Vulkanier auf dem oberen Brückenbereich materialisierte. Der Neuankömmling zog eine Braue hoch und trat einen Schritt zurück, als Uhura mit einem Translator zu ihm kam.

Uhura befestigte den Translator an der bronzefarbenen Tunika – die fast die gleiche Färbung besaß wie sein Haar –, und ging dann wieder zu ihrer Station zurück.

Jim Kirk überquerte das untere Deck und bemühte sich dabei, sein Hinken zu verbergen. »Willkommen auf der *Enterprise*. Ich bin Captain James T. Kirk.«

Sova, der sich auf der Steuerbordseite aufhielt, sagte: »Captain, darf ich Ihnen Sekretär Temron vom vulkanischen Hohen Rat vorstellen.«

Der Neuankömmling wirkte etwas jung für einen derart bedeutsamen Titel. Doch genau genommen sahen sie alle ziemlich jung aus. Wo waren all die alten Vulkanier? Erschöpft? Verkrüppelt? In den Jahren des Kampfes gestorben? Hatten Vulkanier in diesem Universum keine Chance, alt zu werden?

Hatte das überhaupt jemand?

Temron sah sich staunend um. »Dieses Schiff ist... groß. Als wir von einem unbekannten Schiff hörten, das in der Lage war, Klingonen und Ri'ann zu entkommen, stellten wir uns ein kleines, fast nur aus Triebwerken bestehendes Schiff vor – aber so eine Geschwindigkeit bei dieser Größe... Sie geben uns Rätsel auf, Captain T'Kirk.«

Wenn er tatsächlich so begeistert war, wie er sagte,

so wurde seine Faszination jedoch offenbar durch Besorgnis gedämpft. Schließlich beendete er seine Musterung der Brücke und starrte statt dessen Spock an.

Kirk trat ein paar Schritte zurück, bis er wieder neben Spock stand.

»Dies ist Mr. Spock, mein Erster Offizier.«

Jetzt zeigte Temron seine Verblüffung ganz offen und murmelte dann: »Unmöglich...«

Spock ging die paar Stufen zum oberen Brückenbereich hinauf und blieb vor ihm stehen. Es war etwas Unwirkliches an der Szene, als sich die beiden ruhig, fast wie Statuen, gegenüberstanden.

Spock hob die rechte Hand und entbot dem Fremden den vulkanischen Gruß. »Glück und langes Leben, Temron.«

Der Besucher sah Spock an, und abermals bemühte er sich nicht, seine Verwunderung zu verbergen. Er schien zu begreifen, daß diese Worte mehr waren als ein einfacher Gruß.

Langsam hob auch er die Hand. »Ich wünsche Ihnen Frieden... Spock.« Dann schien ihm die Bedeutung dieser beiden so unterschiedlichen Grußformen schlagartig klar zu werden. Und obwohl sich sein Gesichtsausdruck nicht änderte, wurde seine innere Verzweiflung spürbar.

Temron schaute sich um, bemerkte, daß er die Fassung verlor, und bemühte sich, wieder eine gleichmütige Haltung einzunehmen. Er wirkte tatsächlich sehr jung. Doch andererseits, wer konnte das bei einem Vulkanier schon wirklich genau feststellen?

Temron wandte sich wieder Spock zu und fragte leise: »Wie können Sie hier sein? Sind Sie während Ihrer Jugend verschleppt worden? Oder geflüchtet? Als blinder Passagier? Sind Ihre Eltern getötet worden?«

»Meine Eltern leben noch«, sagte Spock ruhig.

»Mein Vater ist vulkanischer Botschafter bei der Föderation der Vereinten Planeten. Ich glaube, im Moment befindet er sich auf einer Mission auf dem Planeten Tellar.«

»Tellar... ich kenne diesen Planeten. Die Zivilisation dort wurde von den Klingonen vernichtet, als ich noch ein Kind war.«

McCoy trat einen Schritt vor. »Was soll das heißen? Wollen Sie damit sagen, sie wurden absichtlich getötet?«

»Sie weigerten sich zu kooperieren«, erklärte Temron. »Die Klingonen benutzen den Fall jetzt als Beispiel für die Konsequenzen der Nichtunterwerfung.« Er schaute zu Kirk hinüber, dann zu Sova, und schließlich wieder zu Spock. »Dort ist niemand mehr übrig.«

»Die Bevölkerung von Tellar belief sich bei der letzten Volkszählung auf sechs Milliarden«, stellte Spock fest.

Temron schüttelte den Kopf. »Nein.«

McCoy ging am Geländer entlang auf ihn zu. »Was ist mit den Orionern?«

Temron schaute zu Sova hinüber und sah dann McCoy an. »Nein...«

»Die Alpha Centaurianer?«

»Ich weiß nicht, wer das sein soll.«

»Ihre eigene Bezeichnung lautet Saroming«, bemerkte Spock.

Wieder schüttelte Temron den Kopf. »Hier lebt kein Volk dieses Namens.«

»Die Tholianer?« drängte McCoy weiter.

»Wurden schon vor langer Zeit ausgelöscht.«

»Die Andorianer?«

»Versklavt.«

»Melkots?«

»Zum Hungertod verurteilt.«

219

McCoys Gesicht wurde kreidebleich. Er wich zurück, als hätte Temron selbst all das Morden angeordnet.

Spock drehte sich zu Kirk um und sagte leise: »Captain, wenn ich vorschlagen dürfte...«

Der Turbolift unterbrach ihn, und im rückwärtigen Teil der Brücke herrschte für einen Moment Gedränge.

Dann sagte Temron plötzlich: »Roth! Aber Sie sind doch ein wandelnder Toter!«

17

Roth und der andere Klingone standen, flankiert von zwei Wachen, im hinteren Teil der Brücke und starrten Sova und den vulkanischen Sekretär an.

Kirks Augen wurden schmal. »Sie kennen sich?«

Doch nicht Roth antwortete, sondern der andere Klingone. Zalt legte demonstrativ etwas Abstand zwischen sich und seinen Mitgefangenen und sagte mit kalter Verachtung: »Wir alle kennen ihn. Er wurde von *ihm* infiziert.« Damit nickte er zu Temron hinüber.

In Kirk erwachte so etwas wie grimmige Hoffnung. Er wollte Antworten haben und hatte geglaubt, es könnte etwas dabei herauskommen, wenn er die beiden feindlichen Parteien aufeinandertreffen ließ, doch mit diesem Ergebnis hatte er nicht gerechnet.

Roth ballte die Fäuste und marschierte vorwärts, bis ihn einer der Wachtposten festhielt. »Vulkanier! Ich habe es gewußt! Wünschen Sie mir Frieden, Temron, damit ich Ihnen den *Tod* wünschen kann.«

Kirk ging zu Temron hinauf. »Erklären Sie mir das«, verlangte er. »Was heißt ›wandelnder Toter‹?«

»Er hat sich freiwillig zum Dienst als Speer gemeldet«, sagte der Sekretär. »Hat sich selbst geopfert, um ein feindliches Schiff zu zerstören. Niemand kehrt von einem solchen Einsatz zurück.«

»Er schon. Wir haben ihn gerettet. Und jetzt erklären Sie, wieso Sie ihn kennen.«

Temron kehrte plötzlich zu seiner vulkanischen Haltung zurück, als suche er nach den richtigen Worten, um dieses Thema leidenschaftslos zu behandeln.

Unterdessen tauschte Spock einen Blick mit Sova und trat ein paar Schritte vor. »Roth kam als Regionalvertreter nach Vulkan. Wie es heißt, begann er dort, die Lehren Suraks zu studieren, und entdeckte, daß Auseinandersetzungen durch Toleranz beendet werden können. Er sagte uns... sagte den Vulkaniern, daß er ihren Weg für den besseren hielt und daß ein friedliches Abkommen möglich sei. Dann stellte er eine aus Klingonen und Vulkaniern bestehende Delegation für eine nichtautorisierte Friedensmission zu den Romulanern zusammen.« Spock hielt inne und schaute zu Sova hinüber. Der vulkanische Captain bedeutete ihm, die Kenntnisse weiterzugeben, die sie bei der Bewußtseinsverschmelzung ausgetauscht hatten. »Die Romulaner täuschten ernsthaftes Interesse vor, doch einer der Vulkanier war in Wirklichkeit ein romulanischer Spion. Sie schickten eine diplomatische Vertretung, die, wie sich herausstellte, aus drei schwerbewaffneten Schiffen bestand, und kooperierten lange genug, um in klingonisches Gebiet eindringen zu können. Sie vernichteten mehrere Kolonien und den größten Teil eines Kontinents auf der klingonischen Heimatwelt. Milliarden wurden niedergemetzelt.«

Kirk fuhr zu Roth herum. »Wollen Sie damit sagen, *er* ist der Grund, weshalb die Klingonen verlieren?«

Tiefe Scham zeigte sich auf Roths Gesicht und beantwortete die Frage.

Spock wandte den Blick von Roth ab. »Die Klingonen griffen die Vulkanier an, um Vergeltung zu üben... doch die Vulkanier verteidigten sich furchtlos...«

»Furchtlos?« knurrte Roth. »Angegriffen haben Sie! Mit Verteidigung hatte das nichts zu tun! Sie haben unsere Flotte aufgerieben und alle vernichtet, die hilflos in ihren zerstörten Schiffen gefangen waren!«

Kirk deutete mit dem Finger auf ihn. »Halten Sie den Mund.«

Spock seufzte. »Bei den Klingonen wird er als Kapitulierer geschmäht, der die Schuld daran trägt, daß die Feinde die Oberhand gewannen.«

»Weil er die vulkanischen Lehren akzeptiert und versucht hat, Frieden zu schaffen?«

»Roths Absichten waren aufrichtig«, sagte Temron.

»Verteidigen Sie mich nicht, Feigling!« brüllte Roth. »Ich habe mich freiwillig zum Dienst als Speer gemeldet, damit mein Ruf reingewaschen wird.«

»Das wird niemals geschehen«, knurrte Zalt hinter ihm. »Es war eine Schande, Sie in meinem Schiff zu haben. Ich hatte mich aus dem richtigen Grund gemeldet – um den Feind zu schwächen.«

»Und um Ihre Kultur zu retten, stimmt das nicht?« wandte sich Kirk an ihn. »Aber Sie verlieren. Deshalb benutzen Sie diese Speer-Taktik und opfern gesunde, gut ausgebildete Piloten.«

Zalt zerrte am Griff der Wache. »Aber jetzt gewinnen wir! Nur er nicht!« Und bei diesen Worten versuchte er nach Roth zu treten.

»Schafft die beiden von der Brücke«, befahl Kirk.

»Sie belügen Sie!« kreischte Roth. »Temron! Sagen Sie ihnen die Wahrheit! Sagen Sie ihnen, daß es für sie auf Vulkan keine Zukunft gibt!«

Kirk schnippte mit den Fingern in Richtung des Sicherheitsteams. »Raus!« Als die sich wehrenden Gefangenen im Lift verschwunden waren, wandte er sich an die Vulkanier. »Hatte der andere Klingone recht? Gewinnen Sie?«

»Man könnte darüber diskutieren«, meinte Sova. »Langsam wendet sich das Blatt, aber sie sind geschwächt und erholen sich vielleicht nicht wieder.

Und was Vulkan betrifft...«, fügte er düster hinzu, beendete den Satz aber nicht.

Temron sprach aus, was Sova so zu schaffen machte. »Unter der Herrschaft der Romulaner können wir nicht leben. Sie würden mörderische Rache üben. Sie verabscheuen Vulkanier.«

»Ich weiß«, stimmte Spock zu.

Temron schien dankbar für die Unterstützung. »Ich weiß noch immer nicht, wieso Sie hier sind«, sagte er. »Oder wer Sie sind oder weshalb Sie so wenig über die besiedelte Galaxis wissen. Kommen Sie aus weiter Ferne? Ist dies hier ein Generationenschiff?«

»Sekretär«, mischte sich Sova ein, »die Einzelheiten sind... überwältigend, und uns bleibt nicht viel Zeit. Deshalb schlage ich eine Bewußtseinsverschmelzung vor. Ich selbst kehre zum Schiff zurück und kümmere mich um das Abschirmfeld.«

Temron schaute Spock an, und der Erste Offizier sah zu Kirk hinüber.

Kirk hatte den Eindruck, er könnte selbst eine kurze Pause brauchen, und deutete zum Lift hinüber. Er wollte schon Spocks Quartier vorschlagen, doch angesichts der Einrichtung – Musikinstrumente und Skulpturen, die von einem gänzlich anderen Planeten Vulkan stammten –, kam er zu dem Schluß, daß man Temron besser nicht zuviel auf einmal zumuten sollte. Vielleicht war später dafür Zeit. So sagte er: »Nehmen Sie das Besprechungszimmer. Wir geben Ihnen zehn Minuten.«

Spock führte Temron zum Turbolift und verschwand mit ihm in den unteren Decks.

Kirks Bein schien mittlerweile von der Hüfte abwärts völlig gefühllos geworden zu sein. Mühsam drehte er sich um. »Captain Sova, schaffen Sie Ihr Enterkommando von meinem Schiff.« Am liebsten hätte er den Satz noch schärfer formuliert.

Sova winkte seinen Männern, Aufstellung zu nehmen, berührte dann ein Gerät an seinem Gürtel und verschwand mitsamt seiner Gruppe.

»Sicherheitsteam abrücken«, befahl Kirk.

Die Wachen drängten sich in den Lift, der kaum groß genug schien, um ihre kräftigen Gestalten aufzunehmen.

McCoy erschien genau in dem Moment neben dem Kommandosessel, als Kirk sich dort niedersinken ließ. Sein Rücken schmerzte, und der verletzte Fuß schien in Flammen zu stehen.

»Das ist jetzt unsere Chance, jemanden zu finden, der uns ohne Einschränkungen glaubt«, sagte er leise. »Es kam mir jedenfalls nicht so vor, als hätte uns Sova die ganze Geschichte abgekauft.«

»Aber es war seine Idee, daß Temron und Spock ihre Gehirnspielchen treiben sollten, Jim«, meinte der Doktor.

»Sova ist der Captain eines Schiffes und befindet sich mitten im Krieg, da gehört es zu seinen Aufgaben, mißtrauisch zu sein. Er will, daß Temron einen Teil der Verantwortung übernimmt.«

McCoy seufzte. »Ich kann ihm seinen Argwohn kaum vorwerfen. Nicht einmal die Klingonen wollten glauben, daß wir durch einen Dimensionsriß gerutscht sind, hervorgerufen durch eins der seltensten wissenschaftlichen Phänomene.«

»Ich habe keine Ahnung, wie selten es ist. Mir ist übel. Kannst du irgendwas dagegen tun?«

»Ich werde es versuchen. Es wird ohnehin langsam Zeit für eine weitere Behandlung.«

»Dann mach es jetzt – und mach es schnell. Ich habe Spock zehn Minuten gegeben. Dir bleiben noch acht.«

McCoy sah zu Uhura hinüber. »Lieutenant, lassen Sie einen von meinen Mitarbeitern herkommen. Er soll die Medikamente für die Behandlung des Captains mitbringen.«

»Wann wird das denn endlich besser?« knurrte Kirk und suchte nach eine bequemeren Position für sein Bein.

»Es wird noch schlimmer, bevor es wieder besser wird.«

»Noch schlimmer als jetzt?«

»Die Gifte müssen ihre Wirkung entfalten. Das ist wie bei einem Virus, dagegen kann ich nichts unternehmen. Ich kann lediglich die Symptome so weit dämpfen, daß sie dich nicht umbringen.«

Kirk rieb sich das Kinn und warf ihm einen vorwurfsvollen Blick zu. »Du hast dir ja einen hübschen Beruf ausgesucht.«

Er sah prüfend zu dem Schiff an Backbord hinüber, dessen Abschirmungsfeld sie vor den klingonischen Suchmustern schützte. Das Feld konnte jederzeit zusammenbrechen, und dann mußten sie wieder fliehen oder kämpfen. Oder beides.

»Es fehlen noch immer Teile in diesem Puzzle, und ich will alle finden, die sich auftreiben lassen, bevor ich aufgebe. Du hast noch sechs Minuten.«

Der Korridor war schlüpfrig vom Blut. Boden, Wände, selbst die Decke. Das Stöhnen der Lebenden mischte sich mit dem Gestank der Toten. Dieses menschliche Blut ... irgendwie roch es übel.

Zalt überquerte den Korridor, packte Roth am Arm und zerrte ihn auf die Beine.

Roth atmete keuchend ein. Die menschlichen Wachen hatten ihnen einen höllischen Kampf geliefert. Und jetzt lagen sie am Boden. Waren sie alle tot?

»Los jetzt, Roth«, knurrte Zalt. »Wir müssen die Fesseln loswerden.«

Schwankend kämpfte Roth um sein Gleichgewicht. Direkt vor ihm lag die aufgeschlitzte Leiche eines Wächters. Woher war die Klinge gekommen?

Ein Stück weiter lag ein anderer Posten mit durchschnittener Kehle.

Roth blickte auf und bemerkte, daß Zalt blutete. Stammte die Wunde von einer der Waffen? Er hatte nicht gehört, daß eine abgefeuert worden wäre. Höchstwahrscheinlich war das auch wirklich nicht der Fall gewesen, denn diese Leute verfügten vermutlich über ein Warnsystem, das ansprach, wenn eine Waffe abgefeuert wurde. Diese höllischen Wächter mußten Zalt mit bloßen Händen verletzte haben.

Welch ein Enthusiasmus! Diese Wachen hatten ihren Kampf genossen, sich mit Feuereifer hineingestürzt und waren mit Glanz und Gloria untergegangen. Roth war stolz, daß er ihnen diesen Moment der Größe geschenkt hatte.

Zalt blieb einen Moment stehen, um etwas an seiner Hand zu richten, und jetzt erkannte Roth, wie die Wachen aufgeschlitzt worden waren. Der Commander trug einen stählernen Ring am Finger, auf dem sich ein Symbol befand, das Roth nicht kannte. Dieses Symbol war hochgeklappt worden wie der Deckel einer Schachtel; der Rand war rasierklingenscharf geschliffen. Diese Klinge war nicht einmal drei Zentimeter lang, aber das hatte gereicht.

Roth warf noch einen Blick auf die Wache mit der durchschnittenen Kehle.

»Kommen Sie«, sagte Zalt. »Wir müssen den Maschinenraum suchen und dort den Antrieb sabotieren. Dieses Schiff darf nicht wegfliegen.«

»Wäre es nicht besser zu fliehen?« fragte Roth. »Dann könnten wir unserem Oberkommando berichten, daß die Vulkanier die Vereinbarung brechen.«

»Wir werden sabotieren!« dröhnte Zalt. »Das Oberkommando wird schon begreifen, was los ist, wenn wir ihnen dieses Wrack bis vor die Tür schleppen. Ich entscheide hier, was getan wird, nicht Sie. Wäre es keine Verschwendung, würde ich Sie selbst töten. Suchen Sie jetzt einen Platz, wo wir die Leichen verstecken können.«

»Aber hier ist alles voll Blut. Das können wir unmöglich kaschieren.«

Doch Zalt reagierte nicht auf seinen Einwand, und so machte er sich daran, eine der Leichen zur nächsten Tür zu zerren.

»Ich habe jetzt die Wahrheit herausgefunden«, erklärte Zalt. »Sie kommen aus einem fernen Teil der Galaxis und haben einen Krieg verloren. Daraufhin haben sie sich diese wilden Geschichten ausgedacht, und jetzt konspirieren sie mit den Vulkaniern. *Ihren* Freunden.«

»Die Vulkanier sind nicht meine Freunde!« knurrte Roth. »Ich hasse sie. Sie haben mein Leben zerstört. Ich werde nichts von dem, was sie sagen, Beachtung schenken.«

»Dann achten Sie auf das, was ich sage. Wir werden dieses Schiff lahmlegen.«

Kirk und McCoy marschierten in das Besprechungszimmer, ohne ihr Kommen anzukündigen. Wenn die Vulkanier ihre Gedankenverschmelzung noch nicht beendet hatten, war das eben deren Pech.

Doch sie waren damit fertig und hielten sich jetzt an entgegengesetzten Enden des Raums auf.

Temron saß mit blaßgrünem Gesicht auf einem Stuhl. Seine Mund stand halb offen, und die Augen starrten ins Leere. Was immer auch Spock ihm gezeigt haben mochte, es hatte zumindest gewirkt.

Wer konnte abschätzen, was Temron tatsächlich gesehen hatte? Wie viele Abteilungen mochte ein vulkanischer Geist enthalten?

Ausgewählte Abschnitte der menschlichen Geschichte, Kampf und Eroberung, überragende Persönlichkeiten und hemmungsloser Wettbewerb... die amerikanische Verfassung, die Grundsatzartikel der Föderation... die erste Begegnung zwischen Menschen und Vulkaniern und die stabile Eintracht, die den Kern der Föderation bilden sollte...

Kirk fragte sich, ob Temron wohl klar sein mochte, daß die Bindung zwischen Erde und Vulkan und die Stärke, die der Föderation daraus erwachsen war, zu einem guten Teil jenem Mann zu verdanken war, der ihm gerade sein Bewußtsein geöffnet hatte. Die Vulkanier waren schon zuvor Teil der Föderation gewesen, das war richtig, doch es war Spocks persönliche Entscheidung, eine Karriere bei Starfleet einzuschlagen, die die letzten Barrieren beseitigt hatte. Als nach und nach bekannt wurde, welche Rolle Spock auf dem Flaggschiff der Föderation spielte, hatten auch andere Vulkanier den menschlichen Traum für sich entdeckt. Von da an war die Föderation nicht mehr nur eine verrückte Idee der Erdenmenschen.

Und als die Klingonen und Romulaner und einige andere aggressive Rassen auftauchten, besaß die Föderation bereits genug Macht und Einfluß, um sie in ihre Schranken zu weisen.

Hier war das nicht geschehen – soviel konnte Kirk an Temrons Gesicht ablesen.

Und er erkannte auch, daß Spock auf telepathische Weise ihre Erlebnisse mit dem Blauen Riesen, der Akkretionsscheibe und dem kosmischen String übermittelt hatte. Selbst wenn niemand wußte, was genau geschehen war, so erkannten die Vulkanier jetzt doch, daß das Raumschiff eine halsbrecherische Reise hinter sich hatte. Ob sie nun in ein alternatives Universum geschleudert worden waren oder ihr eigenes irgendwie verändert hatten, Tatsache blieb, daß ein kaum denkbares Ereignis zu diesem Zusammentreffen geführt hatte.

Temron sah aus, als wäre ihm übel. Plötzlich wußte er nicht mehr, ob er selbst, sein Leben und sein ganzes Universum tatsächlich so waren, wie sie eigentlich sein sollten. Es war ziemlich offensichtlich, daß er keine Schwierigkeiten damit hatte, die ganze häßliche Theorie zu begreifen.

Kirk betrachtete ihn mitfühlend und kam sich ein wenig schuldig vor. Es war nicht seine Absicht gewesen, Temron so tief zu verstören. Er wollte, daß der Vulkanier ihm glaubte, aber nicht um den Preis seines Seelenfriedens, und jetzt sah er, wie Temrons Weltbild zerbrach.

Auf der anderen Seite des Raums stand Spock, die Arme vor der Brust verschränkt und das Gesicht der Wand zugekehrt. Die Muskeln seines Rückens waren gespannt und bewiesen, daß der Gedankenaustausch auch an ihm nicht spurlos vorübergegangen war.

Beide Männer waren durch die Begegnung verändert worden. Der eine hatte gesehen, was hätte sein können. Der andere hatte gesehen, wie eine reiche Galaxis durch Haß und Gewalt in Apathie versank.

Kirk und Temron wechselten einen Blick, der deutlich machte, daß sie einander jetzt verstanden. Der vulkanische Sekretär betrachtete Kirk nun mit ganz anderen Augen.

Ohne ein Wort zu sagen, überließ Kirk es McCoy, sich um Temron zu kümmern, und ging zu Spock hinüber.

»Spock?« sagte er leise.

Spock bemühte sich sichtlich um Haltung, sah aber weiter die Wand an. »Ja, Captain.«

»Es tut mir leid, daß Sie das durchmachen mußten.«

Diesmal nickte Spock nur.

»Wie es aussieht, haben Sie unserem Freund eine Menge zu denken gegeben«, fuhr Kirk mit einem Blick zur anderen Seite des Raums fort. »Berichten Sie.«

»Die Vulkanier hier«, begann Spock langsam, »waren Raumfahrer – Forscher und Händler –, als sie zum erstenmal den Klingonen begegneten, die sie als leichte Beute betrachteten. Doch die Vulkanier waren fest entschlossen, sich zu wehren, und überraschenderweise waren sie dazu auch in der Lage. Über viele Jahre gab es schwere Verluste auf beiden Seiten.« Spock hielt inne, als sich McCoy näherte. Der Vulkanier behielt seine Haltung bei, wandte sich aber ein wenig zur Seite, damit beide Männer ihn hören konnten. »Mehrere Male besiegten die Vulkanier die Klingonen, setzten aber nicht nach, um sie endgültig zu vernichten. Statt dessen kehrten sie zu ihrer alten Lebensweise zurück. Die Klingonen rückten wieder an, und jedesmal kam es erneut zum Krieg. Jedesmal gab es große Verluste, jedesmal wehrten die Vulkanier sie ab und zogen sich dann wieder zurück. Schließlich hatten die Klingonen genug von dem Spiel und boten den Vulkaniern einen ziemlich einseitigen Vertrag an. Da es keine Föderation gab, der sie sich hätten anschließen können, zogen die Vulkanier die teilweise Unterwerfung einem Leben im permanenten Verteidigungszustand vor.«

»Kann ich ihnen nicht vorwerfen«, meinte McCoy. »Wenigstens können sie jetzt durchs All reisen, leben, studieren...«

»Aber stets unter den wachsamen Augen der Klingonen. Ich werfe es ihnen ebenfalls nicht vor, Doktor, aber sie teilen sich den Handelsgewinn mit den Aufsehern.«

»Erpressung«, stellte McCoy fest.

»Genau. Wenigstens müssen sie nicht an dem Krieg gegen die Romulaner teilnehmen.«

Kirk runzelte die Stirn. »Mich stört dieses ›wenigstens‹, Spock. Jeder hier scheint sich mit dem ›Wenigsten‹ zufriedenzugeben.«

»Aber die Vulkanier beschränken sich nicht nur auf Handel und Forschung, Captain. Nachdem sie im Kampf mit den Klingonen eine Pattsituation erreicht hatten, versuchen sie jetzt zu überleben, während sie zugleich langsam und methodisch daran arbeiten, die Klingonen niederzuwerfen. Natürlich müssen sie dabei so vorgehen, daß nicht die Romulaner an ihre Stelle treten. Sie haben ihren Händlerstatus benutzt, um andere Rassen zu suchen und ihnen zu helfen, sich zu verbergen. Sie stellen ihnen ihre Abschirmtechnik zur Verfügung und empfehlen ihnen, sich auf ihr eigenes Sonnensystem zu beschränken. Einige sind trotzdem entdeckt worden, andere haben die Warnungen ignoriert und wurden vernichtet. Doch es gibt auch Rassen, die sich noch immer erfolgreich verbergen.«

»Dann geben die Vulkanier also nur vor, sie würden kooperieren«, sagte McCoy. »Gut für sie.«

Endlich wandte sich Spock von der Wand ab. »Ja, während sie insgeheim Klingonen und Romulaner unterminieren. Tatsächlich haben sie dafür gesorgt, daß beide Seiten bis zur Erschöpfung aufeinander einschlagen. Es waren die Vulkanier, die die Speer-Taktik entwickelt haben, um zu verhindern, daß die Romulaner gewinnen, solange die Klingonen noch nicht all ihre Ressourcen erschöpft haben.«

»Keine schlechte Idee«, sagte Kirk. »Aber wo ist der Haken? Ich sehe Ihrem Gesicht an, daß es einen gibt.«

»Es gibt nur eine Chance von achtzehn Prozent, daß sich Klingonen und Romulaner tatsächlich zugrunde richten, bevor einer der beiden herausfindet, was die Vulkanier treiben und sich dann gegen sie wendet. Die Vulkanier setzen auf diese winzige Chance. Es ist alles, was sie haben.«

»Und was ist mit uns?« Kirk stieß sich von der Wand ab und ging zu Temron hinüber. Er blieb vor dem vulkanischen Repräsentanten stehen und wartete darauf, daß Temron sich aus den Gedanken, die jetzt auf ihn einstürmten, weit genug löste, um ihn zu bemerken. Was sollte er jetzt tun? Unter diesen Umständen konnte er die beiden Klingonen schlecht den Vulkaniern ausliefern. Und die Möglichkeit, sie Starfleet zu übergeben, entfiel in diesem Universum natürlich.

So fragte er einfach ganz direkt: »Können Sie uns helfen?«

»Nein, Captain«, sagte Temron. »Für Sie gibt es kein Asyl auf Vulkan. Sie dürfen unter keinen Umständen dorthin gehen.«

»Können Sie uns nicht irgendwie verbergen? Wo sonst sollten wir hin?«

»Spock hat mir eine Aufstellung jener Kulturen vermittelt, die Ihnen in Ihrer eigenen Zeit freundschaftlich verbunden waren, doch jede einzelne davon ist unterworfen worden. Nur die Vulkanier haben es geschafft, einen Vertrag zu erzwingen, und das auch nur, weil wir ein Unentschieden gegen die Klingonen herausgekämpft haben. Zum Glück befinden wir uns im klingonischen Raumgebiet und nicht in dem der Romulaner. Unsere verlorenen Brüder wären nicht so einsichtig gewesen, sondern würden versuchen, uns alle zu töten.«

Temron stand auf und ging durch den Raum, als wolle er Abstand zwischen sich und die Probleme legen.

»Die Klingonen könnten durchaus zu dem Schluß gelangen, daß Ihr Schiff Vulkan aufsucht. In dem Fall werden sie unseren Planeten durchsuchen und in der Atmosphäre nach Hinweisen auf Ihr Schiff forschen. Fünfhundert Ihrer Leute könnten sich nicht sehr lange verbergen. Und wenn sie irgendwelche Spuren von Ihnen finden, wird es wieder Krieg geben. Klingonen und Romulaner werden sich wegen Ihres Schiffes streiten und dann herkommen und uns auf der Suche nach Ihnen abschlachten. Mein ganzer Planet müßte wieder Krieg führen, um Sie zu schützen.«

Kirk dachte an die Vorschriften von Starfleet und die Grundsätze der Föderation und begriff, daß er und seine Mannschaft gezwungen wären, eher ins Exil zu gehen oder sich selbst zu vernichten, statt zuzulassen, daß sich Temrons Vorhersagen bewahrheiteten. Die *Enterprise* und die Menschen an Bord – die einzigen Menschen in diesem Universum –, waren jetzt Bettler, die um das Wohlwollen von Leuten baten, die schon mehr als genug damit zu tun hatten, selbst zu überleben.

Er schwor sich, eher das Schiff mit eigener Hand zu zerstören, als zuzulassen, daß eine ganze Zivilisation vernichtet wurde.

»Haben Sie denn irgendeinen Vorschlag für mich?« fragte er.

Mitgefühl schimmerte warm in Temrons Augen. Er begriff die Last, die auf den Schultern des Captains ruhte, der für sein Schiff und die Mannschaft, die von ihm abhing, verantwortlich war. Sein Blick strich über das Schiff, das von Wohlstand, Leistung, Einfallsreichtum und einem Grad von Freiheit zeugte, den er nie selbst erlebt hatte.

»Es gibt absolut keine Chance, die Umstände, durch die Sie hergekommen sind, zu rekonstruieren«, erklärte Temron. Er stand jetzt in einer Haltung neben Spock, als hätten sie sich ihr Leben lang gekannt. Und in gewisser Weise traf das auch zu. »Ich weiß, Sie hoffen, die Vergangenheit ändern zu können ... die Dinge wieder in Ordnung zu bringen.«

Diese Vorstellung beunruhigte ihn offensichtlich. So gefährdet seine Zivilisation auch sein mochte, so hatte er doch Angst davor, jemand könnte an seinem Leben, seiner Zukunft herumspielen. Kirk bereitete sich schon darauf vor, seinen Standpunkt klarmachen zu müssen oder wenigstens Temrons Ängste ein wenig zu lindern, doch das war nicht erforderlich.

»Ich bewundere Ihren tapferen Versuch«, fuhr Temron fort. »Doch selbst wenn es Ihnen gelänge, abermals einen kosmischen String anzuziehen, würde das nicht den gleichen Effekt auslösen, der Sie hergebracht hat. Aber es ist achtenswert, daß Sie es versuchen wollen.« Er verschränkte die Hände hinter dem Rücken. »Wenn Sie keinen Erfolg haben, würde ich Ihnen empfehlen, Ihr Schiff mit Höchstgeschwindigkeit aus dem besiedelten Teil der Galaxis herauszuführen und sich einen fernen Planeten zu suchen, auf dem Sie leben können. Lassen Sie sich dort nieder, schlachten Sie die *Enterprise* aus und vernichten Sie dann das Schiff, damit es nie gefunden und zweckentfremdet werden kann. Schaffen Sie eine neue Zivilisation. Sollten Sie jedoch vorher entdeckt werden, so müssen Sie kämpfen, und zwar bis zum Tod. Das ist Ihre einzige Chance... denn unser Schicksal steht bereits fest...«

18

»Status?« Kirk ließ sich in seinem Sessel nieder, blieb aber sprungbereit. Sie waren hinter seinem Schiff her. Darauf lief es letzten Endes hinaus.

»Alarmstufe Rot, Sir. Zwei Schiffe, Entfernung sechshundertzweiundneunzigtausend Kilometer, Geschwindigkeit Warp fünf, näher kommend.« Ingenieur Scott eilte erleichtert zu seiner Station auf der Steuerbordseite hinüber, während er Bericht erstattete. »Sie haben dreifach gestaffelte Schilde und machen die Waffen schußbereit, sofern unsere Instrumente die Daten richtig auswerten. In rund neunzig Sekunden sind wir in Reichweite ihrer Waffen.«

»Sensoren auf volle Leistung.«

»Aye, Sir.«

Spock stand mit Temron auf dem oberen Brückenbereich.

Alle beobachteten den Hauptschirm.

Die unvertraut wirkenden klingonischen Schiffe rasten direkt auf sie zu und scherten sich nicht um taktische Raffinessen. Wie Jagdhunde, die das Kaninchen aufgespürt hatten und wußten, wie schnell es war, schienen sie es einfach überrennen zu wollen.

»Wir beamen Sie zurück, Mr. Temron«, sagte Kirk, ohne den Schirm dabei ganz aus den Augen zu lassen. »Bedauerlicherweise bleibt uns keine Zeit für einen förmlichen Abschied. Mr. Sulu, nehmen Sie die kritischen Bereiche dieser Schiffe aufs Korn.«

»Aye, Sir.«

»Scotty, basteln Sie für den Fall, daß wir geentert werden, eine pannensichere Ein-Knopf-Bedienung für die Sprengung des Warpkerns. Wir werden vermutlich kaum Zeit haben, die korrekten Codes einzugeben.«

Spock trat ans Geländer. »Captain...«

»Keine Sorge, wir werden alles tun, um mit heiler Haut davonzukommen«, sagte Kirk mit Nachdruck, »aber ich will auch nicht, daß die Vulkanier ihre achtzehnprozentige Chance verlieren, diesen Sumpf trockenzulegen. An die Arbeit, Scott.«

Scott warf einen Blick zu Spock hinüber und ging dann zum Turbolift. »Ich werde das selbst erledigen, Sir.«

»Kirk an Transporterraum.«

»Transporterraum, Simmons hier.«

»Simmons, richten Sie den Transferfokus auf den oberen Brückenbereich, vordere Backbordseite. Wir beamen von Schiff zu Schiff. Zielpunkt ist die Brücke der Vulkanier.«

»Sollten wir das nicht besser von der Plattform hier unten aus machen, Sir. Das wäre sicherer und belastet die Geräte nicht in dem...«

»Belehren Sie mich nicht, Fähnrich. Berechnen Sie die Koordinaten.«

»Aye, Sir. Eine Minute.«

»Machen Sie es schneller. Mr. Temron... eine kurze Bekanntschaft, aber eine, an die wir alle uns unser ganzes Leben lang erinnern werden.«

Die Vorstellung, dieses Symbol des Möglichen zu verlassen – für immer zu verlassen –, machte Temron mehr zu schaffen, als er erwartet hätte. Gerade erst hatte er einen Blick ins Paradies werfen dürfen, und jetzt wurde er gewissermaßen durch eine Wand aus Glas davon ausgeschlossen – er würde es sein Leben lang vor sich sehen, aber nicht hineingelangen können.

»Feindliche Schiffe kommen in Reichweite, Sir«, meldete Chekov.

Spock nahm Temrons Ellbogen und führte ihn zu der korrekten Stelle, wo ihn die Sensoren des Transporters erfassen würden, wenn der entsprechende Befehl kam. Als Temron den Platz erreicht hatte, drehte er sich um und blickte Spock an.

»Ich werde mein Volk lehren«, versprach er, »glücklich und ... lang zu leben.«

Trotz seiner wie stets kontrollierten Haltung war zu erkennen, daß Spock sich geschmeichelt fühlte. »Sie werden Ihre Ketten abstreifen können«, erwiderte er. »Ich vertraue Ihren Fähigkeiten.«

Temron akzeptierte diese Worte mit einem Nicken.

Spock trat einen Schritt zurück und wandte sich dann langsam ab.

Kirk war beeindruckt von der Intensität zwischen den beiden Männern. Was geschah, wenn eine Person in das Bewußtsein einer anderen eindrang? Wenn all die Erinnerungen an Kindheit und Jugend, wenn Erziehung und Erfahrung zusammenflossen wie zwei Ströme?

Doch er beneidete die beiden nicht. Jeder hatte seine Privatsphäre geopfert, der eine für sein Schiff, der andere für seine Zivilisation.

Temron sah zu Kirk hinüber. »Ich danke Ihnen, Jim.«

»Viel Glück«, antwortete Kirk und wünschte sich eine Sekunde später, er hätte noch mehr zu sagen gehabt. »Kirk an Simmons – Energie. Mr. Sulu, bereiten Sie Feuer auf das vulkanische Schiff vor, Phaser auf ein Viertel Kraft.«

»Bereit, Sir. Phaser auf ein Viertel. Ziel erfaßt.«

Eine flimmernde Lichtsäule verhüllte Temron, sein Körper wurde langsam auf der molekularen Ebene aufgelöst und zu seinem Schiff zurückgeschickt. Der gesamte Vorgang würde acht Sekunden dauern.

Nach vier Sekunden befahl Kirk: »Feuer.«

Das vulkanische Schiff drehte mit glühenden Einschußspuren ab – Spuren, die es letzten Endes retten sollten. Die *Enterprise* raste, immer noch feuernd, in einer anderen Richtung davon.

»Mr. Sulu, Warpfaktor sechs. Sehen wir zu, daß wir von hier verschwinden.«

»Warp sechs, Aye, Sir... Warp zwei... drei...«

Während das Schiff Fahrt aufnahm, schlugen feindliche Energiestrahlen in die Unterseite ein und ließen die Schilde aufflammen.

»Sir, Sie funken uns an«, meldete Uhura. »Sie verlangen, daß wir anhalten.«

»Keine Antwort«, befahl Kirk, ohne den Blick vom Schirm zu nehmen.

»Warp vier, Sir... Warp drei Komma sieben fünf... tut mir leid, Sir.« Sulu mußte langsamer werden, um den Klingonen auszuweichen, die in aufeinander abgestimmter Formation angriffen.

Sie ließen der *Enterprise* keine Chance, ohne ständige Kurswechsel eine hohe Geschwindigkeit zu erreichen. Und sie kämpften anders als die Klingonen, die Kirk kannte. Die Klingonen seines eigenen Universums durchstreiften die Galaxis in dem Bewußtsein, daß ihnen eine stärkere Macht im Nakken saß und es besser wäre, wenn sie sich an die Regeln hielten. Sie mochten protzen, knurren und mit Gegenständen um sich werfen, doch nur höchst selten fanden sie sich in ein echtes Gefecht verwickelt.

Doch diese Klingonen waren den Kampf gewohnt. Und sie wußten, wie man sich verhielt. Ihre gesamte Wissenschaft war darauf ausgerichtet, alles, was sie erfinden, kaufen oder stehlen konnten. Zwei der Schiffe kreuzten vor der *Enterprise*, während zwei weitere sie seitlich umkreisten. Offensichtlich hatten sie aus den früheren Erfahrungen gelernt und waren sich klar darüber, daß sie verlieren würden, wenn sie es auf einen Wettlauf ankommen ließen.

Die *Enterprise* wechselte immer wieder den Kurs, doch es gelang ihr nicht, eine Geschwindigkeit von mehr als Warp vier zu erreichen. Wut stieg in Kirk hoch, als er daran dachte, daß es diese Leute in ihren Kriegsschiffen waren, die ihre Galaxis daran gehindert hatten, sich friedlich zu entwickeln.

»Unterschätzt nie euren Gegner«, knurrte er. »Sobald wir freie Bahn haben, können wir entkommen. Und vielleicht können wir sie bis dahin unter Druck setzen.«

Spock nickte, den Blick auf die Sensoranzeigen gerichtet. »Möglicherweise gewinnen wir Raum, wenn wir sie zwingen, sich schwerem Feuer auszusetzen.«

»Verstanden«, sagte Kirk. »Mr. Chekov, Phaser auf volle Ladung. Photonentorpedos feuerbereit machen.«

»Phaser sind bereit, Photonentor... Sir!« Das Gesicht des Navigators verzog sich ungläubig. »Die Feuermechanismen sind kurzgeschlossen.«

Spock eilte zu ihm. »Bestätigt. Sechzigprozentiger Ausfall, Captain.«

Kirk schlug auf den Schalter des Kommunikators. »Maschinenraum! Was ist mit den Waffensystemen passiert?«

Die Leitung war offen, doch niemand antwortete. Statt dessen waren Rufe zu hören und etwas, das wie Kampfgeräusche klang.

Und dann...

»Alarm! Eindringlinge an Bord! Sicherheitsdienst zum Maschinenraum! Eindringlinge an Bord!«

19

»Maschinenraum! Machen Sie Meldung!« Kirk umklammerte die Lehne des Kommandosessels und schüttelte sie, als würde das helfen. Aus dem eingebauten Kommunikator drang eine hektische, teilweise von statischen Störungen überlagerte Stimme.

»Sir... wir haben hier zwei Klingonen gefaßt... Setzt euch drauf, wenn es nicht anders geht, verdammt! Henry, haben Sie keine Waffe?«

Kirk beugte sich tief über das Gerät, als würde er so mehr erreichen als durch Schütteln. »Anderson, machen Sie Meldung!«

»Wir haben Eindringlinge, Sir; zwei Klingonen sind hier unten. Wir haben sie im Zugangsschacht zu den vorderen Waffensystemen erwischt. Ich fürchte, wir müssen mit Sabotage rechnen.«

»Da fürchten Sie richtig!« fauchte Kirk. »Lassen Sie die beiden in die Arrestzellen schaffen und sorgen Sie dafür, daß der Sicherheitsdienst überprüft, was aus den vier Wachen geworden ist, die sie eigentlich dort hätten abliefern sollen.«

»Ja, Sir.«

»Also schön... Mr. Chekov, warten Sie mit dem Waffeneinsatz. Wir werden sie ausmanövrieren müssen. Mr. Sulu, weiterhin Ausweichmanöver.«

»Aye, Sir.«

»Mr. Spock, haben Sie feststellen können, was aus Temrons Schiff geworden ist?«

»Als die Klingonen näher kamen, haben sie sich mit Warpgeschwindigkeit entfernt«, sagte Spock. »Da keiner der Klingonen die Jagd auf uns abgebrochen hat, um sie zu verfolgen, nehme ich an, daß sie entkommen sind. Bis die Klingonen sich mit ihnen beschäftigen, werden sich Temron und sein Captain vermutlich eine glaubwürdige Geschichte ausgedacht haben, weshalb sie Kontakt zu uns hatten und warum wir sie unter Feuer genommen haben. Ich hoffe, die Beschädigungen durch unsere Schüsse werden ihre Darstellung untermauern.«

»Das hoffe ich auch.« Kirk merkte plötzlich, daß er so heftig atmete, als wäre er gerade gelaufen. »Wenn es soweit ist, muß jeder für sich selbst sterben.«

Spock, der andere Dinge im Kopf hatte, nickte nur.

»Verschwinden wir von hier«, meinte Kirk.

Wieder nickte Spock.

»Mr. Sulu, momentane Position der Gegner?«

»Zwei direkt hinter uns, Sir, Entfernung fünfhunderttausend Kilometer... einer auf Z-Minus, zwanzigtausend Kilometer... und einer an Steuerbord, zweiunddreißigtausend Kilometer. Alle vier versuchen näher zu kommen.«

»Maschinen Stop.«

Die gesamte Brückenmannschaft starrte ihn plötzlich an.

Sulu drehte sich um. »Stoppen, Sir?«

»Bestätigt. Stoppen – und zwar sofort.«

Sulu öffnete den Mund, um zu widersprechen, überlegte es sich dann anders und wandte sich wieder der Steuerung zu. »Aye, Sir. Stoppen.«

Seine Finger berührten die Kontrollen.

Mit einem häßlichen Kreischen schien das Schiff zu versuchen, in sich selbst zurückzukriechen. Alle wurden durch das abrupte Manöver nach vorne geschleudert.

Kirk schaffte es irgendwie, in seinem Sessel zu bleiben. Er behielt den Schirm im Auge und hoffte, das, was bei den Romulanern funktioniert hatte, würde jetzt auch bei den Klingonen klappen.

Über das Heulen hinweg krächzte Chekov: »Die beiden Schiffe vor uns, Sir... sie rasen weiter!«

»Hinteres Schiff überholt uns«, meldete Spock, »kommt dem Schiff seitlich von uns gefährlich nahe.«

Auf dem Schirm waren drei der Schiffe zu sehen, die mit rasender Geschwindigkeit und in verschiedene Richtungen davonjagten und schon nach Sekunden nicht mehr optisch erfaßt werden konnten.

»Volle Kraft voraus, Sulu«, kommandierte Kirk. »Das ist unsere Chance. Warpfaktor sechs.«

Der Steuermann antwortete nicht, doch seine Ellbogen zeigten, daß er hastig seine Kontrollen betätigte.

Das Kreischen des Schiffes hörte auf, und die Triebwerke begannen wieder zu arbeiten. Warp zwei... drei... vier...

»Warpfaktor fünf, Sir«, seufzte Sulu erleichtert. »Warp sechs, Sir.«

»Feindliche Schiffe nehmen Verfolgung auf, Sir«, meldete Spock, der die Fernbereichssensoren im Auge behielt. »Fallen weit zurück.« Er richtete sich auf und drehte sich zu Kirk um. »Sie waren völlig überrascht.«

Kirk nickte nur. »Mr. Chekov, überwachen Sie weiterhin den Raum hinter uns.«

»Ja, Sir!« Der junge Mann blickte auf den Schirm, verschwitzt zwar, aber auch grinsend.

Sulu warf einen kurzen Blick zu ihm hinüber und lächelte ebenfalls. Selbst Nourredine, der sich noch immer an seinem Sessel festhielt, grinste jetzt.

»Sicherheitsdienst an Brücke, Fähnrich Meerwald hier.«

»Kirk hier. Was gibt's?«

»Captain, wir haben die vier Wachen gefunden. Sie waren in einem Aufbewahrungsschrank für Raumanzüge.«

»In welchem Zustand befinden sie sich?«

»Tut mir leid, Sir, aber... sie sind alle vier tot. Die Mistkerle haben sie umgebracht.«

Kirk spürte Übelkeit in sich aufsteigen. Leute zu verlieren, machte ihn regelrecht krank, auch wenn so etwas zum Dienst in der Flotte gehörte. Diese Männer waren nicht in den Sicherheitsdienst eingetreten, um sich von Gefangenen umbringen zu lassen, die bereits gefesselt waren und sich in Gewahrsam befanden.

Er hatte keine Ahnung, was dort unten, ein paar Decks tiefer, auf dem Weg zu den Arrestzellen geschehen war. Vielleicht waren seine Leute nicht an diese Art von Klingonen gewöhnt, diese Sorte, die nicht nur über Krieg und Kampf redete.

»Verstanden. Kirk Ende«, sagte er leise.

Für einen Moment starrte er den Teppichboden an. Er schien vor seinen Augen zu verschwimmen. Dann schreckte ihn ein Geräusch auf.

Spock war neben ihn getreten. Jetzt verschränkte er die Arme hinter dem Rücken, betrachtete kurz seine Stiefelspitzen und sah dann den Captain an. »Nachdem wir nun ein klareres Bild über den Stand der Dinge gewonnen haben... wohin wenden wir uns jetzt?«

In dieser Frage schwang die Überzeugung mit, daß Kirk genau darüber lange genug nachgedacht und mittlerweile eine oder zwei Möglichkeiten entdeckt haben mußte.

Dem Captain wiederum wurde bei dieser Frage erst richtig bewußt, wie umfassend seine Befehlsgewalt jetzt war. Er war auch früher unabhängig gewesen, fast souverän, so wie jeder Captain, sobald sein Schiff erst einmal das Dock verlassen hatte, doch stets hatte auch noch Starfleet existiert. Mitunter Wochen entfernt, das ja, aber doch vorhanden.

Jetzt hingegen war er der führende Kopf all dessen, was von Starfleet übrig war. Alles, was von der menschlichen Rasse noch existierte, befand sich auf diesem Schiff, und er trug die Verantwortung dafür.

Er seufzte und hielt einen Moment inne, um nachzudenken. »Wenn wir es schaffen, daß zu korrigieren, wodurch diese neue Zeitlinie geschaffen wurde, dann vernichten wir doch keine dieser anderen Spezies? Richtig?«

Spock zog auf eine nicht sehr überzeugend wirkende Art die Brauen hoch. »Ich wage es nicht, darüber Vermutungen anzustellen.«

»Nun, ich schon. Meine Verpflichtung gilt der Menschheit. Wir sind die einzigen, die in diesem Universum nicht existieren. Bevor ich aufgebe und irgendeinen weit entfernten Planeten kolonisiere, um das Leben meiner Besatzung zu retten, will ich von Ihnen hören, daß es für uns absolut keine Chance gibt, die Dinge in Ordnung zu bringen oder in unsere eigene Zeitlinie zurückzukehren.«

Damit hatte er den Ball an Spock zurückgegeben, der das Gewicht der Verantwortung spürte, die auf ihm als dem wichtigsten Ratgeber und wissenschaftlichem Fachmann lastete.

»Ich kann nicht behaupten, es gäbe gar keine Chance, Captain«, gab er zu.

»Dann werde ich selbst bei einer Chance von eins zu einer Million den Versuch, die Dinge zurechtzurücken, nicht aufgeben. Milliarden von intelligenten Wesen, die in unserem Universum gelebt haben, sind hier gestorben oder wurden nie geboren. Ich will den alten Zustand wieder herstellen, zum Wohl der Menschen, der Klingonen, der Romulaner und aller anderen.«

Er schaute an Spock vorbei auf den Schirm, der das sternenübersäte All zeigte, das sie mit ungeheurer Geschwindigkeit durcheilten.

»Und, Spock«, fuhr er fort, »ich glaube, ich weiß, wo wir anfangen werden. Eine Möglichkeit, in der Zeit zurückzureisen, die uns nicht anderthalb Jahre kostet.«

Er bemerkte, daß der Erste Offizier seinen Blick ruhig erwiderte. Hatte er begriffen, was Kirk plante?

Ja, vermutlich, denn schließlich hatten sie all die ungewöhnlichen Erfahrungen an Bord dieses Schiffe gemeinsam gemacht. Und wenn sie keinen Nutzen aus diesen Erfahrungen zogen, wer dann?

»Das Schiff sichern. Alarmstufe Gelb. Kampfstationen weiterhin besetzt halten. Schilde in Bereitschaft. Klarmachen für Schleichfahrt.«

Während die Bestätigungen von den einzelnen Abteilungen eingingen, verspürte Kirk eine Mischung aus Scham und Wut über den Verlust der vier Sicherheitsleute. Roth und der andere Klingone hatten genauso gehandelt, wie er das an ihrer Stelle auch getan hätte, und dafür haßte er sie. Er hatte es geschafft, sie zweimal innerhalb einer Stunde zu unterschätzen, und mit diesem Fehler mußte er jetzt leben.

Er rammte den Ellbogen in die Sessellehne, rieb sich über den Mund und haßte sich selbst.

Als alle Befehle ausgeführt waren, beugte sich Spock vor und drängte leise: »Captain, welches Ziel steuern wir jetzt an?«

»Ich glaube, ich weiß, wo unsere letzte Chance liegt«, meinte Kirk. »Hoffen wir nur, daß unser Ziel hier noch nicht entdeckt worden ist, Mr. Spock, denn diese Leute würden es sofort zerstören. Mr. Sulu, gehen Sie auf... wo sind wir im Moment? Gehen Sie auf Kurs vier null fünf.«

»Vier null fünf, Sir.«

»Volle Kraft voraus.«

»Volle Kraft voraus, Sir.«

»Mr. Chekov, ich möchte, daß Sie einen neuen Kurs berechnen. Wir werden sehr weit fliegen... zu einem Ort, an dem wir schon einmal waren.«

TEIL III

IN DEN TIEFEN DER ZEIT

»Millionen und Abermillionen Leben hängen davon ab, was dieses Schiff als nächstes unternimmt.«
»Oder was es unterläßt, Doktor.«
McCoy und Spock
›Spock unter Verdacht‹

20

Die historischen Überblicke, die wir bei unserer früheren Mission hier aufgezeichnet haben, sind im Bibliothekscomputer gespeichert. Ich lasse sie auf den Tricorder überspielen.«

»Sehr schön.« Es war schon wieder heiß auf der Brücke. »Wenn Sie damit fertig sind, stellen Sie eine weitere Landegruppe zusammen. Nehmen Sie auch die beiden Klingonen mit.«

Die Schatten auf der Brücke wirkten härter als gestern und hoben die Formen von Sesseln und Konsolen schärfer hervor.

»Verzeihung, Sir?«

Kirk blinzelte kurz und schloß die Augen dann wieder. »Möglicherweise hilft es uns, wenn sie sehen, was von nun an geschieht. Wenn wir herausfinden, was wirklich passiert ist, möchte ich die Wahrheit auf ihren Gesichtern ablesen. Und nehmen Sie auch diesen jungen Burschen wieder mit. Den Anthropologen.«

»Lieutenant Bannon, Sir.«

»Genau. Nehmen Sie ihn mit.«

Kirks Wirbelsäule schien sich plötzlich zusammenzuziehen. Er kippte zur Seite, als das verletzte Bein unter ihm nachgab. Sein Ellbogen krachte auf die Konsole der Wissenschaftsstation, während der Hüftknochen hart gegen die Geräteverkleidung stieß.

Spock packte seinen Arm und half ihm wieder auf die Beine. Die Aufmerksamkeit des Vulkaniers galt dabei jedoch weniger dem Captain als seinen Instrumenten, die plötzlich anfingen zu heulen und zu summen.

»Feindliches Feuer?« fragte Kirk keuchend, obwohl das Schiff in dem Fall automatisch Alarmstufe Rot ausgelöst hätte.

»Nein, Sir«, sagte der Vulkanier und studierte angespannt die Sensordaten. Als er wieder aufsah, zeigte sein Gesicht einen triumphierenden Ausdruck. »Das war eine erste Zeitverwerfungswelle, Sir. Wir sind am richtigen Ort.«

Kirk lehnte sich gegen die Konsole und versuchte, wieder zu Atem zu kommen. Eine Bewegung, und schon begann er zu keuchen. Dazu kamen Kopfschmerzen, die alle paar Sekunden durch ein unangenehmes Nervenzittern an den Schläfen verstärkt wurden.

Zeitverschiebungen... die in Form ungeordneter Energie nach außen drangen. Zum erstenmal seit Tagen hatte er das Gefühl, etwas richtig gemacht zu haben.

»Jim?« McCoy ging ein paar Schritte auf das Geländer zu, das den oberen vom unteren Brückenbereich trennte. »Hast du einen Moment Zeit?«

Kirk begab sich nicht nach unten, sondern trat nur einen Schritt vor und lehnte sich sicherheitshalber gegen das Geländer – der nächste Schmerzanfall würde bestimmt kommen. »Was gibt's denn?«

McCoys Miene blieb undeutbar. »Wie fühlst du dich?«

»Heiß, müde, angeschlagen, erschöpft und desorientiert. Sonst noch was?«

»Du hast irritiert vergessen.«

»Nicht mit Absicht. Was wirst du dagegen unternehmen?«

»Nun, ich kann dir jetzt auf der Stelle noch eine Behandlung verabreichen, aber du mußt begreifen, daß

Ruhe ein Teil des Genesungsprozesses ist. Und daran mangelt es dir.«

»Das läßt sich auch nicht ändern.« Kirk rieb sich den Nacken und drehte dann den Kopf, um die Muskeln zu dehnen. Bei jeder Bewegung knirschte seine Wirbelsäule. »Mr. Sulu, halten Sie genau Kurs auf diese Energiewellen. Und gehen Sie auf Alarmstufe Gelb. Mr. Spock, Sie haben des Kommando.«

McCoy kam ihm entgegen und blieb zwischen dem Captain und dem Turbolift stehen. »Jim, da ist noch eine Sache. Bannon möchte nicht eingeteilt werden.«

Eine weitere Energiewelle traf das Schiff. Diesmal war Kirk darauf vorbereitet, doch McCoy geriet ins Stolpern, als das Schiff durchgerüttelt wurde.

Der Doktor hielt sich am Geländer fest und umklammerte es so stark, daß die Haut über seinen Fingerknöcheln weiß wurde. »Der Anthropologe, Jim. Er möchte nicht eingeteilt werden.«

»Warum nicht? Ist er verletzt oder was?«

»Nein, nein, das ist es nicht... Er sagt, er quittiert den Dienst bei Starfleet.« Der Doktor rieb sich mit der Hand über den Unterarm, um die Muskeln zu entspannen. »Ich glaube, wir haben es geschafft, ihm höllische Angst einzujagen.«

»Ich kümmere mich darum«, sagte der Captain. »Verarzte mich jetzt erst mal, dann sammelst du alles ein, was du für die weitere Behandlung meines Beins brauchst, und triffst uns anschließend in fünfundzwanzig Minuten im Transporterraum.«

»Ich möchte aber, daß du mindestens vier Stunden lang nicht mehr herumläufst.«

»In Ordnung. Dann mußt du mich tragen.«

»Soll ich dir erst einen medizinischen Befehl geben?«

»Wenn du zusehen willst, wie er in die Ablage wandert.«

»Also jetzt hör mal, Jim...«

»Bannon?«

»Captain!«

Das Quartier eines Junior-Lieutenants. Nostalgie hoch zehn. Ein einfaches Bett, gedämpfte Beleuchtung, kahle Wände. Ein Gemeinschaftsbad mit der Unterkunft nebenan. Und das eine Bett wurde abwechselnd von zwei Besatzungsmitgliedern mit unterschiedlichen Freiwachen benutzt.

»Wir haben unser Ziel fast erreicht«, sagte Kirk. »Mr. Spock stopft ein paar Tricorder mit historischen, geologischen und paläontologischen Grunddaten voll. Wir stellen gerade eine Landegruppe zusammen. Ich hätte Sie auch gern dabei.«

Der schlaksige, rothaarige Bannon starrte ihn an und wußte nicht, was er sagen sollte. Die Tatsache, daß der Captain hier höchstpersönlich erschien, bewies, daß Kirk bereits von Bannons Absicht, aus dem Dienst auszuscheiden, gehört hatte. Bannon wollte einfach in einem netten, ruhigen Labor untertauchen und den Rest seines Lebens möglichst ohne Aufregungen hinter sich bringen. Schließlich gingen Anthropologen üblicherweise erst dann an die Arbeit, wenn die Lage geklärt war. In gefährliche Situationen gerieten sie so gut wie nie.

Kirk wartete einen Moment und zog dann fragend eine Augenbraue hoch. »Nun?«

Der junge Mann wich zurück, bis er die Wand berührte. »Ich... ich... ich...«

Kirks zweite Braue fuhr ebenfalls hoch. »Sie, Sie, Sie?«

Bannon wischte sich die Handflächen an der Hose ab. »Ich will nicht gehen, Sir. Ich möchte...«

Für eine Weile herrschte Schweigen in der kleinen Kabine. In Kirks Augen paßten die Begriffe ›verlassen‹ und ›Starfleet‹ nicht zusammen. Auch wenn er sich selbst schon oft gefragt hatte, ob er den Dienst quittieren sollte, sich das mitunter sogar gewünscht hatte, so blieb doch die Vorstellung, seine Rangabzeichen auf irgendeinen Schreibtisch zu legen und sich zu verabschieden, jenseits seiner Reichweite.

Bannon verlagerte nervös sein Gewicht von einem Bein auf das andere. Es war eine Sache, dem Zimmerkameraden zu erzählen, daß man die Flotte verlassen wollte, oder seine Absicht dem Wachhabenden mitzuteilen, der es an den Abteilungsleiter weitergab, worauf der wiederum dem Ersten Offizier Meldung machte, der dann – vielleicht, sofern es die Situation verlangte – den Captain in Kenntnis setzte. Jedenfalls war der Captain der letzte, dem er seine Absichten erläutern wollte.

Kirk ließ sich auf einem der Stühle nieder, um sein schmerzendes Bein zu entlasten. »Ist es wegen Lieutenant LaCerra?«

Bannon blinzelte verblüfft. Er hätte nicht im Traum damit gerechnet, jemand, der in der Rangordnung so weit oben stand, könnte intuitiv erfassen, was in ihm vorging.

»Ja, Sir«, gestand er schließlich. »Ich glaube, das stimmt.« Er richtete den Blick auf den Boden. »Als diese Tiere begannen, sie in das hohe Gras zu treiben, machte ich gerade Aufzeichnungen mit dem Biotricorder. Ich ließ ihn fallen und griff nach dem Phaser.« Seine Stimme wurde brüchig. »Statt dessen erwischte ich den Kommunikator.«

Draußen auf dem Korridor rannte jemand vorbei. Dann noch einer. Die Schritte dröhnten dumpf in der Kabine.

Es ist nicht dein Fehler, Jim.

Ich habe das Kommando, Pille. Das macht es zu meinem Fehler.

Kirk stand ein wenig mühsam auf. »Ich verstehe.« Dann wandte er sich halb um. »Sie können gerne den

Dienst quittieren, sobald unser Problem gelöst ist, Lieutenant. Bis dahin müssen wir alle volle Leistung erbringen. Machen Sie sich für einen Außeneinsatz bereit und seien Sie in zehn Minuten im Transporterraum.«

Die Ruinen erstreckten sich bis zum Horizont. Es war eine alte Welt, und selbst nach Jahren der Forschung wußte niemand genau, wie alt die Ruinen wirklich waren.

In einiger Entfernung erhob sich vor ihnen eine runde Felsformation, so hoch wie zwei Männer und so breit wie vier, die wie die polierte Scheibe einer Geode wirkte. Das Ganze wirkte tot, aber sie wußten es besser.

Kirk führte die Gruppe an, denn er kannte den Weg. Zugleich versuchte er den Erinnerungen zu entkommen, die jetzt auf ihn einstürmten, Erinnerungen an eine andere Reise zu diesem Ort, die ihn jetzt von seinem Vorhaben abzulenken drohten.

Neben ihm suchte sich Spock einen Weg durch die Felstrümmer. Er schwieg, doch das hatte nicht viel zu bedeuten. Trotz seiner gleichmütigen Miene war zu erkennen, was seine Gedanken beschäftigte. Aber vielleicht bemühte er sich auch nicht mehr so sehr wie früher, seine Gefühle zu verbergen.

Sie waren schon einmal hier gewesen, waren durch den glitzernden Ring gegangen und in der Vergangenheit gelandet. Den Fehler zu korrigieren, hatte damals bedeutet, eine außergewöhnliche Frau bei einem Autounfall sterben zu lassen, um so zu verhindern, daß der Geschichtsablauf eine schreckliche Wendung nahm.

Und jetzt lastete die Geschichte der ganzen Galaxis auf Kirks Schultern.

Hast du etwas Falsches getan? Was immer es ist, laß mich dir helfen.

Kirk blieb zwischen zwei Trümmerhaufen stehen und entspannte die schmerzenden Arme. Er hatte ihre Stimme tatsächlich gehört.

Spock stand mit hochgezogenen Brauen neben ihm. »Captain?«

Kirk blickte ihn an und dachte daran, was sie beim letztenmal durchgemacht hatten. Ein anderes Teilstück der Geschichte, das korrigiert werden mußte. Hier war Spock und fragte sich, woher sie die Kraft nehmen würden, das noch einmal auf sich zu nehmen.

Und dort war auch McCoy, der die Milliarden Unschuldiger zählte, die nie die Chance zu leben gehabt hatten, und jeder Einzelne schmerzte ihn so, als wäre er auf seinem Operationstisch gestorben.

»Ich habe das schon einmal empfunden«, sagte Kirk, »dieses Gefühl, allein zu sein.«

»Intuition, Captain?«

»Nicht gut genug für Sie?«

Sie blieben einen Moment stehen, als wollten sie Kraft schöpfen für den Weg, der vor ihnen lag.

»Mir gefällt das nicht«, sagte Kirk. »Bei all den Forschungen und Eroberungen, die menschliche Wesen durchgeführt haben, seit sie die erste Landbrücke zu neuen Kontinenten überquerten, hat es nie die Chance gegeben, zurückzugehen und noch einmal von vorn zu beginnen. Üblicherweise ist das eine gute Sache. So sehr wir uns auch wünschen mögen, zurückgehen zu können, so ist es doch besser, nach vorne zu blicken. Doch vor einiger Zeit haben wir Möglichkeiten gefunden, in die Vergangenheit einzudringen, dort hinzugehen, wo wir nicht hingehören. Ich kann vorwärts drängen, Risiken eingehen, Chancen abschätzen... aber wenn ich zurückschaue, bin ich mir überhaupt nicht mehr sicher.«

Seine Worte verklangen wie ein leiser Ruf nach Hilfe, der nie beantwortet werden konnte.

»Kommen Sie, Spock«, sagte er resigniert. »Bringen wir die Sache hinter uns.«

Der Boden war hier mit Felsbrocken übersät, und McCoy hatte Mühe, zu Kirk aufzuschließen. »Captain?«

»Was gibt's?«

»Bevor wir uns in etwas hineinstürzen, möchte ich vorschlagen, daß wir Bannon zum Schiff zurückschicken. Meine Einschätzung seines seelischen Zustands...«

»Ich habe mich schon darum gekümmert.«

McCoy runzelte die Stirn. »Du hast mit ihm gesprochen?«

»Ich habe ihm zugehört.«

»Und nichts gesagt?«

»Ich habe ihm gesagt, er soll sich zum Dienst melden.«

»Jim, dieser Junge steht unter Schock. Das steht ihm doch deutlich ins Gesicht geschrieben.«

»Nur ein guter Mann reagiert so auf einen Fehler«, widersprach Kirk. »Nichts, was ich sagen könnte, würde ihm in dieser Situation helfen. Er muß lernen, die Verantwortung für andere zu übernehmen, notfalls auch für deren Tod, wenn er bei Starfleet bleiben will.«

»Er sagt, er will nicht.«

»Er lügt.«

»Jim...«

»Das reicht jetzt. Wir sind fast da.«

Das Zentrum der Zeitverwerfungen lag so ruhig und friedlich da wie eine Kirche. Der Platz erschien ihnen so vertraut, als wären sie erst gestern hier gewesen. Der Himmel war metallisch grau und wirkte so strukturlos wie Zement. Die Sonne des Systems schien mit diesem Ort wenig zu tun haben zu wollen.

Spock und ein Sicherheitsmann packten Kirk an den

Armen und halfen ihm von den Felsen hinunter auf den flachen Boden. Trotzdem stieß er hart mit der Ferse des verletzten Beins auf und zuckte zusammen, als der Schmerz bis zur Hüfte hinaufraste.

McCoy ging an ihm vorbei auf die Steinscheibe zu, durch deren Mitte man den Horizont sehen konnte.

»Pille...« Mit einer schnellen Bewegung ergriff Kirk den Arm des Doktors und riß ihn zurück. »Geh nicht zu nah heran.«

»Dieser Ort jagt mir Schauer über den Rücken«, gestand McCoy.

»Kann ich dir nicht verdenken.« Kirk schaute zu den anderen Mitgliedern des Teams hinüber. »Sensoren.«

Die Leute holten ihre Tricorder hervor und scannten das Gebiet. Insgesamt bestand das Team aus sieben Personen: Kirk, McCoy, Spock, Bannon, zwei Sicherheitsleute und ein dreiundzwanzigjähriges tibetanisches Mädchen, das darum gebeten hatte, als wissenschaftliche Assistentin eingesetzt zu werden. Während Spock, Bannon und dieses Mädchen mit den Tricordern arbeiteten, machten die Sicherheitsleute einen Rundgang, um das Gelände zu überprüfen.

»Keine Lebensformen«, stellte Spock fest, »kein Energieausstoß, abgesehen von der Zentraleinheit... keinerlei sonstige Störungen.«

»Verstanden«, sagte Kirk. »Machen Sie weiter.« Er starrte den großen Felsring an. Er glühte nicht und gab auch ansonsten keine Hinweise auf die Energien, die sich dort befanden. Trotzdem stellten sich ihm die Nackenhaare auf.

Ein paar Schritte von ihm entfernt zirpte ein Kommunikator. »Spock an *Enterprise*. Der Platz ist gesichert. Schicken Sie jetzt die zweite Landegruppe herunter.«

Dann hörte Kirk das energetische Summen, als Milliarden von Molekülen durch den Raum gejagt und innerhalb weniger Sekunden wieder zusammengefügt wurden.

Vor ihm auf dem ausgetrockneten Boden standen jetzt zwei weitere Sicherheitswachen und die beiden mit Handschellen gefesselten klingonischen Gefangenen. Beide trugen Hemden aus der Krankenstation und dazu ihre eigenen Hosen.

Argwöhnisch schauten sich Roth und Zalt um. Vermutlich hatten sie den Verdacht, man wolle sie hier aussetzen. Im Grunde war das gar keine so üble Idee.

»Also schön«, sagte Kirk und humpelte auf das Felsgebilde zu. »Schauen wir mal, was sich hier entdecken läßt.

Der zwei Fuß dicke Felsring ragte stumm vor ihm auf.

»Wächter«, begann er. »Kannst du mich hören?«

Der innere Ring des Felsens erwachte zu leuchtendem Leben, als freue er sich, jemanden zu haben, mit dem er reden konnte. Eine ruhige, tiefe Stimme dröhnte über den Platz.

»ICH BIN DER WÄCHTER DER EWIGKEIT... LASS MICH DEIN TORWEG SEIN.«

In der Stimme schwang bei aller Getragenheit eine gewisse Emotionalität mit. Sie klang ungefähr so wie ein Priester, der seine Würde wahren will, obwohl er am liebsten das Tanzbein geschwungen hätte.

»Erinnerst du dich an uns?«

Spock neigte sich zu Kirk hinüber und murmelte: »Captain?«

»Vielleicht hat er ja Gedächtnisspeicher oder so was.«

Wieder leuchteten die Lichter auf. »ICH BIN EINE MASCHINE UND EIN LEBENDES WESEN... BEIDES UND NICHTS DAVON...«

»Sehen Sie, Spock! Genau danach haben wir ihn gefragt, als wir damals hier waren. Er besitzt also einen Gedächtnisspeicher. Er erinnert sich an uns.«

»Oder er besitzt telepathische Fähigkeiten, Sir.«

Ohne die Lippen zu bewegen, knurrte McCoy: »Ich wette, es ist eine Maschine.«

Kirk reagierte nicht auf diese Bemerkung. »Wächter, kennst du uns?«

»IHR STAMMT AUS DER WELT VOR DER VERÄNDERUNG.«

»Welche Veränderung meinst du?« fragte Kirk.

»DIE VERÄNDERUNG DER ZEIT.«

»Woher weißt du, daß wir aus der Zeit vor der Veränderung kommen?«

»ICH BIN MEIN EIGENER ANFANG, MEIN EIGENES ENDE ...«

»Ja, das wissen wir.«

»Vielleicht bezieht er sich damit auf seine besondere Eigenart, Jim«, meinte McCoy. »Du erinnerst dich doch, wie er uns damals Bilder aus der Vergangenheit gezeigt hat und in großen Schritten durch die Jahrhunderte eilte ...«

Kirk bedachte ihn mit einem nachdenklichen Blick. »Ich bin überrascht, daß du dich erinnerst, wenn man bedenkt, in welchem Zustand du dich damals befunden hast.«

Der Doktor verzog das Gesicht. »Ich stand unter Drogen, aber ich war nicht bewußtlos.«

»Ja, ich weiß.«

»VIELE REISEN SIND MÖGLICH ...«

Kirk wandte sich an Spock. »Was denken Sie, was sollten wir fragen? Wie spezifisch sollten wir werden?«

»Empfehlenswert wäre vielleicht eine allgemeine Frage. Unsere Tricorder könnten dann aufzeichnen, was er uns zeigt.«

»Dann legen Sie mal los.«

Spock trat vor. »Wächter... zeige uns die Vergangenheit.«

Das bisher leere Zentrum des Steinrings schien plötzlich von einer milchigen Substanz erfüllt zu sein, in der Bilder auftauchten, an Schärfe gewannen und sich dann mit rasender Geschwindigkeit abspulten.

»GEBT ACHT.«

In der Stimme klang fast so etwas wie Begeisterung mit. Offenbar hatte der Wächter nur zwei Aufgaben: Die Vergangenheit zu zeigen und als Reiseveranstalter in eben diese Vergangenheit zu fungieren. Doch während seiner Existenz, wie lange auch immer sie wären mochte, hatte es nur wenige Gelegenheiten gegeben, diese Aufgaben zu erfüllen. Irgend jemand hatte ihn vor langer Zeit hier abgesetzt und ihn dann vergessen. Und trotz seiner erhaben klingenden Ausdrucksweise wartete er nur auf Besucher, die einen Blick in die Vergangenheit werfen und vielleicht auch einen Ausflug dorthin machen wollten. Die Möglichkeit, endlich seine Aufgabe zu erfüllen, mußte auf ihn so wirken wie ein Konzertauftritt auf einen leidenschaftlichen Pianisten.

Spock nickte seiner Assistentin zu, und die junge Frau richtete ihren Tricorder auf die Bilder, die immer wieder einzelne Szenen der Vergangenheit darstellten, dann verblaßten und sich auf neue historische Momente konzentrierten.

Doch keines der Bilder wirkte auf Kirk sonderlich vertraut. Die Szenen kamen ihm fremdartig vor. Die Kleidung, die Tiere, die Pflanzen, die Gebäude – alles war fremd.

»Es handelt sich um vulkanische Geschichte, Captain«, bemerkte Spock.

Lange, blutige Stammeskriege, der Bau von Siedlungen, dann von Städten, die dann Gebäude für Gebäude wieder von unbeherrschten Emotionen niedergerissen wurden.

Kirk warf einen Blick auf Spock, der bei dieser Darstellung eines wenig ruhmvollen Teils der vulkanischen Geschichte ruhig und gelassen blieb.

Ein Stück weiter standen die beiden Klingonen zwischen ihren Wachen und beobachteten ebenfalls das Geschehen. Zalts Gesicht war ein Bild des Argwohns, doch Roth blickte mit offenem Staunen auf die Bilder. Hin und wieder schaute er dabei zu Kirk hinüber, als wolle er dessen Reaktion abschätzen.

Sobald Kirk das bemerkte, wandte er sich von ihm ab. Er hatte nicht vor, jetzt schon irgendwelche Informationen oder Hinweise zu geben.

Die Bilder zeigten nun seltener Kämpfe und dafür um so öfter Versammlungen, Regierungen, Vorschriften, bis diese Gesetze und Regelungen überhand nahmen und zu neuer Unterdrückung führten.

»Sehen Sie, Captain«, sagte Spock leise, »diese vulkanische Geschichte gleicht jener, wie wir sie kennen.«

»Damit wäre zumindest ein Teil Ihrer Theorie bestätigt.«

»Ja...« Spock wirkte zufrieden, während er seine Aufmerksamkeit zwischen dem Wächter und seinem Tricorder teilte.

Bisher hatte Spock nach außen hin nur wenig Beunruhigung gezeigt. Genau wie der Captain hatte er jedoch unter all den nicht verifizierbaren und möglicherweise gefährlichen Vermutungen und Einschätzungen gelitten, mit denen zu arbeiten er gezwungen war. Jetzt allerdings war ein heller Streifen am Horizont zu erkennen, und die Erleichterung darüber spiegelte sich aller Zurückhaltung zum Trotz in Spocks Gesicht wieder.

Ein Lächeln umspielte Kirks Lippen. »Ich wollte, wir hätten mehr Zeit gehabt, um uns mit Temron und seinen Leuten zu unterhalten. Das waren geistvolle Menschen.«

Spock neigte den Kopf leicht zur Seite. »Die Vulkanier hier haben gelernt, daß das Prinzip des Friedens nur funktioniert, wenn alle Seiten daran festhalten. In unserer Zeit genoß mein Volk den Luxus, diese Tatsache niemals lernen zu müssen.«

Grinsend meinte McCoy: »So also lautet Ihre Entschuldigung?«

Ohne auf diese Bemerkung einzugehen, sagte Spock: »Captain, die Veränderung, die dieses Wesen erwähnt hat – das muß der Schlüssel sein.«

Kirk nickte. »Wächter, kannst du uns die Veränderung zeigen?«

Wieder pulsierte das Licht. »ICH BIN GESCHAFFEN, DIE VERGANGENHEIT AUF DIESE WEISE ZU ZEIGEN.«

»Es muß in der Vergangenheit der Erde liegen, Captain«, sagte Spock leise. »Und er muß es auf irgendeine Weise registriert haben. Betrachten Sie den Wächter als eine Art Computer. Bitten Sie ihn, uns spezielle Fäden des gesamten Gewebes zu zeigen.«

Wieder nickte Kirk. »Kannst du uns die Vergangenheit zeigen, die wir miteinander gemein haben?«

Ein paar Sekunden verstrichen, fast so, als beabsichtige der Wächter, diese Frage nicht zu beantworten.

Dann leuchteten die Lichter wieder auf, und die mächtige Stimme dröhnte.

»DAFÜR ... MUSS ICH SEHR WEIT ZURÜCKGEHEN.«

Kirk sah zu McCoy hinüber und zuckte die Achseln. Auch Spocks Miene drückte ähnliche Ratlosigkeit aus.

»Wie weit?« hakte Kirk nach.

Diesmal sagte die Maschine gar nichts. Offenbar bestand ihre Vorstellung von einer Antwort darin, ihre Aufzeichnungen durchzusehen und die entsprechenden Bilder herauszusuchen.

Die Lichter pulsierten jetzt nur noch sehr schwach und gleichmäßig.

Dann flammten die Lichter für einen kurzen Moment so grell auf, daß es aussah, als wäre der Wächter explodiert.

Inmitten des Steinrings zeigte sich jetzt das Bild eines Planeten, der von Meteoren bombardiert wurde. Als das Bombardement langsam nachließ, bildete sich auf der Oberfläche des Planeten eine feste Kruste. Dann stürzte ein Himmelskörper, dessen Größe fast ein Sechstel des Planeten betrug, auf diesen herab, und aus dem beim Aufschlag emporgeschleuderten Material bildete sich ein Mond.

Die junge Erde erholte sich vor ihren Augen von dem Aufprall. Vulkanketten stiegen entlang der Risse in der Oberfläche empor. Große Teile der Oberflächenplatten schoben sich untereinander, und neue Krusten bildeten sich. Langsam verschleierte sich das Bild, als eine an Wasserdampf reiche Atmosphäre entstand.

»Kann mal jemand von der Wissenschaftsabteilung erklären, was wir da eigentlich sehen«, platzte Kirk heraus.

Da niemand das Wort ergriff, fühlte sich Spock verpflichtet, den Anfang zu machen. »Wie es scheint, werden wir Zeuge der wichtigsten Ereignisse während der Geburt und der Frühgeschichte der Erde.«

»Wo sind die Kontinente?« fragte McCoy, als die Wolkendecke aufriß und einen Wasserplaneten enthüllte, auf dem einzelne Vulkaninseln erkennbar waren.

Spock wandte den Blick nicht von den Bildern. »Es erfordert Milliarden von Jahren tektonischer Bewegungen, bis sich die leichteren Mineralien an der Oberfläche zu Kontinenten destillieren. Die Atmosphäre, die wir sehen, besteht weitgehend aus CO_2 mit einigen Beimischungen von Nitrogen und Wasser, ungefähr so, wie heute auf der Venus.«

Ermutigt durch Spocks Beispiel trat jetzt Fähnrich Reenie vor. Sie richtete ihren Tricorder auf den Schirm und sagte: »Möglicherweise hat sich schon zu diesem Zeitpunkt Leben entwickelt, Sir, wenn auch in sehr einfacher Form.«

»Einzellig?« vermutete Kirk.

»Einfacher als das, Sir... Bakterien, Algen... es dauerte ungefähr zwei Milliarden Jahre, bevor sich die DNS zu Chromosomen organisiert hat.«

»Beachten Sie die rote Färbung entlang der Küstenlinien«, sagte Spock. »Eisenablagerungen, die sich aufgrund bakteriologischer Aktivitäten bilden. Dieser Prozeß findet nur statt in dem Intervall zwischen der Entstehung des Lebens und jenem Zeitpunkt, von dem an freier Sauerstoff in der Atmosphäre existieren kann. Dieses Muster wiederholt sich auf allen Welten mit Leben auf Kohlenstoffbasis.«

»Eisen«, sagte Kirk und betrachtete die roten Wirbel, »Grundlage einer ersten industriellen Entwicklung.«

»Seht doch!« McCoy deutete auf etwas anderes. »Dort ist Leben! Der Ursprung der Fortpflanzung! Das gesamte genetische Material organisierte sich und konnte dadurch immer neu arrangiert werden. Ich würde sagen, damit sind wir bei rund anderthalb Milliarden Jahren angekommen. Von jetzt an wird es interessant.«

Kirk beugte sich zu ihm. »Bei Gelegenheit mußt du mir erklären, woran du das erkennst.«

Doch der Doktor hatte recht. Blauweiße, gallertartige Lebewesen breiteten sich aus und fingen und verschlangen andere Tiere. Um das tun zu können, mußten sie die Fortbewegungsorgane an einem Ende ihres Körpers unterbringen und die Sinnesorgane am anderen. Nach all den Millionen Jahren begann etwas

Lebendiges gegen den Strom zu schwimmen. Und es gefiel ihm.

Wie im Zeitraffer waren wurmähnliche Kreaturen zu sehen, die über die Ablagerungen hinwegglitten, mehrzelliges Leben, wo zuvor nur Einzeller geherrscht hatten.

Als sich einer dieser Würmer in den Untergrund eingrub, rief McCoy: »Seht doch, da hat sich ein Coelum entwickelt!«

»Ein was?« fragte Kirk.

McCoy ruderte mit den Händen durch die Luft, um es zu erklären. »Es ist ein ... nun, eine ... eine Körperhöhlung. Sehr hilfreich, so eine Art hydraulisches System für den Körper.« Als daraufhin niemand den Eindruck erweckte, irgend etwas verstanden zu haben, rief er: »Damit kann ein Tier etwas bewegen! Es ist wichtig!«

Als das Bild abermals wechselte, schüttelte Kirk den Kopf. »Laß gut sein, Pille. Wo sind wir jetzt?«

»Siebenhundert Millionen Jahre«, sagte Reenie.

»DIES IST EURE GEMEINSAME VERGANGENHEIT«, dröhnte der Wächter, als wäre er stolz darauf, die ferne Vergangenheit gefunden zu haben. »LASST MICH EUER TORWEG SEIN.«

Kirk wandte sich an Reenie. »Erzählen Sie weiter.«

»Trilobiten ... Mollusken, Stachelhäuter, Arthropoden ... alles in gewaltiger Anzahl!« Reenies Stimme überschlug sich vor Aufregung und Begeisterung. »Es ist die Artenexplosion des Kambriums. Ich glaube ... Fünfhundertsiebzig ... M-millionen Jahre, Sss ...«

»Atmen Sie mal tief durch, Fähnrich.«

»Jjjaa, Sir ...«

»Zumindest sieht es vertraut aus«, bemerkte McCoy.

Kirk nickte. »Das Vertrauteste, was wir bisher gesehen haben.«

Jetzt tauchten Fische auf, unzählige Milliarden, hunderte von Spezies, so fremd, wie irgend etwas in der Galaxis nur sein konnte. Es war eine ganz andere, fremdartige Welt dort auf ihrem Heimatplaneten.

Auf dem Schirm vor ihnen tauchte das Bild eines schwankenden Sacks auf, mit Augen am offenen Ende und einem Schwanz am anderen. Vermutlich ein Wesen, das Plankton aus dem Wasser herausfilterte, und zugleich eines der häßlichsten Geschöpfe, die Kirk je gesehen hatte, und er hatte so einiges gesehen. Dann tauchten Zahnfische auf, Lungenfische, Knochenfische, Haie.

»Das Devon«, sagte Bannon begeistert. »Die Vielfalt des Lebens nimmt zu und wieder ab, ein ständiger Wechsel von Entwicklung und Zusammenbruch.«

»Captain«, mischte sich Spock wieder ein, »jetzt bewegt sich das Leben aus dem Meer heraus. Die verschiedenen Lebensformen haben mittlerweile große Teile des CO_2 aus der Atmosphäre herausgezogen und in Form von Kalkstein und Kalziumkarbonat auf dem Meeresgrund abgelagert. Die gesammelten Überreste von Milliarden Muscheln über Hunderte von Millionen Jahren.«

»Und zugleich bilden sie die großen Öl- und Gasreserven der Erde«, sagte Kirk.

»Die dichte Vegetation hat große Mengen von Sauerstoff in die Atmosphäre entlassen«, erklärte Reenie, »der ein Gegengewicht zu der bisherigen Kohlendioxydkonzentration bildet. Kriechende Arthropoden kolonisieren die Landmassen...«

Bannon unterbrach sie. »Sie dienten als Nahrungsquelle für größere Tiere, die so ebenfalls an Land kommen konnten.«

Eine Reihe häßlicher Wesen mit zitternden Antennen und Spinnenbeinen kroch über den Bildschirm. Riesige Tausendfüßler waren die ersten großen Pflanzenfresser. Das Leben hatte sich aus den schützenden, im Schlick verborgenen Schalen befreit und sich an Land gewagt, um frische Luft zu atmen.

»Amphibien müßten auch hier sein«, sagte McCoy. »Ah ja, dort sind sie.«

Plötzlich waren fast ebenso viele Frösche und Schlangen zu sehen wie kurz zuvor Fische. Das Land war bedeckt von Farnen und Schachtelhalmen. Riesige Libellen flogen vorüber. In den zu Sekunden zusammengezogenen Äonen veränderte sich das Leben sehr rasch, wurde zu einem dampfenden Zoo, der fliegende Reptilien und grauhäutige Jäger hervorbrachte. Ein wütendes, geiergroßes Wesen sprang sie so realistisch an, daß Reenie und McCoy unwillkürlich zurückwichen.

»Relativ hochentwickelter Archosaurier«, meinte Bannon, der seinen mit paläontologischen Daten vollgestopften Tricorder zurate zog. »Glaube ich jedenfalls. Es ging so verdammt schnell!«

»Wir befinden uns jetzt im Jura«, fuhr Spock fort. »Weltweit feuchtes Klima. Dinosaurier. Große Sauropoden ... Stegosaurier ... möglicherweise erste, kleine Säuger ...«

Riesige, in gewaltigen Herden lebende Dinosaurier wanderten mit ihrem Nachwuchs über grüne Ebenen, badeten in blaugrünen Teichen, lebten angenehm und starben gewaltsam, um fleischfressenden Jägern als Nahrung zu dienen.

»Lieber Himmel«, meinte McCoy, »ich würde zu gerne mal für zehn Minuten dort sein, sie mit meinen Händen berühren ...«

»Kannst du ja«, sagte Kirk.

Der Doktor verzog das Gesicht. »Nein, vielen Dank. Ich würde ja nicht mal die zehn Minuten überleben.«

Die Dinosaurier waren sehr lange zu sehen. Neue Giganten tauchten auf, um die alten zu ersetzen.

Ganze Spezies starben aus. Andere entwickelten sich. Spock versuchte, den Verlauf der Jahre abzuschätzen, doch es schien kein Ende zu geben. Und irgendwann fühlte sich Kirk wie betäubt von der Bilderflut.

Vielleicht wollte der Wächter, daß sie sich unbedeutend vorkamen – oder vielleicht auch das Gegenteil, daß sie ihre Bedeutung daraus ersahen, daß er ihnen all diese Bilder zeigte. Wenn das verdammte Ding nur nicht immer so hochtrabend reden würde.

Plötzlich wurden die Bilder unscharf, verschwammen und erloschen schließlich ganz. Nun war das Zentrum des Felsrings wieder leer.

Die Landegruppe starrte den Stein an und richtete die Blicke dann auf den Captain.

»Was ist passiert?« wandte sich Kirk an Spock. »Warum hat er angehalten?«

Hatte der Wächter erkannt, daß er nicht mehr aufmerksam zusah und deswegen abgeschaltet?

»Es liegt nicht an uns«, meinte Spock.

»Vielleicht hat er einen Kurzschluß«, brummte McCoy.

Kirk trat einen Schritt vor. »Wächter, weshalb hast du aufgehört?«

Die Lichter flackerten und erloschen. Für einen Moment sah es so aus, als hätte sich das Gerät völlig abgeschaltet.

Dann leuchteten sie wieder auf und die Stimme dröhnte. »EURE GEMEINSAME VERGANGENHEIT ENDET HIER.«

Kirk lief ein Schauer über den Rücken. »Sie endet? Du meinst, es gibt keine weitere Geschichte auf unserem Planeten?«

»ES GIBT KEINE GESCHICHTE MEHR, DIE IHR MITEINANDER GEMEIN HÄTTET.«

Kirk fühlte sich, als hätte man ihm gerade eröffnet, seine Eltern wären nie verheiratet gewesen und sein bisheriges Leben nur ein Traum. Er trat einen Schritt zurück und sagte leise zu Spock: »Wann hat die Aufzeichnung geendet?«

»Grob geschätzt vor fünfzig bis achtzig Millionen Jahren, Captain.«

»Achtzig Millionen...« Kirk biß die Zähne zusammen. Unwillkürlich suchte er nach einer Stelle im Felsring, die schmal genug war, um seine Hände darum zu legen und die Antworten aus dem Wächter herauszuschütteln. Vielleicht genügt es ja auch, ihn einfach zu treten. Oder sollte er ihm mit dem Phaser drohen?

»Versuchen wir etwas anderes«, murmelte er. »Wächter, ... kannst du mir meine eigene Vergangenheit zeigen?«

Wieder flackerten die Lichter unregelmäßig auf.

»DU ... HAST KEINE VERGANGENHEIT.«

Kirk fühlte sich langsam wie ein Ball, aus dem die Luft entweicht. Er humpelte vorwärts. »Kannst du uns den weiteren Verlauf der Geschichte meines Planeten *nach* der Veränderung der Zeit zeigen? Vielleicht hilft uns das weiter.«

Das Innere des Rings wurde für ein paar Sekunden lang grau, dann tauchte wieder der vertraute Planet auf. Abermals wanderten Dinosaurier über die Erde, und wieder vergingen Jahrtausende in Sekunden.

Und dann, bevor die Landegruppe richtig begriff, was sie da sah, glitt ein Dinosaurier vorüber, der in einem ausgehöhlten Baumstamm saß und dieses Kanu mit einem Ast, den er als Ruder benutzte, antrieb.

»Jim!« keuchte McCoy. Vor lauter Aufregung konnte er nur noch auf das Bild zeigen.

Und jetzt auf einmal wirkten die Bilder des Wächters nicht mehr vertraut. Das Wesen auf dem Schirm hielt den Kopf aufrecht, benutzte aber den Schwanz als Gegengewicht, besaß schmale, recht lange Arme und Finger, die zum Greifen geeignet waren.

Einen Augenblick später war das Wesen verschwunden. An seine Stelle traten ganze Stämme dieser Echsen, die Feuer machten, auf die Jagd gingen, sich zu Armeen sammelten und erst Dörfer und dann Städte bauten. Ihre Unterarme veränderten sich mit der Zeit, wurden etwas kürzer, und die Hände eigneten sich nun noch besser zur Benutzung von Werkzeugen. Gleichzeitig rückten die Augen etwas weiter nach vorne, die Köpfe wurden größer und die Hälse kräftiger. Doch noch immer hatten sie Schwänze und sehr muskulöse Hinterbeine.

»Spock, begreifen Sie das?« fragte Kirk atemlos.

Der Doktor schüttelte fassungslos den Kopf. »Das muß jene Zivilisation sein, die sich wieder und wieder selbst zerstört hat.«

»Du hast niemals Wesen wie diese gesehen?« fragte Kirk drängend. »Es sind keine uns bekannten Aliens?«

»Höchstens die Gorn«, meinte McCoy, »und die sind niemals bis in diesen Raumsektor vor...«

»Weiß jemand, welche Ära wir da sehen?«

»Fünfundvierzig Millionen Jahre in der Vergangenheit, glaube ich, Sir«, sagte Reenie. »Jedenfalls nach den Tricorderdaten zu urteilen.«

Auf dem Schirm war zu sehen, wie sich die Dinosaurier-Zivilisation immer weiter entwickelte, bis das Bild plötzlich in Flammen und Rauch verschwand.

»Was ist das jetzt?« fragte McCoy.

Kirk ballte unwillkürlich die Fäuste. »Das ist ein Krieg«, sagte er voller Abscheu.

Trotz der Kriege entwickelte sich die Technologie mit atemberaubendem Tempo weiter, während gleichzeitig ganze Heere der dinosaurierähnlichen Wesen aufmarschierten. Eines der raucherfüllten Bilder zeigte eine der Echsen, die ihre scharfen Zähne in den Nacken eines Artgenossen schlug, einen Fleischfetzen herausriß, sich das Blut vom Gesicht wischte und wieder in ihren Panzer kletterte, um davonzufahren.

Plötzlich wurden sie von einem grellen Licht geblendet, das den ganze Schirm erfüllte und sie dazu zwang, unwillkürlich zurückzuweichen, als wären sie selbst davon bedroht.

»Ein Nuklearkrieg«, sagte Spock tonlos.

Anders als in der Geschichte der Welt, die Kirk kannte, gab es hier jedoch nicht nur wenige, vereinzelte Atomexplosionen. Eine Detonation folgte auf die nächste, zu Hunderten flammten die Blitze auf und zwangen sie, ihre Augen abzuschirmen. Diese Wesen feuerten alle Waffen, die sie entwickelt hatten, auf einmal ab. Offenbar dachte keine der kriegführenden Parteien an die Zukunft; was zählte, war lediglich der Wille, hier und jetzt und um jeden Preis zu siegen.

Und so bombte sich diese aufstrebende Zivilisation selbst wieder in den Urschlamm zurück. Was blieb, waren Asche und weite Teile der Erde, die nur noch aus kahlen, zerschmolzenen Flächen bestanden.

Bedauern und Kummer erfüllte die Herzen der Landegruppe. Kirk war sich bewußt, daß sie im Grunde das Schicksal von Konkurrenten beobachtet hatten, und dennoch war es ihnen nicht möglich, dieser Vernichtungsorgie ohne Mitgefühl beizuwohnen.

Fast augenblicklich begann der Zyklus von neuem. Die paar Überlebenden der Dinosaurier-Kultur sammelten sich zu Stämmen, entwickelten Clans und begannen wieder Städte zu bauen.

Diesmal kamen sie in der technologischen Entwicklung etwas weiter voran, bevor der nächste Atomkrieg ihre Zivilisation wieder auslöschte.

Und dann vollzog sich die gleiche Geschichte abermals.

»O Gott«, murmelte McCoy leise.

Wieder und wieder sammelten sich die wenigen

Überlebenden, bildeten neue Stämme und begannen mit dem Bau von Hütten. Und niemals schafften sie es, sich über einen gewissen Punkt hinauszuentwickeln. Sobald sie die Möglichkeiten besaßen, ihre eigene Zivilisation zu vernichten, sprengten sie sich unweigerlich in die Luft.

Als das Landeteam wieder einmal zusah, wie die Echsen sich gegenseitig an die Kehle gingen, zirpte Kirks Kommunikator.

Was war jetzt los?

Er zog das Gerät hervor und klappte es auf.

»Kirk hier. Was gibt's?«

»Scott hier – Captain, wir werden angegriffen. Die Gegner setzen weitreichende Energiewaffen ein. Irgendwie müssen sie uns aufgespürt haben. Soll ich die Schilde senken und soviele der Landegruppe hochbeamen, solange wir noch die Möglichkeit haben, Sir?... Sir?«

21

Das Schiff wurde angegriffen. Und der Captain befand sich nicht an Bord. Zwei gefahrvolle Probleme, und beide verlangten nach seiner Aufmerksamkeit. Das eine – sein Schiff zu retten; das andere – seine Zivilisation zu retten.

Für einen Moment erschienen ihm beide Probleme gleichwertig, doch dann besann er sich auf seinen Eid, sein Versprechen, das eine zugunsten des anderen zu opfern.

»Negativ. Wir sind hier unten auf etwas gestoßen. Beschäftigen Sie den Gegner, Mr. Scott.«

»Aye, aye, Sir. Viel Glück.«

Kirk hielt den noch immer geöffneten Kommunikator in der Hand und schaute zum Himmel.

Er fühlte sich schuldig und mußte all seine Energie aufbringen, um sich wieder auf das Ding zu konzentrieren, das sich selbst als Wächter der Ewigkeit bezeichnete.

Das Leben seiner Besatzung hing von seiner nächsten Entscheidung ab. Alle vierhundertzweiunddreißig konnten durch diese Maschine gehen, vielleicht in die Vergangenheit Vulkans, und dort ihr Leben verbringen – und dabei vielleicht einen neuen Grundstein für die menschliche Rasse legen.

Der Planet bewegte sich unter ihm, und die Felsen begannen zu schwanken. Jemand packte seinen Arm.

»Jim?«

Kirk riß sich zusammen. »Alles in Ordnung.«

McCoy betrachtete ihn stirnrunzelnd mit der Skepsis des Mediziners. »Ich wollte, ich könnte halb so gut lügen wie du. Laß mich wenigstens etwas vom Schiff herunterbeamen, auf das du dich stützen kannst.«

»Eine Krücke?«

»Natürlich eine Krücke. Das gibt dir wenigstens etwas Persönlichkeit. Und danach verschreibe ich dir noch einen Sonnenhut.«

Kirk legte die Hand auf McCoys Kommunikator, bevor der Doktor ihn aufklappen konnte. »Nicht jetzt, Pille. Sie haben da oben alle Hände voll zu tun. Dafür ist auch später noch Zeit.«

Der Captain warf einen Blick zum Schirm hinüber und spürte sofort wieder die Last der bevorstehenden Entscheidung. Doch es gab keinen Weg, dieser Verantwortung zu entkommen.

»Jim.« McCoy riß ihn aus seinen düsteren Überlegungen. »Du hast doch nicht etwa vor, durch dieses Ding zu gehen...«

Kirk ballte die Fäuste und betrachtete schaudernd die runde Felsformation. »Vielleicht müssen wir...«

Er sah, wie das Gesicht des Doktors kreidebleich wurde.

Zum erstenmal erkannte Kirk jetzt, welche Abscheu der Doktor gegenüber dem Wächter der Ewigkeit empfand. Jenes Ding, vor dem sie jetzt standen, hatte ihnen – und insbesondere McCoy – einmal sehr übel mitgespielt. Unter dem Einfluß einer gefährlichen Droge war der Doktor durch das Tor gestolpert und hatte, ohne es zu ahnen, die Geschichte verändert. Die Aufgabe, die Dinge wieder zurechtzurücken, hatte sie alle extrem belastet, und die Nachwirkungen spürten sie noch heute.

»Jetzt warte mal einen Moment«, platze McCoy heraus. »Zeitreisen sind eine Sache, wenn es um ein paar hundert Jahre geht. Aber wie sehen die Auswirkungen aus, wenn es sich um Jahrmillionen handelt? Woher willst du wissen, ob dieses Ding uns über eine derartige Zeitspanne hinweg überhaupt wiederfinden und zurückholen kann?«

Diese Frage erschreckte alle, und Kirk war sich klar, daß er nicht einfach darüber hinweggehen konnte.

Er drehte sich zu seinem Ersten Offizier um. »Spock? Gibt es ernste Bedenken?«

Mit einem kurzen Blick auf McCoy erklärte Spock: »Allerdings.«

»Können Sie die Risiken näher beschreiben?«

»Die temporalen Störungen, die von diesem Objekt ausgehen, sind stark und werden in unvorhersehbaren Intervallen ausgestrahlt. Ich kann ihre Kraft weder erklären noch definieren.«

Das war eine jener Antworten, die Kirk nicht sehr schätzte, weil sie keinen konkreten Hinweis erhielt. Also wandte er sich direkt an die Quelle.

»Wächter, wenn wir uns in eine ferne, Millionen von Jahren zurückliegende Vergangenheit begeben... kannst du uns dann zurückholen?«

»DIE ZEIT FLIESST. FERNE GESCHICHTE IST EIN OZEAN. NICHTS IST GEWISS IM OZEAN DER ZEIT.«

Die tiefe Stimme ließ den Boden erzittern, doch was sie sagte, half Kirk keinen Schritt weiter.

McCoy fuhr zu ihm herum. »Wir könnten in der Zeit stranden!«

»Photonen-Zielerfassung auf Automatik, Mr. Sulu.«

»Bereit, Sir.«

»Orbit verlassen. Gehen Sie auf Kurs zwei-vier-neun und halten Sie dann diese Position. Sehen Sie zu, daß der Planet hinter unserem Heck bleibt. Auf diese Weise haben wir wenigstens etwas Rückendeckung.«

Chefingenieur Montgomery Scott wanderte unruhig

neben dem Kommandosessel auf und ab. Er hätte natürlich das Schiff aus dem System heraussteuern und sich dem Gegner weit draußen im All stellen können, doch solange er nicht wußte, mit wie vielen Schiffen er es zu tun hatte, war es klüger, hier zu warten, wo drei Planeten mit dicht beieinander liegenden Umlaufbahnen ihnen einen gewissen Schutz boten.

»Alle Waffensysteme in Bereitschaft«, befahl Scott. »Alle Speicherbänke zuschalten. Alle nicht für den Kampf benötigten Stationen sichern. Die nicht direkt am Gefecht beteiligten Besatzungsmitglieder verlassen die äußeren Bereiche des Schiffes.«

Er redete nur, um sich selbst reden zu hören. Weshalb brauchten diese Mistkerle nur so lange, um herzukommen?

Wenn er hierblieb, lenkte er dann die Aufmerksamkeit auf den Planeten? Verfügten Romulaner oder Klingonen über Sensoren, die präzise genug arbeiteten, um die Körperwärme der Menschen dort unten auszumachen?

Oder würden sie vermuten, das Schiff würde aus Treibstoffmangel nicht fliehen, sondern sich notgedrungen zum Kampf stellen? Nun, sollten sie ruhig ihre Zeit mit Raten verschwenden.

Die Vorstellung, den Planeten zu verlassen, behagte ihm gar nicht. Wenn sie sich zu weit entfernten und dann beschädigt würden, mochte die Landegruppe an Hunger oder Durst sterben, bevor sie zurückkehren konnten. Vielleicht hingen sie aber auch antriebslos im Raum fest und konnten nichts unternehmen, während der Gegner auf die Planetenoberfläche beamte, um den Captain und seine Leute niederzumetzeln?

Die verschiedenen Möglichkeiten schwirrten durch seinen Kopf, während er auf den Schirm starrte. In diesen unerträglichen Minuten vor einem Gefecht verwünschte er Kirk für dessen Entscheidung, auf dem Planeten zu bleiben.

Doch wenn sich die Galaxis überhaupt zurechtrücken ließ, konnten das nur Kirk und Spock schaffen. Eine Kombination wie diese beiden gab es bei Starfleet nicht noch einmal.

»Ein weiterer Energieblitz nähert sich, Sir«, meldete Chekov.

Bisher waren sechs dieser Energieblitze abgefeuert worden, und allen bis auf einen hatten sie ausweichen können. Aber das Glück würde ihnen nicht ewig treu bleiben.

»Warp-Energie auf die Schilde, Mr. Chekov«, knurrte Scott.

»Aye, Sir.«

Das gesamte Schiff befand sich unter Hochspannung. Der Gefechtsalarm war nach fünf Minuten abgeschaltet worden, damit die Leute ihre Aufgaben erledigen und notfalls kämpfen konnten, ohne dabei ständig das Heulen im Ohr haben zu müssen. Und wer noch nicht wach und auf Posten war, nachdem die Sirenen fünf Minuten lang gejault hatten, der war ohnehin schon tot.

»Gegner kommt jetzt in den Bereich der Fernbereichsensoren, Mr. Scott.« Chekovs Stimme verriet seine Anspannung.

Scott trat einen Schritt vor. »Wie viele?«

»Zwei bestätigt... möglicherweise drei, Sir.«

»Wir lassen sie näher kommen und nehmen sie uns genau hier vor. Innerhalb dieses Sonnensystems müssen sie auf Impulsgeschwindigkeit heruntergehen. Da diese großen Schiffe für Gefechte bei Warpgeschwindigkeit ausgelegt sind, gewinnen wir einen geringen Vorteil. Machen Sie sich auf rasche Manöver gefaßt, meine Herren.«

»Aye, Sir«, sagte Sulu.

»Aye, Sir«, bestätigte auch Chekov, der die Waffenkontrolle übernommen hatte. »Sir! Noch ein Schiff!«

»Wann wird es hier sein?«

»In zwei Minuten, Sir.«

Ohne sich umzudrehen, sagte Scott: »Lieutenant Uhura...«

»Sir?«

»Stören Sie alle Frequenzen. Wir wollen mit niemandem reden, und diese Halunken sollen sich nicht untereinander absprechen.«

»Sie kommen, Sir!« rief Chekov, dessen Blick zwischen dem Schirm und seiner Konsole hin und herwanderte. »Sie gehen auf Impulsgeschwindigkeit zurück... dringen ins Sonnensystem ein.«

Zwei Lichtpunkte kamen auf sie zu und wurden größer, bis schließlich die für diese Zeitlinie typische romulanische Bauweise erkennbar wurde. Das vordere Schiff schwenkte in ihre Richtung und eröffnete sofort das Feuer. Schuß auf Schuß schlug in die Schirme, doch das Sternenschiff hielt dem Angriff stand. Die Romulaner verwendeten einen modifizierten Laser für ihren Angriff, der sehr viel Energie verbrauchte, dabei aber nicht übermäßig effizient war.

»Benutzen Sie die Manövrierdüsen, um den Schüssen so weit auszuweichen, daß sie an unseren Schilden entlanggleiten«, empfahl Scott.

»Das dritte Schiff erreicht jetzt das Sonnensystem, Sir«, meldete Chekov.

»Sollen sie nur kommen. Uhura, stören Sie weiter den Funkverkehr. Sie dürfen auf keinen Fall ihr Angriffsmuster koordinieren.«

»Aye, Aye, Sir. Ich störe den Empfang im ganzen Sektor.«

Plötzlich kam das vordere Schiff noch näher heran und feuerte.

»Photonentorpedo!« stieß Chekov hervor.

Sofort befahl Scott: »Schwenken Sie darauf zu, Sulu!«

Der Navigator beugte sich über die Kontrollen und das Schiff schwang hart nach Backbord, als das Geschoß auf die Deflektoren traf und am Rand der Primärhülle entlangschrammte. Die Schilde leiteten den größten Teil der Energie ab, als der abgelenkte Torpedo schließlich explodierte.

Fast im selben Moment wurde das romulanische Schiff durchgerüttelt und legte sich schwerfällig auf die Seite, bevor seine Mannschaft es wieder unter Kontrolle bekam.

Scott starrte auf den Schirm. »Nourredine! Was ist da gerade passiert?«

»Ich glaube, sie sind von der Explosionswucht durchgeschüttelt worden, als der Torpedo von unseren Schilden abprallte und dann detonierte«, meinte der junge Ingenieur. »Die Entfernung zwischen den beiden Schiffe beträgt nur hundertvierzigtausend Kilometer.«

Scott behielt das Schiff auf dem Schirm im Auge. »Keine Sicherheitsschaltungen. Offenbar sind diese Torpedos schon scharf, wenn sie abgefeuert werden. Chekov, zielen Sie auf die Photonenröhren und feuern Sie genau dann, wenn ein Torpedo den Schacht verläßt.«

Chekov runzelte die Stirn. »*Bevor* er den Bereich ihrer Schilde verläßt?«

»Ganz genau, mein Junge. Na los, machen Sie schon.«

»Aber, Sir, unsere Phaser können ihre Schilde nicht durchdringen...«

»Wenn ich recht habe, müssen sie das auch gar nicht. Da wird gerade einer aufgeheizt! Zielen Sie! Und feuern Sie!«

Chekov zielte auf das rote Glühen im Innern der

Abschußröhre. Das Glühen wurde grellweiß, als der Photonentorpedo ausgestoßen wurde. Chekov hieb auf seine Kontrollen. Ein Phaserstrahl zuckte von der *Enterprise* herüber und traf die gegnerischen Schilde fast exakt an der Stelle, an der der Torpedo herauskam. Der Phaserschuß verteilte sich entlang des Energiewalls, der das feindliche Schiff umgab, und wurde abgeleitet, ohne die Schilde zu durchdringen. Der Photonentorpedo traf auf diese energetischen Entladungen und explodierte in einer weißen Lichtflut.

»Festhalten!« rief Sulu. »Schockwellen!«

Die Explosion in nächster Nähe riß den linken Flügel des romulanischen Schiffes glatt ab. Die künstliche Schwerkraft geriet außer Kontrolle und faltete Teile der Schiffshülle nach innen. Schließlich riß der Warpkern auf, und das Schiff verschwand in einem mächtigen Ball aus blendender Helle und wirbelnden Trümmerstücken.

Die *Enterprise* bäumte sich auf, als sie von einer Energiewelle nach der nächsten getroffen wurde, und Sulu hatte alle Hände voll zu tun, um das Schiff so ausgerichtet zu halten, daß die Wellen von vorn kamen und die *Enterprise* ihnen so die geringstmögliche Fläche zuwandte.

»Mr. Scott, ich verstehe das nicht!« krächzte Chekov mit ausgetrockneter Kehle.

»Wir haben den Torpedo im Innern ihrer Schildsphäre explodieren lassen«, sagte Scott. »Sie haben keine Sicherheitsschaltung, um die Dinger daran zu hindern, in zu großer Nähe zu ihrem eigenen Schiff zu explodieren. Wo stecken die anderen beiden?«

»Manövrieren sich näher heran, Sir«, meldete Sulu. »Einer ist über uns, vierhundertsechzigtausend Kilometer entfernt... Der andere an unserer Backbordflanke, Entfernung fünfhunderttausend Kilometer.«

»Phaser bereitmachen«, befahl Scott. »Zielen Sie auf

die wichtigen Strukturelemente und den Maschinenraum.«

»Phaser sind justiert, Sir.«

»Angriffsmanöver, Mr. Sulu. Bereiten Sie sich darauf vor, vom Planeten abzudrehen. Mal sehen, ob die Burschen einen Hinderniskurs bewältigen. Mr. Chekov, Feuer eröffnen.«

Die *Enterprise* zwang die beiden verbliebenen Romulaner zu einem qualvollen Ballett durch das Sonnensystem. Scott verleitete die Gegner, immer wieder zu feuern, doch die meisten Schüsse gingen fehl. Die Schüsse der *Enterprise* waren schwächer, trafen dafür aber stets ins Ziel. Darüber hinaus verfügte das Raumschiff über eine Beweglichkeit, die es jetzt zu seinem Vorteil einsetzte. Scotts Plan sah vor, die Gegner so lange zu provozieren, bis sie ihre Magazine leergeschossen hatten. Dann wollte er zum Planeten zurückkehren, die Landegruppe aufsammeln und den weiteren Verlauf des Gefechtes dem Captain überlassen, während er selbst sich in den Maschinenraum zurückzog.

Dort, wo ich hingehöre.

Er stützte sich zwischen Chekov und Sulu auf das Steuerpult. »Genau zielen. Laßt euch Zeit, Jungs. Wir locken sie fort, kommen dann hierher zurück, senken die Schirme, nehmen den Captain auf und verschwinden.«

Offensichtlich besaßen die Romulaner dieser Zeitlinie nicht viel Erfahrung mit ausgefeilten Taktiken oder trickreichen Plänen. Hier schlugen Klingonen und Romulaner einfach aufeinander ein, und wer am Ende noch stand, konnte am nächsten Tag den ersten Schlag landen.

Die Brückenmannschaft steuerte das Schiff in engen Kurven um die Planeten, während die Romulaner gezwungen waren, weiter auszuholen. Bei jedem Kurswechsel gewann die *Enterprise* auf diese Weise ein paar tausend Kilometer.

»Jetzt Kurs auf den freien Raum«, befahl Scott. »Sie sollen denken, wir würden fliehen.«

»Aye, Sir«, bestätigte Sulu grimmig.

»Sie feuern wieder«, meldete Chekov.

Seine Worte gingen im Dröhnen der Treffer unter. Scott konnte allein anhand der Lautstärke und der Erschütterungen abschätzen, wo die Schüsse eingeschlagen hatten.

»Schilde im Heckbereich verstärken«, sagte er.

Nourredine hämmerte wütend auf seine Konsole. »Sensorenausfall! Überladung!«

Scott wirbelte zu ihm herum und konnte ihn noch für einen Sekundenbruchteil an seinem Pult sitzen sehen, dann wurde es dunkel. Richtig dunkel. Alle Lichter erloschen, und auch die Arbeitsgeräusche der Instrumente verstummten.

Für einen Moment herrschte absolute Stille. Niemand rührte sich.

Scott stieß ein wütendes Knurren aus. »Meldung!«

»Alle Sensoren sind ausgefallen, Mr. Scott«, sagte Nourredine.

»Volle Kraft voraus, Mr. Sulu. Bringen Sie uns zu dem Planeten zurück.«

»Ich kann den Kurs nur abschätzen«, erwiderte Sulu.

»Dann schätzen Sie eben!«

Die Dunkelheit war zum Verrücktwerden. Scott ballte hilflos die Fäuste. Im Moment wünschte er sich nichts mehr, als sich in die Reparaturarbeiten zu stürzen und alles, was ausgefallen war, wieder in Gang zu bringen.

»Was ist mit der verdammten Notbeleuchtung?« knurrte er. »Wenn die Lampen nicht in einer Minute wieder brennen, rollen hier Köpfe.«

»Ist in Arbeit, Sir«, erklang Nourredines nervöse Stimme durch die Dunkelheit. »Der Maschinenraum meldet, sie hätten dort unten Licht und suchten jetzt nach dem Schaden.«

»Sagen Sie ihnen, er ist hier oben«, brummte Scott.

Dann registrierte er erleichtert, daß die kleinen blauen Notlampen längs des Fußbodens aufleuchteten. Von Beleuchtung konnte man zwar noch keineswegs sprechen, doch ließen sich jetzt wenigstens die Konturen von Menschen und Geräten erkennen. Die Bildschirme blieben jedoch weiter dunkel, und auch die Sensoren funktionierten nicht. Das Schiff war praktisch blind, und es gab keinen Möglichkeit festzustellen, wie weit die Verfolger noch entfernt waren. Hatten sie es geschafft, die Romulaner auszumanövrieren?

Scott hoffte, daß es sich so verhielt. Seiner Schätzung nach hatte er für sich selbst und für den Captain kostbare zwei oder drei Minuten herausgeholt. Wenn er doch nur etwas sehen könnte!

»Mr. Scott, ich glaube, wir nähern uns dem Planeten«, sagte Sulu, der sich tief über seine Konsole beugte und den Kurs nur aus der Erinnerung heraus zu bestimmen suchte. »Kommen jetzt in Transporterreichweite ... hoffe ich jedenfalls.«

»Maschinen stop.«

»Maschinen stop, Sir.«

»Stellen Sie eine Verbindung zum Planeten her.«

»Ja, Sir ... Sie können jetzt sprechen.«

»Scott an Captain! Empfangen Sie uns? Lieutenant, Schilde senken. Transporter bereitmachen. Captain ... Scott hier. Bitte melden ...«

»Kirk hier. Berichten Sie, Scotty.«

»Wir haben die Schilde gesenkt, um Sie hochzubeamen, Sir. Uns bleiben nur zwei Minuten, um ...«

»Sensoren arbeiten wieder!« rief Nourredine triumphierend. Alle Köpfe fuhren hoch.

»Visuelle Darstellung«, befahl Scott.

Überall auf der Brücke erwachten die kleinen Monitore flackernd zu neuem Leben. Oberhalb der Konsolen leuchteten Darstellungen der internen Systeme des Schiffs sowie der Schadensmeldungen auf.

Und auf dem großen Hauptschirm tauchten Sonne, Planeten und Monde in strahlender Pracht auf.

Sie waren nicht mehr blind. Aber sie waren auch nicht allein.

Vor ihnen im Raum schwebten sieben im Sonnenlicht schimmernde Feindschiffe.

»Scotty!... Machen Sie Meldung! Was ist da oben los?«

Torpedoabschußröhren begannen zu glühen. Drei. Sieben. Zwölf. Alle bereit zum Feuern.

Montgomery Scott starrte auf den Schirm. Sein Mund war plötzlich ausgetrocknet. Vierzehn.

Die Besatzung verharrte ungläubig und reglos, ohne wirklich zu begreifen, was sie sahen. Die Photonentorpedos jagten auf ihr ungeschütztes Schiff zu, schwebten wie in Zeitlupe näher.

Scott holte zum letztenmal Atem und sagte: »Es tut mir leid, Sir.«

22

»Es tut mir leid, Sir ...« Als die tiefe Stimme des Chefingenieurs aus dem Kommunikator drang, öffnete Kirk die Lippen, wußte aber nicht, was er sagen sollte. Er befand sich hier, nicht auf der Brücke, und er kannte keine Einzelheiten, wußte nicht, womit es das Schiff dort oben zu tun hatte.

Es gab absolut nichts, was er hätte unternehmen können.

Irgend etwas in Scotts Stimme ließ ihn innerlich erschauern und veranlaßte ihn, den Blick nach oben zu richten.

Quer über den Himmel bohrte sich ein bernsteinfarbener Streifen durch die Atmosphäre. Er reichte von den äußeren, dünnen Teilen der Lufthülle bis hin zum düsteren Horizont und versprühte den ganzen Weg über Feuer nach allen Seiten.

Niemand konnte das pulsierende Licht mißdeuten. Sie alle hatten es schon oft genug gesehen, angefangen bei den Lehrfilmen an der Akademie. Selbst über eine Entfernung von zehntausend Kilometern hinweg leuchtete die Kollision von Materie und Antimaterie so strahlend hell wie ein neuer Stern.

Auf seine Weise war es ein wunderbarer Anblick. Und zugleich die Zerstörung ihrer Lebensgrundlage.

»O Jim ...«, flüsterte McCoy.

Noch bevor Kirk irgendwie hätte reagieren können, wurde der bernsteinfarbene Streifen gelb, dann weiß –

und erlosch schließlich. Er hatte nicht einmal den Horizont erreicht.

Irgendwo im Hintergrund flüsterte Lieutenant Bannon: »Sir... war das...«

Kirk starrte fassungslos in den leeren Himmel. Warum war er nicht dort oben gewesen?

Ein Captain muß mit seinem Schiff untergehen...

Schlagartig fand er in die Realität zurück. Es war, als wäre die ganze Kraft des Raumschiffes in seinen Körper übergegangen und drängte ihn jetzt, sie auch sinnvoll zu nutzen.

»Phaser feuerbereit!« rief er. »Deckung suchen!«

Die Sicherheitsleute zogen ihre Waffen und zerrten ihre Gefangenen in den Schutz eines Felsens, ohne recht zu wissen, worauf sie zielen sollten. Kirk packte seinen eigenen Phaser mit der einen Hand, griff mit der anderen nach dem Doktor und zog ihn zu ein paar umgestürzten Säulen hinüber.

»Deckung?« fragte McCoy verblüfft. »Deckung wovor?«

»Keine Fragen jetzt«, unterbrach ihn Kirk und sorgte dafür, daß der Doktor zwischen den Säulen Zuflucht fand. Dann fuhr er herum und rief: »Spock! Schaffen Sie die Leute in Deckung!«

Spock packte Reenie und Bannon und zerrte sie trotz ihrer Verwirrung zu einer anderen Säulengruppe. Sie schafften nur die Hälfte des Weges.

Zwischen ihnen und den Ruinen, die sie ansteuerten, schimmerten sechs Transporterstrahlen auf und verdichteten sich zusehends. Spock stieß Bannon in die eine und Reenie in die andere Richtung und blieb selbst mit gezogenem Phaser stehen.

»Runter, Spock!« schrie Kirk.

Spock mußte einem weiteren Dutzend flimmernder Energiesäulen ausweichen, die sich zu vertrauten, wenn auch ungewohnt gekleideten Gestalten verfestigten. Man hätte sie für Vulkanier halten können, hätten sie nicht so bedrohlich gewirkt.

Die Romulaner materialisierten mit bereits feuernden Waffen und bestrichen ein Gebiet, das sie wahrscheinlich noch gar nicht erkennen konnten. Möglicherweise hatten sie ihre Waffen entsprechend programmiert, doch was immer sie damit angestellt haben mochten, es funktionierte jedenfalls. Energiestrahlen jagten über den Boden und hinterließen ihre Spuren auf Felsen und Ruinen, die seit zehntausend Jahren unberührt hier standen.

Spock warf sich mit einem Hechtsprung auf den sandigen Boden, während die Disruptorstrahlen über ihn hinwegrasten. In den Sekunden, die zwischen dem ersten Feuerschlag und dem Moment, von dem an die Romulaner ihre Umgebung wahrnehmen konnten, vergingen, hatte Spock sich schon zur Seite gerollt, gefeuert, einen der Gegner vernichtet und dann hinter einem Felsblock Deckung gefunden.

Einer der Sicherheitsleute erhob sich hinter den Säulen, stützte die Arme auf den Stein, hielt den Phaser mit beiden Händen und begann kontinuierlich zu feuern.

Kirk spähte in seine Richtung. Würden die Gefangenen Ärger machen? Doch Roth und der andere Klingone hatten sich hinter einen quadratischen Steinblock gekauert, der einmal ein Altar gewesen sein mochte. Offensichtlich verspürten sie nicht das Bedürfnis, sich selbst den Romulanern auszuliefern.

Die Romulaner verteilten sich nach einem eingeübten Muster und suchten Deckung. Spock erwischte einen von ihnen und der Sicherheitsmann einen zweiten, bevor die anderen ihre Ziele erreicht hatten.

Würden noch mehr kommen? Wie viele konnten sie abwehren, bevor ihre Phaser leergeschossen waren?

»Wächter!« Kirk schaute zu dem steinernen Ring hinüber. »Zeig uns noch einmal unsere gemeinsame Geschichte! Fang mit den großen Landlebewesen an, schätzungsweise vor ... Spock!«

»Vor hundert Millionen Jahren!« rief Spock über das Heulen der Phaser.

Der Wächter der Ewigkeit machte sich nicht die Mühe, darauf zu antworten, sondern beschwor abermals die Bilder herauf, die sie erst vor wenigen Minuten gesehen hatten. Wieder tauchte die prähistorische Erde vor ihren Augen auf. Ohne sich um die Schüsse zu kümmern, die von dem Steinring und dem Podest abprallten, erledigte der Wächter ruhig und gelassen seine Aufgabe.

»Spock, sagen Sie mir, wann es soweit ist.«

Die Schüsse aus Spocks Ecke verstummten, und Kirk wußte, daß der Wissenschaftsoffizier jetzt aufmerksam seinen Tricorder beobachtete.

»Dreißig Sekunden, Captain!«

»Alles mir nach!« rief Kirk.

Mit einem breitgefächerten Phaserstrahl zwang er die Romulaner, vorübergehend das Feuer einzustellen und sich zu ducken.

Die Starfleet-Leute stürzten aus den Ruinen hervor und rannten zu ihm. Kirk führte sie zu dem Felsring, sorgte dafür, daß sich alle zwischen ihm und dem Wächter befanden, und drehte sich dann, um abermals zu feuern.

Wieder suchten die Romulaner Deckung, und ihre Disruptoren schwiegen für einige Sekunden.

Spock schloß sich der Gruppe an, und dann drängten sich alle auf dem schmalen Podest, eingeschlossen zwischen Tod und Selbstmord.

»Neun Sekunden, Captain«, sagte Spock. »Sieben ... sechs ... fünf ... vier ...«

»Alle auf einmal!« befahl Kirk.

McCoy scheute vor dem unergründlichen Portal des Wächters zurück. »Jim, du mußt wahnsinnig sein!«

Kirk bestrich das Gebiet hinter ihnen abermals mit einem breitgefächerten Strahl, packte McCoy mit dem einen Arm und Bannon und Reenie mit dem anderen, und warf einen Blick zu Spock, der die beiden Sicherheitsleute und die Klingonen genauso im Griff hatte.

»Zwei... eins... jetzt, Captain!«

»Los!« brüllte Kirk. »Vorwärts! Los!«

23

Mit gesenktem Kopf und einem beklommenen Gefühl in der Brust marschierten sie vorwärts. Kaum mehr als ein Augenzwinkern, ein kurzer Eindruck von Leere, und dann waren sie dort. Als würden sie durch eine Tür gehen und in einen anderen Raum gelangen – und dann verschwand die Tür hinter ihnen.

Jetzt war er ein Captain ohne Schiff, Vertreter einer Organisation, die nicht existierte. Aber er war noch immer der Anführer dieser verlorenen Gruppe. Er hatte den Befehl gegeben, und sie waren ihm gefolgt.

Und jetzt befanden sie sich im Wunderland.

Der erste und offensichtlichste Unterschied war der Geruch. Faule Eier. Sumpfgas. Und eine Spur Salz... offensichtlich befanden sie sich in der Nähe des Meeres. Die feuchte Treibhauswärme ließ ihre Kleidung unangenehm klamm werden und sorgte für einen Schweißfilm auf ihren Gesichtern.

Starfleet-Kleidung war aus speziellem Gewebe hergestellt, das Schweiß verdunsten ließ und gleichzeitig Kälte abhalten konnte. Möglicherweise funktionierte der Stoff auch wie vorgesehen, doch solange das Gift in seinem Körper kreiste, konnte Kirk das nicht beurteilen. Er warf einen Blick auf seine Begleiter. Abgesehen von Spock, der selbst am Amazonas nicht schwitzen würde, zeigten alle Gesichter den gleichen Schweißfilm.

Taufeuchte Farne erhoben sich aus einem von abgestorbenen Pflanzenteilen bedeckten Boden. Die Feuchtigkeit bildete einen Dunstschleier vor der Sonne, deren Licht zusätzlich von den weit ausladenden, dicht mit dunkelgrünen Blättern besetzten Ästen der Bäume gefiltert wurde. Neben palmähnlichen Gewächsen erhoben sich gedrungene, zylindrisch wirkende Bäume mit überlappenden, handgroßen Blättern. Einige der Pflanzen besaßen runde, kugelförmige Stämme, andere waren wie Kegel geformt. Trompetenartige Blüten hingen von Büschen und Bäumen herab.

»Sieht aus wie in Florida«, meinte Fähnrich Emmendorf, einer der Sicherheitsleute.

Zwischen den Wipfeln der Koniferen waren die purpurnen Spitzen von Bergen zu erkennen, die sich über den Nebeldunst erhoben. Alles wirkte wie ein Paradies, allerdings ein trügerisches. Kirk hatte absolut nicht das Gefühl, hierher zu gehören. Und doch war es die Erde...

Er zählte rasch die Gruppe durch. Alle waren hier. Auch die beiden Klingonen, von denen einer schokkiert und verblüfft, der andere hingegen schockiert und argwöhnisch wirkte. Die beiden Sicherheitsleute behielten die Klingonen so genau im Auge, als würden sie ihnen die Schuld an allem geben.

Eine Schlange, so dick wie der Oberschenkel eines Mannes, wand sich um einen Baumstamm. Sie sah aus wie eine Boa. Ihre bunte Rückenzeichnung leuchtete im diffusen Sonnenlicht, als sie ihren dreieckigen Kopf auf die Gruppe richtete, dann das Interesse verlor und den unterbrochenen Weg fortsetzte.

Irgend etwas kreischte am Himmel, doch sie konnten nichts erkennen. In Sekundenbruchteilen war es über sie hinweggezogen und wieder verschwunden. Einer der Sicherheitsleute zog seine Waffe, doch es gab nichts mehr, worauf er sie hätte richten können.

McCoy ergriff als erster das Wort. Seine menschliche

Stimme wirkte hier merkwürdig fehl am Platz. »Was ist, wenn sie uns nachkommen?«

Ein Teil der Grashüpfer verstummte. Irgendwo im dichten Unterholz des Dschungels machte sich ein Tier aus dem Staub. Spock drehte sich um, war aber nicht schnell genug, um etwas zu erkennen.

»Sie müßten erst mal herausfinden, was es mit dem Wächter auf sich hat«, meinte Kirk. »Und selbst wenn, brauchen sie wahrscheinlich zehn oder zwanzig Millionen Jahre. Mr. Spock, eigentlich würde ich jetzt fragen, wo wir sind, aber vermutlich sollte ich besser fragen, *wann* wir sind. Hatten Sie verstanden, was ich Ihnen auf der anderen Seite zugerufen habe?«

»Sie suchten den Zeitpunkt, an dem sich die Geschichte veränderte«, sagte Spock und wischte ein Spinnennetz von seinem Ärmel. »Jedenfalls habe ich das vermutet.«

Kirk nickte. Es hatte seine Vorteile, wenn man so lange so eng zusammenarbeitete. »Ich hoffe, wir sind hier richtig. Andernfalls dürfte das ein verdammt langer Campingurlaub werden. Können Sie die Zeit einigermaßen abschätzen?«

Spock justierte seinen Tricorder und musterte die Anzeige auf dem winzigen Schirm. »Vierundsechzig Millionen zwanzigtausendvierhundertzehn Jahre.«

Kirk blinzelte etwas verdutzt. »Für eine Schätzung ist das ziemlich gut. Ich möchte, daß Sie jetzt die Aufgaben verteilen. Einer der Sicherheitsleute soll Waffen aus den zur Verfügung stehenden Materialien machen. Wir haben keine Ahnung, wieviele Monate oder Jahre wir hier festsitzen, deshalb will ich die Phaser auf jeden Fall schonen. Außerdem müssen wir Wasser finden. McCoy und Fähnrich Reenie sollen feststellen, was hier eßbar ist und was nicht. Wir können es uns nicht leisten, daß sich jemand mit irgendwelchen Beeren vergiftet. Und Bannon soll sehen, ob er einen Unterschlupf finden kann. Hier wird es zwar keinen Schnee geben, aber wahrscheinlich in Strömen regnen.«

»In Ordnung, Sir.« Spock ging ein paar Schritte zur Seite, um mit Bannon zu reden, und McCoy, der sich sichtlich unbehaglich fühlte, ging zu Kirk hinüber.

»Wir sind schon auf vielen fremden Welten gewesen«, meinte er, »einige davon waren exotisch, andere erschreckend, aber ich glaube, keine davon war so fremdartig wie unsere eigene Welt in dieser fernen Vergangenheit. Und was machen wir jetzt hier? Wir könnten ohne weiteres zehn Jahre zu früh sein. Und wenn ich genauer darüber nachdenke, woher sollen wir wissen, ob wir nicht zehn Jahre zu spät sind?«

Spock wandte sich zu ihnen um. »Der Captain und ich haben eine Theorie über den Wächter entwickelt, wonach diese Art von Zeitreise an einen Fluß erinnert, dessen Wirbel und Strömungen uns zu bestimmten kritischen Punkten tragen. Ich hoffe, das ist auch jetzt passiert.«

»Es besteht also die Möglichkeit, daß der Wächter mehr ist als ein Aufzug, der uns einfach zeitauf oder zeitab bringt«, ergänzte Kirk. »Ich wette, er weiß, was geschehen ist, und hat uns zur richtigen Zeit am richtigen Ort abgesetzt.«

»Ich hoffe, du hast recht«, sagte McCoy. »Aber wo befinden wir uns hier? Es sieht aus wie Hawaii oder der Kongo.«

»Vierundsechzig Millionen Jahre?« warf Bannon ein. »Wir könnten uns genausogut jetzt im Zentrum von Chicago aufhalten.«

»Versuchen Sie, es herauszufinden. Dies hier ist eine jener Situationen, über die man absolut keine Kontrolle hat. Da bleibt einem nichts anderes übrig, als eben alles zu tun, was man kann. Spock, ich möchte in dreißig Minuten einen möglichst vollständigen Bericht über unsere Umgebung haben.«

Während sich die anderen Gruppenmitglieder an die Arbeit machten und sich zögernd einen Weg durch den von Insekten wimmelnden Dschungel bahnten, humpelte Kirk zu den Sicherheitsleuten hinüber, die beiseite traten, damit er mit den Klingonen reden konnte.

»Damit wir uns richtig verstehen«, sagte Kirk, »ich hasse Sie und Sie hassen mich. Aber wir müssen auch keine Busenfreunde werden. Alles, was ich will, ist ein fairer Handel. Wir lassen Sie leben, und Sie kooperieren.«

Zalts Augen verengten sich zu Schlitzen. »Ich kooperiere nicht mit Ihnen.«

»Auch gut«, sagte Kirk. »Wenn uns die Nahrungsmittel ausgehen, wissen wir, an wen wir uns halten können. Für uns sind Sie nichts weiter als Tiere.«

Er drehte sich um und hätte dabei fast das Gleichgewicht verloren. Aber es war ihm gleichgültig, was die Klingonen denken mochten.

Aus welchem Grund war er hier? Richtig, er mußte verhindern, was immer die Veränderung bewirkt hatte. Und es hatte irgend etwas mit San Francisco zu tun, oder nicht? San Francisco...

Ich bin erfreut und stolz, Sie zum Captain eines Raumschiffes der Vereinten Föderation der Planeten zu ernennen, verbunden mit allen Rechten, Privilegien und Verantwortlichkeiten. Meinen Glückwunsch, Captain Kirk...

Willst du Weihnachten dieses Jahr nicht in Iowa verbringen, Jim? Captain April wird dort sein und deine Eltern besuchen. Ich glaube, ich erteile dir besser den direkten Befehl...

Jimmy, wann wird dir endlich dämmern, daß Regeln aus einem bestimmten Grund existieren?...

»Setz dich mal einen Moment hin, Jim. Ja, direkt hier.«

Sekundenlang konnte er nur Laub und abgestorbenes Holz erkennen. Dann konzentrierte sich sein Blick auf seine Stiefel.

Worauf saß er eigentlich? Was immer es sein mochte, es war ziemlich feucht.

Ein zischendes Geräusch an seiner Schulter ließ ihn zusammenzucken. Das hatte er ja großartig hingekriegt. Erst eine Drohung ausstoßen und dann vor den Augen des Feindes umkippen.

Langsam wurde sein Kopf wieder klar. Er sah, daß McCoy ihn auf einem moosbedeckten Baumstumpf gesetzt hatte.

»Jim, hör mir zu. Hör genau zu. Und sieh mich an.«

»Tue ich ja. Und rede leiser.« Kirk blinzelte kräftig, um seinen Blick zu klären. Ein stechender Schmerz durchzuckte ihn, als er das verletzte Bein bewegte. »Kümmere du dich nur um die Behandlung. Alles andere ist meine Sache.«

»Genau da liegt ja das Problem«, erwiderte McCoy. »Ich habe nur Medizin für ein paar Tage. Dieses Gift, das du in dir hast, funktioniert so ähnlich wie früher Diabetes. Es läßt sich mit Hilfe von Medikamenten hervorragend beherrschen und letztlich auch heilen. Heute ist das kein Problem, aber früher... Ich kann die Symptome bis zu einem gewissen Grad mildern, aber heilen könnte ich dich nur auf der *Enterprise*.«

Während die Insekten zirpten und größere Tiere in der Ferne brüllten, sah Kirk in die Augen seines Freundes und suchte vergeblich nach Hoffnung.

»Einige von uns überleben das hier vielleicht, Jim«, sagte McCoy, »aber du mit Sicherheit nicht.«

24

»Also schön, Spock, schießen Sie los.« Spock ließ sich neben Kirk nieder, der den Rücken gegen einen Felsen gelehnt hatte, während das verletzte Bein auf einem Moospolster ruhte.

»Riesige Lebensformen, Captain«, sagte Spock. »In erstaunlich großer Zahl. Große Herden, und jedes Tier wiegt zwischen fünf und sieben Tonnen.«

»Wie nah?«

»Innerhalb von fünf Meilen. Wir haben eine vorläufige Analyse unserer näheren Umgebung durchgeführt und sie mit den Daten abgeglichen, die unsere Tricorder über diese Zeitperiode enthalten. Wir wissen aufgrund von Wachstumslinien in fossilen Korallen und anderen Forschungsergebnissen, daß die Erdrotation durch die gegen die Kontinente anbrandenden Fluten abgebremst wird. Der Tag in der Kreidezeit ist um einundzwanzig Minuten und zwanzig Sekunden kürzer als unser Tag, und der Mond befindet sich achtzehnhundert Meilen näher an der Erde. Der Monat ist um sieben Stunden, zehn Minuten und vierzig Sekunden kürzer, und das Jahr der Kreidezeit besteht aus rund dreihundertsiebzig Tagen.«

»Spock...«

»Aufgrund der Kontinentaldrift befinden sich auch die Pole nicht am gewohnten Ort. Der Nordpol liegt jetzt etwa in der Mitte zwischen der Bering Straße und...«

»Ich will das gar nicht wissen.«

Spocks Schultern sanken herab. »Verzeihung, Captain?«

»Erzählen Sie mir etwas, das ich nutzen kann.«

Spock runzelte die Stirn. »Wir *haben* diese Informationen genutzt, Sir.«

»Und wie?«

»Wir haben sie benutzt, um unsere eigene Position zu bestimmen.«

»Dann verraten Sie mir, wo wir uns befinden.«

»Wir halten uns im östlichen Teil des nordamerikanischen Kontinents auf. Obwohl es hier so aussieht wie in Florida oder der Karibik, befinden wir uns im südlichen Georgia. Meiner Meinung nach stehen wir auf einer Halbinsel, die von den Ausläufern der Appalachen gebildet wird – den Bergen dort drüben. Weiter nördlich erstreckt sich ein Seebecken von der Hudson Bay über die Ebenen von Kanada bis hin nach North Dakota. Im Süden reicht das Mündungsgebiet des Mississippi weit ins Landesinnere bis zum westlichen Tennessee.«

»Das ist eine Menge Wasser.«

»Ja, das stimmt. Übrigens existieren derzeit keine polaren Eiskappen, weder am Nord- noch am Südpol.«

»Der östliche und westliche Teil von Nordamerika sind also im Moment zwei getrennte Kontinente?«

»Sie erscheinen als zwei getrennte Kontinente. Allerdings lagern sie auf derselben tektonischen Platte, und daran wird sich auch nichts ändern. Der Meeresspiegel scheint anzusteigen, was dem widerspricht, was wir bisher über die Obere Kreidezeit vermutet haben. Die meisten Studien gehen von einem absoluten Tiefstand zu dieser Zeit aus, was offensichtlich nicht stimmt.«

»Ich wette, es stimmt eine Menge nicht von dem, was wir über diese Zeit glaubten.«

Spock brummte etwas, das nicht unbedingt als Zustimmung aufzufassen war. »Irgendwann wird diese Inlandsee vom Weltmeer abgeschnitten und sich zu den uns bekannten Großen Ebenen entwickeln. Möglicherweise ist diese Abtrennung sogar schon geschehen, aber ohne Verbindung zu einem Satelliten kann ich das nicht feststellen.«

Kirk hörte zwar die letzten Sätze, doch seine Gedanken wanderten in eine andere Richtung. Iowa... jetzt vermutlich noch unter Wasser und weit davon entfernt, zu jenem Ort zu werden, an dem er und sein Bruder geboren werden würden. Selbst die großen Gletscher existierten noch nicht, die einmal die Großen Seen und das Saginaw Valley regelrecht ausschachten würden.

So viele Äonen, vor denen die wenigen Dekaden ihres eigenen Lebens zur Bedeutungslosigkeit schrumpften.

»Florida liegt also immer noch unter Wasser«, meinte Kirk und versuchte, sich eine entsprechende Karte vorzustellen.

»Genau wie der östliche Teil Mexikos«, stimmte Spock zu. »Westlich von uns erheben sich möglicherweise schon die Rockie Mountains, obwohl das schwer abzuschätzen ist. Im Verlauf von Jahrmillionen steigen und sinken die Berge mehrfach. Und die Schlüsse, die wir hier ziehen, basieren auf einem Wissen, dessen Grundlagen eher schwankend sind.«

Das war Spocks Art, sich dafür zu entschuldigen, daß er keine genaueren Daten liefern konnte.

Kirk zupfte an einem Farnstrauch, der in Reichweite wuchs. »So, wie es die Tiefen des Raums gibt, Mr. Spock, scheint es auch die Tiefen der Zeit zu geben.«

Spock erwiderte seinen Blick, ohne etwas zu sagen.

»Spock«, sagte Kirk leise, »damals auf dem Schiff, direkt nachdem diese ganze Sache passiert ist, da befand ich mich doch nicht im Fieberwahn, als ich Sie sagen hörte, wir hätten keinen Sprung durch die Zeit gemacht, richtig?«

»Korrekt. Aufgrund der Position der Sterne konnten wir die Zeit bis auf den Monat genau bestimmen, und die Stellung von Izells Planeten lieferte uns sogar eine Genauigkeit bis in den Minutenbereich. Wir haben uns nicht durch die Zeit bewegt.«

»Allerdings«, sagte Kirk, »könnte ich mich noch immer dort befinden und in genau diesem Augenblick von dem kosmischen String zu Tode gequetscht werden. Und dies alles hier könnte die letzte Phantasievorstellung eines sterbenden Gehirns sein. Was halten Sie davon?«

»Captain ... ich sehe absolut keinen Hinweis, der eine derartige Vorstellung rechtfertigen ...«

»Nun, das könnten Sie auch nicht, wenn Sie nur in meiner Vorstellung leben.«

Spock öffnete den Mund, sagte jedoch nichts. Wahrscheinlich ging er in Gedanken die Medikamentenmenge durch, die McCoy Kirk verabreicht hatte, und kam zu dem Schluß, daß der Captain eine Überdosis erwischt hatte.

Kirks Grinsen verriet ihn schließlich, doch dann kam dem Captain ein anderer Gedanke. »Ist es nicht eine Schande«, sagte er nachdenklich. »Da entwickelt sich eine Rasse bis zur Intelligenz und löscht dann die eigene Kultur aus. Und das nicht nur einmal, sondern wieder und wieder.«

»Das Aussterben von Arten gehört zum normalen Ablauf in der Natur, Captain ...«

»Das gilt nicht für intelligente Wesen, die ihre eigene Zukunft gestalten können. Wer waren diese Wesen, Spock? Und was machten sie hier? Von hier stammten sie nicht, wer also waren sie?«

Sorge zeichnete sich in Spocks Gesicht ab. »Vielleicht sollte ich versuchen, Ihnen etwas frisches Wasser zu besorgen, Sir«, meinte er.

»Tut mir leid«, sagte Kirk. »Mir geht's gut. Machen Sie weiter mit Ihrer Geographie.«

»Paläogeographie, Captain«, korrigierte Spock. »Entsprechend unserer aufgezeichneten Daten ist Indien jetzt eine Insel, etwa so wie Australien zu unserer Zeit. Australien wiederum ist noch mit der Antarktis und mit Südamerika verbunden. Das heiße Klima verdanken wir den erhöhten CO_2-Werten. Es gibt starke vulkanische und tektonische Aktivitäten, und die Tropen reichen bis zu dem Breitengrad, in dem wir uns gegenwärtig aufhalten. Das Wasser östlich und südlich von uns ist warm und stark salzhaltig, Ergebnis eines flachen Ozeans, der nur wenig Sauerstoff enthält. Es gibt kein kaltes, sauerstoffreiches Wasser, das absinkt und so einen Kreislauf in Gang setzt. Daher gelangen auch nur wenige Nährstoff an die Oberfläche.«

»Spock, bitte nicht so viele globale Informationen, ich will hier schließlich keine Berge bauen. Geben Sie mir ein paar nutzbare Einzelheiten.«

»In Ordnung. Der größte Unterschied zur Flora unserer Zeit besteht im vollständigen Fehlen von Gras. Abgesehen von den in Herden lebenden Großtieren verzeichnen unsere Tricorder auch noch Millionen kleiner Lebewesen, Säugetiere, Lurche und Frösche.«

»Also doch Florida.«

»Im wesentlichen ist das richtig, auch wenn das Amazonasgebiet vielleicht ein passenderer Vergleich wäre.«

»Und diese großen Tiere ... sind das Dinosaurier?«

»In der Tat. Übrigens hat Fähnrich Emmendorf ein mausgroßes Wesen gefangen, das entfernt an ein Eichhörnchen erinnert. Mr. Bannon und ich vermuten darin den frühsten bekannten Primaten. Ein höchst überraschender Fund aus paläontologischer Sicht.«

»Hat er es getötet?«
»Versehentlich.«
»Zu schade. Vielleicht war das mein Ur-Urgroßvater, und jetzt existiere ich schon gar nicht mehr. Machen Sie weiter.«
Spock tat so, als würde er diese Schlußfolgerung für absolut logisch und plausibel halten, und fuhr fort: »Wir haben bisher noch nicht festgestellt, welche Pflanzen und Tiere giftig sind, daher sollten wir vorerst grundsätzlich von einer Unverträglichkeit ausgehen. Was die Wesen betrifft, die uns der Wächter gezeigt hat, so kann ich aufgrund der provisorischen Tricorderanalysen eine Theorie vorweisen.«
»Lassen Sie hören.«
»Sie haben sich möglicherweise auf der Erde entwickelt.«
»Intelligent?«
»Potentiell intelligent.«
»Und wie lautet die Theorie?«
»Inselgebundenes Leben weist oft eine überraschend schnelle Evolution auf. Wenn sie auf Inseln lebten und es sich um eine Fischer-Jäger-Kultur handelte, worauf die Einbäume hinweisen, die wir gesehen haben, dann könnten sie möglicherweise einer Flutwelle oder etwas ähnlichem zum Opfer gefallen sein. Und die Fossilien wurden vielleicht ebenfalls durch eine Naturkatastrophe vernichtet.«
»Einen Moment mal ... überspringen Sie da nicht ein paar Punkte? Diese Tiere tauchten erst nach der Veränderung auf, wie immer die auch ausgesehen haben mag.«
»Mit höherer Intelligenz, das ist richtig, aber nichts entsteht in einem Vakuum. Wenn sie von der Erde stammen, befinden sich ihre Vorfahren jetzt hier. Und zwar ziemlich direkte Vorfahren, würde ich sagen,

wenn man bedenkt, welche Zeitspanne wir aufgezeichnet haben.«

»Ich glaube das nicht, Spock. Die wissenschaftlichen Institute der Erde quellen von Fossilien über. Es sind so viele entdeckt worden, daß wir keinen Platz haben, um sie alle unterzubringen. Mein Zimmerkamerad an der Akademie hat sich darüber immer beklagt. Soll es etwa logisch sein, daß unsere Archive zwar aus allen Nähten platzen, aber ausgerechnet diese eine Rasse von intelligenten Dinosauriern fehlt?«

Spock zuckte die Achseln. »Logisch nicht, aber möglich. Tatsächlich haben wir sogar reichliche Fossilienfunde einer Art namens Troodon. Der Tricorder förderte diese Rasse sowie diverse Unterarten zutage, als wir ihn nach Ähnlichkeiten mit dieser intelligenten Art suchen ließen. Troodontiden sind sehr schnelle, auf den Hinterbeinen laufende Dinosaurier mit Sichelklauen und Reißzähnen. Das Troodon selbst besaß ein für sein Körpergewicht großes Gehirn, vergleichbar etwa dem einer Katze. Seine Schnauze war abgestumpft, um bessere Sicht zu ermöglichen, und zudem verfügte es über flexible Finger- und Handgelenkknochen.« Er ließ den Blick über die Landschaft streichen. »Sie sind hier irgendwo... Wir glauben, daß sie in koordinierten Gruppen angegriffen haben und möglicherweise sogar für ihren Nachwuchs sorgten.«

»Wie groß?«

»Nicht besonders groß. Ungefähr dreißig Kilogramm.«

Kirk musterte ihn neugierig. »Das klingt aber alles nicht nach einem Intensivkurs. Ich wußte gar nicht, daß Sie sich mit diesen Dingen so gut auskennen.«

Spock schien nicht recht zu wissen, ob er diese Bemerkung als Kompliment auffassen sollte oder nicht.

»Diese Theorie stammt nicht von mir«, wechselte er elegant das Thema. »Bereits seit zwei Jahrhunderten gibt es Spekulationen, daß das Troodon Intelligenz entwickelt haben könnte, hätte es die Chance dazu gehabt. Von allen Dinosaurierarten besaß diese Rasse die besten Voraussetzungen, um Werkzeuge zu benutzen, obwohl ihre ›Finger‹ nicht so spezialisiert waren wie die der Primaten.«

»Und was ist mit ihnen passiert?«

Spock hob die Augenbrauen. »Ausgestorben.«

Eine erschöpfende Auskunft. Kirk betrachtete ihn forschend. »Sie wissen mehr über diese Dinge, als Sie erkennen lassen.«

»Ich hatte immer besonderes Interesse an der irdischen Geschichte.«

»Das ist mir bekannt. Wissen Sie auch, warum?«

»Ob ich...«

»Weil es auch Ihre Erde ist, deshalb.«

Die beiden schauten sich an. »Sie hätten durchaus bei den Vulkaniern bleiben und dort ein zufriedenstellendes Leben führen können. Aber Sie möchten Ihr Leben dort ebensowenig verbringen wie ich, stimmt's?«

Spock verlagerte sein Gewicht von einem Bein auf das andere. »Meine Mutter hat mir nur sehr zurückhaltend von ihrer Herkunft berichtet. Sie wußte, daß ich so oder so eine Außenseiterposition unter den jungen Vulkaniern einnehmen würde, und wollte deshalb alles tun, damit ich mich möglichst als vollwertiger Vulkanier fühlte. Trotzdem verspürte ich Neugier in Bezug auf ihre Abstammung, auf meine menschlichen Vorfahren.« Er hob einen kleinen Zweig vom Boden auf und begann, ihn der Länge nach zu falten. »Sie war meine einzige Verbindung zur Erde. Ich wuchs zwischen ihren Besitztümern auf. Antike Möbel, ihr Piano... eine Umgebung, die nicht so nüchtern und karg war, wie sie die meisten Vulkanier bevorzugen. Die Erde war eine exotische Legende für mich.«

Kirk grinste. »Haben wir Sie enttäuscht?«

»Ich bemühte mich, enttäuscht zu sein, ganz im Sinne meines Vaters.« Spock warf den Zweig fort, nachdem er ihn in eine Art Ziehharmonika verwandelt hatte. »Aber es gab einige Dinge, die ich überzeugend fand. Die meisten Planeten weisen nur eine oder zwei Rassen auf, weil sie die anderen im Verlauf ihrer planetaren Entwicklung ausgelöscht haben. Und obwohl sie es schaffen, ins All vorzustoßen, haben sie dabei versagt, sich ihre Vielfalt zu erhalten. Das gilt sogar für die Vulkanier, die die Vielfalt als grundlegendes Prinzip reklamieren. Die Erde hingegen war in diesem Punkt erfolgreich, weil sie das Individuum vor der Gruppe schützte.«

Kirk strahlte. »Ich habe mich schon lange gefragt, wann Sie endlich zugeben würden, daß Sie einer von uns sind.«

Trotz dieser Bemerkung schien Spock nicht glücklich zu sein. »Es ist leicht, von Vielfalt zu reden, wenn alle gleich sind.«

»Mmm«, machte Kirk, als er an das dachte, was Roth gesagt hatte. »Habe ich in letzter Zeit erwähnt, daß ich Sie schätze, Mr. Spock?«

Der Anflug eines Lächelns tauchte hinter Spocks Augen auf. »Ja, das haben Sie.«

»Nun... gut. Helfen Sie mir auf. Ich muß mich bewegen, damit das Blut wieder zirkulieren kann. Meine Beine werden langsam taub.«

Kirk gingen die Dinge, die er gerade gehört hatte, noch immer im Kopf herum. Er wandte sich halb zu seinem Ersten Offizier um und öffnete gerade den Mund, um eine Frage zu stellen, als sich sein Fuß in einer Bodenranke verfing. Er streckte eine Hand aus, um sich an einem Baum abzustützen, unterschätzte jedoch die Entfernung und drohte zu stürzen.

Spock packte ihn gerade noch rechtzeitig und

stützte ihn, bis er das Gleichgewicht wiedergefunden hatte.

»Danke«, ächzte Kirk. Er war schweißgebadet. Das verdammte Klima war wirklich ausgesprochen unangenehm.

Er stützte sich auf Spock und fragte: »Diese Troodons... sie sind wegen des Asteroiden ausgestorben?«

»Ja, Sir. Wäre das nicht der Fall...«

»Dann hätten sie sich vielleicht zu den Tieren entwickelt, die wir auf der neuen Erde entdeckt haben. Diejenigen, die LaCerra getötet haben.«

»Oder zu denen, die uns der Wächter gezeigt hat«, erwiderte Spock. »Jene, die sich Zyklus um Zyklus selbst vernichtet haben. Vielleicht sind wir nur einfach Zeugen vom Beginn des nächsten Zyklus geworden.«

»Ja, das Leben hat ihnen wieder und wieder eine Chance gegeben, und jedesmal...«

»Jedesmal«, nickte Spock, »haben sie sie verspielt.«

»Ich will das ändern«, seufzte Kirk, »aber hier, ohne das Schiff... wie soll ich da etwas ändern, das sich Tausende von Meilen entfernt im Weltall ereignet?«

»Was zum Teufel ist das für ein Lärm?«

Lieutenant Bannon schaute sich suchend zwischen dickstämmigen Bäumen und dichtbelaubtem Gebüsch um.

Pflanzen und Büsche des Dschungels reichten bis zu einer Höhe von ungefähr zwanzig Fuß, darüber beherrschten von Lianen umwundene Baumstämme das Bild, deren Kronen ein schützendes Dach bildeten. Vom Himmel war hier nichts wahrzunehmen, aber außer einer hinter Dunstschleiern halbverborgenen Sonne hätte man dort ohnehin nichts sehen können.

Ein unregelmäßiges Trompeten drang durch die schwere, tropische Luft. Es klang so, als würden sich

Tubaspieler in einer leeren Halle auf ein Konzert vorbereiten.

Niemand reagierte auf Bannons Ausruf – bislang hätte auch niemand eine Antwort auf seine Frage gehabt.

Das tibetanische Mädchen näherte sich unsicher dem Platz, an dem ihr Captain an einem umgestürzten Baumstamm lehnte, dessen Durchmesser ziemlich genau seiner Größe entsprach. Es war deutlich zu merken, daß ihr nicht ganz wohl bei dem Gedanken war, ihren Kommandanten zu stören. »Sir? Ich bekomme ein paar ungewöhnliche Werte herein, Sir, und ... ich weiß einfach nicht, was ich damit anfangen soll.«

Kirk ließ sich vorsichtig auf einer Astgabel des umgestürzten Baums nieder. »Ungewöhnlich in welcher Hinsicht?«

»Nun ... einfach sehr groß. Die Metabolismus-Angaben bewegen sich in einer Größenordnung, die den Tricorder verwirrt. Es sieht so aus, als würde er mit diesen Werten überladen.«

»Dinosaurier. Mr. Spock meint, sie wären hier überall um uns herum – zu Tausenden.«

Sie schaute sich fragend um. Dutzende von Vögeln pickten nach Insekten und schwirrten von Baum zu Baum. »Und wo sind sie dann?«

Kirk schüttelte müde den Kopf. »Suchen Sie nicht auch noch nach Schwierigkeiten, Fähnrich.«

Sie zuckte die Achseln. »Aye, Sir.«

Von seinem Platz aus konnte Kirk die meisten seiner Leute sehen, die zwischen den Bäumen umherwanderten, Proben nahmen, ihre Tricorder mit Daten fütterten und sich ganz so verhielten, als befänden sie sich auf einem fremden Planeten.

Doch hier gab es weitaus mehr Leben als auf den meisten anderen Welten. Wie viele kahle Felsbrocken hatten sie schon im Verlauf ihrer Missionen untersucht? Die meisten Planeten kamen kaum über das Stadium der Einzeller hinaus, während das Leben auf der Erde förmlich explodierte.

Hunderte von Vögeln hüpften zwischen den Blättern herum und flatterten plötzlich in einer dichten Wolke empor. Das ferne Trompeten wurde vom Schlagen tausender Flügel überlagert. Die Vögel hier benahmen sich wie Tauben in einem öffentlichen Park – sie interessierten sich nicht für die Besucher und hatten auch keine Angst vor ihnen.

Kirk schaute sich um. Ein paar seiner Leute duckten sich, die Klingonen schlugen nach den Vögeln, und Sicherheitsfähnrich Vernon stürzte der Länge nach hin, doch niemand geriet in Panik. Ein Stück weiter war Spock durch das Blattwerk zu erkennen, der den Tricorder hochhielt und sich offenbar bemühte, jede Spezies zu klassifizieren. Doch anscheinend behagten ihm die Daten nicht, die er erhielt.

»Captain ...« Spock führte den Tricorder abermals an einem Baumstamm auf und ab, augenscheinlich noch immer unzufrieden mit den Werten.

»Ich komme schon«, seufzte Kirk. Die knapp zwanzig Meter zwischen ihnen kamen ihm vor wie ein Footballfeld.

Spock senkte den Tricorder und berührte den Baum. »Das ist kein ...«

Auf Kirk wirkte diese Bemerkung wie ein Alarmsignal – es gehörte eindeutig nicht zu Spocks Gepflogenheiten, einen Gedankengang unvollendet abzubrechen.

Einen Sekundenbruchteil später stolperte einer der Klingonen rückwärts gegen einen Busch und begann zu kreischen.

Kirk fuhr herum. Der Klingone – nicht Roth, der andere – starrte zu den Bäumen hoch und brüllte aus Leibeskräften.

Kirk blickte in die gleiche Richtung, entdeckte jedoch nichts Beunruhigendes. Abgesehen von den Vögeln, die eben aufgeflogen waren, hatte sich nichts geändert.

Plötzlich bewegte sich der Baumstamm neben Spock, hob sich ein Stück durch die Luft und krachte mit einem dumpfen Donnern zwei Meter weiter wieder auf die Erde, wobei er den Vulkanier mit einer stumpfen Klaue streifte. Spock wich zur Seite aus und geriet ins Stolpern.

Kirk legte den Kopf in den Nacken und schaute nach oben. Sein Mund wurde schlagartig trocken.

»Spock, kommen Sie da raus! Alle Mann zurück! Sicherheitsformation!«

Die beiden Sicherheitsleute reagierten so, wie er es erhofft hatte, traten hinter die Klingonen und zerrten sie zurück. Einer der Wächter bewies Umsicht, versetzte dem kreischenden Klingonen einen kräftigen Schlag und sorgte so für Ruhe.

In fünfzehn Metern Höhe schwang etwas wie ein riesiger Kran über die Wipfel der Bäume hinweg. Noch mehr Vögel flüchteten und flatterten hektisch zwischen den Baumstämmen herum, die sich jetzt als die dicken grauen Beine von Tieren erwiesen, deren Größe sich nur noch mit einer Scheune vergleichen ließ. Zwei, drei... vier pferdeähnliche Köpfe zeichneten sich vor dem Himmel ab.

Noch mehr der baumstammdicken Beine gerieten jetzt in Bewegung. Eines der Tiere senkte den Kopf, öffnete das gewaltige Maul und stieß ein dumpfes Trompeten aus – der an eine Tuba erinnernde Klang rollte durch das Tal und wirkte jetzt, da sie wußten, wie nahe der Verursacher war, plötzlich sehr erschreckend. Das Tier bewegte seinen riesigen Körper um zehn Meter weiter und zwang Spock und Vernon, den gigantischen Hinterbeinen, die zwei Drittel des Gewichts trugen, auszuweichen.

Kirk versuchte seinen Schock über den Anblick zu verdrängen und bemüht sich, herauszufinden, wie viele dieser Tiere sich hier befanden und welche Richtung sie einschlugen.

»Raus aus den Bäumen!« rief Kirk und deutete zu einer Senke hinüber, in der sich ein Wasserlauf zu verbergen schien.

Spock tauchte offensichtlich unverletzt aus dem Unterholz auf und schlug die angewiesene Richtung ein. Auch der Rest der Mannschaft stolperte dorthin, wobei sich alle immer wieder ungläubig umschauten.

»Brontosaurier?« fragte Emmendorf keuchend.

»Brachiosaurier«, sagte Reenie.

McCoy schüttelte den Kopf. »Nicht groß genug.«

»Apatosaurus«, meinte Bannon. »Glaube ich jedenfalls – allerdings sind wir in der Kreidezeit, nicht im Jura...«

»Spock«, rief Kirk, »können Sie die Spezies identifizieren?«

»Ich überprüfe es«, erwiderte Spock, während ein weiterer Vogelschwarm aufstob.

Mittlerweile waren die Vögel überall. Ein Teil von ihnen ließ sich auf den riesigen Dinosauriern nieder und pickte dort nach Parasiten.

»Es gibt ein paar sich widersprechende Werte«, sagte Spock, der den Tricorder auf die Saurier gerichtet hielt und dabei rückwärts ging. »Alamosaurus kommt den aufgezeichneten Daten noch am nächsten. Sauropoden, weit verbreitet, Durchschnittsgewicht dreißig Tonnen, Länge fünfundzwanzig Meter...«

»Alle Mann vorwärts«, unterbrach ihn Kirk. »Wir müssen hier verschwinden, bevor jemand totgetrampelt wird.«

Sobald sie den dichten Wald verlassen hatten, konnten sie zum erstenmal die Tiere richtig erkennen, von denen sie bisher mehr oder weniger nur die Beine gesehen hatten. Sie wirkten friedlich und blinzelten nur kurz zu ihnen hinüber, bevor sie sich weiter dem Abweiden der Baumwipfel widmeten. Insgesamt gab es acht oder zehn von ihnen, und einige waren erheblich größer als die anderen.

»Vermutlich eine Familie«, meinte McCoy, als sie über den schmalen Bach sprangen und den Abstand zwischen sich und den Tieren weiter vergrößerten.

»Ich dachte, Sauropoden wären zu dieser Zeit in Nordamerika schon ausgestorben«, sagte Bannon.

»Das hier müßten Titanosaurier sein«, erklärte Spock. »Nach unseren Aufzeichnungen könnten sie eingewandert sein, als die kubanische Landbrücke während der späten Kreidezeit Nord- und Südamerika miteinander verband. Man hat entsprechende Fossilien bis hinauf nach Süd-Wyoming gefunden.«

»Kubanische Landbrücke?« fragte McCoy ungläubig und verzog dann das Gesicht, als ihm klar wurde, daß er Spock gerade einen Grund geliefert hatte, mit seinem Vortrag fortzufahren.

»Was wir als Mittelamerika kennen, war seinerzeit eine Inselkette«, sagte Spock. »Und ich nehme an, Sie sind mit mir einer Meinung, daß diese Tiere nicht hergeschwommen sind.«

Mittlerweile waren zwei weitere der Tiere aufgetaucht, so daß sie jetzt insgesamt zwölf sehen konnten. Die beiden größten führten die übrigen entlang des Bachlaufs, und alle trotteten so friedlich wie Elefanten durch das Gelände.

Der Größte der Saurier blieb stehen, streckte den Kopf nach einem saftigen Baumwipfel aus, riß einen Zweig ab und reichte ihn an eines der anderen Tiere weiter.

Das andere der beiden großen Tiere knickte einfach einen ganzen Baumstamm um und trat ein paar

Schritte zur Seite, während sich die kleineren über das Grünzeug hermachten.

»Sie füttern ihre Babies!« rief McCoy.

»Babies?« Kirk starrte ungläubig zu den scheunengroßen Tieren hinüber. »Die sind sieben Meter lang!«

»Schnelles Wachstum ist bei Wildtieren ein Verteidigungsmechanismus, Jim. Bei einem Strauß kannst du praktisch zusehen, wie er vom Küken zu einem zwei Meter großen Tier heranwächst. Bei Pferden und Rindern gilt das gleiche. Fohlen und Kälber werden mit Beinen geboren, die schon zwei Drittel der Beinlänge ihrer Mütter haben. Auf diese Weise können sie mit der Herde Schritt halten. Diese Tiere dort sind vielleicht noch kein Jahr alt ... jedenfalls bringen ihnen die älteren Tiere eindeutig bei, was freßbar ist.«

»Ich habe so was auch schon bei Vögeln gesehen«, meinte Reenie.

»Kommen Sie hier entlang, Fähnrich«, sagte Kirk und führte die Gruppe einen von abgerissenen Ästen bedeckten Hang hinauf.

McCoy schaute zu den gewaltigen Dinosauriern hinüber. »Ich glaube nicht, daß sie sich für uns interessieren, Jim.«

»Fein, aber ich will auch nicht, daß jemand von ihrem Desinteresse zertrampelt wird. Mr. Vernon, schaffen Sie die Klingonen hier rauf.«

»Aye, Sir.«

Die drückende Hitze machte die Menschen langsamer, und außerdem zog sie die fremdartige Szenerie in ihren Bann. Sie beobachteten die gewaltigen Titanosaurier, die unbestreitbar in diese Welt paßten. Ihre Flanken wiesen eine angedeutete Zeichnung auf, eine Art Streifenmuster, das ihre mächtigen Körper fast zwischen den Bäumen verschwinden ließ. Zahllose Vögel folgten ihnen, ließen sich auf Rücken und Hals nieder oder suchten den von den riesigen Füßen aufgewühlten Boden nach Freßbarem ab.

»He, seht mal!« rief Bannon und stellte sich auf die Zehenspitzen. »Schaut doch, dort drüben!«

»Triceratops! Toll!« Reenie hüpfte vor Aufregung in die Luft.

»Gleich zwei Stück!« ergänzte Bannon.

Die beiden panzergroßen Tiere wanderten in ihrer Richtung den Bachlauf entlang, ohne sich um die Titanosaurier zu kümmern, die sie ihrerseits ignorierten. Die beiden Neuankömmlinge wiesen über jedem Auge ein Horn auf, und ein weiteres wuchs auf der Nase. Ein breiter, fächerförmiger Hornkamm schützte ihren Nakken. Sie weideten auf eine Art, die an Kühe erinnerte, und wühlten im Schlamm nach Wurzeln. Während sie grasten, zogen sich zwei ovale Bereiche des Hornkamms zusammen und dehnten sich wieder aus – Kiefermuskeln, die bis in diese Kämme hinaufreichten.

»Triceratops!« zwitscherte Reenie. »So was habe ich mir immer als Haustier gewünscht!«

»Wer nicht?« brummte Bannon neben ihr.

Kirk sah zu Spock hinüber. »Nun?«

Der Vulkanier wirkte nicht recht glücklich, als er den Tricorder auf die beiden Tiere richtete. »Keine Triceratops, aber die gleiche Familie. Entweder Torosaurus... oder Pentaceratops. Wahrscheinlich ersteres. Torosaurus war so groß wie Triceratops, aber viel seltener; er lebte vermutlich allein und nicht in Herden wie Triceratops. Man vermutet sein Hauptverbreitungsgebiet in Wyoming, South Dakota, Montana, Saskatchewan...«

»Ich dachte, wir befinden uns im südlichen Georgia«, unterbrach ihn Bannon aufsässig.

Der Vulkanier bedachte ihn mit einem kühlen Blick. »Die Tatsache, daß wir diese Tierart hier nicht *gefunden* haben, Lieutenant, schließt nicht die Möglichkeit aus, daß sie hier *gelebt* haben. Tatsächlich gibt es in Georgia überhaupt keine Fossilienfunde, weil offenbar alles durch das Meerwasser erodiert ist.«

»Lieber Himmel«, rief McCoy, als die beiden Tiere näherkamen, »allein die Schädel müssen schon drei Meter lang sein.«

»Die Schädellänge, den Kamm eingeschlossen, betrug im Schnitt zwei Komma sieben fünf Meter«, erklärte Spock. »Diese Tiere besaßen die größten Schädel aller uns bekannten Landlebewesen.« Er wandte sich an Kirk. »Sofern es sich tatsächlich um Torosaurier handelt, Captain, wäre jetzt eine ausgezeichnete Gelegenheit, sie zu katalogisieren. Ich würde gern versuchen, etwas näher heranzukommen.«

Kirk fühlte sich zwischen seiner Verantwortung für die Sicherheit der Gruppe und der Notwendigkeit, die Leute ihre Arbeit erledigen zu lassen, hin und her gerissen. »Spock, ich weiß nicht recht...«

Spock trat einen Schritt näher. »Captain, wenn ich...«

Ein tiefer, brüllender Laut unterbrach ihn. Im ersten Moment erinnerte er an das tubaähnliche Trompeten, doch dann fiel eine gewisse, grollende Bösartigkeit darin auf. Kirk schob sich gerade rechtzeitig an Spock vorbei, um eine schattenhafte Gestalt zu sehen, die sich auf gut drei Meter hohen Beinen aus dem Schatten der Bäume löste. Fünf Tonnen geballter Kraft stießen ein riesiges, mit scharfen, bananengroßen Zähnen gefülltes Maul vorwärts, das sich in die Flanke eines der Sauropoden bohrte.

»Oh!« stieß Emmendorf erschüttert hervor.

Diesmal mußte niemand den Tricorder zurate ziehen, um dieses Tier zu bestimmen. Jedes Schulkind kannte den Tyrannosaurus Rex, jenes eine Tier der Erdgeschichte, daß jeder einmal in Aktion sehen wollte, dem jedoch niemand wirklich zu begegnen wünschte.

Doch hier war er, bohrte sein Maul wie einen Torpedo in den dreißig Meter langen Titanosaurier und zwang ihn durch die Wucht des Aufpralls zu Boden. Die beiden Dinosaurier rutschten zusammen das Bachufer hinunter und landeten in der hoch aufspritzenden Flüssigkeit.

Inmitten einer Wolke aus aufgeschreckten Vögeln machten die anderen Sauropoden kehrt und rannten mit erstaunlicher Geschwindigkeit am Bachufer entlang, bis sie außer Sicht gerieten. Auf ihrer Flucht stürmten sie den beiden Torosauriern entgegen, die sich auf der Stelle umdrehten und in Panik vor den Riesentieren flüchteten.

Der Titanosaurier kam als erster wieder auf die Beine. Er drehte sich auf seinen mächtigen Hinterbeinen und stürzte sich mit dem gesamten Gewicht auf den Tyrannosaurier, der sich abmühte, in dem schlammigen Untergrund festen Halt zu gewinnen. Als er den Titanosaurier auf sich zustürzen sah, stieß er einen langgezogenen Schrei aus, der sich anhörte, als würde Metall über Metall kratzen. Der mächtige Fuß des Titanosauriers stampfte auf den Schwanz des Angreifers, und diesmal klang der Schrei des Rex eher nach Schmerz denn nach Wut.

Die Raubechse drehte den muskulösen Hals, bohrte die Zähne in die Schulter des Titanosauriers und riß einen großen Fleischfetzen heraus, den sie hinunterschlang wie ein Krokodil, das ein Kalb geschnappt hat.

»Wie groß ist die Chance, daß er zu uns herüberkommt?« fragte Kirk mit gedämpfter Stimme.

»Er wird uns wahrscheinlich gar nicht bemerken«, meinte McCoy.

»Wir gehen trotzdem in Deckung. Bleibt so dicht wie möglich am Boden.«

Während sie alle irgendwo hinter Ästen und Büschen Deckung suchten, murmelte Bannon: »Was für ein Anblick.«

Eines der Vorderbeine des Titanosauriers knickte ein, er schaffte es aber dennoch, sich auf seinen baumstammdicken Hinterbeinen herumzuwerfen. Der lange Schwanz schwang herum und riß den Tyrannosaurier von den Füßen.

Alle Bewegungen liefen mit einer verblüffenden Geschwindigkeit ab, weitaus schneller, als Kirk das bei Wesen von solcher Körpermasse erwartet hätte. In einem Zirkus hatte er einmal den Wutanfall eines afrikanischen Elefanten miterlebt. Bevor die Trainer oder sonst jemand reagieren konnten, hatte das Tier bereits zwei Arbeiter getötet und war mit voller Wucht in die Zuschauertribüne gekracht. Aber das war auf Rigel Vier gewesen...

Mit einem weiteren metallischen Schrei rollte der Tyrannosaurier zur Seite und versuchte sich wieder aufzurichten.

Der Titanosaurier nutzte die Gelegenheit, sich umzudrehen und den Bach in Richtung von Kirk und seinen Gefährten zu überqueren. Mit dröhnenden Schritten näherte sich das Tier der Gruppe.

McCoy stieß ein besorgtes Stöhnen aus.

Der Titanosaurier donnerte blutverspritzend an ihnen vorbei und stürmte in die Bäume hinein, ohne sich die Mühe zu machen, einen Weg zu suchen.

Krachend stürzten die Baumstämme zur Seite und hinterließen eine Schneise, die groß genug war, um mit einem Shuttle hindurchzufliegen.

Und dann war der Titanosaurier verschwunden.

Nur das dumpfe Trommeln seiner Füße war noch aus der Ferne zu vernehmen.

»In Deckung! Sofort!« rief Kirk und stieß McCoy und Emmendorf zu Boden. Er hoffte, die anderen würden seinem Beispiel folgen.

Der Tyrannosaurier kam auf die Beine, streckte den Hals empor und brüllte frustriert auf. Dann bewegte er den Kopf suchend hin und her und schnüffelte. Konnte er sie riechen? Hatten sie fremdartige Gerüche an sich, die das Tier aufmerksam machen würden?

Der Tyrannosaurier beschnüffelte den Boden und die Blutspur und marschierte dann entschlossen in ihre Richtung.

»Niemand rührt sich«, flüsterte Kirk kaum hörbar. Für die Klingonen wäre jetzt der beste Zeitpunkt, einen Fluchtversuch zu wagen.

Die Raubechse mit den winzigen, gelben Augen senkte den Kopf und stieß abermals einen langen, lauten Schrei aus. Dann bohrte sie die Schnauze in den aufgewühlten Boden und machte sich daran, der Spur des Titanosauriers zu folgen. Sie donnerte an Kirk und seinen Leuten vorbei, ohne ihnen auch nur einen Blick zu schenken. Offenbar wußte sie, daß ihr die Beute mit ein wenig Ausdauer sicher wäre.

Die Gruppe schaute mit klopfenden Herzen zu, wie der gewaltigste Killer aller Zeiten mit dröhnenden Schritten und einem letzten, drohenden Schrei im dichten Wald verschwand.

»Junge, Junge ...«, keuchte Reenie.

»Eine wandelnde Nase mit Zähnen«, meinte McCoy. »Ist euch aufgefallen, daß er erst gekämpft hat, als er am Boden lag? Er hat vorher den Brustkorb des Opfers gezielt aufgerissen und wollte sich dann zurückziehen und abwarten, bis es aufgrund der Verletzung zusammenbrach. Ich wette, er wird diesem Titanosaurier meilenweit folgen, wenn es sein muß. Das Maul dieser Biester muß ein wahres Paradies für Bakterien sein.«

»Ich kann gar nicht glauben, daß wir so etwas gesehen haben«, sagte Bannon, der sich vom Boden aufrappelte.

»Ganz im Gegenteil«, erwiderte Spock. »Angesichts

der immensen Zahl dieser Tiere zu dieser Zeit wäre es eher überraschend, wenn wir ihnen *nicht* begegnen wären.«

Kirk ließ sich von Emmendorf aufhelfen. »Gehen wir weiter. Ich möchte nicht mehr hier sein, wenn...«

»Jim!« McCoy streckte einen Arm aus. »Sieh doch!«

Kirk warf einen Blick in die angegebene Richtung und rief: »Runter!«

Zwei weitere Tyrannosaurier beschnüffelten den Boden rings um das Bachbett. Der eine mochte etwa zwei Drittel der Größe des ersten Tieres aufweisen, während der andere höchstens fünf Meter lang war.

»Ein Baby!« rief Reenie begeistert.

»Ein Baby, daß ein Fohlen verschlucken könnte«, brummte McCoy mit einem Blick auf den mächtigen Schädel des Jungtiers. »Diese Größe ist unglaublich.«

Baby oder nicht, besonders niedlich wirkte die Echse nicht. Sie glich in allen Einzelheiten ihren Eltern, entdeckte im Schlamm ein blutiges Stück Muskelfleisch und schlang es mit einem Bissen hinunter.

»Ist das andere seine Mutter?« fragte Emmendorf.

»Keine Ahnung«, sagte McCoy.

Das größere der Tiere hatte jetzt die Fährte entdeckt und brüllte. Mit peitschenden Schwänzen polterten sie an der Gruppe vorbei und verschwanden im Wald, wobei sie immer wieder an den Blutspritzern schnüffelten.

Zitternd und wie betäubt erhoben sich Kirk und seine Leute wieder. Ein Leben voller Abenteuer und Gefahr – das hatte man ihnen bei Starfleet versprochen.

Die Gefahr hatten sie gerade kennengelernt.

Jetzt mußten sie noch lernen, wie man ihr auswich.

»Jim, wir haben etwas Eßbares gefunden. Oder zumindest halten wir es für eßbar.«

Als McCoy die Lichtung überquerte, wurde Kirk schlagartig bewußt, wie hungrig er war. Sein Körper mußte das Gift abwehren und mit den Medikamenten fertig werden. All das kostete Energie.

»Ist eine Menge los hier«, brummte McCoy. »Man kann keine zehn Schritte gehen, ohne auf ein Nest wütender Echsen zu stoßen. Ist nicht gerade gut für das Herz.«

Mit schmerzenden Knochen beugte sich Kirk über die fremdartigen Früchte, die McCoy mitgebracht hatte. Ein paar waren rund und braun, andere wirkten fleischig, waren von gelbgrüner Farbe und wiesen Bißspuren auf, und schließlich gab es auch noch eine Art Nüsse, noch in die Schalen gehüllt. Er stieß eine der weichen braunen Kugeln mit dem Finger an.

»Was ist das?«

»Eine Art Feige«, sagte McCoy. »Das hier sind Palmenherzen, und dies könnten eine Art Himbeeren sein – aber nagle mich nicht darauf fest.«

»Hast du sie schon probiert?«

»Ich war zu sehr damit beschäftigt, mir die Hände zu zerstechen. Die Dinger haben zehn Zentimeter lange Dornen.«

»Willst du mich jetzt auf den Arm nehmen, oder was?«

»Schau dir das hier mal an.«

Kirk nahm eine zwiebelförmige grüne Frucht von vielleicht zwei Zentimetern Durchmesser, rollte sie zwischen den Fingern und zerdrückte sie. »Voller Samen. Willst du, daß wir Samen essen?«

»Nein, ich glaube nicht, daß sie eßbar sind. Weißt du, wofür ich das halte?«

»Wenn ich noch lange warten muß, interessiert es mich nicht mehr.«

»Ich glaube, es ist eine Protobanane.«

»Du meinst, in ein paar Millionen Jahren wird daraus eine Banane?«

»Unglaublich, nicht wahr?«

»Haben wir genug, um zu überleben?«

»Nein. Nun, ich kann nichts dafür. Wir haben vier Stunden gebraucht, nur um das hier zu sammeln. Die meisten der großen Pflanzen hier sind Koniferen, und daran ist gar nichts eßbar. Das Unterholz besteht zu einem großen Teil aus verkümmerten Pflanzen, die möglicherweise bald aussterben werden. Bannon meint, sie würden durch eine wahre Explosion von Angiospermien ersetzt, aus denen sich die meisten der uns bekannten Blumen und Pflanzen entwickeln. Aber etwa zwei Meilen entfernt befindet sich ein Zypressensumpf, und wo Wasser ist, gibt es auch Nahrung. Zumindest wissen wir, daß es in der Kreidezeit genug Fisch gegeben hat, um sämtliche Raumbasen der Föderation zu füllen.«

»Das wäre eine Menge Fisch. Gehen wir.«

»Gehen? Willst du nicht essen?«

»Später.« Kirk zog den Kommunikator hervor und klappte ihn auf. »Kirk an Bannon.«

»Jim«, drängte McCoy, »iß wenigstens eine von den Früchten. Das ist eine medizinische Anweisung.« Er suchte die Palmenherzen heraus und hielt sie dem Captain hin.

»Nimm sie mit. Kirk an Bannon, antworten Sie.«

Sekunden verstrichen, und die beiden Männer blickten sich mit wachsender Unruhe an...

»Bannon hier.«

»Wir müssen jetzt Nahrungmittel suchen, Lieutenant, oder wir haben bald nicht mehr genug Kraft, um unsere Mission zu erfüllen. Sammeln Sie Ihr Team und treffen Sie uns am Fuß der Berge genau östlich von hier. Ihr Auftrag lautet, Fische zu fangen.«

»Verstanden.«

»Kirk Ende. Dann bring uns mal zu den Fischteichen, Pille.«

»Wie du meinst, Captain, aber ich glaube nicht, daß uns ein ganz gewöhnlicher Angelurlaub bevorsteht.«

»Hornhechte, Schlammfische, Störe... und etwas, das nach Hering aussieht. Nehmen Sie meinen Tricorder und geben Sie mir das Netz.«

Lieutenant Dale Bannon reichte seinen Tricorder an Sicherheitsfähnrich Emmendorf und Fähnrich Reenie weiter, die neben ihm am Ufer des langsam fließenden, brackigen Flusses kauerten.

Bannon stand bis zum Gürtel in dem warmen, trüben Wasser. Anfangs hatte er sich nur bis zu den Stiefeln hineingewagt, doch dann hatte er sich gesagt, daß seine Kleider in diesem feuchten Klima vermutlich so oder so nie wieder richtig trocken werden würden. Er packte das wenig vertrauenerweckende Netz, das sie aus Lianen und Ranken zusammengebastelt hatten, und versuchte, es so auszubreiten, daß sich vielleicht ein paar Fische darin verfingen. Wie war er nur in diese Lage geraten? Und was war das für ein komisches Loch gewesen, durch das der Captain sie gestoßen hatte?

»Warum benutzen Sie nicht einfach den Phaser?« fragte Emmendorf. »He, seht euch mal dieses spitznasige Biest an!«

Reenie schaute hoch. »Der Captain will nicht, daß wir Phaserenergie verschwenden.«

»Das war ein Hecht!« Emmendorf deutete auf einen Schatten im Wasser. »Ich schwöre, das war ein Hecht!«

»Es ist zu früh für Hechte«, meinte Bannon.

»Nicht unbedingt«, widersprach Reenie.

»Fangen Sie ihn, Sir«, sagte Emmendorf. »Hecht gibt eine erstklassige Mahlzeit ab. Wissen Sie, was wir tun könnten? Wir könnten ihn in eines dieser großen Blätter einwickeln und räuchern. Das bringt den Captain wieder auf die Beine.«

»Warum kommen Sie nicht her und fangen ihn selbst, Emmendorf? Stecken Sie einfach den Kopf ins Wasser – die Fische schwimmen Ihnen dann von selbst in Ihr großes Maul.«

»Ich kann nicht schwimmen.«

»Das Wasser ist nur hüfthoch, Sie Landratte.«

»Tja, Sir, aber da Sie schon einmal naß sind...«

»Genau deshalb bin ich zu Starfleet gegangen«, brummte Bannon. »Ich darf bis zu den Achseln im Sumpf stehen und den Schlamm der Kreidezeit durchwühlen...«

Aus den Augenwinkeln bemerkte er, wie etwas Großes, Flaches aus dem Wasser herausschoß, einen Sekundenbruchteil in der Luft hing und dann wieder unter der Oberfläche verschwand.

Bannon fuhr herum. »Was war das?«

»Ein Rochen!« sagte Reenie und deutete auf den treibenden Schatten.

»Unmöglich!«

»Ich erkenne einen Rochen, wenn ich einen sehe, Bannon«, erwiderte das Mädchen. »Einen mit dieser Färbung habe ich allerdings noch nie gesehen.«

»Rochen sind Salzwasserfische. Dieser Fluß enthält nur wenig Salz. Das meiste Wasser kommt aus den Bergen.«

»Rochen sind nicht nur Salzwasserfische. Es gibt sie auch im Amazonas.«

»Okay, okay.«

»Der Captain kommt«, sagte Reenie. »Ich sehe ihn und Dr. McCoy auf der Anhöhe.«

»Der fehlt mir gerade noch.«

Das Mädchen schüttelte den Kopf. »Was ist los mit Ihnen, Dale?«

»Gar nichts. Alles in Ordnung.«

»Ja, das merkt man deutlich«, murmelte Emmendorf.

Bannon deutete mit dem Finger auf ihn. »Sie halten die Klappe, Mister, oder ich benutze Ihr Gesicht als Köder.«

Emmendorf tauschte einen Blick mit Reenie. »Tut mir leid, Sir. Mein Fehler, Sir.«

Bannon biß sich wütend auf die Lippe. »Helfen Sie mir lieber, einen Fisch für den Mistkerl zu finden.«

Er verdrehte den Hals, um zu sehen, wie nahe der Captain und der Doktor schon herangekommen waren. Es irritierte ihn etwas, daß sich die Senior-Offiziere offenbar nicht damit zufrieden gaben, ihm einen Auftrag zu erteilen und ihn dann in Ruhe zu lassen. Nahrung zu suchen und die Umgebung zu analysieren lief praktisch auf das gleiche hinaus. Also tat er, was man ihm aufgetragen hatte. Lieutenants waren schließlich die Hände, Füße, Augen und Ohren von Starfleet. Sie sollten ihn nur in Ruhe lassen.

Irgend etwas drängte sich gegen sein Bein, als wolle es prüfen, wie fest es im Schlamm verankert war. Er drehte sich und versuchte, etwas zu erkennen.

Eine undeutlich erkennbares Geschöpf tauchte in dem algengrünen Wasser unter und hinterließ nur ein paar Wirbel auf der öligen Oberfläche.

Reenie und Emmendorf waren aufgestanden und starrten jetzt aufmerksam in das Wasser, als wären sie nicht ganz sicher, was sie gerade gesehen hatten. Der Schatten tauchte wieder auf und strich abermals an Bannons Beinen vorbei, diesmal zwischen ihm und dem Ufer. Das Tier schien vier oder fünf Fuß lang zu sein, doch dieser Eindruck mochte auch durch den von der Sonne verlängerten Schatten entstehen.

Emmendorf beugte sich vor und versuchte in dem trüben Wasser etwas zu erkennen, und Reenie stellte sich sogar auf die Zehenspitzen, um besser zu sehen.

Plötzlich keuchte Reenie: »Kommen Sie raus, Bannon!«

Bannon schaute hoch. »Warum denn? Wegen eines großen Rochen?«

»Kommen Sie heraus, Sir!« Emmendorf ging einen Schritt ins Wasser und streckte den Arm nach ihm aus.

»Da ist er!« rief Reenie und griff nach ihrem Phaser.

Bannon wollte ihr gerade den Befehl geben, die Waffe zurückzustecken, da schnitt etwas quer über seinen linken Unterschenkel. Die Haut platzte auf. Dann eine wirbelnde Bewegung – und etwas packte sein Bein.

Sein Knie gab nach, und er geriet ins Schwanken. Mit heftig rudernden Bewegungen versuchte er sich umzudrehen, um zu sehen, was ihn gepackt hatte, aber damit verstärkte er nur den Schmerz in seinem Bein. Er wich zurück und bemühte sich, von dem, was ihn gepackt hatte freizukommen. Blut stieg neben ihm hoch und färbte das grünliche Wasser dunkelrot. Gleichzeitig festigte das Wesen seinen klammernden Biß.

Bannon schrie auf und zerrte fester, doch sein Bein steckte fest, als wäre er in eine Bärenfalle geraten.

Und dann sah er, was ihn erwischt hatte. Schwarze Knopfaugen schauten zu ihm hoch, und gleichzeitig wurde auch die buntgestreifte Haut des Tieres sichtbar, genau wie die Schwanzflosse, als es heftig an seinem Bein zerrte.

Reenie hob den Phaser, und ihr Schrei erfüllte die Luft.

»Ein Hai! Es ist ein Hai!«

25

»Keine Phaser! Keine Phaser! Holt ihn raus!« Kirk rutschte das letzte Viertel des Hangs hinunter und schrie auf, als er unten aufprallte. Mit einiger Mühe gelang es ihm, den größten Teil des Aufpralls mit dem gesunden Bein abzufangen.

»Zieht ihn dort raus!«

Er stürzte an Reenie und Emmendorf vorbei und platschte ins Wasser, wo er Bannon packte, der blindlings auf die Wasseroberfläche einschlug.

Das Wasser war unnatürlich warm und absolut undurchsichtig. Kirk hatte sich auf einen Kälteschock vorbereitet, und als der ausblieb, glaubte er für einen Moment, seine Beine hätten jegliches Gefühl verloren. Er umklammerte Bannons Arm und zog, während er gleichzeitig nach dem Fisch trat, der seine Zähne in den Lieutenant geschlagen hatte.

McCoy stürmte an den beiden wie erstarrt dastehenden Besatzungsmitgliedern vorbei ins Wasser; irgendwie riß das die beiden aus ihrem Schock, und sie setzten sich ebenfalls in Bewegung. Eine Gruppe von vier Fuß langen Krokodilen, die am gegenüberliegenden Ufer gelegen hatten, ergriff vor dem plötzlichen Ansturm die Flucht.

Das Wesen im Wasser, ob es sich nun um einen Hai handeln mochte oder nicht, war kein Kämpfer und wußte, daß sich jederzeit leichtere Beute finden ließ. Es gab Bannons Unterschenkel frei und verschwand mit zwei kräftigen Schlägen seines Schwanzes.

Kirk reichte Bannon an Emmendorf weiter und befahl ihm, den Mann ans Ufer zu schaffen, bevor sich die Krokodile die Sache überlegten und herüberkamen. Dann bemühte er sich, seine Stiefel aus dem Schlick zu befreien, der sie regelrecht anzusaugen schien.

Bannon war kreidebleich, als sie ihn am Ufer niederlegten. McCoy hockte sich sofort neben ihn und drückte mit einer Hand die Beinarterie ab.

»Hat jemand gesehen, was das war?« fragte der Doktor.

»Ich«, sagte Reenie. »Es war eine Art Hai, aber der Schnitt in seinem Bein kommt von der Schwanzflosse... die war irgendwie gezackt. Danach wendete das Tier und biß sich fest.«

»Ja, hier ist eine Bißwunde. Aber nicht schlimm. Die Flosse hat weit mehr Schaden angerichtet.«

Bannon fluchte stöhnend vor sich hin. Reenie hielt seinen Kopf und unterdrückte die Tränen, doch über Emmendorfs schlammbedeckte Wangen zogen sich Tränenspuren, und es schien ihm auch nichts auszumachen, ob jemand sah, daß er weinte.

Kirks Herz krampfte sich zusammen, als er die Gruppe am Ufer sah. Wieder einmal hatte er darin versagt, sie zu beschützen. Seine Hände ballten sich zu Fäusten, als wollten sie dem verdammten Fisch das Rückgrat herausreißen. »Pille?«

»Bin noch bei der Arbeit.« Der Doktor schaute nicht auf.

Bannon hustete und versuchte sich aufzusetzen. »Ich werde mein Bein verlieren...«

»Nein, das werden Sie nicht«, widersprach Kirk energisch.

McCoys wandte den Kopf und starrte ihn an.

Kirk erwiderte den Blick herausfordernd.

McCoy sah wieder nach unten. »Nein«, sagte er. »Sie werden das Bein nicht verlieren. Es sind Gewebeschäden entstanden, und der Muskel ist gerissen, aber ich glaube nicht, daß der Schnitt bis zum Knochen durchgeht.«

»Schaffen wir ihn zur Anhöhe hinauf«, befahl Kirk. »Es ziehen Wolken auf, und ich will einen Unterschlupf suchen.«

»Gehen wir noch etwas höher. Vielleicht finden wir ja sogar trockenen Boden.«

Kirk klang ziemlich frustriert. Außerdem schwitzte er. Die Temperatur lag zwischen 40 und 45 Grad.

»Ich höre etwas«, meinte McCoy. »Hört ihr es auch? Wie ein Nebelhorn, oder wie ... eine Menge Nebelhörner.«

McCoy neigte den Kopf und lauschte, doch er war der einzige aus der Gruppe, der den fernen Geräuschen Aufmerksamkeit schenkte.

»Sir!« Emmendorf stand am Rand eines Wildwechsels. »Captain, es sieht so aus, als könnte es dort oben in den Klippen ein paar Höhlen geben.«

»Wir gehen dort hinauf«, stimmte Kirk mit einem bedenklichen Blick zum Himmel zu.

Hinter ihm kamen Vernon und Spock, die den verletzten und von Schmerzmitteln halbbetäubten Bannon trugen.

Emmendorfs rundes Gesicht glänzte vor Schweiß. »Hier entlang, Sir. Wir müssen das flache Stück Land hier überqueren.«

»Es kam mir gerade so vor, als hätte sich der Boden bewegt«, meinte McCoy. »Hat das sonst keiner gemerkt?

»Große Tiere«, sagte Reenie, die einen Moment innehielt und ihren Tricorder zu Rate zog. »Das sind Ihre Nebelhörner.«

»Wissen Sie, welche Art von Dinosauriern solche Laute hervorbringt?«

»Niemand weiß genau, wie die Dinosaurier geklungen haben, Sir.« Reenie zuckte die Achseln. »Tut mir leid...«

»Ist schon in Ordnung«, beruhigte sie der Doktor.

»Wir sollten diese Ebene rasch überqueren«, trieb Kirk die Gruppe an. »Ich will mich nicht länger in offenem Gelände aufhalten als unbedingt nötig. Mr. Emmendorf, kommen Sie her und lösen Sie Mr. Spock beim Tragen von Lieutenant Bannon ab. Spock, Sie nehmen...«

Ein schriller Schrei unterbrach ihn, und die Gruppe fuhr auseinander. Reenie fuhr zurück, prallte gegen Emmendorf, und beide stürzten und rissen dabei auch Bannon und Vernon zu Boden. Reenie rappelte sich halb auf und krabbelte zu Kirk hinüber. Die aneinandergefesselten Klingonen gerieten ebenfalls ins Stolpern, konnten sich aber auf den Beinen halten. Geistesgegenwärtig zog McCoy den Phaser und richtete ihn auf die beiden.

Kirk schnappte sich Reenie, bevor sie nochmals loskreischen konnte, zog sie zurück und legte ihr die Hand über den Mund. »Alles in Ordnung. Seien Sie ruhig. Ruhe jetzt!«

Vor ihnen standen wie vom Scheinwerferlicht aufgeschreckte Rehe vier merkwürdige Wesen mit langen Hälsen, spitzen Schwänzen, winzigen Vorderbeinen und breiten Köpfen, deren Beißwerkzeuge sie als Pflanzenfresser auswiesen. Die gelbliche Haut wirkte zwischen den Blättern als ausgezeichnete Tarnung.

»Spock«, flüsterte Kirk.

»Bin schon bei der Arbeit«, lautete die ruhige Antwort.

Die Tiere beobachteten sie, ohne Anzeichen von Furcht zu zeigen. Sie hatten noch nie Menschen gesehen, und was das betraf, Klingonen wohl auch nicht. Sie maßen vom Kopf bis zur Schwanzspitze etwa zehn Fuß und unterschieden sich damit, wenn man nur die Körperhöhe berücksichtigte, gar nicht so sehr von den Menschen, die sie aufgescheucht hatten.

Dann erklang Spocks leise Stimme. »Thescelosaurus. Länge der erwachsenen Tiere zwölf Fuß, Körpergewicht...«

»Still.«

Zwischen den Blättern tauchten vier, fünf weitere Köpfe auf, dann noch mehr, und schließlich ragten mehrere Dutzend dieser Köpfe aus den Büschen hervor und starrten sie an, wobei einige von ihnen in aller Ruhe weiterkauten. Eines der Tiere öffnete sein ziegenähnliches Maul und blökte sie an.

Daraufhin tauchten weitere Köpfe in den Büschen auf, manche groß, andere klein, aber alle der gleichen Spezies angehörig, und schließlich wurden sie regelrecht von Hunderten dieser Tiere angegafft.

Langsam dämmerte Kirk, daß diese Tiere, die hier im Verborgenen geweidet hatten, das Äquivalent dieser Zeit zu den Rehen darstellten – ruhig, scheu und nicht besonders schlau, waren sie die Beutetiere der Kreidezeit.

Aber irgendwie konnte er sich nicht recht vorstellen, so einen Kopf über dem Kamin hängen zu haben.

Reenie, die sich an Kirks Arm geklammert hatte, ließ ihn jetzt los und stammelte: »Ich glaube... ich... ich bin auf einen getreten...«

»Ist schon in Ordnung. Sie werden uns nichts tun«, murmelte er. »Gehen wir weiter.«

Sie verließen die Büsche und erreichten eine flache Stelle, bei der es sich offenbar um ein ehemaliges Flußbett handelte. Es erstreckte sich in einem Bogen um den Fuß des Berges herum und diente augenscheinlich seit undenklichen Zeiten als Wildwechsel.

Über die gesamte Breite von rund zweihundert Schritt wuchs nicht ein einziger Halm, doch dafür gab es Hunderte von Fußspuren, die meisten so groß wie ein Basketball.

»Offensichtlich eine natürliche Verbindung zwischen verschiedenen Weideplätzen.« Spock schaute kurz zur dunstverhangenen Sonne hoch. »Captain, ich spüre jetzt auch Vibrationen.«

»Dann sollten wir uns beeilen.« Kirk hatte sich schon ein Stück weit von den Bäumen und Büschen entfernt und schaute zu Vernon und Emmendorf zurück, die Bannon mit sich schleppten, während McCoy und Reenie ihnen mit den Klingonen folgten. »Beeilung, Gentlemen.«

»Schon unterwegs, Sir!« rief Vernon und hob Bannon über ein Farnbüschel. »Machen Sie sich keine Sorgen, Sir!«

Kirk warf einen Blick zu McCoy hinüber. »Nun, wenn ich schon keine Antworten finde, kann ich wenigstens auf Enthusiasmus zurückgreifen.«

McCoy war zu besorgt, um mehr als ein vages Grinsen zuwege zu bringen. »Jim, ich sage dir, der Boden bewegt sich. Bei dir nicht?«

»Ich bin doch nur sechs Meter von dir entfernt.«

»Und, bewegt er sich?«

»Spock, scannen Sie dieses Gebiet. Was können Sie feststellen?«

Spock blieb stehen, justierte seinen schon jetzt überladenen Tricorder und drehte sich um.

»Captain... ich empfehle, daß wir uns zurückziehen.« Er hängte sich den Tricorder über die Schulter, eilte zu Kirk zurück und packte dessen Arm. »Schnell.«

Kirk reagierte sofort. »Zurückziehen!«

Der Boden zitterte tatsächlich. Und auch die nebelhornähnlichen Laute waren näher gekommen, sehr viel näher. Kirks Lungen arbeiteten heftig, als er zum Waldrand zurücklief und dort erleichtert feststellte, daß es auch die anderen der Gruppe bis dorthin geschafft hatten. Trotzdem brachte er es nicht über sich, einfach im Buschwerk zu verschwinden, ohne sich wenigstens anzusehen, wovor sie wegrannten.

Er wußte, daß das nicht sehr klug war – immerhin mochten diese Wesen beschließen, ihn als Nahrung zu betrachten.

»Hier entlang, Captain«, drängte Spock.

»Einen Moment noch. Ich will sie sehen.« Kirk kauerte sich an den Waldrand und war froh, als sich Spock ihm anschloß, statt zu versuchen, ihn zu weiterem Rückzug zu überreden. Das Tuten erklang jetzt sehr nah und hallte von den Bergwänden wieder.

»Da sind sie!« rief Emmendorf, der auf einem Baumstumpf stand und hektisch nach Norden deutete.

Spock sprang auf und vergaß tatsächlich, seinen Tricorder einzuschalten.

»Spock!« rief Kirk. »Aufzeichnen!«

Der Vulkanier blinzelte und griff dann nach seinem Tricorder. »Ja ...«

»Zurück! Alles zurückgehen!«

Das Rumpeln verwandelte sich in ein Donnergrollen, als eine Woge aus Tieren, die an gerupfte Strauße erinnerten, den Flußlauf entlangstürmte. Innerhalb weniger Sekunden tauchten Hunderte von ihnen auf.

»Alles bleibt in Deckung«, murmelte Kirk mehr zu sich selbst als zu den anderen. Der Drang, ein paar Schritte vorzurücken und alles aus der Nähe zu bestaunen, war überwältigend. Noch nie in seinem Leben hatte er so viele Tiere an einem Ort gesehen, auch nicht auf einem anderen Planeten.

»Hadrosaurier, Captain«, sagte Spock. »Anatotitan, um genau zu sein. Im Schnitt dreißig Fuß lang... Pflanzenfresser. Offenbar waren neunzig Prozent aller Dinosaurierarten Pflanzenfresser.«

»Sehr erfreulich. Jedenfalls, solange sie nicht auf uns treten.« Kirk warf einen nervösen Blick nach hinten zu seinen Leuten.

Dann stützte er sich mit den Händen auf einen Baumstumpf und schob sich etwas vor, um besser sehen zu können. Die erwachsenen Hadrosaurier waren wuchtige Tiere mit abgeflachten, entenschnabelähnlichen Mäulern, die vermutlich dazu dienten, im Schlamm nach Nahrung zu suchen. In gewisser Weise wirkten sie dank ihres Aussehens komisch, doch Kirk war nicht unbedingt darauf aus, mit einem sieben Tonnen schweren Tier Freundschaft zu schließen. Als die Saurier auf ihren wuchtigen Hinterbeinen vorbeidonnerten, fühlte er sich an alte Filme erinnert, die Elefantenherden im Kongo zeigten.

»Sie leben vermutlich nicht in diesen Wäldern«, sagte Spock. »Sehr wahrscheinlich ist dies einer ihrer Wanderpfade, die sie von Wasserstelle zu Wasserstelle führen.«

»Wie viele sind es?«

»Kann ich nicht sagen, Captain. Der Tricorder ist mit dieser Anzahl überfordert.«

Kirk reckte sich, um zu sehen, woher die Herde gekommen war, doch der Fuß des Berges versperrte ihm die Sicht.

»Wenn es Pflanzenfresser sind, werden sie uns in Ruhe lassen«, meinte er.

»Das werden sie«, stimmte McCoy zu, »aber fragst du dich nicht, was all diese Tiere eigentlich fressen?«

»Das ist nichts, was uns interessieren müßte«, erklärte Kirk ungehalten. »Wir müssen lediglich in Deckung bleiben und sie in Ruhe passieren lassen. Anschließend gehen wir weiter. Emmendorf, Vernon, legen Sie Bannon nieder und lassen Sie ihn ausruhen. Wir werden hier warten. Es kann kaum länger als eine halbe Stunde dauern, bis der Weg wieder frei ist.«

Es dauerte sechs Stunden.

Stunde um Stunde zogen die trompetenden Entenschnäbel an ihnen vorbei, ein unzählige Tausende von Tieren langer Strom, der sich wie eine Bisonherde über die Ebene wälzte.

Es war ein in jeder Hinsicht bemerkenswerter Anblick. Nach der dritten Stunde dieser endlosen, staubigen und stinkenden Prozession hatte Kirk Spock angewiesen, die Aufzeichnungen zu beenden. Und als die letzten hundert Hadrosaurier durch den Dung wateten, den Tausende vor ihnen zurückgelassen hatten, wäre er glücklich gewesen, wenn er nie wieder einen Dinosaurier zu Gesicht bekäme.

Als Kirk schließlich seiner Gruppe den Befehl zum Weitergehen geben konnte, glich das Ganze einer Expedition durch einen Misthaufen.

Über und über von Dung bedeckt, erreichten sie endlich die Berge und suchten sich einen Weg durch die grünbewachsenen Hänge.

Bei Einbruch der Dämmerung entdeckten die jungen Mannschaftsmitglieder schließlich einen behelfsmäßigen Unterschlupf in einer Art Höhle, bei der es sich eher um eine Auskehlung in einer Felswand handelte. Sie bastelten ein dachähnliches Gebilde, das den Regen abhalten sollte.

Wie sie sehr schnell feststellten, war eine derartige Vorrichtung unumgänglich, wenn sie nicht ertrinken wollten – denn mittlerweile hatte es angefangen zu gießen.

Der Regen hämmerte gegen den Unterschlupf, als wolle er unbedingt hereinkommen. Der Boden verwandelte sich in einen Schlammteppich, als ununterbrochen Spritzwasser hereinsprühte. Und trotz des niederprasselnden Regens war das dumpfe, fast schon unterhalb der Hörschwelle erklingende Grollen und Trompeten der Hadrosaurier zu vernehmen. Der Klang trug meilenweit, und ständig ließen einige Hundert der gewaltigen Herde ihre Stimme erklingen, um die Nacht zu begrüßen. Anfangs hatten sie die Töne als unheimlich empfunden, dann als exotisch, doch mittlerweile hielten sie sie nur noch für nervtötend.

Kirk saß an einem von vier kleinen Feuern, die sie mühselig in Gang zu halten versuchten. Hinter ihm lag Bannon, noch immer durch die Medikamente betäubt.

Ein Stück weiter am anderen Ende der Höhle hatte man die Klingonen an in die Erde gerammte Pfähle gebunden. Dadurch erhielten die beiden Wachen die Möglichkeit, sich ebenfalls an der Nahrungssuche und dem Bau des Behelfsdaches zu beteiligen.

Und was nun? Was sollte er mit den beiden anfangen? Sie freilassen, um dann für den Rest seines Lebens ständig über die Schulter blicken zu müssen, damit sich niemand an ihn heranschlich?

Erbittert starrte er ins Feuer. Er war erschöpft, und gleichzeitig kreisten seine Gedanken fast ausschließlich um die eine Chance, die sie, wie er beharrlich betonte, noch hatten.

McCoy hatte seine Medikamentendosis herabgesetzt und die Abstände zwischen den einzelnen Behandlungen vergrößert, damit die Medizin so lange wie möglich reichte. Das hieß: ungefähr eine Woche. Und es würde eine Woche voller Schmerzen und Fieberanfällen sein, da die verordnete Dosis kaum ausreiche, um das Gift auf seinem Vormarsch aufzuhalten.

Wenn das Gift nicht nach Ablauf dieser Woche aus seinem Körper verschwunden war, würde der Captain, jener Mann, auf den alle zählten, wenn es um ihr Leben ging, als erster sterben.

Er mußte einfach am Leben bleiben. Es war seine Aufgabe, die gesamte Landegruppe am Leben zu erhalten, und zwar jeden einzelnen. Und während er dort am Feuer saß, schwor er sich, daß er diese Aufgabe um jeden Preis erfüllen würde, mochte es ihn kosten, was es wollte.

Allerdings würde ihm seine Aufgabe erheblich leichter fallen, wenn diese verdammten Tiere endlich aufhören würden, den Mond anzutrompeten.

»Meeresgetier ist wirklich häßlich, solange es lebt, nicht wahr? Aber vielleicht erleichtert es uns gerade dieser Umstand, diese Tiere zu essen. Wir können uns dabei vorstellen, daß wir ihnen einen Gefallen tun.«

»Wenn Sie durch Ihren Hals atmen müßten, wären Sie auch häßlich.«

Abgelenkt durch das Gespräch zwischen Reenie, Emmendorf und McCoy, die an einem der anderen Feuer hockten, richtete Kirk den Blick besorgt auf den niederprasselnden Regen. Dieser silbrige Wasserschleier stand zwischen ihm und seinen Aufgaben. Er haßte den Regen.

Er nahm noch eine Scheibe des auf den im Feuer erhitzten Steinen gebratenen Fischs und dachte dabei, daß dieses frischgefangene, fade schmeckende Tier in ein paar Millionen Jahren ein erstklassiges Fossil abgeben würde.

Wenn man genauer darüber nachdachte, traf das auch auf ihn selbst zu.

Man stelle sich nur das von Wind und Wetter gegerbte Gesicht eines Paläontologen vor, der vorsichtig das Skelett eines Menschen freilegte, das sich in einer sechzig Millionen Jahre alten Schicht befand. Mit Sicherheit würde dieser Fund eine Herzattacke auslösen.

Doch dann fiel es ihm wieder ein. Es würde niemanden geben, der ihn ausgraben könnte. Es würde überhaupt niemanden geben.

Um sich diese Gedanken aus dem Kopf zu schlagen, wandte er sich an Spock, der seit mehr als einer Stunde schweigend neben ihm saß.

»Wieviel wissen Sie über diese Zeitperiode?« fragte Kirk, nur um seine Stimme zu hören.

»Ich besitze nur einen generellen Überblick, der sich im Rahmen meiner wissenschaftlichen Studien ergab«, gestand Spock mit vor Erschöpfung rauher Stimme. »Außerdem haben wir die Datenchips von zwei Tricordern mit Informationen über irdische Paläontologie und Paläogeologie geladen. Ihre Anweisung, diese Daten zu speichern und mitzunehmen, war sehr vorausschauend.«

»Vielen Dank«, murmelte Kirk. »Hoffen wir, daß es nicht das letzte war, was ich richtig gemacht habe. Spock...«

»Sir?«

»Stimmt etwas nicht?«

Der Wissenschaftsoffizier blickte düster ins Feuer. »Ich habe über Temron nachgedacht.«

Kirk nickte. »Vulkanier ohne eine Föderation, der sie sich anschließen könnten. Ich komme mir vor, als hätte ich sie irgendwie im Stich gelassen.«

Spock hob den Kopf. »Das wollte ich damit nicht andeuten.«

»Wir sind beide Waisenkinder, Spock. Verwaist und verloren in der Zeit. Aber wir werden weitermachen und unsere Mission fortsetzen, bis wir Erfolg haben oder feststellen müssen, daß unser Vorhaben unmöglich ist.«

»Es liegt vielleicht nicht in unserer Hand«, sagte Spock leise. »In diesem Moment rast ein Asteroid auf uns zu. Was immer geschieht, um ihn aufzuhalten, geschieht Tausende von Meilen entfernt draußen im All.«

»Und allein durch Willenskraft kann ich nicht dorthin gelangen«, stimmte Kirk stirnrunzelnd zu.

Spock stieß einen Laut aus, der Zustimmung bedeuten mochte, verlagerte sein Gewicht und betastete die eßbaren Pflanzen, die Bannon und McCoy für ihn gesammelt hatten. »Ihr Verstand, Ihre Art zu denken war immer offener als meine. Sie sind zu kreativen Sprüngen fähig. Im Lauf der Zeit habe ich gelernt, darauf zu vertrauen.«

Kirk war sich klar, daß es sich bei dieser Aussage eher um eine Feststellung als um ein Kompliment handelte, trotzdem empfand er Spocks Bemerkung als angenehm. »Ich finde, Sie sind sehr kreativ, Mr. Spock. Auf eine logische Weise.«

»Vielen Dank, Captain.«

»Gern geschehen. Und jetzt essen Sie Ihr Grünzeug. Sie werden alle Kraft brauchen, wenn dieser verdammte Regen jemals...«

»Captain! Captain! Ich habe etwas entdeckt!«

Kirk richtete sich rasch auf und ließ sich von Spock hochhelfen. »Was ist? Wer ruft da?«

»Fähnrich Vernon, Sir.«

Vernon war ein dreiundzwanzigjähriger, hochgewachsener Sicherheitsmann, der es mochte, Gefangene herumzustoßen, das Wachestehen so ernst nahm wie Spock die Wissenschaften und jeder anderen Aufgabe mit gleichbleibender Begeisterung nachging. Er war ein einfach gestrickter Bursche, der vom Leben nicht mehr erwartete als eine Kette von eindimensionalen Aufgaben, die er direkt angehen konnte. Auf diese Weise hatte er ungefähr alle zehn

Minuten ein Erfolgserlebnis und war eines der glücklichsten Besatzungsmitglieder, die Kirk je gesehen hatte.

»Captain, Sir! Ich habe etwas entdeckt!« platzte der große Bursche heraus. »Dort draußen, ungefähr eine halbe Meile entfernt! Sie müssen es sich ansehen!«

26

Wir sind durch die Zeit gereist!« Während er über das Unmögliche nachdachte, röteten sich Zalts Wangen vor Ärger über die Wissenschaft, die Magie, über seine eigene Verblüffung und vor allem aus Wut darüber, daß ihn niemand in dieses Geheimnis eingeweiht hatte. Wie viele ihrer eigenen Wissenschaftler wußten von dieser Maschine und hatten nichts darüber gesagt?

Auch Roth fühlte sich betrogen. Hatte die klingonische Fixierung auf den Krieg mit den romuluSnganpu' seinen Leuten jeglichen Forscherdrang ausgetrieben? Hatte seine Zivilisation vergessen, wie man Entdeckungen machte? War nichts getan worden, während er und seine Kameraden kämpften?

Ja, wirklich nichts. Wissenschaftlicher Fortschritt war auf allen Gebieten zum Erliegen gekommen, ausgenommen bei der Entwicklung von Schiffen, Triebwerken und Waffen. Und selbst dort hatte sich seit Jahren kaum etwas getan.

»Zeit!« zischte Zalt abermals und starrte auf den leeren Platz, an dem eben noch der Captain und sein Offizier gesessen hatten. Dann schaute er zu dem schlafenden Mann im hinteren Teil der Höhle hinüber. »Bewußtlos«, knurrte er. »Gut.«

»Warum haben sie uns unbewacht zurückgelassen?« Roth zerrte an seinen Fesseln. »Fühlen sie sich so sicher?«

Zalt verdrehte den Kopf in Richtung Dschungel.

»Hören Sie zu. Wir befinden uns in der Vergangenheit. Sie haben uns aus einem bestimmten Grund hergebracht. Sie versuchen zu ändern, was geschehen muß.«

»Wie könnten sie das?« fragte Roth sarkastisch. »Die Zeit ist die Zeit. Ihre ganze Geschichte ist unsinnig.«

»Sie sind kein großer Denker. Sie können sich nicht vorstellen, was alles geschehen kann. Diese Leute könnten alles vernichten, was wir kennen. Könnten dafür sorgen, daß wir aufhören zu existieren! Und die Vulkanier hängen irgendwie in dieser Sache mit drin...«

»Dann glauben Sie also, was sie uns über ihr Schiff erzählt haben?« Roth blickte auf das kleine Feuer, daß die Starfleet-Leute für ihn und Roth angezündet hatten. Ein Feuer, damit sich die Feinde aufwärmen konnten. Komfort für den Gegner... so etwas wäre ihm nie in den Sinn gekommen. Was waren das für Leute?

Zalt stemmte sich plötzlich gegen den Boden und zerrte verbissen an dem Pflock, der ihn an den Untergrund fesselte. »Helfen Sie mir!« knurrte er durch zusammengebissene Zähne.

Überraschte richtete sich Roth auf, hob die Hände, bis ihn die Fesseln stoppten und begann ebenfalls zu ziehen.

Der Pflock bestand aus hartem Holz, ein langer, aus einem Baum herausgeschnittener und tief in den Boden getriebener Speer.

Zalts Gesicht verfärbte sich vor Anstrengung dunkelrot. Roth bemühte sich ebenfalls, wenn auch mit deutlich weniger Eifer.

Der Pflock kam eine Handbreit aus dem Boden, was Zalt mit noch größerer Entschlossenheit erfüllte. Er brüllte auf und stieß Roth so heftig zur Seite, daß er stürzte, drehte sich dann so weit, daß er direkt vor der Stange stand, preßte die angewinkelten Arme gegen die Brust und legte all seine Kraft in einen gewaltigen Ruck nach oben.

Der Pflock löste sich knirschend aus dem felsigen Boden und kam schließlich ganz frei. Zalt stolperte schwer atmend zurück.

»Frei!« keuchte er. »Jetzt können wir gegen sie kämpfen!«

Roth erhob sich mühsam. »Kämpfen? Wir wissen doch gar nicht, ob sie die Wahrheit gesagt haben. Sollen wir es wirklich wagen, an der Zeit herumzupfuschen? Damit könnten wir unsere eigene Zukunft ruinieren!«

»Oder sie retten!« Zalts Stimme war erfüllt von Zorn und Entschlossenheit. »Halten Sie den Mund und hören Sie zu. Sie werden sich mit diesen Leuten anfreunden. Schwören Sie bei Ihrer Ehre, daß Sie nicht versuchen werden, sie bei ihrem Vorhaben zu stören. Und dann stören Sie mit aller Kraft.«

»Bei meiner Ehre? Das kann ich nicht!«

»Doch, Sie können. Sie haben keine Ehre mehr, bei der Sie schwören könnten, also schwören Sie, soviel Sie wollen. Tun Sie's!«

Roth ließ sich gegen den feuchten Felsen sinken, als Zalt die Fesseln von seinen Handgelenken abstreifte und den Pflock zur Seite warf.

»Kommen Sie mit«, sagte Zalt.

Jim Kirk zitterte wie ein kranker Hund, als er dem aufgeregten jungen Sicherheitsmann durch den ununterbrochen herabströmenden Regen folgte. Zu dem Zeitpunkt, als sie eine Klippe in der Mitte des Berghangs erreichten, waren alle erschöpft und atmeten schwer. Reenie und Vernon gingen voraus, überprüften das Gebiet und überzeugten sich davon, daß es dort zumindest relativ sicher war.

Jetzt, nachdem ihre Kleider völlig durchnäßt waren,

hörte der Regen auf – oder sie waren über die Regenwolken hinausgeklettert. Die verschleierte Sonne stand tief im Westen und verschwand hinter dem Berghang, und der Himmel wurde dunkel. Kirk schaute in das Tal hinunter, aus dem sie gerade gekommen waren. Baumwollartiger Nebel hing darin wie Suppe in einer Schüssel. Hier oben hingegen war es vergleichsweise trocken, wenn man von der allgegenwärtigen feuchten Hitze absah.

Kirk schaute in dem schwindenden Licht auf seine Stiefel und den Boden ringsum. Er war trocken. Sein Uniformhemd klebte feucht an Brust, Armen und Rücken. Sie befanden sich auf einem Felsband, einem natürlich Pfad, der sich den Berg hinauf wand. Der Boden unter seinen Füßen bestand aus Fels, bedeckt von sandiger Erde und ein paar Flechten. Man konnte sich also einigermaßen sicher darauf fortbewegen, obwohl der Weg ziemlich steil aufwärts führte.

»Hier, Captain«, sagte McCoy und reichte ihm einen Holzstab, der von einem umgestürzten Baum stammte. Er war vier Fuß lang und nicht ganz gerade, aber als Wanderstock würde er reichen. »In England nennt man sowas Bergwandern. Jetzt kannst du den Leuten erzählen, daß du das auch schon mal gemacht hast. Sag einfach, es wäre in Georgia gewesen.«

Kirk starrte ihn finster an, nahm den Stab aber an. Immerhin konnte er sich darauf stützen.

Vernons hochgewachsene, breitschultrige Gestalt erschien ein Stück weiter oben, wo der Weg eine Biegung machte. »Es ist direkt hier, Captain! Sie werden es nicht glauben!«

»Das fürchte ich auch«, knurrte Kirk.

Der Doktor blieb beständig ein oder zwei Schritte hinter ihm, was Kirk irritierte, weil er genau wußte, daß McCoy damit rechnete, ihn auffangen zu müssen.

Dem Captain behagte es gar nicht, daß jemand diese Möglichkeit überhaupt ins Auge faßte.

Er stolperte, als sein Stab von einem feuchten Moosstück abglitt, und wies McCoys Versuch, ihm zu helfen, mit einem scharfen Blick zurück. Vor ihnen schaute sich Spock besorgt um, wartete aber lieber ab, bis sie zu ihm aufgeschlossen hatten, statt die paar Schritte zurückzugehen.

Er kennt mich viel zu gut, dachte Kirk, als er zu dem Vulkanier hinaufsah.

Spock hob sich wie ein blauschwarzes Symbol der Zivilisation vor der Dschungellandschaft ab, als er auf den Captain wartete. »Noch rund hundert Schritte, Sir. Emmendorf und Reenie sorgen gerade für Beleuchtung.«

»Gut. Ich habe so ein Gefühl, als wären wir besser erst am Morgen hergekommen. Wir sollten auf jeden Fall so bald wie möglich zur Höhle zurückkehren.«

Spock nickte zustimmend. »Dschungelgebiete sind generell während der Nachtstunden gefährlicher.«

»Also dann mal los«, meinte Kirk.

Hundert Schritte weiter und knapp zehn Meter unter ihnen auf einem grünbewachsenen Plateau bot sich Kirk einer der sonderbarsten Anblicke, denen er je begegnet war. Die zerfetzten Überreste von ungefähr zehn großen Echsen lagen dort, und dazwischen die Kadaver einer Reihe kleinerer Tiere. Im Licht der von den Junior-Offizieren aufgestellten Scheinwerfer waren die Blutspritzer auf Farnsträuchern und andere Bodengewächsen deutlich zu erkennen. Sonderbar stumme Insekten schwärmten in dem unnatürlichen Licht über den Kadavern.

Ein prähistorisches Gemetzel, dachte Kirk, aber was ist daran Besonderes?

Er schaute sich die Szene genauer an. Herausgerissene Gedärme hingen wie Dekorationen über den

Farnsträuchern, teilweise noch verbunden mit den Bauchhöhlen der Tiere. Die größeren Echsen maßen von Kopf bis Schwanz etwa zehn Fuß, und wenn sie auf den kräftigen Hinterbeinen standen, dürften sie in etwa seine eigene Größe erreichen. Die offenen Mäuler starrten vor blutbefleckten Zähnen, und die großen braunen Augen erinnerten nicht so sehr an Echsen, sondern glichen eher denen von Eulen.

»Na schön, Mr. Vernon, was soll das alles? Wir haben hier einen Haufen toter Tiere. Was soll daran so wichtig sein, daß wir es sofort sehen mußten?«

Der große Sicherheitsmann streckte die Hand aus und deutete auf eine der Echsen. »Die Gesichter der großen, Sir... schauen Sie sich die Köpfe an.«

Kirk trat ein paar Schritt näher. »Ist das Farbe?«

Spock fuhr mit den Fingern über die gelben und roten Muster auf dem Schädel der Echse. »Farbe, Captain. Acrylfarbe. Synthetisch hergestellt.« Seine Stimme wurde leiser. »Erstaunlich! Entweder sind es Rangabzeichen... oder sie sollen den Gegner erschrecken.«

»Jemand anderer muß diese Tiere bemalt haben, um uns auf eine falsche Fährte zu locken.«

»Jemand anderer?« McCoy schaute zu ihm hinüber. »Was bringt dich auf diese Idee, Jim?«

»Wenn wir durch die Zeit reisen können, kann das auch jemand anderer.«

»Nur die großen Tiere sind angemalt«, sagte Reenie.

»Vielleicht sind die kleinen der Nachwuchs der großen«, überlegte Vernon.

»Nein«, widersprach Reenie. »Die kleinen haben ihre Klauen zwischen den Rippen der großen Echsen. Sie haben sie angegriffen.«

»Offensichtlich ein koordinierter Angriff«, bemerkte Spock fasziniert. »Man kann jetzt noch erkennen, daß die kleineren fast alle aus dem gleichen Winkel heraus angegriffen haben.«

McCoy ließ sich auf die Knie nieder und legte seine Hand in den aufgerissenen Körper des Tieres. »Warmes Blut.«

Kirk stützte sich schwer auf seinen Stock. »Wie lange sind sie schon tot?«

»Minuten. Vielleicht eine Stunde. Aber einige der Körper sind wärmer als die anderen. Möglicherweise hat es eine Weile gedauert, bis sie starben. Aber nicht sehr lange. Derartige Wunden kann kein Tier lange überleben.«

»Vielleicht haben wir die Sieger verscheucht«, meinte Spock.

»Was bedeutet, daß sie sich wahrscheinlich noch in der Nähe befinden.« Kirk nickte zu Emmendorf, Vernon und Reenie hinüber. »Bleiben Sie wachsam.«

»Jim, kannst du mir die Zeit geben, um eine Sektion durchzuführen?« fragte McCoy.

»Wir haben sechzig Millionen Jahre Zeit. Tu, was du für richtig hältst. Aber wir werden das an unserem Lagerplatz machen. Mr. Emmendorf, kommen Sie her und helfen Sie Dr. McCoy. Mr. Spock, überprüfen Sie bitte das Gebiet, solange wir noch hier sind.«

»Ja, Sir.«

Spock erhob sich und betrachtete den Kopf der Kreatur zu seinen Füßen, deren bemaltes Gesicht seinen wissenschaftlich geschulten Verstand zu einer ganzen Reihe von Überlegungen und Schlußfolgerungen veranlaßte. Kirk verstand ihn durchaus, doch dies war nicht der Zeitpunkt, um ein derartiges Verhalten zu tolerieren. Was sie jetzt brauchten, war etwas Konkretes, etwas, das ein Tricorder erkennen und beurteilen konnte.

Sie brauchten den einen, entscheidenden Hinweis, der ihre sämtlichen Zweifel vertrieb. Für Jim Kirk stellte diese Vorstellung die perfekte Welt dar – eine Welt, in der es keinerlei Zweifel gab. Die Entscheidungen waren nicht wirklich der schlimmste Teil eines Kommandos – es waren die Zweifel, die er abgrundtief haßte.

Er dachte an die *Enterprise*. Die Leute an Bord hatten auf ihn gezählt. Sie hatten keine Zweifel gekannt.

»*Es tut mir leid, Sir ... Es tut mir leid, Sir ...*«

»Nicht Ihre Schuld, Scotty ...«

Der Klang seiner eigenen Stimme erschreckte ihn. Er schaute sich um, ob ihn jemand gehört hatte.

Doch niemand sah zu ihm her. McCoy steckte bis zu den Ellbogen in einem aufgeschlitzten Dinosaurier und erteilte Emmendorf, dem sich offensichtlich der Magen umdrehte, Anweisungen, und Spock war die Böschung hinaufgeklettert und beschäftigte sich mit seinem Tricorder.

Kirk war sich bewußt, daß er die Leute besser kommandieren konnte als Spock, aber wie lange würde er dazu noch in der Lage sein? Seine Medikamentendosis war so weit verringert worden, daß er kaum noch eine Wirkung spürte. Das Fieber war wieder da, seine Beine schmerzten, und alle paar Minuten drohten seine Gedanken abzudriften. Wie lange würde er noch durchhalten? Würden sie ihn in ein paar Tagen tot auffinden, gestorben im Schlaf, und dann ohne ihn weitermachen müssen?

Er sah zu dem Vulkanier hoch. Ihm war klar, daß Spocks unerschütterliche Loyalität und seine vorsichtige Zurückhaltung an einem Ort wie diesem nicht unbedingt von großem Nutzen sein würden. Es konnte gut sein, daß einer der jungen Offiziere in dieser alptraumhaften Umgebung ums Leben kam, und dann würde Spock damit leben müssen. Spock hatte stets so getan, als würde er derlei Dinge auf streng logischer Basis verarbeiten, doch Kirk wußte, daß das nicht stimmte. Er hatte die Veränderungen in Spocks Verhalten bemerkt, hatte gesehen, wie er weicher wurde, als er den Preis dafür zahlte, ein Erster Offizier zu sein, der von Zeit zu Zeit einen Untergebenen verlor. So etwas zermürbte das eiserne Selbstvertrauen eines Offiziers.

Zweifel. Das war der Dämon auf den Schultern des Führers. Kirk hatte sich nie daran gewöhnen können.

Spock schaute vom Tricorder auf, und für einen Moment hegte Kirk die Befürchtung, er könnte laut gedacht haben. »Hier ist etwas, Captain.«

»Ich komme.«

Die Kletterei war eine Tortur. Kirk grub die Finger in die am Hang wachsenden Flechten und machte vorsichtig einen Schritt nach dem anderen. Seine Untergebenen durften ihn nicht stürzen sehen.

Eine Hand ergriff seinen Unterarm und stützte ihn. Noch ein Ruck, und Spock hatte ihn in Sicherheit gezogen. Kirk ließ sich keuchend und mit wild hämmerndem Herzen auf dem Rand des Felsbandes nieder. Spock kniete neben ihm, um ihm die Tricorderdaten zu zeigen.

»Spuren von legiertem Metall.« In der Stimme des Vulkaniers klang ein Hauch von Triumph mit.

»Sind Sie sicher?«

»Es befinden sich sehr schwache Spuren im Kalkstein unterhalb der Erdschicht.« Spock trat ein paar Schritte zurück und deutete den Pfad entlang. »Sie können hier ein Muster erkennen, das in den Boden gekratzt worden ist... etwas ist hier entlanggezogen worden, möglicherweise eine Art Lastschlitten. Es hat Furchen in den Boden gegraben, und dort, wo es auf Stein traf, hinterließ es diese Muster. Ganz eindeutig hochwertig legierter Stahl.«

»Dann geht hier also mehr vor, als wir bisher gesehen haben«, sagte Kirk. »Es ist noch jemand hier gewesen und hat sich an diesen Tieren zu schaffen gemacht.«

Spock senkte den Tricorder. »Ja.«
Die beiden Männer schauten sich an.
»Spock, gehen Sie noch einmal die Aufzeichnungen durch, die Sie beim Wächter gemacht haben. Sehen Sie zu, ob Sie dort etwas entdecken ... oder eben *nicht* entdecken. Achten Sie nicht nur auf die Tiere, sondern auch auf alles andere.«
»Ich verstehe«, meinte der Vulkanier.
»Und analysieren Sie diese Metallspuren ...«
»Captain!« Fähnrich Reenie reckte den Kopf über ein paar Büsche. »Irgendwas geht dort unten vor.«
Kirk rutschte sofort den Abhang hinunter, stolperte zwischen den Kadavern hindurch zu Reenie hinüber, packte ihren Ellbogen und zog sie zurück.
Dann schaute er selbst über die Büsche, konnte ein Stück weiter unten jedoch nur schattenhafte Bewegungen wahrnehmen, die von einem Grunzen und Heulen begleitet waren, das jetzt lauter wurde. Irgend etwas Festes fuhr durch die Luft – ein Schwanz. Wie es aussah, mit einem Knoten am Ende.
»Sehen wir uns das mal aus der Nähe an.«
Kirk übernahm die Spitze und führte sie zwischen üppiger Flora und Dornengewächsen, die doppelt so hoch waren wie er, hindurch, wobei er sorgsam darauf achtete, den großen Spinnengeweben auszuweichen, die er lieber nicht berühren wollte.
Plötzlich tauchte vor ihnen der Rand des Buschwerks auf, durch das sie sich bewegt hatten. Kirk wäre beinahe ins Freie hinausgestolpert, bevor er erkannte, wie nahe er dem Schauplatz des Geschehens schon gekommen war.
»Alles in Deckung«, flüsterte er. »Spock?«
»Hier.« Spock schob sich an Reenie vorbei, die ihm Platz machte. Er hatte den Tricorder schon erhoben, doch die Szene vor ihnen war zu erstaunlich, als daß sie sogleich analysiert werden konnte.

Auf dem offenen Plateau, dessen dichte Vegetation eine Reihe von Pflanzenfressern angelockt hatte, bot sich ihnen ein Anblick, der erschreckend und faszinierend zugleich war. Immer wieder waren solche Szenen als Gemälde oder Trickfilme dargestellt worden, doch jetzt sahen sie die Wirklichkeit.

»Wird aufgezeichnet«, murmelte Spock automatisch.

Kirk achtete nicht darauf. Er war von dem Schauspiel in seinen Bann gezogen.

Im Zentrum des Plateaus drängten sich rund zwei Dutzend Wesen in einem Kreis zusammen. Die wie Grizzlybären auf allen vieren stehenden Tiere waren mehr als zwanzig Fuß lang und durch mehrere Reihen von Panzerplatten geschützt, die sich über ihren Rücken bis zum Schwanz zogen. Auf den einzelnen Platten ragten zusätzlich knochige Auswüchse hervor, die mit Moos besetzt waren wie die Schindeln einer alten irischen Kirche. Auch die Schädel waren dick gepanzert, und der Schwanz lief in einer Art dicker Keule aus, die zusätzlich mit zwei Stacheln bewehrt war.

Zwischen diesen Tieren befanden sich auch ein paar buntgemusterte Zweifüßer, deren kegelförmige Schädel über die anderen Saurier hinausragten. Sie besaßen kleine Vorderpfoten, mit denen sie sich hin und wieder auf den Knochenplatten der größeren Tiere abstützten.

»Sie haben einen Verteidigungskreis gebildet«, murmelte Kirk beifällig. »Achtet auf den äußeren Ring.«

Mehr als fünfzig erheblich kleinere Tiere umkreisten die zusammengedrängte Gruppe wie Hirtenhunde eine Schafherde.

»Bei den vierbeinigen Tieren könnte es sich um Ankylosaurier handeln«, erklärte Spock, während er den Anzeigeschirm des Tricorders studierte. »Zur Ordnung der Ornithichia gehörig... schwergepanzert, etwa sieben Meter lang und mit einer knochigen Verdickung am Schwanzende. Was die Spezies betrifft, könnte ich mich allerdings auch irren. Diese Datei rechnet den Ankylosaurus zu den Hochland-Dinosauriern, die üblicherweise in einer trockeneren Umgebung vorkommen.«

»Und was machen sie dann hier?« fragte Kirk.

»Unbekannt. Möglicherweise erschließen sie sich neue Weidegründe, nachdem die alten Seebecken langsam austrocknen. Die Zweifüßer zwischen ihnen scheinen Pachycephalosaurier zu sein. Höchst interessant, wie sich die beiden Arten zusammenschließen. Das ist ein ungewöhnliches Verhalten...«

»Wenn diese Biester hinter mir her wären, würde ich sogar einen Pakt mit dem Teufel schließen, Sir«, meinte Reenie.

»Was sind das für Tiere?« fragte Kirk und deutete auf die kleinen, angreifenden Zweibeiner.

Spock runzelte die Stirn. »Raptoren, Sir. Allgemein gelten sie als die effektivsten aller prähistorischen Landraubtiere. Meine Sensoren verzeichnen insgesamt mehr als hundert von ihnen.«

»Ich sehe nur fünfzig... oder sechzig...«

»Die anderen warten im Gebüsch.« Spock hob den Tricorder ein wenig. »Nach diesen Angaben variieren die verschiedenen Unterarten vom zwanzig Fuß großen Utahraptor über den zehn Fuß großen Deinonychus bis zu den leichtgewichtigen sechs Fuß großen Velociraptoren. Seltsamerweise sind die großen Arten früher aufgetaucht als die kleinen. Möglicherweise waren sie für das Aussterben der nordamerikanischen Sauropoden – der langhalsigen Dinosaurier – verantwortlich, was die Raptoren dann gezwungen hätte, kleiner zu werden und kleinere Beute in größeren Gruppen zu jagen.«

Kirk spähte zwischen den elefantenohrengroßen

Blättern hindurch. »Ich würde sagen, die dort sind vier Fuß hoch.«

Spock schaute hoch. »Captain... ich glaube, daß sind Troodontiden.«

»Sie meinen...«

»Ja, genau. Sehr erfolgreiche Jäger. Lange Reißzähne, erweiterter Gehirnumfang, gut ausgebildete Vorderfüße, kurzes Maul, nach vorn gerichteten Augen... merkwürdig, der Tricorder stellt diese Wesen mit längeren Schnauzen dar, als wir sie beobachten...«

Kirk warf ihm einen Blick zu. »Sie haben dafür keine Zeit, Mr. Spock.«

»Verzeihung?« Der Vulkanier blickte irritiert auf.

»Sie haben keine Zeit, eine Doktorarbeit über Paläontologie zu verfassen. Es ist nicht nötig, jetzt übergenau zu sein.«

Spock runzelte die Stirn. »Das war auch nicht meine Absicht, Sir... ich habe lediglich versucht, die Tatsachen zu registrieren und...«

»Und dabei möglichst genau vorzugehen. Nun, es gibt Zeiten, in denen ist Genauigkeit nicht alles. Sorgen Sie nur dafür, daß wir alles wissen, was wir wissen müssen.«

Spock tat einen Moment so, als wäre er zu unrecht beschuldigt worden, gab dann den Versuch auf und sagte: »Selbstverständlich, Sir.«

Wie es schien, hatten die Troodonten langsam die Nase voll. Sofern die Überraschung Teil ihrer Strategie war, hatten sie in diesem Punkt versagt. Und falls sie es vor allem auf die Jungtiere abgesehen hatten, waren sie ebenfalls gescheitert. Die erwachsenen Ankylosaurier drehten ihnen die gepanzerte Rücken zu und ließen die keulenartigen Schwänze warnend hin und her schwingen. Nicht einmal ein Tyrannosaurier würde versuchen, diese Panzerung zu durchbeißen.

Keine Chance, sie zu überraschen, ein Einzeltier abzusondern... An manchen Tagen klappt eben gar nichts. Kirk stellte fest, daß er mit den Troodonten mitfühlte. Schließlich mußte jeder essen.

Eine Art gurgelndes Pfeifen unterbrach seinen Gedankengang. Links von sich bemerkte er einen mittelgroßen Troodonten, der ein paar Schritte Abstand zu seinen Artgenossen hielt, die die Herde eingekreist hatten. Er reckte die Schnauze vor und stieß einen leisen, dunklen Laut aus. Von seiner Größe her war er nicht sonderlich beeindruckend, doch eine beachtliche Anzahl von Narben wies ihn als altgedienten Kämpfer aus, und seinem rechten Arm war deutlich anzusehen, daß er einmal gebrochen und dann schief zusammengewachsen war.

Etwa die Hälfte der Angreifer wiederholte den Laut und zog sich von der Herde zurück, während die übrigen an Ort und Stelle blieben. Und Spock hatte gesagt, in den Büschen versteckten sich noch weit mehr.

Kirk beobachtete fasziniert, wie der Anführer knurrend und zischend dafür sorgte, daß sich die anderen Tiere gruppenweise in bestimmte Richtungen bewegten. Schließlich stieß der Troodont mit dem verkrüppelten Arm einen langezogenen Laut aus, der klang, als würde Metall über Metall kratzen. Dutzende von Troodonten wiederholten den Ruf und stürmten vorwärts.

Mit einer Geschwindigkeit, die es fast unmöglich machte, den Bewegungen zu folgen, rasten sie mit vorgestreckten Klauen und peitschenden Schwänzen auf die Ankylosaurier zu.

Die Räuber versuchten erst gar nicht, die erwachsenen, gut gepanzerten Tiere anzugreifen, sondern stürmten an ihnen hoch, verbissen sich in die ungeschützten Hälse und Schultern der Pachycephalosaurier und setzten das Zerstörungswerk mit ihren sichelförmigen Klauen fort. Blutfontänen spritzten empor, als wollten sie verkünden, daß die Kegelköpfe nicht die geringste Chance hatten. Kirk empfand eine Mischung aus Mitgefühl und Schuld, als ihm bewußt wurde, daß er vermutlich ganz ähnlich gehandelt hätte, wäre es um das Überleben seiner Landegruppe gegangen.

Die Ankylosaurier hoben die Schwänze, senkten die Köpfe und griffen die Troodonten an, die ihren Kreis durchbrochen hatten. Mehrere der Angreifer wurden von den keulenähnlichen Schwänzen getroffen und zu Boden geschleudert, wo sie von den Füßen der Verteidiger zerstampft wurden. Doch diese Gegenwehr reichte nicht aus.

Der Troodont mit dem gebrochenen Arm bellte abermals. Nun griff die zweite Gruppe der Jäger in den Kampf ein. Auch sie richteten ihre Attacke nicht gegen die schwergepanzerten Ankylosaurier, sondern gegen deren ungeschützte Junge. Dann brüllte der Führer der Troodonten noch einmal, allerdings lauter als zuvor.

Im Gebüsch raschelte es, und weitere fünfzig Troodonten stürmten auf die Szene.

»Spock, haben Sie das gesehen?« Kirk war so aufgeregt, daß er nur mit Mühe die Stimme gesenkt halten konnte. »Das ist ein koordinierter Angriff. Sie haben eine richtige Kommandostruktur! Der dort drüben – der gibt die Befehle!«

»Es geht noch darüber hinaus, Captain«, bemerkte Spock. »Sie benutzen eine rudimentäre Sprache.«

»Meinen Sie das ernst?«

»Ich habe etwa zehn verschiedene Laute unterscheiden können, die spezifische Aktionen auslösten und jeweils für eine bestimmte Angriffsgruppe galten. Bis Sie darauf hinwiesen, hatte ich allerdings nicht bemerkt, daß alle Befehle von einem bestimmten Individuum kommen.«

»Vielleicht ist ein Captain nötig, um einen anderen zu erkennen.«

Die Verteidigungsstellung der angegriffenen Tiere zerbrach. Die Ankylosaurier ergriffen die Flucht, gefolgt von den eigenen Jungtieren und den von Panik erfaßten Pachycephalosauriern, die rücksichtslos über ihre sterbenden Artgenossen hinwegstolperten.

Nur wenige der Troodonten waren getötet worden – drei oder vier von mehr als hundert. Die meisten der Beutetiere schafften es, sich auf dem offenen Plateau in Sicherheit zu bringen, auch wenn einige von ihnen verletzt waren und vermutlich in absehbarer Zeit sterben und den anderen doch noch als Nahrung dienen – oder zu Fossilien werden würden.

Das war ein nur schwer vorstellbarer Gedanke. Der Versuch, sich Zeitspannen zu vergegenwärtigen, die Millionen von Jahren umfaßten, wirkte irgendwie einschüchternd, entmutigend. Kirk wußte, daß genau dies der Grund war, weshalb er kein Historiker geworden war. Er lebte zu sehr im Augenblick, fühlte zu sehr wie diese Tiere dort draußen, verstand zu genau, was es bedeutete, Jäger oder Beute zu sein.

»Captain...« Reenie deutete auf einen Punkt zwischen den Büschen.

Dort stand Kirks Freund, der narbige Anführer der Jagdgruppe. Er stand absolut reglos da, angespannt und konzentriert, und sah genau zu ihnen herüber.

»Niemand rührt sich«, flüsterte Kirk.

Die anderen Troodonten stürzten sich auf die Beute und rissen und zerrten an den Kadavern. Nur dieser eine nicht.

Und jetzt schaute er direkt in Jim Kirks Augen.

27

„Phaser." Der Captain zog seine Waffe und hielt den Lauf nach oben gerichtet. Sie mußten zwar Phaserenergie sparen, doch hier, zwischen den Farnbüscheln, konnten sie zu leicht in einen Hinterhalt geraten.

»Fähnrich Reenie... warnen Sie Dr. McCoy und bleiben Sie bei ihm.«

Das Mädchen verschwand in geduckter Haltung zwischen den Büschen. Kirk bemerkte, wie sich Spocks Augen verengten, was ihn veranlaßte, seine Aufmerksamkeit wieder auf den Troodonten zu richten.

Mit einer katzenhaften Bewegung senkte das Tier den Kopf, ohne den Blick von ihnen zu wenden. Kirks Nervenenden vibrierten, als der Troodont das Maul öffnete, die furchteinflößenden Zähne enthüllte und einen Laut ausstieß, der irgendwie den Eindruck erweckte, als komme ihm eine ganz bestimmte Bedeutung zu.

Die anderen Troodonten hoben wie in einer einzigen Bewegung die Köpfe. Nicht einer von ihnen versäumte es, auf den Ruf des Führers zu reagieren. Sie begannen zu schnattern, und mehrere dieser Laute waren eindeutig identisch. Spock hatte recht gehabt – es war eine rudimentäre Sprache.

»Höherentwickelte Intelligenz«, flüsterte der Captain. »Es ist unvorstellbar. So weit über allem, was wir je in dieser Zeit vermutet haben...«

»Es hat entsprechende Theorien gegeben«, sagte Spock, »allerdings bezogen sie sich nicht auf eine so frühe Periode.«

Kirk drehte vorsichtig den Kopf. Der Wunsch wegzulaufen, drohte übermächtig zu werden, doch er mußte hierbleiben, bis McCoy und die übrigen Mitglieder der Gruppe jenes andere Schlachtfeld verlassen hatten.

In der Ferne verschwanden die großen Dinosaurier zwischen den Bäumen, von ein paar Unglücklichen abgesehen, die infolge des Blutverlustes zusammenbrachen, bevor sie die Sicherheit des Waldes erreichen konnten.

Ein heller Schrei am Himmel veranlaßte Kirk, den Blick nach oben zu richten, wo ein paar Wesen kreisten, bei denen es sich mit Sicherheit nicht um Vögel handelte. Er kannte diese Tiere mit ihren pelikanähnlichen Köpfen und den von skelettartigen Armen getragenen Hautflügeln, deren Spannweite sieben Meter betragen mochte, aus zahllosen Kinderbüchern und Trickfilmen.

Spock richtete den Tricorder auf den Himmel. »Pterosaurier...«

Die Flugwesen tauchten ins Licht der Scheinwerfer ein und schwebten wieder aus der künstlichen Helligkeit hinaus. Sie wirkten schwer, und insbesondere die großen Köpfe hätten sie aus dem Gleichgewicht bringen sollen, doch sie glitten leicht und elegant dahin.

»Ich dachte, sie wären zu dieser Zeit schon ausgestorben«, bemerkte Spock.

Kirk warf ihm einen Blick zu. »Legen sie Eier?«

»Ich glaube schon... wieso?«

»Ich habe Hunger.«

Zwei der Pterosaurier gingen in den Tiefflug, um sich das Schlachtfeld aus der Nähe anzuschauen. Sie schossen so plötzlich heran, daß sich Kirk unwillkürlich duckte. Er hatte sich in ihrer Größe getäuscht, und sie waren schon näher, als er vermutet hatte. Eines der Tiere besaß eine Spannweite von drei Metern, das andere mochte sogar zehn Meter von Flügelspitze zu Flügelspitze messen. Als ihre langen Schnäbel dicht über die Farnbüschel strichen, erschreckte sie das künstliche Licht. Sie schlugen drei-, viermal mit den Flügeln, fanden eine aufsteigende Thermik und schwebten wieder zum dunklen Himmel empor.

Spock hielt den Tricorder auf sie gerichtet. »Erstaunlich, Captain. Wenn wir eines dieser Tiere fangen könnten...«

»Würden wir es essen. Verschwinden wir von hier.«

Üblicherweise befolgte Spock Anweisungen ohne große Umschweife, doch jetzt warf er dem Captain immer wieder besorgt prüfende Blicke zu. Offensichtlich fragte er sich, welche Schmerzen er ertragen mußte und ob er weiterhin das Kommando führen konnte – und vielleicht überlegte er sogar, wie lange der Captain noch leben würde. Kirk registrierte diese Blicke und die daraus sprechende Sorge und wußte zugleich, daß sie beide nichts anderes tun konnten, als so gut weiterzumachen, wie es die Umstände erforderten und zuließen, und versuchen, jede Situation zu ihren Gunsten zu nutzen.

Er hätte Spock gern gesagt, daß es keinen Grund zur Besorgnis gab. Doch das konnte er nicht.

Statt dessen klopfte er dem Vulkanier aufmunternd auf den Arm und sagte: »Vorwärts, gehen wir.«

Kirk fühlte sich besser, als er den Hang hinaufkletterte, auch wenn er sich dabei auf seinen Stock stützen mußte. Er wagte nicht, sich auszumalen, was neugierige Tiere wohl unternehmen mochten, und er wollte lieber nicht mehr hier sein, wenn sie eine Entscheidung trafen.

»Rusa... Rusa! Sieh doch!«

»Was soll ich sehen? Einen Haufen Pflanzen? Geh weiter.«

»Unter uns... es ist noch jemand hier!«

»Du stehst im Weg, Technikerin. Laß die Spiker vorbei.«

Die Tonnen von Ausrüstungsgegenständen hatten schon immer eine Belastung dargestellt, die jetzt, da sich ihre Zahl halbiert hatte, noch deutlicher zutage trat. Um Platz für all die Hardware zu schaffen, waren sie gezwungen gewesen, mehrere der Antigrav-Geräte in der Zukunft zurückzulassen und die Spiker einzusetzen, um die Schlitten zu ziehen, doch nun gab es weniger Spiker und nicht genug Antigravs, um das auszugleichen, und so maulten sie fast ununterbrochen über diese verdammten Antigravs.

So also sahen die Freuden einer unschuldigen Jagd aus. Gesunde Spiker niedergemetzelt. Als wären es nur Tiere gewesen.

»Rusa, das Licht dort unten ist künstlich. Schau hin! Sieh es dir selbst an.«

Rusa war noch immer wütend über den Verlust der Spiker, und wenn Oya nicht aufpaßte, konnte sie leicht zum Ziel dieses Zorns werden.

Sie sagte nichts weiter, sondern zeigte nur in die fragliche Richtung und reichte den Vergrößerer Rusa, die ihn vor die Augen hielt und die automatische Scharfeinstellung abwartete.

Oya hielt unwillkürlich den Atem an, als sie daran dachte, was ihre Führerin jetzt sah. Künstliche Lichtquellen, die ein blausilbernes Schimmern über das tief unter ihnen liegende Plateau warfen, dort, wo sie vor noch gar nicht so langer Zeit eine Rast eingelegt hatten, die mit der Vergeudung von Waffenenergie und dem Verlust vieler Mitglieder ihres Teams geendet hatte.

»Terraner. Starfleet!« Rusa fuhr zu Oya herum. »Hast du unsere Pläne verraten?«

Oya schaute sie überrascht an. »Natürlich nicht.«

Rusa schien zu bedauern, daß sie keinen Grund für eine Auseinandersetzung fand. Sie bewegte den Kopf hin und her, um einen besseren Blickwinkel zu finden. »Die gleichen Tiere, die unsere Spiker angegriffen haben, sind in ihrer Nähe. Dann werden sie also auch umgebracht.«

»Nein«, widersprach Oya. »Terraner haben Phaser. Und die dort sogar die Starfleet-Variante. Dagegen kommt kein Tier an. Sie müssen hier sein, weil sie uns gefolgt sind ... um uns aufzuhalten. Aber wie haben sie uns folgen können? Und wenn sie so schnell hier sind, müssen sie schon *vor* uns durch die Zeit gereist sein! Aber wieso wußten sie überhaupt von uns?«

Sie wurde immer hektischer, während sie eine Frage nach der nächsten stellte.

»Wann sind sie durchgegangen?« Sie schaute wieder den Hang hinab. »Seit dem Moment, als wir durch das Zeittor gingen, können wir nur Erfolg haben oder versagen. Wenn wir erfolgreich sind, wird es keine Menschen geben, die uns folgen könnten. Wieso also sind diese Menschen hier? Und wenn wir versagen? Dann würde uns doch niemand folgen! Warum sind sie hier? Und wie sind sie hergekommen?«

»Du denkst zuviel«, knurrte Rusa und musterte finster die Kuppel aus kaltem, blauweißem Licht. »Wir müssen ein Team ausschicken, das sie tötet. Und stör mich nicht wieder.«

Sie wandte sich von Oya ab. Die drei Farbstreifen in ihrem Gesicht schimmerten im Licht der Sterne auf.

Oyas Fragen waren wie das Summen von Fliegen. Mit ihren Versuchen, das Paradox zu erklären, fiel sie nur allen auf die Nerven.

Der Clan hatte das Denken als eine Art notwendiges Übel entwickelt. Hin und wieder mußte es getan werden, aber es war nicht sehr befriedigend. Ein voller Bauch, ein leerer Verstand, viel mehr war zum Leben gar nicht nötig.

Doch ohne die paar Denker in ihrem Volk hätten sie nicht einmal ihre primitive Form der Weltraumfahrt besessen, und das, was sie hatten, stammte von anderen Rassen. Instinkt gegen Intelligenz.

Eines der anderen Weibchen hatte sich zu Rusa am Rand des Abhangs gesellt. »Wenn sie Phaser haben, können sie unsere Maschine zerstören. Wir müssen sie vorher töten. Schicke ein Team los.«

»Das werde ich«, sagte Rusa. »Zwei Spiker... und Oya.«

Oya richtete sich auf den Hinterbeinen auf. »Ich muß den Werfer zusammenbauen.«

»Das können die Spiker auch.«

»Aber nicht so gut!«

»Es genügt, wenn er funktioniert. Aur, ich und die anderen Weibchen müssen hierbleiben, um die Spiker zu kontrollieren. Du bist lahm und kannst weder führen noch Lasten schleppen. Du wirst den Angriff auf die Terraner leiten.«

»Ich bin Technikerin!«

»Du bist ein Denker. Also denk!«

Rusa spie das Wort verächtlich aus. Denker. Dasitzen und denken. Und Oya hatte auch noch die größte Schande über sich gebracht: Sie hatte es genossen. Den gesamten *Vorgang* des Denkens, von Element zu Element, von Beweis zu Schlußfolgerung. Und sie war darin gut gewesen.

Rusa und die anderen Weibchen warteten nicht darauf, daß sie sich ihr Team zusammensuchte. Sie nahmen zweien der Spiker die Lasten ab, stritten kurz untereinander und knurrten dann die Spiker mit gefletschten Zähnen an, damit sie gehorchten. Und dann blieb Oya mit den beiden Spikern zurück.

Ihre Hoffnungen zerbrachen, als die Weibchen, die anderen Spiker und die Ladungen mit kostbarer Technologie weiterzogen. Sie wollte mit ihnen gehen, ihre Maschine zusammenbauen und zuschauen, wie jenes Ereignis ausgelöst wurde, das ihrer Zivilisation den Vorrang verschaffen würde.

Unten am Hang erloschen die Lampen. Das Starfleet-Team setzte sich in Bewegung.

Plötzlich verspürte Oya wilde Erregung in sich aufsteigen. Sie hatte jetzt die Chance, die gefährlichsten Tiere der Galaxis zu jagen.

»Das hier ist kein Urlaub in den Tropen. Wir befinden uns in feindlichem Gebiet. Und wir müssen uns entsprechend verhalten.«

Es war schon weit nach Mitternacht, als Kirk und Spock das weiche, gelbe Leuchten der Feuer in ihrem Lager erblickten. Der sanfte Schimmer wirkte einladend und so zivilisiert wie die weichen Lichter und Schatten auf der Brücke der *Enterprise*.

Rauch sammelte sich an der Decke ihres Unterschlupfes und quoll unter den Behelfsdächern hervor, die sie dort angebracht hatten. McCoy, Vernon, Emmendorf und Reenie waren schon vorgegangen, während Kirk und Spock die Lampen eingesammelt hatten und ihnen dann eilig gefolgt waren, soweit man bei einem hinkenden Mann von Eile sprechen konnte.

»Captain! Hierher, Sir.«

Sie nahmen Kurs auf Vernons Stimme. Weshalb hielt er sich nicht in der Höhle auf?

Vernon stolperte aus dem Gestrüpp heraus.

»Was soll der Lärm?« fragte Kirk. »Machen Sie Meldung.«

»Aye, Sir... ich suche jetzt schon seit einer Viertelstunde. Keine Spur von ihnen.«

»Von wem?«

»Den beiden Klingonen, Sir. Sie haben sich befreit und sind fort. Es tut mir leid, Sir. Ich konnte sie in diesem Zeug nicht verfolgen.« Wütend trat er gegen die dicht wuchernden Pflanzen.

»Fort«, wiederholte Kirk und sah Spock an. »Eine feine Starfleet-Truppe sind wir. Schaffen es nicht mal, zwei Klingonen festzuhalten. Also schön, beenden Sie die Suche. Machen Sie weiter mit der Waffenherstellung.«

»Aye, Sir! Tut mir leid, Sir!«

»Ich will nichts mehr davon hören.«

»Ja, Sir!«

»Captain«, sagte Spock und trat einen Schritt näher. »Lieutenant Bannon war mit den Klingonen in der Höhle.«

»Gehen wir.« Spock eilte hinter ihm her.

Als sie die Höhle erreichten, schlug ihnen eine unangenehme Mischung von Gerüchen entgegen. Ein Teil stammte von dem Feuer, an dem Vernon und Reenie Fisch kochten. Auf der anderen Seite hatte sich McCoy bereits an die Autopsie des Sauriers gemacht, die ihm so am Herzen gelegen hatte. Die herausgenommenen Gedärme, die freigelegten Muskelstränge und die weiß schimmernden Knochen glänzten im Licht der Flammen, und in dieser Umgebung wirkte das Essen, das über dem anderen Feuer garte, ungefähr so appetitlich wie Ohrenschmalz.

Im hinteren Teil der Höhle lag Lieutenant Bannon und war offensichtlich wieder bei Bewußtsein.

McCoy schaute von dem Kadaver hoch. »Jim! Wir hatten uns schon Sorgen um euch gemacht. Ist alles in Ordnung?«

Ohne zu antworten, ging Kirk zu Bannon hinüber.

»Lieutenant?« Er wollte niederknien, überlegte sich dann aber, daß er wahrscheinlich nicht wieder hochkommen würde. »Haben die Klingonen Ihnen etwas getan?«

»Ich bin doch hier, oder nicht?«

»Wie sind sie entkommen?«

»Weiß nicht. Ich war bewußtlos. Wahrscheinlich haben sie den Pflock herausgezogen. Ich kann von Glück sagen, daß sie mir damit nicht den Schädel eingeschlagen haben.«

Das Gesicht des jungen Mannes war blaß, seine Stimme klang rauh, und er vermied es, Kirk in die Augen zu sehen. Und er hatte nicht ein einziges mal *Sir* gesagt.

Kirk richtete sich auf und winkte Spock, ihm zu folgen. Sie gingen zu McCoy hinüber.

»Wie steht es mit Bannon?«

McCoy blickte auf. »Es war eine saubere Wunde. Ich habe sie kauterisiert. Morgen um die Mittagszeit wird er schon wieder laufen können.«

»So klingt er aber nicht.«

»Nun, ich habe auch nicht behauptet, er wäre besonders glücklich über seine Verletzung.«

»Und was machst du da?«

»Leichenschau. Ich habe schon ein paar Überraschungen entdeckt.« Der Doktor deutete auf den medizinischen Tricorder, der neben ihm an der Wand lehnte und zufrieden summte. »Ich habe die DNS untersucht, aber irgend etwas ist dabei schiefgegangen. Die Ergebnisse sind schlicht lächerlich.«

»Wiederhole den Test.«

»Läuft bereits, Captain. Bist du bereit für den Schock deines Lebens?«

»Zu spät.« Kirk stützte sich auf Spocks Arm und ließ sich auf dem Boden nieder. Dann bedeutete er

Spock, sich neben ihn zu setzen. »Also schön, Doktor. Laß hören.«

McCoy strich mit den Fingern über die geöffnete Bauchhöhle des Dinosauriers, wie ein Pianist die Tasten seines Flügels berühren mochte. »Erinnert dich dieses Tier an irgend etwas, Jim?«

»Es erinnert mich an eine Echse. Und?«

»Es ist keine Echse. Sieh her. Das sind nebeneinander liegende Schuppen, keine überlappenden. Es ist eine Art primitiver Haut. Primitiv aus unserer Sicht, meine ich. Wir haben hier kein Krokodil vor uns. Und ein Dinosaurier ist es auch nicht.«

»Und was ist es dann?«

»Ein Dinosauroid. Was nicht heißt, es wäre ein Dinosaurier. Es besitzt zwar einen Schwanz, ist aber trotzdem ein Zweifüßer.« Der Doktor deutete auf ein Muskelbündel an der Schwanzwurzel. »Als sich die Säugetiere entwickelten, wurde der Schwanzwurzelmuskel verlagert, als die Beckenknochen in eine senkrechte Stellung wanderten. Doch bei diesem Tier ist er am Schwanzknochen verankert und wird benutzt, um das Bein beim Laufen hochzuziehen, was zu einer sehr kraftvollen Fortbewegung führt. Etwas Ähnliches finden wir bei Vögeln, wo es der Gewichtsreduzierung dient. Am deutlichsten erkennt man die Arbeit dieses Muskels beim Strauß. Und sieh mal hier – ein Herz mit vier Kammern.«

»Wie bei einem Vogel«, warf Spock ein.

»Wie bei einem Vogel«, bestätigte McCoy. »Außerdem verfügt es über ein System von luftgefüllten Röhren entlang der Wirbelsäule, weshalb es nicht schwitzt. Dieses System ist mit den Lungen verbunden, genau wie bei den Vögeln. Die Arme ziehen sich wie ein Akkordeon zusammen – der Oberarm zurück, der Unterarm vorwärts, die Hand wieder zurück. Für die Beine gilt das gleiche. Und dieser große Knochen, der wie ein Pendel geformt ist, ist das Schambein. Aber es sitzt nicht hinten in Schwanznähe, wie bei Kriechtieren, sondern weiter vorne. Ich würde sagen, dieses Wesen hockt sich zum Ausruhen genauso hin wie Vögel.«

»Doktor«, sagte Kirk, »willst du mir erzählen, daß wir hier einen zwölf Fuß langen Vogel haben?«

»Ich versuche dir klarzumachen, daß du etwas vor dir hast, das sehr verdächtig nach einer Kreuzung zwischen einem Vogel und *dir selbst* aussieht. Doch unser Freund hier besitzt auch einen Schwanz. Das bedeutet, selbst wenn es sich um einen Zweifüßer handelt, hat er niemals vierbeinige Vorfahren gehabt. Sie gehen nicht völlig aufrecht, weil ihre ›Hände‹ schon von Anfang an frei waren. Sie haben diese bestimmte Abfolge von evolutionären Schritten nie durchlaufen.« McCoy klang so begeistert wie ein Lehrer, der eine beeindruckte Klasse an seinen Kenntnissen teilhaben läßt.

Kirk starrte ihn an. »Woher weißt du das alles?«

McCoy breitete die blutbefleckten Hände aus. »Ich bin ein Doktor! Hast du gedacht, ich hätte die Urkunde im Versandhandel bestellt?«

»Entschuldigung.«

McCoy schoß noch einen scharfen Blick auf ihn ab und drehte sich dann, um den Schwanz des Tieres anzuheben. »Dieser Schwanz dient nicht allein zum Halten des Gleichgewichts. Der Schwerpunkt befindet sich genau hier, oberhalb der Hinterbeine. Daher kommt auch der kraftvolle Lauf. Sie sind schneller als wir. Schließlich muß man auch schneller sein als sein Futter.«

»Oder einen Phaser haben.«

»Lenk nicht ab, Jim. Ich komme schon zum Punkt. Dieses Wesen hat einen kräftigen Körper, den es braucht, um einen großen Schädel zu tragen, der wiederum nötig ist, um ein großes Gehirn aufzunehmen. Der Hals ist S-förmig und beweglich, aber auch dick genug, um den Kopf mit diesem großen Gehirn zu tragen...«

»Einen Moment«, unterbrach Kirk. »Was hat ein großer Kopf mit einem großen Gehirn zu tun? Pferde haben große Köpfe, aber ihr Gehirn ist nicht größer als eine Zitrone. Woher willst du wissen, daß dieses Ding ein großes Gehirn hat?«

»Ich habe nachgesehen.«

»Oh.«

»Schau dir die Finger an.«

»Drei.«

»Zwei«, korrigierte McCoy, »und ein gegenüberliegender Daumen. Und dieser Daumen ist der springende Punkt.« Er bewegte seine Finger wie ein Marionettenspieler. »Das ist der Grund, weshalb wir Werkzeuge entwickeln konnten, Jim. Damit haben wir alles geschaffen, auf technischem wie kulturellem Gebiet, seit der erste Urmensch ein Lagerfeuer entzündet hat. Ohne diesen Daumen könnten wir ein Gehirn haben, so groß wie ein Basketball, und könnten es doch nicht nutzen.«

Kirk zwang sich dazu, McCoy nicht zu drängen. Normalerweise wäre das alles nicht problematisch gewesen, doch hier, in einer feuchten Höhle, krank und überlastet, bedeutete der Versuch, sich zu konzentrieren, eine erhebliche Anstrengung. Doch Spock lauschte konzentriert McCoys Ausführungen, und das bewog Kirk, den Mund zu halten und ebenfalls aufzupassen.

McCoy rutschte auf seinen schlammbedeckten Knien vorwärts, um den Kopf des Tieres in Richtung von Kirk und Spock zu drehen. »Der Brauenwulst ist eher typisch für eine primitive Stufe der Evolution. Die meisten intelligenten Rassen verlieren diesen

Wulst über den Augen, weil wir nicht mehr vor den Schwänzen unserer Freunde geschützt werden müssen, wenn wir auf die Jagd gehen.«

Kirk deutete auf des Hinterteil des Tieres. »Aber das hier hat noch einen Schwanz.«

»Genau.«

»Die meisten aufrecht gehenden Hominiden weisen noch Spuren eines rückentwickelten Schwanzes auf, üblicherweise in Form eines Steißbeins«, ergänzte Spock. »Menschen, Klingonen, Rigelianer...«

»Und Vulkanier«, fügte McCoy fröhlich hinzu und hob den Schädel des Tieres etwas an. »Das Maul ist etwas nach unten gewandert, im Prinzip genau wie bei uns. Das bedeutet, daß der Sehfähigkeit Priorität eingeräumt wird. Und das Gehirn sitzt hinten, ebenso wie bei uns, um eine bessere Position der Augen zu ermöglichen. Jim, dieses Wesen kann räumlich sehen. Das ist ein Punkt, der auf eine hohe Evolutionsstufe hindeutet. Es beweist, daß für sie die Sehfähigkeit wichtiger ist als der Geruchssinn. Die leuchtenden Hautfarben bestätigen das zusätzlich. Sie sind optisch orientiert, genau wie Vögel oder Primaten.«

»Dann können wir uns also an sie heranschleichen«, schlußfolgerte Kirk.

McCoy machte eine frustrierte Handbewegung. »Das war es nicht, worauf ich hinauswollte.«

»Worauf dann?«

»Schon gut, schon gut...« McCoy zögerte noch einen Moment mit der Antwort. Seine Augen blickten besorgt, und seine Lippen preßten sich zusammen. Schließlich verschränkte er die Arme, ohne auf seine blutverschmierten Hände zu achten, schaffte es aber gleichzeitig mit der professionellen Routine des Mediziners, sein Hemd nicht übermäßig zu beschmutzen. »Jim, dies alles fügt sich zu etwas zusammen, das eigentlich keinen Sinn ergibt. Sie sind so sehr wie wir...

die Augen, der Daumen, die evolutionären Prioritäten.«

Kirk betrachtete den Mann, der zu den sehr wenigen zählte, denen er ebenso traute wie sich selbst, mit zusammengezogenen Brauen. »Sprich weiter, Pille. Sag, was du denkst.«

McCoys Augen verrieten, daß er mit sich kämpfte. »Würde ich mich nicht hier an diesem Ort, in dieser Zeit, befinden, dann würde ich annehmen, es hier mit einem Wesen zu tun zu haben, das weit fortgeschritten ist, sprechen kann, einen eigene Kultur und Wissenschaft entwickelt hat. Niemand hat dieses Tier angemalt. Es hat sich selbst bemalt.«

28

»Willst du mir etwa sagen«, fragte Kirk, »du hast auf einem Planeten, der von Dinosauriern nur so wimmelt, ein *hochentwickeltes* Lebewesen entdeckt?«

»Nun, *wir* sind schließlich auch hier«, meinte McCoy mit einem ironischen Unterton.

»Wir sehen aber nicht aus wie die anderen Dinosaurier, Doktor. Dieses Ding hier schon.«

McCoy schüttelte den Kopf. »Jim, es besitzt ungefähr unsere Statur, ist zwischen fünf und sieben Fuß groß und wiegt vielleicht hundertachtzig Pfund. Ich würde sagen, daß dürfte der physiologische Durchschnitt sein. Denken Sie darüber nach, meine Herren... genau die richtige Größe für Raumreisen. Groß genug, um nach Metall zu schürfen und es zu verarbeiten, aber auch klein genug, um in ein Raumschiff zu passen, das dem Gravitationssog entkommen kann.«

Kirk wandte sich an Spock. »Und warum haben Sie nicht daran gedacht?«

Der Vulkanier setzte eine überraschte Miene auf. »Warum ich nicht...?«

»Verfolgen Sie den Gedanken und schauen Sie, wohin er Sie führt. Was ist mit den Spuren von legiertem Metall, die Sie entdeckt haben? Und die Acrylfarben auf den Gesichtern? Sind das bedeutsamere Hinweise, als wir gedacht haben?«

»Wenn wir diesen Gedanken logisch verfolgen«, sagte Spock, »kommen wir zu dem Schluß, daß räumliches Sehen zu einem besseren Wahrnehmungsvermögen führt. Daher können sie Werkzeuge differenzierter einsetzen. Es würde zugleich bedeuten, daß Technologie mittlerweile für ihre Zivilisation wichtiger ist als die Jagd, und zwar trotz ihres Äußeren.«

»Richtig«, stimmte McCoy zu.

Kirk beugte sich vor. »Meinst du, dieses Tier könnte aus einer anderen Welt kommen? Von einem anderen Planeten?«

McCoy runzelte die Stirn und betrachtete den Kadaver nachdenklich. »Ich glaube nicht…«

»Wieso nicht?«

»Wegen der DNS dieses Wesens.«

»Du läßt die Analyse noch einmal durchlaufen… weil die ersten Ergebnisse nichts taugten.«

»Genau… und ich erstatte dir Bericht, sobald ich kann.«

»Möglichst früher.«

Kirk bemerkte den besorgten Blick, den Spock und McCoy tauschten, als er sich auf ein Knie erhob, sich dann von den beiden aufhelfen ließ und sofort einen Schritt zurücktrat, als wolle er seine Unabhängigkeit demonstrieren.

»Zurück an die Arbeit. Nahrung, Waffen und Antworten. Das ist es, was wir jetzt brauchen, meine Herren. Und im Moment könnte ich nicht mal sagen, was davon am wichtigsten ist.«

Spock nickte. »Ja, Sir.«

»Ich brauche etwas frische Luft«, sagte Kirk und ging an ihnen vorbei, bevor jemand fragen konnte, ob es klug wäre, allein hinauszugehen.

Die Nacht war pechschwarz. Üblicherweise genoß er den dunklen Himmel, die Sterne. Sie hatten ihn dazu gebracht, hinaus ins All zu gehen, wo er die Sterne die ganze Zeit über sehen konnte. Nun, Sterne gab es auch jetzt genug zu sehen.

Und vor ihm erhob sich die nachtgrüne Wand des Dschungels, in dem Insekten zirpten.

Und irgend etwas bewegte sich dort.

»Spock...«

Kirk verharrte regungslos auf seinen Stock gestützt und wartete, bis er eine leichte Berührung an seinem Arm spürte, dann hob er die Hand, um Spock zurückzuhalten.

Er nickte bedeutsam zum Dschungel hinüber. Spock brauchte nicht lange, um zu erkennen, was der Captain meinte.

»Sie sind uns gefolgt«, sagte Kirk leise.

»Hartnäckigkeit«, bemerkte Spock. »Könnte ein Zeichen von Intelligenz sein. Die meisten Jäger geben auf und verfolgen eine leichtere Beute, bevor sie ihre Energievorräte erschöpfen.«

Kirk schüttelte den Kopf. »Es steckt mehr dahinter. Sie haben heute einen großen Fang gemacht. Genug, um sich tagelang zu ernähren. Weshalb also folgen sie uns?«

»Ich weiß nicht... vielleicht aus Vorsicht?«

»Instinkt kennt keine Vorsicht, Mr. Spock, nur Augenblicksentscheidungen. Es steckt mehr dahinter als nur der Überlebenstrieb.«

»Und was glauben Sie, Captain?«

»Ich glaube... es ist Neugier.« Er unterdrückte ein Schaudern.

Spock packte seinen Arm und zog ihn wieder in die Höhle. »Wir sollten ihnen in jedem Fall aus dem Weg gehen, Captain. Wenn Sie sich bitte setzen würden...«

»Lassen Sie Vernon am Eingang Wache stehen.«

»Mr. Vernon«, rief Spock.

»Sir!« Der große Bursche sprang auf und nahm Haltung an. »Ja, Sir!«

»Rühren. Beziehen Sie draußen vor dem Eingang Posten. Melden Sie uns, wenn Sie eine Bewegung im

Gebüsch bemerken – ganz gleich, was es ist. Nehmen Sie nichts als gegeben hin. Und benutzen Sie den Phaser nur, wenn Ihr Leben bedroht ist. Haben Sie verstanden?«

»Aye, aye, Sir!«

»Wegtreten.«

Vernon stürmte so rasch nach draußen, daß er vermutlich all das verscheuchte, weswegen er dort Wache stehen sollte.

Das Höhleninnere hatte sich mittlerweile in ein Warenlager verwandelt. Bannon kam langsam wieder zu Kräften, saß jetzt aufrecht an der Höhlenwand und starrte in den Dschungel hinaus. Ein Stück weiter war Reenie damit beschäftigt, eine primitive Schleuder herzustellen. Neben ihr hockte Emmendorf und schuppte einen Stör. Vor ihm rösteten einige Eicheln oder Nüsse auf einem flachen Stein, der mitten im Feuer lag, und darüber brutzelte ein aufgespießtes Stück Fleisch – Kirk hatte keine Ahnung, von welchem Tier es stammte – an einem improvisierten Drehgrill. Nun, verhungern würden sie jedenfalls nicht.

Er ging zu dem Mädchen hinüber, nahm eine der Schleudern und probierte sie aus.

»Die Balance stimmt nicht«, meinte er.

Reenie schaute mit einer Miene auf, als hätte gerade jemand gesagt, ihr neugeborenes Baby sei häßlich. »Oh, tut mir leid, Sir.«

»Ich habe damit nicht gesagt, sie würde gar nicht funktionieren. Aber das Holz ist zu kurz. Wer damit schießt, muß wissen, wie er das kompensiert.«

»Ich nehme sie mir noch einmal vor.«

»Gut. Was haben wir sonst noch?«

»Wir haben einen Kornvorläufer mit hohem Zuckergehalt entdeckt, den wir zermahlen und gären lassen, um dann den Alkohol zu destillieren. Wenn wir den in ausgehöhlte Holzstücke gießen, können wir kleine

Molotow-Cocktails herstellen. Mr. Spock hatte die Idee, Silber in Nitritsäure aufzulösen...«

»Fällen Sie es als Silberchlorid aus«, sagte Kirk. »Das funktioniert mit jeder Art von Salz. Aber es muß bei Dunkelheit gemacht werden, sonst reduziert es sich wieder zu Silber. Dann fügen Sie Ammonium...«

»Dr. McCoy hat etwas davon. Wir können Silberamiochlorid herstellen und trocknen.«

»Ja, es trocknet zu Silberazid. Aber denken Sie daran, es ist berührungsexpolsiv. Es fliegt schon in die Luft, wenn man daran kratzt. Achten Sie darauf, daß man nur mit äußerster Sorgfalt damit umgeht. Woher haben Sie eigentlich das Silber?«

Sie zeigte ihm ihre nackten Finger. »Mein Ehering, Sir.«

Kirk lächelte traurig. »Das war sehr tapfer, Fähnrich.«

»Captain?« McCoy hielt seinen Tricorder hoch. »Wenn du einen Moment Zeit hast, ich habe jetzt die bestätigten DNS-Ergebnisse.«

Kirk sah zu Reenie hinunter. »Machen Sie weiter, Fähnrich.«

Es störte ihn, an einem Ort wie diesem für eine Frau verantwortlich zu sein, insbesondere für eine so junge, die ihr Leben noch vor sich hatte. Er hätte sie gar nicht erst herbringen sollen. Er haßte es, Frauen sterben zu sehen.

Mühsam humpelte er zu McCoy hinüber. »Leg los, Pille. Spock, kommen Sie auch her.«

»Willst du dich nicht setzen?« fragte McCoy.

»Nein. Also fang schon an.«

»Nun... ich weiß nicht recht, wie ich es erklären soll. Es widerspricht allem, was ich vorhin gesagt habe.«

»Erzähl es mir einfach. Ich werde schon etwas damit anfangen können.«

»Jim... dieses Ding...« Er deutete auf den toten Dinosauroiden. »Die DNS dieses Tiers weist eindeutig auf irdischen Ursprung hin. Trotz all der anatomischen Indizien, die ich dir eben vorgeführt habe, stammen die Vorfahren dieses Wesens von diesem Planeten.«

»Woher weißt du das?«

»Es gibt bestimmte Indikatoren«, sagte McCoy. »Ich kann deine DNS nehmen und die von einem Stachelschwein und feststellen, daß keiner von euch ein Klingone ist. Wenn ich Daten über die Mikrobiologie eines Planeten habe, kann ich sagen, ob du von jenem Planeten stammst.«

»Und du bist dir ganz sicher?«

»Ich würde gerne behaupten, ich wäre nicht sicher, aber ich stehe hier mitten zwischen Millionen Tonnen von DNS, die genau zu der dieses Tieres passen«, sagte McCoy und deutete mit einer weit ausholenden Geste auf die Landschaft vor der Höhle. Dann nickte er zu dem Kadaver hinüber. »Dieses Ding stammt von der Erde.«

Die Luft war erfüllt vom Rauch der Feuer und dem Gestank des toten Dinosauroiden. Diese bizarre Enthüllung änderte nichts an seinem Geruch.

Spocks Gesicht verriet seine Sorge. »Ich kann dem nicht zustimmen, Doktor. Ich akzeptiere die Ergebnisse Ihrer Autopsie, aber es kann unmöglich eine derartig große Lücke in unseren Fossilfunden geben, die die Existenz dieses Wesens hier und jetzt gestatten würde. Dieses Wesen kann nicht aus der sechzig Millionen Jahre zurückliegenden Vergangenheit der Erde stammen. Es besitzt weit fortgeschrittene Eigenheiten, die sich hier noch gar nicht entwickelt haben können.«

McCoy sah ihn an. »Es ist unwahrscheinlich, aber nicht völlig ausgeschlossen.«

»Captain«, beharrte Spock, »es gibt noch eine weitere Möglichkeit, die mir ganz und gar nicht gefällt.«

Der Doktor beugte sich vor. »Und das wäre?«

»Daß wir eine Million Jahre zu spät gekommen sind«, mischte sich Kirk ein. »Wir haben Tausende dieser Art von Tieren über den Schirm des Wächters wandern sehen, und zwar nach der *Veränderung*. Und wenn wir zu spät gekommen sind, sind wir verloren.«

Seine Stimme klang gereizt, doch er gab sich keine Mühe, seinen Ton zu mäßigen. Wenn er der häßlichen Wahrheit ins Gesicht sehen mußte, dann sollten das die anderen auch. Er ging quer durch die Höhle und ließ seinen Blick umherwandern.

»Jim.« Spock folgte ihm und trat ihm in den Weg. »Sie haben natürlich recht, doch andererseits hatten wir schon früher mit dem Wächter zu tun. Er neigt dazu, Reisende zu den gleichen Orten und Ereignissen zu schicken. Die Chancen stehen gut, daß wir genau in der richtigen Zeit abgesetzt worden sind.«

Kirk musterte ihn finster. »Eine Vermutung, Mr. Spock.« Er spürte selbst, wie schroff seine Worte klangen. »Aber ich nehme an, was Sie als ›gute Chance‹ bezeichnen, würde bei jedem anderen als Gewißheit gelten. Doch wäre es möglich, Spock? Könnten wir zu spät gekommen sein?«

Nachdenklich sagte Spock: »Wenn ich zwei miteinander gekoppelte Tricorder aufstellen könnte...«

»Captain! Sir!« Vernon stürzte mit gezogenem Phaser in die Höhle. »Etwas kommt durch die Bäume, Sir! Direkt auf uns zu!«

Ohne die Meldung zu bestätigen, fuhr Kirk herum.

»Fähnrich Reenie, verteilen Sie die Waffen. Schnell, schnell. Achtung, alles auf Gefechtsstation!«

29

Jede Bewegung im Dschungel, jeder winzige Laut, ob das Zirpen der Insekten oder die eigenen Schritte, klang betäubend laut.

Sie bahnten sich einen Weg durch das von Insekten wimmelnde Unterholz und drangen mit vorgebeugten Schultern und schußbereiten Phasern in die dunkelgrauen Schatten ein. Flankiert von Vernon und Spock, bemühte sich Kirk, den anderen stets um einen oder zwei Schritte voraus zu sein. Reenie befand sich direkt hinter ihnen.

Kirk riß den Phaser hoch und rief: »Keine Bewegung!«

Die anderen des Teams blieben stehen. Wahrscheinlich mußten sie zu sehr lachen, um noch weitergehen zu können. Vermutlich hatte er gerade einen Dinosaurier aufgefordert stehenzubleiben.

Doch seine Reputation war gerettet, als eine rauhe Stimme aus dem mitternächtlichen Dschungel drang. »Ich habe keine Waffe.«

Nun, zumindest kooperierte der Dinosaurier. In Standard?

Vernon stürmte zwei Schritte vorwärts, hob den Phaser mit beiden Händen und rief: »Starfleet Sicherheitsdienst! Nehmen Sie die Hände hoch!«

»Meine Hände sind oben.«

»Kommen Sie her! Und keine Tricks!«

»Ich besitze keine Tricks...«

Kein Standard. Das Translatorecho eines klingonischen Satzes.

Kirk bewegte sich zu Spock hinüber und überließ es dem Sicherheitsmann, das zu tun, was er am besten konnte. Vernon ließ ein paar Sekunden verstreichen, dann stürzte er sich zwischen die Farne und kehrte mit einer etwas ramponierten Gestalt wieder zurück.

»Roth«, rief Kirk. »Willkommen daheim. Fähnrich Reenie, kümmern Sie sich um den Gefangenen. Mr. Spock, Mr. Vernon, überprüfen Sie, ob sich der andere Klingone auch hier aufhält. Seien Sie vorsichtig und bleiben Sie zusammen.«

Selbst in dieser Dunkelheit ließ sich erkennen, daß Roths Gesicht von Dornen zerkratzt war. Mit gesenktem Kopf warf er Kirk einen verschlagenen Blick zu.

Der Captain erwiderte den Blick. »Wir haben Sie vermißt. Wo steckt Ihr Freund?«

»Er ist nie mein Freund gewesen. Er war mein Commander. Mir wurde befohlen, zusammen mit ihm zu dienen.«

»Und wo ist er jetzt?«

»Von einem Tier getötet. Irgendwo dort draußen.«

»Was für eine Art Tier?«

»Ein schreckliches.«

Plötzlich blieb Roth stehen und drehte sich zum Captain. »Kirk...«

»Weitergehen!« Das Mädchen drückte den Phaser gegen die Wange des Klingonen, doch er ignorierte sie.

»Lassen Sie ihn, Fähnrich«, sagte Kirk.

Roth trat einen Schritt auf ihn zu. »Kirk, Sie verstehen mich. Wir haben offen miteinander gesprochen. Ich habe begriffen, daß ich in dieser Welt nicht überleben kann. Ich weiß nicht, wie Sie mich hergebracht haben, oder warum, aber ich will nicht mein Leben allein dort draußen verbringen. Wenn ich schwöre, nichts gegen Sie zu unternehmen... versprechen Sie dann, mich nicht wieder festzubinden?«

Kirk hatte den Eindruck, daß in Roths Vorschlag durchaus eine Spur von Aufrichtigkeit zu entdecken war, aber er bemerkte auch das leichte Schwanken in der Stimme, ein Zögern, das auf einen Betrug hindeuten mochte.

Kirk verließ sich auf seine Instinkte und Erfahrungen, und nicht zuletzt auf seine eigenen Fähigkeiten als Ränkeschmied, um zu interpretieren, was er sah und hörte. Wenn es hier Unaufrichtigkeit gab, dann lag sie tief verborgen und kaum wahrnehmbar. Er konnte in Roth nicht so lesen wie in anderen Klingonen, denen er begegnet war, und dieser hier gehörte nicht zu der Art von Klingonen, die er kannte. Roth war ein Klingone, der zwischen Feinden, Verbündeten und *Nicht*feinden differenzierte. *Sie sind nicht mein Feind.*

»Ich werde Sie nicht wieder anbinden«, sagte Kirk. »Aber ich will Ihr Ehrenwort als Soldat. Sie und ich, wir wissen beide, wie wichtig das für Männer wie uns ist.«

»Noch etwas...«

»Ja?«

Roth senkte den Kopf und seufzte. »Haben Sie irgend etwas zu essen? Ich habe nichts gefunden, was ich zu probieren gewagt hätte. Nichts als Tiere, die fauchen und zischen, Bäume mit Stacheln und Pflanzen, die ganze Insekten verschlucken! Was ist das für ein Planet? Ich weiß, wie man im Raum überlebt, aber nicht zwischen parasitenbefallenem Gestrüpp.«

»Ja, wir haben Nahrung«, meinte Kirk. »Vielleicht werden Sie sogar feststellen, daß Sie noch nie in Ihrem Leben besser gegessen haben.«

Spock und Vernon tauchten auf, als Kirk den Gefangenen zur Höhle führen wollte.

»Das Gebiet ist sicher, Sir«, meldete Vernon. »Keine Spur von dem anderen.«

»Sehr schön. Weitermachen.«

»Captain«, begann Spock und hielt dabei einen gewissen Abstand zu dem Klingonen, »mein wissenschaftlicher Tricorder enthält Basisinformationen über die prähistorische Geschichte der Erde... Physik, Biologie, Paläontologie, genau wie Sie verlangt haben. Mit Ihrer Erlaubnis würde ich gern versuchen, diese Informationen mit den Daten zu vergleichen, die wir auf dem Schirm des Wächters aufgezeichnet haben.«

»Ja, Spock. Mehr als alles andere müssen wir herausfinden, wer die Geschichte verändert hat und wie das geschehen ist.«

Spock senkte den Tricorder und entspannte sich etwas. »Das könnte eine gute Gelegenheit für Sie sein, etwas zu ruhen. Und zu essen.«

»Das werde ich, keine Sorge.«

Doch Spock war besorgt, das zeigte sich deutlich in seinem Gesicht. Als Vernon und Reenie den Gefangenen zu einer Seite der Höhle brachten, ohne auf seine erschrockene Reaktion angesichts des aufgeschlitzten Kadavers zu achten, drängte Spock auch Kirk hinein, damit sich McCoy um ihn kümmern konnte. Spock konnte dem Captain keine Anweisungen erteilen, McCoy hingegen schon. Kirk war sich dessen bewußt und ärgerte sich darüber, genau wie über seine Krankheit. Es fiel ihm jetzt schwerer als noch am Morgen, gegen seine Schwäche anzukämpfen. Außerdem hatte er fast ununterbrochen Schmerzen, nachdem McCoy seine Medikamente nicht mehr unumschränkt einsetzen konnte.

Im Innern der Höhle war die Luft schwer vom Rauch der Feuer und dem Gestank des verwesenden Kadavers. Kirk dachte daran, McCoy die Anweisung zu geben, das Ding rauszuschaffen, doch dann überlegte er sich, daß der Doktor das schon von sich aus getan hätte, wenn er mit seiner Untersuchung bereits fertig wäre. Ganz offensichtlich war McCoy noch immer nicht sehr glücklich mit den Ergebnissen der DNS-Analyse.

McCoy tauchte sofort an Kirks Seite auf. Er und Spock wechselten einen besorgten Blick, bei dem es Kirk so vorkam, als würde er vom Geschehen ausgeschlossen.

»Also schön, Gentlemen, weitermachen«, polterte er und schob die beiden Männer ein Stück von sich fort.

Als Spock sich abwandte, reichte McCoy dem Captain einen schüsselförmigen Stein, in dem eine dicke Flüssigkeit schwappte.

»Eingekochte Baumsamen«, sagte der Doktor. »Zukker ist auch drin. Iß das.«

Kirk nahm den Stein und schnüffelte an dem Gebräu. »Was soll ich damit machen – es über die gerösteten Eicheln gießen?«

»Wenn du die Dinger als Eicheln definieren willst, soll es mir recht sein. Es schmeckt auch nicht schlecht zusammen mit den Teichlilien-Wurzeln.«

»Na gut, ich setze mich dort drüben hin.«

Der Klingone knabberte an einem Fischschwanz. Dort lag ein ganzer Stör, und er wollte ausgerechnet den Schwanz haben? Der Klingone blickte auf, als Kirk sich setzte.

»So«, sagte Roth, »Sie essen also zusammen mit einem Feind?«

»Was wir für einander sind, wird die Zeit erweisen«, erklärte Kirk. »Aber wir sind keine Feinde, das haben Sie selbst gesagt.«

»Und warum geben Sie sich dann mit einem Vulkanier ab?«

Kirk blieb gelassen. »Er ist mein Freund.«

Roth überlegte einen Moment. »Der vulkanische Weg ist kindisch. Sie haben gegen das Imperium gekämpft und gewonnen, sich dann aber zurückgezogen, statt nachzusetzen. Zurückgezogen! Sie haben nicht gewonnen. Sie haben nur sichergestellt, daß *wir* nicht gewonnen haben! Ist das etwa eine Art, einen Krieg zu führen? Ich kann sie nicht respektieren.«

»Das haben Sie aber einmal. Genug jedenfalls, um den Versuch zu unternehmen, Klingonen und Romulaner an einen Tisch zu bringen. Vielleicht hat es nicht funktioniert, aber die Idee an sich war ganz richtig. Die Vulkanier sind ein vereintes Volk, anpassungsfähig und trotz ihres Wunsches nach Frieden ausgezeichnete Kämpfer. Sie sind für sich selbst eingetreten, und Ihr Imperium konnte keinen Zweifrontenkrieg führen.«

»Nur haben sie es versäumt, sich Vorteile zu verschaffen«, sagte Roth. »Statt nach jedem Angriff die geschwächten Gegner endgültig zu vernichten, haben sie sich einfach zurückgelehnt und den nächsten Angriff abgewartet.«

Kirk setzte seinen ›Teller‹ auf dem angeschwollenen Knie ab und beugte sich vor. »Es war ein romulanischer – *romuluSngan* – Spion, der Sie verraten hat, nicht die Vulkanier.«

Roth hörte ebenfalls auf zu essen und schüttelte den Kopf. »Ich mag Sie nicht, Captain. Ich mag Sie ganz und gar nicht.«

»Dann erzählen Sie mir, wie aus einem Piloten ein Speer wird.«

Der Klingone hielt wieder einen Moment inne, schien aber erleichtert, daß sich das Gespräch wieder weniger persönlichen Themen zuwandte.

»Es gibt keine Zeremonien oder Rituale. Die höchste Ehre besteht darin, es niemandem zu erzählen. Die Ehre wird befleckt, wenn man jemanden wissen läßt, daß man ein wandelnder Toter ist.«

»Warum sollte man nicht wünschen, daß die Familie davon erfährt und einen unterstützt?«

»Es ist eine Schande, davon zu erzählen. Wir dürfen es nicht verraten...«

»Weil es auch so schon ziemlich schlecht um die Moral Ihrer Leute steht. Ist es nicht so?«

Roth sah ihn an und zuckte die Achseln. »Ich mag Sie wirklich nicht.«

Kirk sagte bewußt nichts, sondern ließ das Schweigen auf den Klingonen wirken.

»Wir sind eine Gesellschaft, die überlebt«, sagte Roth. »Das ist alles, was wir tun. So erziehen wir unsere Kinder, so nutzen wir unsere Ressourcen und alles andere. Es gibt nichts außer den zum Überleben notwendigen Dingen.« Er schaute nachdenklich zum Himmel empor. »Das Sterben war nicht so schwer, aber zu schweigen war viel schlimmer, als ich erwartet hatte. Zu wissen, daß ich meine Familie zum letztenmal sah... aber ich durfte nichts sagen, sonst würde sich meine Familie auf diese Weise an mich erinnern, und dadurch wäre mein Handeln selbstsüchtig geworden.«

»Aber *warum* haben Sie sich freiwillig gemeldet?« hakte Kirk nach. »Sie sind gesund, stark und jung genug. Warum wollten Sie sich selbst opfern?«

Für einen Augenblick dachte Kirk, der Klingone würde an den Gräten ersticken, doch daran lag es nicht. Roth hatte seine Überzeugungen verloren und wußte nicht, wie es weitergehen sollte.

Kirk musterte ihn einfach mit einer Miene, als würden sie sich schon zwanzig Jahre lang kennen. Wenn der Zeitpunkt günstig war, schaffte er es sogar, daß Spock aus sich herausging.

Roth seufzte. Der Ärger verschwand aus seinem Gesicht. »Krieg ist die einzige Möglichkeit. Man kämpft gegen die Feinde, dann gegen die Freunde. Irgend jemand will immer das haben, was ein anderer besitzt. Die Lehren von Surak funktionieren nur, wenn alle zustimmen. Und der einzige Ort, wo alle zustimmen, ist Vulkan.«

Roths Züge verhärteten sich. Er starrte auf den Boden zwischen seinen Füßen, hob den Fischschwanz und zerbiß ihn in zwei Teile.

»Entschuldigung, Captain«, sagte McCoy und trat neben ihn. »Iß das hier, bitte.«

Er hielt Kirk eine Art Unkraut hin.

Kirk beäugte die Pflanze, ohne sie zu nehmen. »Was ist das?«

»In ein paar Millionen Jahren wird daraus vermutlich Fingerhut werden.«

»Und warum soll ich das essen?«

»Mein Tricorder meldet, daß es Digitalis enthält, und ich möchte, daß du davon eine Dosis bekommst. Es kann als Ersatz für eines deiner Medikamente dienen. Aber sei vorsichtig und iß nur das, was ich dir gebe. Zuviel würde wie Gift wirken, und du bist schon vergiftet genug.«

»Und wir können nicht vielleicht darauf verzichten?«

»Nein.«

Ohne ein weiteres Wort abzuwarten, zog sich McCoy wieder zurück.

Roth schaute ihm nach. »Verwundet zu sein«, meinte er, »ist unerfreulich.«

Kirk biß ein Blatt ab und kaute es wie Tabak. »Wechseln Sie nicht das Thema.«

»In Ihrer Zeit sind wir Feinde«, sagte Roth abrupt. »Das habe ich sofort in Ihren Augen gelesen. Sie sind wie wir, aber Sie hassen uns. Was ist mein Volk für Sie, Captain?«

»In unserer ›Zeit‹ haben Ihr und mein Volk einen Vertrag geschlossen. Auf diese Weise sind die Klingonen zu Wohlstand gekommen, obwohl sie eingeschlossen sind.«

»Sie haben sie eingeschlossen?«

»Ja, das haben wir getan. Sie sind kampflustig und imperialistisch. Die in der Föderation zusammengeschlossenen Völker haben eine Neutrale Zone als Puffer eingerichtet; jenseits können die Klingonen frei leben und wachsen, solange sie nicht die Rechte anderer beeinträchtigen. Es gibt sogar einen begrenzten Handel. Ich habe Ihnen die entsprechenden Bilder gezeigt.«

Roth schnaubte verächtlich. »Gesunde Klingonen, viele Kinder, Kleidung wie die Ihre... große Schiffe mit beleuchteten Korridoren – das ist ein Phantasiegebilde.«

»Nein, das ist es nicht. Es ist meine Realität. Meine Klingonen haben ebenfalls eine kriegerische Kultur, doch dank unserer Stärke gibt es Frieden für alle. Nach und nach weiten die Klingonen ihren Handel aus, und alle haben ihren Vorteil davon. Sie hingegen betrachten das Leben als Qual – das ist es, was der immerwährende Krieg Ihrer Zivilisation angetan hat. Es gibt nichts, was Ihrer gegenseitigen Abschlachterei Einhalt gebieten würde. Ich wäre auch ein Speer geworden, wenn das alles wäre, wofür ich leben könnte.«

Er stieß die Steinschüssel von seinem Knie. Der Pflanzensaft versickerte im Sand.

»Wenn Sie mir nicht glauben«, fuhr er fort, »dann erklären Sie mir, weshalb ich mir die Mühe machen sollte, all das zu fälschen, statt Sie einfach zu töten?«

Die beiden Männer starrten sich an.

Langsam verschwand die Wut aus Roths Augen. Seine Schultern sanken herab. Er beugte sich vor, hob die Steinschüssel mit dem Rest des Pflanzensafts auf und reichte Kirk die fragwürdige Delikatesse.

»Das ist eine gute Frage«, meinte er.

Kirk nahm den Stein entgegen. »Taugt die Antwort auch etwas?«

Roth nahm einen Bissen von seinem Fisch, kaute und spuckte dann die Hälfte wieder aus. »Ich war als Vertragsbeobachter auf Vulkan. Ich respektierte sie, bevor ich die Wahrheit herausfand. Bevor sie mich belogen. Ihr ganzes Friedensgerede entlarvte sich während der Schlacht. Sie vernichteten unsere Flotte, ohne auch nur einen zweiten Gedanken daran zu verschwenden.«

»Aber ...«, drängte Kirk.

Roth zögerte. »Aber sie ... die Vulkanier haben Familien. Sie sterben nicht jung, sie haben auch noch andere Interessen ... Sie leben für mehr als nur für das reine Überleben. Sie sprachen mit mir über Vielfalt und Frieden. Ich glaubte ihnen. Ich versuchte, das klingonische Verhaltensmuster zu ändern. Als mein Vorhaben hintergangen wurde, kam es zur Katastrophe. Meine Führer sagten, ich wäre zu stark beeinflußt worden. Sie zogen mich vom Vulkan ab und degradierten mich. Dann griffen sie die Vulkanier an, und die Vulkanier schlugen sie zurück.«

»Wurden Sie unehrenhaft entlassen?«

»Was?«

»Ihres Rangs entkleidet, rausgeworfen.«

»Als ausgebildeter Pilot? Niemals. Ich könnte den Imperator beleidigen und würde trotzdem weiterhin fliegen. Ich fiel ... in Ungnade. Meine Familie wurde mit Schande beladen. Niemand sprach mehr mit ihnen.«

»Warum mußten Sie für einen gutgemeinten Versuch einen so hohen Preis zahlen?« fragte Kirk. »Vermittler hat es in der gesamten Geschichte gegeben, und viele davon sind gescheitert.«

Roths Augen blitzten auf. »In *Ihrer* Geschichte, nicht in meiner! Die Vulkanier sind Lügner! Sie haben mir den wichtigsten Punkt verheimlicht – daß ihre Lebensweise auf einen Planeten beschränkt ist und innerhalb der Vielfalt nicht überleben kann! Pazifismus funktioniert nur, wenn alle gleich sind!«

Er wandte sich ab und starrte wütend zu Spock hinüber, der an den beiden Tricordern arbeitete.

Spock hielt inne und beobachtete den Klingonen wachsam für den Fall, daß dieser sich zum Angriff entschließen sollte. Spocks Miene verriet allerdings nur Vorsicht, keine Betroffenheit. Kirk wußte, daß diese Aussagen keine Überraschung für seinen Ersten Offizier darstellten. Die Lehren des lange verstorbenen pazifistischen Philosophen Surak hatten Spock nicht daran gehindert, an Kirks Seite oder an der seines Vorgängers Christopher Pike zu arbeiten.

Kirk packte Roths Arm und grub seine Finger in die Muskeln. »Lassen Sie ihn in Ruhe«, befahl er. Sein Griff setzte den wütenden Blicken Roths ein Ende.

Der Klingone ließ die Schultern sinken und wandte Spock den Rücken zu.

Spock warf Kirk einen Blick zu, der Dankbarkeit ausdrückte, und wandte sich dann wieder den Tricordern zu.

»Meine Leute haben erst aufgehört, sich gegenseitig zu bekämpfen, als wir jemand anderen fanden, mit dem wir kämpfen konnten«, sagte Roth. »Wenn die Speer-Taktik funktioniert und wir die *romuluSngan* schlagen, werden wir uns die Vulkanier vornehmen. Wenn sie vernichtet sind, kämpfen wir wieder gegeneinander. Und falls die *romuluSngan* uns besiegen, dann werden eben sie es sein, die die Vulkanier auslöschen. Welchen Unterschied macht das schon? Auch jetzt feuern die Schiffe der *romuluSngan* schon auf andere ihrer Art und streiten sich um die restlichen Ressourcen wie Tiere um einen Kadaver. Und wenn die Ressourcen schwinden, werden sie um so härter darum kämpfen, wer den letzten Rest ergattert. Genau wie bei uns ist es auch bei ihnen der Krieg, der alles zusammenhält. Und wenn der endgültige Zusammenbruch kommt, werden sie noch alle niedermetzeln, die sie versklavt haben, bis es nirgendwo mehr Leben gibt. Ich bin zum Speer geworden, um wenigstens den letzten Rest an Würde zu bewahren, der mir noch geblieben war. Ich wollte eine Möglichkeit finden, mich selbst umzubringen und dabei zugleich dem Feind zu schaden. Ich wollte so sterben, daß man mich respektiert. Aber ich bin nicht gestorben. Bei meinem Fluchtversuch wollte ich wieder eine Möglichkeit finden, mich zu töten, denn ich wollte sterben.«

Er schaute Kirk jetzt direkt in die Augen, beugte sich vor und stützte die Ellbogen auf die Knie.

»Ich würde tausend Kehlen aufschlitzen«, sagte er, »für einen Tag des Friedens.«

»Alle Mann antreten!«

Die Crew war trotz ihrer Müdigkeit nervös. Auch wenn die Wärme der Lagerfeuer sie einlullte, blieben ihre Nerven gespannt. Sie hatten einen gewaltigen Sprung in die Vergangenheit getan und fühlten sich jetzt ungefähr so wie Seeleute auf der Hundewache – vor ihnen erstreckte sich die Ewigkeit, und es gab nichts, worauf sie blicken konnten, und schon gar keinen Ort, um zu ruhen.

Eingehüllt in den Gestank der Feuer und des verwesenden Kadavers versammelten sie sich um den Holzklotz, auf dem der Captain saß.

»Mr. Spock, legen Sie los.«

Spock stand neben dem Captain und füllte mit seiner Stimme die ganze Höhle. »Wir haben eine funktionierende, wenn auch unvollständige Theorie in Bezug auf unsere Situation: Wir befinden uns auf der Erde, sechzig oder siebzig Millionen Jahre vor unserer Zeit. Die Fauna stimmt mit jener der Kreidezeit überein, wie sie im Südosten Nordamerikas, genauer gesagt im südlichen Georgia am Rand der zukünftigen Appalachen zur Kreidezeit existiert hat. Alles ist so, wie es sein sollte«, er ging zu dem Kadaver hinüber, »abgesehen von diesem Tier. Trotz seiner äußeren Erscheinung entspricht es nicht dem Entwicklungsstand der Zweifüßer dieser Epoche, sondern einer Evolutionsstufe, die mehrere Millionen Jahre darüber hinausgeht. Die Farbmuster am Kopf des Wesens bestehen aus Acrylfarbe, die mit Sicherheit in der Kreidezeit nirgendwo zu finden ist. Diese Unstimmigkeiten geben Anlaß zu der Vermutung, daß sich außer uns auch noch andere, weit fortgeschrittene Wesen hier aufhalten. Die Bestätigung dieser Vermutung ist unsere neue Aufgabe.«

»Vielen Dank«, sagte Kirk. »So seltsam es auch klingen mag, im Grunde sind das gute Neuigkeiten. Wir haben nach einem Schlüsselpunkt in der Zeit gesucht und vermutet, daß es sich dabei um den Asteroiden handelt, aber wir waren dessen nicht sicher. Nun haben wir hochentwickelte Wesen entdeckt, die ebensowenig hierhergehören wie wir. Das heißt, sie sind aus einem bestimmten Grund hier. Und es bedeutet zudem, daß wir eine Chance haben, sie aufzuhalten. Aber denken Sie auch daran: Wenn es andere hochentwickelte Wesen hier gibt, dann werden wir zu deren Zielscheibe. Irgendwelche Fragen?«

Er hatte gehofft, es würde wenigstens ein paar geben. Aus irgendeinem Grund machte ihn das Schweigen reizbar.

»Wenn die Dämmerung anbricht, werden wir ausschwärmen, und zwar paarweise. Mr. Emmendorf, Sie übernehmen draußen die erste Wache. Entfernen Sie sich nicht zu weit.«

»Aye, aye, Sir.«

Kirk stemmte sich hoch und humpelte auf seinen Stock gestützt um das tote Tier herum, warf einen

Blick auf McCoy und dachte, daß es wirklich an der Zeit war, den Kadaver loszuwerden. Er ging zu Bannon hinüber, der zusammengekauert an einem Feuer saß. »Mr. Bannon, fühlen Sie sich selbst fit genug für den Dienst?« Kirk hielt ihm einen Kommunikator hin.

Der Lieutenant nahm das Gerät nicht, schaute es nicht einmal an. »Wen interessiert das schon?«

Bannons Haar war verschwitzt, seine Wangen bleich. Die Schultern hatte er hochgezogen.

»Lieutenant«, sagte Kirk, »Sie werden mich mit ›Sir‹ anreden.«

Bannon warf ihm einen Blick aus fiebrig wirkenden Augen zu. »Fahren Sie zur Hölle.«

Auf einmal war die ganze Höhle wie elektrisiert. Kirk spürte die Augen der gesamten Crew auf sich gerichtet. Auch der Klingone beobachtete ihn. Insubordination war eine häßliche Angelegenheit. Sie machte ihn nervös.

Er trat einen Schritt zurück. »Stehen Sie auf, Lieutenant.«

Die Aufmerksamkeit aller war auf ihn gerichtet, doch das kümmerte ihn nicht. Seine eigene Aufmerksamkeit galt nur der Disziplin, die sich vor seinen Augen verflüchtigte.

Der unrasierte Lieutenant erhob sich langsam, wobei er darauf achtete, die Nachwirkungen seiner Verletzung zu betonen. Schließlich blieb er mit schlaff herabbaumelnden Armen stehen.

»So, nun bin ich aufgestanden. Und was wollen Sie nun?«

Zum erstenmal registrierte Kirk, daß Bannon gut fünfzehn Zentimeter größer war als er. Aber dafür war der Captain mindestens doppelt so wütend.

»Ich will, daß Sie die Starfleet-Vorschriften im Umgang mit vorgesetzten Offizieren beachten«, sagte er.

»Wer schert sich denn darum?« sagte Bannon. »Wir

werden in dieser Schlammgrube sterben. Sie können uns nicht zurückbringen, und Starfleet wird nicht herkommen, um uns zu retten.«

Kirk kochte vor Wut. Leider standen ihm die guten, alten Methoden wie in Eisen legen oder Kielholen nicht zur Verfügung. Normalerweise gab es derartige Probleme auch nicht bei der Besatzung eines Raumschiffes, die den Dienst als Ehre betrachtete. Wenn es überhaupt zu Insubordination kam, dann nicht auf der Brücke, sondern bei den unteren Rängen, wo sich Wachoffiziere damit auseinandersetzten und die Leute wieder in Reih und Glied scheuchten. Und normalerweise kümmerten sich sogar die Stubenkameraden selbst um solche Probleme, bevor die Angelegenheit bis zur Brücke vordringen konnte.

»Lieutenant«, sagte Kirk, »wir *sind* Starfleet.«

Bannons rechtes Augenlied zuckte, und seine Fäuste ballten sich. Davon abgesehen blieb er unbeweglich stehen.

Kirk ließ seinen Stock fallen, beugte sich vor und stemmte die Hände auf die Oberschenkel.

»Also schön«, sagte er. »Ich bin lahm, habe Fieber, bin geschwächt, stehe unter Drogen, und überarbeitet bin ich auch. Wenn Sie denken, Sie könnten mit mir fertig werden, Mister ... dann ist jetzt die beste Gelegenheit.«

Bannon schluckte schwer, und dann noch einmal. Für ihn war alles vorbei. Er hatte das Paradies eines Wissenschaftlers erreicht und haßte es wie die Pest. Der Druck der Vergangenheit überwältigte ihn. Und jetzt hatte er einen Senior-Offizier beleidigt und bedroht. Noch schlimmer konnte es gar nicht werden.

So ließ er alle Vorbehalte fahren und setzte zu einem rechten Haken an.

Genausogut hätte er einen Papierflieger werfen können. Der Schlag war vorhersehbar, stand in jeder Boxanleitung schon auf der ersten Seite und war sehr leicht abzublocken.

Die eigene Größe hatte den Lieutenant zu einer Fehleinschätzung verleitet. Kirk war zwar kleiner, aber auch kompakter und hatte in seiner Jugend als Offiziersanwärter zahllose Schlägereien hinter sich gebracht. Er duckte sich unter Bannons Hieb, legte all seine Kraft in die rechte Faust und schlug einen kurzen Haken in die Rippen. Dann wich er wieder zurück, um das Ergebnis zu begutachten.

Bannons Augen quollen aus den Höhlen. Zusammengekrümmt stolperte er zwei Schritte zurück und hielt sich die Rippen. Zu einem zweiten Schlag würde er nicht mehr ausholen.

»Captain, wir werden angegriffen.«

Emmendorf stolperte herein und zeigte auf den nächtlichen Dschungel. »Sir... Sir! Genau, wie Mr. Spock gesagt hat!«

Der Sicherheitsmann schluckte und zeigte weiterhin auf den Dschungel, aber etwas Sinnvolleres brachte er nicht heraus.

Draußen erklang das Geräusch von Phaserfeuer.

»Verstanden. Weitermachen«, sagte Kirk zu Emmendorf. Als der Sicherheitsmann hinausstürzte, wandte sich Kirk wieder an Bannon. »Ich gebe Ihnen zwei Sekunden zu entscheiden, ob Sie weiterhin meiner Crew angehören wollen oder nicht. Entweder wagen Sie noch einen Schlag, oder Sie gehen jetzt dort hinaus und tun Ihre Arbeit.«

Trotz der Schüsse draußen war Kirk nicht bereit, dieses Problem wegen eines Notfalls unerledigt zu lassen.

Bannon zitterte und hielt noch immer beide Arme gegen den Leib gepreßt.

Kirk nahm eine Armvoll der zusammengebastelten Waffen auf und schob sie Bannon in die Arme. »Sie sind im Dienst. Setzen Sie sich in Bewegung. Roth, Sie bleiben hier. Pille, sorg dafür, daß er gehorcht.«

Als Kirk sich abwandte, drückte ihm Spock den Stock in die Hand, und dann eilten beide zum Höhleneingang, wo die Phaserschüsse durch den Dschungel pfiffen.

In der Hitze des Gefechts vergaß Kirk seine Verletzung, nahm Kampfhaltung ein und suchte nach den anderen seiner Mannschaft, die sich mit den Phasern verteidigten.

Grüne Flammenlanzen schossen durch das Unterholz, warfen grünlich flackerndes Licht auf die großen Blätter und verschmorten die Farnbüschel.

Irgend etwas stimmte hier nicht. Die neongrünen Strahlen erloschen für einen Moment und zuckten dann erneut auf. Eine Menge Energie wurde hier verbraucht. Wer immer dort feuerte, hatte keine Bedenken, seine Waffen leer zu schießen.

»Spock!«

»Ja, Captain, ich habe den gleichen Gedanken.«

»Das beantwortet unsere Fragen, nicht wahr?«

»Ja, in der Tat.«

Beide Männer gingen in Deckung. Starfleet-Waffen verschossen eine rotorangefarbene Lanze von phasenverschobenem Licht, die sich von den Waffen aller bekannten Rassen unterschied. Doch diese Strahlen waren neongrün.

Kirk beugte sich zu Spock hinüber. »Wie viele?«

»Die Schüsse kommen aus zwei, möglicherweise drei verschiedenen Richtungen, Sir. Das Feuer scheint ungezielt zu sein... vermutlich ein Versuch, uns einzuschüchtern.«

»Sollen Sie glauben, es hätte funktioniert. Sie übernehmen die linke Flanke.«

Spock verschwand zwischen dem dichten Buschwerk.

»Vernon!« rief Kirk. »Haben Sie die Alkohol-Granaten?«

»Jawohl, Sir!«

»Dann ist jetzt der richtige Zeitpunkt. Führen wir ballistische Geschosse in die Kreidezeit ein. Legen Sie los, Mr. Vernon.«

Vernon bückte sich. Vor ihm stand ein hölzernes Katapult von knapp einem Meter Länge. Aufgereiht daneben standen acht ausgehöhlte Stöcke, von denen jeder an der Spitze einen Stopfen aus trockenem Moos trug. Sie waren nicht sehr groß, aber das mußten sie auch nicht sein.

Vernon spannte das Miniatur-Katapult, schob einen der gefüllten Stöcke in die Führungsrinne und bemühte sich dann ungeschickt, das Moos mit Hilfe des Zünders seines Phasers in Brand zu setzen. Der Phaser klickte, entzündete das Moos aber nicht. Unverdrossen versuchte Vernon es weiter.

»Welche Einstellung haben Sie gewählt?« fragte Kirk, der mit dem nervösen jungen Mann mitfühlte.

»Betäubung, Sir«, krächzte Vernon.

»Stellen Sie ihn höher ein. Und wenden Sie Ihr Gesicht ab.«

»Oh... ja, Sir.«

Er zuckte zusammen, als der Phaser Funken sprühte. Das Moos fing Feuer und flammte hell auf.

»Sehen Sie zu, daß Sie es loswerden«, drängte Kirk.

Einen schrecklichen Moment lang fummelte Vernon an dem Katapult herum, dann entdeckte er den Abzug und betätigte ihn. Das Gummiband, das aus McCoys unerschöpflichen Vorräten stammte und den gespannten Zweig hielt, der das Geschoß vorwärts schleudern sollte, funktionierte wie vorgesehen. Das Katapult hüpfte hoch und der brennende Holzstab sauste durch die Blätter und krachte unglücklicherweise gegen den Stamm einer Palme. Der Holzstab zersplitterte, der schnell destillierte Alkohol in seinem Innern entzündete sich, und der Baum stand in Flammen.

Die Flammen beleuchteten das Gesicht eines Dinosauroiden. Gelbe und rote Farbe schimmerte im Licht, und die scharfen Zähne glitzerten.

»Ziel nachstellen«, befahl Kirk. »Zwei Grad höher.«

Der zweite Schuß flog in hohem Bogen durch das Blattwerk, schien für einen Moment zu verschwinden und flammte dann nahe des Bodens auf. Ihre Belohnung bestand aus einem Schmerzgeheul.

»Hab' ihn erwischt!« krähte Vernon.

»Weiterfeuern. Treiben Sie sie zurück.«

»Aye, Sir.«

Gemeinsam achteten sie auf die Laute, die Bewegungen und die grünen Strahlschüsse.

Als nur noch zwei Molotow-Cocktails übrig waren, bedeutete Kirk Vernon, das Feuer einzustellen. »Gut geschossen. Rücken Sie jetzt vor.«

Vernon packte einen vier Fuß langen Speer, stürmte vorwärts, wich geschickt ein paar Bäumen aus und attackierte einen der großen Gegner mit einem Eifer, der den Captain mit Stolz erfüllte.

Trotzdem erschauderte Kirk bei dem Anblick. Vernon hatte keinen Schutz vor dem peitschenden Schwanz und den sichelförmigen Klauen, und trotzdem griff er das große Tier mit nichts als seinem Speer an.

Vernon stach nach dem Kopf der Bestie und brachte ihr mit der Speerklinge eine fünfzehn Zentimeter lange Wunde am Hals bei. Blut strömte über den langen Hals der Tieres hinunter auf seine Schulter.

Die Sicherheitsleute von Starfleet waren die besttrainierten Kämpfer der besiedelten Galaxis und dazu in der Lage, jeden anderen Humanoiden niederzuringen. Doch für so etwas hatte man sie nicht ausgebildet.

Vernon stach nach den Augen des Tieres und wurde von einem Schlag des wuchtigen Schwanzes zurückgetrieben. Schwankend kam er wieder hoch und hielt den Speer mit beiden Händen über den Kopf. Er griff wieder an und stieß den Schaft quer in das zahnbewehrte Maul des Dinosauroiden. Dann stemmte er seine Füße gegen den Boden und schob aus Leibeskräften, wobei er den Speer mit beiden Händen dicht neben dem Maul gepackt hielt.

Der Dinosauroide gurgelte und wand sich unter dem Druck auf sein Maul. Er streckte die Arme aus und umfaßte Vernons Hüften, als würden sie tanzen. Wenn er seine Klauen in Vernons Körper bohrte oder mit den Daumen die Lungen durchbohrte ...

»Vernon, benutzen Sie den Phaser!« rief Kirk.

Vernon verzog das Gesicht zu einem angestrengten Grinsen. »Keine Sorge, Sir, ich werde ihn nicht benutzen!«

Kirk holte Luft, um noch einmal zu rufen, doch dazu kam er nicht mehr. Der Dinosaurier riß den Kopf hart zur Seite und schleuderte Vernon dabei fast über sich hinweg. Der Speer löste sich aus seinem Maul, Vernon landete auf dem Boden und rollte sich ab, den Schaft noch immer fest in der Hand.

Kirk zog den eigenen Phaser, doch die Bewegungen der Kämpfenden waren zu schnell für einen enggebündelten Phaserstrahl. Und wenn er auf breite Streuung stellte, würde er den eigenen Mann treffen. Der Sicherheitsmann war bereits wieder auf den Beinen und schlug wütend mit seinem Speer zu, den er wie einen Golfschläger hielt. Er sah keine Möglichkeit, die scharfe Spitze der kurzen Waffe gegen einen Gegner einzusetzen, dessen Kopf und Zähne eine größere Reichweite hatten als seine Hände. Der Dinosauroide schnappte den Speer mit den Zähnen und zerbiß ihn.

»Vernon!« rief Kirk abermals. »Benutzen Sie Ihren Phaser!«

»Ja, Sir!« rief der Mann, drosch aber weiter mit dem Rest des Speeres um sich.

»Gehen Sie aus dem Weg!« Kirk versuchte abermals, freies Schußfeld zu erhalten, doch Vernon sprang genau zwischen ihn und den Dinosauroiden. »Vernon! Runter!«

Wo steckte Spock? Hinter jedem Baumstamm konnte sich einer seiner Leute verbergen – oder einer der Angreifer, der auf seine Chance wartete.

Kirk bewegte die Beine, traute sich aber nicht, aufzustehen. In seinem Zustand konnte er sich nicht schnell genug bewegen, um einem Schuß auszuweichen oder sein Besatzungsmitglied zu verteidigen. Vernon lag mittlerweile reglos am Boden, während der große Fuß des Dinosauroiden ihn niederdrückte. Als das Tier sein Maul öffnete und zu einem Biß ansetzte, der Vernon den Kopf gekostet hätte, schlugen drei Pfeile in den Hals der Bestie ein.

Das Tier brüllte auf und zerrte mit beiden Händen an den Schäften in seinem Hals.

Kirk beugte sich vor, um zu sehen, woher die Pfeile gekommen waren – dort mußte sich Spock befinden, zusammen mit Emmendorf und Reenie. Er hatte keine Ahnung, wo Bannon steckte, und ihm kam der Gedanke, daß sich der Lieutenant vielleicht aus dem Staub gemacht hatte.

Er hob abermals den Phaser und zielte zwischen den Bäumen hindurch auf den Dinosauroiden. Dessen Kopf bewegte sich auf und nieder und verschwand immer wieder in den Schatten, als das Wesen an den Pfeilen zerrte und frustriert brüllte.

»Beweg dich«, murmelte Kirk, hielt den Phaser mit beiden Händen und wartete auf eine Gelegenheit zum Schuß. Sofern sich das Tier in physischem Kontakt mit

Vernon befand, konnte ein Phasertreffer auch den niedergeschlagenen Mann erwischen. Das durfte er nicht riskieren.

»Linke Flanke!« rief er. »Angriff!«

Als er selbst zwischen zwei dicken Farnbüscheln vorwärtsstürmte, blendete ihn ein greller, grüner Blitz.

Alles rings um ihn explodierte. Sein Körper wurde von fliegenden Holzsplittern überschüttet, die ihm Arme und Gesicht aufrissen. Die Erde schwankte, die Bäume tanzten, und der Boden kam ihm entgegen.

30

»Nicht feuern. Nicht feuern! Feuer einstellen! Idioten!« Oya brüllte die Spiker an, doch die reagierten nicht. Die beiden Männchen waren aus der Deckung herausgestürmt und auf den Vorposten des Gegners zugerannt, angezogen von dem Geruch nach bratendem Fisch und verwesendem Fleisch. Wenn sie nicht zurückgehalten wurden, würde sie der Geruch von Blut durchdrehen lassen, und dann gab es keine Chance mehr, sie zu kontrollieren.

Die Spiker stürmten fröhlich und ungehemmt vorwärts und gaben dabei perfekte Ziele ab.

Sie hatten noch nie zuvor gegen Starfleet gekämpft. Innerhalb von Sekunden würden sie den Gegnern verraten, daß sie nur zu dritt waren. Und ihr Angriff würde sich bei Gegnern dieses Kalibers in Luft auflösen.

Ein paar Schritte neben Oya explodierte die Luft in einer grellen Flamme, die sie erschreckte, so daß sie etwas zurückfiel. Ein Stück vor ihr wurde einer der Spiker ebenfalls langsamer und wischte sich hektisch brennende Funken aus dem Gesicht. Oya hob vorsichtig den Kopf und schnüffelte. Alkohol. Wo in diesem Dschungel hatten die Starfleet-Leute Alkohol entdeckt? Während Rusa und die anderen sich mit der einheimischen Fauna vergnügt hatten und dabei niedergemetzelt worden waren, hatten es die Starfleet-Leute verstanden, sich in dieser Umgebung Explosivstoffe zu verschaffen.

Mit einem lauten Geräusch prallte die Steinklinge einer Waffe gegen den Lauf einer Energiepistole, und Oya drehte sich gerade noch rechtzeitig, um zu sehen, wie einer der Terraner einen Spiker mit einer Art Speer angriff. Die Pistole wurde dem Spiker aus der Hand geschlagen und landete im Moos. Die anderen Menschen brüllten und drängten den Spiker zurück. Er hatte sich in Richtung des Lagerplatzes treiben lassen und mußte dafür nun mit einem Mangel an Ausweichmöglichkeiten bezahlen.

Oya hob die eigene Waffe und suchte sich ein Ziel: den Vulkanier. Er war ein Offizier, ein Commander, und sein Verlust würde die anderen entmutigen.

Plötzlich sah sie im Schein einer weiteren Alkoholbombe eine braungoldene Uniform am Höhleneingang aufleuchten. Oya durchwühlte ihr Gedächtnis nach den Farben, mit denen die Ränge bei Starfleet bezeichnet wurden. Bernstein...

Ihr Captain! Wenn sie es schaffte, ihn niederzuschießen, wäre das feindliche Team vernichtet. Menschen waren nichts ohne ihre Führer, ohne ihre Vorfahren und ihre Geschichte, auf denen ihr Selbstvertrauen beruhte. Sie richtete ihre Waffe auf das neue Ziel aus.

Dann schüttelte sie den Kopf. Wie oft wurde in ihrer Kultur vom Töten geredet, von Kraft und Stärke, von Massakern und Feldzügen – doch das alles war nur Geschwätz! Der Clan mußte mehr als das aufbieten, wenn es um den Besitz der Zukunft ging.

Sie stemmte ihr gesundes Bein gegen ein paar Baumwurzeln, stützte ihr Gewicht darauf, kniff ein Auge zusammen, um besser zielen zu können, hielt den Atem an und feuerte.

Grüne Energie brach aus dem Lauf ihrer Waffe hervor, durchbohrte ein paar herabhängende Moosbüschel und raste, anders als die ungezielten Schüsse, die die Spiker abgegeben hatten, parallel zum Boden dahin. Das Moos fing Feuer und blendete sie.

Direkt nach dem Schuß war ein hartes Knacken irgendwo im Dschungel zu vernehmen. Hatte sie den Führer getötet? War er von dem Strahl in zwei Teile zerschnitten worden?

Als Oya die Augen wieder öffnete, stellte sie sich das verwirrte und völlig entmutigte Starfleet-Team vor, das jetzt zu eingeschüchtert sein mußte, um weiterzukämpfen. Und in diesem desorientierten Zustand müßte es leicht sein, sie auszuschalten. Dann würden die Spiker auf sie hören. Rusa würde auf sie hören. Aur und die anderen Weibchen würden sie respektieren.

Sie konnte den Captain nicht mehr sehen. Dort, wo er gestanden hatte, befand sich jetzt ein zerschmetterter, qualmender Baumstumpf.

Plötzlich wünschte sie sich, sie hätte mit ihm reden können, bevor sie ihn niederschoß. Warum war er hergekommen? Woher hatte er gewußt, daß er hierherkommen mußte?

Aus dem Hals des in die Enge getriebenen Spikers ragten jetzt hölzerne Schäfte hervor. Er stürmte vorwärts, um zwei weitere Starfleet-Leute zu verscheuchen, die sich ihm näherten, doch die Menschen wichen ihm nur aus, ohne zu flüchten. Sie hielten die Stellung und bedeckten ihn mit wohlgezielten Schüssen aus den Waffen, die sie aus Holz und Stein zusammengebaut hatten. Zwei der Menschen zogen ihren niedergeschlagenen Teamkameraden aus der Gefahrenzone, während die übrigen den wütenden Spiker in Schach hielten.

Ein schriller Schrei dicht neben ihr ließ Oya zusammenfahren und brachte sie ins Taumeln. Irgend etwas traf ihren Hals und schickte einen stechenden Schmerz bis hinab in die Schulter. Blut spritzte hervor, und sie erkannte, daß sie im Bereich zwischen Hals und Schulter eine tiefe Wunde davongetragen hatte.

Sie fuhr herum, die Klauen in einer Höhe ausgestreckt, die der Größe eines Terraners entsprach. Der Geruch von Blut, selbst der ihres eigenen, versetzte sie augenblicklich in blinde Wut. Doch es war kein Terraner, der sie angegriffen hatte. Jetzt hockte etwas auf ihrem Rücken, aber sie wirbelte so schnell herum, daß es fortgeschleudert wurde.

Eine langgestreckte, graue Gestalt taumelte zwischen die Blätter und riß ein paar Moosflechten herunter. Grauen überfiel Oya, als sie erkannte, was sie angegriffen hatte. Einer der Starfleet-Leute wäre ihr erheblich lieber gewesen.

Aus ihrer klaffenden Wunde spritzte Blut, als sie ihre Waffe hob und zu zielen versuchte. Aus dem Pflanzengewirr tauchte eine schreckliche verzerrte Spiegelung ihres eigenen Gesichts auf, die mit gebleckten Zähnen auf sie zustürmte.

Oya wartete einen qualvollen Moment, bis die Gestalt deutlich sichtbar wurde, und feuerte dann. Das grüne Licht zuckte zwischen den Blättern hindurch und bohrte sich in das aufgerissene Maul des angreifenden Tiers. Es keuchte, als wolle es versuchen, die konzentrierte Energie zu verschlucken, dann war die Luft plötzlich vom Gestank verbrannten Fleisches erfüllt, und das Tier brach tot zusammen.

Doch jetzt rückten andere seiner Art näher – sie konnte sie deutlich riechen.

Sie mußte sich jetzt selbst schützen, herausfinden, ob die Spiker noch lebten, ihnen befehlen, sich zurückzuziehen und es den einheimischen Jägern überlassen, die Terraner niederzumetzeln. Sie senkte den Kopf und begann, sich langsam zurückzuziehen, als eine Stimme hinter ihr sie veranlaßte herumzuwirbeln.

Ein Starfleet-Phaser, gerade außerhalb ihrer Reichweite, zielte genau zwischen ihre Augen.

Oya schloß die Augen und bereitete sich auf den Tod vor.

Spock tauchte aus der dunklen Wand des Dschungels auf und stützte sich auf den zerfetzten Baumstumpf neben Kirk. Seine Stimme klang inmitten der Kampfgeräusche ausgesprochen beruhigend.

»Jim, sind Sie in Ordnung?«

»Zumindest das, was von mir noch übrig ist«, stöhnte Kirk. Sein Gesicht war mit Holzsplittern gesprenkelt, das Uniformhemd fleckig von Aschespuren, und er kroch auf allen vieren unter den Zweigen hervor, aber er lebte wenigstens noch. »Wie viele von diesen Dingern sind dort draußen?«

Spock half ihm auf die Beine. »Mindestens zehn. Es sind die Troodonten. Offensichtlich haben sie uns verfolgt.«

»Vernon hat sich an meinen Befehl gehalten, die Phaser nicht einzusetzen«, sagte Kirk bitter. »Damit hatte ich aber nicht gemeint, daß er sich selbst opfern sollte.«

»Ich ver ...«

»Spock!« Ein Stoß mit dem Ellbogen schleuderte den Vulkanier beiseite, als Kirk an ihm vorbei auf den Kopf einer Echse feuerte, die aus dem Buschwerk heraus auf sie zujagte. Innerhalb eines Sekundenbruchteils leuchtete das Tier unter dem Phaserschuß grell auf und verschwand.

»Vielen Dank«, keuchte Spock, der sich wieder aufrappelte. Er blutete an der Wange, die er sich bei dem Sturz an den Überresten des Baumstamms aufgerissen hatte.

»Haben Sie Vernon dort herausgeholt?« fragte Kirk.

»Ja, Sir. Roth verteidigt den Höhleneingang.«

»Freiwillig?«

»Sehr freiwillig. Er möchte diesen Bestien ebensowenig in die Klauen fallen wie wir.«

»Sie haben ihm einen Phaser gegeben?«

Spock setzte eine beleidigte Miene auf. »Er benutzt einen Speer und ein Messer.«

»Wo sind die anderen beiden Dinosauroiden?«

»Unbekannt. Als wir den einen töteten, der Vernon angegriffen hat, haben die anderen das Feuer eingestellt. Möglicherweise haben sie sich zurückgezogen, aber wahrscheinlich sind sie auch von den Troodonten angegriffen worden.«

»Geben Sie allen Bescheid, die Phaser zu benutzen, bis wir die kleinen Tiere verjagt haben«, sagte Kirk. »Ich will nicht noch jemanden verlieren.«

»In Ordnung.« Spock warf einen prüfenden Blick auf den von Geräuschen erfüllten Dschungel und sagte dann so ruhig, als befänden sie sich auf der Brücke: »Sind Sie ganz sicher, daß alles in Ordnung ist?«

Kirk runzelte die Stirn, begriff dann aber, daß er wohl wie ein Wrack aussehen mußte, wenn Spock zweimal fragte. Wahrscheinlich hatte er Pflanzensamen im Haar und überall im Gesicht Holzsplitter. Er zuckte die Achseln und meinte: »Zumindest kann ich die Mädchen mit meinen Blessuren beeindrucken. Jetzt gehen Sie schon.«

Spock zögerte noch einen Moment, doch ihm war klar, daß er seinen angeschlagenen Captain allein lassen mußte, ob es ihm gefiel oder nicht. Kirk wußte die Sorge insgeheim zu schätzen, trotzdem behagte es ihm nicht, und er war erleichtert, als Spock zwischen den Büschen verschwand.

»Seien Sie vorsichtig«, rief er hinter ihm her.

Die derzeitige Situation machte ihn nervös. Die eingeborenen Raubtiere waren erheblich gefährlicher als die intelligenten Aliens mit ihren modernen Waffen, die sich wenigstens einschätzen ließen und in den Rahmen paßten, an den man bei Starfleet gewöhnt war. Diese cleveren Primitiven hingegen...

Schreie aus dem Dschungel rissen ihn aus seinen Gedanken.

Er kannte diese Laute – ein Heulen, das am Ende scharf abbrach. Er hatte es schon einmal gehört, als er und Spock den Angriff auf die Dinosaurier beobachteten. Es war ein Befehl.

Als sich die Blätter teilten und sechs oder acht Troodonten herausstürmten und Kurs auf den Höhleneingang nahmen, erkannte Kirk, daß er recht gehabt hatte. Das dort war die erste Kampfgruppe, und der Angriffsbefehl stammte von seinem cleveren kleinen Freund.

Roth tauchte im Höhleneingang auf, in der einen Hand eine Fackel, in der anderen den Speer. Er schwenkte die Fackel in weiten Kreisen und trieb die Troodonten auf diese Weise zurück. Doch das würde nicht lange funktionieren. Die Troodonten flohen nicht. Und sobald sich Roth einer Seite zuwandte, würden sie ihn von der anderen her angreifen. Es war eindeutig zu erkennen, daß sie zusammenarbeiteten.

Kirk feuerte seinen Phaser ab und erwischte einen der Troodonten, dann fuhr er herum und wandte sich dem Dschungel zu. Irgendwo dort lauerte die zweite Gruppe, und die wollte er nicht in seinem Rücken haben. Er trat ein paar Schritte zurück, bis er die Felswand hinter sich spürte, und eröffnete dann das Feuer mit einem breitgefächerten Strahl.

Vier Troodonten wurden mit einem Schlag ausgelöscht. Die anderen am Höhleneingang erstarrten für einen Moment vor Schreck, dann stürmten zwei von ihnen auf Kirk zu. Er wich aus, und ihre eigene Körpermasse trug sie an ihm vorbei.

Kirk wirbelte herum und befand sich jetzt in der Mitte der kleinen Lichtung, also genau in der Feuerlinie.

Er warf sich flach auf den Boden und rief: »Spock! Nach rechts! Feuern!«

Auf seinen Befehl hin kamen Spock, Emmendorf und Reenie aus dem Dschungel und feuerten gleichzeitig. Kirk konnte sehen, wie sich Spocks Lippen bewegten, als er den Feuerbefehl gab. Der Vulkanier verbrauchte so wenig Phaserenergie wie möglich, traf die Angreifer aber mit jedem Schuß. Mehrere der Tiere wurden auf der Stelle getötet, die übrigen wichen verängstigt zurück.

Roth hatte sich ein Stück in den Höhleneingang zurückgezogen. Als einer der Troodonten ihm nachsetzte, bohrte sich ein Speer in seinen Hals und drang hinten im Nacken wieder heraus.

Während Kirk auf dem Bauch lag, rief er sich die Einzelheiten ins Gedächtnis zurück, von denen McCoy bei der Untersuchung des Dinosauroiden gesprochen hatte, und er versuchte, sie mit dem Troodonten zu vergleichen, der ein paar Schritte vor ihm im Sterben lag. Kein gegenüberliegender Daumen... das Tier besaß an den Vorderfüßen drei fast gleichlange Finger. Was die räumliche Sehfähigkeit betraf, so war die Schnauze des Troodonten nicht so weit heruntergezogen wie die des Dinosauroiden, doch erste Anzeichen dafür waren durchaus zu erkennen. Auch die schützenden Knochenwülste über den Augen waren noch stark ausgeprägt...

Ein Geräusch neben ihm schreckte ihn auf. Er rollte zur Seite, riß den Phaser hoch und hielt einen Sekundenbruchteil inne, um nicht versehentlich einen seiner eigenen Leute zu erschießen.

Doch ein Schwall schlechten Atems traf sein Gesicht, begleitet von einem wilden Schrei. Kirk blickte direkt in ein häßliches, weit aufgerissenes und von scharfen Zähnen gesäumtes Maul.

Er zog die Knie an, trat kräftig zu und traf den Troodonten so hart am Unterleib, daß die Bestie einen Schritt zurückwich.

Das war alles, was Kirk brauchte. Er umklammerte den Phaser mit beiden Händen und schoß. Der Troodont löste sich in einem grellbunten Flimmern auf.

Im Unterholz raschelte es heftig. Keuchend stützte sich Kirk auf die Ellbogen, rollte sich herum und erhob sich dann mühsam auf die Knie. Die kleine Lichtung rings um ihn war zwar blutbedeckt, aber frei von Angreifern. Die Troodonten hatten sich in den Dschungel zurückgezogen, nachdem ihre Anzahl auf die Hälfte zusammengeschrumpft war.

Der tote Dinosauroid und der tote Troodont lagen nur ein paar Zentimeter voneinander entfernt, und das gleiche rote Blut tropfte aus ihren Wunden. Sie sahen sich sehr ähnlich, aber Kirk wußte, daß sie nicht zur gleichen Spezies gehörten. Die Ähnlichkeit war nicht größer als die zwischen einem Menschen und einem Schimpansen, die auch beide über zwei Augen, zwei Arme und zwei Beine verfügten. Zwischen diesen beiden Tieren lagen Millionen von Jahren der Entwicklung. Doch jetzt waren sie hier und starben zusammen.

Kirk schaffte es, sich noch ein Stück weiter aufzurichten, dann hielt er inne und schnappte nach Luft. Jemand packte seinen Arm und half ihm auf.

»Captain?« Spock stützte ihn mit beiden Händen, was hieß, daß er seinen Phaser eingesteckt hatte. Und das wiederum bedeutete, daß er nicht glaubte, ihn noch einmal benutzen zu müssen.

Das war gut. Demnach hatten sie zumindest im Moment alles unter Kontrolle. Kirk nickte zufrieden über diese logische Schlußfolgerung. »Es geht mir gut«, keuchte er. Nur einen Schluck Wasser könnte er jetzt brauchen. »Wie ist die Lage?«

»Die Troodonten haben sich zurückgezogen. Von den Dinosauroiden gibt es keine Spur. Offenbar waren sie nur zu dritt.«

Kirk nickte wieder. »Keine schlechte Arbeit für einen Tag... Antworten haben wir dadurch aber noch immer nicht.«

»Captain!« Dale Bannon stand am Rand der Lichtung, den Phaser erhoben, und direkt vor ihm stand eines der merkwürdigsten Wesen, die Kirk je gesehen hatte.

Der in einen verzierten Lederharnisch gekleidete Dinosauroide blickte ihn an – niemanden sonst, nur Kirk. Er wußte, daß er der Captain war, was hieß, daß ihm auch der Farbcode von Starfleet geläufig war.

Sein Gesicht war bemalt, zeigte aber mehr Farben als die der anderen. Rot, Gelb und Bronze, aufgetragen in einem Zickzackmuster quer über dem primitiv wirkenden Gesicht. Doch selbst die drohenden Zahnreihen konnten nicht über die Intelligenz in den Augen hinwegtäuschen.

»Ein Gefangener, Sir«, sagte Bannon.

Im Innern der Höhle humpelte Kirk zur Rückwand, wo der Schiffsarzt sich bemühte, den dünnen Faden, der Vernon noch am Leben hielt, nicht reißen zu lassen. Kirk verfluchte sich selbst für seine schlaue Idee, die Energie der Phaser aufzusparen, als er den Sicherheitsmann dort liegen sah.

»Wie schlimm ist es?« fragte er.

»Das weiß ich noch nicht, Captain«, sagte McCoy.

Auf der anderen Seite der Höhle beäugte der Gefangene Emmendorf und Bannon und krümmte die Finger mit den beachtlichen Klauen, hatte aber ganz offensichtlich keine Lust, sich mit den Menschen anzulegen, solange die Phaser auf ihn gerichtet waren. Jedesmal, wenn er Anzeichen von Aggression zeigte, hob Emmendorf die Waffe, und das Tier wich zurück.

»Nun«, murmelte Kirk, »er weiß, was ein Phaser ist. Und er ist genau wie der andere. Die gleiche Bemalung, die gleiche Größe, Energiewaffen... Du hattest recht, Pille. Er ist ein hochentwickeltes Wesen.«

»Er ist eine ›Sie‹«, sagte McCoy und sah zu ihrem neuen Gefangenen hinüber. »Weiblich.«

Kirk verdrehte nur die Augen. »Woher willst du das wissen?«

Der Doktor schaute mit einem spöttischen Funkeln in den Augen hoch. »Vertrau mir. Und wo wir schon beim Thema sind – sie hatte auch das Kommando. Die anderen haben auf ihre Anweisungen hin gehandelt.«

»Und woher weißt du das nun wieder?«

»Habe ich zufällig bemerkt. Während ich damit beschäftigt war, meinen Hals vor dem Aufgeschlitztwerden zu retten. Und sieh mal, sie ist etwas größer als die Männchen. In ihrer Kultur könnte das ganz normal sein. In der Natur ist es jedenfalls durchaus üblich.«

Ein Weibchen. Ein dickbeiniges, schuppiges, scharfzähniges, gelbäugiges Mädchen mit einem hübschen Schwanz, der elegant die Luft hinter ihr zerschnitt, musterte ihn mit einem Blick, aus dem eindeutig Intelligenz sprach. Und sie wartete darauf, daß er den nächsten Schritt machte.

Kein Es, nicht einmal ein Er, sondern eine Sie.

McCoy erhob sich plötzlich und wischte sich die Hände ab. »Ich habe alles für ihn getan, was ich kann, Captain«, sagte er und schaute auf Vernon hinab. »Sein Brustkorb ist teilweise eingedrückt, und ich habe ihn stabilisiert und verbunden. Offene Wunden hat er kaum. Jetzt bleibt uns nichts, als abzuwarten, ob er sich erholt.« Er seufzte und wandte sich der Gefangenen zu, wobei seine Augen interessiert aufblitzten. »Und jetzt werde ich sie verarzten.«

Er bückte sich, nahm seine medizinischen Instrumente und richtete sich wieder auf.

Als er an Kirk vorbei wollte, packte der Captain seinen Arm und hielt ihn zurück. »Nein. Behandle sie nicht.«

McCoy starrte ihn an. »Sie hat mehrere Schnittwunden, und ihre Schulter liegt praktisch offen! Es ist meine Pflicht, mich darum zu kümmern!«

»Meine Pflicht geht vor«, sagte Kirk. »Ich muß Antworten bekommen. Und wenn es ihr schlecht geht, redet sie vielleicht eher.«

»Jim, das ist barbarisch.«

»Genau.«

»Jim, sie gehört nicht hierher! Sie ist ein hochentwickeltes Lebewesen, genau wie das Tier dort drüben.« Er deutete auf den Kadaver, den er seziert hatte. »Sie stammen beide nicht aus dieser Epoche der Erdgeschichte. Spock hat recht – es *kann* einfach keine derart große Lücke in den Fossilienfunden geben.«

»Und was ist mit den DNS-Ergebnissen? Du hast gesagt, der tote Dinosauroid stammt auf jeden Fall von der Erde. Oder willst du das bestreiten?«

Als hätte er diese Tatsache vergessen, ließ McCoy den Arm sinken. »Ich weiß nicht... das ist ein Punkt, den ich auch nicht verstehe.«

»Dann schnapp dir deine Ausrüstung und nimm eine DNS-Probe von ihr! Ich werde dieser Sache auf den Grund gehen, und wenn ich dafür mein eigenes Bein sezieren müßte.«

»Wahrscheinlich stellen wir dann fest, daß du auch ein Dinosaurier bist«, brummte McCoy.

Er seufzte und ging zu dem Dinosauroiden hinüber, der ruhig dasaß und sie beobachtete.

Das Weibchen wandte den Kopf ab, als der Doktor

herankam, doch als Emmendorf ihr den Phaser unter die Nase hielt, wußte sie genau, was das zu bedeuten hatte.

McCoy warf einen Blick zu Kirk hinüber, nahm dann etwas Blut für seine Analyse ab und zog sich schleunigst wieder zurück.

Kirk ging zu der Gefangenen hinüber, die ihn nicht aus den Augen ließ. Sie gehörte ebensowenig hierher wie die Besatzung der *Enterprise*. Kirk bemühte sich, wie ein Paläontologe zu denken – das Offensichtliche zu ignorieren und nach den subtilen Unterschieden zu suchen. Auf den ersten Blick wirkte sie wie eine größere Version der Troodonten, doch das war sie nicht. Sie hielt ihren Körper aufrechter, und die Klauen waren im Verhältnis zu ihrer Größe deutlich kleiner. Sie hielt den Kopf höher, ihre Hände waren beweglicher und der Daumen deutlicher ausgeprägt.

Nein, sie gehörte nicht hierher. Warum also war sie hier?

Kirk wandte sich den anderen seiner Gruppe zu. »Wo ist der Translator geblieben, den wir dem anderen Klingonen gegeben hatten? Hat er ihn mitgenommen?«

»Nein, Sir, er ist hier.«

»Geben Sie ihn mir, Fähnrich.«

Er nahm das Gerät von Reenie entgegen, fummelte kurz daran herum und schob ihn dann über den großen Kopf der Gefangenen, die von Emmendorf in Schach gehalten wurde.

Dann trat er einen Schritt zurück.

»Verstehen Sie, was ich sage?«

Die Dinosauroidin antwortete nicht, doch ihre Miene und die Art, wie sie ihren Kopf senkte, verrieten sie.

Kirk straffte die Schultern. »Ich bin Captain James T. Kirk von der *U.S.S. Enterprise*, und Sie wissen verdammt gut, warum ich hier bin, stimmt's?«

Wieder antwortete sie nicht, doch ihr Kopf reckte sich hoch und drehte sich ein wenig zur Seite, als wäre sie gerade geschlagen worden. Ihre dunklen Augen weiteten sich und zogen sich dann abrupt zusammen.

Ja, sie wußte es.

Kirk beugte sich vor und unterdrückte seine Abscheu vor dem schuppigen Gesicht mit den langen Reißzähnen.

»Diese Ausrüstung, die Ihre Leute mitschleppen – das ist ein Asteroiden-Deflektor, richtig?«

Die Augen der Dinosauroidin weiteten sich. Sie zog ihren Kopf noch mehr zurück.

Kirk beugte sich weiter vor, um ihr Zurückweichen auszugleichen, und warf ihr einen lauernden Blick zu.

»Wer sind Sie?« fragte er. »Und was machen Sie in meiner Vergangenheit?«

31

Die Gefangene musterte ihn aufmerksam. Ihr Schwanz bewegte sich langsam von einer Seite zur anderen, die klauenbewehrten Arme hingen schlaff herab.

»Oya.« Der Translator schien weniger Probleme mit ihrer Aussprache zu haben, als das bei den Klingonen der Fall gewesen war, was angesichts der Form ihres Mauls eher verwunderlich erschien. »Ich bin Wissenschaftler. Kein Soldat.«

Kirk hätte vor Freude fast einen Luftsprung vollführt, so erleichtert war er, eine verständliche Sprache zu hören. Nicht nur Farbe, einen Harnisch oder Energiewaffen zu sehen, sondern den Beweis für den wichtigsten Teil einer zivilisierten Kommunikation zu haben.

»Oya...« Er warf einen Blick zu McCoy hinüber. »Ist das ein Gruß?«

Bevor der Doktor reagieren konnte, sagte die Dinosauroidin: »Es ist mein Name.«

Kirk leckte sich über die Lippen. »Was machen Sie hier?«

»Forschen.«

»Warum haben Sie diesen Planeten ausgesucht?«

»Ein hervorragender Dschungel.«

Kirk richtete sich auf und trat einen Schritt zurück, als er merkte, daß seine Beine taub wurden. Es hätte keinen besonders guten Eindruck gemacht, wenn er der Gefangenen in den Schoß fiel.

»Captain, kann ich einen Moment mit dir sprechen?« McCoy kam mit besorgter Miene näher und hielt dabei seinen medizinischen Tricorder mit beiden Händen fest. »Ich habe inzwischen ein Teilresultat vorliegen ... ausreichend, um eine Schlußfolgerung zu wagen.«

»Dann komm hier herüber. Spock, Sie auch.« Kirk führte die beiden ein paar Schritte zur Seite. »Leg los.«

McCoy schien nicht zu gefallen, was er zu sagen hatte. »Nun, der Tricorder besitzt nicht die Kapazität des Schiffscomputers, deshalb dauert die Analyse so lange, aber das DNS-Muster von ihr ... Es ist genau wie das andere.«

Kirk zog eine Augenbraue hoch. »Von der Erde?«

McCoy nickte mit schuldbewußter Miene. »Es sei denn, ich hätte einen gravierenden Fehler gemacht.«

»Und, hast du?«

»Nein, habe ich nicht.«

Spock stand mit düsterer Miene neben ihnen. »Captain, das ist eine beunruhigende Inkongruenz.«

»Vielen Dank, den Gedanken hatte ich auch gerade. Was unternehmen wir deswegen?«

»Weitere Tests?«

»Dafür haben wir keine Zeit. Uns bleiben entweder eine Million Jahre oder zehn Minuten, und wir wissen leider nicht, was davon zutrifft. Da drüben sitzt sie, ein hochentwickeltes Wesen mit modernen Waffen und einer Sprache und allem, was dazugehört. Sie ist unsere Antwort, meine Herren. Nur haben wir bisher noch nicht die richtigen Fragen gefunden.«

»Vielleicht doch«, sagte Spock und verschränkte die Arme. »Wir sind schon Rassen in Teilen der Galaxis begegnet, in denen sie sich logischerweise nicht entwickelt haben können, auf Planeten, auf denen sie genetisch nicht zum eingeborenen Leben passen. Ich vermute, daß Oya vielleicht gar keine so gravierende Inkongruenz darstellt, wie wir dachten.«

Kirk erkannte den Hoffnungsschimmer in der Aussage des Vulkaniers und wirbelte herum – oder besser gesagt, er humpelte. »Pille, hast du irgendwelche Aufzeichnungen, die belegen, daß diese Spezies irgendwo in der uns bekannten Galaxis schon einmal registriert worden ist?«

Der Doktor hob verzweifelt die Hände. »Jim, ich sage dir, sie stammt von der Erde, ob dir das nun paßt oder nicht.«

»Ich akzeptiere das nicht. Führ eine neue Analyse durch, oder ich befehle dir, einen Schnurrbart wachsen zu lassen, damit ich ihn dir ausreißen kann.«

»Nun, das ist mal ein Befehl, wie man ihn nicht alle Tage hört. Ich tue, was ich kann, Captain.«

Kirk ging um die Gefangene herum und musterte ihren Harnisch und ihre an einen Vogel erinnernde Ruhehaltung, blieb dabei aber außer Reichweite des wuchtigen Schwanzes. Oya wiederum folgte ihm mit ihren Blicken, wobei sie den Kopf dank ihres langen Halses fast bis auf den Rücken drehen konnte.

Kirk wollte ihr eine spezielle Frage stellen, doch er wußte, daß er nicht feststellen können würde, ob sie die Wahrheit sagte oder nicht. Irgendwie mußte er die Sache cleverer angehen.

»Starfleet hat Sie beobachtet«, log er dreist. »Wir sind Ihnen durch den Wächter der Ewigkeit gefolgt.«

Abgesehen von einem leichten Flackern in ihren Augen reagierte die Dame nicht. Doch sie war weder neugierig noch überrascht, was Kirk als entscheidenden Punkt ansah. Sie wußte, was der Wächter war und was er bewerkstelligen konnte. Irgendwie hatten sie und ihr Team ihn gefunden. Vielleicht durch Spione, oder indem sie die Spur mythischer Geschichten verfolgten.

Nur sehr wenige wußten von diesem Ort, dessen Existenz unter Verschluß gehalten wurde, seit Kirk und seine Mannschaft ihn damals entdeckt hatten. Starfleet unterhielt dort einen Vorposten, doch der Wächter war als potentiell gefährlicher Mechanismus eingestuft und daher geheimgehalten worden.

Heute verstand Kirk die Vorgänge besser als damals, als das Herumspielen an der Geschichte beinahe die Welt, wie er sie kannte, vernichtet hätte.

Damals war es ein Unfall gewesen. Und obwohl es ihm seinerzeit sehr kompliziert erschienen war, die Dinge ins reine zu bringen, erkannte er jetzt plötzlich, daß diesmal die Schwierigkeiten sehr viel größer sein würden. Heute hatte er es nicht mit den Folgen eines unbeabsichtigten Unfalls zu tun, sondern mit vorsätzlicher Sabotage der Zeit.

»Wer sind Sie, daß Sie glauben, so viel Schaden an allem, was je existiert hat, anrichten zu dürfen?«

Die Gefangene antwortete nicht. Ihr großen braunen Augen blickten ihn an, Augen, die in diesem Gesicht fehl am Platze wirkten und doch ihre eigene Schönheit besaßen, wie Onyxsteine, die in Schlangenleder eingelegt waren.

»Ich weiß, wer sie ist.«

Kirk und Oya wandten sich um.

Bannon lehnte an der Rückwand der Höhle. Seine blassen Züge drückten eine Mischung aus Anspannung und Aufsässigkeit aus.

Kirk trat einen Schritt auf ihn zu. »Nun?«

»Ich glaube, ich weiß es... ich habe eine Arbeit darüber geschrieben... in meinem ersten Jahr an der Akademie.«

»Spucken Sie's aus, Lieutenant. Was ist sie?«

»Ich glaube, sie gehört zu den Clan Ru.«

»Clan Ru«, wiederholte Spock und drehte sich zu der Gefangenen um. »Ja... durchaus möglich...«

»Clan wer?« fragte McCoy.

»Ich habe noch nie davon gehört«, sagte Kirk, doch als er Oya anschaute, erkannte er an der Art, wie sie Bannon anstarrte, daß er jetzt zumindest einen Teil der Antwort erhalten hatte. »Spock?« fragte er drängend.

Den Blick auf Oya gerichtet, kam Spock zu ihnen. »Wörtlich übersetzt, bedeutet Ru einfach ›alles‹. Der Clan von Allem. Ihre Kultur ähnelt orionischen Sekten und einigen nordamerikanischen Indianerstämmen, die auch glauben, ihre Stämme seien die einzigen, die eine Seele besitzen.«

»Anders ausgedrückt, wenn man nicht zu den Auserwählten gehört, existiert man in moralischem Sinn gar nicht. Recht und Gesetz und ethische Prinzipien gelten ausschließlich für die eigene Spezies?«

»Korrekt.«

»Dann würde es ihnen also keine schlaflosen Nächte bereiten, wenn sie den Rest von uns auslöschen.«

Bannon trat ein paar Schritte vor. »Sie haben sich immer geweigert, der Föderation beizutreten, obwohl sie sich weit innerhalb unseres Raumgebietes befinden. Trotzdem haben sie die meisten Vorteile einer Mitgliedschaft genossen – Schutz, Notfall-Hilfe, Technologie...«

»Der Föderation blieb in dem Fall keine Wahl«, erklärte Spock. »Der Planet der Ru befand sich so tief im Innern des Föderationsgebietes, daß wir ihn de facto aufnehmen mußten. Wir haben ihnen die volle Mitgliedschaft angeboten, und sie hätten sie zu jedem beliebigen Zeitpunkt beanspruchen können. Trotzdem weigerten sie sich, und so haben wir sie sich selbst überlassen.«

Mit einer Miene, die nur schlecht seine Wut verbarg, wandte sich Kirk an Oya. »Nun?« fragte er provozierend.

Das Weibchen neigte den Kopf leicht zur Seite, und plötzlich war es, als würden sich die beiden schon sehr lange kennen. Und in gewisser Weise stimmte das sogar. Immerhin spielten sie nun schon seit geraumer Zeit eine bizarre, gefährliche Form des Nachlaufens, und beide kannten nicht einmal die Hälfte der Regeln bei diesem Spiel.

Kirk stellte sich genau vor sie hin. »Werden Sie jetzt mit mir reden oder nicht?«

»Unser Platz in der Galaxis ist vom Schicksal vorherbestimmt«, sagte Oya, deren Zischlaute die Übersetzung des Translators untermalten. »Wir haben uns schon entwickelt, lange bevor die Humanoiden auftauchten. Die Natur wollte uns haben. Jäger sind wichtig für das Gleichgewicht in der Natur. Sie haben auf Ihrem eigenen Planeten gesehen, was geschieht, wenn sich nur die Beute entwickeln kann. Sie ... haben uns unterdrückt.«

»Sie beziehen sich auf die Zeiten einer primitiven Entwicklungsstufe«, widersprach Kirk. »Wir haben nicht nur die blutgierigen Jäger besiegt, sondern auch die Angst der Beute. Auf diese Weise kann die Intelligenz bei beiden aufblühen. Und genau das versuchen Sie zu vernichten, begreifen Sie das nicht?«

In seinem Eifer trat er einen Schritt näher heran.

»Wir haben Sie nicht ausgeschlossen, um Sie zu unterdrücken. Der Clan war jederzeit willkommen, am Wohlstand der Föderation teilzuhaben. Die Absonderung war Ihre eigene Entscheidung. Und nur die Faulen geben anderen die Schuld an der eigenen Unterlegenheit.«

»Faul!« rief die Wissenschaftlerin aufgebracht und spannte unwillkürlich alle Muskeln an. »Ist es das, wofür sie uns halten?«

»Vielleicht«, meinte Kirk, der keinen Rückzieher machen wollte. »Und wofür halten Sie uns?«

Sie schaute ihn an und musterte dann der Reihe nach Spock, McCoy und den Klingonen.

Schließlich richtete sie den Blick wieder auf Kirk. »Sie sind Fleisch«, sagte sie.

Jetzt hatte er seine Antworten. Und sogar einige der Fragen.

Ein Asteroiden-Deflektor wurde in die ferne Vergangenheit geschafft, um jenen Felsblock zu vernichten, der die Geschichte der Galaxis entscheidend beeinflußt hatte. Es war eine bittere Erkenntnis, daß jemand mit voller Absicht und Entschlossenheit die Vergangenheit verändert hatte.

Die meisten Planeten hatten ihre Katastrophen erlebt, aber es gab nur sehr selten ein bestimmtes Ereignis, von dem die Entwicklung einer ganzen Gruppe neuer Spezies abhing. Die Dinosaurier waren Hunderte von Millionen Jahren über die Erde gestampft, nur um in kurzer Zeit von einem Ereignis ausgelöscht zu werden, wie es nur einmal in einer Milliarde von Jahren vorkam: dem Einschlag eines Asteroiden, der von der Gravitation der Erde eingefangen worden war.

Der Weltraum war viel zu groß, als daß sich derartige Dinge häufiger ereignen könnten. Ganze Galaxien hatten einander schon durchdrungen, ohne das es zu einem einzigen Zusammenstoß gekommen wäre.

Trotzdem hatte sich dieser eine Einschlag ereignet, und nun machte sich jemand daran zu schaffen.

Eine Rasse, die alles verändern, die Zukunft vernichten wollte, damit sie selbst herrschen konnte. Erschüttert stützte sich James Kirk auf seinen Stock und versuchte, das Unvorstellbare zu verarbeiten.

»Sie wünschen sich eine Zukunft ohne die Menschheit«, sagte er, »weil die Menschen die Föderation geschaffen haben.«

Spock nickte. »Ihre Haltung erklärt, weshalb der Clan den Kontakt abgelehnt hat.«

»Ja, das stimmt«, meinte McCoy. »Wer möchte sich auch schon mit seinem Mittagessen unterhalten? Jim, wie wäre es, wenn wir versuchten, mit ihrer Gruppe zu verhandeln? Vielleicht möchten sie das hier genauso überleben wie wir.«

Kirk warf Oya einen düsteren Blick zu. »Sie wollen etwas besitzen, was ihnen nicht gehört. Sie wollen die Vorherrschaft, die sie nicht verdient haben. Unter diesen Bedingungen bin ich nicht zu Verhandlungen bereit.«

»Dann erklär mir mal folgendes«, sagte der Doktor. »Wenn der Wächter jedem die eigene Vergangenheit zeigt ... Ich meine, wenn ein Klingone die Vergangenheit seines eigenen Planeten sieht, und ein Argelianer wiederum die seiner Welt, wieso ist dann das Team des Clan Ru in der Vergangenheit der Erde gelandet, und nicht auf ihrem eigenen Planeten?«

»Gute Frage.« Kirk bedachte ihn mit einem finsteren Blick. »Ich kann gute Fragen nicht ausstehen. Alle Mann, fertigmachen zum Aufbruch.«

»Und wohin gehen wir?«

Kirk schaute nach draußen, wo sich die ersten Zeichen der Dämmerung zeigten.

»Den Berg hinauf. Wir werden ihre Abschußrampe vernichten, bevor sie die Menschheit vernichten.«

32

»Ich registriere mikroskopische Rückstände legierten Metalls, Captain. Wir befinden uns auf dem richtigen Weg.«

Das Schlachtfeld lag jetzt unter ihnen auf dem Plateau und war kaum noch von der übrigen Landschaft zu unterscheiden. Große und kleine Pterosaurier, andere Aasfresser und auch ein paar der Troodonten, die diese Beute zur Strecke gebracht hatten, drängten sich um die schon stark zerfressenen Kadaver, bei denen es sich, wie sie jetzt wußten, um die Überreste von Oyas Mittätern bei der Sabotage der Zeit handelte.

Hinter Kirk trugen Emmendorf und Roth den bewußtlosen Vernon auf einer provisorischen Bahre zwischen sich, während Bannon sicherheitshalber den Phaser auf den Klingonen gerichtet hielt.

Oya humpelte unter Reenies Bewachung den Pfad hinauf und vermied es, einen Blick auf das Plateau zu werfen. In gewisser Weise stellte auch das eine Bestätigung dar.

Kirk dachte darüber nach, wie er weitere Informationen aus Oya herausbekommen könnte, als sein Bein zum fünftenmal innerhalb von zwanzig Minuten unter ihm nachgab.

Emmendorf stürzte vor, um ihn aufzufangen. »Ich helfe Ihnen, Sir!

»Fähnrich«, sagte Spock leise und schob ihn beiseite, um diese Aufgabe selbst zu übernehmen. »Überprüfen Sie die Spitze der Anhöhe auf Metallrückstände.«

»Aye, Sir«, sagte Emmendorf und übernahm Spocks Tricorder.

Kirk stützte sich auf Spock und kam wieder auf die Beine, doch es fiel ihm schwer, Atem zu schöpfen. Vielleicht lag das ja an der Höhe. Als er weitergehen wollte, verkrampften sich seine Innereien. Er schaffte es zwar, sich aufrecht zu halten, doch der Schmerz zwang ihn, die Augen zusammenzupressen.

»Langsam, Jim. Wir legen eine Rast ein«, sagte McCoy, der neben Spock auftauchte.

Kirk wollte sich nicht setzen, nicht in Gegenwart von zwei potentiellen Gegnern. Sie könnten seine Schwäche zu ihrem Vorteil ausnutzen, und im Moment brauchte er alle Vorteile für sich.

Er zwang sich, die Augen zu öffnen und starrte auf den Boden vor seinen Füßen. Würden seine Beine wenigstens weiterhin funktionieren? Er wollte nicht getragen werden.

Er spürte, daß er zum Stillstand kam und anfing zu schwanken. Neben ihm standen zwei Spocks und zwei McCoys. Sehstörungen. Großartig!

Er schwankte nach hinten und merkte, daß er aufgefangen wurde. Seine Freunde setzten ihn vorsichtig auf einem Felsen oder etwas ähnlichem ab, und er lehnte sich erleichtert gegen die Bergwand.

McCoy, du mußt irgend etwas unternehmen.

Ein Hochdruckinjektor zischte an seiner Schulter, und fast im gleichen Moment wurde sein Kopf wieder klarer. Er wagte es sogar, die Augen wieder zu öffnen. Nur ein Spock stand neben ihm, um ihn zu stützen... und nur ein McCoy war vor ihm zu sehen, den Injektor noch in der Hand.

Nur noch ein verrücktes Universum um ihn herum. Gut. Mit einem konnte er fertig werden.

Er preßte die Hand gegen die Stirn und strich sich dann die Haare aus den Augen. »Schon besser«, sagte er. »Übernehmen Sie das Scanning, Spock. Ich komme schon zurecht.«

Spock schaute zu McCoy hinüber, der nickte und ihm mit einer Hand bedeutete, daß er gehen könne.

Vernons Bahre ruhte auf der Erde. Ein paar Schritte davon entfernt bewachten Reenie und Bannon die beiden Gefangenen. Emmendorf stand am Rand des Abhangs und betrachtete fasziniert die Szenerie des Gemetzels vom Vortag.

Weiter oben am Hang führte Spock den Tricorder über den Boden. »Wir sollten in der Lage sein, der Spur weiterhin zu folgen, sofern sie ihre Ausrüstung nicht tragen oder tief in den Dschungel eindringen.«

»Ich werde ihnen nicht helfen«, erklärte Oya, als Kirk sie ansah.

»Wir brauchen Ihre Hilfe auch nicht«, erwiderte er.

Mehr als diese Bemerkung brachte er im Moment nicht zustande, sonst hätte er verraten, das er sich am Rand des Zusammenbruchs befand. Während des Marsches hatte er sich bewußt von den Gefangenen ferngehalten, denn ein verletzter Captain konnte sehr leicht zu einer hilflosen Geisel werden, und seine Mannschaft brauchte wahrhaftig nicht noch mehr Probleme, als sie jetzt schon hatte.

»Jim.« McCoy kauerte sich neben ihn. Sein Gesicht trug den Ausdruck, den er für jene Gelegenheiten reserviert hatte, wenn er über Informationen verfügte, die er eigentlich nicht glauben wollte.

»Was gibt's denn?« fragte Kirk.

McCoy tippte auf den medizinischen Tricorder. »Es hat sich bestätigt. Ich habe die DNS-Sequenzen dreimal durchlaufenlassen, und zudem die paläoanatomischen Daten mit dem verglichen, was wir an Informationen über die Ru aus unserer Zeit haben. Es ergibt zwar keinen Sinn, aber die Alien-Rasse, die sich als Clan Ru bezeichnet, stammt mit an Sicherheit grenzender Wahrscheinlichkeit von der Erde. Ich weiß nicht, wie sie dort hingekommen sind, wo sie jetzt leben, Captain... aber angefangen haben sie hier auf der Erde.« McCoy klopfte auf den Boden wie ein Farmer, der den Acker prüfen will.

»Wenn das stimmt«, sagte Kirk, »was haben wir dann da unten am Berg gesehen... Das waren intelligente, hochentwickelte Lebewesen, die niedergemetzelt wurden...«

»Von ihren eigenen, prähistorischen Vorfahren«, bestätigte McCoy, »und zwar in direkter evolutionärer Linie. Ich wette, ich könnte diese Linie genauso zurückverfolgen wie die Evolution des modernen Pferdes.«

Angesichts der Flut neuer Gedanken, die auf ihn einstürmten, murmelte Kirk: »Ich mag Pferde...« Dann wurde ihm bewußt, was er gerade gesagt hatte, und er packte entschlossen seinen Stock mit beiden Händen und stemmte sich hoch.

Mit McCoy als Stütze an seiner Seite, humpelte er zwischen Reenie und Bannon hindurch zu den Gefangenen.

Dort blieb er aufrecht stehen und wartete, während Spock den Abhang herunterkam und zu ihm trat. Mit den beiden Gefährten, denen er am meisten traute, an seiner Seite, wandte er sich der Ru-Wissenschaftlerin zu.

»Oya«, begann er, »hören Sie mir zu. Ich weiß nicht, wie oder wann, aber irgendwann in der Vergangenheit, vor vielen Millionen Jahren, gab es eine... Verbindung zwischen Ihrer und meiner Geschichte. Ich weiß, Sie sind der Clan Ru mit seiner eigenen Vergangenheit. Doch ganz am Anfang entstand der Clan Ru nicht auf Ihrem eigenen Planeten... sondern hier auf der Erde.«

Die Dinosauroidin starrte ihn unverwandt an, nur ihr Kopf zog sich etwas zurück.

Kirk holte tief Luft und fuhr fort. »Nach der Veränderung der Zeit, die Sie verursacht haben, entwickelte sich der Clan auf der Erde, und diesmal blieb er auch dort. Die Versetzung, von der wir glauben, daß sie in der ursprünglichen Zeitlinie geschah, ereignete sich diesmal nicht. Der Clan entwickelte sich hier, Zyklus um Zyklus. Doch es herrschte niemals Einigkeit. Ihre Leute kämpften äonenlang gegeneinander... bis hin zur völligen Vernichtung. Durch die von Ihnen bewirkte Veränderung haben Sie dafür gesorgt, daß Ihr Clan ausstarb, Millionen von Jahren bevor einer von uns geboren wurde.«

Mit einem Aufflackern von Panik in ihren Augen schaute die Ru-Wissenschaftlerin zwischen Kirk und Spock hin und her. In der Stille zwischen ihnen war das Zirpen der Insekten im Dschungel überdeutlich zu vernehmen.

Oya dachte über das Gesagte nach, überprüfte die Schlußfolgerungen, die zugrundeliegenden Prämissen, ging in logischen Schritten vor und wog ab, was davon sich niemals beweisen lassen würde, sondern blind geglaubt werden mußte. Den Menschen würde klar sein, daß sie nicht unbedingt bereit wäre, ihnen Glauben zu schenken, doch andererseits hatten diese Wesen den Wächter der Ewigkeit durchschritten, um etwas zu tun, das ebenso unglaublich erschien.

Sie wußte, daß das Unmögliche existierte. Schließlich war sie hier, um genau das zu tun.

»Wenn ich von der Erde stamme«, sagte sie langsam, »wie kann ich dann meinen eigenen Planeten haben? Meine eigene Geschichte? Wenn ich vierzig Millionen Jahre vor Ihnen ausgestorben bin, wieso lebe ich dann?«

Kirk trat einen Schritt zurück und winkte den Vulkanier vor. »Mr. Spock... würden Sie mit der Dame sprechen – von Wissenschaftler zu Wissenschaftler?«

Spock trat einen Schritt vor, sammelte seine Gedanken, hob dann den Kopf und begann.

»Föderationswissenschaftler haben Beweise dafür gesammelt, daß in ferner Vergangenheit einige Spezies von einem Planeten zum anderen versetzt worden sind. Manche bezeichnen jene Intelligenzen, die für diese Aussaat verantwortlich sind, als die ›Bewahrer‹. Ich finde diesen Namen ein wenig zu poetisch. Allerdings haben unsere Forschungen ergeben, daß diese Verpflanzungen offenbar durchgeführt wurden, um bestimmte kulturelle und genetische Strukturen zu erhalten und sie dort auszustreuen, wo sie eine Chance hatten zu überleben. Diese Theorie paßt auf den Fall des Clan Ru. Können Sie mir sagen, ob es eine genetische Verbindung zwischen Ihrer Spezies und dem Planeten, auf dem Sie leben, gibt?«

»Es gibt keine«, sagte Oya offen, »denn wir wurden durch die Wahl der Vorsehung dorthin versetzt. Wir sollten überleben und jene beherrschen, die rings um uns lebten.«

»Hmm«, nickte Spock grimmig. »Als Wissenschaftlerin ist Ihnen klar, daß eine derartige Erklärung mythologischer Natur ist und den Tatbestand nur unzureichend wiedergibt. Wir hingegen wissen mit Sicherheit, daß Ihre DNS-Struktur unzweifelhaft mit dem Biosystem der Erde verbunden ist. Doch im normalen Ablauf der Evolution hatten Sie keine Chance, sich nach dem Einschlag des Asteroiden weiterzuentwickeln. Wir wissen zwar nicht, wie es geschehen ist, doch jemand hat erkannt, daß Ihre Abstammungslinie irgendwann zur Entwicklung von Intelligenz führen würde, und Ihre Vorfahren daher gerettet und zu Ihrem jetzigen Planeten gebracht. Angesichts der bereits bekannten Beweise ist diese Schlußfolgerung... recht glaubwürdig.«

Spocks ganze Erscheinung und seine Art des Vortrags vermittelten Vertrauenswürdigkeit. Trotz allem, was sie durchgemacht hatten, saß seine Frisur perfekt, und seine Uniform wies kaum Flecken auf. Auch seine Haltung wirkte völlig entspannt, und selbst wenn er Nonsense-Gedichte vorgetragen hätte, wäre er vermutlich völlig glaubwürdig erschienen.

Oya starrte ihn an, während ihre Gedanken rasten.

Kirk empfand plötzlich Respekt für sie, weil sie diese ganze Theorie nicht einfach ungläubig beiseite schob, zumal ihm gerade selbst bewußt wurde, wie lächerlich das alles eigentlich klang. Wenn man bedachte, daß diese gesamte Aussage auf Forschungen basierten, denen man zwar innerhalb der Föderation vertrauen mochte, die Oya jedoch weder kannte noch überprüfen konnte, dann war es schon beachtlich, daß sie nicht alles verwarf, sondern ernsthaft darüber nachdachte. Wirklich sehr hoch entwickelt...

Ihm wurde klar, daß er ihr weitere Beweise liefern mußte, und zwar schnell.

»Doktor«, sagte er, »gib ihr deinen medizinischen Tricorder. Sie ist Wissenschaftlerin – zeig ihr die DNS-Resultate. Und zeig ihr auch die Vergleiche, die wir zwischen ihrer Art und den hier lebenden Tieren gezogen haben. Sie soll selbst sehen... wer sie eigentlich ist. Und gib ihr auch Spocks Tricorder. Zeig ihr, was für eine Erde sie mit ihren Handlungen schaffen wird.«

McCoy reichte Oya den Tricorder. Als sie ihn nahm, berührte er kurz das Display und trat dann zurück.

Die Geschichte spulte sich auf dem winzigen Schirm ab. Niemand konnte sie sehen, außer der Gefangenen und Roth, der ein paar Schritte hinter ihr stand.

Kirk stand da und beobachtete sie, beide Hände fest um seinen Stock geklammert. Wie oft im Verlauf seiner Karriere hatte er versucht, jemanden mit allen Mitteln von der Richtigkeit dessen zu überzeugen, was er gerade beabsichtigte? Und wann hatte je so viel davon abgehangen?

Worte reichten jetzt nicht mehr. Er hatte alles gesagt, was es zu sagen gab. Jetzt konnten nur noch die harten, wissenschaftlichen Fakten helfen, und die moralische Integrität, mit der sie vorgingen und die sich hoffentlich auf ihren Gesichtern abzeichnete. Manchmal lief alles wirklich nur auf diesen letzten Punkt hinaus.

Irgend etwas veranlaßte ihn, seine Aufmerksamkeit auf Roth zu richten. Ein Klingone. Feindselig, wütend, argwöhnisch. Würde er es glauben?

Es ließ sich nicht feststellen. Er konnte nur Vermutungen anstellen, und manchmal hatte so etwas fatale Folgen. Doch im Moment blieben Jim Kirk nichts anderes als Vermutungen, verbunden mit ein paar Hoffnungen.

Plötzlich schaute Oya vom Tricorder hoch. Sie sah Spock an, dann McCoy und schließlich Kirk. Dann öffnete sie den Mund, und als sie sprach, klang die Übersetzung des Translators völlig anders als alles, was sie zuvor je gesagt hatte.

Ihre Augen blinzelten. »Wir haben uns selbst vernichtet.«

TEIL IV

AM KREUZWEG DER ZUKUNFT

»Hier draußen sind wir weit und breit die einzigen Polizisten. Und es ist ein Verbrechen verübt worden. Habe ich mich klar genug ausgedrückt?«

James Kirk
›Ganz neue Dimensionen‹

33

»Sie waren das!« Roth machte einen gewaltigen Satz und trat Oya gegen den Kopf. Der dicke Knochenwulst über ihrem linken Auge fing den Schlag auf, doch ihr Kopf wurde zu Seite geschleudert.

Sie drehte sich auf den wuchtigen Beinen, schwang den Schwanz herum, der so dick war wie Roths Schenkel, und traf den Klingonen damit quer über die Brust. Der Hieb ließ ihn stolpern, machte ihn aber nur noch wütender. Er richtete sich wieder auf, um sie noch einmal anzuspringen.

»Sicherheit!« brüllte Kirk.

Emmendorf versetzte Roth mit dem Griff des Phasers einen Schlag gegen den Hinterkopf und zog ihn fort.

»*Sie* haben uns das angetan!« schrie Roth. »Wir hätten Leben können! Alles, was wir jetzt haben, ist ein langsamer Tod!«

Die kräftige Dinosauroidin richtete sich zu voller Größe auf und breitete die Arme aus. Der Translator summte und zischte.

»Das Universum hätte unser Jagdgebiet sein können«, sagte Oya unbeeindruckt, »und tausend Planeten unsere Arena. Macht und Herrschaft lagen zum Greifen nah vor uns. Doch statt dessen wurden wir eingeschlossen, zurückgeworfen, unserer großen Möglichkeiten beraubt. Die Aggression, mit der uns die Vorsehung gesegnet hatte, wurde verschwendet, und wir mußten den Staub schlucken. Die schwärende Wunde, übergangen worden zu sein, schmerzte ohne Unterlaß. Niemals mehr konnten wir unseren Kopf erheben.«

Sie zog ihren Schädel ein, als wolle sie die eigenen Worte illustrieren. Ihre Augen waren weit aufgerissen, und die Fangzähne glitzerten.

»Einst gab es Banner an jedem Schwanz«, fuhr sie fort. »Doch ich habe seit neun Generationen kein Schwanzbanner mehr gesehen. Wir waren eine niedergepeitschte Rasse... in die Knie gezwungen, noch bevor wir erblühen konnten.«

»Narren! Gedankenlose Narren!« Roth bleckte die Zähne, warf sich nach hinten, löste sich aus Emmendorfs Griff und brachte gleichzeitig Bannon mit einem Stoß des Ellbogens zu Fall. Dann stürmte er auf Oya zu.

Kirk sprang auf, geriet ins Stolpern, als seine Beine nachgaben, prallte mit McCoy zusammen und riß beide zu Boden. Im Liegen sah er, wie Roth über ihn hinwegsprang und mit dem ausgestreckten Bein nach Oyas Kopf zielte.

Plötzlich trat Spock zwischen Roth und Oya. Er wich dem Tritt aus, packte Roth bei den Oberarmen, stieß ihn zurück und drängte ihn gegen die Felswand, wo er ihn mit unerbittlichem Griff festnagelte.

»Hören Sie zu«, sagte Spock, das Gesicht nur wenige Zentimeter von Roth entfernt. »Sie, die Romulaner, der Clan – Sie alle handeln nur nach Ihren Instinkten, und deshalb stehen Sie alle dicht davor, sich selbst zu vernichten. Sie vermeiden alles, was nach rationaler Überlegung aussieht, und dieser Weg führt unweigerlich zur Selbstzerstörung. Die in der Föderation der Vereinten Planeten zusammengeschlossenen Kulturen haben die grundlegende Philosophie der Vulkanier übernommen, aber zugleich dafür gesorgt, daß sie überall funktioniert – Gesetze und Zusammenarbeit statt der Anarchie von Emotionen und Neid.«

Roth wand sich, um freizukommen, doch Spock schaffte es problemlos, den kräftigen Klingonen weiterhin gegen die Felswand zu pressen.

»Sie hatten recht bei dem, was Sie für Ihr Volk zu tun versucht haben«, sagte Spock heftig. »Vernunft funktioniert wirklich. Sie hatten *recht*.«

Ein Windstoß fuhr zwischen die Gruppe und ließ die Gewächse erzittern. Die tropischen Pflanzen raschelten, als wollten sie ihre Zustimmung bekunden.

Kirk rappelte sich ohne fremde Hilfe auf und blickte erst Roth und dann Oya an. »Sie haben sich das selbst angetan«, sagte er anklagend. »Niemand hat Sie gezwungen, Krieg mit Ihren Nachbarn zu führen, und es hat Sie auch niemand gezwungen, untereinander zu kämpfen... All das haben Sie sich selbst angetan, während Sie zugleich behaupten, das Opfer anderer zu sein.« Er drehte sich zu Roth um. »Sie benutzen den Erfolg der Vulkanier als Entschuldigung für Ihr eigenes Versagen. Tatsache ist aber, daß Sie und Ihr Volk für sich selbst verantwortlich sind. Wenn jemand seine Tür offenläßt, werfen Sie ihm das auch nicht vor, wenn man Sie dabei erwischt, wie Sie seine Sachen stehlen. Aufgrund von Oyas Handlung hatten Sie die *Möglichkeit*, ein Chaos zu schaffen, aber das heißt nicht, daß Sie es auch tatsächlich hätten tun müssen. Ich glaube, das ist es, was Sie wirklich an ihr und auch an den Vulkaniern hassen.«

Kirk hielt inne, um seine Worte wirken zu lassen. Roth starrte ihn an und rührte sich auch nicht, als Spock ihn losließ.

Kirk wandte sich Oya zu, die den Kopf gesenkt hielt und mit dem Auge, das Roth getroffen hatte, zwinkerte.

»Und Sie«, sagte Kirk finster, »Sie machen alle anderen für den Zustand Ihrer Welt verantwortlich. Aber wie oft hat die Föderation Sie zum Beitritt aufgefordert?«

Er schnappte sich den Tricorder von Reenie und hielt ihn Oya vors Gesicht.

»Und was wird Ihr Volk tun, wenn sich die Galaxis ohne die Menschheit entwickelt? Was haben Sie hier auf der Erde getan? Ein Gemetzel nach dem anderen, ein Krieg nach dem anderen, bis alles zu Asche verbrannt war, Millionen von Jahren, bevor der erste Mensch hier auftauchte. Wollen Sie mir das auch noch vorwerfen?«

Alle hörten ihm zu, und alle waren verlegen. Nicht nur wegen Roth und Oya, sondern auch wegen des eigenen Schuldgefühls, denn irgendwann in seinem Leben hatte jeder von ihnen auch einmal so gehandelt.

»Ziehen wir weiter«, sagte Kirk. »Wir haben hier noch eine Aufgabe zu erledigen, und wir werden sie erfüllen, ganz gleich, was wir voneinander halten. Ich habe nämlich nicht vor, an diesem Ort zu sterben.«

Den ganzen Weg den Berg hinauf sprach Oya. Sie hörte ihre eigene Stimme, fühlte sich aber sonderbar losgelöst davon. Sie erzählte von ihrer Kultur, vom harten Leben auf dem Planeten, wie die Männchen jagten und die Weibchen über Partnerschaften entschieden und die Eier bewachten. Sie berichtete von den Aufzuchtgehegen, wo sie ihre Eier in die Nester anderer Wesen legten, und wenn die Jungen dann schlüpften, fraßen sie die Jungen der anderen Spezies und wurden trotzdem weiter von deren Müttern gefüttert, bis schließlich einer von ihnen groß genug war, um auch sie zu töten.

Während sie das Leben auf ihrem Planeten beschrieb, sah Oya Unglauben und Abscheu in den

Augen der Menschen. Vielleicht, dachte sie, ist unser Weg doch nicht der beste, nicht einmal für uns selbst.

Der Captain entwickelte einen Plan, die Linie der Spiker zu durchbrechen und Zugang zu dem Werfer zu bekommen, und trotz der an ihr nagenden Zweifel merkte Oya, daß sie ihm traute. Ob all das nun stimmte oder nicht, er glaubte zumindest an das, was er tat. Und wenn das, was sie auf dem Schirm des Tricorders gesehen hatte, eine Phantasiedarstellung war, dann hatte irgend jemand auch den Captain damit hereingelegt.

Und außerdem hinkten sie beide. Oya fand das recht amüsant. Zumindest in physischer Hinsicht hatten sie also etwas miteinander gemein.

Etwas Physisches... Sie hatten die ganze Erde miteinander gemein.

Was für Gesichter würden Rusa und Aur wohl machen, wenn sie erkannten, daß sie sich den Starfleet-Leuten angeschlossen hatte? Es würde keine Zeit bleiben, alles zu erklären, die Spiker zu verscheuchen und den Weibchen einen Vortrag über Vergangenheit und Zukunft zu halten. Sie würden kämpfen, und jeder, der starb, würde Oya für eine Verräterin halten.

Dort war es... Die Spitze des Werfers zeigte sich zwischen den zerrupften Büschen, die einmal zu mächtigen Bäumen werden würden.

»Captain«, rief sie unterdrückt und suchte zwischen den Farngewächsen Deckung. Kirk humpelte zu ihr herüber. »Sie werden Sie riechen«, sagte sie. »Lassen Sie mich vorgehen.«

»Nein«, sagte er bestimmt. »Ich kenne Sie nicht gut genug, um die Zukunft der Föderation von Ihrer Handlungsweise abhängig zu machen. Erklären Sie mir nur, was ich da sehe.«

»Mache ich«, stimmte sie zu und registrierte, daß er Augen wie ein Raubtier besaß. »Dort drüben steht eine sechs Quadratmeter große Plattform aus Rhodinium. Darauf ist ein Antigrav-Werfer montiert, und innerhalb des Werfers befindet sich ein Materie/Antimaterie-Sprengkopf mit einem Annäherungszünder. Über den Spitzen der Büsche kann man die Nase des Zünders erkennen. Offensichtlich sind sie mit dem Aufbau fast fertig. Wir müssen uns beeilen.«

»Das habe ich auch vor.«

»Und denken Sie daran, Captain... versuchen Sie nicht, die Stellung gegenüber den Spikern zu halten. Sie werden zu aggressiv, sobald der Kampf einmal begonnen hat, und in der direkten Auseinandersetzung werden sie gewinnen. Wenn Sie aber zuschlagen, sich zurückziehen und dann wieder zuschlagen, werden sie verwirrt reagieren. Wenn Sie diese Taktik beibehalten, reagieren die Spiker ausschließlich instinktgeleitet und können von den Weibchen nicht mehr kontrolliert stehen. Und wir müssen schnell genug siegen, um den Abschuß zu verhindern.«

»Und das schaffen wir nicht, indem wir hier sitzen«, erwiderte Kirk. »Emmendorf, Bannon, Sie übernehmen die linke Flanke. Spock, Reenie, auf die rechte Seite. McCoy, du bleibst mit Vernon zurück. Roth – entscheiden Sie sich hier und jetzt. Uns bleibt keine Zeit mehr.«

»Für keinen von uns bleibt noch Zeit, Captain«, sagte Oya. »Wenn sie den Deflektor abfeuern, dann sind Sie und ich und alles, was wir je gekannt haben, erledigt.«

»Rechte Flanke vorrücken! Lenken Sie sie ab, Spock.«

Kirk brüllte aus Leibeskräften, um das Heulen der Phaser und das Krachen der Energiewaffen der Ru zu übertönen.

Er war im Vorteil. Die Ru verstanden nicht, was er sagte. Zwar gab auch deren Führerin pfeifende und zischende Befehle, doch wenn stimmte, was Oya ihm berichtet hatte, dann besaß sie weniger Kontrolle über die Spiker als er über seine Leute. Das konnte er ausnutzen.

Er konnte acht Spiker sehen, und wenigstens sechs davon bewegten sich durch den Dschungel auf das Starfleet-Team zu. Oya hatte gesagt, es würden zwölf Spiker sein. Kirk wußte nicht, ob sie sich einfach geirrt hatte, ob ein paar der Spiker während des Aufstiegs getötet worden waren oder ob einige losgeschickt worden waren, um Nahrung zu sammeln. Acht war jedenfalls die Anzahl, um die er sich kümmern mußte. Und wenn noch mehr auftauchten, sollte ihm das auch recht sein.

Die Spiker verringerten den Abstand zwischen sich und den Menschen, die sich auf dem tieferliegenden Gebiet verteilt hatten. Sie trugen Harnische wie Oya, allerdings in unterschiedlichen Ausführungen. Manche trugen zusätzliche Beinschoner oder Splitterschutzhelme, andere hatten lederne, messingbeschlagene Patronengurte, Handschuhe oder hochgewölbte Nackenschützer, die möglicherweise aus der Zeit stammten, als sich die Ru auf ihrem Heimatplaneten noch gegenseitig bekämpft hatten.

Ihr Heimatplanet... Kirk schüttelte die Implikationen dieses Gedankengangs ab und zwang sich, sich wieder auf die Kämpfe zu konzentrieren. Diesmal wußten seine Leute, was sie taten, und begriffen, wofür sie kämpften.

Kirk, der sich kaum auf den Beinen halten konnte, einen Fuß nachzog, in Schweiß gebadet war und bis zum Kragen mit Medikamenten vollgepumpt war, humpelte über die Felsen und näherte sich dem größten der Gegner.

Rusa. Die Führerin, wie Oya gesagt hatte. Dort stand sie.

437

Ja, sie war wirklich groß und beeindruckend. Sie stand auf dem Plateau neben der Werferplattform, um sie zu verteidigen, während die Spiker der Starfleet-Offensive begegneten. Die dreifarbige Gesichtsbemalung, die mit emaillierten Einlegearbeiten verzierten Waffenhalter und der hellrote Patronengurt um ihre Hüften verliehen ihr ein besonders wildes Aussehen. Sie beobachtete die Spiker und die Starfleet-Leute unter ihr und brüllte hin und wieder laute Kommandos.

Ein paar Schritte vor Rusa stand ein weiterer Spiker mit einer Schutzhaube. Möglicherweise war das ihre persönliche Wache. Der Spiker schwenkte seine Waffe hin und her und trommelte aufgeregt mit den Füßen auf den Boden.

Kirk duckte sich hinter den zehn Fuß hohen Stumpf einer umgestürzten Konifere.

Dreißig Fuß rechts von ihm bewegten sich Spock und Reenie, die mit gezielten Schüssen zwei Spiker erledigten, die ihnen zu nahe gekommen waren. Auf der linken Seite lockten Emmendorf und Bannon die Spiker vom Werfer fort, wobei sie ihre Phaser so wenig wie möglich einsetzten.

Plötzlich brüllte Rusa sehr laut auf. Die Spiker stürmten vorwärts und gingen auf ihren Befehl zum direkten, offenen Angriff über. Diesmal setzten sie ihre Energiewaffen nicht ein, sondern griffen mit vorgestreckten Krallen an. Auch die halbmondförmigen Klauen an ihren Füßen richteten sich auf, bereit zum Zustechen.

Kirk wartete zehn Sekunden ab und legte dann die hohle Hand an den Mund. »Zurückfallen!«

Augenblicklich zog sich das Starfleet-Team zurück und verschmolz mit den Büschen. Die Spiker brachen verwirrt ihren Angriff ab. Die weiblichen Führer brüllten sie an, ohne eine Reaktion zu erzielen.

Rusa stapfte auf dem Plateau hin und her und beobachtete, wie die Spiker gleich einer Gänseschar durcheinander liefen. Sie hatten ein Handgemenge erwartet, doch statt dessen war der Feind verschwunden. Und jetzt konnten sie, aufgereizt und kampfeslüstern, wie sie waren, nicht mehr klar genug denken, um zu wissen, wem sie folgen sollten.

»Perfekt«, murmelte Kirk. Er zog den Kommunikator heraus. »Kirk an Spock.«

»Hier Spock.«

»Ich will nicht laut rufen – es könnte sie darauf aufmerksam machen, daß wir etwas vorhaben.« Kirk warf einen raschen Blick zu Rusa hinüber. »Nachdem Sie sie jetzt in zwei Richtungen fortgelockt haben, bringen Sie unsere beiden Teams in der Mitte zusammen und erregen Sie abermals die Aufmerksamkeit der Spiker. Ich will, daß sie uns einschließen.«

»Sir?«

»Wir sind schneller als sie. Das sollten wir ausnutzen. Sorgen wir dafür, daß sie sich rechts und links von uns befinden.«

»Kirk!«

Ein Schauer überlief Kirk. »Roth, wie sind Sie an Spocks Kommunikator gekommen?«

»Ich habe den des Doktors genommen. Sie wollen, daß sie uns einschließen? Wir können sie nicht auf zwei Seiten bekämpfen!«

»Wir werden auch nicht kämpfen. Wir werden weglaufen. Alles bereitmachen.«

»Weglaufen!«

»Ich sagte, bereitmachen. Kirk Ende.«

Er duckte sich wieder zwischen die Büsche und versuchte abzuschätzen, aus welcher Richtung der Wind kam. Doch ringsum rührte sich kein Blatt, und die heiße, feuchte Luft umgab ihn schwer und drückend. Es ließ sich nicht abschätzen, wie weit sein Geruch tragen würde.

Aber das war kein Grund, noch länger zu warten. Er hob den Kommunikator wieder. »Los, Spock.«

Ein Stück weit entfernt entstand Bewegung zwischen den Pflanzen. Während die noch immer verwirrten Spiker die Köpfe hoben und versuchten, über das Blattwerk hinwegzuschauen, huschte das Starfleet-Team geduckt unter den Blättern hindurch.

Kirk wollte die Führer haben. Es gab Rusa und noch drei andere, hatte Oya gesagt, doch Kirk sah nur eine der anderen, also mußte er sich damit im Moment zufriedengeben. Waren die anderen beiden getötet worden? In dieser Umgebung war das durchaus möglich. Er würde aber auf jeden Fall die Augen offenhalten.

Als er zur Seite schaute, konnte er Oya nicht mehr sehen. Die Farne und die stacheligen Büsche wuchsen hier an der Bergflanke, wo das Sonnenlicht hinreichte, dichter als weiter hinten.

Rusa, die oben auf dem Plateau zu erkennen suchte, was vor sich ging, heulte auf. Kirk bemühte sich, freies Schußfeld auf sie zu bekommen, doch genau wie er selbst stammte auch sie aus der Zukunft und wußte, daß sie hinter Felsen und Baumstämmen in Deckung bleiben mußte.

Wieder hob er den Kommunikator. »In der Mitte sammeln.«

Nachdem sich die Spiker bei der Jagd nach der Mannschaft in vier oder fünf verschiedene Richtungen verteilt hatten, waren sie jetzt völlig verwirrt und glaubten ihre Gegner noch immer an den Rändern des Buschwerks. Kirk erblickte Spock direkt vor sich und setzte sich in Bewegung.

Er kroch über den felsigen Grund vorwärts. Stachelige Gewächse bohrten sich in seine Hände und zerrten an seinem Haar. Ein Spinnennetz legte sich über sein Gesicht und trübte seinen Blick, so das er innehalten mußte, um es wegzuwischen, und dabei kostbare Sekunden verlor.

Er verwünschte seines Schwäche. An Bord des Schiffes wäre er inzwischen längst geheilt und wieder voll einsatzfähig.

Doch das war Soldatenschicksal. Stets war man gezwungen, auch unter den schlimmsten Bedingungen sein Ziel zu verfolgen.

Schließlich erreichte er den Mittelpunkt zwischen den verwirrten Spikern und stieß mit Emmendorf zusammen. Es war so, als würde man gegen einen Sandsack prallen.

»Tut mir leid, Sir«, brummte der Sicherheitsmann.

»Rücken Sie beiseite, Fähnrich. Spock?«

»Hier, Sir.«

»Übernehmen Sie die Nachhut. Alle Mann... vorwärts!«

Er raffte seine letzten Kräfte zusammen, stürmte zwischen den anderen hindurch und rannte auf den Spiker unterhalb von Rusa zu. Sein Phaser heulte, und der Spiker löste sich in einer Wolke von Molekülen auf.

Kirk schaute hoch, als seine Schulter gegen die Felswand unterhalb des Abschußplateaus prallte. Er erblickte den Lauf einer Waffe, der sich auf ein Ziel richtete, zweifellos auf jemand aus seiner Mannschaft.

Kirk packte seinen Stock mit beiden Händen und schlug damit in hohem Bogen nach oben. Das Holz traf auf Metall, und der Schuß ging in die leere Luft. Kirk stieß noch einmal zu und schaffte es, Rusa die Waffe aus der Hand zu schlagen und in die Büsche zu schleudern.

Die Führerin brüllte auf. Kirk brauchte keinen Translator, um zu erkennen, daß sie vor Wut raste.

Er preßte sich gegen den Fels, als eine wuchtige Gestalt über ihm auftauchte. Eine blitzende Zahnreihe

441

ließ ihn vor Schreck zusammenzucken. Kirk wußte, daß er es nicht wagen konnte, so lange zu warten, bis sie ihre Klauen gegen ihn einsetzen konnte. Er packte den Stock wie einen Baseballschläger, stieß sich von den Felsen ab und schlug zu. Er traf Rusa direkt auf der Schnauze. Die Dinosauroidin stolperte nach hinten, schüttelte den Schädel, brüllte ihn an und zog ein Messer aus der Scheide an ihrem steinbesetzten Harnisch.

Wenn sie das Messer erst in Position gebracht hatte, würde er nicht mehr in der Lage sein, sie abzuwehren. Kirk stürzte vorwärts und hoffte, seine geringere Größe und seine schnelleren Bewegungen zu seinem Vorteil ausnutzen zu können. Bevor sie ihr Messer hochreißen konnte, stieß ihr Kirk den Stock quer ins Maul und hielt ihn an beiden Enden gepackt, so wie das Vernon bei dem Spiker gemacht hatte. Gleichzeitig drückte er mit aller Kraft gegen den Stock, der so Rusas Kiefergelenke blockierte und es ihr unmöglich machte, zuzubeissen. Dabei rechnete er jeden Moment damit, das Messer in seinem Rücken zu spüren. Oder eine der sichelförmigen Klauen in seinen Eingeweiden. Seine Muskeln spannten sich in Erwartung des Schmerzes. Er wollte nicht hier sterben, nicht hier in diesem Dschungel.

Er drückte mit aller Macht gegen Rusas Maul und war froh, daß sie nicht genug Verstand besaß, um einen Schritt zurückzuweichen, was ihn völlig aus dem Gleichgewicht gebracht hätte. Alles, was seinen Kopf davor bewahrte, abgebissen zu werden, war dieser schäbige Stab. Die Muskeln seiner Arme und Schultern brannten von der Anstrengung wie Feuer.

Er verlagerte seine Kraft in den linken Arm, der weiterhin den Stab festhielt, ließ das andere Ende los und schlug Rusa mit der geballten Rechten mehrmals aufs Auge.

Er spürte, wie sie unter dem Schmerz erzitterte, und begriff erst jetzt, welchen dummen Fehler er gemacht hatte.

Bisher hatte Rusa einfach nur stumpfsinnig nach vorn gedrückt und das Messer in ihrer Hand völlig vergessen. Doch der Schmerz in ihrem Auge brachte sie dazu, den Kopf zu schütteln, und dadurch verlor Kirk das Gleichgewicht.

Der Stab rutschte aus seiner Hand, als er zur Seite geschleudert wurde und hart auf dem Rücken landete. Rusa hob den mächtigen Kopf, stieß einen Wutschrei aus, schob den Stab mit der Zunge nach vorn und zerbiß ihn in zwei Teile.

Ein Stück davon landete auf Kirks Brust, das andere bohrte sich neben ihm in einen moosbewachsenen Erdhügel. Er rollte zur Seite und griff nach seinem Phaser. Jetzt hatte er freies Schußfeld ...

Der Phaser war fort. Im Kampf verloren.

Rusa stampfte zu ihm hinüber und war jetzt so nahe, daß seine Schiffskameraden es nicht wagen würden zu schießen.

Er versuchte sich wegzurollen, doch auf der einen Seite hinderten ihn Felsen und auf der anderen der moosbedeckte Hügel.

Rusas Fuß traf seine Schulter, als sie noch einen Schritt näher kam. Ihre Nackenmuskeln strafften sich, als sie sich zu ihm hinabbeugte.

Kirk hob die Füße und traf ihre Nüstern mit den Stiefelabsätzen, was sie aber nur ein paar Zentimeter zurücktrieb. Offensichtlich war ihr Schädel von der Natur so ausgestattet, daß er unbeschadet auch die Schläge und Tritte von Beutetieren aushalten konnte, die erheblich schwerer waren als sie selbst.

Doch in der Sekunde, die Kirk mit dieser Aktion gewonnen hatte, rollte er sich zur Seite, riß das längere Stück seines Stabs aus dem Moos und rammte das zersplitterte Ende in die weiche Haut direkt unter Rusas Unterkiefer. Er spürte, wie die Haut aufplatzte und der Stab dann über Knochen kratzte.

Speichel und Blut schossen zwischen Rusas Zähnen hervor. Sie gurgelte vor Schmerz und griff nach dem Holz, das ihre Kehle durchbohrte.

Plötzlich warf sie den Kopf zurück, während gleichzeitig der Schwanz nach oben schwang, als hätte sie einen Krampf im Rückgrat. Ein Blutschwall drang aus ihrem Maul, und sie ließ den Stock los. Kirk rollte sich zur Seite, als die Krallen ihrer Füße den Boden dicht neben ihm aufwühlten. Er war zu schwach, um wegzulaufen, und deshalb kroch er auf allen vieren, so schnell es nur ging.

Mit einem Wutschrei brach Rusa zusammen, als die Beine unter ihr nachgaben. Als sie stürzte, bemerkte Kirk einen großen Blutfleck auf ihrem Rücken, und gleichzeitig sah er ein Stück hinter ihr undeutlich etwas Blaues aufschimmern.

Der Boden erzitterte, als Rusa mit ihrem ganzen Gewicht niederstürzte. Sie versuchte noch, sich mit den Armen abzustützen, doch das Gewicht ihres Kopfes war zu groß, und so schlug sie schwer auf und trieb dabei den Stab noch tiefer in ihren Schädel hinein.

Kirk sah, wie das Leben in ihren Augen erlosch.

Er richtete sich mühsam auf und sah, daß in Rusas Rücken einer ihrer improvisierten Speere steckte. Alle paar Sekunden quoll ein Blutschwall aus der Wunde. Demnach arbeitete ihr kräftiges Herz noch immer. Kirk betrachtete ihren Schädel. Eines Tages würde sie ein prächtiges Fossil abgeben.

Kirk schnappte hustend und keuchend nach Luft, während er sich auf Rusas sterbendem Körper abstützte, um sich ganz aufzurichten. Der blaue Schimmer, den er eben bemerkt hatte, tauchte neben ihm auf.

»Vielen Dank«, keuchte Kirk mit einem Blick auf Spocks blutbespritztes Hemd. »Ich dachte mir schon... Sie würden nicht zulassen... daß sie mich erwischt.«

»Gern geschehen. Wir haben das kleine Plateau erobert«, sagte Spock, der selbst nach Luft rang. Er packte Kirks Arm mit beiden Händen. »Können Sie gehen?«

»Ich habe es vor. Wir haben es geschafft, Spock – wir haben es aufgehalten.«

»Ja, Sir.« Spock schaute zu dem Plateau hinüber. Der Werfer mit seiner Rakete wirkte wie ein übergroßes Kinderspielzeug. Blanke Legierungen und dickes Plastik. Keine Farben.

Schlagartig verschwand Kirks gute Laune wieder. »Warum hat uns der Wächter dann noch nicht zurückgeholt? Wenn wir die Dinge wirklich verändert haben...«

Besorgt musterte Spock die Rakete. »Ich weiß es nicht.«

»Dann müssen wir eben auch noch den nächsten Schritt tun – den Werfer auseinandernehmen und den Sprengkopf zerstören. Schauen wir uns den Werfer mal genauer an.«

»Captain...«

»Helfen Sie mir einfach dort hinauf, Spock.«

Ein paar schmerzhafte Minuten später stand Kirk neben der grobschlächtigen Plattform mitsamt der Rakete und dem Sprengkopf, der die Geschichte verändert hätte.

Unterhalb des Plateaus zischten die Spiker und knurrten das Starfleet-Team an, das sie auf Phaserdistanz hielt. Spock und Oya überprüften den Startmechanismus, einen ziemlich primitiven Schalter, der in Augenhöhe an der Plattform angebracht war. In Augenhöhe von Dinosauroiden natürlich.

»Eine simple Orbitalrakete«, meinte Spock, der die

lange, zylindrische Rakete mit dem kritischen Blick des Wissenschaftlers musterte. »Mit einem unkomplizierten, aber effektiven Zielsuchgerät und einer...«

»Sie ist abschußbereit«, erklärte Oya. »Ich glaube, sie haben darauf gewartet, das die Wolken fortziehen. Ohne mich haben sie nicht gewußt, daß sie bei jedem Wetter gestartet werden kann.«

»Sehr gefährlich«, sagte Spock. »Ein hochempfindlicher Zünder, der sogar schon von einem heftigen Windstoß ausgelöst werden könnte.«

»Alles ist hochsensibel«, bestätigte Oya. »Wir wollten, daß sich die Rakete schnell und ohne Komplikationen abschießen läßt und dann beim ersten Kontakt mit dem Asteroiden explodiert.«

»Das Ganze jagt mir höllische Angst ein«, gestand Kirk. »Nehmen wir das Ding schleunigst auseinander.«

Spock umrundete die sechs Quadratmeter große Plattform. »Wir müssen vorsichtig sein, Captain.«

»Dann seien Sie eben vorsichtig. Aber fangen Sie endlich an.«

»Ja, Sir.«

»Captain Kirk, lassen Sie mich einen Blick darauf werfen.« Roth stand unten neben Rusas Leiche und stützte die Hände auf das Plateau. »Ich verstehe etwas von Werfern und Zündern.«

Kirk schaute auf ihn hinunter und grinste. »Keine Chance.«

Roths Gesicht blutete aus frischen Kratzern. »Selbst nachdem ich an Ihrer Seite gekämpft habe?«

»Ich mag Sie, aber ich traue Ihnen nicht. Weder Sie noch sonst jemand kommt auch nur in Spuckweite, bevor dieses Ding nicht entschärft ist.«

»Captain.« Spock stand jetzt neben der Plattform und schaute in nordöstlicher Richtung zum Himmel hinauf. »Sehen Sie.«

Kirk richtete sich auf und wurde sofort von einer neuen Schmerzwelle erwischt. Ihm war gar nicht bewußt gewesen, daß er vorgebeugt dagestanden hatte. Mühsam humpelte er zu Spock hinüber und schaute zum Himmel hinauf. »Ich sehe nichts...«

Doch dann sah er es. In dem von Hochnebel verschleierten Himmel war sehr schwach ein schimmernder Punkt zu erkennen.

»Ist er das?«

»Ja.«

Der Retter des Universums. Und ihr Tod, wenn sie sich geirrt hatten, was ihre Rückkehr betraf. Wenn der Wächter sie nicht zurückholen konnte, dann war dies der Asteroid, der sie alle in Atome zerlegen würde. Sie konnten nicht schnell genug laufen oder sich tief genug eingraben, um sich vor dem Aufprall dieses Felsbrockens zu schützen, der in den Gravitationssog der Erde geraten war.

»Wie groß, sagten Sie, ist er?« murmelte Kirk.

»15 bis 20 Kilometer«, antwortete Spock, »ausgehend von dem 250 Kilometer durchmessenden Einschlagskrater im Golf von Mexiko.«

»Stellen Sie sich vor, Sie würden 15 Kilometer weit gehen, Spock. Wie weit wäre das? Quer durch rund sechzig Sternenschiffe?«

»Ein weiter Weg, Sir.«

Kirk stieß ein beeindrucktes Grunzen aus. »Welche Masse besitzt er? Wissen wir das?«

»Nach den Informationen in meinem Tricorder wurde er auf eine Gesamtmasse von fünf Komma drei mal zehn hoch zwölf metrischen Tonnen geschätzt.«

»Und wieviel ist das in normaler Sprache?«

»Fünf Billionen Tonnen. Irgendwann um das Jahr 1990 hat jemand ausgerechnet, daß diese Masse dem Gewicht von dreiundfünfzig Millionen Flugzeugträgern entspricht.«

Kirk sah ihn an. »Mein Vater hat mir mal den atomgetriebenen Flugzeugträger *George Washington* gezeigt, der am Museumsdock von Norfolk liegt. Er hatte eine Besatzung von vier- oder fünftausend Mann, glaube ich. Dreiundfünfzig *Millionen* davon... die würden ein verdammt großes Loch reißen.«

»Der Einschlag wird die Energie von zweihundert Millionen Wasserstoffbomben freisetzen, Jim. Alle zur gleichen Zeit am selben Punkt gezündet.«

Das Ding am Himmel war nur ein sanftes Glühen, fern und irreführend. Die Macht, zweihundert Millionen Städte auszulöschen, zusammengerollt zu einer Kugel und direkt auf dem Weg zu ihnen. Kirk schüttelte den Kopf und kam sich unsagbar schwach vor.

»Es ist komisch, aber irgendwie wünsche ich mir, ich könnte die Erde vor diesem Schaden bewahren.«

Spock ersparte ihm einen Kommentar darüber, wie unlogisch dieser Wunsch war. »Er wird mehr als ein Viertel der irdischen Biomasse in Brand setzen. Erdbeben, Vulkanausbrüche... ein Tag der Gewalt, wie wir ihn niemals erleben sollten.«

»Eine mörderische Tragödie, wenn das auf einem bewohnten Planeten passieren würde.«

Im Lauf der Zeit hatten sie mehr als einen Asteroiden aus seiner Bahn geschossen, der sich einem bewohnten Planeten näherte. Doch für diesen hier machten sie den Weg frei.

Sie wollten sich gerade umwenden, als ein wütender Schrei ertönte.

»Aus dem Weg! Geht aus dem Weg!«

Etwas traf Kirk hart an der linken Schulter und schleuderte ihn zu Boden. Aus den Augenwinkeln sah er, wie Spock zur anderen Seite hin taumelte.

Roth!

Der Klingone war hinter ihnen auf das Plateau geklettert und brüllte jetzt so laut, daß der Translator nur einen Teil seiner Worte registrieren konnte.

»Geh weg!... *jIyajchu'* ... *qalehgh!* Ich sehe dich! Wir alle sehen es ... *ghobe'* ... *ghobe'* ... *vaj batlh Daqawlu jiH! Mev! Mev!*«

»Spock, halten Sie ihn auf!« Kirk rollte sich in Richtung von Roths Beinen, als der Klingone an ihm vorbeistürmte, schaffte es aber nicht, sie zu packen. »Oya, passen Sie auf!«

Noch einen Tag zuvor war sie seine Gegnerin gewesen. Heute waren sie Partner angesichts des drohenden Unheils. Roth stieß Spock beiseite, als der ihn angriff, und rannte auf den Werfer zu.

Von Panik erfaßt rappelte sich Kirk auf die Beine, doch er hatte keine Chance, den Klingonen noch einzuholen. Sein Phaser... wo war sein Phaser? Er hatte vergessen, danach zu suchen!

Oya fuhr herum und sah verwirrt zu Kirk hinüber. Dann bemerkte sie Roth, aber da war es schon zu spät. Der Klingone wich ihr aus und rannte um die Ecke der Plattform. Wenn er die Kontrollschalttafel erreichte...

Dann sah Kirk, wie sich Roth wieder von der Plattform entfernte und abermals etwas brüllte. Eine Gestalt sprang aus dem Buschwerk hervor. Der andere Klingone!

Roth stürzte mit einem mächtigen Sprung vorwärts und erwischte den anderen an den Hüften, doch Zalt war ausgeruht und kampfbereit. Er hieb Roth die geballten Fäuste in den Nacken, und der Klingone ging zu Boden.

Nur fünf Schritte, und schon stand Zalt an der Kontrollbox. Er warf Kirk einen haßerfüllten Blick zu, dann legte er den Schalthebel mit der Schulter um.

Dichte Rauchwolken schossen aus den Düsen der Rakete, als ihre Triebwerke zündeten. Die heiße

Druckwelle riß alle von den Beinen und drückte sie zu Boden.

Kirk wurde von der Helligkeit geblendet und verbarg seinen Kopf unter den Armen, während das Getöse ihn betäubte und die Hitze die ungeschützte Haut an seinen Händen verbrannte. Der Boden unter ihm erzitterte unter der Gewalt des Starts.

Mit einem Geräusch, das an Rusas Wutschrei erinnerte, hob die Rakete von der Plattform ab und zog einen Schweif aus Rauch hinter sich her.

Kirk rollte sich auf den Rücken und schirmte seine Augen mit einer Hand ab.

Die Rakete sah aus wie ein weißer Feuerball, als sie langsam auf den vorprogrammierten Kurs einschwenkte.

Kirk rappelte sich auf, humpelte zu Spock hinüber, und dann schauten die beiden Männern entgeistert zu dem in den Himmel hinaufjagenden Ding empor, das ihr Universum vernichten würde.

34

Da flog sie hin. – Was konnte sie jetzt noch aufhalten? – Gar nichts. Kein Phaser konnte sie mehr erreichen, kein Wunsch, kein Befehl.

Oya tauchte neben Spock auf und starrte fassungslos zum Himmel hinauf. Ihre Arme hingen schlaff herab, und auch ihr Schwanz war gesenkt.

Der Rauch der Triebwerke stach in Kirks Augen und brannte in seinen Lungen. Er fühlte sich völlig hilflos.

Hinter der Plattform richtete sich Zalt wieder auf. Sein Gesicht war verbrannt, der Knochenwulst blutete, aber er hatte Erfolg gehabt.

Mit einem Blick auf Kirk und Spock und einem letzten, siegesbewußten: »Hah!« verschwand er im Dschungel.

Spock setzte zur Verfolgung an, doch Kirk packte den Arm seines Ersten Offiziers und hielt ihn zurück. »Machen Sie sich nicht die Mühe.«

Die Plattform war jetzt leer, verbrannt und übersät mit den Resten der Stützvorrichtungen, die schwarz und rauchend dort lagen. Zwischen den Rauchwolken tauchte Roth auf, schwankend und das Gesicht wutverzerrt.

»Geben Sie mir eine Waffe«, verlangte er.

Kirk straffte die Schultern, sagte aber nichts.

Roth starrte ihn und Spock an und brüllte dann: »Geben Sie mir eine Waffe!«

Als niemand sich rührte und Spock ganz offensichtlich nicht bereit war, ihm seinen Phaser zu überlassen, sprang Roth vor und riß ein Messer aus Oyas Harnisch.

Kirk hatte Oya ihre Waffen zurückgegeben, als er sie am Morgen freiließ. Jetzt schien sich das als Fehler herauszustellen.

Nun besaß Roth das Messer. Er schwenkte es vor ihnen und rief: »Ich werde noch eine letzte, rein emotionale Handlung begehen!«

Er wandte sich ab, rannte am Werfer vorbei und verschwand in der gleichen Richtung im Dschungel, die auch Zalt eingeschlagen hatte.

»Es tut mir leid, Captain«, sagte Spock mit rauher Stimme. In seinen Worten schwangen Gefühle mit, deren Existenz er unter anderen Umständen geleugnet hätte. Er schaute wieder zum Himmel hinauf. Das Schicksal der Klingonen interessierte ihn nicht.

Kirk ebensowenig. Er hatte versagt. Versagt.

Das größte Versagen aller Zeiten. Plötzlich waren alle Erfolge seiner Karriere ausradiert. Nichts zählte mehr.

Mit düsterer Miene wandte er sich von Spock und Oya ab. Er drehte auch den anderen seiner Mannschaft den Rücken zu. Selbst McCoy wollte er jetzt nicht ansehen. Doch dann mußte er sich umdrehen, als weiter unten deutliche Unruhe laut wurde.

Die Spiker hatten sich in Bewegung gesetzt und stürmten jetzt an Bannon und den anderen vorbei, die nicht recht wußten, ob sie schießen sollten oder nicht. Bannon feuerte und betäubte einen der Spiker, doch die anderen verschwanden im Dschungel.

Und warum auch nicht? Ihre Mission war erfüllt. Jetzt mußten sie es nur noch schaffen, lange genug in dieser Umgebung zu überleben, bis sie einen Ort gefunden hatten, der ideal für sie war.

Kirk biß die Zähne zusammen, um nicht lauthals zu brüllen, und schaute zu dem hellen Fleck empor, der den Asteroiden zerstören würde. Die Rakete schwenkte jetzt in einen Orbit ein, wo sie warten würde, bis der Asteroid näher herankam. Wahrscheinlich würden sie den Einschlag von hier aus beobachten können.

»Verdammt«, murmelte er. »Oh, verdammt.«

Oya stand neben ihm und schaute ebenfalls nach oben. Viel mehr konnten sie alle jetzt wohl auch nicht mehr unternehmen.

»Captain«, sagte sie, »ich bin noch nie so beschämt gewesen.«

Kirk unterdrückte mühsam seine Wut und wandte sich von ihr ab. »Das sollten Sie auch sein.«

Laut Oya handelte es sich um ein ausgesprochen simples Gerät. Es würde die Erde umkreisen, bis der Asteroid nahe herankam, und dann würde der winzige Materie/Antimaterie-Behälter im Innern des Sprengkopfes den Asteroiden in Millionen harmloser Teile zerlegen. Sie würden Zeugen eines der schönsten Meteoritenschauers aller Zeiten werden, aber das wäre auch schon alles.

Oya berichtete, wie sie die ›Ewigkeitsmaschine‹ aufgefordert hatte, ihr und ihrem Team Bilder aus der Geschichte der Erde zu zeigen, und natürlich hatte er ihnen diese Bilder geliefert, weil sie ursprünglich von der Erde stammten. Sie hatten ihre Version der Tricorder benutzt, um die Bilder zu verlangsamen, und waren dann im richtigen Moment hindurchgegangen.

Kirk brodelte innerlich. So oft er das Problem auch drehte und wendete, es gab nichts, was er hätte tun können. Sie besaßen Handphaser und ein paar Energiewaffen der Ru, aber sie enthielten nicht genug Energie, um den Asteroiden zu erreichen, oder wenigstens den Deflektor, der sich in 37000 Kilometer Höhe im geosynchronen Orbit befand.

Sie würden untergehen und verschwinden, ohne eine Spur zu hinterlassen.

Spock kam näher und setzte sich neben ihm auf das verschlungene Wurzelwerk, das dem Captain als Kommandosessel diente.

»Oya sagt, der Orbiter verfügt über keinerlei Empfangsgeräte. Er wird ausschließlich über den eingebauten Kontrollcomputer gesteuert, der keine Signale von außen auffangen kann. Es besteht keine Möglichkeit, seine Programmierung von hier aus zu ändern.«

»Nicht einmal etwas so Simples wie den Wechsel der Umlaufbahn?« fragte Kirk. »Vielleicht können wir dafür sorgen, daß er sich auf der anderen Seite der Erde befindet, wenn der Asteroid kommt.«

»Selbst von der anderen Seite der Erde aus bliebe ihm genügend Zeit, um den Asteroiden zu erreichen, Sir.«

Kirk hob ein Stöckchen vom Boden auf, zerbrach es und knickte die Hälften dann noch einmal. »Es muß etwas geben, das wir tun können, Spock... etwas, woran wir jetzt nicht denken. Wenn ich nur einen klaren Kopf hätte...«

»Mein Kopf ist klar«, sagte Spock rasch, »und mir fällt nichts ein, wie wir 37000 Kilometer überbrücken könnten.«

Die Holzstücke knackten in Kirks Händen. Seine Knöchel waren angeschwollen, und der eigene Atem dröhnte ihm laut in den Ohren. 37000 Kilometer...

»Einen Moment...« Er hob den Kopf. »Haben Sie gefragt, ob sich das Ding tatsächlich im geosynchronen Orbit befindet?«

Spock blinzelte verwirrt.

»Oya! Oya, kommen Sie her!« Kirk humpelte zu der trübsinnigen Dinosauroidin, die neben der Plattform hockte. »Wie hoch über uns befindet sich der Detonator? Ist er in einem synchronen Orbit um den Äquator? 37000 Kilometer hoch?«

Oya warf einen kurzen Blick zu Spock hinüber, während sie darauf wartete, daß der Translator die Zahlen umrechnete.

»Nein... er besitzt ein kleines System von Schubdüsen. Wir wollten das Risiko eines hohen Orbits nicht eingehen. Er befindet sich nur gut 300 Kilometer über uns.«

»Teufel auch!« Kirk wirbelte zu Spock herum. »Wir können ihn praktisch von hier aus berühren!« Er wandte sich wieder an Oya. »Haben Sie irgendwelche zusätzlichen Teile mitgebracht? Als Reserven? Sie müssen doch damit gerechnet haben, daß irgend etwas schiefgeht.«

»Ja, wir haben ein primitives Reserve-Startsystem, aber es ist...«

»Spock! Suchen Sie alle Ausrüstungsteile zusammen, unsere eigenen und die der Ru, und berechnen Sie die Energie, die sich noch in unseren Phasern und den Waffen der Ru befindet. Lassen Sie alle antreten und die Reste der Plattform, die Antigravs und alles Werkzeug dort zum Hang hinüberbringen. Wir werden das verdammte Ding abschießen!«

35

Du Vieh! Wie lange willst du noch weglaufen? Komm und stell dich mir, du minderwertiges Geschöpf! Ich kann dir endlos lange folgen! Komm aus dem Gebüsch heraus! Ich werde einen Weg zurück finden, hörst du mich? Irgendwie werde ich zurückgehen und allen erzählen, was du bist! Und wenn ich als Geist zurückkommen müßte, ich werde es tun! Ich werde ihnen alles erzählen, du Feigling!«

Er hatte keine Ahnung, wie lange er schon durch das prähistorische Unterholz rannte. Seine Kehle war rauh von all den Flüchen und Beleidigungen.

Rings um ihn erhoben sich mächtige Koniferen. Sie standen schon seit Dekaden hier, und nun würden sie auch für weitere Dekaden existieren.

Nein, Kirk würde eine Möglichkeit finden. Er war diese Sorte von Mann. Irgendwo gab es eine Alternative, eine weitere Chance, und dieser Mann würde sie finden. Er würde niemals aufgeben.

Und so weigerte sich auch Roth aufzugeben und schob sich weiter durch die Büsche und brüllte seine Beleidigungen, weil er hoffte, er würde Zalt dadurch irgendwann aus seinem Versteck herauslocken.

Und immer wenn er glaubte, die Beleidigungen gingen ihm aus, fiel ihm etwas Neues ein. Es gab eine Menge über Zalt zu sagen.

Bisher hatte er Zalt verflucht, die Klingonen, die klingonischen Planeten, deren Monde, mehrere Schiffe und deren Besatzungen, noch einmal Zalt, und als er stürzte und sich den Kopf aufschlug, verfluchte er auch noch den Felsen.

Sobald er sich wieder aufgerappelt hatte, bedeckt von Pflanzensporen, nasser Erde und der Hinterlassenschaft eines Tieres – eines großen Tieres –, stolperte er weiter und auf eine Fläche hinaus, wo der Erdboden fortgespült und nur blanker Fels zurückgeblieben war. Es gab viele solcher Stellen in den Bergen, die noch im Entstehen begriffen waren. Er erinnerte sich, wie Kirk und der Vulkanier von Kontinentalplatten und Bruchgräben gesprochen hatten, doch damals hatte ihn das nicht interessiert.

»Du stinkst wie ein ganzer Stall.«

Roth fuhr herum. Zalt stand ein paar Schritte entfernt, das Gesicht vor Wut gerötet.

Roth ging auf seinen Commander zu, seinen Führer und Folterer. »Ich schäme mich, ein Klingone zu sein, und bevor ich sterbe, will ich wenigstens noch eine würdige Tat vollbringen. Ich werde dich töten.«

Zalt grinste. »Du willst mich mit dem kleinen Messer umbringen?«

»Du verkörperst genau jene Haltung, die uns ruiniert hat«, sagte Roth. »Du weigerst dich, über das nachzudenken, was du siehst, und du weigerst dich, über deine Absichten nachzudenken. Wenn du töten willst, dann tötest du. Wenn du etwas haben willst, das einem anderen gehört, nimmst du es dir. Wenn dir jemand im Weg steht, versklavt oder tötest du ihn. Und so sind wir alle! Ich habe keinen Grund, mich wegen der Vulkanier zu schämen. Ich schäme mich wegen *dir*!«

Er schleuderte das Messer beiseite und hörte er klappend aufprallen.

Zalt verschwendete keinen Blick an das Messer. Das Grinsen verschwand aus seinem Gesicht. »Diese Menschen... sie sind viel schlimmere Feinde, als es die *romuluSngan* jemals waren. All diese Friedenstauben, die behaupten, sie wollten nicht kämpfen, aber in ihrem eigenen ›Universum‹ haben sie die Klingonen in ihrem eigenen Raumgebiet eingekerkert.«

»Wo sie herkommen, leben alle besser, weil Männer wie Kirk dafür sorgen, daß sie sich benehmen.«

»Und du willst tun, was *er* sagt? Aber ich bin gar nicht überrascht, Roth. Du bist nur wütend, weil du als schlechter Klingone sterben wirst.«

Roth stürmte nicht vorwärts, sondern ging zu Zalt hinüber und packte ihn so sanft am Kragen, daß Zalt gar nicht daran dachte, sich zu wehren.

»Wir sind alle schlechte Klingonen«, sagte Roth. »Töten, fressen und gefressen werden. Also geh. Geh zu deinesgleichen.«

Mit einer plötzlichen, unerwarteten Kraftanstrengung stieß er Zalt zur Seite und drückte immer weiter. Als Zalt erkannte, daß der Kampf begonnen hatte, war es schon zu spät.

Roth preßte eine Hand gegen Zalts Kopf, drückte kräftig und brachte den Gegner so völlig aus dem Gleichgewicht. Zalt kippte zur Seite und rutschte und rollte die Böschung hinunter.

Am Fuß der Böschung landete er weich in einem Busch pollentragender Weidenkätzchen. Schmutzig und von Blutergüssen bedeckt rappelte er sich hoch und starrte zu Roth hinauf, der ihn beobachtete, ohne eine Miene zu verziehen.

Zalt riß wütend die geballten Fäuste hoch, doch Bewegungen rings um ihn lenkten ihn ab. Er drehte sich um.

Offene Mäuler mit scharfen Zahnreihen bleckten ihn an. Fünf... sieben... zehn gelbe Augenpaare richteten sich auf ihn. Langgestreckte Körper beugten sich zum Angriff. Scharfe Klauen kratzten über den Fels.

Als das Gemetzel begann, hörte er eine letzte Beleidigung von Roth, die seinen eigenen Todesschrei übertönte.

»Jetzt bist du das Opfer!«

Das Raumschiff war primitiv. Nein, eher noch schlimmer.

Es war im Grunde kaum mehr als eine schwarze, sechs Quadratmeter große Blechkiste, eine Metallhütte, zusammengebastelt aus einem der Lastschlitten, die die Spiker geschleppt hatten, und ausgestattet mit acht Antigravs, die sie daran festgebunden, festgeklebt oder festgeschweißt hatten. Im Innern befanden sich vier Starfleet-Tricorder, die die Daten aufnahmen, die von den vier außen angebrachten Clan-Tricordern übertragen wurden. Es gab sogar zwei lange, schmale ›Fenster‹ aus transparentem Flex-Aluminium, das Oyas Team in Form von Rollen mitgebracht hatte.

Die Waffen hatten die für den Start nötige Energie geliefert, die Antigravs würden sie in 300 Kilometer Höhe bringen, und die Schubdüsen sollten sie an Ort und Stelle halten, während sie darauf warteten, daß der Detonator sich auf seiner Bahn um die Erde näherte. Und dann würde ein einziger Phaser ausreichen.

Und während sie den alten Werfer auseinandernahmen und Teile zusammenfügten, die nicht zusammengehörten, wurde der Schimmer am Himmel heller und heller. Während der Nacht war er infolge der Erddrehung verschwunden und am Morgen wieder aufgetaucht, jetzt viel näher als zuvor.

Neunundzwanzig Stunden später war das Ding am Himmel größer als der Mond. Es raste mit einer Geschwindigkeit von 80 000 Kilometer pro Stunde auf die Erde zu. Wenn es traf – falls es traf – würde es sich 100 Kilometer tief in die Erdkruste bohren.

Merkwürdig... hier zu sitzen und sich mit aller Macht zu wünschen, daß es aufschlug.

Als Spock das sonderbare Gebilde umrundete, das sie zusammengebastelt hatten, beobachtete Kirk ihn und versuchte, anhand der Miene des Vulkaniers ihre Chancen abzuschätzen.

Nun, vielleicht war das doch keine so gute Idee.

Sie hatten ihn nicht viel mithelfen lassen, und sein Zustand war so schlecht, daß er deswegen auch nicht widersprochen hatte. Sie arbeiteten schnell, doch das minderte seine Frustration nicht. Er war ihr Captain und sollte Seite an Seite mit ihnen arbeiten.

Oya unterbrach seine quälerischen Gedanken, als sie zu ihm kam und sich neben ihm niederließ wie ein zu groß geratenes Huhn in seinem Nest.

»Wir sind fast fertig«, sagte sie. »Wir haben den Werfer mit mehreren Phasern und allen Spiker-Pistolen aufgeladen. Nachdem der Werfer den ersten Schub geliefert hat, werden die Antigravs die Kiste nach oben bringen. Dann übernehmen die kombinierten Düsen und Antigravs die Steuerung. Zuerst dachten wir, es würde nicht funktionieren, aber dann hat sich Mr. Spock eine Methode ausgedacht, um sie zu kombinieren. Die Tricorder an der Außenseite dienen als Sensoren und Zielvorrichtung und können von innen abgelesen werden. Es gibt keine Navigationsgeräte, aber wir haben acht Antigravs, und Sie sind zu siebt. Mr. Spock wird zwei übernehmen, aber Sie werden trotzdem alle Hände voll zu tun haben, die Plattform unter Kontrolle zu halten. Es tut mir leid, daß es keine Möglichkeit gibt, Ihre Mannschaft in Sicherheit zu bringen. Selbst wenn es Ihnen gelingt, den Deflektor abzuschießen, werden Sie nicht mehr zurückkehren können oder weich landen, falls Sie doch irgendwie herunterkommen.«

»Ob auf der Erde oder im Orbit«, sagte Kirk, »ich

glaube nicht, daß das einen großen Unterschied macht. Ich könnte Ihre Maschine den Asteroiden vernichten lassen und dann mit meinen Leuten hier unten weiterleben, wenn auch unter harten Bedingungen, oder wir gehen dort hinauf und sterben wahrscheinlich, aber ich werde nicht wegen unserer Handvoll Leben auf diese Chance verzichten. Das würde allem widersprechen, weswegen wir uns Starfleet angeschlossen haben.«

»Sie sind ein tapferer Mann.«

»Ich bin ein verzweifelter Mann. Das ist oft das gleiche. Außerdem waren ja auch Sie bereit, Ihr Leben zu opfern, als Sie glaubten, es würde Ihrem Volk nutzen. Sie haben sich nur geirrt.«

»Gewaltig geirrt.« Sie senkte den Kopf mit den überraschend menschlichen Augen.

»Wieviel Luft haben wir in dem Ding?«

»Vielleicht für zwei bis drei Stunden ...«

»Haben Sie eben gesagt, ›wir sind zu siebt‹? Kommen Sie nicht mit uns?«

Sie wandte ihm den großen Schädel zu und wirkte dabei sehr zivilisiert. »Ich kann nicht. Dort ist nicht genug Platz für mich.«

»Wir werden Platz schaffen.«

»Nein, Captain. Bei meinem Volk ist das schon eine alte Geschichte. Wir haben die falschen Körper für die Weltraumfahrt. Kleine Schiffe, niedrige Korridore, enge Wartungsschächte – das alles ist sehr schwierig für uns. Von denen, die die Weltraumfahrt als Beruf erwählt haben, haben sich viele die Schwänze amputieren lassen, damit sie humanoider wirken. Davon abgesehen ist es so, wie Sie gesagt haben – ob auf der Erde oder im Orbit, morgen spielt das keine Rolle mehr.«

Kirk verstummte voller Mitgefühl. Er konnte nicht leugnen, daß es Gründe gab, weshalb manche Rassen erfolgreicher Raumfahrt betrieben als andere.

»Wenn Sie mit uns zurückkommen«, sagte er, »vorausgesetzt, wir schaffen es, zurückzukehren, dann könnten Sie mit Ihrem Volk reden. Erklären Sie Ihnen all das hier. Zeigen Sie Ihnen, was unsere Tricorder aufgezeichnet haben...«

»Ich bin Wissenschaftlerin«, erklärte sie. »Ich gehöre zur untersten Kaste. Sie würden mir nicht glauben.«

»Weshalb sind Sie Wissenschaftlerin geworden?«

»Ich wurde bei der Ausbildung zur Spiker-Führerin verletzt. Während ich mich erholte, entdeckte ich, daß mir Lesen und Lernen Vergnügen bereiten. Plötzlich gab es für mich nichts anderes mehr, als meinen echten Interessen zu folgen. Außerdem war das die einzige Möglichkeit, um überhaupt noch von irgendeinem Nutzen zu sein... ich habe ein verkrüppeltes Bein.«

Sie erhob sich halb, um ihm das verkrümmte Bein zu zeigen.

»Genau wie ich«, meinte Kirk.

Beide waren sie im Moment eher nutzlos. Spock verstand mehr von Triebwerken als Oya, und sobald sie ihm die Funktionsweise des Werfers erläutert hatte, konnte sie kaum noch helfen, abgesehen vom Festziehen der Bolzen und dem Entleeren der Phaser.

Oyas Maul stieß gegen seinen Arm, und er zuckte zusammen.

»Tut mir leid«, sagte er. »Habe ich Sie gestoßen?«

»Nein«, erwiderte sie. »Ich wollte Sie... nur riechen.«

»Mich riechen? Wozu?«

»Sie riechen *gut* für uns.« Lächelte Sie? Ihre Augen mit Sicherheit.

Ein Schauer überlief ihn. Er verstand, was sie meinte. ›Gut‹ nicht im Sinn von angenehm, sondern gut in der Bedeutung von *schmackhaft*.

Plötzlich empfand er Mitgefühl für ihr Volk. Säugetiere rochen für die Ru vermutlich wie eine warme Mahlzeit. Er versuchte sich vorzustellen, wie Menschen mit Wesen umgehen würden, die wie frischgebackenes Brot rochen.

Wie mochte es sein, ständig vom Instinkt beherrscht zu werden? Es gab Dinge, die verlangte die Natur einfach – immerhin hatte sie Millionen von Jahren darauf hingearbeitet, daß Männer von Frauen angezogen wurden, daß Frauen ihre Babys liebten – und daß manche Tiere ständig Hunger auf andere hatten.

Er rückte etwas zur Seite und wünschte, er könnte Duschen und würde dann nach Seife riechen.

Der helle Fleck am Himmel schien in der letzten Stunde noch größer geworden zu sein.

»Machen Sie schon, Spock«, murmelte er. »Wie lange soll das denn noch dauern?« Er schaute wieder nach oben. »Ich muß den Weg für dreiundfünfzig Millionen Flugzeugträger freimachen...«

36

Er ist tot.« – »Sind Sie diesmal sicher?« – »Ich habe keinen Beweis, aber achten Sie auf die Zufriedenheit in meinen Augen, Captain. Sie haben ihn zerfetzt und aufgefressen, und genau das hat der Klingone auch verdient.«

Kirk betrachtete Roth forschend. Der Mann wirkte ausgesprochen zufrieden. Außerdem hatte er Zalt als den ›Klingonen‹ bezeichnet. Irgend etwas hatte sich also wohl verändert.

»Wir sind startbereit«, sagte Kirk. »Wir werden uns zwischen den Asteroiden und die Rakete stellen und den Sprengkopf zerstören.«

»Riskant«, meinte Roth. »Das gefällt mir.« Er warf einen Blick auf die Blechkiste. »Und wir sollen alle dort hinein?«

»Alle außer Oya. Sie bleibt hier.«

»Sie bleibt hier ... Und was wird aus diesem wilden Land, wenn der Asteroid aufschlägt?«

Kirk schaute zum Plateau hinüber, wo Oya zusammen mit Spock und den anderen arbeitete. »Besonders angenehm wird es nicht werden«, gab er zu.

»Dann haben Sie also mit dem Vulkanier darüber gesprochen. Und er hat Ihnen erzählt, was so ein Felsbrocken anrichtet.«

»Ja. Die Zahlen sind unvorstellbar.«

»Der Aufschlag selbst wird auch einiges durchschütteln, denke ich.« Roth zeigte den zufriedenen Fatalismus eines zum Tode Verurteilten, der es trotzdem noch geschafft hat, seinen größten Rivalen vorher in den Tod zu schicken. »Wie wollen Sie das Ding antreiben?«

»Wir haben die meisten Phaser und alle Ru-Waffen entleert, um die Startenergie zu erhalten. Danach übernehmen dann die Antigravs die Arbeit. Die Phaser von Spock und Fähnrich Emmendorf funktionieren noch«, fügte Kirk hinzu, »nur für den Fall, daß Sie auf komische Ideen kommen.«

»Ich habe keine Ideen«, schmunzelte Roth. »Ich glaube, was Sie... Captain!«

Kirk versuchte auszuweichen, doch Roth war schneller. Er rammte Kirk und schleuderte ihn zu Boden.

Kirk überschlug sich einmal und stemmte sich dann halb wieder hoch, gerade noch rechtzeitig, um zu sehen, wie Roth einen der Troodonten angriff. Das Tier war wie aus dem Nichts gekommen, hatte nicht ein einziges Blatt bewegt, und jetzt wimmelte es plötzlich überall von seinen Artgenossen.

Roth landete rückwärts auf dem Boden und drückte die Zähne des kleinen, schnellen Räubers von sich weg. Gleichzeitig trat er um sich, um die scharfen Klauen der Hinterbeine von sich fernzuhalten.

»Spock, es gibt Ärger!« Kirk rappelte sich auf und griff den Troodonten an. Er, das Tier und Roth umschlangen sich wie Tänzer, während sie den sanften Abhang hinabrollten und schließlich vom Stamm einer Palme aufgehalten wurden. Kirk umschlang den Hals des Tieres von hinten und zerrte es von Roth fort. Der Schwanz schlug wuchtig gegen seine Beine, doch Kirk wagte es nicht, das Raubtier loszulassen.

Sein Griff lockerte sich, als der Troodont den Kopf heftig hin und her warf, doch im letzten Moment tauchte Roth auf, legte seine großen Hände um das Maul des Tieres und drückte den Kopf nach hinten.

Das Tier kreischte auf, doch Roth drückte immer weiter und preßte dadurch Kirks Schulter gegen den Stamm der Palme. Schließlich brach das Genick des Troodonten mit deutlich hörbarem Krachen, und der Körper erschlaffte. Kirk stieß es von sich und sprang auf. »Spock! Schießen Sie!«

Weiter oben erklangen mehrere Phaserschüsse. Kirk kletterte mühselig die Böschung wieder hinauf, während Roth von hinten nachschob.

Sein alter Freund war wieder da. Der zernarbte Troodont mit dem verkrüppelten Arm gab wieder seine Befehle. Erste Gruppe zum Angriff. Zweite Gruppe sichert die Flügel.

Kirk hielt inne, um zu dem Anführer hinüberzusehen. Wie lange verfolgte sie dieses clevere Tier jetzt schon? Hartnäckigkeit – auch ein Zeichen von Intelligenz.

Spocks Phaser zischte und erledigte zwei der Angreifer, und auch Emmendorf erschoß eines der Tiere, bevor er von hinten angegriffen und umgerissen wurde. Doch ehe dieser Troodont ihm den Rücken aufschlitzen konnte, griff Bannon ihn mit bloßen Händen an und stieß ihn zur Seite. Die Kräfte beider Männer waren nötig, um die Bestie bewußtlos zu schlagen. Emmendorf kam blutbedeckt wieder hoch und schaute sich nach weiteren Angreifern um.

Sie waren überall.

»Alles in das Fahrzeug!« rief Kirk. »Wir verschwinden!«

»Ich bleibe hier, Sir!« rief Bannon und schwang ein Metallrohr. »Ich wehre sie ab.«

Kirk erkannte, das Bannon recht hatte. Die Troodonten stürmten vor und opferten dabei einige aus ihren Reihen, um den Gegner zu schwächen, damit die zweite und dritte Welle sie überwältigen konnte.

Rings um sie warteten Dutzende der gelbäugigen Jäger ungeduldig auf den Angriffsbefehl.

Plötzlich stieß Roth Bannon in Richtung der Blechkiste und riß ihm dabei die Metallstange aus der Hand. »Gehen Sie!« rief er. »Ich werde bleiben!«

Mit offenem Mund starrte Bannon erst seine leere Hand und dann Roth an.

Roth stieß ihn noch einmal heftig auf die Metallkiste zu und fuhr dann zu Kirk und Spock herum, die eine Gruppe von Troodonten abwehrten, während die anderen der Mannschaft zum Fahrzeug eilten.

»Geben Sie mir einen Phaser! Ich werde sie zurückhalten!« Als Roth ihr Zögern sah, rief er: »«Kirk! Ich war bereit, mein Leben zu riskieren, damit mein Volk einen Tag länger überleben konnte! Jetzt tue ich das gleiche für Sie! Geben Sie mir einen Phaser! Lassen Sie mich der letzte Speer sein!« Er trat einem sich nähernden Troodonten gegen die Nase und winkte Kirk zu. »Ich bleibe und rette Sie«, sagte er. »Sie gehen und retten uns alle.«

Kirk spürte die Aufrichtigkeit hinter diesen Worten.

»Spock«, sagte er, »geben Sie ihm einen Phaser. Roth, Sie wissen, was mit den Antigravs ...«

»Ich werde mich um alles kümmern!«

Von der anderen Seite erklang eine ähnliche Versicherung aus Oyas Translator. »Wir erledigen das, Captain«, sagte sie. »Gehen Sie. Und retten Sie uns alle.«

Emmendorf schoß wieder, erwischte zwei der Troodonten und ermutigte dadurch irgendwie die anderen, aus den Büschen hervorzukommen.

Kirk warf noch einen raschen Blick auf Roth und Oya.

»Alle Mann an Bord!«

»Zündung, Sir.«

Kirk klammerte sich an die Ruhe in Spocks Stimme, als die Blechkiste zu schwanken begann.

Durch das zwölf Zentimeter hohe und dreißig Zentimeter lange ›Fenster‹ vor ihm konnte er Roth sehen, der zwei Troodonten gleichzeitig abwehrte, während Oya um das Vehikel herumlief und die Antigravs manuell auslöste.

Die Troodonten wirkten verwirrt, wahrscheinlich, weil sie es sonst nicht mit Humanoiden zu tun hatten und nicht wußten, wie sie sie angreifen sollten. Viele der Jäger, die Roth abwehrte, griffen daraufhin Oya an, deren Gestalt ihnen vertrauter erscheinen mußte.

»Jeder bleibt an seinen Platz«, sagte er. »Wir müssen das Gleichgewicht halten, während wir abheben.«

Das quadratische Fahrzeug erzitterte unter ihnen. Phaser- und Pistolenenergie waren in den Startmechanismus umgeleitet worden, und plötzlich hob sich die Plattform schwankend in die Luft.

Das letzte, was Kirk von der Planetenoberfläche sah, war die Spitze von Roths Kopf. Dann kam der Dschungel, dann die Berge.

Sie verfügten nicht über eine Gravitationskompensation, und als das Fahrzeug beschleunigte, spürte Kirk, wie sein Körper schwerer wurde und hart gegen einen der Wandsitze drückte, die sie schnell zusammengebastelt hatten. Er hörte die anderen unter der Belastung stöhnen und wünschte, er könnte ihnen helfen.

An der Wand rechts von ihm hatte Spock einen Tricorder so angebracht, daß er ihn im Auge behalten konnte, und an der Wand gegenüber befand sich der medizinische Tricorder, den Bannon und Vernon beobachteten. Direkt vor Kirk befand sich der dritte Tricorder, und der vierte hing an der gegenüberliegenden Wand, wo Reenie und Emmendorf ihre Antigravs bedienten. Jeder war mit einem der vier Clan-Tricorder verbunden, die an der Außenseite angebracht waren und als Sensoren dienten.

Gemessen an dem schnellen Zusammenbau war das gar kein übles kleines Raumschiff. Einfach, aber funktionsfähig. So weit, so gut.

»Antigravs übernehmen den weiteren Aufstieg«, meldete Spock. »Einhundert Meter... einhundertfünfzig... zweihundert... Ausgleichsdüsen erschöpft... Antriebsenergie stabil.«

»Jeder bleibt an seinem Platz. Wir müssen das Gleichgewicht halten«, sagte Kirk. »Mr. Spock und ich übernehmen die Steuerung der Düsen.«

»Jim, wie willst du den Sprengkopf denn finden?« fragte McCoy.

»Oya hat uns die Orbitdaten gegeben. Wir müssen zwischen den Sprengkopf und den Asteroiden kommen, wenn sie aufeinander zufliegen.«

»Das schaffen wir, Sir«, trompetete Emmendorf.

»Jawohl, Sir«, pflichtete Reenie bei.

Die Erde unter ihnen fiel weiter zurück. Ein schöner, wilder Planet voller Leben. Als sie an Höhe gewannen, konnte Kirk ganze Herden verschiedener Dinosaurier sehen. Einige davon kannte er – Torosaurier, Alamosaurier, primitive Wesen ohne Verstand, nur ihrem Instinkt gehorchend.

Der Druck des eigenen Gewichtes ließ nach, als sie die höheren Teile der Atmosphäre durchflogen und sich dem Bereich der Schwerelosigkeit näherten.

Eine Wolke zog vorbei, und dann enthüllte sich eine bizarre Landschaft unter ihnen, tiefes Grün, gesprenkelt von braunen Flecken und anderen Grüntönen.

»Automatische Kartographierung«, befahl Kirk.

Der Planet wirkte jetzt fremd. Die Kontinente schienen völlig falsch und teilweise von Meeren überflutet. Wenn er genau hinsah und seine Phantasie bemühte, konnte er Nordamerika erkennen, wenn auch kleiner, als er es gewohnt war, und mit Küsten an den falschen Stellen.

»Sprengkopf aufgespürt, Captain«, meldete Spock. »Er hat den Kurs geringfügig geändert. Ich justiere die Zielvorrichtung entsprechend.«

»Abfangkurs.«

»Captain...«, begann Reenie.

Verärgert drehte sich Kirk um.

Das Mädchen hatte die Wange gegen das Fenster gedrückt und starrte ins All hinaus.

»Ich kann ihn sehen«, sagte sie mit erstickter Stimme. »O mein Gott, ich kann ihn sehen...«

Sie meinte nicht den Sprengkopf – der kam aus der anderen Richtung.

»Fähnrich«, sagte Kirk scharf. »Bleiben Sie auf Ihrem Posten. Mr. Spock, bringen Sie uns in Feuerposition. Ich will nicht zu spät beidrehen.«

»Aye, Sir. Beidrehen.«

»Kurs?«

»Kurs Südsüdwest. Wir sind etwas früher gestartet, als ich berechnet hatte. Ich versuche, einen geostationären Orbit zu erreichen, um dort zu warten, bis sich der Sprengkopf nähert.

»Das hilft uns nicht weiter, wenn er seinen Orbit verläßt, um den Asteroiden abzufangen. Opfern Sie so viel Energie wie nötig, um zwischen die beiden zu kommen.«

»Bestätigt. Natürlich opfern wir damit auch jede Chance auf eine sichere Landung«, fügte Spock leise hinzu.

Kirk sah ihn an. »Das spielt keine Rolle, Mr. Spock.«

Spock erwiderte den Blick. »Verstanden, Sir.«

»Phaser feuerbereit machen.«

»Phaser sind feuerbereit.«

Die Abfolge von Befehl und Bestätigung wirkte beruhigend. Die militärischen Wiederholungen hatten ihren Sinn – sie machten die Leute ruhiger. Einen Schritt nach dem anderen. So wurde jeder Schritt zu einem Sieg. Gewohnheiten verdrängten die Angst, und die Vorschriften übernahmen ihren Platz. Unzählige Männer hatten auf diese Weise zahllose Schlachten durchgestanden, und es würde ihnen auch bei dieser letzten Aufgabe helfen.

Als sie die unteren Schichten der Atmosphäre verließen, blieb auch die tropische Hitze hinter ihnen zurück, und Kirk spürte den unangenehm klammen Schweiß, während er gleichzeitig völlig gewichtslos wurde. Seine Hände umklammerten die primitiven Kontrollen. Eisige Kälte drang durch die Wände, und ihr Atem schlug sich als deutlich sichtbare Wolken nieder.

»Captain, ich habe den Sprengkopf auf dem Schirm.« Reenie hielt ihre Nase dicht vor die winzigen Anzeigen. »Es sei denn, es ist einer von diesen vierzig-Fuß-Pterosauriern...«

»Negativ«, sagte Spock. »Sprengkopf bestätigt. Er verläßt den Orbit und nimmt Kurs auf den Asteroiden. Kommt in Phaserreichweite...«

»Ich will in Kernschußweite kommen, Spock. Wir werden keine zweite Chance haben. Der Sprengkopf bewegt sich schneller als wir. Wenn wir ihn verfehlen, können wir ihn nicht mehr einholen.«

Er behielt eine Hand an den Kontrollen und versuchte mit der anderen, den Tricorder zu justieren, dessen Schirm Störungen zeigte. Er war mit den Ru-Tricordern im Grunde inkompatibel. Er wünschte, sie hätten einen ihrer eigenen Tricorder draußen angebracht. Jetzt war es zu spät.

»Ich bekomme jetzt die Daten des Asteroiden, Captain«, meldete Spock, den Blick fest auf den Tricorderschirm gerichtet. »Durchmesser ist etwas größer, als wir vermutet hatten... dafür ist die Dichte geringer. Gegenwärtiger Kurs führt zum berechneten Einschlagspunkt im Golf von Mexiko. Die Geschwindigkeit beträgt... 76 000 Kilometer pro Stunde, nimmt unter dem Einfluß der Erdgravitation stetig zu.«

»Captain!« rief Bannon. »Der Sprengkopf... ich glaube, ich empfange die Daten! Er kommt aus Westen – verläßt den Orbit!«

»Kurs halten, Mr. Bannon«, sagte Kirk. »Mr. Spock, können Sie uns genau auf das Ding ausrichten?«

»Wird ausgerichtet«, erwiderte Spock. »Phaser auf Ziel gerichtet.«

»Alle den Kurs halten. Ich übernehme den Abschuß.«

Er bemühte sich, seinen eigenen Rat zu befolgen und die Augen auf den Tricorder zu richten, der den Sprengkopf als winzigen Leuchtpunkt darstellte.

»Empfange jetzt bessere Daten über den Asteroiden, Sir«, meldete Reenie.

»Bestätigt«, sagte Spock. »Der Asteroid ist ein typischer Bolide... ein unregelmäßiger Sphäroid mit mehreren Bruchkanten. Zusammensetzung... hauptsächlich Eisen, Nickel, Iridium... Kohlenstoff... Eis... die übliche Mischung. Dichte... etwa sechsundzwanzigtausend Kilogramm pro Kubikmeter.«

Typisch. Üblich. Die Worte dröhnten in Kirks Schädel. Ein ganz durchschnittlicher Felsbrocken war zum entscheidenden Punkt in der Evolution geworden.

»Detonator bei hundert Kilometern und näher kommend«, meldete Spock. »Neunzig... achtzig... siebzig... sechzig... fünfzig...«

»Feuere Phaser ab.«

Mit zusammengekniffenen Augen legte Kirk den Daumen auf den Auslöser, der mit den außen am Fahrzeug angebrachten Phasern verbunden war. Ein Handphaser war eine mächtige Waffe, ein energiegeladener Mikroreaktor, der eine halbe Stadt niederreißen konnte. Allein die Ausbildung am Handphaser, die jeder hinter sich bringen mußte, der eine Starfleet-Uniform tragen wollte, dauerte ein ganze Jahr.

Er schaute vom Tricorder hoch und warf einen Blick durch das winzige Fenster. Dann drückte er auf den Knopf.

Ein dünner Faden aus Phaserfeuer löste sich von ihrem Fahrzeug und zog sich durch die äußeren Ränder der Erdatmosphäre, eine rote Linie, die die weiße Lufthülle von der Schwärze des Alls trennte.

»Leichte Thermaldrift«, sagte Spock.

»Kompensieren. Halte Feuer aufrecht.«

»Wird kompensiert.«

Kirk hielt den Daumen fest auf den Knopf gedrückt und dachte bereits über Alternativen nach, falls er das Ziel verfehlen sollte. Irgend etwas mußte noch möglich sein...«

»Da geht er hoch!« rief Bannon.

Die Linie zwischen Erde und Weltraum explodierte plötzlich in einer Wolke aus gelbem Licht und silbernem Rauch. Kirk erkannte die chemische Reaktion wieder und fühlte sich augenblicklich seiner eigenen Zeit enger verbunden. Hinter ihm brach die Mannschaft in Jubel aus.

Kirk preßte sich gegen die Wand und starrte durch das Fenster auf die Gaswolke, die am Rand der Atmosphäre entlangjagte und einen langen, blauen Schweif hinter sich her zog.

Merkwürdig, wie winzig so eine Explosion vor dem Hintergrund der Erde und den Tiefen des Raums dahinter wirkte. Ein paar Sekunden später, und diese Explosion hätte den Asteroiden zersplittert und die Zukunft zerstört.

»Sprengkopf ist vernichtet, Captain«, meldete Spock.

Jetzt, da die Anspannung nachließ, begannen Kirks Hände zu zittern.

»Jim... Jim!« McCoy hatte sich auf seiner Sitzbank umgedreht und sah ihn an.

»Was ist?«

»Das war es doch, oder? Das war doch das Ding, das die Geschichte verändert hat?«

»Ja, natürlich.«

Mit bleichen Wangen und weit aufgerissenen Augen drehte sich McCoy noch weiter zu ihm und streckte fragend eine Hand aus.

»Warum sind wir dann noch hier?«

37

Vom Captain wurde erwartet, daß er alle Antworten kannte.

Jim Kirk schaute den Doktor an, sich seines Schweigens schmerzlich bewußt. Und schließlich wandte er sich, wie immer, nach links.

»Spock?«

Der Vulkanier blickte die beiden anderen Männer besorgt an.

»Ich weiß es nicht«, sagte er nachdenklich. »Wir sollten zum Tor des Wächters zurückgebracht werden, sobald der Fehler im Fluß der Zeit behoben ist. Der Deflektor ist zerstört... Der Asteroid *muß* jetzt die Erde treffen. Logischerweise sollte der Zeitfluß nun wieder hergestellt sein.«

Er verstummte, und die Sekunden verstrichen.

Sie waren noch immer hier.

»Könnte es sein«, meinte McCoy, »daß wir zu tief in der Vergangenheit sind? Vielleicht wird der Wächter mit so großen Zeitspannen nicht mehr fertig. Vielleicht kann er uns einfach nicht finden!«

Auf der anderen Seite der Kabine wimmerte Vernon: »O Gott...«

Kirk zog die Augenbrauen zusammen. »Dann geben wir ihm eben die Zeit, uns zu finden.«

»Machst du Witze?« fragte McCoy und zeigte auf das Fenster. »Hast du dir mal die Größe des Felsen angesehen?«

»Das reicht jetzt, Doktor.« Kirk packte die Kontrollen und unterdrückte die Schwäche seines Körpers. Er mußte jetzt seine letzten Reserven mobilisieren. Nur noch ein paar Minuten, mehr brauchte er nicht.

»Spock, wo sind wir am sichersten, wenn das Ding einschlägt?«

»Der sicherste Platz wäre auf der dem Einschlagspunkt gegenüberliegenden Seite der Erde, zumindest für einige Stunden, bis die Schockwelle den Planeten umrundet...«

»Dort kommen wir nicht mehr rechtzeitig hin. Welches ist der zweitsicherste Platz?«

»Der zweitsicherste Ort ist innerhalb des Auswurfkreises, neben dem Asteroiden während des Einschlags, jedoch nicht direkt darüber.«

»Erklären Sie das.«

Spock drehte sich zu ihm.

»Wenn eine Murmel in einen Teich geworfen wird, erfolgen zwei direkte Reaktionen. Die eine ist ein kronenförmiger Wasserring, der nach oben und gleichzeitig nach außen geschleudert wird, und die andere ist eine Wassersäule, die genau in die Richtung aufsteigt, aus der die Murmel gekommen ist. Zwischen diesen beiden Reaktionen befindet sich ein Bereich relativer Ruhe.«

»Wie das Auge eines Hurrikans.«

»Genau.«

»Dann ist das der Ort, den wir aufsuchen sollten.«

Bannon starrte sie mit weit aufgerissenen Augen an. »Ich will dort nicht hin.«

»Wir gehen aber dorthin«, zischte Kirk, und alle wandten sich wieder ihrer Arbeit zu. »Spock, berechnen Sie die Flugbahn. Ich brauche einen Kurs. Dr. McCoy, die atmosphärischen Turbulenzen aufzeichnen. Miss Reenie, verfolgen Sie den Asteroiden und die Aufprallsplitter.«

»Den Auswurf, Sir«, sagte Spock.

»Sie nennen es, wie Sie wollen; ich nenne es, wie ich will.«

»Ja, Sir.«

»Mr. Bannon, Sie zeichnen die geophysischen...«

»Warum?« Bannon zitterte wie Espenlaub. »Wozu soll das jetzt noch gut sein?«

»Weil wir Forscher und Wissenschaftler sind. Menschen sind für weitaus Geringeres gestorben als das, was wir jetzt sehen werden. Wir erfüllen unsere Aufgaben bis zur letzten Sekunde. Haben Sie das verstanden?«

McCoys Mund verzog sich zu einem traurigen Grinsen. Die Sicherheitsleute tauschten einen Blick, und Emmendorf hob den Daumen.

Auch Spock beobachtete ihn.

Bannons Miene verlor den panischen Ausdruck. Irgendwie faßte der junge Mann beim Anblick seines Captains neuen Mut. »Aye, aye, Sir«, sagte er mit brüchiger Stimme.

Wie Überlebende in einem Rettungsboot konzentrierten sie sich darauf, die nächste Minute zu überstehen, und dann die Minute danach.

»Jim.« Spocks Gesicht wurde von Schatten verdüstert. »Er kommt.«

Er beobachtete jetzt nicht mehr seinen Tricorder, sondern schaute aus dem Fenster des kleinen Raumschiffs, das sich abmühte, seinen Platz hoch über dem Golf von Mexiko zu bewahren.

Kirk spürte einen plötzlichen Druck auf der Brust. Auch er mußte jetzt unbedingt diesen schicksalhaften Felsen mit eigenen Augen sehen.

Von der Oberfläche des Planeten aus gesehen, hatte der Asteroid wie eine glühende Kugel gewirkt. Und so würden ihn auch Roth und Oya jetzt wahrnehmen, falls sie noch am Leben waren.

Hier jedoch, oberhalb der Atmosphäre, war er nur

ein gewöhnlicher Fels, dessen eine Seite im Sonnenlicht schimmerte. Und es schien fast so, als würde er sich überhaupt nicht bewegen.

Doch er bewegte sich. Er raste mit über 70000 Kilometern pro Stunde auf sie zu und wurde mit jeder Sekunde schneller. Die Erde hatte ihn mit ihrer Gravitation angelockt, und nun folgte er diesem Ruf.

Kirk spähte durch das schmale Fenster. »Spock, wissen Sie, welchen Monat wir haben?«

»Anfang Juni, Sir.«

»Und welcher Tag?«

Spock warf ihm einen Blick zu. »Das weiß ich nicht.«

»Na gut. Wissen Sie, ich wünschte mir, dieses Ding könnte begreifen, was es da vorhat. Irgendwie ärgert mich seine Ignoranz.«

»Das... ergibt absolut keinen Sinn, Sir. Der Asteroid ist nichts weiter als eine Ansammlung von Silikaten.«

»Das ist mir egal. Tag für Tag halte ich genausoviel Macht in meinen Händen wie dieses Ding, und ich kann diese Macht kontrollieren. Wie tief ist der Ozean am Aufschlagpunkt?«

»Etwa 70 Meter, Sir. Bei seinem gegenwärtigen Kurs wird er das Kontinentalschelf treffen.«

»Wird er die Erdkruste durchbohren?«

»Man vermutet, daß er die Erdkruste bis zu einer Tiefe von etwa 80 Kilometern aufgerissen hat, doch er ist nicht bis in die Magmaschicht durchgedrungen.«

Der mit Überschallgeschwindigkeit heranrasende Steinball wuchs mit jeder Sekunde; es war, als würden sie ein Raumschiff beobachten, das sich ihnen näherte. Er war der Überrest irgendeiner anderen Katastrophe, der seine Saat des Unheils jetzt weitergeben wollte. Und alle hingen von ihm ab – die Föderation mit ihren Verbündeten, die Klingonen, die Romulaner, die Orioner, die Tholianer, der Clan.

»Captain...«, keuchte Reenie. »Es ist... es ist...«

»Verstanden, Fähnrich. Spock, wir brauchen mehr Höhe.«

»Schub auf Maximum, Captain.«

»Wir müssen in den Aufschlagkegel hinein. Dieses Ding wird uns durchschütteln...«

Bannon löste seine Sicherheitsgurte, sprang von seinem Sitz auf und stolperte zu dem Fenster neben Spock. »Da ist er!«

»Lieutenant, zurück auf Ihren Platz!« Kirk kochte vor Wut. »Alle Mann bereitmachen für Kollision.«

38

Da ist er!« Groß wie Manhattan, schoß der Asteroid mit nun 222 Kilometern pro Sekunde knapp 160 Kilometer westlich an ihnen vorbei. Was sie sahen, war ein Anblick, der normalerweise zurecht in den Tiefen der Zeit verborgen war, so tief, daß Massenspektrometer nötig gewesen waren, um zu enthüllen, daß dieses Ereignis überhaupt stattgefunden hatte. In seinem Fieber und seiner Angst kämpfte James Kirk gegen die Versuchung, die Phaser auszulösen und den Stein daran zu hindern, Milliarden Jahre der Entwicklung des Lebens auszulöschen.

Die Erde hatte diesen Fels herbeigelockt, als sei sie der Ansicht, es wäre an der Zeit, die Leinwand zu vernichten und ganz neu anzufangen. Kirk hatte solche Katastrophen schon verhindert – heute brauchte er sie.

Er preßte die zitternden Hände gegen die Brust. Nur noch ein paar Sekunden...

Der Asteroid raste an ihnen vorbei, und alles, was sie davon bemerkten, war ein Schatten, der kurz auf ihr kleines Schiff fiel.

Kirk stemmte sich gegen die Gurte, legte das Gesicht ans Fenster und schaute auf die Erde hinunter.

Er hatte schon Sterne explodieren sehen. Doch das waren nur Sterne gewesen.

Unter ihrem kleinen Schiff bohrte sich der Asteroid mit Überschallgeschwindigkeit in die Atmosphäre – zu schnell, als daß die Luft hätte ausweichen können.

Wie betäubt schaute Kirk zu, als die kinetische Explosion unter ihm aufblühte. Ein Blitz aus Hitzeenergie schoß empor, eine Wand aus Helligkeit, die vom Erdboden bis hoch in die Atmosphäre reichte. Eine trompetenförmige, weiß leuchtende Feuersäule schoß zu ihnen hoch und an ihnen vorbei, verbreiterte sich im Vakuum, das ihr keinen Widerstand entgegensetzte, eine Mischung aus geschmolzenem Fels, modifizierten Mineralien und feinem, heißem Staub.

Im Verlauf seiner fünfzehn Jahre im All hatte er zahllose Lichtjahre zurückgelegt, doch er hatte nach Hause kommen müssen, um das spektakulärste Ereignis seiner Karriere zu erleben. Die freigesetzte Energie, so groß wie die von zweihundert Millionen Wasserstoffbomben, jagte eine ungeheuerliche Gaswolke nach oben.

»Schützt eure Augen! Schirmt die Augen ab!« McCoys Rufe wurden von dem Getöse rings um sie übertönt.

Kirk schaffte es gerade noch, sein Gesicht in der Beuge des Ellbogens zu verbergen, als der glühendweiße Feuerball aus gasförmiger Materie wie ein gigantischer Pilz ins All schoß.

Kirk war schon früher dem Tod nahe gewesen, doch noch nie war das Geschoß so groß gewesen. Er umklammerte den Schubhebel und hoffte, ihr Fahrzeug würde nicht anfangen zu kreiseln. Wenn Spock seine Schubdüse ruhig hielt...

»Das Asteroid hat sich aufgelöst!« keuchte Reenie. »Er ist nun ein Feuerball!«

Der Vorhang aus geschmolzenem Fels schoß an ihnen vorbei. Einige der Trümmer waren schnell genug, um Fluchtgeschwindigkeit zu erreichen und endgültig im Raum zu verschwinden.

»Festhalten!« rief jemand, möglicherweise Bannon. »Schockwellen!«

Das Fahrzeug wurde herumgewirbelt wie ein Haus

im Tornado. Ein Großteil der ausgeworfenen Materie landete in einem niedrigen Orbit und würde im Verlauf der nächsten Wochen und Monate als Ascheregen wieder zur Erde fallen. Die Sonne würde verdeckt werden und ein Asteroidenwinter die Erde in Kälte hüllen.

Stücke geschmolzener Materie trafen das Fahrzeug und schleuderten es endgültig aus seinem Kurs.

Kirk wollte zu seinen Leuten hinübersehen, ihnen einen letzten, aufmunternden Blick schenken, doch seine Augen blieben auf den gewaltigen Feuerpilz fixiert, der in den Raum hinausragte.

Sein letzter Gedanke galt dem cleveren Troodonten mit dem gebrochenen Arm. War er intelligent genug, um sich zu fürchten, als sich die meilenhohe Wasserwand und die himmelhohe Wolke aus Trümmern aus dem Golf erhob und ganze Teile von Nordamerika verschluckte? Dachte er mit seinen letzten Gedanken an seine Nachkommen?

Und Oya... Roth. Er hatte sie am Aufschlagpunkt zurückgelassen. Eines Tages würde er einem Klingonen erzählen, wem er seine Existenz verdankte.

Die Blechbüchse um sie herum begann auseinanderzubrechen.

Und unter ihnen begann die Erde einen neuen Zyklus.

39

„Es tut mir leid, Sir..."
Montgomery Scott lauschte ein letztes Mal auf die vertrauten Laute der Brücke, das friedliche Zirpen und Zwitschern, das in wenigen Sekunden in der Explosion der Maschinen und dem Zerbersten der Schiffshülle untergehen würde.

Er hatte sein Leben diesem Schiff gewidmet und es niemals bereut. Der Schlag seines Herzens und der des Schiffes waren identisch. Schon seit Jahren. Schiffe können so etwas bei einem Menschen bewirken.

»Tut mir leid, Mädchen«, murmelte er.

»Mr. Scott, die Torpedos sind verschwunden!« Sulus Stimme klang ungläubig.

»Mr. Scott!« ertönte auch Chekovs Stimme. »Keine Anzeige feindlicher Schiffe mehr! Sie sind fort, Sir! Verschwunden!«

Scott blinzelte und hielt den Atem an. Keine Treffer. Niemand beschädigte seine Lady. Der Schirm zeigte nur noch die Sterne und Planeten.

»Der Captain!« keuchte er. »Haben Sie Kontakt zur Planetenoberfläche?« Er fuhr zu Uhura herum. »Lieutenant?«

Die Blechkiste war verschwunden.

War sie von der hochgeschleuderten Materie zerschmettert worden? War dies die Sekunde zwischen Zerstörung und Tod?

Jeder behauptete, daß es diese Sekunde gäbe, aber wie sollte das jemand genau wissen?

Jim Kirk starrte in die weiße Hitze des Feuerballs. Seine Augen fühlten sich an, als hätte man Pfeffer hineingestreut. Sein Körper brannte, und sein Verstand war wie betäubt.

Er spürte harten Boden unter den Füßen und schwankte. Er wünschte sich, er hätte nicht aus dem Fenster geschaut, aber mancher Anblick war es wirklich wert, dafür zu sterben.

Wir waren dabei, als ein kalter Fels zu einem Stern wurde. Ein Baum, ein Frosch, und das Leben beginnt von neuem. Unbeirrbare Natur...

»Captain... Captain. Wir werden angefunkt. Ihr Kommunikator...«

Das war Spocks Stimme. Waren sie zusammen in der Hölle gelandet? Das würde passen.

Ein Kommunikator in der Hölle?

Er öffnete mühsam die schmerzenden Augen, schüttelte den Kopf und hustete. »Junge, war das eine Fahrt!«

»Vierundsechzig Millionen Jahre«, knurrte McCoy neben ihm. »Jim, das Schiff... *das Schiff!*«

Sie standen auf Stein, nicht auf Metall. Kirk schaute nach unten. Fels. Seine Füße ruhten auf Kieseln.

Aber es war nicht die Erde. Er starrte auf staubbedeckte Ruinen und einen düsteren Himmel, dann auf den Doktor an seiner Seite, und schließlich begriff er, daß das Summen in seinem Kopf von dem Kommunikator an seinem Gürtel stammte. Er griff danach, verfehlte ihn und mußte sich von McCoy helfen lassen, der ihm das Gerät schließlich in die Hand drückte.

Das Schiff!

Er hob den Kommunikator. »Kirk hier...«

»Captain! Sie haben es geschafft, Sir!«

»Scotty?«

»Sie müssen es geschafft haben, Sir!«

Nun, wenigstens Scotty hatte also eine Vorstellung von dem, was geschehen war. Ja, der Schiffsingenieur war damals auch hiergewesen. Er kannte diesen Ort, dieses clevere Monument hinter Kirks Schulter.

Er drehte sich, um den Wächter der Ewigkeit anzusehen – er hatte immer gedacht, zu diesem Titel müßte auch ein wirklich schlechtes Gedicht gehören –, und holte tief Luft. »Er hat uns zurückgeholt... den ganzen weiten Weg von dort.« Plötzlich drehte er sich wieder um und begann, die Köpfe zu zählen. »Sind wir *alle* zurück? Ist jeder hier?«

»Alle durchgezählt, Sir.« Spock tauchte neben ihm auf und musterte ihn mit unverhohlener Sympathie.

»Die Tricorder...«

»Unsere eigenen sind alle vier mitgekommen.« Der Vulkanier hob eines der Geräte, um es ihm zu zeigen. Nicht weit von ihm entfernt hielten die anderen die restlichen Geräte fest umklammert. Jetzt besaßen sie mehr als Fossilien, um einen Blick in die Vergangenheit zu werfen.

Und die *Enterprise* war dort oben und umkreiste diesen verwünschten Planeten. Sie war wieder da!

Kirk räusperte sich. »Statusbericht, Scotty.«

»Wir wurden von einer Horde romulanischer Mistkerle angegriffen, als alle plötzlich verschwanden. Sie waren gerade dabei, uns bei lebendigem Leib zu rösten.«

»Ich bin froh, daß diese Maschine ein gutes Timing hat. Wir sind selbst ziemlich kräftig geröstet worden. Entweder ist das ein höllischer Fall von Koinzidenz, oder dieses Ding weiß genau, was es tut. Sichern Sie alle Decks und bleiben Sie in Bereitschaft, Scotty.«

»Bereitschaft, Sir.«

Kirk warf einen prüfenden Blick auf seine Mannschaft. Sie alle wirkten mitgenommen und so, als wären sie gerade aus einem langen Traum erwacht. McCoy und Reenie stützten Vernon, der einen Arm gegen seine gebrochenen Rippen preßte.

Es war also wirklich geschehen.

Er seufzte. »Nun, das war mal ein kräftiger Rumms.«

Die Crew belohnte ihn mit einem Lächeln. Und mehr hatte er auch gar nicht gewollt.

»Dann wollen wir die Dinge wieder selbst in die Hand nehmen. Mr. Emmendorf, Mr. Bannon, sichern Sie das Gelände. In fünf Minuten sind Sie wieder hier. Doktor, mach es deinem Patienten bequem. Wir beamen hoch, sobald hier alles klar ist.«

»Aye, aye, Sir«, sagte Emmendorf.

Bannon sagte nichts, sondern eilte hinter dem Sicherheitsmann her. Beide waren noch blaß von dem Schock und froh, etwas zu tun zu haben. Der Rückweg durch das Tor des Wächters hatte sie alle in einen Zustand versetzt, in dem sie an der Realität zweifelten.

Jetzt mußten sie herausfinden, ob sie in der *korrekten* Zeit gelandet waren. Das Fehlen der klingonischen Schiffe war schon mal sehr ermutigend. Kirk räusperte sich und murmelte: »Spock ...«

Der Vulkanier trat neben ihn. »Wie geht es Ihnen?«

»Arg durchgeschüttelt. Wie schätzen Sie die Lage ein?«

»Wenn unsere Erfahrung mit dem Wächter zutreffend ist und unsere Vermutungen über Oyas Rasse korrekt sind – daß sie sich tatsächlich Millionen von Jahren vor uns auf der Erde entwickelt hat –, dann sollte jetzt alles in Ordnung sein. Schließlich haben wir ja gesehen, wie der Asteroid eingeschlagen ist.«

»Das haben wir, aber es sind trotzdem eine Menge ›Wenns‹.«

»Ich vermute, der Schlüsselpunkt der Veränderung war der Aufprall selbst, nicht die Zerstörung des

Sprengkopfes. Der Wächter hat gewartet, bis der Asteroid tatsächlich auf der Erde aufschlug. Bis dahin stand die Ausrottung der Dinosaurier noch nicht fest.«

Kirk nickte. »Hat mir eine Minute lang mächtige Angst eingejagt.«

»Länger als eine Minute«, brummte McCoy hinter ihnen.

Erleichtert, seine Kommentare wieder zu hören, nickte Kirk ihm kurz zu, wandte sich dann aber wieder an Spock. »Was glauben Sie, ist mit Oya geschehen?«

»Unbekannt. Mit Sicherheit ist jeder im südlichen Teil Nordamerikas durch die Flutwellen umgekommen. Aber ich bin sicher, daß sie nicht lange gelitten haben«, fügte er sanft hinzu.

Kirk bemühte sich, sich seine Betroffenheit nicht anmerken zu lassen.

»Die Massenausrottung durch den Asteroideneinschlag ist nun keine Schlußfolgerung mehr, die auf einzelnen Indizien beruht«, fuhr Spock fort. »Wir haben gerade den Beweis erlebt. Und wir besitzen Aufzeichnungen des Einschlags. Eine zweihundert Millionen Jahre alte, sehr erfolgreiche Spezies der Dinosaurier wurde innerhalb weniger Monate ausgelöscht...«

Kirk trat neben ihn. »Spezies werden immer wieder ausgelöscht, Mr. Spock. Das gehört zu dem Spiel. Und es beweist auch, wie stark das Leben ist, wenn es einmal angefangen hat.« Er öffnete den Kommunikator. »Kirk an Bannon, Meldung.«

»Bannon an Kirk. Sie sollten besser herkommen, Sir. Wir haben etwas entdeckt.«

»In Ordnung, bleiben Sie, wo Sie sind. Wir peilen Ihren Kommunikator ein.«

»Jawohl, Sir.«

Der junge Mann klang nicht so, als würde er sich

besonders wohl fühlen. Kirk wandte sich an McCoy. »Die anderen bleiben hier. Mr. Spock begleitet mich.«

Es war kein sehr weiter Weg, aber ein recht schmerzhafter für jemanden, der seinen Stock vor mehr als sechzig Millionen Jahren im Schädel eines Dinosauroiden zurückgelassen hatte. Als sie Emmendorf entdeckten, der sie zu sich winkte, war Kirk schweißgebadet. Er folgte Spock über den steinigen Boden und um ein paar Ruinen herum.

Und dort fanden sie die Leichen. Leichen von Starfleet-Leuten.

Diese Menschen hatten gekämpft und verloren. Und dann waren sie zerfetzt und grauenvoll verstümmelt worden. Ein Forschungsteam, das nicht zum Kampf hiergewesen war, sondern nur in Ruhe seiner Arbeit nachgehen und vielleicht etwas über diese Ruinen herausfinden wollte. Und nur nebenbei hatten sie auch den Wächter bewachen sollen.

»Captain«, sagte Spock leise, »diese Leute wurden getötet und dann gefressen. Dort liegt einer der Handgelenkwerfer der Spiker, und hier sind auch mehrere Fußabdrücke.«

Kirk nickte wie betäubt. Er dachte daran, seine Leute die Leichen begraben zu lassen, doch sie alle waren zu erschöpft, und, um der Wahrheit die Ehre zu geben, es war auch nicht mehr viel übrig, was man hätte begraben können. Diese Leichen waren in Stücke gerissen und schon halb im Staub versunken. Sie würden sich selbst beerdigen.

»Emmendorf, Bannon«, sagte er, »gehen Sie zu den anderen zurück.«

Die beiden warfen ihm einen überraschten Blick zu, dann sagte Emmendorf: »Ja, Sir ...«

Und dann gingen die beiden. Hier gab es nichts mehr zu tun.

»Wir wollten den Beweis haben, Mr. Spock«, sagte

Kirk düster, »den Beweis, daß alles wirklich passiert ist. Ich schätze, den haben wir jetzt.«

Spock musterte ihn stumm.

»Oya glaubte an ihre Mission«, fuhr Kirk fort. »Ich hätte auch so gehandelt. Gehen wir.«

Spock wollte ihm gerade über einen Felsbrocken helfen, da zirpte der Kommunikator.

»Kirk hier.«

»Scott, Sir. Drei Schiffe nähern sich. Bis jetzt keine Identifikation.«

»Alarmstufe Rot. Beamen Sie uns direkt hoch. Diese Koordinaten. Und holen sie auch die anderen, die noch am ursprünglichen Platz sind.«

Spocks Miene wirkte besorgt, als der Transportereffekt ihn in schimmernde Funken hüllte.

Dann wurde Kirks Verstand für ein paar Sekunden betäubt, als der Transporter ihn zurückholte... zurück auf sein Schiff.

Sein Herz begann zu pochen.

»Hier ist die *U.S.S. Exeter* – Newman hier. Jim, ist mit Ihnen und der Besatzung alles in Ordnung? Ich habe noch nie von einer Kraft gehört, die ein Schiff derart weit fortschleudern kann.«

Kirk ließ sich im Kommandosessel nieder. Seine Beine und die Wirbelsäule sehnten sich nach Ruhe. Aber Doug Newmans Gesicht auf dem Hauptschirm erschien ihm erfreulicher als ein Stern am Weihnachtsbaum.

Es kam ihm so vor, als würde das Raumschiff tief einatmen und zugleich seinen schmerzenden Körper warm und sicher umhüllen. Wieder einmal hatten sie beide überlebt.

»Genaugenommen wurden wir eigentlich nicht fortgeschleudert. Wie haben Sie uns gefunden?«

»Wir dachten, Sie wären von der Akkretionsscheibe

zerschmettert worden, die sich neben dem Blauen Riesen bildete. Doch dann tauchten diese anderen Leute auf und meinten, sie wüßten, wo Sie stecken. Wir wollten die Sache überprüfen, und nun sind wir hier. Sie wollen jetzt mit Ihnen reden.«

An der Steuerbordseite der *Enterprise* schwebten drei Schiffe im spärlichen Licht der Sonne dieses Systems. Die *Exeter*, die *Farragut* und noch ein weiteres Schiff, ein eckiges, gedrungenes Gefährt, das nur ein paar Decks hoch war und seitlich angebrachte Warpgondeln trug, die so aussahen, als stammten sie von einem alten, längst außer Dienst gestellten Starfleet-Schiff.

Das Bild auf dem Schirm flackerte und baute sich wieder neu auf. Kirk starrte in die Gesichter von sechs Dinosauroiden.

Sieh mal einer an.

»Clan Ru«, sagte Kirk. »Ich heiße Sie willkommen. Ich wollte, ich könnte behaupten, ich wäre überrascht, aber im Grunde bin ich das nicht.«

»Captain Kirk«, grüßte ihn der braune Dinosauroid in der Mitte, ein großes Weibchen mit vier verschiedenen Farben im Gesicht – wahrscheinlich der Captain. »Ich bin Ozur. Wir sind gekommen, um mit Ihnen zu reden. Diese hier wird für uns sprechen.«

Ozur trat ohne weitere Umschweife zu Seite, und ein vertrautes, graues Gesicht tauchte auf.

Kirk beugte sich abrupt vor. »Oya! Sie sind zurückgekommen!«

»Schon vor vielen Tagen«, erklang ihre Antwort durch den Schiffstranslator, der ihre Stimme etwas anders wiedergab als das kleine Gerät, das sie zuvor getragen hatte. »Die Funktionsweise des Wächters ist nicht leicht zu begreifen. Irgendwie kehrte ich nur wenige Sekunden, nachdem ich das Tor durchschritten hatte, auf den Planeten des Wächters zurück.«

Kirk nickte. »Und da wir mehrere Tage später als Sie hindurchgegangen sind, kamen wir erst vor ein paar Minuten zurück.«

»Ich bin schon seit vielen Tagen hier«, sagte Oya, »und ich war nicht müßig. Captain Kirk, ich bin zu meinen Führern gegangen. Ich habe ihnen von Ihren Bildern erzählt und von dem, was ich auf der Erde erlebt habe. Wir haben immer gewußt, daß wir nicht von unserem Planeten stammen. Wir glaubten, wir wären vom Schicksal auserwählt, alles um uns herum zu beherrschen, und wir würden von der Föderation daran gehindert, unsere Bestimmung zu erfüllen. Doch jetzt sehe ich die Dinge so wie Sie, und das habe ich auch meinem Volk erzählt. Irgend jemand schätzte unsere Spezies so hoch ein, daß er uns fortbrachte, um uns zu retten. Wir hingegen haben niemals jemanden respektiert. Doch jetzt hat sich das geändert. Die Erde ist ein besonderer Ort, der zwei intelligente Spezies hervorgebracht hat, während so viele andere Planeten gar kein Leben entwickelt haben. Wir verstehen das jetzt, Captain Kirk, und wir wollen uns der Föderation anschließen.«

Kirk schluckte den Kloß in seinem Hals herunter und schaffte es sogar zu lächeln. Er bewegte seine Beine unruhig, während er nachzudenken versuchte. Es war also tatsächlich noch etwas Gutes bei der ganzen Sache herausgekommen. Sie hatten es nicht nur geschafft, die Dinge wieder zurechtzurücken, sondern sie sogar noch verbessert.

»Wir heißen Sie willkommen«, sagte er schließlich. »Wenn Sie uns zur Raumbasis 10 folgen, werden wir Sie mit unserem Flottenkommandeur bekanntmachen und den Austausch von Botschaftern vorbereiten.«

»Wir danken Ihnen und nehmen das Angebot gerne an.«

»Ich freue mich schon darauf, Ihren Bericht über den Aufschlag zu hören.«

»Ich habe ihn aufgezeichnet. Es ist eine Erleuchtung für die Wissenschaft.«

»Darauf möchte ich wetten. Oya...«

»Ja?«

Kirk beugte sich vor, als befänden sie sich in einer privaten Konversation. »Ich dachte, Sie hätten gesagt, man würde Ihnen nicht glauben.«

Oyas Lippen zogen sich von den Zähnen zurück, und ihre Augen strahlten.

»Aber sie haben mir geglaubt.«

TEIL V

WILLKOMMEN AN BORD

A pennon whimpers – the breeze has found us –
A headsail jumps trough the thinning haze.
The whole hull follows, till – broad around us –
The clean-swept ocean says: »Go your ways!«

Rudyard Kipling

Ein Wimpel singt – die Brise hat uns entdeckt –
Ein Focksegel wölbt sich im feinen Nebelschleier.
Das ganze Schiff bewegt sich, bis schließlich –
                    strahlend hell und reingewaschen –
das Meer ruft: »Zieht eures Wegs!«

40

Der Hilfsmonitor eines Raumschiffes ist ein hochauflösendes Gerät, das seine Aufgaben hervorragend erfüllen kann.

Der Bildschirm war klein, gab aber die Gewalt des Aufschlags mit einer Brillanz wieder, die Kirk gleichzeitig stolz und bescheiden machte. Er lag auf einem Diagnosebett in der Krankenstation und ruhte sich aus, während die Medikamente in seinem mitgenommenen Körper arbeiteten. Die Tricorderaufzeichnungen des Einschlags breiteten sich fast so schnell über die einzelnen Decks aus, wie der Feuerball vor Millionen von Jahren die äußere Atmosphäre erreicht hatte.

Millionen von Jahren?

Es war doch erst heute morgen geschehen.

Er blickte an seinem in eine Thermaldecke gehüllten Körper entlang. Die Füße konnte er kaum spüren. Sehen schon, aber nicht fühlen.

Seine von prähistorischen Dornen zerkratzten Hände ruhten auf seiner Brust.

Ein paar Schritte entfernt lauschten die Abteilungsleiter mehrerer Schiffslabors Spocks Erläuterungen dessen, was sie auf dem einen halben Quadratmeter großen Schirm erblickten. Ein paar Patienten, ein anderer Arzt und zwei Schwestern standen am Rand der Gruppe und lauschten. Und das war erst der Anfang der Forschungen, die ihre Reise auslösen würde.

»Der Kataklysmus breitete sich sehr rasch über die ganze Erde aus«, sagte Spock mit einem Blick auf den orangeweißen Feuerball auf dem Schirm. »Die erste Schockwelle brauchte nur wenige Stunden. Wie wir gesehen haben, verdrängte der Aufschlag den größten Teil des Wassers aus dem Golf von Mexiko und jagte Flutwellen in alle Richtungen. Natürlich kam es zu einer zweiten Flutwelle, als das Wasser wieder zurückströmte. Kein Gebiet der Erde blieb unberührt. In der K-T-Schicht entdeckte Rußablagerungen legen die Vermutung nahe, daß geschmolzenes Auswurfmaterial auf den Planeten herabregnete und dabei Feuerstürme auslöste, die auf Millionen von Quadratkilometern alles pflanzliche Leben verbrannten. Hohe C-12-Werte in der Biomasse deuten darauf hin, daß die Feuer etwa ein Viertel aller irdischen Pflanzen vernichteten. Zusätzlich dürften auch heftige Gewitter etwa eine Dekade lang weitere Brände ausgelöst haben.«

»Ein brennender Planet«, murmelte McCoy neben Kirk. »Kein besonders angenehmer Ort zum Leben.«

Spock nickte. »Und zudem einer, auf dem es schwer war, überhaupt zu überleben. Nur sehr kleine Lebewesen konnten weiterhin existieren. Jene eben, die in Höhlen oder anderen Verstecken lebten und zudem in der Lage waren, in dem zerstörten Ökosystem noch genug Nahrung zu finden. Die Sonne wurde monatelang verdeckt von einer Wolke aus Asche, Schwefelsäure und Trümmerstücken, die vermutlich zu einem Teil durch die Erdrotation in Äquatornähe in eine Umlaufbahn geschleudert wurden. Es gibt Spekulationen, wonach die Erde eine Zeitlang einen Ring besessen hat.«

»So wie Saturn...«, sagte Kirk leise.

»Genau. Es muß zu einem völligen Zusammenbruch der irdischen und maritimen Ökosysteme gekommen sein. Die Treibhausatmosphäre während der Kreidezeit war zu warm für die Bildung von Korallenriffen, doch der Mangel an Sonnenlicht nach dem Aufschlag tötete praktisch alles Leben in den Riffen. Riffe sind extrem empfindlich, sie brauchten mehr als zehn Millionen Jahre, um sich zu regenerieren.«

»Und es dauerte zehn oder zwölf Millionen, bis die Säugetiere eine nennenswerte Größe erreichten«, ergänzte Chief Barnes. »Die Erholung begann nicht schon am nächsten Tag.«

Spock musterte die Gruppe von Offizieren. »Die Auswurfmasse wurde viertausend Kilometer weit geschleudert, verdrängte dabei die Atmosphäre und ebnete alles ein, was sich in ihrem Weg befand.«

»Möglicherweise reichte das Vakuum des Alls bis zum geschmolzenen Zentrum des Kraters hinab, Mr. Spock«, rief einer der erst kürzlich auf das Schiff versetzten irdischen Wissenschaftler. »Es ist unglaublich! Die ganze Atmosphäre einfach verdrängt...«

»Schon möglich«, meinte Spock. »Das Auswurfmaterial produzierte die Schicht aus geschmolzenem Urgestein, die sich rings um den Aufschlagspunkt findet. Darüber legte sich dann der weltweite Fallout des Feuerballs, der zur Bildung der Iridiumschicht führte. Nord-Yukatan war zu jener Zeit von einer etwa 300 Meter dicken Kalksteinschicht bedeckt – Kalziumkarbonate und Kalziumsulfate in erster Linie. Der Aufschlag verwandelte dieses Material in eine Gaswolke, was zu Säureregen und erhöhten CO_2-Werten in der Atmosphäre führte. Ein Trümmerring umgab die gesamte Erde, und der feine Staub löste eine Phase nuklearen Winters aus, wie sie von Vulkanen niemals produziert werden kann, da deren Staub nicht über die Stratosphäre hinausgelangt. Diese Wolke fing neunzig Prozent des Sonnenlichts ab. Bäume warfen daraufhin ihre Blätter ab, und das Phytoplankton starb binnen weniger Tage. An Land fanden kleinere Tiere und Vögel immer noch genügend Nahrung, doch nur solche Spezies, die sich rasch und unabhängig von anderen reproduzierten, konnten überleben. Als die Wolke schließlich verschwand, existierten auf dem Planeten keine großen Tiere mehr.«

Auf dem Schirm breitete sich ein grauer Schleier über dem Planeten auf, als die letzten Momente der Tricorderaufzeichnungen abgespielt wurden, jene Sekunden, bevor der Wächter sie aus diesem Höllenloch herausholte.

Selbst jetzt war es nur schwer zu glauben, daß sie die Realität sahen, und nicht nur eine Computersimulation.

Mehrere Mitglieder des Offizierskorps bedachten Kirk und Spock mit respektvollen Blicken.

Kirk fühlte sich zu erschöpft, um diesen Respekt besonders würdigen zu können. Ihre Mission war zwar erfolgreich gewesen, hatte sich jedoch viel zu dicht am Rand der Katastrophe entlangbewegt. Jetzt, da sein Kopf wieder klar war und die Schmerzen zurückgingen, ging er noch einmal alle Einzelheiten durch und überlegte, was er hätte besser machen können.

Die Offiziere gehorchten, als McCoy sie aus dem Krankenzimmer des Captains verscheuchte. Sie versäumten es sogar, sich bei ihrem kommandierenden Offizier vorschriftsmäßig abzumelden. Schon jetzt sprachen sie untereinander nur noch über die Forschungen, in die sie sich sofort stürzen wollten. Die Physiker, die Biologen, die Geologen – alle wollten sie jetzt unbedingt die Tricorderdaten in die Finger bekommen. Und so würde es nicht nur hier sein, sondern schon bald überall in der Föderation.

Der Raum lehrte sich schnell, und Kirk stellte zufrieden fest, wie die Augen der Offiziere leuchteten. Jetzt hatten sie etwas, womit sie arbeiten konnten. Und überall in der Föderation würde diese Arbeit sehr bald bekannt und berühmt sein. Jeder würde von der *Enterprise*, ihren Wissenschaftlern und deren phantastischen Entdeckungen sprechen.

Als sie allein waren, drehte sich Spock zu ihm, die Hände hinter dem Rücken verschränkt, als wäre nichts wirklich geschehen, als hätten sie nur den gesamten Kreis abgeschritten und nun sei alles wieder in Ordnung. Und im Grunde war es ja auch so.

»Eine Menge Informationen, die jetzt auszuwerten sind«, meinte Kirk. »Sie werden Jahre brauchen, um alles zu analysieren. Ich glaube, ich bin ganz froh, daß ich kein Wissenschaftler bin.«

Spock nickte verständnisvoll. »Wie lautete Ihre Empfehlung an Starfleet bezüglich des Wächters?«

»Daß wir wie üblich den Mund halten – und diesen Ort geheimhalten, damit so etwas nicht noch einmal geschieht. Wir besitzen die Aufzeichnungen, aber wir müssen schließlich niemandem erzählen, wie wir sie bekommen haben.«

»Gehen Sie davon aus, daß die Regierung des Clans dem zustimmt?«

»Die Clan-Regierung kennt den Ort nicht. Oya hat sich geweigert, es ihnen zu erzählen.«

»Tatsächlich?«

»Sie ist ein cleveres Mädchen.«

»Offensichtlich.« Spock verstummte kurz und fügte dann hinzu: »Ein interessanter Ort... dieses andere Universum.«

Kirk grinste schief. »Wir haben ein paar gute Leute in einer üblen Gegend entdeckt, nicht wahr? Temron... Roth... vor allem Roth. Es tut mir leid, daß er so sterben mußte.«

Spock neigte den Kopf und sah ihn an. »Er war darüber nicht traurig, Captain.«

Kirk erwiderte den Blick und nickte schließlich. »Sie haben gute Arbeit geleistet«, meinte er. »Ich weiß, daß es nicht so leicht für Sie war, wie Sie vorgegeben haben.«

Spock gab taktvollerweise vor, seine Bemerkung überhört zu haben. »Eine derartige Kollision ist ein sehr seltenes Ereignis. Jetzt haben wir die Möglichkeit, genau herauszufinden, was wirklich geschehen ist. Im Grunde schließen wir damit eine vierundsechzig Millionen Jahre umspannende Detektivarbeit ab.«

Die Augen des Vulkaniers leuchteten. Unter der Maske aus Gleichmut empfand er Zufriedenheit darüber, seinen genesenden Captain hier vor sich zu sehen, statt ihn auf einer Welt voller Monster begraben zu müssen. Er hob eine Hand zu der Kontrollschalttafel und löschte die meisten Lichter im Raum, wie ein Vater, der seinem Kind zu verstehen geben will, daß die Schlafenszeit gekommen ist.

»Wie Sie schon sagten, Captain«, fügte er hinzu, »es ist ein Wunder, daß das Leben auf der Erde überhaupt überlebt hat.«

Kirk blinzelte müde zu dem Vulkanier hoch. »Das Leben ist ziemlich stur, wenn es einmal angefangen hat, Mr. Spock«, murmelte er. »Es hängt nämlich sehr am Leben.«

EPILOG

»Lieutenant.« – »Captain!« – »Rühren.« – Die Unterkunft war kühl. Sehr angenehm, diese Klimaanlage, nachdem sie auf einem Treibhausplaneten geschwitzt hatten.

»Ich sagte, rühren. Setzen Sie sich.«

»Sir...«

»Setzen Sie sich einfach, ich setze mich nämlich auch.«

Jim Kirk humpelte zu dem leeren Schreibtisch hinüber und zog den Stuhl darunter hervor, insgeheim stolz darauf, daß er den ganzen Weg durch den Korridor hinter sich gebracht hatte und nun auf dem Stuhl Platz nahm, ohne auch nur einmal vor Schmerz zusammenzuzucken.

»Nicht übel«, seufzte er, als er sich zurücklehnte, »für einen Mann, der seit vierundsechzig Millionen Jahren lahm ist.«

Dale Bannon, dessen Gesicht blaß und von Kratzern bedeckt war, machte den Eindruck, als würde er gleich hyperventilieren, doch irgendwie schaffte er es schließlich, sich auf seine Koje zu setzen.

»Nun?« meinte Kirk. »Haben Sie irgend etwas zu sagen?«

Bannon schluckte, blickte zu Boden und zuckte die Achseln. Dann schaute er plötzlich auf.

»Sie haben uns zurückgebracht«, sprudelte er hervor. »Sie haben alles so gemacht, wie Sie gesagt hatten. Sogar mich... und Vernon, nachdem wir verletzt wurden... Sie haben keinen von uns zurückgelassen. Sir, ich werde nie wieder an Ihnen zweifeln!«

Kirk fühlte sich von diesen Worten nicht übermäßig beeindruckt. Schließlich war es seine Aufgabe, alle wieder zurückzubringen. Es sollte nicht derartige Verwunderung auslösen, wenn er das auch tatsächlich schaffte.

Offenbar spiegelte sich diese Meinung in seinem Gesicht wieder, denn Bannon senkte den Kopf und sagte: »Ich komme vor das Kriegsgericht. Ich verstehe, Sir.«

Kirk zuckte die Achseln. »Das Kriegsgericht wäre eine etwas übertriebene Strafe für einen Fausthieb, finde ich.«

Bannon runzelte die Stirn. »Aber ich habe Sie angegriffen, Sir. Einen Senior-Offizier!«

»Ich habe das ja herausgefordert. Außerdem war das schon vor *sehr langer* Zeit.«

Der junge Mann starrte ihn an und schüttelte den Kopf. »Sir... wie können Sie darüber Witze machen?«

»Ich war eigentlich immer der Ansicht, daß zwei Männer, selbst wenn sie im Dienst stehen, durchaus in der Lage sein sollten, ihre Meinungsverschiedenheiten auch mal mit den Fäusten zu regeln.«

»O Gott!« keuchte Bannon. »Sie können mich doch nicht einfach so davonkommen lassen!... Ein Mannschaftsmitglied zu schlagen... Das ist doch das Schlimmste, was man überhaupt tun kann...«

Kirk erhob sich. »Eines Tages, wenn Sie selbst Captain sind, können Sie tun, was Sie für richtig halten. Und ich tue das eben jetzt. Davon abgesehen«, meinte er, als sich die Tür öffnete, »ein wenig Zweifel kann hin und wieder gar nicht schaden.«

Er blieb im Eingang stehen, legte die Hand über den Türrahmen, damit sie sich nicht schließen konnte, und drehte sich noch einmal zu Bannon um. »Aber nicht zu oft«, sagte er.

»Guten Morgen, Captain. Willkommen zurück auf der Brücke. Ich bin sehr erfreut, Sie wohlauf zu sehen.«
»Vielen Dank, Mr. Spock. Ich bin selbst ziemlich froh darüber. Status?«
»Wir werden in vierzehn Stunden Raumbasis 10 erreichen. Vertreter der Föderation warten dort auf den Clan, und Starfleet wird eine juristische Untersuchung wegen der Ermordung des Wissenschaftlerteams auf dem Planeten des Wächters durchführen.«
»Gut. Ich bin froh, daß wir nicht diejenigen sind, die das alles klären müssen. Und was macht Ihnen sonst noch Sorgen?«
»Weshalb denken Sie, etwas mache mir Sorgen?«
»Instinkt. Wie bei den Dinosauriern. Also?«
»Nun, Sir... Das Paradox der Zeitreise macht mir etwas zu schaffen.«
»Was genau?«
»Der Clan Ru, Sir. Da der Clan hier und jetzt existiert und wir wissen, daß sie in der Zeit zurückreisten, um den Asteroiden aufzuhalten, müssen *Sie* ebenfalls in der Vergangenheit gewesen sein, um sie daran zu hindern. Dieser Zirkelschluß legt die Vermutung nahe, daß die Zeit im Grunde nicht verändert werden kann. Trotzdem haben wir uns in der veränderten Zeit befunden, und zudem haben wir diese Anomalie auch schon früher erlebt, daher wissen wir, daß es doch möglich ist. Stellt demnach der Wächter der Ewigkeit eine Gefahr dar, oder ist er selbst ein Teil im Muster der Zeit? Zum Beispiel...«
»Hören Sie auf, Mr. Spock. Wissen Sie, Sie sind ein ausgezeichneter Erster Offizier, ein vorzüglicher Wissenschaftler und alles in allem ein sehr angenehmer Mensch.«

»Nun, äh, danke, Captain.«

»Aber Sie machen mir Kopfschmerzen.«

»Sir, ich kann nicht einsehen, wie die Extrapolation theoretischer Prämissen physischen Schmerz hervorrufen sollte.«

»Oh, das geht ganz einfach. Wenn Sie das Thema nicht fallenlassen, trete ich Ihnen auf die Zehen. Mr. Sulu, gehen Sie auf Warp fünf.«

»Warp fünf, aye, Sir.«

»Kurs halten.«

STAR TREK™

in der Reihe
HEYNE SCIENCE FICTION & FANTASY

STAR TREK: CLASSIC SERIE
Vonda N. McIntyre, Star Trek II: Der Zorn des Khan · 06/3971
Vonda N. McIntyre, Der Entropie-Effekt · 06/3988
Robert E. Vardeman, Das Klingonen-Gambit · 06/4035
Lee Correy, Hort des Lebens · 06/4083
Vonda N. McIntyre, Star Trek III: Auf der Suche nach Mr. Spock · 06/4181
S. M. Murdock, Das Netz der Romulaner · 06/4209
Sonni Cooper, Schwarzes Feuer · 06/4270
Robert E. Vardeman, Meuterei auf der Enterprise · 06/4285
Howard Weinstein, Die Macht der Krone · 06/4342
Sondra Marshak & Myrna Culbreath, Das Prometheus-Projekt · 06/4379
Sondra Marshak & Myrna Culbreath, Tödliches Dreieck · 06/4411
A. C. Crispin, Sohn der Vergangenheit · 06/4431
Diane Duane, Der verwundete Himmel · 06/4458
David Dvorkin, Die Trellisane-Konfrontation · 06/4474
Vonda N. McIntyre, Star Trek IV: Zurück in die Gegenwart · 06/4486
Greg Bear, Corona · 06/4499
John M. Ford, Der letzte Schachzug · 06/4528
Diane Duane, Der Feind – mein Verbündeter · 06/4535
Melinda Snodgrass, Die Tränen der Sänger · 06/4551
Jean Lorrah, Mord an der Vulkan Akademie · 06/4568
Janet Kagan, Uhuras Lied · 06/4605
Laurence Yep, Herr der Schatten · 06/4627
Barbara Hambly, Ishmael · 06/4662
J. M. Dillard, Star Trek V: Am Rande des Universums · 06/4682
Della van Hise, Zeit zu töten · 06/4698
Margaret Wander Bonanno, Geiseln für den Frieden · 06/4724
Majliss Larson, Das Faustpfand der Klingonen · 06/4741
J. M. Dillard, Bewußtseinsschatten · 06/4762
Brad Ferguson, Krise auf Centaurus · 06/4776
Diane Carey, Das Schlachtschiff · 06/4804
J. M. Dillard, Dämonen · 06/4819
Diane Duane, Spocks Welt · 06/4830
Diane Carey, Der Verräter · 06/4848
Gene DeWeese, Zwischen den Fronten · 06/4862
J. M. Dillard, Die verlorenen Jahre · 06/4869
Howard Weinstein, Akkalla · 06/4879

STAR TREK™

Carmen Carter, McCoys Träume · 06/4898
Diane Duane & Peter Norwood, Die Romulaner · 06/4907
John M. Ford, Was kostet dieser Planet? · 06/4922
J. M. Dillard, Blutdurst · 06/4929
Gene Roddenberry, Star Trek I: Der Film · 06/4942
J. M. Dillard, Star Trek VI: Das unentdeckte Land · 06/4943
Jean Lorrah, Die UMUK-Seuche · 06/4949
A. C. Crispin, Zeit für gestern · 06/4969
David Dvorkin, Die Zeitfalle · 06/4996
Barbara Paul, Das Drei-Minuten-Universum · 06/5005
Judith & Garfield Reeves-Stevens, Das Zentralgehirn · 06/5015
Gene DeWeese, Nexus · 06/5019
D. C. Fontana, Vulkans Ruhm · 06/5043
Judith & Garfield Reeves-Stevens, Die erste Direktive · 06/5051
Michael Jan Friedman, Das Doppelgänger-Komplott · 06/5067
Judy Klass, Der Boaco-Zwischenfall · 06/5086
Julia Ecklar, Kobayashi Maru · 06/5103
Peter Norwood, Angriff auf Dekkanar · 06/5147
Carolyn Clowes, Das Pandora-Prinzip · 06/5167
Michael Jan Friedman, Schatten auf der Sonne · 06/5179
Diana Duane, Die Befehle des Doktors · 06/5247
V. E. Mitchell, Der unsichtbare Gegner · 06/5248
Dana Kramer-Rolls, Der Prüfstein ihrer Vergangenheit · 06/5273
Barbara Hambly, Der Kampf ums nackte Überleben · 06/5334
Brad Ferguson, Eine Flagge voller Sterne · 06/5349
J. M. Dillard, Star Trek VII: Generationen · 06/5360
Gene DeWeese, Die Kolonie der Abtrünnigen · 06/5375
Michael Jan Friedman, Späte Rache · 06/5412
Peter David, Der Riß im Kontinuum · 06/5464
Michael Jan Friedman, Gesichter aus Feuer · 06/5465
Peter David/Michael Jan Friedman/Robert Greenberger, Die Enterbten · 06/5466
L. A. Graf, Die Eisfalle · 06/5467
John Vornholt, Zuflucht · 06/5468
L. A. Graf, Der Saboteur · 06/5469
Melissa Crandall, Die Geisterstation · 06/5470
Mel Gilden, Die Raumschiff-Falle · 06/5471
V. E. Mitchell, Tore auf einer toten Welt · 06/5472
Victor Milan, Aus Okeanos Tiefen · 06/5473
Diane Carey, Das große Raumschiff-Rennen · 06/5474

STAR TREK™

Diane Carey, Kirks Bestimmung · 06/5476
L. A. Graf, Feuersturm · 06/5477
A. C. Crispin, Sarek · 06/5478
Simon Hawke, Die Terroristen von Patria · 06/5479
Barbara Hambly, Kreuzwege · 06/5681
L. A. Graf, Ein Sumpf von Intrigen · 06/5682
Howard Weinstein, McCoys Tochter · 06/5683
J. M. Dillard, Sabotage · 06/5685
Diane Carey/Dr. James I. Kirkland, Keine Spur von Menschen · 06/5687
Peter David, Die Tochter des Captain · 06/5691
Diane Carey, Invasion – 1: Der Erstschlag · 06/5694

STAR TREK: THE NEXT GENERATION
David Gerrold, Mission Farpoint · 06/4589
Gene DeWeese, Die Friedenswächter · 06/4646
Carmen Carter, Die Kinder von Hamlin · 06/4685
Jean Lorrah, Überlebende · 06/4705
Peter David, Planet der Waffen · 06/4733
Diane Carey, Gespensterschiff · 06/4757
Howard Weinstein, Macht Hunger · 06/4771
John Vornholt, Masken · 06/4787
David & Daniel Dvorkin, Die Ehre des Captain · 06/4793
Michael Jan Friedman, Ein Ruf in die Dunkelheit · 06/4814
Peter David, Eine Hölle namens Paradies · 06/4837
Jean Lorrah, Metamorphose · 06/4856
Keith Sharee, Gullivers Flüchtlinge · 06/4889
Carmen Carter u. a., Planet des Untergangs · 06/4899
A. C. Crispin, Die Augen der Betrachter · 06/4914
Howard Weinstein, Im Exil · 06/4937
Michael Jan Friedman, Das verschwundene Juwel · 06/4958
John Vornholt, Kontamination · 06/4986
Mel Gilden, Baldwins Entdeckungen · 06/5024
Peter David, Vendetta · 06/5057
Peter David, Eine Lektion in Liebe · 06/5077
Howard Weinstein, Die Macht der Former · 06/5096
Michael Jan Friedman, Wieder vereint · 06/5142
T. L. Mancour, Spartacus · 06/5158
Bill McCay/Eloise Flood, Ketten der Gewalt · 06/5242
V. E. Mitchell, Die Jarada · 06/5279
John Vornholt, Kriegstrommeln · 06/5312

STAR TREK™

David Bischoff, Die Epidemie · 06/5356
Peter David, Imzadi · 06/5357
Laurell K. Hamilton, Nacht über Oriana · 06/5342
Simon Hawke, Die Beute der Romulaner · 06/5413
Rebecca Neason, Der Kronprinz · 06/5414
John Peel, Drachenjäger · 06/5415
Diane Carey, Abstieg · 06/5416
Diane Duane, Dunkler Spiegel · 06/5417
Jeri Taylor, Die Zusammenkunft · 06/5418
Michael Jan Friedman, Relikte · 06/5419
Susan Wright, Der Mörder des Sli · 06/5438
W. R. Thomson, Planet der Schuldner · 06/5439
Michael Jan Friedman & Kevin Ryan, Requiem · 06/5442
Dafydd ab Hugh, Gleichgewicht der Kräfte · 06/5443
Michael Jan Friedman, Die Verurteilung · 06/5444
Simon Hawke, Die Rückkehr der Despoten · 06/5446
Robert Greenberger, Die Strategie der Romulaner · 06/5447
Gene DeWeese, Im Staubnebel verschwunden · 06/5448
Brad Ferguson, Das letzte Aufgebot · 06/5449
Kij Johnson/Greg Cox, Die Ehre des Drachen · 06/5751
Dean Wesley Smith/Kristine Kathryn Rusch,
   Invasion – 2: Soldaten des Schreckens · 06/5754
J. M. Dillard, Star Trek VIII: Der erste Kontakt · 06/5757
J. M. Dillard, Star Trek IX: Der Aufstand · 06/5770

STAR TREK: DIE ANFÄNGE
Vonda N. McIntyre, Die erste Mission · 06/4619
Margaret Wander Bonanno, Fremde vom Himmel · 06/4669
Diane Carey, Die letzte Grenze · 06/4714

STAR TREK: DEEP SPACE NINE
J. M. Dillard, Botschafter · 06/5115
Peter David, Die Belagerung · 06/5129
K. W. Jeter, Die Station der Cardassianer · 06/5130
Sandy Schofield, Das große Spiel · 06/5187
Dafydd ab Hugh, Gefallene Helden · 06/5322
Lois Tilton, Verrat · 06/5323
Esther Friesner, Kriegskind · 06/5430
John Vornholt, Antimaterie · 06/5431
Diane Carey, Die Suche · 06/5432
Melissa Scott, Der Pirat · 06/5434

STAR TREK™

Nathan Archer, Walhalla · 06/5512
Greg Cox/John Gregory Betancourt, Der Teufel im Himmel · 06/5513
Robert Sheckley, Das Spiel der Laertianer · 06/5514
Diane Carey, Der Weg des Kriegers · 06/5515
Diane Carey, Die Katakombe · 06/5516
Dean Wesley Smith/Kristine Kathryn Rusch, Die lange Nacht · 06/5517
L. A. Graf, Invasion – 3: Der Feind der Zeit · 06/5519

STAR TREK: STARFLEET KADETTEN
John Vornholt, Generationen · 06/6501
Peter David, Worfs erstes Abenteuer · 06/6502
Peter David, Mission auf Dantar · 06/6503
Peter David, Überleben · 06/6504
Brad Strickland, Das Sternengespenst · 06/6505
Brad Strickland, In den Wüsten von Bajor · 06/6506
John Peel, Freiheitskämpfer · 06/6507
Mel Gilden & Ted Pedersen, Das Schoßtierchen · 06/6508
John Vornholt, Erobert die Flagge! · 06/6509
V. E. Mitchell, Die Atlantis Station · 06/6510
Michael Jan Friedman, Die verschwundene Besatzung · 06/6511
Michael Jan Friedman, Das Echsenvolk · 06/6512
Diane G. Gallagher, Arcade · 06/6513
John Peel, Ein Trip durch das Wurmloch · 06/6514
Brad & Barbara Strickland, Kadett Jean-Luc Picard · 06/6515
Brad & Barbara Strickland, Picards erstes Kommando · 06/6516
Ted Pedersen, Zigeunerwelt · 06/6517

STAR TREK: VOYAGER
L. A. Graf, Der Beschützer · 06/5401
Dean Wesley Smith/Kristine Kathryn Rusch, Die Flucht · 06/5402
Nathan Archer, Ragnarök · 06/5403
Susan Wright, Verletzungen · 06/5404
John Betancourt, Der Arbuk-Zwischenfall · 06/5405
Christie Golden, Die ermordete Sonne · 06/5406
Mark A. Garland/Charles G. McGraw, Geisterhafte Visionen · 06/5407
S. N. Lewitt, Cybersong · 06/5408
Dafydd ab Hugh, Invasion – 4: Die Raserei des Endes · 06/5409
Karen Haber, Segnet die Tiere · 06/5410
Jeri Taylor, Mosaik · 06/5811
Melissa Scott, Der Garten · 06/5812
David Niall Wilson, Puppen · 06/5813

STAR TREK™

DAS STAR TREK-UNIVERSUM, 2 Bde.,
von *Ralph Sander* · 06/5150
DAS STAR TREK-UNIVERSUM, 1. Ergänzungsband
von *Ralph Sander* · 06/5151
DAS STAR TREK-UNIVERSUM, 2. Ergänzungsband
von *Ralph Sander* · 06/5270

Ralph Sander, Star Trek Timer 1996 · 06/1996
Ralph Sander, Star Trek Timer 1997 · 06/1997
Ralph Sander, Star Trek Timer 1998 · 06/1998
Ralph Sander, Star Trek Timer 1999 · 06/1999

William Shatner/Chris Kreski, Star Trek Erinnerungen · 06/5188
William Shatner/Chris Kreski, Star Trek Erinnerungen: Die Filme · 06/5450

Phil Farrand, Cap'n Beckmessers Führer durch
  STAR TREK – DIE CLASSIC SERIE · 06/5451
Phil Farrand, Cap'n Beckmessers Führer durch
  STAR TREK – DIE NÄCHSTE GENERATION · 06/5199
Phil Farrand, Cap'n Beckmessers Führer durch
  STAR TREK – DIE NÄCHSTE GENERATION – Teil 2 · 06/6457

David Alexander, Gene Roddenberry – Die autorisierte Biographie · 06/5544
Judith & Garfield Reeves-Stevens, Star Trek Design · 06/5545
Nichelle Nichols, Nicht nur Uhura · 06/5547
Leonard Nimoy, Ich bin Spock · 06/5548
Lawrence M. Krauss, Die Physik von Star Trek · 06/5549
Judith & Garfield Reeves-Stevens, Star Trek – Deep Space Nine:
  Die Realisierung einer Idee · 06/5550
Herbert F. Solow & Yvonne Fern Solow, Star Trek:
  Das Skizzenbuch – Die Classic-Serie · 06/6469
Judith & Garfield Reeves-Stevens, Star Trek – Phase II:
  Die verlorene Generation · 06/6470
Herbert F. Solow/Robert H. Justman, Star Trek – Die wahre Geschichte · 06/6499
J. M. Dillard, Star Trek: Wo bisher noch niemand gewesen ist · 06/6500

Diese Liste ist eine Bibliographie erschienener Titel,
KEIN VERZEICHNIS LIEFERBARER BÜCHER!

Lois McMaster Bujold

Romane aus dem preisgekrönten Barrayer-Zyklus der amerikanischen Autorin

Waffenbrüder
Band 7
06/5538

Spiegeltanz
Band 8
06/5885

06/5885

06/5538

Heyne-Taschenbücher

Die Zukunft in Gefahr

Iain Banks
Die Spur der toten Sonne
Roman
559 Seiten. Gebunden
ISBN 3-453-12901-1

Vor zweieinhalb Jahrtausenden tauchte in einem entlegenen
Sektor des Raums eine riesige schwarze Kugel auf, die eine uralte
Sonne umkreiste. Messungen ergaben, daß dieses Gestirn über
tausend Milliarden Jahre alt sein mußte, also mindestens
fünfzigmal älter war als unser bekanntes Universum.
Ein fulminanter Roman, der bis an die Grenzen des sprachlich
Ausdrückbaren vorstößt.

HEYNE